LA VENGANZA ESQUIVA

LA VENGANZA ESQUIVA

Adrián Martín Ceregido

Edita: www.mundopalabras.es
contacto@mundopalabras.es
Tel. 661 468 935

Primera edición: marzo, 2015
ISBN: 978-84-942795-6-0
Depósito legal: BI-511-2015

Diseño de cubierta: mundopalabras.es

Para Loli, por todo.

PRIMERA PARTE

No pido riquezas, ni esperanzas, ni amor,
ni un amigo que me comprenda;
todo lo que pido es el cielo sobre mí y un camino a mis pies.[1]

CAPÍTULO I

Abril de 1870. Dunoon, Escocia.
18 años antes del primer asesinato.

Un día intenso, exprimido desde el alba. Su maltrecha salud había decidido darle una tregua de una semana. Y semejante bendición no solía ni debía ser desaprovechada. También el clima quiso aportar su granito de arena. La noche anterior lucieron la luna y una miríada de estrellas sobre un manto de negritud absoluta, lo cual presagiaba que al día siguiente la pertinaz lluvia, casi perenne, que riega el verdor de las Highlands, se tomaría el día libre.

Tras un copioso desayuno, y mientras en la cocina del hotel en el que se hospedaba seguían sus instrucciones preparando la comida que iba a llevar en su paseo, salió a la calle a beberse el olor a mar que acompañaba siempre a todos los habitantes de Dunoon. Era tan denso que casi podía paladearse. Cerró los ojos y durante unos agradecidos minutos pudo, sin romper a toser, inspirar profundo.

---

[1]   Frase atribuida a Stevenson.

En pocas ocasiones antes había podido andar tanto. Fue un día sin fiebre, sin cansancio, sin sensación de ahogo. Un día en que se creyó capaz de todo. Un día inolvidable.

Atravesó un denso bosque de robles, abetos, pinos y alerces. Perdió la cuenta de los vetustos puentes de madera de los que se sirvió para cruzar brillantes arroyos. Desconocía cómo se llamaban las aves que le acompañaban, sorprendiéndose de su diversidad. Pudo intuir algún animal que observaba desde la espesura, aunque no sintió miedo sino una indescriptible, por lo inusual, sensación de estar vivo. A veces la tupida vegetación se acababa de repente y ante su mirada surgían praderas infinitas. Bebió cuando tuvo sed, comió cuando tuvo hambre, descansó cuando lo necesitó y fue feliz.

Varios diques de piedra precedieron a una pendiente muy pronunciada que dudó ascender. Además, llevaba ya un rato pensando en regresar. Sin embargo algo le animó a seguir subiendo la cuesta por un sinuoso sendero y no se arrepintió porque al término de la misma pudo contemplar una esplendorosa vista del estuario del río Clyde y los lagos Eck y Holy. Aquella inmensidad se grabó en su retina para siempre. Horas después, al atardecer, descansando en su habitación, tumbado en la cama, era capaz de visualizar todas las tonalidades cerúleas del cielo, el mar y los lagos. Era capaz de sentir el aliento de la brisa en su piel. Y era capaz de recordar la prodigiosa sensación de libertad, a la que no estaba acostumbrado. Poco después se quedó dormido.

Tras levantarse, cenó y decidió visitar la taberna más conocida de la ciudad para tomar una copa. Era su última noche en Dunoon, debía acudir a la universidad para continuar con sus estudios de ingeniería náutica con los que perpetuar la saga familiar que comenzara su bisabuelo Thomas Smith. Tras él vino su abuelo Robert Stevenson y sus tíos Alan y David, así como sus primos David Alan y Charles Alexander e incluso un familiar en segundo grado de consanguinidad. Todos ellos eran ingenieros y constructores de faros. Aunque quien decretó, sin posibilidad de oposición alguna, que él también debía serlo, fue Thomas, su padre. Durante su adolescencia lo llevó consigo en sus frecuentes viajes en barco. Todo ello alentó sus ansias aventureras, acrecentó su gusto por viajar, originó su amor por el mar y espoleó su imaginación. Pero nunca fomentó el deseo de ejercer la misma profesión que su progenitor. El hecho añadido de ser hijo único atormentaba a su padre y suponía para él una presión intolerable de la que no tardaría en desembarazarse.

Paseaba ordenando en su cabeza los preparativos para los días siguientes, en un estado tal de ensimismamiento que no percibió cómo una sombra se acercaba desde la otra acera. Se hizo visible cuando la luz de la farola más cercana impactó de lleno en su cuerpo.

—Buenas noches, joven —saludó. Y se quedó parada enfrente, mirándole fijamente e impidiendo que prosiguiera su camino. Una mujer muy mayor, de rostro sembrado de arrugas, con una voz que no correspondía ni a su edad ni a su físico y vestuario. La primera era envolvente y cautivadora, con una perfecta dicción y un tono aterciopelado, aunque escondida en un cuerpo contrahecho y encorvado, oculto por ropajes sucios y deshilachados.

—Buenas noches, sin duda —contestó con educación; acto seguido, algo incómodo, intentó esquivarla para seguir su camino.

La mujer se movió más rápido de lo que cabría prever y volvió a impedirle el paso sin dejar de escrutarle con su penetrante mirada.

—Dame unos minutos y te leeré tu futuro.

Sin previo consentimiento secuestró su delgada mano y, durante los segundos que él tardó en reaccionar, exploró cada pliegue y cada detalle como si del mapa de un tesoro se tratara. Entonces su dueño la recuperó de un tirón y tras conseguir sortearla comenzó a andar presuroso. Apenas había completado unos pasos cuando oyó a aquella voz afirmar con inquietante serenidad:

—Serás un escritor famoso.

La sorpresa fue inconmensurable. Su cuerpo se paralizó como si se hubiera convertido en una réplica en piedra. Comenzó a girarse y contempló a la mujer, que ni siquiera se había dado la vuelta para observarle; seguía en la misma posición que cuando asió su mano.

Hacía cuatro años que su padre, desconocedor de la verdadera vocación de su hijo, y por tanto ignorando que estaba fomentándola en contra de su deseo de que fuera ingeniero, posibilitó que se publicara su primer libro. Tenía entonces dieciséis años y lo único que alegraba su enfermiza vida era escribir. Aquel primer producto de su imaginación adolecía de escaso valor literario y no habría sido publicado si Thomas no se hubiera comprometido con la editorial a comprar los ejemplares que acabaran olvidados en los estantes de las librerías. Aquella anciana no podía saber nada de aquello. Y, sin embargo, acababa de vaticinar que lo que más ansiaba en el mundo se iba a hacer realidad.

—¿Por qué has dicho eso? ¿Me conoces, acaso? —preguntó con un hilo de voz.

—Yo sólo digo lo que pone en tu mano, y tras muchos años vividos y muchas manos descifradas, te aseguro que la tuya es tan clara como el agua de un lago en las montañas.

Sigilosa se dio la vuelta y extendió sus manos sarmentosas con las palmas hacia arriba. Él depositó la suya entre ellas, preso de la curiosidad. La mujer se tomó su tiempo, sabedora de que ahora nadie iba a huir de ella. Escudriñó su mano, aunque en realidad parecía estar leyendo su alma. Se reafirmó en lo que vio la primera vez y descubrió algún detalle que antes le había pasado desapercibido.

—Viajarás alrededor del mundo..., recorrerás Estados Unidos y los mares del Sur..., encontrarás el amor..., pero no tendrás hijos... —una sombra de duda surcó el rostro de la pitonisa, la línea de la vida se truncaba de forma prematura amenazada por un peligro que incluso causó que se estremeciera; pero como albergaba la certeza de que su poseedor quería saberlo todo, continuó— y la muerte te arrebatará de tus seres queridos pronto, demasiado pronto.

El joven notó cómo flojeaban sus piernas y cómo, a pesar de la humedad de la noche, el sudor aparecía en su frente; así y todo deseaba saber si la primera predicción no había sido precipitada y se lo hizo saber a la enigmática mujer.

–Nunca afirmo algo si no estoy segura por completo, y lo que dije fue lo primero que vi, no sólo en tu mano, sino también en tus ojos. Escribirás grandes libros y serás admirado por ello durante muchos, muchos años.

Fueron las últimas palabras de la anciana. Tras ellas le soltó la mano dejando a su poseedor sin capacidad de reacción. Siguió su camino sin esperar ninguna propina, nunca lo hacía cuando daba noticias tan graves. El joven creía lo que había escuchado y saber todo aquello le produjo una apremiante sensación de vértigo. Tuvo que apoyarse en una farola para no caerse y fueron necesarios unos minutos para recobrar la serenidad. Sólo entonces pudo continuar su camino. Ya no se veía a la anciana, ya no se escuchaban siquiera sus pasos, aunque su voz resonaba con la misma textura en su cabeza.

Sin duda aquél fue un día intenso. Exprimido hasta el ocaso. Un día que no olvidaría y que estaría a la altura de muchas de las historias inmortales que aquel joven, llamado Robert Louis Stevenson, escribiría y contaría jamás.

CAPÍTULO II

Una noche de agosto de 1888. Londres.

Los constantes goterones de lluvia no cesaban de salpicar contra el suelo. Caían a plomo por la ausencia de viento alguno que modificase su trayectoria. Esta circunstancia favorecía que la figura apoyada contra la barandilla del muelle estuviera protegida por entero bajo el ancho paraguas que llevaba.

Era un hombre alto y fuerte. Vestido con un caro y grueso abrigo negro con el que guarecerse del frío húmedo de Londres. A falta de bufanda, llevaba las solapas levantadas cubriéndole la parte inferior del rostro. Por encima asomaba una ancha nariz, casi sin relieve por la rotura que del tabique nasal sufriera años antes jugando al *rugby* en la universidad. Sus ojos color castaño eran inteligentes, vivaces e insondables, confiriendo a su mirada seguridad, empatía y un aura de misterio. Poseía una negra cabellera, que lucía un impecable corte de pelo. Y la frente estaba surcada, desde hacía tres años, por una cicatriz larga pero superficial.

En aquel preciso momento en que aún no había anochecido, observaba con incredulidad el estado de las obras de lo que seis años después sería conocido como Tower Bridge. Los dos pilares de hormigón que debían soportar el peso de todo el conjunto eran gigantescos, hercúleos. Sobre ellos ya estaban levantados los esqueletos en acero de las dos torres, que en un día como aquel, azotados por la lluvia en medio de la neblina, mostraban cierto aire fantasmagórico. Aunque su mente estaba dotada para muchas cosas, la construcción no era una de ellas y contemplaba atónito las dos eles invertidas y cómo poco a poco se iba creando la pasarela metálica que iba a unir las dos atalayas en su punto más alto. Habían empezado desde cada una de ellas para acabar uniéndolas en el centro y no alcanzaba a entender cómo era posible que aquella estructura desmesurada aguantase sin derrumbarse. Tras ver el diseño definitivo cuatro años antes, vaticinó que tantas toneladas de acero, granito de Cornualles y piedra de Portland, se hundirían sin remedio en las aguas del Támesis.

Aborrecía la corrupción institucional y no le extrañaría que fuera cierto el rumor que circulaba por Londres de que el arquitecto municipal Horace Jones, que había ganado el concurso para la elección del diseño, hubiera formado parte del comité que eligió su propio proyecto. Conocía a un ingeniero que había diseñado una de las restantes ideas presentadas, que brindó con champán cuando Jones murió el año anterior.

Permaneció casi inmóvil durante un buen rato hasta que, sin razón aparente, se dio la vuelta y se alejó del muelle en dirección a su casa. Por encima de los tejados el cielo se había teñido de púrpura, como consecuencia de un incendio en el norte de la ciudad.

Quienes la conocían casi nunca la llamaban por el nombre con el que la bautizaron años después de nacer. Y ella lo prefería. Le gustaba más Polly. Y era más fácil de recordar para sus clientes, algunos de los cuales volvían por ser una mujer de buen ver, a pesar de su edad y sus cinco embarazos.

Tenía diecinueve años cuando se casó. Dos años después, en el 66, tuvo a su primer hijo varón, Edward John. Henry Alfred, el quinto y último nacería trece años después del primero. La relación con su marido fue como el clima de las islas británicas: fría y tormentosa. Constantes separaciones marcaron una relación de amor y odio que el hartazgo había agotado siete años atrás. Sin recursos y con una incipiente propensión a la bebida, comenzó una retahíla de andanzas de hospicio en hospicio, los cuales la llevaron a las tinieblas del distrito, el más mísero y detestable de todo Londres.

En él la marginalidad lo envolvía todo. Las calles estaban siempre sucias, la mugre se multiplicaba día a día, había momentos en que el hedor era insoportable. Todo el que habitaba en el barrio sufría dificultades económicas casi insalvables. La pobreza, en algunos casos extrema, llevaba a las mujeres a vender lo único que tenían: su cuerpo. Las peleas y los ajustes de cuentas eran frecuentes, la presencia de la policía escasa y, cuando existía, laxa hasta la desesperación.

Aquellos años Polly adquirió todo lo malo del lugar. No tuvo ninguna oportunidad. Se vio abocada al alcohol y a la prostitución. Había noches que la encontraban dormida al raso, envuelta en su propio vómito. Alquilaba su sexo en plena calle por dos o tres peniques con los que poder comprar un vaso de ginebra. Era un auténtico milagro que, a pesar de todo, el deterioro físico fuera escaso, por lo que todo el mundo le calculaba incluso diez años menos de los que contaba.

Polly salió de la habitación que compartía con otras cuatro mujeres en el 18 de Thrawl Street en torno a las once de la noche. Se dirigió a la calle principal del suburbio a la caza de algún alma tan ensombrecida como la suya. La lluvia no era un buen aliado y pocas personas se aventuraban a deambular en una noche tan desapacible.

Llegó a casa con el paraguas empapado. Al desprenderse del abrigo dejó al descubierto una mandíbula cuadrada y prominente de luchador así como unos labios finos y rectos. Al quitarse los guantes surgieron unas manos grandes y fuertes. No tenía hambre, así que no cenó. El día había sido duro. Por eso cuando acabó la jornada de trabajo se impuso un paseo para despejarse y lo hizo a pesar de que la lluvia y el frío no invitaban a darlo.

Desde que tuvo uso de razón siempre quiso ser médico. Se crio en Limehouse, un barrio obrero al norte del Támesis. Y cuando en ocasiones, junto con sus amigos, participaba en alguna contienda contra un barrio enemigo, como Wapping, Bow o Whitechapel, él era siempre el que curaba, con mucha imaginación y pocos medios, las heridas de sus compañeros. A veces, en secreto, incluso las de los adversarios. Algunas de ellas producidas con verdadero encono y sorpresa por él mismo. Su padre trabajaba en uno de los hornos de cal que caracterizaban aquella parte de la industrial metrópoli. Y ése habría sido su destino si su tío no se hubiera percatado de lo buen estudiante que era. El hermano de su madre, soltero y con una posición económica muy desahogada, fruto de sus negocios, siempre se preocupó por su sobrino y pagó sus estudios de medicina en la universidad, esfuerzo económico fuera del alcance de sus voluntariosos padres. En cuanto se licenció, comenzó a trabajar. Poco tiempo después, las llamas devoraron el edificio en el que vivían, atrapando dentro a sus padres, lo cual le obligó a buscar un apartamento de alquiler fuera de aquel barrio marginal en el que pasó su infancia y su juventud. Fue la primera ocasión en la que intuyó que algo no funcionaba bien en su interior: cuando recibió la noticia, no sintió nada.

Como médico era bueno, muy bueno. Y no tardó en acaparar el suficiente prestigio como para abrir una clínica propia en una de las calles principales. Sus pacientes eran miembros de la burguesía londinense y podían pagar sus elevados honorarios.

Los negocios de su tío comenzaron a ir de mal en peor. La Larga Depresión, como así se llamó, que minaba la economía del Reino Unido desde 1873, alcanzó con sus tentáculos a sus empresas y de la noche a la mañana emigró a Argelia, donde se decía que estaba todo por hacer y donde, por tanto, podía volver a levantar un pequeño imperio. Salvo una carta que mandó nada más llegar a África, su sobrino no volvió a saber nunca más de él.

El día había sido una jornada de frustración absoluta, y le parecía imposible que algo pudiera salir bien. Realizó una pequeña intervención practicada decenas de veces y que casi podía hacer con los ojos vendados y se complicó de manera notable siendo incierta la evolución en los días siguientes. Atendió a varios pacientes disgustados porque habían seguido sus tratamientos y no mejoraban. Y por añadidura tuvo que confesar a un par de ellos que iba a estudiar sus casos en profundidad pues reconocía no saber cuál era con exactitud el mal que les aquejaba. Rara vez le pasaba nada igual. Disfrutaba con su trabajo, pero estaba tan acostumbrado a los éxitos que le consumía la rabia provocada por aquellos fracasos inusuales.

El paseo bajo la lluvia apenas le había relajado. Sabía a ciencia cierta que en ese estado le sería imposible conciliar el sueño; a pesar de ser un poco tarde, cogió el violín, lo apoyó en su cuello y con queda sutileza acarició sus cuerdas con el arco. Algunos días era capaz de estar horas tocando, pero no aguantó más que unos minutos. Eligió un libro de la biblioteca y se dispuso a leerlo bajo la claridad de una lámpara; al poco rato lo abandonó, no conseguía concentrarse. Ya había experimentado esa sensación en más ocasiones, ahora la padecía con más fuerza. Y, como también sabía, iría creciendo veloz en el reloj pero despacio, con un pulso de vals mórbido, en el interior de su cabeza. Las primeras ocasiones en las que notó su presencia, se sorprendió de su violencia, similar a un animal salvaje encerrado que, aprovechando una ocasión, escapa y busca desesperado, ansioso, su comida. Así que se centró en lo que venía, en lo que parecía surgir en su pecho, en su abdomen, abotargamiento de sensaciones y prístina visión de su entorno. Su cabeza y su cara pesaban, le sobrevino un fuerte mareo que le obligó a pegarse a la pared como una rata acosada. Allí estaba, ya venía, martilleando sin tregua su cerebro; pensaba dominarlo pero aquella vez no escaparía. ¿Cómo evadirse de esta mezcla de rabia, de impulso caníbal, de sus manos enrojecidas y su cara pegajosa? Una punzada justo encima del estómago le hizo estirarse y doblarse y apretar los puños contra ese punto. El calor invadía su cara, empapaba sin prisa su frente y el torbellino lo tragó. Las imágenes se trasladaron detrás de sus ojos, se escaparon en un vórtice negro y sinuoso, caras, gestos, gritos y oscuridad. Silencio. Un río negro y espeso. Un despertar doloroso, aunque sereno. La cabeza dejó de torturarle, la respiración y el pulso se normalizaron y todo su ser se dejó arrastrar a una calma absoluta. No sabía cuánto tiempo había transcurrido, sentía que aquel paroxismo le había cambiado por completo. Sus ojos enrojecidos y la mirada afilada, que ya no reconocía como suya, indescriptible y aterradora. No dudó ni un instante, con una fría determinación volvió a abrigarse y salió de casa.

Antes de salir guardó en el bolsillo interior del gabán un largo cuchillo.

A las dos y media de la madrugada, Polly ya estaba muy borracha, tanto que no reparó en una de sus compañeras de habitación, que volvía de hacer una morbosa visita al incendio de Shadwell Dry Dock.

–Dios santo, Polly, ¿no sabes quién soy?

Los ojos vidriosos de Polly palparon en la oscuridad de la noche para ver quién le hablaba, y cuando reconoció a su compañera explotó en una carcajada estridente.

–¡Maldita noche de perros!... No ha parado de llover... y aún no he encontrado a ningún hijo de mala madre... que haya querido darse un revolcón conmigo –exclamó, a duras penas, apoyada en la pared para no desmoronarse.

–Ven a casa conmigo. Ya es muy tarde y lo único que vas a encontrar es una pulmonía.

Negó con la cabeza. Su compañera se aferró a su brazo. Cuando comenzó a andar, Polly reunió sus pocas fuerzas para soltarse.

–Te he dicho que no, desgraciada..., he ganado tres veces el dinero del alquiler..., pero me lo he gastado todo en bebida..., necesito recuperar algo.

En efecto, a media noche Polly había acudido a un tugurio de mala muerte en el que los pobres desventurados del barrio y algún visitante de los alrededores se jugaban cada día en partidas miserables el poco dinero del que disponían. Aquella noche tuvo suerte por partida doble, en poco tiempo ganó lo suficiente y además no la atracaron para robárselo, pero el buen criterio que tuvo retirándose lo perdió visitando otros antros nauseabundos donde se atiborró de ginebra.

—Haz lo que quieras, luego no vengas a llorarme, estoy harta de soportarte —se quejó su compañera mientras se alejaba.

Polly siguió su camino restregándose por las paredes, incapaz de mantenerse en pie ella sola. La lluvia había amainado, aunque el frío se había recrudecido y el apestoso aliento de Polly se transformaba en una nube blanca al ser exhalado. La luz de las farolas era insuficiente para alumbrar toda la calle y el cielo, asaltado por nubes, estaba por completo apagado.

A la altura de Buck´s Row se detuvo. Las fuerzas le fallaron de pronto y se quedó en cuclillas. Tras unos minutos que se hicieron eternos, y cuando estaba a punto de quedarse dormida, oyó pasos por su derecha. Levantó la cabeza y al fondo de la calle distinguió una figura acercándose como a cámara lenta. Su instinto le dijo que su suerte volvía a cambiar, quien se acercaba no era un vagabundo, sus ropajes eran caros y su apariencia acaudalada. Con esfuerzo consiguió ponerse en pie y esperó a que llegara a su altura.

—Hola, cariño,… ¿quieres venirte conmigo? —susurró lo más zalamera que pudo.

El individuo la miró con fría curiosidad, sin contestar. Polly se acercó más a él y consiguió aferrarse antes de caer. El desconocido era alto y Polly apenas superaba el metro y medio. Levantó la cabeza, intentando sobreponerse a la borrachera, e hizo un mohín con los labios justo antes de que un eructo estallara desde lo más hondo de sus entrañas. El hombre la separó con agresividad. Le dio un golpe en la cara. Polly no lo vio venir, salió despedida cayendo al suelo como un fardo. Entonces él se acercó y la levantó en volandas. Demasiado ebria, Polly no llegó a sentir miedo, aunque sí era consciente de que corría peligro, por lo que intentó zafarse. Estaba bien agarrada y la diferencia de fuerza era abismal. El hombre se puso a su espalda y la sujetó por la frente como una prensa. Ella creyó que la cabeza iba a reventar cuando sintió el filo de un cuchillo en el cuello, justo debajo de la oreja izquierda. El terror la invadió, abrió la boca para gritar, no llegó a tiempo y el cuchillo seccionó con violencia todos los tejidos, vasos sanguíneos y cuerdas vocales hasta llegar a las vértebras. Cuando la soltó, el cuerpo se desplomó sin vida. La giró para ponerla boca arriba y se sentó a horcajadas sobre sus rodillas. Cortó los ropajes con el cuchillo y pudo contemplar la blanca desnudez de su abdomen. Por primera vez perdió los nervios y realizó, dudando, varias incisiones impetuosas desde arriba hacia abajo, comenzando por la izquierda. Como si no supiese qué debía hacer, se frenó y observó la carnicería que había perpetrado. Guardó el cuchillo y se incorporó de un salto, lleno de horror.

Cuando se alejaba, un nuevo incendio se había declarado en el otro extremo de la ciudad. Todo era rojo, el cielo, sus manos, sus pensamientos. Al pasar por debajo de una farola, se iluminó su rostro lo suficiente como para que fueran visibles pequeñas gotas de sangre perlando la cicatriz de su frente.

Skerryvore

Por amor a las palabras bellas y en memoria
de aquellos parientes y compatriotas míos
que se afanaron noche y día en el ventoso océano,
por ponerles una estrella a los marinos, donde antaño
se hallaba la espumosa guarida de focas y cormoranes;
yo, sobre el dintel de esta cabaña, inscribo
el nombre de una resistente torre.[2]

CAPÍTULO III

Agosto de 1870. Hébridas Interiores, Escocia.

Una brisa cálida se agitaba caprichosa en multitud de direcciones. En la proa del barco de vapor, el pelo lacio de Robert Louis Stevenson se dejaba mecer por ella. Aunque sabía que era una zona reservada para la tripulación, no pudo sustraerse al deseo de saltarse aquella norma. Se dirigía a la isla de Iona, para desde allí acercarse al islote Erraid donde se estaba construyendo el faro Dhu Heartach, diseñado por su tío David y por su propio padre. Era una visita de tres semanas que formaba parte de su educación como ingeniero náutico. Llevaba ya un par de días de

---

[2]   *Monte Bajo*, por RLS

viaje; el uno de agosto llegó, procedente de Edimburgo, a Greenock, donde pasó la primera noche; al día siguiente tuvo que tomar varios barcos para llegar a Oban, donde pasó la segunda; y por la mañana embarcó en el Iona rumbo a la isla del mismo nombre. En todo momento se podía divisar a estribor el perfil de la costa de la isla de Mull. A pesar de que durante las primeras millas todo estaba en calma, el oleaje aumentaba a medida que el barco se acercaba a mar abierto. La fuerza del Atlántico en esas latitudes es brutal y por eso la universidad organizaba estas visitas en verano, dado que en invierno la inclemencia es extrema.

Robert llevaba tres años estudiando ingeniería. Ya habría renunciado con toda seguridad si no fuera por estos viajes. No sentía la más mínima curiosidad por saber cómo se construían los faros, pero los lugares donde se emplazaban lo hechizaban. La heroicidad de quienes arriesgaban su vida para construirlos inflamaba su espíritu. No le interesaban los avances tecnológicos que favorecían que el resplandor de la linterna llegara cada vez más lejos venciendo a la oscuridad, la lluvia y la niebla; pero los naufragios que motivaban la necesidad de dicha iluminación lo embrujaban. Y en estos viajes conocía lugares donde numerosos navíos habían perecido a manos de los temporales y de las traicioneras costas. Sus cadáveres reposaban en el fondo de aquel embravecido océano y escondían arcanos secretos que exacerbaban su creatividad.

Su imaginación desbordante estuvo presente desde siempre. La niñez de Robert se vio marcada por numerosas dolencias respiratorias, heredadas de su madre, Margaret. El clima escocés de veranos frescos e inviernos fríos, lluviosos y nublados era muy inconveniente tanto para la madre como para el hijo. Por consejo médico, ambos pasaban muchas mañanas en cama. Esto provocaba que el niño no pudiera jugar con otros de su misma edad, y en la soledad de su habitación desarrolló una fantasía extraordinaria. Además la familia contrató a una enfermera a la que llamaban Cummy, que impresionaba al pequeño con su calvinismo austero y sus historias nocturnas truculentas. Como no podía acudir a clase con regularidad, tardó más de lo normal en leer y escribir y por eso Cummy le leía con frecuencia pasajes de libros de aventuras cuando yacía enfermo en cama.

Apenas contaba dos años y su familia, de firmes convicciones religiosas, ya llevaba a Robert a la parroquia. A la edad de cinco años había ideado su ocupación favorita en ese entorno, a la que llamaba "jugar a la iglesia". Consistía en construir un púlpito con sillas y mesas, desde donde, emulando al pastor, cantar y recitar sus propias composiciones.

Robert ya había organizado varias visitas ajenas al entorno universitario. En su tiempo libre iba a conocer islas de los alrededores. Jugaba a su favor el hecho de que aquella zona era de las más secas y soleadas del país.

Al volver a la zona de camarotes, reparó en un joven de edad similar a la suya tomando notas en un cuaderno. Su carácter extrovertido y hablador propició el deseo de acercarse a él.

–Disculpe, mi nombre es Robert Louis Stevenson –se presentó– y me preguntaba si es usted aficionado a la literatura.

El interpelado le observó de los pies a la cabeza. Le llamó la atención su delgadez y la blancura de su piel. Y se sorprendió de que la intromisión no le enfadara. A cualquier otro le hubiera contestado con desagrado.

–Pues sí, me gusta escribir y adoro la poesía. Pero en este momento estoy tomando nota de las aves marinas que se acercan al barco –explicó mientras Robert veía dibujos de un detalle notable.

Se dieron la mano y mantuvieron una animada conversación. El joven le habló a Robert del alcatraz, de los cormoranes, de varios tipos de gaviotas, del lechuzón o del curioso frailecillo común. Los tenía a todos ellos esbozados con dibujos trazados a carboncillo cual afamado naturalista. Luego se contaron el uno al otro cuál era el motivo de sus viajes y se pusieron en antecedentes de sus vidas respectivas. En aquella ocasión no tuvieron tiempo para intimar demasiado, pasados unos años la vida volvió a unir sus destinos y se granjearon una buena amistad. El recién conocido llegó a ser profesor de literatura en Cambridge y muchas veces habló de su amigo y de sus libros a sus alumnos.

Cuando el buque atracó en la isla de Iona, se despidieron y cada uno siguió su camino.

Al día siguiente Robert visitó Erraid, el islote de una milla cuadrada, al oeste de Mull, que servía de base en tierra para la construcción del faro Dhu Heartach. Cuando bajaba la marea aparecía como por arte de magia una playa que unía las dos islas. Habló con las personas encargadas de las labores principales. Le explicaron por qué era imprescindible un centro de operaciones que aprovisionara de todo lo necesario para que el faro se pudiera terminar; pero hasta que no lo vio, no lo entendió del todo. Hubo que esperar una jornada para poder visitarlo, la mar había mutado y generaba olas enormes. Robert dedicó parte de la tarde a visitar Erraid y pasear por su playa hasta Mull. En aquellos días no podía sospechar que aquellos parajes iban a servirle de inspiración para varias de sus futuras novelas.

Cuando avistaron Dhu Heartach a la mañana siguiente, Robert se quedó admirado. El faro estaba situado en un peñasco al que difícilmente se podía definir siquiera como un islote. Nunca había presenciado nada semejante. A unas quince millas de la costa, era una insignificante roca de basalto rodeada por el Mar de las Hébridas, caracterizado por una furia incontenible. Habían abierto un foso de once metros de diámetro y edificaron sobre él unos siete metros de toneladas de material que en cualquier otro caso hubieran parecido indestructibles, sin embargo en aquellas circunstancias extremas parecía difícil que aguantaran. El diseño fijaba una altura final de cuarenta y cuatro metros. El jefe de obra le indicó, para su asombro, que el agua pulverizada de las olas, al impactar con él, llegaría a ocultar casi la mitad inferior del faro.

Pensó en su familia en general y en su padre en particular, porque su responsabilidad era inmensa. Cuando los años anteriores recorrió con él otros faros en labores de mantenimiento, éstos se situaban en la costa, en tierra firme, y su construcción no revestía mayor complejidad que la de cualquier otro edificio. Pero Dhu

Heartach iba a ser el resultado de un esfuerzo titánico de lucha contra la naturaleza. Cuando le informaron de que entre 1800 y 1854 naufragaron en el arrecife cercano en torno a treinta barcos, la admiración por su padre le embargó. Su trabajo y dedicación salvaban vidas. Y le invadió un gran pesar, ante la absoluta certeza de que un día no muy lejano él mismo supondría su mayor decepción.

—Está esforzándose mucho, señor Stevenson —le felicitó el jefe de obra responsable de todos los trabajos que se desarrollaban en Erraid—. Mañana, que es su día libre, le recomiendo que visite la isla de Staffa, a unas doce millas al norte de Iona, ¿la conoce? —hizo una pausa breve, suficiente para darse cuenta de que su interpelado no había oído ese nombre en toda su vida.

Así que en cuanto amaneció se dirigió a la isla de Staffa. Los primeros que le pusieron nombre fueron los vikingos, llamándola "isla de los pilares". No podía ser más apropiado, sus acantilados son perpetuas formaciones de columnas poligonales de basalto de una belleza espectacular. Los únicos habitantes de Staffa eran los frailecillos comunes y un conjunto de focas tumbadas, imperturbables. El curtido capitán se guardaba una sorpresa que ni siquiera la imaginación desbordante de Robert había intuido. Reservó para el final la parte sur de la isla, donde apareció, de repente, un espectáculo natural de difícil parangón. Ante los ojos de Robert se alzaba una inmensa cueva de proporciones irreales. De unos veinte metros de altura y alrededor de doce de anchura, jalonada por infinitas columnas de basalto, era como el pórtico de una catedral gótica. Por su orientación sur, permitía una generosa entrada de luz que la alumbraba con detalle. Las olas y el viento, al penetrar, generaban unos sonidos envolventes que parecían musicales. Decenas de gaviotas la sobrevolaban, internándose en su corazón con bellos picados para salir de nuevo en medio de sus estridentes chillidos.

El capitán se fijó en el rostro de Robert y comprobó que su estrategia había triunfado. Su mirada aventurera fantaseaba con historias de piratas escondiendo sus tesoros en el interior de la cueva, sus ojos chispeaban y la expresión de asombro era concluyente.

—Se llama la Gruta de Fingal —dijo—. Tiene 69 metros hacia el interior y sólo se puede entrar cuando el mar es una balsa de aceite. Un compositor llamado Félix Mendelssohn la recorrió en 1829 cuando tenía su edad más o menos y se inspiró en ella para una de sus obras, pero yo no entiendo mucho de música. Hace unos años yo mismo traje a un escritor francés... ¿cómo se llamaba?... Verne, se llamaba Julio Verne. Mostró la misma expresión que usted —concluyó entre sonrisas.

La habitual locuacidad de Robert había enmudecido. Aunque escuchó con atención lo que el marino le contó, fue incapaz de contestarle. Mientras regresaban a Mull se colocó en la popa del barco y mantuvo la mirada fija en la isla y su gruta hasta que la distancia le impidió distinguir su belleza.

Era imposible establecer cuántas veces había oído a su padre contar historias del faro Skerryvore. La obra le fue encomendada a su tío Alan, el mayor de los dos hermanos de Thomas. Era poseedor de un gran talento y eso explicaba que se lo encargaran cuando contaba sólo treinta y un años. Thomas decía que era el faro más bello del mundo en el lugar más inhóspito. Robert se lo había imaginado tantas veces que estaba convencido de que cuando estuviera delante tendría la sensación de haberlo visto.

Lo primero que debía hacer era ir a la isla de Tiree. Una vez allí, le costó encontrar a quien quisiera acercarle a Skerryvore. Cosechó varias miradas de estupefacción y otras tantas carcajadas. Según los titulares de semejantes reacciones, el tiempo iba a agravarse y era un suicidio acercarse al faro. Por si esto fuera poco, veían en Robert a un muchacho carente de la energía para afrontar el viaje; demasiado espigado, con aspecto enfermizo y sin traza alguna de valor marinero. Pero sus evidentes carencias físicas las suplía con un arrojo notable y una necesidad permanente de aventuras. Y como era inasequible al desaliento, sobre todo cuando su delicada salud se lo permitía, sentía que las negativas le acercaban cada vez más a una respuesta afirmativa. Y así fue como encontró a quien le quiso llevar. Alfred Cooper era su nombre. Le sobraban unos cuantos kilos para ser capaz de moverse con agilidad. Tenía unos ojos diminutos difíciles de encontrar en una cara rubicunda y un cuello que parecía aquejado de paperas.

—No es que sea un suicida, joven —se justificó—. Lo que ocurre es que en esta maldita isla nadie conoce el tiempo como yo. Y puede usted apostar a que no empeorará. ¡Y qué demonios!, el dinero no me vendrá nada mal.

En cuanto Robert vio la embarcación estuvo a punto de darse la vuelta. Era difícil de creer que aquel añoso cascarón pudiera recorrer más de una milla sin hundirse sin remedio. La seguridad con la que actuaba Cooper, que no parecía en absoluto estar del todo loco, le dio el empujón de ánimo definitivo para subirse.

La lluvia no cejaba en su empeño. El cielo estaba encapotado por completo, de un gris intermedio. Pero como Cooper había vaticinado, ni la lluvia arreciaba ni el viento crecía, y la tonalidad del cielo parecía pintada, por lo que no mudaba al tono amenazador del gris oscuro. Aun así, el barco se movía de una manera bastante brusca y poco tranquilizadora.

—¿Tiene miedo? —preguntó Cooper—, si quiere nos damos la vuelta. —Y sin que su pasajero le oyera, masculló en voz inaudible: *ya sabía yo que no aguantaría.*

—*Vale más vivir y morir de una vez, que no languidecer cada día en nuestra habitación bajo el pretexto de preservarnos*[3] —sentenció Robert, colmado de determinación.

—¡Diantres!, menudo filósofo que está usted hecho. —Y aunque en el fondo no había entendido muy bien lo que quería decir, supuso que estaba dispuesto a continuar.

Parecía que no avanzaban y el viaje se estaba ralentizando en exceso, cuando en la defectuosa línea del horizonte, envuelta en la bruma, comenzó a insinuarse el faro de Skerryvore. Robert ya no apartó su mirada de él y con gran admiración pudo contemplar cómo iba creciendo cuanto más se acercaban. Su padre le había contado, henchido de orgullo, que con cuarenta y ocho

---

[3]   Frase atribuida a Stevenson.

metros era el faro más alto de toda Escocia. Dhu Heartach le impresionó, aunque apenas había comenzado a construirse. Sin embargo, Skerryvore estaba acabado y llevaba ya veintiséis años soportando estoico los embates del mar.

—Hoy hace mal tiempo y las olas no son pequeñas, cuando se levanta una fuerte tempestad dicen que el faro casi desaparece entre las salpicaduras y la espuma de las olas al chocar contra él —gritó Cooper.

La roca sobre la que se erigía imponente y altivo era tan escasa como la de Dhu Heartach y las olas que impactaban contra ella la engullían de tal manera que parecía que el faro flotaba sobre el mar. Era alucinante fantasear con lo que acababa de apuntar Cooper. Robert se alegró de haberse atrevido a visitarlo en un día con un clima adverso, lo que contemplaba era espectacular y no lo habría disfrutado con el mar en calma. Para que los cimientos y la parte inferior aguantaran, éstos eran totalmente macizos y lo desvelaba el hecho de que sólo había ventanas a partir de una altura determinada. Ahora adquiría sentido que tardaran seis años en concluirlo y que tuvieran importantes contratiempos.

—¿Sabe usted que lo diseñó mi tío?

—Si usted lo dice —respondió incrédulo el marino meteorólogo.

Cuando regresaron al puerto, Robert detectó algunas caras enfadadas, como si hubieran apostado a que no volverían y se dieran cuenta, contrariados, de que habían perdido la apuesta. No se llevó un buen recuerdo de Tiree ni de sus gentes; por el contrario, Skerryvore pasó a formar parte de sí mismo.

Enero de 1873. Malvern, Inglaterra.
15 años antes del primer asesinato.

Nada más despertar, y tras toser durante unos minutos, Robert miró a través de la ventana. El paso de la noche no había modificado las vistas, todo estaba cubierto por un uniforme manto blanco. La nieve reposaba sobre los árboles, las farolas, la hierba y las calles, como desde el primer día que llegaron. Nevaba a intervalos, y cuando parecía que iba a poder ver lo que había debajo, los copos hacían acto de presencia de nuevo malogrando sus expectativas. La habitación era amplia y acogedora. El hotel, construido hacía sólo trece años, mostraba un aspecto impecable. Era el edificio más grande de toda la ciudad, aunque Robert y su madre no lo sabían porque no lo habían abandonado en la semana que llevaban en Malvern, una construcción de cinco plantas de ladrillo rojo con adornos de piedra y un tejado negro de pizarra interrumpido cada pocos metros por los tragaluces de otras tantas habitaciones. Levantó unos centímetros la pesada hoja inferior de la ventana y de inmediato el frío penetró como un cuchillo segándole el cuerpo a la altura de la cintura; casi se le escapa de entre los dedos de la impresión, consiguió sujetarla y la bajó de inmediato.

Ya había perdido la cuenta de todas las ciudades que había visitado, a solas con su madre o con toda la familia; unas por tener balnearios o aguas termales y otras para someterse a curas de salud que se anunciaban milagrosas para sus dolencias respiratorias. La primera fue Bridge of Allan, su *sueño dorado* en Escocia, como lo llamaba el propio Robert, donde veranearon durante varios años desde que era un niño. Luego vinieron Peebleshire, Hamburgo, Mentone, Torquay, Dunblane… Y no cabe duda de que tuvieron efectos positivos pero efímeros, de forma tal que, pasado un tiempo, desaparecían sin remedio. Se sentía cansado y deprimido. Y por su actitud taciturna y poco habladora, sospechaba que a su madre le asolaban los mismos sentimientos.

En aquel tiempo, Malvern era un centro turístico de invierno. Las propiedades medicinales de sus aguas, la belleza natural de su entorno entre las colinas de Cotswold al este, las de Gales y las montañas al oeste y la meseta al norte, así como la llegada del ferrocarril, propiciaron su desarrollo como tal. En los treinta años anteriores se construyeron gran cantidad de hoteles y pensiones. Y aún no eran suficientes, por lo que más de una cuarta parte de los hogares de la ciudad se ofrecían como albergues. Había varias clínicas en las que los hidroterapeutas desarrollaban su especialidad en contra de la opinión de la medicina tradicional. Su fama era tal que atrajo incluso a la realeza.

Se preparó y bajó a desayunar. Cuando estaba casi acabando, vio la delgada figura de Margaret entrando en el comedor.

—Buenos días, madre —y acompañó el saludo con un beso en la mejilla.

—¿Qué tal has dormido, Lou? —le llamaba así con frecuencia desde que era un niño.

—Bien, bien. Pero desearía que dejara ya de nevar. Me gustaría recorrer la ciudad sin miedo de caerme y romperme una pierna.

—Es mejor que no salgas —advirtió Margaret, protectora como siempre—, porque hace mucho frío. Aquí dentro se está muy bien, hace calor y podemos tomar todos los tratamientos que hemos venido a probar.

—Ya estoy aburrido de tanta agua. Van a acabar saliéndome escamas —se quejó—. Necesito salir, de lo contrario me voy a volver loco.

Margaret decidió, como los días anteriores, callarse, por miedo a que la charla desembocara en una agria discusión. Notaba a su hijo melancólico y decaído, y no quería que se enfadara con ella. Pero ante todo comprendía que aquel ambiente no era el más adecuado para sus veintidós años, rodeado de personas que superaban su edad y sin salir del hotel durante tantos días. Les acompañó, pues, un tenso silencio durante el resto del desayuno.

La jornada transcurrió perezosa. Las horas tardaban una eternidad en consumirse. Robert iba de una actividad a otra como un autómata. Su mente recorría, libre, sus recuerdos e imaginaba historias y viajes. Poco a poco, en el exterior la nieve iba desapareciendo, era su inexorable destino en aquellas latitudes, tarde o temprano el sol aparecía con la fuerza suficiente para deshacerla. Aunque la temperatura no aumentaba, a media tarde Robert se abrigó a conciencia y decidió aventurarse por las callejuelas de Malvern.

Había aprendido a convivir con su mala salud; en parte gracias al hecho de haberla padecido desde que tenía uso de razón. El ser humano se acostumbra incluso al dolor y Robert debería tolerar en el futuro que su salud se agravase. Sin embargo, aquellos días repudiaba su destino con amargura. Maldecía sus dolencias, sus accesos de tos, sus recaídas repentinas cuando parecía que estaba sano, sus períodos en cama; esclavizado, sin libertad para ir y venir o de hacer y deshacer a su antojo. Y aunque en el fondo debía estar agradecido a que su padre dispusiera de la solvencia económica para afrontar los gastos de sus estancias en balnearios, los aborrecía. No era la primera vez que la cerveza le iba a ayudar a redimirse de semejante estado de ánimo.

Llevaba consigo un cuaderno y, mientras bebía un par de pintas en una taberna, tomaba notas de ideas inconexas que aunque quizá nunca desarrollaría, le ayudaban a relajarse. Cuando un bonito reloj de estación anclado en la pared justo delante de él había desgranado unos cuarenta minutos y estaba a punto de levantarse para seguir recorriendo Malvern, sucedió algo extraordinario. La quejumbrosa puerta de madera se abrió y, acompañado por una ráfaga de viento sibilante, entró un hombre que fue presto a adueñarse de una mesa alojada en la esquina más recóndita de la taberna. Era evidente que deseaba pasar desapercibido. Cuando se hubo despojado de su abundante atuendo, se pudo ver a una persona de avanzada edad, de mirada penetrante pero cansada, con profundos surcos de arrugas en la frente y una cabeza calva que contrastaba con la frondosidad del resto de su rostro. Sus blancas cejas, patillas y bigote estaban en efecto muy pobladas, pero lo que más llamaba la atención era una barba que parecía no tener fin y cuya blancura resaltaba en la penumbra provocada por la pobre iluminación. Robert oyó cómo pedía una taza de té y su sorpresa fue mayúscula cuando escuchó la respuesta del camarero.

—Enseguida, señor Darwin.

La excitación se apoderó de Robert. El mismísimo Charles Darwin estaba a su alcance. Aquel hombre había viajado por todo el mundo y había escrito varios estudios científicos aclamados por unos y vilipendiados por otros. Y sin duda aquella circunstancia era símbolo de grandeza: no dejaba indiferente a nadie. Robert no se lo pensó dos veces, dejándose guiar por su ímpetu habitual. Se acercó a él con paso seguro; cuando llegó a su mesa, y éste levantó su mirada, su acostumbrado desparpajo le abandonó.

—¿Quería decirme algo? —dijo Darwin con voz amable.

Si el afamado naturalista no hubiera hablado, seguro que Robert se habría dado la vuelta incapaz de articular palabra ante tal insigne personaje. Espoleado por su pregunta, se animó y fue capaz de contestar con voz entrecortada.

—Ante usted sería un necio si pretendiera hablar. Lo único que deseo es escuchar.

El acostumbrado encanto de Robert dio su fruto y Darwin sonrió. Sin duda aquel joven era especial. Le invitó a que se sentara y preguntó si vivía en la ciudad.

—Por suerte vivo en Edimburgo. Estoy pasando unos días con mi madre sometiéndonos a tediosas sesiones de hidroterapia. Nos alojamos en el hotel Imperial, el que está enfrente de la estación. —Robert ya se había serenado—. Pero perdóneme, no me he presentado, mi nombre es Robert Louis Stevenson.

—Yo también estoy en Malvern por motivos de salud. Mi vida ha sido muy ajetreada y tanta actividad y nervios me afectan en exceso. Llevo varios años viniendo y lo cierto es que lo que tu juventud percibe como aburrido, a mi vejez se agradece como un bálsamo reparador.

Los ávidos ojos de su improvisado acompañante y sus preguntas animaron a Charles Darwin a contarle un sinfín de peripecias. Su curiosidad no decaía ni un ápice. Por fortuna para el naturalista, no le interesaban sus investigaciones ni sus teorías, de las que se pasaba la vida hablando. Todo su interés se centraba en sus viajes y sobre todo en el que se desarrolló en el Beagle durante cinco maravillosos años. Tenía cuando embarcó los mismos que contaba en aquel momento Robert, por lo que podía comprender su expectación y admiración por todo lo que le relataba. Y según iba desgranando historias, él mismo se sorprendía, hacía cuatro décadas de aquel viaje y rememoraba retazos de su vida olvidados por completo. De forma que el placer fue mutuo: uno por descubrir paisajes imaginados y otro por evocarlos. Le habló de Cabo Verde, de Brasil, de la fascinación que provocaron sus bosques tropicales y la repulsión que generó en él la esclavitud. Le contó cómo cabalgó con los gauchos en Argentina y le describió las infinitas islas de la Tierra del Fuego. En Chile fue testigo de un terremoto y visitó la cordillera de Los Andes. Se explayó de manera especial detallando infinidad de aspectos de sus amadas Islas Galápagos. Le narró la extrañeza que provocaron en él las razas animales que descubrió en Australia, así como lo bienhumorados y agradables que le resultaron los aborígenes con los que aprendió a usar una cerbatana. Y acabó rememorando la belleza de los atolones de coral de las islas Cocos flotando sobre una paleta de vivos colores.

El tiempo pareció detenerse para Robert; cuando miró el reloj de estación, comprobó que habían transcurrido varias horas. También Darwin se percató de ello.

—Espero con sinceridad no haberle aburrido con tantos recuerdos de viejo —le comentó educado, aunque era evidente que el joven Stevenson se había recreado y embelesado con cada una de sus palabras.

—En absoluto. La pena es que se marcha usted mañana dejando este lugar huérfano de cualquier atractivo. Permítame que le invite —y sin esperar respuesta se acercó a la barra a abonar el coste de lo que habían consumido.

Al salir a la calle, Robert le acompañó hasta su hotel y allí se despidieron. Raudo, volvió al Imperial a tiempo de cenar con su madre. Le contó todo lo acontecido y fue la conversación más larga y fluida de aquellos anodinos días.

Días después, en Edimburgo.

Una mañana Robert y su madre cogieron el tren de regreso a Edimburgo. En aquellos años la residencia familiar se situaba en el número 17 de Heriot Row, en una gran casa georgiana adosada y de cuatro alturas. Cuando llegaron, Thomas estaba de viaje por motivos de trabajo. Había hecho coincidir el día de su llegada con el de ellos, por lo que en cualquier momento aparecería por la puerta.

Desde noviembre del año anterior, Cummy no trabajaba ya en la casa y a Robert le iba a costar acostumbrarse a que no saliera a recibirle cada vez que volvía al hogar, y más aún cuando había permanecido varios días fuera, como en aquella ocasión.

Thomas llegó a la hora de cenar. Ni antes ni después. Era en extremo metódico. Lo calculaba todo con milimétrica precisión. Aplicaba, a toda su vida y a todo su entorno, el mismo perfeccionismo que se exigía en el trabajo. Era agotador intentar agradarle en todo momento. Sólo había una forma de hacer las cosas: la suya.

Estaba enfadado con Robert desde el día en que éste le dijo que iba a abandonar los estudios de ingeniería náutica para estudiar derecho. Para él fue una desagradable sorpresa, incluso una pequeña traición. Sabía que a su hijo le gustaba escribir, si bien no sospechaba que la ingeniería no le interesaba. En su defensa hay que decir que Robert nunca le dio ninguna pista. Hizo todo lo posible por complacer a su padre, hasta que no pudo más. A partir de entonces la relación era distante y la frustración de Thomas se hacía más insoportable cuando estaba en compañía de su hijo. Margaret intentaba mediar entre ellos. Los comprendía a los dos, amaba a su marido y adoraba a su hijo, así y todo sus esfuerzos no daban ningún resultado. Y aquella noche todo iba a empeorar.

Después de cenar se sentaron los tres al calor de la chimenea. Robert permanecía en silencio mientras su padre le contaba a Margaret los avatares de su viaje. Lo que en principio iban a ser unas actuaciones de rutina en un faro de la costa este se complicaron hasta tal punto que hicieron peligrar la planificación que Thomas había dispuesto. Hubo incluso una persona herida. Entonces el ingeniero trabajó el doble, exigió un esfuerzo añadido al personal y las reparaciones acabaron, como siempre, cuando él las había proyectado. Ni antes ni después.

–Y a vosotros ¿qué tal os ha ido? ¿Era tan bueno el hotel como nos habían dicho?

Su mujer comenzó a relatarle todo lo que habían hecho durante su estancia en Malvern; al margen de los tratamientos, era tan poco que casi antes de comenzar ya había acabado. Cuando recordó lo más interesante, es decir el encuentro de su hijo con Charles Darwin, no previó la tormenta que iba a desencadenar y contó a su marido el entusiasmo con el que volvió Robert.

Thomas era calvinista y un firme creyente en la fe cristiana, por lo que, en cuanto a él se refería, Darwin era un auténtico hereje. Nunca había analizado en profundidad sus obras, ni siquiera las había leído, se dejaba llevar por los rumores, por los titulares facilones y sensacionalistas de los periódicos y por las caricaturas que ridiculizaban al naturalista representándolo con un cuerpo de primate.

–¿Cómo te atreves a relacionarte con un blasfemo como Darwin? –preguntó enarcando sus pobladas cejas, con el autocontrol suficiente para no comenzar gritando, aunque evidenciando un mayúsculo desagrado.

El silencio inicial de Robert no contribuyó a tranquilizarlo; más bien fue como si echara más leña al fuego.

–Contéstame –el tono había subido de nivel.

–Robert, explícale a tu padre que sólo hablasteis de viajes –imploró Margaret, que demasiado tarde adquiría conciencia de su error. Su rostro de pájaro, en esencia bondadoso, contrastaba con las duras facciones de su marido.

–Cállate, Maggie, estoy hablando con tu hijo –rugió Thomas.

Robert podía soportar que su padre le gritase a él, sin embargo toleraba mal que intimidase a su madre en sus ocasionales accesos de furia, así que respondió con celeridad.

–Creo que exageras y que es excesivo decir que me relacioné con él cuando nada más estuve conversando parte de una tarde.

Thomas hervía; Robert no sólo no reconocía que había procedido de manera indebida sino que encima le corregía opinando que se excedía en su valoración.

—¿Dónde están todas mis enseñanzas? Te hemos llevado a la iglesia desde niño. Incluso Cummy era una firme creyente y te contaba historias de la Biblia. ¿No has aprendido nada? Ese hombre es un hereje y arderá en el infierno sin ninguna duda. Afirma que todos nosotros provenimos de los monos. Está loco de remate.

Thomas estaba muy enfadado y lo mejor que podría haber hecho su hijo es pedirle disculpas y retirarse a su habitación. No obstante, a pesar de que le profesaba un profundo respeto, desde que le dio la noticia del abandono de sus estudios había perdido el miedo a ser sincero con él y a defraudarle. Por eso no se disculpó.

—Padre, ese hombre es un ser excepcional. Yo no soy nadie y fue muy amable conmigo. No dudó en responder a todas mis preguntas. Todo lo que me decía me parecía muy coherente. Y a pesar de que no hablamos de religión, dijo que, aunque el entendimiento de todos los que le critican está nublado por su fanática fe, les comprendía y les perdonaba.

Thomas no daba crédito a lo que escuchaba. El estupor le había hecho enmudecer. Su mujer se daba cuenta de que era como un volcán previo a una erupción. Tras unos tensos instantes en silencio, explotó.

—¡Maldito seas, Robert! ¿Cómo puedes defender a ese hombre? Me avergüenzo de ti. No te reconozco. Tus palabras ofenden mis oídos y el mero hecho de imaginarte hablando con ese demonio me pone los pelos de punta.

Robert había ido demasiado lejos y no iba a acobardarse ahora. Además las palabras de su padre le encorajinaron aún más. Vio la mirada suplicante de su madre implorando que cediera, sintió una profunda pena por ella y respondió a Thomas con la misma sinceridad con la que éste le había hablado a él.

—Ir a la iglesia nunca fue decisión mía. Siempre me obligaste. Y durante años escuché sermones referentes a Dios y a su poder absoluto sobre todos los hombres y todas las cosas. He oído a muchos sacerdotes afirmar que los hombres somos malos por naturaleza y que Dios es quien nos ayuda a salvarnos. Pero no puedo entender que no salve a todos. ¿Cómo puedes aceptar, padre, que Dios elija salvar a unos y deje que se condenen otros? —estaba tan enfurecido que cada vez hablaba más rápido y de repente tuvo un profundo acceso de tos. Mientras Thomas permanecía impertérrito, Margaret se acercó con rapidez y le dio palmadas en la espalda, parecía ahogarse. Cuando se recuperó del ataque, continuó con voz entrecortada pero firme—. ¿Por qué aceptas sin rebelarte que tu propio hijo esté enfermo desde siempre? ¿Qué he hecho yo para merecer este castigo? ¿Por qué siempre que pasa algo injusto dices que es el destino o que Dios lo ha querido así? —tomó un respiro antes de acabar—. Charles Darwin está vivo, lo he visto y he hablado con él. A Dios nunca lo vi, padre. Y si tu fe en él es la causante de que reniegues de tu propio hijo y me maldigas, he de decirte que soy yo el que os doy la espalda a ti y a él. No creo en Dios, creo en el hombre.

No esperó a que su progenitor contestara y nada más acabar abandonó la estancia dando un portazo.

Thomas estaba horrorizado. Y Margaret, expectante, no se atrevía a decir una sola palabra. Permanecieron en un silencio sepulcral hasta que la leña del fuego se consumió por completo. A continuación se fueron a acostar con el alma encogida.

Aquella aciaga noche nadie, en el hogar de los Stevenson, pudo conciliar el sueño un solo minuto.

CAPÍTULO IV

**7 y 8 de septiembre de 1888. Londres.
Una semana después del primer asesinato.**

Annie tenía una tez pálida, cetrina, que contrastaba con sus atormentados ojos azules. A sus cuarenta y siete años peinaba aún una cantidad notable de pelo rizado de color castaño oscuro. Odiaba su gran nariz y procuraba no reírse nunca para ocultar los huecos de dos dientes desprendidos en su mandíbula inferior. Estaba desnutrida y, además de una tuberculosis avanzada, con síntomas de sífilis.

Muchas veces se había preguntado cuándo empezó a ir todo mal, aunque en el fondo la pregunta correcta era si alguna vez las cosas fueron bien. Tuvo tres hermanas, todas menores que ella, con las que nunca llegó a mantener buena relación. Con su único hermano le distanciaban veinte años. Su carácter complicado y su físico no muy agraciado hacían comprensible, pero doloroso, que pasaran los años unida a una soltería que parecía podía llegar a ser eterna, hasta que a la edad de veintiocho años contrajo matrimonio con John Chapman. Tuvieron tres hijos. El único varón era minusválido y fue enviado a un centro de acogida. Una de las hijas murió de meningitis a los doce años.

Se mudaron en varias ocasiones hasta que en 1881 recalaron en Windsor, allí John encontró trabajo como cochero.

Annie comenzó a beber. Fue arrestada por embriaguez y actitudes inmorales. Cada vez eran más frecuentes los embrollos en los que se involucraba y había acabado separándose de mutuo acuerdo tres años antes. Hasta la Navidad del 86, John Chapman estuvo pasándole 10 chelines semanales por correo postal, momento en que encontró la muerte por cirrosis e hidropesía. Annie se enteró por su cuñado y, para su propia sorpresa, nada más recibir la noticia se echó a llorar como una niña. Vivía de aquella pensión y de lo que obtenía vendiendo flores por las calles y realizando labores de ganchillo. Fue cuando se derrumbó y dio el último paso hacia la pérdida total de su dignidad y se ofreció a cualquiera dispuesto a pagar unos peniques por su compañía.

Aún disfrutó de algunos intervalos en los que vivió con otros hombres, y siempre acababa abandonada. Durante casi todo el año, Annie vivió en el albergue de Crossingham´s Lodging House, en el 35 de Dorset Street, en el que se hacinaban a veces hasta trescientas personas. La pobreza y la vida desordenada la habían condenado a un círculo vicioso de hambre, desnutrición, enfermedad y derrumbe moral. A finales de agosto, tras mucho tiempo, Annie visitó a su hermano para contarle que estaba pasando tiempos muy duros, lo cual era harto evidente, y que necesitaba dinero. Éste le dio dos chelines. Nunca más volvió a verla.

Siete días antes, al llegar a su casa la madrugada del viernes tras haber perpetrado su abyecto crimen, no podía dar crédito a lo que había hecho. La náusea le había atrapado y parecía que no le iba a abandonar nunca. La mirada de sorpresa que se grabó en el rostro de su víctima se había fijado de manera indeleble en su cabeza. Encendió la chimenea, se arrancó frenético la ropa y la arrojó al fuego, se lavó el cuerpo entero, sobre todo las manos. Las frotó tanto que estuvo a punto de desollarlas. Se puso ropa limpia y comenzó a deambular nervioso. Todos aquellos pasados años en los que fue perseguido por aquella tendencia al mal, latente en lo más profundo de su alma, habían acabado. Y al final el férreo autocontrol había sido baldío. El pavor ante aquella inclinación perversa le hizo dedicar ímprobos esfuerzos a anularla y a no permitir que aflorara nunca. Se sentía vencido, lo que él consideraba un carácter débil había propiciado el terrible desenlace. En el transcurso del resto de la noche fue precisamente dicho desenlace el que lo transformó por completo, fue desapareciendo la inseguridad y la duda fue sustituida por un firme aplomo. Su habitual melancolía fue arrasada por una personalidad enfervorecida. Se dio cuenta de que abandonarse a sus instintos le redimía de años de esclavitud. Y todo ello le concedía una fuerza desconocida. Poco a poco cualquier atisbo de arrepentimiento se convirtió en un espejismo. El remordimiento se esfumó y la impenitencia desembarcó en él, liberadora.

Tras una semana, era un hombre nuevo; aunque su comportamiento en sociedad seguía siendo el mismo. Sabía que el resto de los mortales no le entenderían. Si se conociera la verdad, todos le darían la espalda: sus amigos, la familia, los colegas. Y aunque sentía deseos de contarlo, era consciente de que no podía hacerlo.

Pese a que los asesinatos no eran hechos aislados en el distrito en el que actuó, y a que el suyo había sido más sangriento de lo habitual, apenas tuvo difusión. También había decidido que eso debía cambiar.

Amelia Palmer era lavandera y limpiadora para los residentes del local Jewish después de que su marido sufriera una herida que había limitado sus posibilidades de encontrar trabajo. Vivía en el número 30 de Dorset Street y era amiga de Annie. La tarde del siete de septiembre, Amelia se cruzó con ella.

—¿Vas a Stratford tan pronto? —Ésa era la zona habitual de Annie.

—Estoy demasiado enferma para hacer nada —respondió con cara de cansancio—. Esta semana he pasado mucho tiempo en cama. Pero no sirve de nada que me venga abajo. Ahora voy a Crossingham´s a descansar, luego me arreglaré y saldré a conseguir algo de dinero o no tendré dónde meterme hoy.

Annie permaneció toda la tarde en el albergue. Pasada la medianoche, otro inquilino compartió una pinta con ella y la notó un poco mareada por efecto del alcohol. No había bebido apenas, pero su metabolismo provocaba que le afectara en exceso.

—Cada día estás más delgada —apuntó—. Debes comer más, o las enfermedades te consumirán.

—Esta semana he ido a Vauxhall a ver a mi hermana y a pedirle algo de dinero, y me dio cinco peniques.

Varias personas la oyeron y el pensamiento colectivo fue de incredulidad; o no le habían dado el dinero o lo había despilfarrado en bebida y otros vicios. Sacó del bolsillo una caja de pastillas algo resquebrajada. La caja se rompió del todo y Annie cogió un sobre de la repisa de la chimenea y metió las píldoras en él. Era obvio que estuvo en la enfermería y que había recibido medicación. Se tomó un par de ellas con un vaso de agua y salió a la calle. Iba protegida del frío con un raído abrigo largo hasta las rodillas, falda negra, un par de corsés, otras tantas enaguas y medias remendadas.

Notó unos pasos al comienzo de la calle. La niebla, aunque no muy densa, fue suficiente para no ver a nadie. Reanudó su marcha y los pasos volvieron a escucharse. Recordó los comentarios en el albergue referidos al cruel asesinato de una mujer la semana anterior. El corazón se aceleró y Annie olvidó su cansancio para incrementar el ritmo. En una zona oscura como pocas vislumbró la posibilidad de meterse en un pequeño callejón, a su izquierda. No lo dudó. Se hizo el silencio y poco después los pasos retomaron su camino. Annie estaba a punto de pedir socorro cuando el perfil de una sombra se recortó en la entrada del callejón. Se giró con lentitud para acercarse.

—Ya pensaba que no te encontraría.

Ella reconoció su voz de inmediato y se tranquilizó. Era uno de sus clientes habituales.

–¡Serás cerdo! No sabes el susto que me has dado. ¿Cómo se te ocurre seguirme así? –Enfadada, hizo intención de abofetearle; él paró el golpe, tan previsible como carente de energía.

–Tranquila, tigresa –ironizó, abrazándola–. Tengo algo de dinero y me he acordado de que hacía tiempo que no te veía.

Era viejo y sucio, pero nunca pudo elegir y para esto había salido. Escondidos en la oscuridad se buscaron. El corazón del barrio más sórdido de Londres escuchó sus gemidos ahogados. Por suerte para Annie, no duró mucho y pudo volver a Crossingham´s con un par de peniques en un bolsillo bajo la falda.

Llegó pasada la una y media. Entró en calor comiendo una patata horneada. El vigilante nocturno fue enviado a buscarla para reclamarle el dinero del alquiler. La llevó al despacho del administrador, en el piso de arriba, al que entregó los dos peniques.

–Esto no es suficiente, Annie, y lo sabes –le dijo apesadumbrado. Era un buen hombre y odiaba situaciones como ésa. Annie le debía varios días y no podía fiarle más.

–No tengo más dinero –más que una explicación era una súplica.

–No tienes dinero para tu cama, pero sí para cerveza –reprendió censurando con la mirada.

–Por favor, no le des a nadie mi cama. No tardaré mucho en volver y te pagaré. Ya sabes, es la 29.

Tras desaparecer por la puerta, el administrador se levantó y se asomó a la ventana. Vio la figura de Annie alejándose en dirección a Spitafields Market antes de ser devorada por la niebla.

La noche estaba siendo eterna. Annie estaba agotada, habían requerido sus servicios en varias ocasiones y ya pudo acumular suficiente dinero para que el administrador permitiera que durmiera el resto de la noche, si es que aún le guardaba la cama, así que resolvió retornar a Crossingham´s.

A la altura del número 29 de Hanbury Street, Annie se cruzó con un hombre alto y fuerte. Iba muy bien vestido, circunstancia extraña en el barrio y más a aquella hora tan intempestiva. El extraño disminuyó la cadencia de sus pasos y se quedó como hipnotizado por el pañuelo que ella llevaba alrededor del cuello, con un amplio ribete rojo oscuro que pudo distinguir al pasar por debajo de una farola. Annie levantó la cabeza un segundo y la mirada de aquel hombre le produjo un escalofrío que le recorrió toda la espalda. Intentó acelerar el paso. No pudo. El hombre no dudó. Él también había salido a la calle con un objetivo claro. Atenazó con sus fuertes manos el débil cuello de Annie, que no pudo hacer nada para zafarse. Cuando perdió el conocimiento, la arrastró a un patio trasero donde mutiló su cuerpo sin la menor compasión.

No hay deber que descuidemos tanto como el de ser felices.[4]

CAPÍTULO V

Años antes de los crímenes.

El período de descanso en el puerto tocó a su fin y el barco se dispuso de nuevo a surcar el océano Atlántico. La maquinaria del vapor fue desperezándose de manera progresiva hasta que adquirió el ritmo de crucero habitual.

En la cubierta se encontraba Fanny Osbourne, con un ceñido traje de algodón a rayas que remarcaba su fina cintura. Morena y de ojos castaños, tenía el pelo despeinado por el viento. Mantenía apretados contra ella a sus tres hijos, con fuerza. Era una mujer pequeña y en apariencia frágil, atributos que contrastaban con la dureza de su mirada. La altivez de su porte era desafiante. Y todo en ella desvelaba una determinación inquebrantable.

—Belle, puedes ir con tus hermanos a recorrer el barco. No pierdas de vista ni un instante al pequeño Hervey.

A Isobel, la mayor, todos la llamaban Belle. A punto de cumplir diecisiete años, guardaba un gran parecido físico con su madre y era una joven resuelta e introvertida. Muy morena y consciente de su atractivo físico, lucía una larga cabellera rizada que, mecida por el viento, alcanzaba sus caderas acariciándolas. Los dos niños, ambos muy rubios, eran muy distintos entre sí. El mayor, Samuel Lloyd, pensativo, parecía demasiado sereno y

---

[4]   *Virginibus Puerisque, "Apología de los ociosos",* por RLS

razonable para sus siete años y recibía el diminutivo de Sammy. Sin embargo, el benjamín Hervey Stewart, de cuatro años, vestido con traje de marinero y con una melena de largos tirabuzones, no paraba, se movía inquieto y desbordaba vida. Belle asió a ambos y se los llevó con ella sin decir una sola palabra.

Fanny entonces se volvió para divisar quizá por última vez aquella minúscula porción de la costa de los Estados Unidos. Aquello nunca había formado parte de sus proyectos. Para ser más precisos, porque en realidad jamás antes planificó nada, jamás pensó que huiría a Europa; el sentimiento pleno de liberación que inundaba su interior espantaba cualquier indicio de duda.

Conoció a Sam cuando disfrutaba las mismas primaveras que ahora contaba su hija. Él tenía sólo un año más. Natural de Kentucky, tenía algunos conocimientos de derecho y gracias a ellos trabajaba como secretario personal del gobernador de Indiana. Cierto día acudió a presentarse a Jacob Vandergrift, el padre de Fanny, propietario de una empresa mayorista de madera. Se casaron al año siguiente, el día de navidad de 1857. Y a partir de entonces, Fanny Osbourne se dedicó a complacer a su marido y a seguirle allá donde éste fue. Enamorada hasta la médula. Sin la más mínima vacilación.

Los primeros años fueron los mejores. Al año siguiente de su boda fueron bendecidos con el nacimiento de Belle. Sam era un buen hombre, la trataba con pasión y delicadeza. Jacob apreciaba a su yerno y Fanny adoraba a su padre, que les dio una casa como regalo de bodas. La vida transcurría placentera y sin sobresaltos en Indianápolis, Fanny tenía muy cerca a sus padres y cuatro hermanos, y en su casa un marido al que amaba, así como una hija adorable.

Entonces, como el más negro de los cuervos, estalló la guerra de Secesión, que asoló el país durante cuatro infaustos e inacabables años. De entre sus cuatro hermanos, Fanny tenía una relación especial con su hermana Jo, dos años menor que ella y su cómplice y confidente. Jo estaba enamorada de George Marshall, buen amigo de Sam. Y ambos fueron seducidos por el impulso patriótico que sublevó al Norte contra los estados del Sur que, tras constituirse en los Estados Confederados de América, proclamaron su secesión de la Unión. Ambos se alistaron voluntarios y durante dos años combatieron en la misma compañía. Ellos sufrieron el horror de la guerra, el miedo devastador previo a la batalla, la muerte de muchos de sus compañeros, la lluvia sobre el cuerpo y el frío en el alma. Y ellas padecieron la angustia permanente, la desgarradora incertidumbre, que a veces es más espantosa que la certeza, y el temor diario a una mala noticia.

Afortunadamente volvieron y lo hicieron convertidos en capitanes. Aún no había acabado el conflicto y un efímero rayo de esperanza alumbró las vidas de las familias Marshall y Osbourne. En enero de 1863, Jo se casó con George y aquel mismo año concibieron su primer hijo. Mas, sin saberlo, él había traído consigo de la guerra la sombra de la tuberculosis y los síntomas no se hicieron esperar. Las lluvias de Indiana minaban su salud. Sólo el caluroso clima de la costa oeste podía salvarle la vida. Y Sam no se lo pensó dos veces, no estaba dispuesto a dejar morir a su amigo y cuñado. Pidió prestados mil doscientos dólares para llevarlo hasta San Francisco, dejarlo instalado al sol y volver. A primeros del año siguiente a su boda, George se despidió de nuevo de una inconsolable Jo y comenzó con Sam un duro viaje. Atravesar un país en guerra, lleno de montañas, llanuras inmensas y desiertos no era una opción. Hasta cinco años después no estaría acabado el tren que uniría las dos costas, por lo que el camino más seguro y rápido era la ruta de Panamá. Los dos amigos viajaron a Nueva York y se embarcaron en el Ocean Queen. La dureza de la travesía, marcada por un mar embravecido, sumada a las fiebres que se esparcían por el barco, acabaron con la resistencia de George, que sólo pudo llegar con vida al istmo de Panamá. Fue enterrado en alguno de sus numerosos cementerios, a rebosar de innumerables viajeros que habían corrido su misma suerte, circunstancia tristemente habitual en aquellos años.

Sam tomó una determinación crucial que marcaría su futuro, su vida y la de Fanny. Quizá por la desesperación provocada por la muerte del que había sido su mayor apoyo en los años de la guerra, los más duros de su vida; tal vez por la posibilidad de enriquecerse; acaso por la congoja de verse solo en una tierra hostil; o, en última instancia, por la conjunción de todo ello, el caso es que Sam decidió no volver a casa y continuar su viaje hacia Nevada para, una vez allí, adquirir un trozo de terreno al que arrancar toda la plata que hubiera en sus entrañas. Nunca había oído hablar de esas minas hasta la guerra, cuando se decía que sus metales preciosos financiaban las tropas de Abraham Lincoln con millones de dólares. Se contaba que gracias a aquellas riquezas se iba a poder ganar la guerra y se rumoreaba que en San Francisco los buscadores tenían todos los botones de su ropa de plata, sus mujeres estrenaban vestidos cada día y sus casas refulgían con revestimientos de mármol. Fue el último efecto que tuvo la contienda en la vida de Fanny. Y, sin duda, el más importante.

Sam escribió sólo una carta. Cuando la leyeron, Jo creyó morir. Fanny no titubeó. Su marido le explicaba sus planes y le pedía que lo dejara todo para seguirle. Obedeció. Con la desesperación de abandonar a su hermana, desolada y embarazada. Con la pena inmensa de dejar atrás a Jacob, a quien veneraba, a su madre y al resto de sus hermanos. Pero por encima de todo, con la fidelidad más absoluta, apasionada y sin fisuras hacia Sam. Fanny lo idolatraba y hubiera ido hasta el fin del mundo por estar a su lado.

Vendió todos sus bienes, incluida la casa que su padre le había regalado, cobró su dote, cediendo su parte de la herencia futura a sus hermanos. Y con la única compañía de su hijita y un manojo de nervios agarrado a su estómago, se dispuso intrépida a cubrir la primera etapa hasta Nueva York.

Mientras todos aquellos recuerdos la asaltaban, la costa se había ido alejando poco a poco hasta quedar difuminada con la línea del horizonte y acabar desapareciendo. Ahora su destino era Amberes, en Europa. Y, en medio, el océano como salvoconducto a una nueva vida. En aquel momento Fanny no podía siquiera vislumbrar cuántos quiebros le deparaba el futuro y cuántas veces el mar la llevaría a las diferentes vidas que le quedaban por transitar. Hasta entonces, se dejó envolver de nuevo por los recuerdos que evocaba su memoria.

En cinco días llegaron en tren a la Costa Este para embarcar a continuación, rumbo a Panamá, en el Iroquois, con setecientos treinta pasajeros, de los cuales sólo cuarenta eran mujeres y sesenta, niños. El mar estaba enfurecido y nadie le contó que dos barcos acababan de irse a pique días antes ni que la disentería, la fiebre amarilla o el cólera mataban a muchos de los viajeros, sobre todo niños.

Sobrevivieron a las tormentas, al hacinamiento y a la sed. Pero cuando desembarcaron en Aspinwall creyeron que no iban a aguantar las altísimas temperaturas del trópico, la humedad y los mosquitos.

Hacía ya quince años que se sucedía un éxodo constante provocado por la fiebre del oro y la búsqueda de aventura en el oeste. Todas las semanas las compañías neoyorquinas desembarcaban en la costa atlántica del istmo de Panamá una media de un millar de personas. Lo habitual era pasar una única noche en Aspinwall, desde donde partía al alba un tren que tardaba en atravesar el istmo hasta Panamá City una media de siete horas. Con posterioridad se embarcaba de nuevo y en quince días se llegaba a San Francisco. En aquella ocasión nadie sabía cuándo llegaría un barco a Panamá City y hasta entonces el tren no partiría de Aspinwall. Además, la compañía del ferrocarril aprovechó la situación para, sin ningún escrúpulo y aprovechando el exceso de demanda, ir elevando poco a poco el precio del pasaje según se iban desgranando los días.

A pesar de todo, el tráfico desde Nueva York no cesaba. Ya eran miles las personas que se amontonaban en aquel lugar nauseabundo que era Aspinwall, donde las corrientes acumulaban, para ir pudriéndose tarde o temprano, todos los desperdicios de los trópicos. Allí mismo se unían también dos charcas profundas, antiguos entrantes del mar que habían quedado escindidos debido a las obras de construcción del ferrocarril, abortando por completo la renovación de sus aguas. Allí flotaba, descomponiéndose, toda clase de inmundicias: envases de comida, ropas, peces, serpientes y zorros muertos, incluso burros que se pudrían creando una atmósfera de un olor asfixiante. La podredumbre de estas ciénagas mataba todas las semanas alguna familia indígena. Y muchos viajeros que, tiempo más tarde, se creían afortunados por haber esquivado las famosas fiebres de Aspinwall, acababan sufriendo toda su vida los efectos del paludismo.

Ya llevaban casi dos semanas retenidas y Belle iba quedándose sin fuerzas. Fanny no permitía que saciara su sed con el agua sucia que los viajeros se repartían cada tarde. Sam le había advertido en su carta que no se les ocurriera beber de aquella agua infecta y ella seguía al pie de la letra sus instrucciones. Se alimentaban de iguana, de mono crudo y de frutas que les producían diarreas. Fanny adquirió la terrorífica convicción de que si no escapaban de allí, morirían tarde o temprano. Así es que se volcó en buscar una solución. Se le ocurrió acudir a la oficina del tren con la ingenua y desesperada intención de engatusar al jefe de estación para que fletase un tren para ella y su hija. Tuvo que esperar horas hasta que apareció alguien.

—¿Es usted el jefe de la estación? —preguntó, mientras Belle dormitaba en un banco, rezando para que la entendiera.

El hombre la miró de los pies a la cabeza con descaro y una indiferencia insultante. Fanny intentó, con las pocas palabras que había aprendido en español, hacerse entender, pero fue interrumpida.

—No se esfuerce, la entiendo. ¿Qué es lo que quiere?

Aquel tipo daba grima, Fanny no se amilanó y comenzó, alborotada, a parlotear todas las razones por las que ella y su hija no podían quedarse allí y por las que era perentorio que partiesen con urgencia rumbo a Panamá City. Una vez tras otra, lo único que cosechaba eran respuestas negativas. Al cabo de un rato, el empleado ferroviario salió de su cabina y se acercó a Fanny.

—Lo siento, señora, yo no puedo hacer nada. Hasta que no llegue un barco al otro lado del istmo, la compañía no pondrá el tren en movimiento. —De nuevo su mirada reptó por el pequeño cuerpo de Fanny, auscultándolo y deteniéndose en sus partes prohibidas; ella estaba tan preocupada que aún no se dio cuenta hasta que aquel indeseable volvió a escupir sus palabras—. Pero yo sí podría hacer su espera más placentera —murmuró, con voz pegajosa, muy cerca de su oído—, y podría incluso pagar su billete si es usted amable conmigo.

El pasmo dejó sin respiración y sin respuesta a Fanny. Su silencio fue interpretado como un *sí* y el hombre le pasó la mano por la cintura. La descarga eléctrica que provocó la sacó de su mutismo y en un segundo el cañón de la pequeña pistola que su padre le había dado, para defenderse en el oeste de los indios y los forajidos, estaba apoyado contra el pecho de su agresor. Él se echó atrás sorprendido y ella avanzó, envalentonada, sin dejar de apuntarle con la Derringer y con la mirada más cortante que fue capaz de esbozar.

—¿Tengo aspecto de querer compartir nada con un perro como tú?

—Claro que no, pero también parece que no tiene un céntimo y yo podría ayudarle a solucionarlo.

La reincidencia de aquel hombre encolerizó a Fanny hasta el punto de enroscar su índice alrededor del gatillo y, por intervalo de unos segundos eternos, ambos pensaron que iba a disparar. Fanny tensó el dedo, el hombre cerró los ojos arrepintiéndose de su atrevimiento y el tiempo se detuvo, hasta que fue rasgado por un grito.

—¡Lárguese si no quiere que le meta una bala en el pecho!

Belle despertó al oír el alarido de su madre e intuyó a alguien que se escapaba corriendo.

—¿Qué pasa, mamá? —preguntó intrigada.

Fanny se recuperaba de la desconocida brutalidad de odio que en poco tiempo había generado aquel canalla. Mientras guardaba de nuevo la pistola, el valor la abandonó y temblaba ante la mera posibilidad de haberlo matado.

—No pasa nada, cariño, no pasa nada —respondió abrazando a su hija, sin sospechar que años después desearía tener a mano la pequeña Derringer para matar a un enemigo mortal.

En cuanto se tranquilizó, comenzó a elaborar otro plan.

—Discúlpeme, usted no tiene la más remota idea de lo que está diciendo. Cruzar el istmo a pie es una auténtica locura. Siempre nos ha parecido a todos una mujer muy valiente, haciendo este viaje usted sola con una niña pequeña, así y todo esta idea no es propia de un valiente sino de un auténtico loco.

Quien así se expresaba era el señor Hill, con el que Fanny había coincidido desde el mismísimo comienzo de su periplo en Indianápolis. En el tren la ayudó cuando un revisor pretendía cobrarle por segunda vez el billete que ya había pagado con anterioridad. Al ser su apoyo infructuoso, organizó una colecta entre el resto de viajeros para resarcirla de su aciaga suerte.

Fanny ni se inmutó ante los comentarios de Hill. Cuando éste comprendió que hablaba en serio, intentó condensar todas las razones que hacían de aquella idea descabellada un absoluto desvarío.

—¿Sabe usted lo que es andar setenta kilómetros a pie? ¡Con las fiebres del Chagres y el calor asfixiante que hace! Por no hablar de las montañas, el bosque tropical, los pantanos… Discúlpeme, no sabe usted lo que dice.

Entonces Fanny le contó la segunda parte de su sencillo plan.

—Seguiré la vía del tren.

—¡Eso es imposible!, habrá zonas en las que no exista espacio a ningún lado de la vía. Por ejemplo en los puentes. Y si viene un tren en alguna dirección, la atropellará.

—Si no hay trenes, señor Hill. Y no tenemos ni la menor idea de cuánto tardará en salir uno. Si nos quedamos, moriremos. Puede incluso que no podamos pagar el pasaje. Si intentamos ir andando contaremos con una oportunidad; al menos, es más de lo que tenemos aquí. Yo quizá aguantaría, no sé cuánto tiempo le queda a Belle.

Los dos días siguientes, Fanny fue minando las dudas del hombre para que fuera con ellas. Seguían enfermando personas a su alrededor, algunas de las cuales morían de manera fulminante. Hill se dejaba seducir por la mágica seguridad en sí misma que ella demostraba. La fe total en sus posibilidades, el deseo irrenunciable de reencontrarse con Sam y la necesidad de poner a salvo a Belle, revestían a Fanny de una pátina indestructible que contagiaba a Hill, haciéndole perder terreno y debilitando su resistencia a dejarse convencer.

—Con cuatro mulas será suficiente, y cuando lleguemos a Panamá City, en tres días, recuperará su dinero revendiéndolas —Fanny le hablaba en voz baja para que nadie oyera sus preparativos—. Y ni una palabra a los demás, pues si se les ocurriera seguirnos, los indígenas venderían sus animales a precio de oro. ¿De cuánto dinero dispone?

—De cien dólares —Hill respondió de manera natural, sin pensar, sorprendido al escuchar sus tres palabras. Era un auténtico misterio para él cómo se había dejado convencer por aquella mujer.

Los tres días siguientes fueron un infierno en la tierra, en el que Fanny aprendió que el instinto de supervivencia es uno de los más primigenios del ser humano. Hill depositó en ella su confianza y esperanzas, pero no lo logró. Cuando estaban a punto de llegar a la costa, comenzó a sentir una debilidad extrema y un espantoso dolor de cabeza. Los latidos del corazón se desbocaron y comenzó a desorientarse en medio de mareos constantes. No sabía dónde estaba y a veces ni siquiera reconocía a Fanny. Ésta le obligó a subir a una de las mulas, y al poco rato cayó como un fardo. Antes de llegar al suelo, ya estaba muerto por una insolación severa.

—¿Qué le pasa al señor Hill, mamá? —preguntó la pequeña, tras dejarlo atrás.

—Nada, hija. Está muy cansado. Así que me ha dicho que se queda aquí un rato y cuando se recupere nos seguirá.

Fanny lloraba sin derramar una sola lágrima. Por Hill. Por no poder darle cristiana sepultura, no le quedaban fuerzas. Por la guerra. Por el miedo de no llegar a ver a Sam. Y por la mentira que se había visto forzada a contar a su hija. Fue cuando forjó el firme propósito de no volver a hacerlo nunca más. No podría cumplirlo.

Tuvieron la fortuna de que su llegada a Panamá City coincidió con la del buque Moses Taylor, en el que embarcaron y fueron recuperándose. Después de cuarenta y siete días de viaje, en junio de 1864 arribaron a San Francisco. Sam ya no estaba allí esperándolas. Había cabalgado durante una semana para atravesar los desiertos que separaban su mina del océano. Y cada día escrutaba el horizonte esperando ver llegar el barco con Fanny y Belle a bordo, hasta que un día un telegrama catastrófico de su socio le requirió en el campamento y no pudo esperar más.

Así que, sin perder tiempo, el día siguiente a su llegada, Fanny se internó en la región más inhóspita de todo el oeste americano. Setecientos kilómetros en diligencia, trescientos de ellos más rápidos por la sierra y cuatrocientos más pausados por el desierto. La mítica ruta del Pony Express. Nada iba a impedir que Fanny y Sam se encontraran de nuevo. Aquello la compensaría de todos sus sufrimientos.

Cuando llegó a Nevada no podía creer lo que veía: arena, matojos de espinas y polvo de álcali que quemaba los ojos y reventaba los labios. Allí no crecía nada, igual que en el desierto, y con el tiempo acabaría padeciendo cuarenta grados en verano y treinta bajo cero en invierno, además de ventiscas y avalanchas. Prosiguió hasta el corazón de Nevada, Austin, donde Sam pugnaba por encontrar una gran veta de plata. Al saltar del pescante, Fanny tenía los labios agrietados por el viento, los ojos enrojecidos y el pelo enmarañado como los matojos que hacía rodar el aire. Recogió su equipaje y con Belle a su lado se dispuso a recorrer todo el lugar hasta dar con Samuel. La primera que lo vio fue la pequeña.

—¡Papá! —gritó entusiasmada, corriendo a su encuentro.

Se abalanzaron contra él y se fundieron en un abrazo tan fuerte y desesperado que casi no podían respirar. No necesitaban hablar. Él sabía lo que habrían sufrido y no les preguntó nada sobre el viaje.

—Pinchas con tanto pelo —se quejó Belle.

Fanny pensó que con aquel bigote y aquella barba desconocidos hasta entonces también se mostraba arrebatador. Aunque muy cambiado, seguía teniendo aquellos ojos almendrados de color claro; el pelo rubio, otrora peinado con raya a un lado, ahora aparecía alborotado; los labios carnosos y los pómulos salientes. Y, como siempre, su mirada; la más soñadora que nunca había visto Fanny. Acurrucada en sus brazos y a pesar de la suciedad de la mina, reconoció su olor, se abandonó a su protección. Sam rozó con sus ásperos labios los de Fanny en un anhelado beso en el que ella se guareció. Había llegado a casa. Sam era su casa y no le dejaría escapar nunca más.

O eso creía ella.

—Mamá, Hervey tiene sueño, ¿podemos ir al camarote?

En esta ocasión la voz de Belle no resonaba en el interior de su cabeza, era real e interrumpió los recuerdos de su madre. Le costó unos instantes reaccionar. Cuando los vio acercándose a ella, se percató de que Hervey parecía estar muy cansado. Lo abrazó con cariño, de una manera con la que nunca había tratado a sus hermanos mayores. Ellos se daban cuenta, pero no se quejaban, Hervey era un niño excepcional y asumían que merecía un trato diferente. También Fanny sabía que no sintió el verdadero instinto maternal hasta que nació su benjamín.

El camarote era interior y escaso para los cuatro; aun así, se apañarían. Debía acostumbrarse a ahorrar desde el principio, en los próximos meses no les sobraría el dinero. Al menos sus tres hijos se habían tomado el viaje como una aventura, y el tamaño de su habitación en el barco era una cuestión menor.

Acostó a Hervey. Sammy y Belle decidieron quedarse con él, estaban cansados. Fanny les dio un beso y volvió a la cubierta del barco. Las sombras comenzaban a alargarse y el aire refrescaba, acababa de llegar el verano y la temperatura era agradable. El mar estaba dormido, en calma. La leve brisa provocaba pequeños rizos en su superficie. Y el barco aprovechaba esta circunstancia para navegar sin la más mínima oscilación. Hendía la inmensidad del océano sin resistencia alguna, dejando a su paso una línea de espuma blanca.

Fanny se iba a abandonar de nuevo a sus recuerdos. El traqueteo incesante del tren desde Indianápolis hasta Nueva York hizo imposible un solo minuto de la tranquilidad necesaria para meditar. Los vagones llenos, Hervey de un lado a otro, ruido, los asientos más incómodos del mundo. Casi ningún cambio en los últimos once años, desde la primera vez que realizó aquel trayecto. Sin embargo, ¡qué diferente era todo! En aquella primera ocasión iba al encuentro de Sam con una determinación que no hubiera frenado ni un huracán. Ahora, en cambio, huía de él. ¿O era otra la razón que motivaba aquel viaje? De repente, las dudas la martirizaban. Necesitaba aclararse, llegar a una conclusión. Saber qué había cambiado en ella, en Sam, en sus vidas, para alejarse de él de aquella manera.

Sam era un aventurero auténtico. Un espíritu libre. Nada le obligó a exiliarse en aquel apartado rincón del mundo. Disfrutaba de un buen trabajo, estudios en leyes, provenía de una buena familia y se licenció en el ejército como oficial. No era la pobreza la que le impulsó a modificar de aquella manera el rumbo de su vida. Una vez en Austin, descubrió que el oro y la plata en sí mismos no le interesaban. Entonces ¿qué hacía allí? Sólo había una razón: había descubierto su alma de nómada, que le impulsaba a perseguir una quimera. Y cuando Fanny se reunió con él, su amor creció, el Sam que le aportaba seguridad en Indianápolis había dado paso al Sam que le garantizaba aventuras y sueños. Y es que Fanny amaba por instinto a los idealistas, a quienes perseguían la aventura. Quizá fueran dos almas gemelas.

La vida no era nada fácil en Austin, demasiado lejos de todo; no había agua, ni harina, ni azúcar, ni café. Fanny lavaba la ropa en pequeños charcos sucios de álcali en un río casi seco. Aprendió a disparar y mejoró su puntería. En varias ocasiones tuvo que pegar tiros con su Derringer a serpientes de cascabel que se acercaban con peligro. Tampoco había medicamentos, por lo que los pequeños achaques de Belle se resolvían con remedios naturales copiados de las indias, a base de plantas y raíces. La tribu de los *piutas* no gustaba a los mineros, sin embargo Fanny se relacionaba con ellos con naturalidad. Apenas tenía amigas; el número de mujeres alrededor del Reese River no pasaría de sesenta. Por el contrario, había cuatro mil hombres, y entre ellos fue imposible sustraerse a la insana costumbre de fumar de vez en cuando un cigarrillo. Era una vida áspera, como el álcali que lo impregnaba todo. Y a pesar de todo, Fanny nunca se lamentaba y un único fin guiaba todos sus actos: proporcionar felicidad a Sam.

Un mes antes del final de la guerra, después de un año de trabajar en la mina, Sam y su socio decidieron abandonarla. Así, sin más, de la noche a la mañana. Sus deudas no hacían más que crecer y no conseguían extraer ni una sola pepita de aquel agujero que les devoraba la salud. Quizá Fanny heredó de su marido la capacidad para tomar decisiones impetuosas, sin pararse más de un minuto a sopesar las ventajas e inconvenientes. Lo cierto es que recogieron lo importante, vendieron todo lo demás para saldar las deudas con la única tienda que había en el poblado y cuando se marcharon no quedó ni huella de su paso por Austin. De nuevo a la aventura, de nuevo abocados a un futuro incierto. Sam al frente y Fanny con su hija tras él. Para empezar de nuevo de cero.

La siguiente parada de su azarosa vida en común fue Virginia City. ¿Mejoraron con el cambio? En absoluto. Sin saberlo, habían recalado en la ciudad más salvaje de todo el Oeste americano. Se contaban hasta siete los cementerios que acogían a hombres asesinados; por el contrario, nadie en la cárcel, ni un solo representante de la ley; con ciento veinte salones y ochocientas prostitutas, Virginia City era el máximo exponente de la fiebre del oro. En los últimos cuatro años se habían extraído metales preciosos por valor de veinte millones de dólares y en los diez siguientes la cifra alcanzaría los trescientos. Sam ya no buscaba oro y encontró trabajo como escribano en un tribunal que celebraba varias sesiones al día. La justicia era cualquier cosa menos justa, pero no pagaba mal del todo y Sam no se sentía responsable de que aquello cambiara. Empezaron a vivir en una pequeña casa de madera en el extrarradio de la ciudad, con un pequeño terreno delante de la puerta.

Unos veinte días después de su llegada, una epidemia de escarlatina atravesó la ciudad y muchos niños murieron. Belle enfermó. Fanny la cuidó día y noche y aunque la fiebre remitió Sam obligó a que fueran a casa de unos amigos en la costa a pasar la convalecencia y recuperarse del todo. El ocho de abril, justo el día antes de la rendición de las tropas del Sur, subieron a una diligencia rumbo a San Francisco.

Recordando lo que pasó luego, Fanny se arrepentía en la cubierta del barco por haber accedido y dejar a Sam solo. Pero conociendo su comportamiento posterior, sabía que, más bien antes que después, hubiera pasado lo mismo, en otra ciudad, en otro momento, con otra mujer. Daba igual. En la esencia arrolladora de Sam había un aspecto de su personalidad, oculto hasta entonces, que iba a marcar su relación.

Aquel mismo día, Sam se encontró de nuevo con la señora Betty Beaumont Kelly, una joven y hermosa viuda que había conocido en el vapor que le llevara a Aspinwall junto con George. Betty le ayudó entonces a cuidar a su cuñado las horas previas a su muerte. Más tarde se separaron, y el destino se empecinó en reunirlos de nuevo, por lo que volvieron a coincidir en Virginia City y pasaron la noche juntos. Betty le contó que acababa de abrir una pensión para mineros y que había comprado los muebles en una tienda de San Francisco, los clientes se quejaban sin parar porque aún no habían llegado. De nuevo Sam tomó una decisión alocada, no meditada, y le ofreció el mobiliario de su casa. Ella aceptó, con la condición de que se alojara en su pensión mientras los muebles llegaban de la costa oeste.

No preveían que, días después del final de la guerra, Lincoln fuera asesinado y que ello provocara fuertes algaradas en

San Francisco. Fanny fue presa del pánico y decidió regresar a Virginia City sin avisar. Cuando entró en la casa y la encontró vacía el corazón le dio un vuelco; el miedo a haber sido abandonados por Sam se instaló en su interior y estuvo a punto de enloquecer. Se hincó de rodillas en medio del salón desnudo y mientras hacía titánicos esfuerzos por no ponerse a gritar, presa del histerismo, oía a Belle llorar porque no encontraba sus dibujos. Su capacidad de reacción habitual parecía haber desaparecido y la razón no era otra que Sam. Siempre Sam. Era él quien le daba fuerzas para enfrentarse a cualquier peligro, revés o complicación. Ahora Sam no estaba y sin él no sabía de dónde iba a sacar la energía para moverse, ni siquiera para intentar sosegar a su hija, que lloraba desconsolada.

Consiguió levantarse, tranquilizó a su hija asegurándole que encontraría sus dibujos y salió a la calle a preguntar a sus vecinos si sabían algo. La vecina de la casa de enfrente se lo contó todo.

—Al día siguiente de marchar usted a San Francisco, su marido metió todos los muebles en un carricoche. Iba acompañado por una mujer hermosa, de tez muy blanca y pelo rubio. Era muy amable. Me dijo que estaría unos días fuera, en una pensión en C Street.

Fanny no entendía nada. Asió de la mano a Belle con fuerza y caminó con paso firme en la dirección indicada por su vecina. Cuando llegó y comprobó que sus muebles estaban allí, dio rienda suelta a su enfado. Toda la contención que mostró en su casa, ante la incertidumbre, desapareció de golpe. La viuda Kelly supo desde el principio quién era aquella mujer que la llamaba ladrona y que gritaba que le devolvieran sus muebles. Fue un escándalo comentado en la ciudad durante meses. Lo que nadie supo es que Sam lo oía todo desde la cama de su amante, con la que había estado retozando poco antes. Como muestra de una increíble ingenuidad, pensó que Fanny no sospechaba su infidelidad. Ella sólo gritaba por sus muebles, no preguntaba por él. Podría mantenerlo en secreto. Nadie tenía que sufrir por su desliz.

Sin embargo, el mundo desapareció bajo los pies de Fanny. Ocho años de matrimonio no habían sido suficientes para poner cimientos sólidos a su relación con Sam. De repente, la angustiosa certidumbre de que su amor era de barro la hundió en las profundidades de un pozo de mentiras. Lo peor no era el engaño, sino que toda la dicha encontrada al lado de su esposo era un espejismo sin fundamento. Entonces Fanny tomó una decisión de la que tiempo después se arrepintió con amargura. La mujer obediente, sumisa y leal iba a pasarse los días lanzando reproches constantes. Para martirizarle por su error y para que acabara pidiéndole perdón, cosa que no había hecho aún y que Fanny necesitaba.

—Es difícil vivir con alguien en quien no se confía... No me respetas... ¿Para eso me mandaste a San Francisco, justo después de haber estado Belle a punto de morir?... Le diste incluso los dibujos de tu hija, hasta lo más íntimo, ¿qué necesidad tenías?.. ¿Cuántas veces me has engañado antes?

No sólo no consiguió que Sam reconociera su error, sino que provocó un clima familiar irrespirable y motivó que éste comenzara a frecuentar los salones de Virginia City y a sus prostitutas. La situación era cada vez más insostenible, hasta que una nueva llamada de la aventura volvió a tocar a la puerta de Sam y vio en ella la excusa perfecta para huir de su deterioro y de su propia destrucción. Aunque no había dejado de querer a Fanny, la vida en común era un infierno. En las montañas de Montana se habían descubierto fabulosos yacimientos y en unos días se organizó un convoy que una mañana de marzo de 1866 se adentró en el desierto. Una columna de mulas, ocho carruajes y cuarenta buscadores de oro a caballo, entre los que se encontraba Sam. Ella no salió a despedirse.

Entonces llegó el remordimiento. Y Fanny se echó la culpa de todo. No había sido capaz de hacer feliz a Sam lo suficiente. Ella era la verdadera responsable de su infidelidad. Luego, no supo perdonarle y le hizo la vida imposible con su perenne intransigencia. Por eso Sam se marchó. Belle quería a su padre y lo echaba de menos, preguntaba por él y lloraba su ausencia. Así que también era responsable de su dolor. Deseaba que volviera para ser ella quien le pidiera perdón.

La primavera y el verano pasaron sin una sola carta. El invierno llegó acompañado por un clima atroz que amenazó con aislar Virginia City. Todo el mundo se marchaba. Fanny aguantó hasta el último instante. Sam no volvía. Si se quedaban podían morir; si se marchaban ¿cómo las encontraría? Esperaron en vano. La víspera de Navidad Fanny compró pintura roja y, de modo rudimentario, con un cubo y una escoba embadurnó la fachada con pintadas color sangre. Cuando acabó, dejó la casa, los muebles de la discordia y procedió a ocupar la última diligencia que iba a escapar de allí antes de que fuera imposible. Al mirar atrás por última vez, comprobó que su telegráfico mensaje de tres líneas podía leerse con facilidad.

Te esperamos en San Francisco.
En el hotel Occidental.
¡Ven a buscarnos!

Ya llevaban un tiempo alojadas en San Francisco cuando la esperanza desapareció como un mazazo. Una noticia corrió como la pólvora por toda la ciudad: los indios habían asaltado un convoy de buscadores de oro que había salido de Virginia City en dirección a Montana. Ocurrió al norte de Hangtown. Atacaron de madrugada. Todos dormían y muchos ni se enteraron. No hubo supervivientes.

Sam estaba muerto. Fanny no pensó que habían sido los indios, ella era la culpable de su muerte. No era la que había blandido el cuchillo o la que había disparado la flecha, pero se consideraba la asesina de su marido. El sentimiento de culpa no le permitió derramar ni una lágrima. La tristeza era infinita.

De nuevo ante una encrucijada: volver a Indianápolis o quedarse en San Francisco. Contra todo argumento racional, Fanny optó por la segunda opción. Contra toda lógica decidió quedarse en una ciudad donde no conocía a nadie, viuda, con una hija pequeña, sin trabajo. En vez de volver al hogar paterno, con Jacob, con su madre y hermanos. En vez de volver al consuelo y a una vida ordenada de nuevo, para ella y, sobre todo, para Belle, optó por el esfuerzo de reconstruirse a sí misma sin apoyos.

Encontró un empleo de retocadora en una tienda de confección. Y se volcó en su trabajo. Cosía de sol a sol, casi sin descanso. No sólo no se quejaba sino que pedía cada vez más trabajo y no era extraño que se llevara labores para terminar en la pensión. Sin prisa se iba redimiendo y en septiembre ya sabía que conseguiría alimentar, vestir y pagar la educación de su hija sin tener que pedir ayuda económica a su padre. Por primera vez en su vida, era independiente. Fue entonces cuando se sintió con fuerzas para escribir a Jacob una carta informándole de la desgraciada muerte de Sam a manos de los indios.

Cuando llegó el noveno cumpleaños de Belle pudo, incluso, regalarle una muñeca china a la que la niña llamó Mathilda. Con los restos de los vestidos que confeccionaba, había conseguido un armario completo para la muñeca.

Poco a poco recuperaban la normalidad cuando Sam resucitó volviendo al mundo de los vivos después de haber estado muerto durante meses. Unos pocos habían escapado de la emboscada de los indios y él había sido uno de ellos.

Fanny no pudo evitar sentir el mismo estremecimiento que ocho años antes. Cuando lo vio, se desmayó. Y cuando recobró la consciencia, lo primero que vio al abrir los ojos fue su barba hirsuta, su pelo largo quemado por el sol y el viento. Y su mirada de siempre, enamorada y sonriente. Sam era así. Nada de lo anterior contaba ya. Siempre dispuesto a comenzar de cero. Su única duda era si Fanny estaría igual de dispuesta.

Felicidad renovada. Familia. Los tres juntos de nuevo. Sam volvió a encontrar trabajo de escribano en los tribunales y en quince días salieron de la pensión para instalarse en una casita de la calle Quinta. Fanny le había perdonado y seguía luchando por perdonarse a ella misma. Sam estaba de nuevo enamorado, se comportaba como antes de la guerra. Y Belle estaba radiante al lado de su padre, al que adoraba.

La vida de la familia Osbourne estaba condenada a ser como una montaña rusa permanente. Tan pronto en lo más alto de la felicidad como en lo más bajo de la depresión. La ventura completa llegó de la mano de un nuevo hijo, pero duró poco y durante el embarazo Sam perdió el interés en Fanny, volvió a las juergas y a atracar en puertos ajenos. Dormía fuera de casa y acabó manteniendo a una divorciada.

A finales de abril de 1868 nació Samuel Lloyd y un mes después fue Fanny la que abandonó su hogar. Huyó de un amor falso que la iba a matar o a volver loca. Lo que no llegó a hacer cuando creía a Sam asesinado por los indios, lo iba a hacer ahora con sus dos hijos, uno de ellos tan pequeño que asumía un grave peligro al atravesar el trópico. El viaje a Panamá, el tránsito a Aspinwall y la posterior travesía en barco hasta Nueva York se desarrollaron milagrosamente sin incidentes y todos llegaron sanos y salvos a Indianápolis.

Hacía cuatro años que no veía a su familia paterna. Cuando Fanny llegó, la alegría se desbordó incontenible. Todos querían arrullar al pequeño Sammy. Fanny recibía besos por doquier. Aún así no se sintió en casa hasta que Jacob la abrazó con lágrimas resbalándole por sus mejillas. Belle cogía a duras penas a su primo, el hijo de Jo y George, que correteaba entre carcajadas. Cuando Fanny lo vio y cruzó su mirada con la de su hermana, tampoco pudo contener su emoción. Y todo esto bajo la mirada atenta de Esther, la madre de Fanny, que siempre se mantenía en un discreto segundo plano, incluso en ocasiones como aquella.

La espesa calígine de la noche iba envolviendo el barco y Fanny iba a recordar a continuación la única discusión trascendente con su padre en toda su vida. Jacob fumaba su pipa en el porche de la casa. Desde la llegada de su primogénita, hacía ya casi un año, sospechaba, sin embargo no se atrevía a indagar en profundidad, pues siempre recibía evasivas. Aquella noche venció su reticencia a inmiscuirse en la vida de su hija e hizo una pregunta clave.

—¿Hasta cuándo te quedarás con nosotros?

Ella sabía hacia dónde iba a derivar la conversación y no le apetecía hablar de ello, por lo que intentó eludir la pregunta.

—Ya veremos —respondió cortante.

Jacob conocía demasiado bien a Fanny y con su respuesta ya le había dicho lo suficiente. Así que no soltó la presa.

—El sitio de una mujer está al lado de su marido...

Fanny lio un cigarrillo, sin responder. Miró desafiante a su padre intentando hacerle llegar que no siguiera por aquel camino. El intento fue infructuoso.

—Desconozco lo que ha pasado entre Sam y tú, querida, pero debes volver.

Fanny no podía creer lo que oía. Una injerencia de semejante calado era desconocida en su padre. La educación que transmitió a todos sus hijos se basaba en los sentimientos, en escuchar al corazón y seguir los instintos, incluso en contra de los convencionalismos. Y sin saber nada, sin haber preguntado qué había pasado, tomaba partido por Sam y criticaba sin ambages su decisión.

—No te entiendo, padre. Sé que aprecias a Sam, y sin saber lo que ha pasado, tus afirmaciones son una temeridad. Supongo que en la mayoría de los casos estaría de acuerdo contigo, pero no en éste. Sam me ha engañado, padre, y varias veces. Así que me he ido para no volver nunca más. El sitio de una mujer no está al lado de un hombre que ni la quiere ni la respeta. Si alguna vez lo hizo, de eso hace ya mucho tiempo —hizo un teatral paréntesis y clavó su mirada en los ojos de su padre—. No volveré allí, ¿lo entiendes?

—En una relación todos cometemos errores, Fanny, hay que saber perdonar. Seguro que Sam ha hecho cosas de las que no se sentirá orgulloso, pero tampoco es fácil convivir contigo...

No pudo continuar, su hija estaba enfadada.

—Creo que te estás metiendo donde no te llaman, padre. Y me duele que justifiques a Sam a la vez que me criticas. No voy a seguir hablando de este tema. Siempre te he respetado y no quiero que mi relación contigo cambie. Te quiero demasiado. Así que sólo te voy a hacer una pregunta y seguido me iré a acostar. Piensa bien la respuesta, no te lo preguntaré dos veces. ¿Vas a permitir que yo y mis hijos nos quedemos en esta casa mientras queramos o nos echarás para que volvamos con Sam?

Jacob también adoraba a su hija y aquella pregunta se clavó en su interior con tanta fuerza que ya nunca salió. No volvió a ser el mismo. Vació el contenido de su pipa en el suelo, se levantó con esfuerzo y, mientras entraba en la casa, contestó al aire.

—Puedes quedarte todo el tiempo que quieras.

Fanny reivindicaba su derecho a ser libre y siempre tuvo el apoyo de su padre hasta entonces. Como mujer casada no podía tomar determinadas decisiones. Sus padres la presionaban; la condescendiente Jo, a la que no reconocía, también impulsaba a que volviera, y Belle reclamaba llorando su derecho a ver a su padre.

Y como Sam siempre había poseído el don de la oportunidad, a la mañana siguiente llegó su carta. Conciliadora e impregnada del conocido olor a su inmaduro encanto habitual. Pidiendo una nueva oportunidad, atrayéndola de nuevo a sus brazos.

¿Por qué volvió? No lo sabía. Sí intuyó que estaba cometiendo un nuevo error. El caso es que de pronto Fanny hizo sus maletas de nuevo. Esta vez atravesó el país en tren, tres semanas antes habían concluido las obras del Transcontinental, que unían desde entonces las dos costas de los Estados Unidos. Una obra faraónica con cerca de diez mil muertos a sus espaldas iba a devolver a Fanny a San Francisco en diez días. No podía creer que no tuviera que sufrir la tortura de Panamá. En el mes de junio de 1869, Sam y Fanny habrían de encontrarse de nuevo, esta vez siendo dos personas radicalmente diferentes.

Dos años después de su vuelta con Sam, vivieron en East Oakland, ciudad situada en la parte este de la Bahía de San Francisco. En otra casita con otro pequeño jardín compartieron una vida de moderada estabilidad y sin alteraciones de importancia. Una vida monótona, con Fanny dedicada al mantenimiento de la casa, a cuidar un pequeño huerto plantado en una esquina del jardín; limitada a amasar pan, a sus guisos en la cocina y a cuidar a sus hijos, con los que Sam no estaba mucho tiempo debido a su trabajo. Aquél no era su ideal de vida en absoluto; pero si la situación se hubiera mantenido, Fanny no habría embarcado con la proa apuntando al viejo continente.

Fanny concluyó que Sam ya no era el eje de su vida. Aunque le quería, el pasado pesaba en exceso. Él, sin embargo, era el rey de la frivolidad, convencido de que los sentimientos subsistían idénticos al día de la boda. Y a pesar de tanta incongruencia, en junio de 1871 Fanny esperaba ansiosa el nacimiento de su tercer hijo, que lo cambiaría todo. Sus tres embarazos fueron diametralmente diferentes. En el primero la motivación era traer un hijo al mundo en común con el hombre al que amaba. El segundo vino acompañado con la posibilidad de una renovada felicidad conyugal. Y el tercero fue la respuesta al deseo de Fanny de ser, a sus treinta y un años y por primera vez en su vida, madre. No había ninguna otra razón. Ya antes de nacer, Hervey desplazó todo a un relativo segundo plano. Cuando su olor y sus risitas se esparcieron por la casa, inundaron a Fanny de una felicidad desconocida. Sólo tenía besos y palabras para su bebé, se reía a cada minuto con sus mohines, y sus abrazos, que nunca había prodigado, ya sólo tenían un destinatario.

La consecuencia no se hizo esperar. De nuevo la parte infantil de Sam afloró con fuerza. Sentía celos de su propio hijo. Sam, el infiel, no podía tolerar que su mujer disfrutara de su maternidad con semejante devoción y que tal circunstancia le dejara apartado. Sin paciencia, sólo amaba a Fanny cuando ésta le demostraba que era el centro de su universo. Apenas un mes después, Sam reanudó su relación con una antigua amante que vivía a dos pasos del tribunal donde trabajaba. No hizo nada por ocultárselo a Fanny. Para consumar del todo su venganza, empezó a ocuparse mucho más de Belle y Sammy, para ponerlos de su parte, jugando con ellos siempre que podía y contándoles más historias de las que les había referido nunca.

Aquel cúmulo de olvidos y revanchas fue decisivo, aunque aún habrían de pasar un par de años hasta su efecto final.

Belle siempre demostró una afición natural por pintar y a sus dieciséis años manifestó el deseo de recibir lecciones en la San Francisco School of Design. Fanny la matriculó de inmediato y en el último momento se inscribió con ella. La escuela se encontraba en la esquina de Market y de Pine Street, regentada por Virgil Williams, el pintor de moda en California, y por Dora, su segunda mujer. Belle demostró talento para el dibujo y, en cambio, Fanny tenía un don para el uso del color. Conocieron a otros pintores, a algún músico y a varios escritores. En aquel entorno, el arte surgió apabullante. Las atrapó sin remedio y marcó el resto de sus vidas. Durante un año entero acudieron tres días a la semana. Para Belle era como estar en el paraíso y Fanny dividió su vida entre Hervey y la escuela.

Todo el entramado de razones por las que Fanny tomó su gran decisión ya existían. Sólo faltaba que fuera consciente de todas ellas. A medida que la oscuridad envolvía el barco y que la luna se reflejaba en el océano en forma de estela, Fanny hacía esfuerzos infructuosos por evocar el momento exacto. Nunca lo conseguiría. Lo que sí recordaba era la primera conversación con Sam.

—Me voy —no pudo ser más concisa, no pudo decir tanto de manera tan breve y sin que Sam entendiera nada. Pero no tardaría en hacerlo.

—¿Qué quieres decir? ¿A dónde te vas?

—A Europa. Y me llevo a mis hijos.

La sorpresa noqueó a Sam como el puñetazo de un boxeador experto. No podía creer lo que sus oídos habían escuchado. El ver la determinación cincelada en el rostro de mármol de Fanny, despejó todas sus dudas. Hablaba en serio.

—¡No te lo permitiré! —Sam estalló, se convirtió en su propio grito—. ¡No puedes hacerlo! ¿Te has vuelto loca? También son hijos míos.

Fanny presintió su victoria, se vio más poderosa que Sam, más segura. Y siguió asestándole golpes que le quitaban el resuello.

—Ya no nos queremos. No tenemos nada sobre lo que volver a empezar. Es imposible. Yo necesito dar un cambio a mi vida o de lo contrario sí que acabaré loca de atar.

Sam recorría la estancia de un extremo a otro, como un lobo enjaulado. Nunca pensó que aquello podría ocurrir, e incluso consideró la posibilidad de abofetear a su mujer hasta que los fantasmas que empezaban a atormentarla la abandonasen. No era un hombre violento y no lo hizo. Se le ocurrió una idea.

—Seamos razonables. ¿Por qué no os vais a Indianápolis una temporada? —Sam era conocedor de las ideas de Jacob y lo consideraba un aliado capaz de aplacar a Fanny. Ésta no estaba dispuesta a ceder ni un centímetro de terreno.

—No —respondió un segundo después.

Sam, enardecido, explotó de nuevo.

—¡Nunca te irás de aquí! Eres mi mujer y no puedes dejarme. Y no te permitiré llevarte a nuestros hijos. Es más, no creo que ellos quieran ir. ¿De qué vivirás? ¿Dónde? ¿Qué demonios vas a hacer en Europa?

Fanny enfureció de golpe. Tantos años acatando sus decisiones, siguiéndole por el mundo y respondiendo con amor renovado a sus infidelidades. No tenía ningún tipo de legitimidad para imponerle nada. Así que asestó su ataque definitivo.

—Ya no te acuerdas de la decisión que tomaste después de enterrar a George. Ni me consultaste ni me pediste permiso. Nos hiciste atravesar medio mundo para estar contigo, para mantener la familia unida. Estuvimos a punto de morir. —La mirada acerada de Fanny sostuvo la de Sam, debilitada y huidiza—. ¿Qué lógica tenía? ¿Te crees que alguien en mi familia aplaudió tu sinrazón? Sin embargo yo no pensé que habías enloquecido y admiré tu intrepidez. ¿Y cuando decidiste abandonar la mina de Austin? ¿Y cuando nos abandonaste para ir a Montana? No te llevaste a los niños entonces, parecías no necesitarlos. Ni a mí. Me rompiste el corazón, y pareció no importarte. ¡Maldito seas! No mandaste ni una sola carta y te creí muerto. Y ahora, según tú, yo no puedo seguir mis impulsos. ¿Por qué? ¡Reclamo el mismo derecho a tomar decisiones! ¡Incluso en contra de tu voluntad! Ser tu mujer no me convierte en una esclava, ¿o sí?

Fanny era consciente de que, en un momento en que la mujer no tenía los mismos derechos que un hombre, Sam era contrario a aquella situación. Aunque tenía muchos defectos, no era un hombre machista. Sabía de antemano que su respuesta no podía ser afirmativa. Había ganado la batalla. Se dio la vuelta y se marchó.

Los días siguientes ella comenzó los preparativos. Sola. Sam se había marchado de casa y no iba ni a dormir. Ella contó una versión edulcorada a sus hijos y lo planteó como una nueva aventura en su agitada vida. A Belle se la ganó anticipándole que iban a estudiar arte en Amberes; su hija, entusiasmada, no podía creerlo. Comenzó a hacer las maletas y compró los billetes de tren. Pero no preveía un último intento de Sam por retenerla; avergonzado, humillado y muerto de miedo. Una semana después de su discusión, apareció de nuevo.

—Vuelvo a casa. La he dejado.

Estaba borracho. Nunca valoró lo suficiente el amor de Fanny porque pensaba que siempre estaría ahí, a su disposición, y esa seguridad le gustaba. El golpe de verse solo, quizá para siempre, había sido muy fuerte, derribando de un plumazo su confianza y sus certezas. Viéndole tan derrotado y vulnerable, una fugaz sombra de debilidad hizo titubear a Fanny, que ella desterró de inmediato. Lo que sí hizo fue una concesión: sustituir en sus palabras y en su voz la dureza por la ternura.

—No puede ser. No saldrá bien. Nos acabaríamos destrozando el uno al otro.

—Solo te pido una última oportunidad. He cambiado.

Los recuerdos llegaban a su fin. Fanny rememoró aquella última conversación y las súplicas de Sam. Recordó cómo le convenció para que permitiera su marcha; cómo convinieron que le mandara todos los meses dinero, durante un año al menos. Por sus hijos. Luego ya verían. Sam se derrumbó del todo, llorando con amargura. Fanny ya no se sintió culpable. Cada persona es dueña de su destino y responsable de sus actos. Sam tenía mucho de qué arrepentirse. Como ella. Y cada uno sufriría su particular penitencia, alejados el uno del otro.

Aquella increíble mujer aún iba a permanecer un rato admirando las estrellas en el firmamento, sin saber que en el futuro llegaría a conocer la disposición de todas las constelaciones necesarias para orientarse en casi todos los mares del mundo. Más tarde se retiró al camarote en el que dormían sus tres hijos.

Una norma de la Academia de Pintura de Amberes supuso una desagradable sorpresa para Fanny y Belle: no aceptaba a mujeres como alumnas.

–Si aquí no nos permiten estudiar a mí y a mi hija, nos iremos a otra escuela de arte –dijo Fanny encorajinada y con el orgullo herido.

–No me entiende, señora, no hay ninguna escuela en toda Bélgica que acepte mujeres. Todos los estudiantes de arte en este país son hombres. Lo siento, tendrán que ir a París –les informó el director, fingiendo un pesar que no sentía.

Fanny no había hecho un viaje tan largo para dejarse vencer tan pronto y sufrir la humillación de volver derrotada junto a Sam. Menos de cuatrocientos kilómetros separaban Amberes de París. Además, había una razón añadida y es que, a su llegada a la localidad belga, Hervey enfermó y no mejoraba. Así las cosas, una segunda persona les recomendó acudir a la Ciudad de la Luz: el médico que le atendió.

–Desconozco lo que le ocurre a su hijo, señora Osbourne –afirmó con una preocupación que no conseguía esconder escrita en el semblante–. En París hay especialistas que sabrán tratar al pequeño.

Un par de semanas después llegaban a la capital de Francia. La ciudad les encandiló. Por supuesto que habían oído hablar de ella, pero la realidad superó con creces a su imaginación. Era inmensa. Rebosaba vitalidad. Las ciudades en Estados Unidos eran jóvenes e inexpertas y París era como la sabia abuela de todas ellas. Era el París recién estrenado del barón Hausmann, aunque algunas zonas estaban aún en fase de remodelación. El París que presenció, como testigo privilegiado, la eclosión del impresionismo. El París moderno y el bohemio, donde infinidad de artistas luchaban por destacar y suscribían la máxima de que "el arte y la vida son lo mismo". Y es en esta ciudad en la que recalaron Fanny y sus tres hijos, con maletas llenas de planes y entusiasmo. Nada más llegar, buscaron un médico para Hervey y los primeros días se dedicaron a recorrer sus calles y sus barrios, a visitar los monumentos y las iglesias, a pasear por las orillas del Sena y a enamorarse de su esencia.

Acudieron al consulado para saber cuál era la mejor escuela en la que poder estudiar arte y pintura. Al igual que en Bélgica, la gran mayoría de ellas, como la escuela de arte oficial, permitía la entrada sólo a los hombres. Les recomendaron, por tanto, la Académie Julian, fundada ocho años antes por el pintor Rodolphe Julian con el objetivo, entre otros, de permitir que las mujeres se pudieran matricular como los hombres, participando en todas las actividades. Incluida la pintura con modelos desnudos, tanto femeninos como masculinos, lo cual se consideraba una base fundamental para el aprendizaje artístico, así como un incipiente escándalo.

La Académie Julian había tenido éxito y fue abriendo varios talleres a lo largo y ancho de la ciudad. El que quedaba más cerca de su apartamento era el situado en una galería del Passage des Panoramas. Había que subir por una escalera de caracol desvencijada y ocupaba un par de espaciosas habitaciones. El día que fueron a inscribirse, las dos estancias, una mucho más grande que la otra, estaban llenas de humo. En ambas, sobre un estrado bastante elevado, posaban sendos modelos. A su alrededor se amontonaban los alumnos, casi todos mujeres, pintando en lienzos apoyados sobre caballetes de madera. Pudieron comprobar que la gran cantidad de estudiantes convertía al amplio taller en un lugar escaso para acogerlos a todos, por lo que era necesario acudir al alba si se quería ocupar un lugar de privilegio. De lo contrario, se acababa relegado al fondo del todo, casi sin espacio y con una mala visión del modelo.

Al comienzo iban las dos juntas, pero al poco tiempo sólo acudía Belle, la enfermedad de Hervey persistía y Fanny empezó a cuidar de él en todo momento. El doctor estimaba que la recuperación sería lenta y que no estaría curado del todo antes de tres meses. No indicaba cuál era la enfermedad que lo postraba en cama, y la medicación recetada no parecía lograr efecto beneficioso alguno. Parecía tan desconcertado como el galeno belga, por lo que Fanny prescindió de sus servicios e hizo llamar al doctor Johnstone, uno de los mejores médicos de todo París. No fue portador de buenas noticias. Hervey sufría diferentes males, pero lo peor era que estaba amenazado por la tuberculosis ósea, una enfermedad terrible y muy difícil de tratar. Así que todas las noches, durante un mes, debían untar su costado con una droga tan potente que, durante unos minutos, afectaba a todos los que permanecían en la misma habitación.

Los honorarios del doctor eran elevados y para Fanny era difícil pagar todos los gastos. En su última carta, Sam le explicó que no podía mandarles más dinero del habitual. Y así comenzó el nuevo año, Belle ocupada en la Académie Julian, Sammy acudiendo a la escuela pública y Fanny en casa velando a Hervey. En un invierno riguroso, sólo podían mantener fuego en la habitación del pequeño, y por las noches el frío hacía temblar bajo las mantas los cuerpos de sus hermanos. Fanny frotaba los cuerpos de sus otros dos hijos para intentar que entraran en calor. Dormía a ratos y cada día que pasaba estaba más delgada y cansada.

Hervey no mejoraba. Johnstone acudía cada vez más a menudo. Apenas tenían para comer, todo el dinero iba a parar a los medicamentos y al doctor. Belle, absorta en sus estudios, aguantaba bien, Sammy estaba adelgazando y siempre tenía hambre. Todo era para Hervey, sus hermanos lo entendían y aceptaban de buen grado el sacrificio.

Empezaba a ser frecuente que en medio de la noche Hervey se despertara llorando; cuando Fanny acudía a consolarle y le abrazaba, notaba su pequeño cuerpo cubierto de sudor. Comenzaron los ataques de tos, que poco a poco fue haciéndose más cavernosa. Llegaron nuevos tratamientos del doctor Johnstone, baños terapéuticos, vendajes, distintos tipos de medicación, la repugnante recomendación de beber sangre fresca de toro. Nada daba resultado y el pequeño empeoraba día a día. Fanny lo veló cada minuto. No permitió que Belle la relevara por miedo al contagio, posibilidad remota pero posible, según le informó Johnstone. Rezó por su hijo a un Dios en el que no creía. Cada vez que el pequeño se dormía, el miedo a que fuera para siempre se cernía sobre ella como un pájaro de mal agüero. Cada vez que despertaba y, a pesar de todo, le regalaba una sonrisa, la esperanza renacía.

Su último mes de vida fue una tortura. Johnstone acudió con otros médicos y no acertaban a comprender cómo era posible que aquel frágil corazón, en un cuerpecito tan débil, siguiera latiendo. Un funesto día comenzó a sangrar. Por sitios diversos. Días después, el pobre ya notaba cuándo se iba a producir la hemorragia y avisaba con un hilo de voz: "Sangre, mamá". Fanny no olvidaría nunca el olor del fluido vital de su hijo. El dolor era cada vez más intenso; Hervey nunca se quejaba, cerraba los ojos y apretaba los dientes. Era Fanny la que, cuando conseguía estar a solas, se deshacía en lágrimas y se desgarraba con todos los gritos que no lanzó nunca Hervey. El último tormento de tan inhumana enfermedad fue el despedazamiento de su esqueleto. Cada vez que le sobrevenían las fuertes convulsiones, ella notaba cómo le crujían los huesos al dislocarse o romperse. A veces perdía la consciencia.

Una noche Fanny sintió el olor de la sangre, no sabía que su hijo sufría una hemorragia interna.

–Túmbate a mi lado, mamá. –Aquella misma noche Fanny se había quedado dormida y apenas oyó la casi inexistente voz de Hervey. Amanecía y una tenue cascada de luz se colaba por la ventana. Se hizo un hueco y posó una mano sobre el pecho de su hijo mientras le acariciaba el pelo con la otra. Unos minutos después, su corazón se detuvo. Del gélido sobresalto, a punto estuvo de hacer lo mismo el de su madre.

Ningún padre debería sobrevivir a un hijo. Es imposible describir con palabras la angustiosa desolación que sintió Fanny.

Había dado aviso a Sam mediante un telegrama fechado el uno de marzo. Su hijo se moría y era imposible trasladarlo a América. "Ven al precio que sea", le rogó. Sam había llegado el día treinta, a tiempo de ver a Hervey sufrir como un perro su última semana de vida. Apenas fue capaz de sostener su mirada ni de entrar en su habitación. Aunque en su interior ambos padres acusaban al otro de la muerte del niño, por no mandar más dinero o por no haberse quedado en Oakland, el caso es que Sam representó un apoyo para Fanny y entre los dos consolaron a Belle y a Sammy.

Los Osbourne no disponían de suficiente dinero para enterrar a su hijo en alguna de las necrópolis importantes de París. Al final consiguieron una sepultura provisional en Saint-Germain-en-Laye. En diez años sus restos serían arrojados a una fosa común si antes no lo impedían, horrible posibilidad que persiguió a Fanny los años siguientes.

Sam sugirió, sin mucho entusiasmo, que volvieran con él a Oakland. En aquel instante de flaqueza, Fanny dudó, pero al final declinó el ofrecimiento. En el fondo, él respiró aliviado ante su negativa, porque tras su marcha había enjugado sus lloros y había apartado su desesperación con una nueva amante, con la que llevaba meses viviendo y durmiendo en la misma cama que había compartido con su mujer.

Una parte de Fanny se fue con Hervey y no volvió nunca más. Y no hubo ni un solo día en el resto de su vida que no le recordara, que no le llorara y echara en falta su sonrisa, el tacto de su piel, su olor. En menos de cinco años su hijo más deseado dejó de estar a su lado y su madre nunca se acostumbró a su ausencia.

De mayo a octubre de 1876. Grez-sur-Loing.

—Debo decirle algo, señora Osbourne, pero reconozco no saber cómo.

El gesto de honda pesadumbre del doctor Johnstone alarmó a Fanny, que no tenía posibilidad de intuir la noticia que estaba a punto de recibir, aunque sí su gravedad. No se atrevió a decir una palabra, con su mirada fue suficiente. Durante las semanas anteriores los dos habían aprendido a entenderse sin hablar apenas.

—De acuerdo, se lo diré sin rodeos. Mucho me temo que Lloyd esté en peligro de contraer la misma enfermedad que Hervey.

De no haber estado sentada, Fanny no habría sido capaz de soportar su cuerpo sin desplomarse por el mazazo sufrido. Sólo hacía tres días que había enterrado a Hervey, y el terror de volver a pasar por lo mismo se apoderó de ella. Seguía sin poder hablar, el doctor se apresuró a matizar la trascendencia de sus palabras.

—Es necesario que lo lleve al campo cuanto antes. Y si lo hace pronto, estoy convencido de que pasará el peligro. Le recomiendo un pequeño pueblo muy tranquilo llamado Grez-sur-Loing, al lado del bosque de Fontainebleau.

Johnstone no era consciente de hasta qué punto su consejo condicionó el devenir de la familia Osbourne. El verano de 1876 iba a cambiar sus vidas para siempre.

Pocos días después, Sam tomó el tren hacia el puerto de Le Havre, mientras Fanny y sus hijos pusieron rumbo al sur. Ya habían perdido la cuenta de sus desencuentros y se separaban de nuevo. La primera reacción de Belle, cuando supo que abandonaban París, fue un monumental enfado, no quería dejar de acudir a la Académie Julian. Ni siquiera quiso volver con su adorado padre a Estados Unidos cuando éste se lo propuso. Al final, Fanny no tuvo más remedio que confesar la verdadera razón y su hija se abrazó a ella para consolarse mutuamente.

81

Grez-sur-Loing respondió a las expectativas generadas por Johnstone. Jardines de todos los colores, el bosque inmenso al norte y otro más discreto al sur, el agua y la luz en el río Loing, flanqueado por álamos, barcas de paseo, una calma que lo envolvía todo logrando que el tiempo se detuviera, campos de maíz, pequeños estanques con infinidad de nenúfares en su superficie. El sitio adecuado para que Sammy eludiera la enfermedad y un lugar perfecto para intentar olvidar.

La villa fue adoptada por dos pintores italianos, embelesados por los paisajes de la campiña francesa y seducidos por el bosque y el río. Uno de ellos, Joseph Palizzi, se hizo construir un estudio a las afueras del pueblo. Cuando Fanny llegó, aún vivía allí. Tiempo después llegaron compatriotas suyos, españoles y franceses. Hasta que se convirtió en una colonia de verano a la que iban los artistas que estudiaban en las escuelas parisinas durante el frío y lluvioso invierno. Esto constituyó una sorpresa insospechada para Fanny y Belle, que pronto se agenciaron sendos caballetes y todo el material de pintura necesario. Hasta la Gran Guerra, multitud de escritores, pintores y músicos pasaron por allí integrando lo que años después se conocería como "La escuela de Grez".

Y en el centro de aquel hervidero de artistas se situaba el encantador hotel Chevillon, al que daba nombre el apellido de su propietario y en el que se hospedaron Fanny y sus hijos. Era un albergue pequeño y acogedor que fomentaba la confianza con sus huéspedes y entre ellos, así que desde el primer momento les hicieron sentir como en casa. El personal era amable y extrovertido, como si hubiera sido seleccionado por el hotel con criterios que garantizaran que todos los huéspedes se llevaran bien y que disfrutaran de una estancia tan agradable que les hiciera volver en el futuro. En general, eran personas discretas, pero fue inevitable que algunas le preguntaran a Fanny por su marido. Desde que llegó a Europa tuvo que acuñar una respuesta, para no dar demasiadas explicaciones, así que a la pregunta respondía siempre con desenvoltura.

–Mi esposo tiene negocios en América que no puede desatender.

Belle, a pesar de su juventud, entendía las razones que impulsaban a su madre a dar una versión tan alejada de la realidad; pero Sammy naufragó en un mar de dudas la primera vez que oyó a Fanny.

—Cariño, tu padre nos quiere pero hay algo dentro de él que no le deja demostrárnoslo y a veces no se porta muy bien. Eso sólo lo tenemos que saber nosotros, a nadie le importa cómo es tu padre y por qué nos hemos separado de él. Es nuestro secreto, ¿de acuerdo? Y seguro que un día viene a buscarnos. —Sammy observaba los ojos de su madre mientras hablaba e intuía su dolor, por lo que reprimió en los suyos lágrimas de incomprensión. Por contra, se sentía feliz porque, desde la muerte de su hermano, Fanny mostraba hacia él una ternura poco habitual.

Grez era diminuto y no tenía gran atractivo en sí mismo, pero sus alrededores suplían esta carencia con creces. A poca distancia al este, tras atravesar el río Loing con la ayuda de un puente giboso, se llegaba a media docena de pequeños lagos. Un poco más alejados, al sur, había otros tantos. Todos ellos acompañaban al río en su sinuoso recorrido. Al norte, el inmenso bosque de Fontainebleau escondía en su corazón la bella ciudad y el palacio real del mismo nombre. Y al sur se podía visitar un bosque más pequeño, no menos hermoso, llamado Domaniale de la Commanderie. Era una delicia recorrer todo ello en compañía de cualquiera de los alojados en el hotel Chevillon. Después de cenar, solían reunirse en su salón, que era su estancia más espaciosa y las conversaciones resultaban de lo más amenas e interesantes. Sammy estaba siempre entretenido con los hijos del matrimonio Chevillon, que le enseñaban juegos rebosantes de imaginación, muchos de ellos inventados por ellos mismos, según confesaban orgullosos sus padres. Por su parte, Fanny y Belle se pasaban el día pintando el puente de piedra con sus arcos, una torre en ruinas, una vieja iglesia, los campos y el cautivador Loing, el río que todos los paisajistas que visitaban Grez acababan pintando. Con quien más se relacionaban era con un moreno escocés llamado Bob Mowbray, que estudiaba en la misma Academia de Pintura de Amberes que no las quiso aceptar como alumnas. Era un hombre locuaz, sin duda, y cuando se adueñaba de la palabra no la devolvía en un buen rato; su conversación era muy interesante y sabía mucho de arte.

Y así transcurrieron aquellas placenteras semanas que fueron el preludio del atardecer de septiembre que lo cambió todo, aunque en entonces nadie pudiera predecirlo.

Había sido un día muy caluroso y el interior del hotel abrasaba, por lo que todas las ventanas estaban abiertas de par en par invitando a colarse por ellas al incipiente y ansiado frescor nocturno. De repente un alarido produjo un sobresalto colectivo.

—¡Demonios, Robert! ¿Qué hace el granuja de mi primo por aquí? —Todas las miradas se dirigieron primero a quien había proferido el grito mientras se levantaba de un salto. Y a continuación buscaron intrigados a la persona que lo había provocado. Estaba en la calle y se podía ver a través de la ventana por la que se asomaba la mitad superior de su cuerpo, con una polvorienta mochila en los hombros. Era un hombre de mediana estatura, flaco, con el pelo despeinado, bigote y perilla. De ojos chispeantes, separados y algo saltones, coronados por una amplia frente despejada. Después de darse un largo abrazo en la calle, entraron juntos. Quien había reconocido al visitante resultó ser el estudiante de bellas artes.

—Tengo el gusto de presentarles a mi primo Robert Louis Stevenson —y tras esta declaración, sin esperar respuesta del resto de habitantes del hotel Chevillon, se dirigió al recién llegado—. ¿Sabías que estaba aquí o ha sido casualidad?

—Querido Bob, la casualidad no existe. A mediados del mes pasado acabé un viaje con Simpson y decidí ir a París. Allí me enteré de que estabas aquí pasando unos días y pensé darte una sorpresa antes de regresar a Edimburgo, —Robert vestía una raída chaqueta y bajo ella una camisa blanca sin cuello ni corbata, con los tres botones superiores libres. No era inusual ver al joven Stevenson envuelto en un moderado desaliño, propio de su alma de bohemio.

Los dos primos charlaron con buen ánimo poniéndose en antecedentes de todo lo acontecido desde la última vez que se vieron. Se parecían mucho y durante años fueron inseparables; eran las excepciones en una familia de hombres de ciencias. A ambos les gustaba el arte y la vida disipada y se lo podían permitir. Compartieron viajes bohemios por Francia y eran bien conocidos en el ambiente nocturno de Edimburgo.

Llegó la hora de la cena. A veces un pequeño detalle puede cambiar nuestras vidas y sin duda todo habría sido diferente si Bob no hubiera tenido una repentina e inesperada idea.

—Señora Osbourne, ¿serían tan amables usted y sus hijos de compartir mesa conmigo y con mi primo Robert? —Fanny se sorprendió tanto por el ofrecimiento que dudó un instante, lo suficiente para que Bob se diera cuenta—. Disculpe mi atrevimiento, en otra ocasión será.

Sin embargo, Fanny reaccionó para reivindicarse tras su torpeza anterior.

—Por favor, señor Mowbray. He sido muy desconsiderada. Discúlpenme los dos. Será un placer cenar con ustedes.

A los pocos minutos llegó Belle, que había ido a buscar a su hermano y todos fueron presentados.

—¿Y a qué se dedica usted, señor Stevenson? —inquirió Fanny una vez estuvieron todos sentados alrededor de una mesa.

—Soy abogado —contestó Robert sin convicción.

—Mi primo es un rebelde —se aprestó a corregir Bob—. Lo que de verdad le gusta es escribir. Aunque él no confía demasiado en sí mismo, y yo no me canso de repetirle que estoy seguro de que un día lo abandonará todo y se dedicará de lleno a la literatura. A mi tío no le gusta mucho la idea, pero Robert acabará por convencerle. También le gusta viajar...

No llegó a terminar la frase, Robert le interrumpió.

—Por favor, Bob. Eres la única persona que conozco capaz de contar toda mi vida de un tirón; y si todos nos levantáramos y nos fuéramos, tú seguirías sin inmutarte.

Todos, incluido Sammy, rieron la broma de Robert y Bob no tardó nada en reconocer que no podía evitar hablar en exceso. Mientras, Robert no desaprovechó la oportunidad para pedir un buen vino y para liarse un pitillo. Al verlo, Fanny estuvo a punto de pedirle uno y se contuvo; no lo suficiente para que Robert no lo advirtiera.

—¿Fuma usted, señora Osbourne? —preguntó.

—Hace tiempo — reconoció ella, sin pudor alguno.

Acababan de conocerse y Fanny comenzaba ya a sorprenderle. En Europa no era nada frecuente que las mujeres fumaran y no estaba bien visto, en contra del criterio del propio Robert, al que le parecía una solemne estupidez.

—Yo he de confesarle que *no me gustaría pensar en la vida sin el vino tinto sobre la mesa ni el tabaco con su encantadora brasa encendida*[5].

Justo en ese momento llegó el eficiente camarero con la botella solicitada y procedió a escanciar su contenido en las copas de los tres adultos.

—Nosotros vivimos en París —dijo Fanny—. Mi hija y yo buscábamos una escuela donde estudiar arte, como su primo, y hemos encontrado una muy buena donde estamos aprendiendo mucho, ¿verdad, Belle?

—Sin duda, madre —respondió con timidez.

—Vinieron de Estados Unidos el año pasado —informó Bob a Robert—. Eso es un viaje ¿eh?

—Ya lo creo. —Robert dedicó a Fanny una mirada de envidia—. Y yo que estaba orgulloso de haber recorrido en tres semanas 200 millas en canoa con un amigo.

—¿Por el mar en una canoa? —interpeló Sammy sin dar crédito a tamaña gesta.

—No soy tan valiente, pequeño, ni tan fuerte, como es más que evidente. Reconozco que la travesía se desarrolló por canales y ríos entre Bélgica y este maravilloso país, sin mayor peligro, pero con un tiempo horrible.

—Yo tampoco soy pequeño, señor Stevenson, tengo ya ocho años —aclaró Sammy, ufano. La ocurrencia consiguió arrancar de nuevo las risas de todos mientras el causante miraba confuso.

---

[5] Carta de RLS a Henry James en junio de 1893.

El resto de la reunión se desarrolló con la misma naturalidad y al final incluso Belle venció su timidez y participó en la conversación. Sammy le pidió a Robert que contara su viaje en canoa y éste lo relató después de la cena con todo lujo de detalles, intercalando licencias en forma de pequeñas exageraciones que hicieron la narración más emocionante. Por supuesto, siempre era su amigo Walter Simpson el que se metía en complicaciones y él quien le ayudaba a salir de ellas. De pie, gesticulando nervioso y teniendo a todos en vilo, les contó cómo se libró de una muerte segura aferrándose a un árbol en el río Oise. Estaba tan crecido que las aguas volcaron su canoa arrastrándola sin posibilidad de ser recuperada. Era casi la única verdad que contó, y la que no creyó nadie porque no podían imaginarse que un hombre tan enclenque fuera capaz de no ser arrastrado por la más mínima corriente. Robert apareció ante todos como lo que era: un hombre activo, nervioso, vital y gran conversador. Poco a poco todos los huéspedes se fueron retirando a sus habitaciones hasta que sólo quedaron Robert, Bob, Fanny y Belle. Sammy se había quedado dormido tumbado en un sofá.

—Está siendo una velada muy agradable, pero es hora de acostarse —se lamentó Fanny a la vez que se levantaba—. ¿Tiene usted intención de quedarse unos días, señor Stevenson?

—Ningún asunto me reclama en Edimburgo en estas fechas, así que me quedaré en Grez. Estuve tres días el año pasado y me gustó.

—En ese caso, nos veremos mañana. Buenas noches, señores —y tras despedirse despertó a Sammy y junto con Belle subieron a su habitación.

Cuando su hijo estaba ya acostado y Fanny se inclinó sobre él para darle un beso en la frente, éste le dijo somnoliento:

—Me gusta el señor Stevenson, mamá.

Al día siguiente, Robert madrugó casi tanto como el amanecer, fiel a su costumbre. El encantador hotel Chevillon fue desperezándose y surgió el habitual bullicio mañanero; el olor del café recién hecho sobresalía entre los demás. Sobre la mesa descansaban platitos con mantequilla cortada en pequeñas barritas y frascos de grueso vidrio llenos de mermeladas de distintos sabores. La vajilla era sencilla, pero preciosa. Y la mantelería lucía unos bordados elegantes. Todo en el comedor colaboraba para conseguir que los comensales comenzaran el día con buen humor.

Sammy trotó por las escaleras con sus ojos auscultando cada rincón en busca de Robert; al no encontrarlo, se sentó a desayunar contrariado. Al poco rato apareció Bob. Eran ya conocidas sus ojeras y su cara de sueño por la mañana. Todos los días era el último en bajar y parecía que no había pegado ojo en toda la noche. Saludó a la familia Osbourne y se sentó a la mesa contigua. Cuando salieron a la calle vieron a Robert sentado en un banco del jardín, inmóvil y con los ojos cerrados. La temperatura era muy agradable y el cielo parecía un mar jalonado por nubes de algodón inmóviles. Un rayo de sol, que conseguía esquivarlas, impactaba en Robert como el foco de un teatro.

Sammy corrió a su encuentro. Robert abrió los ojos, saludó cuadrándose como un soldado y lo abrazó de improviso, zarandeándolo y recorriendo su cuerpo con cosquillas. Tras los saludos de rigor y sin más preámbulos, Robert expuso su plan.

—Esta mañana he estado conversando con el dueño del hotel y ha comentado que ayer escuchó mi pequeña aventura en canoa. Me ha confesado que es una actividad que a él también le gusta y tiene un par de ellas. Las usa en un lago que hay muy cerca de aquí. Le he preguntado si sería tan amable de prestárnoslas y me ha dicho que sí. ¿Quién se apunta?

Sammy miró a su madre suplicante; antes de que ella pudiera responder, lo hizo Bob.

—Yo no puedo, Robert. He de terminar un cuadro y voy retrasado. Hoy es un buen día para aprovecharlo, la luz es espléndida.

Ante esta negativa, todas las miradas confluyeron en Fanny. Cuando dio su aprobación, Sammy y Belle dieron pequeños gritos de alegría. Sin más preparativos, siguieron a Robert.

—Es usted infatigable, señor Stevenson —valoró Fanny cuando se puso a su altura.

—Por desgracia, nada más lejos de la realidad. Mi salud es más bien delicada. Tengo bastantes problemas respiratorios, que cuando se acentúan me fatigan en exceso. Por eso cuando me encuentro bien, como hoy, aprovecho todo lo que puedo. *Carpe diem*, señora Osbourne, *carpe diem*.

—¿Cómo dice?

—Perdóneme. Es latín. Significa "aprovecha el momento". Lo escribió un poeta romano llamado Horacio, que creía que la vida pasa tan rápido y el tiempo es tan valioso que hay que aprovechar cada minuto como si fuera el último, como si no hubiera un mañana.

Fanny asintió con la cabeza pensando en ello y asumió que no podía estar más de acuerdo con el tal Horacio. Cuando llegaron al lago, Belle corrió detrás de Sammy, que iba derecho a una destartalada pérgola que protegía las ansiadas canoas.

—Hacía tiempo que no le veía tan contento —susurró Fanny sin que nadie la oyera.

Debatieron un rato el reparto de las dos canoas. Por suerte eran para dos personas, porque de lo contrario hubiera sido complicado convencer a Sammy de que no fuera solo. Al final decidieron permitir que Belle y Sammy fueran en una, con el compromiso de que si no eran capaces de gobernarla aceptarían ir cada uno con un adulto. Robert era el único que tenía experiencia y sabía que serían capaces en un lago tan tranquilo, carente de corrientes. Fanny tenía sus reticencias, pero se dejó convencer. Al poco rato vio cómo Robert empujaba la canoa con sus dos hijos dentro. Cuando ésta flotó comenzaron a utilizar las palas como les había indicado su nuevo amigo, cada uno por un lado de la embarcación y ésta avanzó serpenteando con lentitud. Poco después Fanny y Robert remaban en paralelo. Sammy gritaba entusiasmado en proa y Belle reía y hacía gestos sugiriendo que su hermano había perdido la razón mientras Robert le jaleaba. Aunque las canoas eran anchas y por ende bastante seguras, por si acaso habían acordado avanzar siempre muy cerca la orilla. Cuando alguien se cansaba, todos paraban y permanecían un rato detenidos mientras Belle y Sammy se salpicaban entre ellos. Entre los arbustos y la maleza de la ribera podían distinguir garzas y grullas, que cuando se sentían amenazadas emprendían su elegante vuelo tan cerca de la superficie del agua que al batir las alas la rozaban con sus extremos produciendo parejas de círculos que se multiplicaban.

El tiempo, que no se detiene nunca, había consumido voraz un par de horas sin que nadie fuera consciente de ello. Lo que sí percibían era el cansancio en brazos y hombros. Como habían ido y venido estaban cerca del punto de partida, balizado por la pérgola de madera. Robert les había advertido que no se levantaran para no comprometer la estabilidad de las canoas, aunque sabía que era difícil que volcasen. Sammy estaba seguro de que el señor Stevenson era capaz de ir de pie y se preguntaba si él sería tan valiente y habilidoso. Así que de repente y sin previo aviso, separó los pies todo lo que pudo para tener más estabilidad, dejó de remar y se puso de pie. Belle no pudo reprimir un grito con el que atrajo la atención de su madre, que rugió muerta de miedo. Sammy no sabía nadar.

—Samuel Lloyd, ¡siéntate ahora mismo!

La reacción de su madre espoleó a Sammy, y la desobedeció para mostrarle su valor. Fanny y Belle gritaban que se sentara, Robert intentaba tranquilizarlas y Sammy, sintiendo la gloria de la aventura y del riesgo, quería permanecer erguido, como el capitán de un barco en busca del fin del mundo. Los nenúfares habían frenado la canoa y le proporcionaban un equilibrio mayor. Sammy había fijado la vista en un punto entre la proa de la barca y el horizonte. De repente abandonó esa referencia para mirar, orgulloso, a su madre y a Robert. Y fue suficiente un segundo para percibir un ligero mareo que le hizo trastabillar. Tropezó y, ante las miradas de incredulidad de los demás, cayó al agua. El agudo grito de terror de Fanny rasgó, helador, la apacibilidad del entorno. Los brazos de Sammy aparecieron, chapoteando frenéticos, en la superficie. Robert reaccionó y comenzó a remar con un vigor sorprendente para acercarse al chico, que aparecía un instante dando resoplidos y se hundía de nuevo una eternidad. Intentaba agarrarse, ingenuo y desesperado, a los gruesos tallos de los nenúfares, que se sumergían con la fuerza de su abrazo. Belle estaba histérica e intentaba sin resultado poner al alcance de su hermano uno de los remos. Faltaban unos cinco metros para llegar al lugar en el que había emergido por última vez, cuando Robert se abalanzó al agua. Fanny y Belle no apartaban sus miradas de la superficie, con sus corazones a punto de reventar. Aquella mañana encantadora se había convertido en la más delirante de las pesadillas. El afilado rostro de Robert apareció entre las hojas flotantes de los nenúfares y, enganchado a él como una lapa, surgió Sammy tosiendo, escupiendo agua e inhalando con ansiedad todo el aire que podía. Belle estalló en llanto. Robert nadó como pudo hacia Fanny y con su ayuda consiguieron subir a su hijo dentro de la embarcación.

—¿Puedes llegar tú sola a la orilla? —preguntó a Belle. Tras su gesto afirmativo, se impulsó aferrándose al borde de la canoa. En su interior, madre e hijo se habían soldado, abrazados. Fanny no paraba de repetir, con los ojos anegados en lágrimas, el nombre de Sammy, y él pedía perdón entre sollozos. Robert, cansado por los nervios y el esfuerzo, vislumbró una mirada de Fanny plena de agradecimiento.

Cuando vararon los botes en la orilla, salieron de ellos y Belle corrió a fundirse con su familia. Mientras tanto, Robert fue arrastrando las canoas él solo, poco a poco, a su lugar de origen en medio de un respetuoso silencio, hasta que Fanny lo rompió con sus palabras.

—Espero que esto te sirva de lección y te enseñe que el mundo está lleno de peligros. —Su rostro había mutado y ahora era severo—. Nos has dado un susto inmenso. Me dan ganas de castigarte por no haberme obedecido.

A Robert le pareció en extremo rigurosa aquella reacción, le recordaba en cierto modo a su padre. Y no pudo refrenar su deseo de relajar el ambiente y tranquilizar a Fanny.

—No le dé tanta importancia, señora Osbourne. Es un niño y estaba jugando.

Fanny no daba crédito a lo que oía. Sammy podía haberse ahogado enzarzado en un abrazo mortal en la maleza del fondo del lago y aquel escocés entrometido le decía que no era para tanto. Se dejó llevar por uno de sus habituales cambios de humor, olvidó su agradecimiento y respondió malhumorada.

—Creo que no es asunto suyo cómo educo a mi hijo. Y, por si no se ha dado cuenta, no sabe nadar.

Entonces Robert cometió un gran error movido por su franqueza habitual, que debiera haber reprimido.

—Al fin y al cabo, quizá sea mejor que el muchacho se rompa el cuello antes de que usted le rompa su espíritu[6] – dijo.

Fanny le taladró con su mirada.

—Yo ya he perdido un hijo y por nada en este mundo estoy dispuesta a perder otro. Así que haré lo que considere oportuno para conseguir que eso no pase —le espetó, roja de ira, masticando cada palabra, con voz gélida y cortante.

Robert no fue capaz de mantener su mirada, bajó la cabeza avergonzado y arrepentido de sus palabras y se dio la vuelta. Regresaron al hotel juntos, pero como auténticos desconocidos. La camaradería de la noche anterior y de la ida se había convertido en un frío distanciamiento. Al llegar, se separaron sin mediar palabra.

Robert pasó la tarde recapacitando sobre lo sucedido. No solía ser tan reflexivo cuando mantenía una discusión con sus amigos o compañeros de universidad, lo cual era habitual por su carácter sincero y directo. Consideraba que no era necesario repensar lo expresado si se estaba convencido de ello. En esta ocasión, además, seguía estando de acuerdo con la idea de que en muchas ocasiones existe, por parte de los padres, una protección exagerada hacia los hijos. Por eso, a veces, le parecía que la reacción de aquella americana era desproporcionada. Pero eso no era ningún pretexto para el hecho de haber manifestado su

---

[6] *El emigrante por gusto*, por RLS

idea en el peor de los momentos, después de que una madre, que ha sufrido la tortura de perder a un hijo, ve cómo otro está a punto de ahogarse. De hecho, seguro que otras ni siquiera hubieran permitido a su hijo subirse a una embarcación similar sin la compañía de un adulto, incluso sabiendo nadar.

No tenía excusa, no había calibrado bien sus palabras, era un bocazas.

Pero lo peor de todo es que aquella mujer excepcional, por lo poco que de ella conocía, se le estaba colando de golpe por los poros de su piel. Desde que la noche anterior se fue a acostar antes que él, y le preguntó si se quedaría en Grez, sólo una idea bullía en su cabeza: estar con ella. En un suspiro, Fanny le había hecho olvidar todas las razones por las que acudía a ese lugar de la geografía francesa. Ya sólo quedaba una motivación que justificase su estancia allí: conocerla. Y no había tardado un solo día en ofenderla y discutir con ella.

Al menos tenía una cosa clara, y es que debía disculparse.

Fanny también estuvo desmenuzando lo acontecido en su cabeza. Al principio tan indignada que no había nada que pudiera justificar la actitud y las palabras de Stevenson. Sin ninguna duda, se había excedido sacándola de quicio. No había nada más que pensar. Punto. Pero a medida que transcurría la tarde, comenzó a valorar otros aspectos. En verdad había sido muy amable invitándolos al paseo por el lago nada más conocerlos. Era evidente que tenía un don con los niños y había logrado en unas horas devolverle a Sammy la felicidad perdida…; quizá en exceso, lo que había provocado el accidente. Incluso era responsable de la repentina valentía de su hijo, de naturaleza en exceso responsable y comedido. Siendo justos, no podía imputársele que Sammy perdiera el equilibrio y cayera al lago. Es más, fue él quien a la postre le salvó. Pero sus palabras fueron tan hirientes, desafortunadas y tan cercanas en el tiempo a Hervey, que acallaron su corazón agradecido.

Valorando todo en su conjunto, quizá se había excedido con su enfado.

En cuanto lo viera, hablaría con él.

Algo trascendente había ocurrido en menos de un día para que dos caracteres tan fuertes, que en cualquier otra circunstancia se habrían enrocado en sus posturas iniciales, relajasen sus pareceres de esta manera. No tardarían en discernirlo.

Estaba llegando al hotel Chevillon cuando, tras un árbol, apareció de improviso Sammy.

—No me delate, señor Stevenson —susurró, mirando nervioso a su alrededor—. Estoy jugando a esconderme y no deben verme.

En aquel preciso instante una voz invisible gritaba que el pequeño había sido descubierto. Sammy, desilusionado, dejó de estar agazapado y lanzó una mirada de derrota a Robert. Éste le preguntó si sabía dónde estaba su madre.

—Está leyendo en el jardín —respondió dándose la vuelta en busca de sus compañeros de juegos. Tras dar varios pasos se volvió y advirtió a Robert—. Estaba muy enfadada. —Y salió corriendo.

Robert agilizó el paso para adelantar su llegada, era de la opinión de que los malos tragos, cuanto antes se pasen, mejor. El chico tenía razón, Fanny aparecía sentada sobre la forja y madera de uno de los bancos del jardín. Cuando estaba llegando a su altura, levantó la vista y, al verlo, cerró el libro y se puso de pie; en vez de alejarse, como hubiera sido previsible, se quedó esperando.

—Antes de que diga nada, señora Osbourne...

No le dio tiempo a más, fue interrumpido.

—Permítame que le diga que sin duda...

Robert no estaba dispuesto a ser reprendido de nuevo antes de que aquella mujer escuchase lo que tenía que decir.

—Soy un bruto, permítame ofrecerle mis más sinceras disculpas... —se frenó de golpe, Fanny no se había callado y había acabado su frase: "he sido injusta con usted".

Ambos se quedaron callados casi a la vez, con la sorpresa reflejada en sus rostros y una sensación mutua de alivio por haberse quitado un peso de encima. Se miraron sonrientes y se sentaron uno al lado del otro.

—¿Qué le parece si empezamos de nuevo? —propuso él.

—Me parece bien.

—¿Qué está leyendo? —preguntó Robert sin dar tiempo a un silencio embarazoso.

—*Veinte mil leguas de viaje submarino*, de un francés llamado Julio Verne, ¿lo conoce?

—Por supuesto. He crecido con sus novelas. Es uno de mis preferidos. *Sus narraciones destilan aventura, aunque para mi gusto hay demasiada ciencia en ellas. Sus relatos no son ciertos, pero no parecen caber totalmente bajo el encabezamiento de lo imposible*[7]. Quizá lo que cuenta no sea del todo imposible, la revolución industrial acaba de comenzar y quién sabe lo que verán las generaciones futuras. —De repente se detuvo, azorado—. Disculpe, la estaré aburriendo, me parezco a mi primo Bob.

—En absoluto. Espero que lo ocurrido no provoque en usted una necesidad compulsiva de disculparse por todo —Fanny dijo esto con un punto de ironía que gustó a Robert.

—Entonces le diré lo que pienso: que *aunque sus personajes son muñecos, es verdaderamente instructivo ver lo bien que hace juegos malabares con ellos. Tiene algo que vuelve delicadas sus historias*[8] —mientras hablaba, se incorporó de un salto para gesticular, acariciarse el bigote e imprimir pasión a sus palabras—. *Julio Verne escribe a toda velocidad con la más flagrante y detestable vivacidad*[9]. ¿Sabía que la novela que está leyendo forma parte de una trilogía?

—No tenía ni idea — contestó Fanny, intrigada.

—El primero fue *Los hijos del capitán Grant* y el año pasado se publicó el tercero y último, *La isla Misteriosa*.

Seguido, sin preguntarle si tenía intención de leerlo, le hizo un amplio resumen del primero para que pudiera entender mejor el que leía y acabar el tercero con una visión de conjunto.

—¿Hablaba en serio su primo cuando dijo que deseaba usted ser escritor?

[7,8 y 9] *Essays Literary and Critical, "Jules Verne's stories"*, por RLS.

Por un segundo Robert pensó que era imposible mantener una conversación intrascendente con aquella mujer. No contestó de inmediato. La pregunta podía ser despachada con un simple "sí" y ser relegada de inmediato por un nuevo tema de conversación, o contestada de una manera correcta, sin entrar en las profundidades que le atormentaban. Algo en la mujer le inducía a sincerarse, así que optó por la segunda de las opciones, si bien nunca hablaba de ello con casi nadie.

–Supongo que sí. Lo cierto es que apenas he escrito nada. Unos cuantos artículos publicados en revistas de medio pelo. Y varios de ellos, encima, sobre otros escritores como Víctor Hugo, Allan Poe, Pierre Jean de Béranger o el propio Verne. –Fanny había detectado la actitud cohibida con la que hablaba de sí mismo en contraposición al entusiasmo con el que se había referido a Julio Verne. Asimismo se sorprendió de que hubiera publicado un artículo sobre él, circunstancia esta última que no pasó desapercibida por Robert–. No pensaba decírselo, pero sí, la revista La Academia publicó, en el mes de junio, una revisión mía de sus obras. Pero en cuanto a mí, y por terminar de responder a su pregunta, me autoengaño pensando que para conseguir escribir algo de calidad hacen falta dos cosas. La primera la técnica, y para adquirirla leo sin parar, se lo aseguro. Y la segunda, haber vivido lo suficiente como para tener algo interesante que contar y en eso estoy, señora Osbourne. Por desgracia, he pasado demasiado tiempo en cama. No sé nada de demasiadas cosas. A mis veinticinco años, Dickens ya había publicado *Los papeles póstumos del Club Pickwick* y *Oliver Twist*.

–Pero Verne no publicó su primera novela hasta los treinta y cinco –respondió Fanny, intentando animarle–. Tiene usted aún diez años para escribir la suya. Además, tener como referente a los grandes es buena cosa, sin duda, pero si nos comparamos en exceso con ellos puede llegar a ser contraproducente. Si yo confrontara mis infructuosos intentos con el pincel con las obras de Velázquez o Rubens, no volvería a pisar la academia y en marzo cumplí treinta y seis. No sea usted demasiado exigente consigo mismo. Tiene toda la vida por delante, es aún muy joven.

Robert mostraba una mirada arrobada por las palabras de Fanny. Aquella mujer le sorprendía a cada momento. Pensaba que todas necesitaban un tiempo para volver a la normalidad tras un enfado trascendente. Y sin embargo, ella no sólo parecía haber olvidado el suyo sino que por añadidura intentaba ayudarle motivándolo.

La conversación adquirió vida propia secuestrándolos y abstrayéndolos de la realidad que les rodeaba. Apenas percibían a quien pasaba a su lado y los saludaba. Respondían de forma automática, inmersos en sus confidencias. Ni siquiera se daban cuenta de que la luz se iba retirando en silencio hasta que oyeron la voz de Bob que llegó antes que su dueño, como de costumbre. Apenas podía con todo lo que llevaba, un gran caballete, el lienzo y el maletín de madera. Llegó resoplando como un búfalo y se derrumbó en un banco cercano.

—¿Qué os parece? —lo preguntó acercándose y mostrándoles el resultado de sus esfuerzos artísticos. El cuadro estaba casi terminado y mostraba una casa de campo flotando literalmente en relieve entre el verdor del césped y de los árboles, el azul del cielo y de un río cercano. Seguro que todos los pintores del mundo habían pintado alguna vez ese cuadro, y casi todos con un resultado más digno.

—¿Entiende ahora lo que le dije antes? —comentó Fanny, mirando a Robert con ojos sonrientes, incapaz de contestar a su primo con sinceridad.

—Muy bonito, Bob, muy bonito —respondió Robert, y a continuación estalló con una sonora carcajada.

Bob se dio la vuelta con un disgusto impostado y, tras recoger todos sus bártulos, fue a refugiarse en el hotel. Fanny estaba tan arrepentida por su comentario que no se dio cuenta de que el enfado era fingido, pero sobre todo estaba sorprendida con la crueldad de Stevenson que, tras encandilarla con su conversación, se comportaba como un burro insensible.

—¿Cómo ha podido reírse de él así? —le interpeló sin saber muy bien cómo reaccionar.

—No se preocupe, mi primo es el bromista más grande de Escocia. Y no de los que gastan bromas y luego no toleran ser víctimas de las de los demás. Bob se ríe de su sombra, señora Osbourne, y le aseguro que él es consciente de sus limitadas aptitudes pictóricas y lo ha hecho para comprobar si usted se decantaba por una mentira piadosa, lo cual, créame, le habría decepcionado.

Fanny estaba francamente desorientada y no sabía si creerle o no, en ese momento llegó Sammy rescatándola de sus dudas. Cuando cenaron, de nuevo todos juntos, pudo comprobar que lo que Robert decía era cierto, pues Bob bromeó con el hecho de que había destruido su cuadro por las críticas recibidas y Fanny comenzó a disculparse hasta que Bob no pudo disimular más y descubrió el engaño.

—Es usted incorregible —le dijo—. Creo que no le enseñan a usted nada en Amberes. Si pasa alguna vez por París no deje de visitar la Académie Julian y mi hija y yo estaremos muy gustosas de darle algunos consejos —concluyó con un guiño de ironía.

Los días siguientes transcurrieron sin más sobresaltos, entre paseos y largas conversaciones. Aunque intentaron retenerlo, Bob tuvo que marcharse. El tiempo se arrastraba con parsimonia, pausado, parecía llegar siempre tarde. Y Fanny y Robert se conjuraban para que así fuera. Ambos retrasaron todo lo que pudieron el día de su regreso. Pasaban casi todo el tiempo juntos y algunos de los hospedados, indignos del hotel Chevillon, empezaron a murmurar a sus espaldas. Ya sabían ellos que las mujeres americanas eran un poco casquivanas. Un día de tormenta, Robert oyó un comentario que no fue suficientemente silenciado y tuvo que morderse los labios para no contestar lleno de furia al autor del mismo. Parecía que en Francia también había desgraciados más atentos a la vida de los demás que a la propia. Robert aborrecía los símbolos de la moral victoriana, en especial la hipócrita mojigatería y la necesidad enfermiza de guardar a toda costa las apariencias y pensaba en Francia como un símbolo de modernidad en ambos aspectos. Quizá se equivocaba. En cuanto encontró un momento sin moscardones revoloteando alrededor, se lo contó a Fanny porque no quería que ésta oyese una crítica similar sin estar sobre aviso. Ella estuvo pensativa una eternidad.

—Le voy a contar, señor Stevenson, algo que no sabe nadie a este lado del Atlántico —su tono de voz era grave y su gesto solemne—. No tengo ni idea de lo que está haciendo mi marido en América. Sólo me preocuparé por él cuando deje de llegar el dinero que me manda cada mes. Durante mucho tiempo perdoné sus mentiras, sus amantes y su falta de cariño, y cuando ya no pude seguir haciéndolo, lo abandoné. Aunque aún permanezcamos casados, estamos separados y dudo que volvamos a estar juntos nunca. Así que por mi parte me considero libre de hacer lo que me plazca. Le agradezco su aviso, pero no sufra por mí. No hay nadie en este hotel capaz de hacerme daño con sus palabras, se lo aseguro.

Robert quedó impresionado y se felicitó por haber decidido acudir a Grez a visitar a Bob y haber podido conocer así a semejante mujer, tan distinta a todas las demás. No estaba acostumbrado a quedarse sin palabras, pero con Fanny le pasaba en ocasiones y ésta fue una de ellas.

—Espero que esto no suponga un problema para usted —continuó ella con la barbilla alta, ante el silencio extasiado de su confidente—. Y sabiendo tanto de mí, me resulta extraño que me siga llamando señora Osbourne. Es más, me disgusta que la gente lo haga porque me recuerda a mi marido, así que preferiría que a partir de ahora me llame Fanny, como todos los que me conocen. ¿Te parece bien, Louis?

Con una sonrisa y un pequeño gesto de cabeza, Robert selló el pacto.

Aquel mismo día Belle se dio cuenta del cambio de tratamiento y tuvo una corazonada inexplicable.

A ninguno de los dos les importaron ya las habladurías. Estaban por encima de ellas y de los cretinos que las esparcían que, dicho sea de paso, eran una minoría que se correspondía con extraños visitantes que no eran ni pintores, ni músicos, ni poetas. Aquéllos estaban dedicados en cuerpo y alma a su aliento vital. Y no tenían ni ganas ni tiempo que perder en dar pábulo a comentarios malintencionados.

Robert acompañaba a Fanny y a Belle en su búsqueda de motivos para ser pintados. Esperaba paciente, relajándose bajo la sombra de los árboles y tomando notas en cuartillas. Conversaba con ellas, con descuido cuando eran temas intrascendentes, pero con pasión irreductible en aquellos otros que le interesaban tanto que parecía que se le iba la vida en ellos. A Fanny le gustaba ese ardor, esa vehemencia. Y a él le gustaba ella. Cada vez más.

Con no poca frecuencia, cuando Sammy y sus amigos paraban de jugar, exhaustos, Robert les contaba historias, algunas de su invención y otras rememoradas de las que escuchó de boca de Cummy. Los chicos no se cansaban de oírlas y pedían más. Fanny lo observaba todo agradecida y una semilla se iba plantando con rapidez en el fondo de su corazón, sin ser ella del todo consciente.

Robert conoció a la Fanny aventurera, buscadora de oro, valiente, sufrida esposa, madre huérfana de un hijo, artista. Y quedó prendado.

Fanny conoció al Louis estudiante de ingeniería y de derecho, enfermo, viajero, amigo de sus amigos, bohemio, proyecto de escritor. Y se llenó de sentimientos contradictorios.

Todo llega tarde o temprano. Sammy estaba recuperado, sano y fuerte, y el dieciséis de octubre, día fijado para la vuelta por Fanny y Robert, llegó a su hora. Y también lo hizo el tren que los llevó a todos a París. Desde allí, Robert se dirigiría a Edimburgo. Sammy quería enseñarle dónde vivían y, como Robert le explicó que no tenía tiempo, le hizo prometer que les haría una visita en cuanto pudiera. Belle también le animó a que lo hiciera.

—Estaré encantado de pasar unos días con vosotros siempre y cuando vuestra madre esté de acuerdo, igual no quiere volver a verme después de estos días —sugirió Robert, mirando de reojo a Fanny.

—Mamá, por favor —imploró Sammy, que no había captado la ironía.

Fanny abrazó a su hijo y le tranquilizó asegurando que Louis podía visitarlos cuando quisiera. Seguido escribió su dirección en un papel y se lo dio a Robert.

El viaje duró muy poco y llegó el momento de separarse. La despedida fue como todas las no deseadas. Abrazos, besos, buenos deseos y sobre todo tristeza. Cuando dejaron de verse, algo se rompió en los corazones de Robert y Fanny. Y los dos sintieron el crujido. Y los dos supieron que la única cura era volver a estar juntos.

Quince días después, Fanny fue a la oficina postal a recoger un paquete. No tenía remite. Lo abrió al llegar a casa. Era una preciosa edición repujada en cuero de *La isla misteriosa*, de Julio Verne. Las hojas aletearon por el roce de su pulgar y pudo vislumbrar multitud de grabados. Buscó ansiosa una nota, sin encontrar ninguna. Un presentimiento la indujo a abrir de nuevo el libro, esta vez por la primera página, y allí estaba.

> *Deseo poder dedicarte*
> *un libro mío algún día; hasta ese momento*
> *he de conformarme con regalarte éste.*
> *Sé que no debiera, mas pienso en ti*
> *todos los días.*
> *Ni puedo ni quiero evitarlo*
>
> *Robert L. Stevenson*

Fanny releyó aquellas palabras hasta que quedaron grabadas en su cabeza. Su corazón se reconstruyó mientras tuvo el libro abrazado. Cuando se percató de que sus hijos estaban a punto de llegar, buscó un escondrijo para ocultarlo, no quería que leyeran lo que Robert había escrito.

Aquella noche apenas pudo conciliar el sueño. Ella también pensaba todos los días en aquel escocés, pero, por el contrario, no tenía claro si quería evitarlo.

CAPÍTULO VI

Elizabeth Gustafsdotter murió en Londres pero vio la luz por primera vez en noviembre de 1843 en una pequeña parroquia del sur de Suecia llamada Torslanda, al oeste de Gotemburgo y frente a las costas más septentrionales de Dinamarca. Sus padres eran de origen muy humilde. Su bisabuelo y su abuelo habían sido granjeros y su padre había seguido la tradición familiar, como no podía ser de otra forma. Sin embargo, Elizabeth no sería granjera, tenía otras aspiraciones en la vida. Y la fundamental era huir. No iba a quedarse en el ambiente opresivo y sin futuro de Torslanda. Odiaba las labores de una granja, aunque sus padres tampoco le exigían demasiada ayuda. No le gustaban los animales. Ni los cerdos, ni las vacas, ni las gallinas, ni los burros; ni siquiera los caballos o los conejos, que sí gozaban de muchos admiradores de la edad de Elizabeth. Detestaba limpiarlos o darles de comer. Además olían muy mal. Y lo peor de todo es que la animadversión era mutua, por lo que los cerdos la perseguían, las vacas se aliviaban cada vez que ella estaba cerca, las gallinas le picaban las manos, los burros intentaban cocearla y los caballos y conejos morderle.

Aguantó casi diecisiete años. Poco antes de celebrar ese cumpleaños se mudó a la parroquia de Carl Johan, en Gotemburgo, contra la voluntad de sus padres. Empezó a trabajar como asistenta doméstica en casa de un viudo con cuatro hijos y muchas ganas de compañía femenina. Los hijos eran insoportables, como los animales de la granja paterna, pero el viudo tenía un pelo tan rubio que deslumbraba, era alto, musculoso y arrebatadoramente guapo. Por eso la primera vez que él llamó a su puerta a altas horas de la noche, ella le abrió sin dudarlo y permitió que hiciera con su cuerpo lo que quiso. De vez en cuando marchaba unos días por negocios; cuando volvía, ella siempre se sorprendía de que tardara varios días en visitarla por la noche. Durante el día se comportaban con normalidad, y al menos un par de veces por semana se devoraban en silencio.

Con el tiempo la ingenuidad de Elizabeth albergó esperanzas de llegar a ser para su patrón algo más que una asistenta o una amante. Y de vez en cuando, en la oscuridad de su habitación, le preguntaba si la quería; él le tapaba la boca a besos por toda respuesta. El amor unido a la juventud constituye una combinación peligrosa que destroza la vida de muchas jovencitas, y Elizabeth fue una víctima más. Dieciséis meses después de llegar a Carl Johan, el viudo la despidió. Al contrario de su físico agraciado, su corazón era negro como la pez y no se conformó con expulsarla sino que se afanó en destruirla insultándola, tachándola de zorra, escupiéndole que era imposible que nadie la quisiera y confesándole que cuando se marchaba se acostaba con otras mujeres para eliminar el olor de su piel. Elizabeth se resquebrajó como un cristal, en tantos trozos que iba a ser muy difícil que pudiera reconstruirse. Quizá si hubiera decidido volver a Torslanda…; pero hay quien asegura que nuestro destino está escrito desde que nacemos y, si en verdad es así, ¿qué podía hacer ella para evitar el suyo?

Se mudó a la parroquia Cathedral, unos kilómetros al norte en la dirección del río Göta Älv. Era una sombra de la muchacha llena de ilusión que llegó a Carl Johan: descuidada y deprimida. Y nadie quiso contratarla. Todos la rehuían. Así que lo que quedaba de la hija de Gustaf Ericsson y Beatta Carlsdotter acabó, antes de cumplir los dieciocho años, ejerciendo la prostitución. Y su joven cuerpo tenía bastante éxito, por lo que nunca le faltaban clientes a los que complacer.

1865 fue un año aciago. En marzo fue detenida por la policía. En abril dio a luz una niña cuyo corazón no llegó a latir ni una sola vez después de abandonar el vientre materno. Y entre octubre y noviembre fue tratada en el hospital Kurhuset por chancros venéreos.

En febrero del año siguiente solicitó mudarse a la parroquia sueca situada en Londres y así llegó a Inglaterra en julio de 1866, allí fue registrada como mujer soltera. Era un intento desesperado por reescribir su trágico destino.

El burdel de Madame Berthelet se encontraba en el distrito de Knightsbridge, al oeste del centro de Londres y en la parte sur de Hyde Park. Durante siglos esta zona fue conocida por ser guarida de bandidos y asesinos que atacaban a los viajeros que salían de Londres por la ruta oeste; pero cuando, en los albores del siglo XIX, Jorge IV decidió transformar Buckingham Palace, el distrito se benefició de tal circunstancia. Era un caserón situado con inteligente estrategia a unos cientos de metros de cualquier otro edificio. La hipócrita y puritana moral victoriana no permitía burdeles integrados en el centro de la ciudad, por lo que éste garantizaba cierto anonimato a sus visitantes. No había carteles ni ningún otro símbolo. Quien se acercaba a esas latitudes de Londres sabía por qué lo hacía.

El cascarón del edificio presentaba un aspecto decrépito. Era señorial, pero había vivido épocas mejores y no se habían realizado las obras de mantenimiento necesarias para que conservara el lustre de antaño. En sus entrañas todo cambiaba; una pequeña antesala recibía al visitante recogiendo su abrigo y todo aquello que le fuera a molestar en su estancia. Y era entonces cuando se abría para él una gran puerta doble que daba paso a un particular paraíso. Un gran salón ocupaba toda la planta del inmueble. En la esquina de la derecha, al fondo, un vetusto piano de cola; muy cerca, otros instrumentos como un violín y un acordeón; en el centro, una zona diáfana revestida con una inmensa alfombra de estilo persa; y, entre ella y las paredes, mesas redondas protegidas por sillas. Grandes cortinones de telas de vivos colores tapaban siempre los ventanales, exquisitos cuadros en las paredes rojizas, pesadas lámparas de araña de cristal suspendidas desde el techo y numerosos candelabros de bronce anclados en las paredes, así como diversos pufs tapizados en piel rodeando todas y cada una de las columnas. Era evidente que todo el caudal económico estaba invertido en el interior. En la esquina izquierda reinaba una escalera tapizada con una ajada alfombra roja. La barandilla, de un metal bruñido, y la balaustrada elaborada con un entramado de madera tallada de singular belleza. Escalar aquellos peldaños era la única manera de acceder a los placeres carnales que anidaban en las alturas de los dos pisos superiores.

Aquella noche el prostíbulo gozaba de buena salud. Numerosos vecinos de Londres, de moral considerada intachable, y algún que otro visitante de paso escuchaban música tranquila de fondo y bebían y charlaban con buen ánimo. Esperaban ansiosos que sobre sus cabezas se oyera una frase, la que siempre pronunciaba Charlotte Berthelet, la propietaria, después de verificar con minuciosidad que todas las chicas estaban dispuestas: maquilladas en su justa medida, como a ella le gustaba, y vestidas dejando entrever sus atractivos, con sutiles sugerencias que enardecían la virilidad de los de abajo. En cuanto acabó de pasar revista, gritó la codiciada frase:

−¡Chicas, al salón!

Primero se generaba un expectante silencio mientras las mujeres aparecían por el último tramo de la bella escalinata. Y a continuación venía el bullicio incontrolado cuando todas las chicas se distribuían por el salón según el plan casi militar que diseñaba Madame Berthelet. El pianista cambiaba su teclear monótono por ritmos más alegres secundado a veces por un violín desenfrenado y otras por un vivaz acordeón. Algunos hombres bailaban con las chicas, otros las invitaban a beber con ellos y todos susurraban en sus oídos. Charlotte saludaba a todos los clientes animando sin rubor a que visitaran las habitaciones de arriba, pues no todos lo hacían, a la vez que controlaba el buen hacer de su mercancía.

Sentía una especial satisfacción por una irlandesa. Cuando la reclutó, deambulaba por las calles de Londres en busca de trabajo. Acababa de llegar de Cardiff, en Gales. Decía llamarse Mary Jane Kelly. En cuanto la mirada empresarial de Madame Berthelet reparó en ella, reconoció encantos más que suficientes para hacer carrera en su burdel. Contaba veintiún años, el cabello rubio y sedoso, apreciados ojos azules y la piel blanquecina característica que más atraía a su clientela. El resto del cuerpo, aunque algo entrado en carnes, exhibía unas medidas proporcionadas y un busto generoso que haría las delicias de quien tuviera enfrente. Le planteó su oferta sin ambages. Le preguntó con descaro si había ejercido alguna vez y Mary Jane le contestó que en Cardiff consiguió el dinero para viajar a Londres acostándose con algunos hombres. No hubo más conversación y, cuando Madame Berthelet se dio la vuelta y comenzó a andar, la joven la siguió. Aquel mismo día adquirió un nuevo nombre: Ginger.

Aquella noche estaba levantando pasiones en tres hombres jóvenes que Charlotte no conocía, por lo que supuso eran forasteros de paso. Se acercó al grupo, los saludó y preguntó si estaban pasándoselo bien. Detectó la lujuria en sus ojos y supo al instante que la telaraña de Ginger los había atrapado. La miró y comprobó su habitual predisposición con un disimulado gesto cómplice que la joven le envió.

Media hora después comenzaron los besuqueos generalizados. Los licores algo adulterados con sustancias afrodisíacas cumplían su trabajo desinhibiendo los instintos. La música volvía a ser íntima, envolvente, instigadora a que las parejas creadas pasaran a la acción. Y Ginger era asediada por aquellos tres jóvenes que ardían en deseos. Poco tiempo después comenzaron a subir las escaleras ante la mirada complacida de la regenta.

Ya se había olvidado de ellos cuando un grito en el silencio de los altares superiores sobresalió por encima del alboroto en el gran salón. Lo justo para que el oído entrenado de Madame Berthelet lo detectara y ésta decidiera subir a comprobar qué pasaba. En el primer piso todo estaba tranquilo, pero se distinguían voces alteradas en el piso superior. Mientras subía el último tramo de escaleras, reconoció la voz histérica de Ginger y, en confuso batiburrillo, la de sus acompañantes. En cuanto su empleada la vio, fue directa a buscar su protección.

–¿Qué ocurre aquí? –en vez de preguntárselo a Ginger, Madame Berthelet dirigía su mirada al enfadado trío–. ¿Cuál es el problema, caballeros?

–Su puta no quiere acostarse con nosotros –afirmó uno de ellos con voz zafia–, nos ha puesto calientes y ahora dice que la dejemos en paz.

–Ya me he acostado con uno, madame –corrió presurosa a explicar Ginger–, pero es que ahora quieren entrar los tres a la vez.

Charlotte los observó uno por uno con mirada dura y autoritaria. Tenía la capacidad, adquirida a lo largo de los años, de intimidar lo suficiente con su lenguaje corporal a los clientes más alterados. Los tres jóvenes aguardaban en silencio.

–Sígueme –le pidió a Ginger–, y ustedes esperen, por favor, unos minutos.

Entraron en la habitación y cerró la puerta. Comprobó que las sábanas estaban mojadas de amarillo y revueltas, con la ropa interior de Ginger entre ellas.

–Querida, en este trabajo a veces hay que hacer cosas nuevas. Recuerdo la primera vez que me pasó lo mismo –el tono de Charlotte era comprensivo, zalamero, tranquilizador–, y también tuve miedo. Lo había hecho con dos a la vez y aunque al principio duele un poco una se acaba acostumbrando y disfrutando como una perra, así que al final accedí y –intercaló una sonrisa cómplice y bajó el tono de voz hasta el susurro– fue fantástico. No te miento.

–Pero es que ya el primero con el que me he acostado ha sido muy rudo, madame, me ha obligado a hacer cosas terribles y sólo pensar en que los otros dos sean iguales… –hizo una pausa con ojos suplicantes y temerosos–, no puedo soportarlo. –Y hundió la cara entre sus manos.

Madame Berthelet lo valoró todo con rapidez. Aquella muchacha mostraba potencial, sin duda, pero llevaba poco tiempo.

Los tres jóvenes eran unos cafres, sí, y también eran clientes. Ya había tenido varias veces la experiencia negativa de aceptar el primer remilgo de una chica que luego se convertía, ante la aparente debilidad de su jefa, en un problema difícil de resolver. Sopesó éstos y otros argumentos y tomó una determinación inquebrantable.

–Sólo te lo voy a decir una vez, pequeña –su rostro había cambiado, adoptando un semblante frío e insensible. Su voz era cortante y adaptada a la perfección para un ultimátum, concentrando la máxima atención de Ginger en un instante–, o te acuestas con esos caballeros de ahí fuera o puedes ir haciendo las maletas. No me sirves.

Ginger derramó lágrimas de terror, suplicó, se hincó de rodillas apretando, desesperada, la tela del vestido de la inflexible Madame Berthelet y le aseguró entre el llanto que le perdonase y que si le permitía no acostarse con ellos nunca más volvería a desobedecerla. Pero fue inútil.

–¿Es tu última palabra? –la mirada derrotada de Ginger respondió por ella–. Está bien.

Dio un fuerte tirón a su vestido para escapar de aquel despojo arrodillado y salió de la habitación. Les explicó a los jóvenes que la chica que habían elegido no iba a acostarse con los tres a la vez, que por ello había sido despedida y abandonaría el prostíbulo esa misma noche. Se enfadaron, gritaron y aseguraron que entonces no iban a pagar el servicio ya dispuesto. Madame Berthelet les ofreció elegir a cualquiera de las otras chicas prometiéndoles un suculento descuento que iba a ser deducido de la liquidación de Ginger. Ellos no querían a otra, así que se fueron entre insultos.

Ginger lo escuchaba todo pegada a la puerta y alentaba, ingenua, la quimera de que Madame Berthelet reconsiderara su postura. Bastó una mirada para darse cuenta de que eso no iba a pasar. En silencio se levantó, pasó a su lado notando la frialdad que la envolvía, se dirigió a su habitación, recogió todas sus cosas y desembarcó en medio de la oscura noche londinense con una pequeña maleta y algo de dinero en los bolsillos sin la posibilidad siquiera de despedirse de sus compañeras.

Sabía que al otro lado del caserón había un parque inmenso, así que ir en aquella dirección no era una opción. Tomó con paso dubitativo la calle principal, que la llevaría a las casas más cercanas al burdel. Cuando llegó a los primeros bloques de edificios, giró a la derecha, parecía el camino más propicio para encontrar un hospicio o una pensión barata en la que pasar el resto de la noche, no sin antes negociar un descuento por la hora que era ya.

Y de repente, el caos. Se vio zarandeada, atenazada por seis brazos decididos. Los mismos que la arrastraban tapándole a la vez la boca y los ojos. Habían tenido tiempo de escoger el mejor sitio. Un pequeño patio sin salida que no llevaba a ninguna parte y libre de ventanas indiscretas. Cuando pudo ver a sus atacantes, la escasa luz de la luna que conseguía llegar al patio la ayudó a reconocerlos. Aquellos canallas iban a conseguir ahora lo que no pudieron lograr en casa de Madame Berthelet. La desnudaron mientras la insultaban. Intentaba defenderse, era inútil. Cuando uno de ellos acercó su rostro para lamerle la cara, le mordió y éste le dio dos puñetazos en el abdomen con los que casi se ahoga y que acabaron con su débil resistencia. Uno tras otro la violaron salvajemente, y al final perdió la consciencia. La dejaron allí tirada, destruida y medio muerta, y siguieron su camino, como prometedores jóvenes de bien, dirección a Birmingham, donde les esperaban negocios familiares.

Ginger dejó de existir en aquel patio y volvió a ser Mary Jane Kelly.

Un mes después del primer asesinato.

Al despertar no supo dónde se encontraba. Un terrible dolor inundaba la cabeza y todo el cuerpo. Se sentó en el incómodo catre en el que estaba tumbada y pudo comprobar que estaba encerrada en una celda, diminuta, con el ancho justo para que entrara el camastro. A los lados, paredes; enfrente los barrotes y la puerta del mismo material herrumbroso y tras ella una pared con el típico ventanuco con rejas insertadas medio metro en el tabique. Lo único que podía recordar era que estuvo con un grupo de amigos bebiendo sin parar. Luego, vacío. Le asaltó la duda de si estando borracha habría cometido una locura. Imaginó estar ante un juez acusada de asesinato y condenada a pena de muerte. Y luego el sordo y escalofriante crujido de las vértebras de su cuello al desaparecer el suelo bajo sus pies y caer, arrastrada por un saco, hasta que la soga que llevaba anudada bajo la barbilla se tensara del todo. Sin darse cuenta torcía la cabeza en la posición en que se imaginaba quedaría tras la caída cuando entró un policía en la estancia desde la que se controlaban todas las celdas. Nadie habló, por lo que Kate supuso que era la única presa.

—¿Ya te has despertado? —preguntó el carcelero.

Entonces la suposición de Kate se demostró errada por completo, pues oyó varias voces que respondían al agente.

—¡Callaos todos si no queréis que os atice! —gritó autoritario—. Te hablo a ti. ¿Es que eres muda acaso?

Kate decidió contestar, aquel policía parecía no tener muy buen humor.

—¿He estado mucho tiempo dormida?

—Unas tres horas, calculo, yo no estaba aquí cuando llegaste, pero mis compañeros apuntaron que eran las cinco menos cuarto y que estabas desvanecida. Y son las ocho. ¿Cuál es tu nombre?, cuando te trajeron eras incapaz de articular palabra.

—Me llamo Kate Eddowes.

Dudó si preguntar, pero era mejor saber la verdad, aunque fuera catastrófica, que la incertidumbre.

—¿Por qué estoy aquí? —preguntó tartamudeando—, ¿he cometido algún crimen?

—Tranquila, no has hecho nada grave. Te trajeron sólo por alteración del orden público. Te encontraron en Aldagate High Street tirada en el suelo y borracha como una cuba. Preguntaron si te conocía alguien y nadie contestó, por eso te trajeron aquí.

—¿Dónde estoy?

—En la comisaría de Bishopgate.

—¿Cuándo me dejarán salir?

—Cuando seas capaz de cuidarte tú sola.

—Pero si estoy perfectamente —aseguró, y acto seguido se levantó de golpe y la celda se puso patas arriba. El mareo fue tan grande que trastabilló hasta la puerta de barrotes golpeándose la cabeza no muy fuerte gracias a que tuvo los reflejos suficientes para amortiguar el golpe con las manos.

—Ya lo veo, ya. Hazte a la idea de que vas a permanecer aquí unas horas, y además igual tienes que pagar una multa. —El policía se giró y desapareció por donde había entrado.

Kate se dio la vuelta y, apoyada en los barrotes primero, y luego en la pared, consiguió llegar al único objeto que parecía poblar aquel calabozo, aquel potro de tortura que representaba el camastro con un colchón casi inexistente y unos muelles que se clavaban en la espalda inmisericordes. Entonces se dio cuenta de que tenía la vejiga a punto de reventar y como no era la primera vez que pasaba unas horas en la cárcel miró como un resorte debajo de la cama descubriendo el otro objeto que había en la celda, una jofaina. No se lo pensó dos veces. La alcanzó y se desahogó en ella. El fuerte olor tras la borrachera inundó primero su celda y después las de sus vecinos y tuvo que aguantar los insultos de unos y las bromas de otros. No le importó lo más mínimo y ni siquiera contestó.

Recogió el exiguo colchón y lo estiró en el suelo de la celda, tumbándose encima. Siempre que estaba en una situación desagradable utilizaba el mismo truco: rememorar tiempos felices. Y como no tenía mucho donde elegir y una época de su vida despuntaba de forma aplastante sobre las demás, siempre era aquélla la que recordaba una y mil veces.

Conoció a Thomas Conway cuando ella tenía veintiuna primaveras. Thomas era pensionista del regimiento 18 Royal Irish y se enamoró de él. Los mejores años de su vida los pasó a su lado, visitando gran cantidad de ciudades, vendiendo biografías baratas escritas por él mismo. Birmingham, Coventry, Northampton, Aylesbury, Watford y, por supuesto, Londres. Viajaban en un carromato de madera tirado por dos caballos que habían adquirido a un tunante que recorrió el país vendiendo crecepelo, aunque él mismo exhibía una insultante calvicie. Era una sofisticada trama de engranajes que permitía bajar trozos del panel lateral que se convertían en mostradores improvisados sustentados por travesaños de madera que se desplegaban articulados por bisagras. Había otra parte del ingenioso carromato que se podía levantar asemejando un paraguas que protegía los libros expuestos cuando llovía. Recordaba, con una sonrisa que se le desbordaba por la comisura de los labios, el preciso momento en que Thomas consideraba que ya se habían congregado suficientes personas ante el carromato y aparecía por un lateral sorprendiéndolas.

—¡Están ustedes ante una colección de biografías única en el mundo! Escritas por los mejores autores vivos y muertos —gritaba con una convicción absoluta y una desvergüenza imperdonable teniendo en cuenta que estaban todas escritas por él—. Acérquense, no tengan miedo, echen un vistazo. Admiren su encuadernación —Kate recordaba que no hay nada mejor que decir las cosas con aplomo y seguridad, aunque sean mentira, la manera en que los libros aguantaban todas las hojas unidas era en verdad arcaica e ineficaz—. Tienen ante ustedes la vida de Sócrates escrita por Platón, la biografía de Julio César relatada por Nerón, las andanzas del mismísimo Rob Roy contadas por Charles Dickens... —Cogía alguno de los ejemplares del mostrador y lo levantaba como un trofeo.

Kate solía estar a su lado callada. Cuando Thomas consideraba que el público estaba interesado, le hacía un gesto y ella misma distribuía ejemplares para que se animaran a adquirirlos. Era un maestro controlando los tiempos.

—¡Y lo mejor no se lo he dicho aún! ¡El precio es bajísimo! Podríamos decir, queridos amigos, que casi estamos regalando estas insignes obras —y entonces bajaba el tono de voz y con un susurro casi inaudible les decía lo que costaban, que variaba de un día a otro en función de la presunta capacidad adquisitiva de los asistentes. Entonces algunos se animaban a comprar algún ejemplar y otros, que no habían oído bien el precio o que les parecía imposible, preguntaban al de al lado y cuando éste se lo confirmaba, también se lanzaban a una compra compulsiva.

En definitiva, Thomas era, a sus ojos, un embaucador entrañable y hacía gala de un extraordinario don para engañar a las gentes crédulas e incluso a las incrédulas. Kate volvía a sonreír recordando la estupefacción que le producía que compraran sus falsas biografías incluso gentes que no sabían leer.

–No se preocupe. Por lo que cuesta, tendrá una obra de altísima calidad y erudición en su casa. Se la podrá dejar a sus amigos y familiares para que disfruten de ella y se la lean a usted. No le dé más vueltas, compre una, no se arrepentirá.

El condenado tenía respuesta para todo. Nunca se quedaban más de un día en un sitio, y cuando se marchaban del pueblo con el máximo sigilo, antes de que aquellos incautos se dieran cuenta del engaño, iban riéndose a carcajadas recordándolo todo. Nunca tuvieron la sensación de ser unos ladrones porque los precios eran siempre ridículamente pequeños. Y suponían que nadie denunciaría nunca por esa misma razón. Cierto día, incluso, un hombre de mediana edad se cruzó en su camino y les dijo que hacía seis meses que les había adquirido la biografía de Jesús escrita por Cervantes y que le había gustado mucho. Kate y Thomas no daban crédito a lo que oían y mucho menos cuando el susodicho echó un vistazo al mostrador y se llevó encantado la vida de Enrique VIII compendiada por el mismísimo William Shakespeare.

Tumbada en aquella celda, sola, abandonada por sus propios hijos, separada de Thomas hacía ocho años, arruinada, alcohólica, viviendo en el centro de la más notoria colonia de criminales de Londres, aún encontraba motivos en aquellos recuerdos para sonreír, para recordar que alguna vez fue feliz y que la vida no siempre fue tan deprimente como en aquel momento.

Cuando los buenos recuerdos se acabaron, tuvo la fortuna de quedarse dormida.

Mismo día, en otro lugar de Londres.

–La señora Davis ha llegado.

La puerta se había abierto de manera brusca. Aquella torpe ayudante no iba a durar mucho en la consulta. Llevaba ya una semana y no era capaz de llamar y esperar a que el doctor autorizara su entrada. Ya hablaría más tarde con ella.

—Dígale que pase, por favor.

No fue necesario que la joven e inexperta ayudante fuera a buscar a la paciente. Era evidente que estaba esperando pegada a la entrada y en cuanto oyó la autorización dio un pequeño paso y se introdujo en el despacho del doctor. Éste se levantó y la saludó con cortesía y ella, sin decir nada ni mirarle apenas, se sentó frente a su mesa. Era la primera vez que acudía a su consulta, pero nada más verla supo que debía armarse de toda la paciencia a su alcance. La señora Davis era una mujer de edad avanzada tan altiva como una reina y con un permanente gesto de disgusto cosido a su rostro. Iba vestida de manera impecable, cuidado hasta el último detalle y con ropajes que evidenciaban su alto precio. Estaba casada con un banquero que era temido en su trabajo tanto por sus empleados como por sus competidores. Pero cuando llegaba a casa era manso como un cordero. Y la responsable de este cambio tan radical no era otra que su mujer, que en el ejército hubiera hecho carrera llegando a general sin duda alguna. Provenía de una familia de alta alcurnia y estaba acostumbrada a conseguir siempre lo que quería.

—Me ha hablado de usted mi buena amiga la señora Lauper.

—La recuerdo, claro que sí. ¿Y bien? —solía conversar con los pacientes durante la primera visita para que se relajaran, pero con aquella mujer algo le indicaba que debía ir al grano evitando cualquier circunloquio previo.

La señora Davis no estaba dispuesta a pasar por la vergüenza de explicarle a aquel doctor, al que era la primera vez que veía, el origen de sus padecimientos, así que contestó con firmeza.

—Vengo a verle porque me pasa lo mismo que a ella.

El doctor entendió sus reparos, los males que aquejaban a la señora Lauper eran muy íntimos y personales y no todas las mujeres eran capaces de hablar con desinhibición de ellos, así que comprendió que debía tener mucho tacto con aquella. Iba a ser difícil de tratar y si no quedaba satisfecha podía hacerle mucho daño si decidía hablar mal de él a todas sus amigas. Nunca había hecho publicidad de ningún tipo, era un buen médico y los pacientes que quedaban satisfechos, que eran la gran mayoría, lo recomendaban. Y así había conseguido tejer una tela de araña en la que todos sus clientes confiaban en él y estaban relacionados entre sí. Esta circunstancia era, por otro lado, muy peligrosa, porque si una pequeña parte de aquel entramado perdía su fe en él, podía infectar a todo el resto y de la noche a la mañana quedarse sin una parte importante de sus pacientes. En definitiva, la señora Davis podía acabar siendo una persona contenta de formar parte de aquel engranaje comercial o convertirse en un gran problema capaz de perjudicarle hasta niveles insospechados. Frunció el ceño y las arrugas torcieron la cicatriz de su frente.

—Entiendo —afirmó mientras sopesaba con calma las palabras que iba a utilizar. Para ganar tiempo se valió de una cuartilla en la que comenzó a tomar notas—. ¿La señora Lauper le ha explicado cómo conseguí eliminar sus problemas de salud?

—Sí, me lo ha contado. Y yo quiero que haga usted conmigo lo mismo.

El doctor le explicó que necesitaba hacerle algunas preguntas para ponderar con la mayor exactitud posible si los dos casos eran semejantes y susceptibles, por tanto, del mismo tratamiento, o por el contrario su enfermedad debiera ser tratada de una manera distinta. En aquel momento surgió el primer enfrentamiento.

—Ya le he dicho que mi problema de salud es, ni más ni menos, el mismo que el de la señora Lauper. No sé qué más quiere usted saber.

Aquella mujer era con toda probabilidad la más testaruda e impaciente con la que había tratado el doctor.

—Señora Davis, la medicina no es una ciencia exacta, por desgracia —comenzó a explicar con la mayor paciencia posible—, y en ocasiones mismos síntomas pueden o no corresponderse con una misma patología; con una misma enfermedad, en definitiva. Y la forma que tenemos los médicos de discernir estas circunstancias es a través de las preguntas que hacemos a los pacientes y a través de reconocimientos, si son pertinentes –según hablaba, se daba cuenta de que el gesto de la envarada mujer se endurecía más demostrando que no le gustaba nada lo que oía–. Y en función de toda esa información, decidimos cuál es el tratamiento adecuado.

–¿Qué necesita saber? –preguntó la señora Davis. En sus breves palabras y en la arrogancia de su voz estaba implícita una amenaza y la advertencia de que midiera mucho sus palabras. El doctor se dio cuenta y tuvo que decidir en poco tiempo si iba a plantearle todas las cuestiones o si iba a eludir las escabrosas. Quizá antes de su transformación, quizá antes del advenimiento de su poder, su carácter moderado hubiera optado por la segunda opción. Pero ahora no. Aquella mujer no sabía de lo que él era capaz. Desconocía que en cualquier momento podía abalanzarse sobre ella y despojarla de su prepotencia con un tajo de alguno de sus bisturís. Si lo supiera, si intuyera la más mínima brizna de su maldad, no adoptaría esa actitud y estaría frente a él temblando de pavor y contestando sin rechistar a todas sus preguntas. La velada amenaza había hecho surgir a la bestia y su comportamiento ya no iba a ser igual al del médico cortés y complaciente que era habitualmente.

Comenzó a hacer todas las preguntas necesarias para aquel caso sin exceptuar ninguna. También la señora Davis percibió el cambio en el tono de voz del doctor, pero no iba a dejarse intimidar. Cuando alguna cuestión le parecía excesiva, no la contestaba. El doctor la repetía con empecinamiento; aquella mujer era indomable y se negaba de nuevo a responder enfureciéndose cada vez más. La tensión aumentaba. La señora Davis estaba a punto de levantarse para marcharse dando un portazo y el galeno estaba dispuesto a no consentirlo agarrándola del cuello y apretando hasta que sus ojos de zorra se salieran de sus órbitas. Pero entonces se dio cuenta de que empezaba a controlarlo. Y cuando estaba a punto de ebullición, fue capaz de relajarse de modo paulatino y comprendió que no podía matar a la señora Davis en su consulta. Así que terminó el cuestionario e hizo saber el veredicto con voz firme.

–Discúlpeme, señora, los datos que con su amabilidad me ha proporcionado son insuficientes para hacer un diagnóstico, por lo que no puedo darle una solución a sus problemas de salud. Lo siento. Si me disculpa —se levantó y señaló la puerta con un gesto de la mano.

La mirada de la señora Davis era como la de un dragón a punto de devastarlo todo con un chorro de fuego. Le temblaba el labio inferior descontrolado. Nadie había osado tratarla así y no estaba dispuesta a permitir semejante humillación

—Usted no sabe quién soy. Desconoce por completo mis influencias. Le voy a hundir. Voy a hacer que cierren este antro y no podrá ejercer la medicina en ningún lugar de toda Inglaterra —estaba loca de furia, había perdido el control sobre su cuerpo, gesticulaba histérica como una hidra y gritaba como una posesa. Había llegado demasiado lejos. Nunca antes había estado tan cerca de una muerte segura.

El doctor rodeó la gran mesa de caoba que los separaba. Se sentó sobre ella en el único espacio libre de papeles y manuales de medicina, con uno de los pies apoyado en el suelo y el otro colgando. Justo delante de la señora Davis. Se inclinó posando su mirada de muerte sobre ella y comenzó a hablar pausado pero con la voz más amenazadora y terrorífica que nunca había salido de su garganta.

—Querida señora Davis. En efecto no tengo la más mínima idea de quién es usted al margen de su nombre y de su amistad con la encantadora señora Lauper, y tenga por seguro que no tengo ningún interés en saberlo —a esas alturas la guerra de miradas ya estaba empatada y la voz del doctor era tan cáustica que la señora Davis empezó a encogerse en su asiento—. Pero si llega a mis oídos que mueve usted un solo hilo para perjudicarme, si compruebo que alguien intenta ir contra mí o contra mi trabajo —se levantó y se inclinó hasta poner la boca sobre su oído mientras la señora Davis comprobaba que estaba paralizada—, tenga la seguridad de que iré a por usted, no habrá ningún lugar en el mundo donde protegerse, la buscaré, la encontraré y... —una breve pausa— la mataré de la manera más cruel y dolorosa que pueda imaginar —a continuación volvió a rodear la mesa y se sentó de nuevo en su sillón, ante su aterrada y temblorosa paciente—. La decisión es suya, pero le recomiendo que se levante cuanto antes, se marche de aquí y no le cuente a nadie en el resto de su vida que me conoce.

En cuanto acabó de hablar, un resorte se accionó en la señora Davis y la levantó de inmediato. El rubor de cólera que inundaba su cara había desaparecido y ahora estaba lívida. Muerta de miedo. Se giró nerviosa y salió apresurada, sin saludar. Desprovista de toda la arrogancia, de todo el desdén, de toda la soberbia y de toda la insolencia con las que llegó.

Mary Jane Kelly vivía en el 13 de Miller´s Court y era su zona habitual de trabajo, aquel día decidió probar suerte en la esquina sureste del distrito. Tras atravesar Commercial Street giraría a la izquierda por Commercial Road East y entraría a su destino por la bocacalle que viera más animada y que su intuición le aconsejara.

Por fortuna aquellos tres jóvenes no le pegaron más que un par de puñetazos, por lo que seguía siendo una mujer atractiva aunque ya sin brillo en los ojos. Tampoco le robaron el dinero que llevaba, por lo que pudo mantenerse en una pensión una temporada. Buscó trabajo, pero no lo encontró y se dio a la bebida hasta que se le acabó el dinero. Entonces conoció a un primer hombre con el que vivió una temporada, un tal Morganston. Tiempo después estuvo con un picapedrero, pero éste también acabó pronto harto de Mary Jane y la dejó. También tuvo relaciones con un vendedor ambulante del que sólo sabía su nombre, Joe, y que cada vez que la visitaba le daba dinero, hasta que dejó de acudir. Tras él y algunos otros, cuando vivía en Thrawl Street conoció a su último hombre, Joseph Barnett, con el que convivió casi dos años. Londinense, era pescador y del mercado, con licencia para trabajar en Billingsgate Fish Market. Un buen hombre, amable con ella. Quien los conoció en aquella época los recordaba como una pareja amistosa que daba pocos problemas a no ser que estuvieran borrachos. Aquel minúsculo atisbo de felicidad que Mary Jane conoció en su vida se volatilizó cuando Barnett perdió su trabajo. Entonces ella decidió volver a las calles, puesto que no podían pagar el alquiler. Conoció a otras prostitutas que no tenían dónde ir y su buen corazón le impulsó a permitir que durmieran en su casa. Y aquello fue la gota que colmó el vaso de su paciencia y Barnett la abandonó. Con lo que sólo tenía lo que podía conseguir vendiendo sus encantos y algunas agradecidas prostitutas como amigas ocasionales.

Ya había llegado a su destino y se internó en el corazón de la ratonera a través de una arteria bastante ancha.

Elizabeth Gustafsdotter adquirió el apellido Stride al casarse el 7 de marzo de 1869 con John Stride, pero ahora todo el mundo la llamaba Long Liz. Mientras duró su matrimonio regentaron un café, que vendieron en 1875. El dinero se gasta con mucha más facilidad de lo que se gana y acabó agotándose.

Tres años después un barco de vapor, el Princess Alice, chocó en el Támesis con el Bywell Castle. Se perdieron entre seiscientas y setecientas vidas y Liz, que ya se había separado de Stride, aprovechó el accidente para afirmar que su marido había muerto en uno de los barcos. Utilizó la mentira para despertar compasión al pedir ayuda económica a la Iglesia Sueca. Stride murió en realidad años más tarde, de una enfermedad cardíaca.

Con posterioridad vivió un tiempo con un trabajador de los puertos siete años más joven que ella. Fue una relación tormentosa. Cuando bebía, Liz se marchaba unos días sin dar señales de vida. A veces, él intentó sin éxito encerrarla para que no pudiera escaparse, pero Liz siempre encontraba la manera de escabullirse.

Cada cierto tiempo acudía sola a rogar limosna a la Iglesia Sueca. El encargado la recordaría siempre como una mujer muy pobre.

A partir de ahí, todo fue una progresiva caída sin remedio al inframundo, a las tinieblas, al horror del alcohol y de la prostitución ocasional. A una muerte en vida, lenta pero segura.

Desde hacía unos días vivía en un albergue en el 32 de Flower and Dean Street. Y el 29 de septiembre de 1888 la vieron salir de él a las siete de la tarde.

Aún no sabía que su estrella errante la llevaría al este de la zona más meridional de Londres.

El nuevo día ya había desgranado quince minutos de su efímera existencia cuando una tenue voz femenina comenzó a entonar una canción en la comisaría de Bishopgate. Kate sufría la enfermedad de Bright, lo que le provocaba fuertes dolores de espalda, vómitos y fiebre. Por eso pocos minutos antes la había despertado de golpe una náusea que ascendió desde su estómago y brotó por su boca en forma de un desagradable aliento. Le dio el tiempo justo de acercarse al bacín y derramar su arcada en él, por suerte los durmientes de las celdas contiguas no la oyeron. Cuando su cuerpo dejó de convulsionar, se volvió a sentar encima del colchón apoyada en la pared de la celda. El martirio que sufría su cabeza había acabado, pero ahora toda su espalda gritaba de dolor, sin que su dueña pudiera hacer nada por mitigarlo. Así que de repente se puso a tararear una melodía, tímida, casi pensándola sólo. Y poco a poco fue atreviéndose a ponerle letra y al cabo de un rato cantaba con normalidad, pero apagando el tono para no despertar a nadie. Su voz era inusitadamente dulce y afinada. Mas arañándola se podía percibir todo un lastre de penurias y tristeza. Inundaba el alma de ahogo; en la oscuridad de sus ojos cerrados, Kate se escuchaba a sí misma y volaba.

Aún no era la una de la madrugada cuando el sargento dio instrucciones al carcelero para que valorara la posibilidad de liberar algún preso. En la noche del sábado siempre había abundancia de detenidos y escasez de celdas.

Al oír el quejido de la puerta al abrirse, Kate se silenció con tal rapidez que el policía no llegó a escuchar ni una nota.

122

Se levantó a duras penas y lo observó expectante. El policía no albergaba duda alguna. El resto de los convictos debían esperar la actuación de un juez y la única que podía ser excarcelada era Kate; primero debía cerciorarse de que los efectos de la borrachera habían desaparecido casi por completo. Habló con ella para comprobar su lucidez mental e hizo que se desplazara por la exigua celda y que subiera y bajara del mueble aspirante a cama para verificar su capacidad de movimientos.

—Estoy bien, se lo aseguro —rogó Kate compungida—, déjeme marchar a casa.

El carcelero no contestó, se acercó a la pared donde descansaban colgadas las llaves de las celdas, cogió una de ellas y volvió a colocarse enfrente de Kate al otro lado de los barrotes.

—Pareces buena persona, Kate Eddowes. Así que lo mejor que puedes hacer es volver a tu casa y meterte en la cama. Tengo un sexto sentido para calibrar el fondo de la gente y algo me dice que tú no debieras estar aquí. Así que te voy a soltar, pero haz lo posible por no volver o en la siguiente ocasión no podré impedir que te pongan una multa, ¿de acuerdo?

Las bienintencionadas palabras del agente causaron en Kate una sorpresa tal que no hubiera sido superada ni aunque en aquel momento se hubieran fundido por arte de magia los barrotes de su celda. Aquélla no era la forma de comportarse habitual de la policía londinense, al menos la que ella había tenido la desgracia de conocer. Su corazón bombeó un inusual reconocimiento hacia aquel hombre.

Recogió sus cosas y, tras regalar una mirada de gratitud a su liberador, salió a la oscuridad de la noche en torno a la una de la madrugada.

Habían transcurrido ya tres semanas desde su segunda catarsis. En algún momento llegó incluso a pensar que todo había acabado. Pasaban los días y la rutina de su vida lo alejaba de la purificación interior que le sobrecogía cuando arrebataba la vida de alguna de esas mujeres. A veces incluso llegaba a olvidarlo todo y de repente le causaba estupor y sorpresa recordarlo al leer algo en la prensa o por el comentario casual de personas de su entorno. Era a él a quien se referían, sin saberlo, como un asesino despiadado, como un monstruo que, no conforme con matar, despedazaba a sus víctimas con una crueldad indescriptible.

Si supieran lo que él sabía; si experimentaran sus mismas sensaciones; si se dejaran arrastrar por sus más sádicos instintos, siempre reprimidos y ocultos; si actuaran una sola vez en su vida guiados por ellos; entonces la luz de la comprensión inundaría su entendimiento y ninguno osaría criticarle. Ya no le aborrecerían ni le vilipendiarían. Sólo envidiarían su libertad absoluta.

Pero la aciaga señora Davis lo había removido todo de nuevo y alguien iba a pagar por ello. Ella nunca sabría que fue la espoleta para que otra, en alguna parte de Londres, acabara con la sangre y las vísceras extraídas de su cuerpo inerte aún caliente.

Terminado el trabajo en su consulta, el doctor acudió a su club para intentar evadirse y olvidar a la señora Davis. Paladeó un par de copas de vino de Burdeos, charló con otros socios que no conocía, discutió con ellos de diversos temas de actualidad, como era costumbre en todos los clubs victorianos. Pero sus sentidos ya no formaban parte de él, vagaban libres con el sabor, la textura, el olor, la imagen y el silencio de Annie Chapman y de Mary Ann Nichols, a quien todos llamaban Polly. Aun así, se quedó a cenar. Compartió mesa con un par de los socios que acababa de conocer, pero no conseguía concentrarse en la conversación, hasta tal punto que, tras un delicioso entrante, éstos ya sólo hablaban entre ellos, ignorándole. Ni se dio cuenta. La cabeza le hervía, le palpitaba con furia, y él no oponía resistencia. Los intestinos colocados en el hombro. La sangre derramada sobre el asfalto. Sus miradas torcidas para que no pudieran verlo ni siquiera muertas. Destellos rojos y negros con una intermitencia constante y torturadora. Una aparente locura trascendida por la mayor de las certidumbres: aquel día saldría de caza.

–Si me disculpan, estoy cansado y me retiro por hoy – anunció, levantándose nada más acabar el postre.

Sus improvisados contertulios se despidieron de él, comentaron lo raro que era cuando ya no podía oírles, sin darse cuenta de que había sustraído el más afilado de los cuchillos de la mesa, escondiéndolo fuera de su alcance.

Al traspasar el umbral de la puerta principal de entrada al club, su negro abrigo se fundió con la oscuridad de la noche y se dirigió con paso firme al lugar que se había convertido en su feudo.

Llevaba varios días sin llover, con temperaturas altas para el mes de septiembre. Cuando el día se apagaba, la noche recuperaba el frescor habitual. Por eso los viandantes que circulaban por Aldgate High Street aparecían escondidos bajo abrigos y bufandas. Aldgate era una amplia avenida que atravesaba la zona de suroeste a noreste. Y la que utilizó el doctor para internarse en el distrito recién superada la medianoche. El aire no estaba demasiado viciado, su anchura le permitía respirar expulsando las pestilencias por encima de sus edificios. Resultaba evidente que no era el lugar adecuado para elegir y abordar a una presa, por lo que cuando sintió un pálpito inexplicable, el doctor giró a la derecha internándose en calles más estrechas y adecuadas, llenas de trampas y de quiebros imprevistos, de mínimos callejones sin salida, de patios traseros y plazas ciegas. Plenas de posibilidades. El ambiente cambió de sopetón, nuestro visitante ya estaba acostumbrado. Comenzó a cruzarse con prostitutas varadas en sus esquinas, que parecían formar parte del paisaje; algunas de ellas negociando el precio con posibles clientes. Aquel galimatías de entrecalles siempre estaba sucio, y por alguna razón aquella noche presentaba un aspecto más deplorable, la basura se acumulaba sin recoger y el olor más limpio de la arteria principal había sido sustituido por un hedor insoportable atrapado sin salida.

Al margen de las vaharadas apestosas, había un olor permanente a decadencia y a desesperanza, a olvido, marginalidad y rendición. Sus habitantes se arrastraban siempre con la cabeza inclinada, derrotados, sin capacidad de reacción, abocados a vidas grises, turbias, sin remedio. La mirada baja, huidiza. De forma que pocos reparaban en el hombre de ojos castaños acerados y despiadados que transitaba entre ellos con una seguridad tan aplastante que parecía desplazarse levitando.

El oficial de policía William Smith llevaba un año asignado al barrio. Al menos eso decía él. Pero todos los que le conocían sabían que lo cierto es que había sido desterrado y castigado a patrullar por los barrios más peligrosos de todo Londres. Nadie se ofrecía para ese distrito, de forma que la actuación policial en aquellas latitudes era más bien escasa. Se podía afirmar, sin miedo a errar, que los que vigilaban sus calles y sus noches habían sido, de una manera u otra, defenestrados por sus superiores. Smith era un buen policía, además de honesto; pero había cometido un error, un único error que acabó con sus aspiraciones de medrar en el cuerpo. Nunca se quejaba; asumió su desgracia y se dispuso a cumplir con su deber, que era el mismo en cualquier lugar: servir al ciudadano y protegerlo de los delincuentes, atrapándolos.

Aquella noche estaba de servicio y su obsesión era arrestar al invisible asesino de prostitutas que asolaba la zona bajo su responsabilidad. Quería hacerlo porque era su obligación, también sabía que semejante detención podría ser un salvoconducto que lo catapultara lejos de allí.

A la una menos veinticinco Smith reconoció a Long Liz con un joven revoloteándola, al otro lado de la calle, en Berner Street. Ella sólo tenía un mínimo punto de luz en su indumentaria: su camisa blanca asomando tímida por un pequeño hueco de la chaqueta negra. También su falda era negra, así como su sombrero y su bufanda, sus botas y calcetines. El hombre era alto y de constitución poderosa, sobre todo comparado con la limitada estatura de Long Liz. Ella encajaba en el patrón de posible víctima y él llevaba un sospechoso paquete envuelto en papel de periódico y estaba embozado en sus ropajes de manera que no se le podía identificar con claridad. Su instinto le mandó una señal y lo puso en guardia. Siguió su ruta con disimulo, dobló la siguiente encrucijada a la izquierda, se detuvo unos minutos, pues sabía que aquel hombre podría estar vigilando aquel punto y, cuando creyó que ya no había peligro de ser descubierto, asomó con el máximo cuidado la mitad de su mirada. Estaban algo lejos, pero podía distinguirles a la perfección. Y en un segundo todo se precipitó. El hombre atacó a Long Liz apretando su cuerpo contra la pared. El agente Smith pensó que no llegaría a tiempo de salvarle la vida, por lo que priorizó asustar al agresor para que huyera, frente a la posibilidad de atraparlo a costa de la vida de aquella mujer. Así que mientras corría en su dirección puso el silbato en su boca y sopló con fuerza. Los dos cuerpos entrelazados se separaron en un santiamén; el hombre no emprendió la huida, por lo que Smith se dio cuenta de que no era el asesino. Cuando llegó a su altura los encontró con un susto prendido a sus semblantes.

—¿Te estaba atacando? —preguntó el policía, aunque ya sabía la respuesta.

Antes de que Long Liz pudiera contestar, el hombre ya había comenzado a defenderse atiborrándose de excusas temblorosas. Smith le mandó callar y volvió a mirarla a ella.

—Por supuesto que no, agente. Este hombretón me tenía atrapada contra la pared, sólo nos estábamos besando. No es delito besarse, ¿no es así? —Smith odiaba el tono de voz de aquellas mujeres, insolente, desafiante. Mujeres que le veían como un enemigo, ajenas al hecho de que él sólo intentaba protegerlas.

Ningún otro policía había acudido a la llamada. O estaban al calor de la comisaría o habían hecho caso omiso. No todos mantenían el celo que caracterizaba al agente Smith.

—¿Puedo marcharme ya? —preguntó el hombre, cuya gallardía era inversamente proporcional a su tamaño.

—Enséñeme antes lo que lleva en esa caja.

El manojo de nervios abrió la tapa y sacó un par de zapatos. Y en cuanto Smith le dijo que podía irse, partió con un galope desbocado hacia el norte del distrito. El policía giró su cabeza entonces hacia Long Liz, y al comprobar su mirada de desprecio no tuvo ganas de aconsejarle que se cuidase, de avisarle de que un asesino andaba suelto. Se dio la vuelta y siguió su camino. Él había cumplido con su obligación, como siempre.

Mary Jane Kelly no podía sentirse más desorientada. Después de torcer varias veces a la derecha y otras tantas a la izquierda, se encontraba perdida. Al menos, en las casi dos horas que llevaba allí, desde las once de la noche, había tenido varios clientes. Su juventud y sus evidencias no eran frecuentes en aquella zona, por lo que había gozado de un dudoso éxito permitiendo a varios hombres que disfrutaran de ellas. Por eso ahora su único objetivo era escapar de aquel laberinto y emprender el camino de vuelta a casa. Como no sabía hacia dónde ir, decidió clavarse en medio de la desconocida callejuela y esperar a que alguien pasara por su lado para preguntarle cómo demonios salir de allí.

A unos veinte metros surgió una sombra imponente que se detuvo cuando la vio. Unos segundos después avanzó con paso decidido. Al llegar a su altura, Mary Jane se dirigió a él.

–Perdone, por favor, estoy perdida y me gustaría saber por dónde tendría que ir para llegar a Miller´s Court. ¿Usted lo sabe?

El desconocido se detuvo y Mary Jane pudo ver su cicatriz en la frente, su nariz aplastada, sus ojos castaños y una mirada que se le clavó en el cerebro, como una amenaza mortal. No esperó su contestación. Presa del pánico, corrió sin rumbo, con un escalofrío soldado a su columna vertebral. Sin mirar atrás. Frenética. Y esa reacción le salvó la vida. Por un momento, el doctor pensó en perseguirla, pero Mary Jane fue tan rápida que lo descartó.

Era casi la una de la madrugada cuando llegó a Berner Street y ya no quería esperar más.

Ajena al peligro que la acechaba, Long Liz se quedó estancada en la esquina común de Berner Street y la callejuela Dutfield´s Yard. Echando pestes sobre la imagen de aquel policía entrometido que había llegado en el mejor momento. El zapatero era guapo y amable y por el poco tiempo del que dispuso le pareció que besaba muy bien. Ya preguntaría por él los próximos días para ver si era capaz de encontrarlo.

Un segundo después, cuando en una iglesia cercana se anunciaba que era la una de la madrugada, se dio cuenta con una aterradora certeza de que no iba a tener ninguna oportunidad para buscar a nadie nunca más. Unas manos abrazaron su cuello apretando con una fuerza descomunal. Las cogió con las suyas intentando hacer un hueco para que la sangre y el oxígeno pudieran fluir con normalidad. Imposible. Al final se desvaneció, convirtiéndose en un saco de huesos y vísceras que su asesino quería abrir en canal.

El peso muerto de Long Liz fue desplazado en volandas por el doctor al interior del mugriento, estrecho y solitario callejón llamado Dutfield's Yard. La tumbó en el suelo con cuidado, giró su cabeza hacia su izquierda, puso el brazo derecho sobre el vientre y extendió el izquierdo. Lo hizo todo con lentitud, tomándose su tiempo, con la impunidad que le prestaba la oscuridad casi absoluta que reinaba en tan exiguo pasillo. Sacó el cuchillo y, con la indiferente frialdad de una serpiente, cortó la garganta, de izquierda a derecha, rebanando arterias y otros vasos sanguíneos, por los que con cada latido se vaciaba rápido el cuerpo de Long Liz de su fluido vital. Ya era imposible salvarla. El doctor se encontraba hipnotizado por la alfombra roja que iba extendiéndose por el suelo, cuando lo oyó.

Un vendedor de bisutería se había ido acercando al lugar del crimen montado en su carro arrastrado por un poni. Se aproximó, sin que nadie se percatara, desde Fairclough Street, dobló por Berner Street y se internó en Dutfield's Yard. Entonces su caballo se frenó piafando y negándose a seguir. El vendedor le azuzó con las riendas, pero el caballo no estaba dispuesto a dar un paso más. El hombre no distinguía nada en medio de la oscuridad, salvo un baile de sombras, así que saltó al suelo y tanteó con sus pisadas. En seguida se tropezó con Elizabeth, aunque al principio pensó que era un borracho, alguien durmiendo o ambas cosas a la vez. Cuando se resbaló y cayó en un viscoso charco, se dio cuenta de su error. La sangre permanecía caliente, aquella mujer acababa de ser asesinada. Se levantó asqueado y vomitó a pocos metros.

La sombra que el vendedor vio moverse era el propio doctor huyendo. Lleno de ira y henchido de frustración. Furioso consigo mismo por haberse dejado descubrir sin haber podido finalizar su ritual. Y ahora reptaba por los alrededores como un animal herido, más peligroso y sediento que nunca.

Coge toda la obra: tuya es.
La que ha bruñido la espada, la que ha soplado sobre las brasas
(moribundas.
La que ha mantenido el blanco. Inmóvil. Siempre más alto.
Avara de cumplidos, pródiga en consejos, ¿quién, si no tú?
Al final del trayecto, si algo vale la escritura,
si el trabajo se ha hecho,
si el fuego arde en esta página imperfecta,
solo a ti, a ti sola se debe la gloria.[10]

CAPÍTULO VII

1877. París.

París comenzó el año vestida de blanco como una novia. Los copos de nieve revoloteaban caprichosos zarandeados por un aliento gélido que mordía. Se desprendían sin fuerza, ligeros como pequeñas plumas. Sus gentes iban de acá para allá irreconocibles, con todas las partes de su cuerpo protegidas del frío polar. Los comerciantes habían hecho su agosto particular vendiendo miles de guantes, sombreros, bufandas, abrigos o calcetines. Desde el cielo la ciudad parecía un hervidero de puntitos negros como hormigas laborando sin pausa sobre un velo cegador de luz blanquecina.

---

[10] Frase atribuida a Stevenson.

La estación del Norte presentaba un ritmo de actividad inferior al normal, porque muchas personas habían pospuesto sus planes por el temporal. Una figura, tan cubierta en ropajes que sólo quedaban libres sus ojos, abandonó la protección del edificio en busca de un transporte que le llevara a su destino. En su caso hubiera hecho falta un cataclismo de proporciones gigantescas para hacerle desistir del viaje. Tras entrar al cobijo del primer carruaje que se le ofreció, le dio al cochero la dirección del hotel donde iba a hospedarse. No era la primera vez que pasaba unos días en París, pero la trascendencia de esta visita dejaba sin sentido todas las anteriores. Desde la llegada, la ansiedad iba en aumento. A través de los cristales se dejó subyugar por el embrujo de una ciudad que parecía nueva para él. Al comienzo, grandes bulevares y construcciones modernas con sus tejados y balcones tomados por la nieve. Poco a poco, las calles y los edificios fueron menguando a medida que se adentraban en el corazón palpitante de un barrio eterno en la ciudad más bella del mundo, Montmartre.

El carruaje se detuvo frente a un hotel encajado a presión entre dos bloques de viviendas. Las tres ancianas construcciones parecían sostenerse entre ellas desafiando las leyes del equilibrio. Tras bajar del carruaje se internó en las entrañas del hotel y, después de pasar por recepción, dejó su equipaje en el cuarto y salió de nuevo a la calle sin desperdiciar un solo minuto, pues las sombras empezaban ya a alargarse.

Tenía grabado en su cabeza hasta el último detalle del trayecto que debía realizar. No parecía complejo cuando lo memorizó, y ahora en cada cruce le asaltaban las dudas. Las callejuelas eran estrechas y sinuosas, en tres dimensiones descuadradas que no casaban bien con un croquis en un papel. Cuando sabía que tenía que coger una desviación a la derecha, aparecía una encrucijada con cuatro direcciones propiciadas por edificios imposibles rematados en esquinas afiladas como navajas. A pesar de lo laberíntico del trazado, una intuición le guio a cada paso y tuvo la certeza de no estar equivocándose hasta que llegó a una casa diminuta que, a pesar de estar salpicada por trapos de nieve blancos, resultaba reconocible. Estaba en el número 5 de la Rue Douay, había encontrado su destino y su corazón se desbocaba al galope.

Traspasó la entrada a través de una puerta de madera que había sido cepillada en algunos puntos y ampliada con listones en otros para adaptarse a los cambios del hueco en que se insertaba. En la casa toda la estructura era del mismo material, los pilares, las vigas, la escalera. Y la madera permanece viva incluso después de muerta, por lo que se mueve y provoca renglones tan torcidos. Tras poner toda su atención en subir por unos contrahechos escalones, se detuvo en la única puerta del segundo piso, cogió la aldaba de desgastado bronce con forma de soga circular y golpeó dos veces. De inmediato escuchó unos pasos al otro lado. Cuando éstos se detuvieron la puerta se abrió. Apareció una mujer de rostro limpio, sincero; con pelo corto, ojos abisales, nariz perfecta, labios sinuosos y barbilla alargada. Era Fanny.

–¿Qué desea? –preguntó sin emoción alguna.

La desesperación de no haber sido reconocido le asestó un golpe casi físico en la boca del estómago. Acto seguido se dio cuenta de que era imposible ser identificado enfundado en multitud de ropajes. Se desembarazó del sombrero y se desenroscó la larga bufanda que le cubría el cuello y la cara, y la expresión de Fanny se iluminó. Sus miradas se quedaron prendidas. Ninguno de los dos fue capaz de articular palabra alguna.

–¿Quién es, madre? –la voz de Belle rompió el hechizo, devolviéndoles al mundo real.

–Es el señor Stevenson –respondió Fanny.

Se escucharon varios pasos veloces que precedieron a Sammy. Antes de que Robert pudiera siquiera despegar los labios, se abalanzó contra él y le abrazó con fuerza.

–Celebro que te alegres de verme, muchacho, pero como no aflojes vas a provocar que me ahogue –dijo Robert sonriente y fingiendo que perdía el resuello.

Sammy le soltó de golpe con gesto preocupado. Para entonces Belle estaba al lado de su madre y juntas ocupaban el vano de la puerta.

—¿Vas a pasar o pretendes quedarte ahí toda la noche? —preguntó Fanny con sorna.

Sammy cogió de la mano a Robert y le arrastró dentro. Era un apartamento acogedor, en apariencia no muy grande, con dos puertas cuyo interior era un misterio, pero suficiente para los tres. La estancia en la que estaban era a la vez salón, comedor y cocina. Los muebles eran antiguos, muy bien conservados. La temperatura era agradable y la razón no era otra que una gran chimenea en la que crepitaban pequeños troncos de madera devorados por un fuego hambriento.

—Estábamos a punto de cenar, señor Stevenson, así que ha llegado usted a tiempo —aplaudió Belle.

—Ya os dije en Grez, cuando nos despedimos, que podíais llamarme Louis, como vuestra madre —Belle sonrió y aceptó con un ligero gesto de cabeza.

En un santiamén pusieron la mesa y Fanny sirvió una sopa humeante. Tras ella vino el estofado y, cuando levantaron la tapa de la cazuela, Robert descubrió el origen del ligero olor a canela que había intuido mientras subía desde el portal. Según cenaban, conversaban de manera fluida, con naturalidad, como si no hubieran pasado varios meses desde la última vez que se vieron. Todos parecían estar satisfechos con el reencuentro. Fanny comentó que no le esperaban hasta el día siguiente y Robert aclaró que la anulación de varias reuniones con clientes propició el adelanto un día de su visita.

—Siento lo de tu padre —dijo Robert. En la primera carta que Fanny le envió daba cuenta del fallecimiento de Jacob cuatro meses después del de Hervey.

—Fue extraño llegar a París y darnos de bruces con la noticia en una carta enviada por una de mis hermanas. Murió mientras estábamos en Grez.

El silencio les envolvió durante unos segundos, Fanny lo rasgó con su voz para cambiar de tema con rapidez.

—¿Conoces esta parte de París? —preguntó. Tras negar Robert, continuó—. Mañana temprano llevaré a Sammy a la escuela y te la enseñaré.

El benjamín de la familia no pudo reprimir un mohín de disgusto. No dijo nada, sabía con certeza que cualquier argumento que inventara para acompañarlos resultaría infructuoso.

—¿Y tú no vienes con nosotros? —preguntó Robert, dirigiéndose a Belle.

—Mañana no puedo faltar a la academia, tengo una clase muy importante y debo terminar un cuadro.

Cuando acabaron de comer, se sentaron ante las brasas del controlado incendio de la chimenea y siguieron conversando. Al poco rato Robert confesó estar cansado del viaje, por lo que agradeció el recibimiento y la cena y comenzó a pertrecharse con toda la ropa que le iba a proteger del frío que le esperaba fuera.

Mientras desandaba el camino de vuelta al hotel, la noche desprendía ligeros copos de nieve y se había levantado un aire helador que se colaba por los resquicios de su indumentaria, atravesando implacable los poros de la misma. Robert Louis Stevenson, friolero irredento, apenas lo sentía debido a que estaba impregnado del calor de aquel hogar y de su principal moradora.

Robert se levantó pronto y bajó a desayunar. No había dormido bien. Como si el frío hubiera anidado en su cuerpo, pasó toda la noche destemplado, despertándose cada hora. No parecía tener fiebre, pero de vez en cuando tosía con insistencia. No quería ni pensar en caer enfermo durante su estancia en París.

Al salir a la calle comprobó que el día había despertado como se acostó la noche anterior, nevaba con cierta insistencia y hacía un frío de muerte. Por fortuna había venido preparado y salió abrigado a conciencia. Atravesó las mismas callejuelas por tercera vez pero, como el río de Heráclito, no eran las mismas de horas antes. La luz de la mañana le daba a todo una textura bien distinta, con mucha gente por la calle; el bullicio era incomparable con la calma del día anterior. Incluso en una mañana como aquélla, vio a algunos locos pintando o tocando música en algún soportal. La fama de barrio bohemio ya caracterizaba a Montmartre, aunque aquello resultaba sorprendente. Por un momento pensó que se encontraría con Belle, tiritando de frío e intentando la proeza de mantener el pincel firme. Se cruzó con muchas tabernas y restaurantes y se vio rodeado por voces cantarinas que se saludaban con dulzura. En definitiva, descubrió un arrabal que exudaba vida por sus cuatro costados.

Cuando llegó a la calle en la que vivía Fanny con sus hijos la vio estoicamente varada en una esquina.

–¿Cómo se te ocurre esperarme aquí fuera? –exclamó Robert–. Vas a congelarte.

–Descuida. Acabo de llegar de acompañar a Sammy a clase y algo me decía que estabas a punto de aparecer –Fanny tampoco había escatimado esfuerzos en abrigarse en condiciones.

Sin más dilación, comenzaron a caminar. Robert se dejaba guiar y Fanny le iba contando historias que ella misma había ido conociendo poco tiempo antes. De vez en cuando llovía y se guarecían los dos con un paraguas que llevaba Fanny. De improviso, apareció ante sus ojos una pequeña extensión de viñedos cuyo verdor había sido usurpado por la blancura de la nieve. Fueron subiendo por empinadas callejuelas y escaleras escarpadas hasta que llegó un momento en que ya no se pudo ascender más. A ciento treinta metros de altura, en la parte más elevada de la colina al norte de la ciudad y a la derecha del río Sena, las vistas de París eran infinitas.

–Cada vez que vengo a París me impone su tamaño –observó Robert extasiado–. Edimburgo es la ciudad más grande de Escocia y no llega a los doscientos mil habitantes, ¡y París tiene casi dos millones!

–A mí me pasaba lo mismo. Estados Unidos es el Nuevo Mundo y las ciudades están creciendo mucho, y ni siquiera Nueva York es tan grande. El viejo mundo lleva mucha ventaja, pero os pillaremos –advirtió Fanny con gesto divertido de amenaza.

Estuvieron un rato en silencio contemplando el gran paisaje urbano. No pudieron aguantar mucho, quedarse parado suponía aterirse de frío. Fanny le contó que hacía unos meses que habían empezado a construir una gran basílica en la cúspide de la colina, a unos cien metros de donde se encontraban.

—Se llamará del Sagrado Corazón y representará un gesto de expiación de los crímenes a los integrantes de la Comuna y un homenaje a las víctimas francesas de la guerra franco-prusiana de 1871 —explicó Fanny en el papel de avezada guía turística—. Ven, te voy a enseñar una iglesia muy antigua que hay al otro lado de la basílica.

A pocas calles de distancia apareció en efecto la iglesia de San Pedro de Montmartre. Robert no entendía por qué Fanny tenía tanto interés en mostrársela. No destacaba por nada especial y era más bien fea. En Escocia conocía decenas de templos más notables que aquel. A continuación iba a entender la razón de la visita.

—¿Sabes cuándo fue construida? —le preguntó Fanny.

—No tengo la más mínima idea.

—¡En el siglo XII! Nada más y nada menos. Para una americana como yo es inconcebible. Yo estudié algo de historia en mi país, pero desde el siglo XV. Y resulta que aquí 300 años antes ya levantaban estos edificios. Ahora está siempre cerrada desde la revolución francesa de 1789, durante la cual la última abadesa fue guillotinada. ¿Te imaginas morir con la cabeza rebanada por una hoja de hierro afilada? —inquirió Fanny con gesto de desagrado mientras posaba una mano en el cuello.

—No quiero ni pensarlo. El ser humano es capaz de la heroicidad o del acto de bondad más excelsos pero también de la salvajada más execrable —y como también a él la guillotina le estremecía sobremanera, cambió de tema—. Me sorprendes con todas las cosas que sabes de la ciudad, de su historia, de sus edificios...

—Como seguro recordarás, estuve viviendo en Amberes unos meses cuando llegué a Europa y la ciudad me encandiló, por lo que me interesé por todo lo relacionado con ella. Siempre he sido muy curiosa. Y cuando llegué a París... —se detuvo pensativa unos segundos—, no sabría cómo explicarlo. Estoy segura de que no hay una ciudad semejante en todo el mundo. París es mágica, Louis, y te embruja atrapándote de tal manera que ya no te suelta. Y en el fondo no deseo que lo haga, no quiero escapar de su influjo. Supongo que estoy perdidamente enamorada de ella.

Robert no pestañeó ni una sola vez mientras Fanny hablaba. Él también estaba embrujado, pero no por la ciudad. Ella intuyó lo que Robert estaba pensando y, azorada, le instó a seguir paseando.

Había llegado la hora de comer y Robert pidió que le recomendara un restaurante. Fanny le dijo que había pensado preparar algo en casa. Robert insistió. Viendo que no le iba a convencer lo llevó a un modesto establecimiento.

—No es muy elegante, pero la comida es excelente y el precio, asumible. Para mí comer fuera de casa es un lujo que no puedo permitirme. Los días que pasamos en Grez se llevaron nuestros pequeños ahorros. No me arrepiento, lo necesitábamos tras lo de Hervey —se quedó unos segundos con la mirada perdida—. ¿Y tú?, ¿tan bien te van los negocios?

Llegó el camarero y tuvieron que hacer un paréntesis para elegir el menú. Cuando se marchó, Robert respondió.

—No lo creas. Es cierto que los abogados están bien pagados; pero a mí no me gusta la profesión, llevo los casos justos y el sueldo va en consonancia. Si me puedo permitir este ritmo de vida es porque mi padre me da el dinero que le pido. Soy hijo único y el garbanzo negro de la familia por muchos motivos, por alguna extraña razón mi padre sigue pagando mi ritmo de vida. ¿Te decepciono?

—La sinceridad nunca lo hace y aunque creo que, tal y como te presentó tu primo Bob, hay que ser un poco granuja para vivir como vives, también hay que ser valiente para reconocerlo. No me gustan los hipócritas. Además yo también vivo de la asignación que me manda mi marido, que es mucho más granuja que tú.

Era la segunda vez que le hablaba de su marido y no podía evitar alegrarse de la descarnada manera en la que lo hacía.

Llegó el primer plato. Siguieron conversando de temas intrascendentes. Riéndose con frecuencia. Aumentando su complicidad. Les sirvieron el segundo plato. En verdad la comida estaba cocinada con esmero. Seguían hablando y riendo. Hasta que hubo un momento de silencio. No el típico silencio tenso y embarazoso. Fue un paréntesis que surgió de manera natural. Y Robert lo aprovechó para hacer la pregunta. Desde el día en que recibió el ofrecimiento de Fanny para pasar unos días en París una duda le torturaba y estaba dispuesto a despejarla cuanto antes.

—¿Por qué me invitaste a venir? —clavó su mirada en los ojos de Fanny, que rebosaban sorpresa. Ella sabía que el tema saldría en algún momento pero la cogió con la guardia baja. Robert era directo e impredecible. Y a pesar de que Fanny enmudeció, él esperó con paciencia.

—No lo sé, Louis —respondió al fin—. Estoy confundida. Desde que leí tu dedicatoria, no paro de darle vueltas. Es evidente que despiertas algo en mí, pero no sé qué es —se detuvo de nuevo y vio que una nube de tristeza surcaba el semblante de Robert—. Lo siento.

—Es curioso. Hace cuatro años conocí a otra Fanny en Cockfield, una ciudad de Inglaterra. Y también me enamoré de ella y también me rechazó con mucha ternura. Aunque he de decir que en aquella ocasión el reto era más difícil porque su corazón ya tenía dueño, mi buen amigo Sidney Colvin —Robert se había expresado así con la vista extraviada en los restos de comida de su plato, entonces levantó de nuevo la mirada—. ¿Es eso, Fanny? Sé que tu marido no es la razón, pero...

Ella atajó su desvarío con rapidez.

—No, Louis, no es eso. Mi vida son mis hijos, son mi corazón y mi aliento. No hay nadie más, puedes creerme. De lo contrario no te hubiera escrito. No me tengo por una persona cruel y, en efecto, mi marido no es un problema, te lo aseguro —y se detuvo porque quería matizar muy bien las siguientes palabras que ordenaba en su mente—. Si te dije que vinieras unos días es porque quiero llegar a saber qué siento de verdad por ti. Me lo has preguntado muy rápido y aún no lo sé. Dame tiempo si puedes. No te prometo nada, sólo ser sincera contigo.

Robert odiaba que la gente le compadeciera, necesitaba cambiar de tema, echar lava candente sobre todas las palabras anteriores. Volver a empezar como si nada hubiera sido dicho. Necesitaba recuperar su dignidad herida.

—¿Leíste *La Isla Misteriosa*? —preguntó con toda la entereza que pudo.

Fanny no daba crédito a la reacción de aquel extraño escocés. Cualquier otro hombre habría rogado, habría prometido, se hubiera derrumbado ante ella haciéndola sentir culpable y trasladándole una presión insoportable. En cambio, Robert había decidido aparentar que nada había pasado y a ella le pareció de una gallardía tan inusual que le siguió la corriente con la mayor naturalidad que pudo.

—Por supuesto. Acababa de terminar el anterior. Así que llegó en un momento inmejorable. Me gustó incluso más que *20.000 leguas*. He tardado más de lo normal porque lo he leído a escondidas. No quiero que Belle y Lloyd descubran tu dedicatoria, al menos no todavía —de repente reparó en que estaba metiendo la pata y se corrigió rauda, le preguntó si él lo había leído; cuando Robert asintió, ella empezó a desarrollar qué partes le habían gustado más extendiéndose todo lo que pudo para borrar su anterior comentario. Robert se dio cuenta y se enamoró un poco más de ella.

Por la tarde el tiempo mejoró, lo cual les permitió pasear con menos urgencia y detenerse de vez en cuando sin temor a congelarse. Robert preguntó cuándo había que ir a buscar a Sammy y Fanny le desveló que Belle se había ofrecido a ir ella, por lo que tenían el resto del día para aprovecharlo al máximo. Sin rumbo fijo se dirigieron hacia el centro y al poco rato, como el día anterior, las calles estrechas y desordenadas dieron paso a grandes avenidas, flanqueadas a cada lado por árboles y modernos edificios neoclásicos de piedra y altura uniforme. Eran inmensas colmenas repletas de viandantes y carruajes arrastrados por dóciles caballos. Llegaron a un bulevar llamado del Barón Hausmann y Fanny no pudo reprimir sus deseos de seguir hablando de la ciudad por la que bebía los vientos.

—¿Sabes que Napoleón III contrató al Barón Hausmann en 1852 para que remodelara París? —preguntó.

—¿Por qué tengo la sensación de que quieres contarme algo? —respondió Robert enarcando las cejas con gesto detectivesco.

–Napoleón III tenía un sueño: que París fuera la ciudad más bella y moderna del mundo y eligió a Hausmann para que acometiese un ambicioso programa de reformas. Para eso tuvo que derruir más del 50 por ciento de los edificios destruyendo gran parte de la ciudad medieval. Incluso taló los jardines del Palacio de Luxemburgo para permitir la formación de nuevas calles. Realizó una nueva conducción de agua, un sistema gigantesco de alcantarillas, nuevos puentes sobre el Sena y construyó varios edificios públicos. Para todo ello se consiguió un préstamo inicial de doscientos cincuenta millones de francos, y como no fueron suficientes se aprobó otro de doscientos sesenta más cuatro años después, en 1869. Muchos le han criticado por ser el hombre que arrasó el París antiguo, mientras que otros le ensalzan por ser el artífice del Nuevo París.

–¿Y tú qué piensas?

–La verdad es que estoy muy influenciada por la opinión del propietario de la academia donde estudio, Rodolphe Julian, que forma parte de los detractores de Hausmann. Todos ellos tienen asumido además que, incluso por encima de sus ansias renovadoras, Napoleón albergaba razones militares. Durante los disturbios de La Comuna en el 71, lo laberíntico e intrincado de barrios antiguos como Belleville, Ménilmontant o el propio Montmartre fue un auténtico aliado para atrincherarse mejor y para que las barricadas fueran difíciles de abatir. Pero está claro que una ciudad tiene que acometer reformas según va creciendo y ésta no lo estaba haciendo. Y aunque yo no la he conocido, me han contado que las calles antes eran sucias, insalubres y cubiertas de lodo. Las chabolas se iban construyendo sin ningún rigor ni planteamiento urbanístico y estaban húmedas y rodeadas de desperdicios. He conocido ciudades así en Estados Unidos siguiendo a Sam en su búsqueda de la fortuna y eran odiosas. Así que me quedo con el Nuevo París.

Robert estaba de acuerdo con ella.

–Un par de calles más allá, en dirección al Sena hay un edificio magnífico que alguna vez he pintado, el Teatro de la Ópera. ¿Nos acercamos? –preguntó Fanny con entusiasmo.

—¿Y tú eres la misma que me dijo en Grez que soy infatigable? —respondió Robert adoptando la mayor expresión de cansancio que pudo—. ¿Qué pretendes? ¿Enseñarme todo París en un día? Teniendo en cuenta que luego hay que volver, preferiría regresar ya. Me voy a quedar unos días y tendremos tiempo para ir donde quieras.

—Entonces volvamos por calles distintas —y acabó, susurrando como el viento—: carpeee diemmm, carpeee diemmm.

—Siempre y cuando no demos un rodeo, me parece bien —accedió Robert, divertido y sin entrar al trapo que Fanny le tendía.

El camino de vuelta lo hicieron en silencio. Cada uno enfrascado en sus pensamientos. Como dos náufragos, Fanny en un mar de dudas y Robert asido con desesperación a la posibilidad de que cambiara de parecer con respecto a él. No podía permitir que la decepción lo atrapara. Cuando se deprimía era insufrible y no podía evitarlo. Así que debía adoptar una actitud positiva.

El atardecer hizo menguar la luz del día y les recordó que se acercaba la hora de cenar. Ya habían llegado a Montmartre cuando a Robert le llamó la atención un local llamado Cabaret de los Asesinos, enclavado en una esquina entre dos calles. Era un edificio pequeño que se caracterizaba porque en uno de sus muros exteriores habían pintado a un conejo escapando de una cazuela. Al comprobar el interés despertado en Robert, Fanny le explicó que la pintura había tenido tanta repercusión que todo el mundo conocía el cabaret como el del Conejo Ágil.

—Cenaremos aquí —sentenció Robert. Antes de que Fanny reaccionara, ya entraba por la puerta.

En su interior una luz mortecina proporcionaba un ambiente íntimo encantador. El espectáculo se iba a celebrar más tarde y la iluminación cambiaría. En cuanto se sentaron les ofrecieron una botella de vino caliente con canela famoso por ser mano de santo contra el frío. En cada mesa había un diminuto candelabro con tres pequeñas velas. Todo era muy viejo, pero parecía estar en el lugar apropiado. De las paredes colgaban cuadros de artistas desconocidos que suspiraban porque algún marchante de arte seleccionara el suyo y favoreciera una carrera de relumbrón.

—Algunos de esos ¿no serán tuyos? —preguntó Robert.

—No. Aún no me he atrevido a que ninguna de mis pinturas haya visto la luz pública. Entre Montmartre y Montparnasse hay más talento que en todo el resto de Europa junta, incluido Amberes —acababa de recordar a Bob—. Cualquiera de los cuadros que hay aquí tiene la capacidad de acomplejarme. Adoro pintar, aunque no sé si tengo el genio suficiente.

A su izquierda se ubicaba una mesa ocupada por un solo hombre al que no habían prestado atención. Sus rasgos eran muy característicos: una poblada barba y bigote que ocultaban sus labios y la frente más ancha y despejada de todo París, coronada por pelo escaso peinado hacia atrás. Ya había terminado de beber y cuando oyó el comentario de Fanny decidió que era un buen momento para regresar a su casa. Se levantó y al pasar por su lado se detuvo un instante.

—Perdone mi atrevimiento, señora, no he podido evitar escucharla. Si en verdad ama la pintura, si cuando araña el lienzo con el pincel es cuando más viva se siente, no dude, no piense, déjese arrastrar y simplemente pinte. A todas horas. Siempre.

Al acabar hizo una reverencia y se dirigió a la puerta sin esperar contestación. Antes de salir saludó al camarero.

—Hasta mañana, Dominique.

—Hasta mañana, señor Manet.

Fanny no podía creer lo que había oído. Ese hombre era Édouard Manet. Le habló de él a Robert. Una vez pasó por la academia y Julian les dijo que era un auténtico genio, incomprendido porque los mediocres son una plaga envidiosa que lo contamina todo. Se sentía tan excitada que no paraba de hablar. Y Robert la escuchaba en silencio, sin interrumpirla.

Terminaron de cenar y con las entrañas templadas por la comida y por el excelente vino caliente que habían saboreado, salieron de nuevo al frío inclemente. Robert la acompañó hasta su casa y se despidieron en la calle. Al día siguiente Fanny tenía diversas ocupaciones que no podía retrasar, así que se emplazaron a la tarde. A Robert el vino con canela le nublaba el entendimiento lo suficiente como para estar a punto de intentar besar a Fanny, pero en el último momento desistió. Antes de llegar a su hotel comenzó a llover con pesados goterones. Cuando entró en su cuarto estaba empapado y toda su ropa chorreaba. Se desvistió rápido y se metió en la cama, desfallecido. Aún no se habían cerrado sus párpados y Robert ya dormía.

La segunda noche en París fue bastante peor que la anterior. Tanto que lo primero que hizo Robert por la mañana fue hacer llamar a un médico. La cabeza parecía estar a punto de estallar, sufría accesos de tos y escalofríos constantes, dolor muscular en brazos, piernas y espalda, así como un cansancio mortal. Por si fuera poco, el doctor confirmó que además tenía fiebre. Le recetó la medicación que debía tomar, le prohibió salir a la calle en varios días y se marchó dejándole en un estado de abatimiento absoluto. Su miedo a caer enfermo se había convertido en una cruel realidad. Y el sufrimiento físico trajo aparejado, como invitado indeseable, un profundo sentimiento de derrota. De nuevo su fragilidad le dejaba postrado en la cama. Sabía que esto podía ocurrir con el fuerte temporal en la ciudad, pero sus deseos de volver a ver a Fanny le habían convencido de correr el riesgo y buena parte de su ser se arrepentía ahora de ello.

Pasó la mañana metido en la cama, tapado hasta las orejas con varias mantas y envuelto en sudor. Cuando el dolor de cabeza remitía un poco, conseguía conciliar el sueño, pero desagradables pesadillas volvían a despertarle. Cada vez que le sobrevenía un ataque de tos, se veía obligado a incorporarse y quedaba durante varios minutos sentado en el lecho. Tras semejantes intervalos de espasmos y sacudidas se notaba exhausto, y cuando desaparecían se dejaba caer inerte con el pecho y la espalda molidos.

144

Ajena al infortunio de Robert, Fanny le esperaba en su casa. No habían establecido una hora concreta de la tarde, pero cuando la aguja pequeña del reloj quedó por entero vertical le embargó la sorpresa y la preocupación. Impaciente por naturaleza, decidió ir a su hotel a ver si conocían su paradero. Cada vez que llegaba a una esquina o a un cruce de calles, miraba en todas direcciones con la esperanza de encontrarse con su inconfundible delgadez. Sorprendida ante el deseo que tenía de encontrarse con él, le asaltó una perturbadora ocurrencia. ¿Y si Robert había decidido volver a Edimburgo al ser rechazado? La idea era tan descorazonadora que con un acto reflejo la desterró de inmediato de su pensamiento.

Cuando llegó al hotel, fue directa a la recepción. Tuvo que apretar el timbre que coronaba una característica semiesfera de latón. Por una puerta asomó un hombre añoso arrastrando los pies con dificultad. Fanny le preguntó varias veces por la habitación de Robert, porque el oído de su canoso interlocutor ya no era muy fino, por no decir que estaba casi sordo. Cuando consiguió entenderla, respondió con un lacónico "la 26".

Fanny comenzó a subir las escaleras y cuando llegó al segundo piso localizó un cartelito que indicaba que las habitaciones pares se ubicaban a la derecha. Dobló la esquina y un instante después estaba frente a la número 26. Entonces se quedó muda y paralizada. ¿Qué hacía allí? ¿Y si se había ido? Seguro que la reliquia que la había atendido en recepción no lo sabría y al abrirse la puerta aparecería un desconocido. Con un esfuerzo dejó la mente en blanco y se sirvió de los nudillos para golpear la puerta con timidez. En varias ocasiones. No ocurrió nada. Entonces Fanny aporreó la puerta con resolución y Robert se despertó. Y con él su enfado.

—¡Hagan el favor de irse! ¡Ya saben que estoy enfermo! —gritó, y acto seguido se cubrió la cabeza con las mantas. Para su consternación, escuchó una voz femenina que le pedía que abriera la puerta y cuyo nombre no entendió, pero intuyó. Volvió a asomar la cabeza y preguntó—: ¿Cómo ha dicho que se llama?

Entonces comprendió a la perfección quién se encontraba fuera de la habitación.

Cuando la mirada de Fanny se posó sobre Robert, casi no le reconoció. Tenía el pelo empapado y pegoteado a la cabeza, las orejas rojas como el tizón y los ojos llorosos. Enfundado en una gruesa bata y abrazado a sí mismo, al estar encorvado parecía varios centímetros más bajo.

—Creo que ya sé por qué me has dejado plantada esta tarde —comentó mientras traspasaba el umbral de la habitación. Robert se había dado la vuelta y en silencio retrocedía de nuevo a la cama, sentándose sobre ella—. ¿Estás tan mal como aparentas?

—Peor —masculló Robert.

—¿Te ha visto un médico?

—Sí, ha venido uno por la mañana, pero no me ha dicho nada que no supiera. Tranquila, no es grave.

—¿Has comido?

—Sí, me han traído algo. Apenas tengo hambre, se lo han llevado casi todo sin tocar.

—Tienes que beber mucha agua.

—Lo sé.

—Y abrigarte.

—He pasado todo el día en la cama con todas las mantas que me han traído. Descuida, soy un profesional.

—¿Qué vas a cenar?

—No lo sé.

—¿Cómo que no lo sabes? Ahora mismo me voy a casa y te traigo una buena sopa caliente —exclamó Fanny dándose la vuelta.

Robert no estaba dispuesto a permitirlo y comenzó a prohibírselo; antes de que pudiera evitarlo, Fanny bajaba las escaleras a toda velocidad. No era una mujer atlética, pero, como empujada por el viento, volvió a su casa, calentó la sopa que había sobrado de la comida, explicó a Belle y Sammy lo que pasaba y volvió al hotel en un tiempo récord. Robert estaba disgustado, pero de puro cansancio no tenía ganas de discutir y, por si fuera poco, la sopa estaba deliciosa.

Se sentaron juntos alrededor de una pequeña mesa redonda. Fanny observaba con fijeza la reacción del enfermo.

—¿Te gusta? —no pudo evitar preguntar.

—Sí.

A Robert no le agradaba permanecer en aquel estado delante de nadie. Por eso no había dado instrucciones al hotel para que alguien hubiera llevado un mensaje suyo a Fanny. No quería que ella le viera así. Débil, vulnerable, dependiente. Que le cuidara no era lo que él deseaba de ella. Agradecía sus atenciones, aunque eso no le evitaba sentirse humillado.

Varias veces hizo amago de dar por concluida la cena; pero ella, firme, no se lo permitió. Mientras seguía dando pequeños sorbos, Fanny parloteaba sin parar contándole lo que había hecho por la mañana, que el tiempo parecía mejorar poco a poco, que Sammy estaba muy contento al haber sido felicitado por su profesor en clase, y muchas cosas más. Le estaba aturdiendo y el dolor de cabeza no le permitía prestar mucha atención. Sorprendido, notó cómo Fanny le ponía el dorso de la mano en la frente y afirmaba que tenía algo de fiebre. Por fin acabó con la última gota de sopa.

—Te he traído esta botella de agua fresca. Cada vez que te despiertes por la noche, bebe un sorbo. De lo contrario, te deshidratarás.

—Gracias —contestó Robert con un hilo de voz—. Necesito acostarme. —Se acercó a la cama, se sentó y esperó a que Fanny se diera la vuelta para quitarse la bata y esconderse debajo de las toneladas de sábanas y mantas. Ella no lo hizo; con toda naturalidad, se acercó a él y le ayudó a quitársela y, cuando Robert se tumbó, ella misma lo arropó, metió las mantas bajo el colchón, dobló con esmero el embozo y alisó todo el conjunto.

—Descansa —le susurró —me quedaré un rato hasta que te duermas.

Todo había sido en contra de su voluntad, pero Robert debía admitir que en ningún momento se había encontrado mejor. Mientras se dormía, oyó cómo ella le decía que al día siguiente vendría a cuidarle, no tuvo fuerzas para negarse. Fanny aún se quedó un par de horas velando y verificando cada poco tiempo que la fiebre no le subía. En ocasiones Robert abría los ojos, la miraba sin reconocerla y la llamaba Cummy.

Muy cerca de la casa de Fanny estaba el mercado de Montmartre. En cuanto las tiendas abrieron sus puertas, a la mañana siguiente, ella estaba allí la primera. Siempre le gustaba dar una pasada a todas para comprobar género y precios, y a la vuelta iba comprando en los lugares seleccionados. Poco a poco el mercado se fue llenando de gente, sobre todo mujeres. Cada vez crecía más el ruido y la lonja se parecía más a un gallinero. Por eso iba a primera hora, porque no soportaba todo el gentío, los empujones y las colas. Compró bastante verdura y fruta, así como algo de pescado y, por supuesto, la *baguette* preferida de Sammy. De vuelta en casa, éste y Belle aún no se habían levantado. Se puso a cocinar sin perder tiempo, preparó la comida para dejarles a sus hijos y a continuación coció las verduras para Robert. Estaba tan concentrada que no se dio cuenta de que Belle llegaba por su espalda y se sobresaltó.

—¡Menudo susto que me has dado, hija! —se quejó.

—Qué pronto te has puesto a cocinar hoy —observó Belle mientras, desde su espalda, abrazaba por la cintura a su madre.

—Os estoy haciendo la comida. Yo voy a ir a hacer compañía a Robert, ayer se encontraba fatal. Espero que ya no tenga fiebre. Estos días, hasta que se recupere, vas a tener que encargarte de tu hermano.

Sin mediar palabra, Belle se puso a ayudar a su madre y entre las dos acabaron antes. Como Fanny había salido a la calle sin siquiera haber desayunado, aprovecharon para hacerlo juntas. Fanny no había tenido casi oportunidad de contarle a su hija nada de lo acontecido en los dos últimos días, así que aprovechó el momento para hacerlo. Belle escuchaba en silencio, atenta a cada expresión, a cada gesto. No tenía ninguna duda de que los ojos de su madre rejuvenecían cuando hablaba del señor Stevenson. Y su corazón se detenía ante la angustia de su convalecencia. Todo lo que para su madre era motivo de duda, para ella estaba meridianamente claro. Y no estaba dispuesta a ser un impedimento para su felicidad. Y aquél era un momento tan bueno como cualquier otro para hacérselo saber.

—¿Le quieres? —preguntó a bocajarro.

Fanny por poco se atraganta. Miró a su hija con ojos desorbitados. No podía imaginar una pregunta que le hubiera causado más estupor. Aunque no debería haberle resultado tan sorprendente, al fin y al cabo tenía ya dieciocho años, era muy lista y pasaban muchas horas juntas. Fanny comprendió que sus hijos estaban actuando, sin darse cuenta, como un dique de contención para sus sentimientos. Siempre los situaba antes que todo lo demás, tenían preferencia ante cualquier circunstancia. Y ahora Belle le iba a decir que no lo olvidara, que no antepusiera a nadie frente a ellos y mucho menos a aquel escocés enfermizo.

Toda su vida había intentado ser sincera con su hija y no quería dejar de serlo. Por eso no sabía qué contestar porque, como le dijo a Robert, no conocía la respuesta a esa pregunta.

Pero la clarividencia de Belle era total e intuyendo el sembrado de dudas que había plantado su pregunta en su madre, decidió ayudarla.

—Hace unos días estuve buscando un pincel muy ancho que había perdido y necesitaba para un cuadro. Así que enredé por toda la casa abriendo cajones y puertas, buscando en baldas y armarios —intuyendo lo que iba a escuchar, a Fanny se le cayó el corazón al suelo— y encontré un libro en un lugar donde no debía estar, por lo que sentí curiosidad, lo saqué y lo abrí —en un gesto característico de ella, Fanny se llevó la mano a la boca para reprimir un gritito de angustia—. Tranquila, mamá —continuó Belle abrazando con sus manos la que aún reposaba sobre la mesa—, te he oído llorar muchas noches. Por nuestro padre, por la soledad, por Hervey, por ti. Pero luego con nosotros resurges y eres la mujer más fuerte del mundo. No sé si te servirá de algo, mamá, desde que conocimos al señor Stevenson, no he vuelto a oírte llorar ni una sola noche —a Fanny se le derramaba la alegría en forma de lágrimas—. Es un buen hombre. Por una vez en tu vida piensa en ti, mamá. Yo quiero que seas feliz.

Madre e hija se fundieron en un abrazo eterno. Y se sintieron más unidas que cuando formaron parte de un único cuerpo.

Tras la puerta de la habitación 26, el único habitante parecía ser el silencio. De repente la manilla giró y apareció un espectral Stevenson. Los gruesos cortinones tapaban las dos ventanas de la habitación, por lo que Robert estaba rodeado de sombras.

–Cuando ha amanecido tenía aún dolor de cabeza y la luz me molestaba, por lo que he preferido correr las cortinas –se justificó–. Si te conozco lo suficiente, estoy seguro de que estás a punto de abrirlas. Puedes hacerlo, ya no me duele –concedió con tono de disgusto.

Intentando no hacer caso de su evidente falta de tacto, Fanny se dispuso a liberar la luz en aquella habitación de tinieblas. El aire estaba enrarecido y hubiera sido preciso abrir las ventanas, pero aún hacía mucho frío y el riesgo superaba al beneficio. El aspecto de Robert era aún más deprimente que el de unas horas antes. Estaba demacrado y parecía incluso más delgado aunque, al menos, era patente que se había dado un baño.

–¿Qué tal has pasado la noche? –preguntó Fanny, aunque era palpable que no muy bien.

–Casi no he pegado ojo. Me ha dolido mucho la cabeza y he sudado mares – Robert se dio cuenta de que Fanny buscaba la botella de agua con la vista y aclaró–: Tranquila, he acabado con toda el agua que me trajiste. También me he pasado la noche tosiendo y expulsando unas flemas horribles. Te lo advierto porque no es muy agradable. Hace poco han venido a cambiar las sábanas y no sé si merecerá la pena lavarlas. Igual me las cobran.

Fanny sacó el mismo puchero del día anterior y cuando abrió la tapa los olores de las diferentes verduras libraron una batalla con el nefasto olor de la estancia. Sirvió una ración en un bol y se lo puso delante a Robert. Incluso con la nariz algo taponada por el mal que le aquejaba, pudo saborear la sopa de verduras con el olfato antes de hacerlo con el gusto. Sin embargo, seguía con las mismas sensaciones que pugnaban entre el agradecimiento por las atenciones recibidas y un desagrado creciente por ser visto en su situación actual de dependencia.

Cuando acabó con la sopa, Fanny se empeñó en que comiera una pieza de fruta y Robert eligió una naranja. Lo cierto es que por primera vez tenía hambre. Alguien golpeó con suavidad la puerta y ella fue a ver quién era. Robert oyó cómo decía que ya no hacía falta, que el señor Stevenson ya estaba desayunando. Lo que no pudo ver fue la expresión de perplejidad del empleado del hotel.

—Estaba todo muy bueno —masculló a regañadientes, esforzándose por ser cortés—, pero si no te importa, necesito dormir. Me encuentro algo mejor y creo que ahora sí podré conciliar el sueño.

—Me parece bien —contestó Fanny, y ambos se quedaron enfrentados como dos duelistas, mirándose con fijeza y aguardando cada uno un movimiento del otro. Ella esperando que Robert se levantara y enfundara en las frescas sábanas limpias y él a la expectativa de que Fanny hiciera lo propio, pero para marcharse y dejarle tranquilo.

La mirada de pétrea determinación de aquella decidida mujer acabó con la débil resistencia del enfermo y a la postre éste se levantó resignado y se metió en la cama mientras ella le decía que estuviera tranquilo, que se iba a quedar a su lado por si necesitaba algo. Poco tiempo después fue raptado por un sueño reparador, sin duda el más sereno de su estancia en París. Fanny podía percibirlo por su semblante relajado y su respiración acompasada.

La habitación no era muy grande. El hotel era un modesto establecimiento si se comparaba con muchos otros de la zona moderna de la ciudad. Por fortuna, disponía de una butaca orejera con gruesos cojines, tanto en el respaldo como en el asiento, que la hacían muy cómoda. Así que Fanny se sentó en ella y se armó de paciencia pues no tenía ni idea de cómo iba a evolucionar el letargo de Robert. De vez en cuando daba pequeñas cabezadas, y se despertaba al poco rato sobresaltada y sin saber bien dónde se encontraba hasta que veía al enfermo. Tuvo tiempo para pensar en los maravillosos regalos que constituían para ella sus hijos, en la vida que había dejado atrás en su país, en la parte de ella misma que se fue con su benjamín y en aquel loco escocés que la pretendía y ahora parecía odiarla; sobre todo en él. En apariencia todo les separaba, la edad, la familia, la distancia, y sin embargo Sammy le adoraba y Belle tenía muy buena opinión de él. Nunca se cansaban de conversar, aunque no opinaran lo mismo, siempre la escuchaba con paciencia y la animaba a seguir con la pintura. Era un hombre franco, gentil, honrado y sensible. Aunque también era incorregible, de un humor en exceso voluble y condenadamente inseguro de sí mismo. Se dedicaba a lo que no quería y no parecía perseguir con el ahínco suficiente su sueño por escribir. ¿Cómo iba a unirse con un hombre que ni siquiera era autosuficiente en lo económico? Sin embargo, allí estaba, sentada en su habitación, con la sensación de que ése era su sitio en el universo y de que aunque lo intentara no podría franquear la puerta e irse para no volver nunca.

La tos se adueñó de Robert por un momento, pero le dejó libre muy rápido, de forma que ni siquiera despertó. También sacó a Fanny de sus pensamientos. Se levantó y se puso a recorrer la habitación con paso lento. Iba de acá para allá cuando reparó en una carpeta colocada encima de la repisa superior de la chimenea. Tardó en darse cuenta porque, al tener ambas el mismo color, quedaba camuflada. Conociendo la obsesión de Robert por la lectura, supuso que dentro habría un libro y se dispuso a abrirla. Estaba equivocada. Lo que se ocultaba en su interior era un montón de cuartillas manuscritas, cuyos trazos coincidían con los de la dedicatoria que Robert escribió en su obsequio. Sin atisbo alguno de duda, se sentó en la butaca y comenzó a leerlas.

Había infinidad de ideas en las que se podían basar historias, otros tantos comentarios y críticas sobre libros leídos, así como multitud de esbozos de comienzos infructuosos y tachados con rayones desesperados. Apuntes y más apuntes de todo tipo y condición embarullados unos con otros. Pero siempre un denominador común: la frustración y el inconformismo con lo escrito. Era palpable la fértil imaginación que había tras aquellos apuntes, y también la autoexigencia máxima que provocaba que todos los intentos fueran desterrados.

No obstante, a partir de la mitad, había un relato al que se le habían dado más oportunidades y pudo leer varias cuartillas seguidas que tenían una continuidad negada a otras narraciones inacabadas de forma brusca. Reconoció de inmediato que se refería al viaje en canoa que acababa de hacer Robert cuando llegó a Grez. Pese a los muchos tachones, por lo que costaba leer, la prosa era apasionada, con un encanto especial, en apariencia sencilla pero cautivadora y envolvente. Fanny se dejó seducir y paseó por rincones conocidos de Amberes, se desplazó en la misma canoa que Robert contemplando a unos metros la de su amigo Walter Simpson, notó la impertinente llovizna e imaginó canales y ríos de Bélgica y Francia desconocidos para ella.

Hasta que un nuevo acceso de tos la sacó del influjo de aquellas maravillosas palabras. Esta vez Robert se despertó, se incorporó en la cama y se deshizo en espasmos y en esfuerzos por no ahogarse. Fanny llegó a asustarse, parecía no tener fin. Robert protegía su boca con un inmenso pañuelo que había dejado en la mesilla y que al principio poseía una blancura inmaculada. Ahora estaba retorcido y manchado con esputos amarillentos. No era agradable. Fanny no paraba de golpear con la palma de su mano la espalda de Robert. Al final la cadencia de la tos disminuyó poco a poco y acabó por desaparecer de improviso de la misma manera que había llegado.

Robert había descansado varias horas seguidas y se encontraba mejor, gracias a lo que consiguió no derrumbarse en la cama como un árbol recién talado.

—¿Todavía estás aquí? —fueron sus primeras palabras.

—Te dije que me quedaría y suelo cumplir mis promesas.

Robert miró el reloj y se sorprendió de la hora, casi la una. Había dormido toda la mañana. Se puso la mano en la frente, la fiebre iba remitiendo y apenas le dolía la cabeza. Era evidente que mejoraba, pero sabía por experiencia que aún debía permanecer en aquella habitación varios días; de lo contrario, la recaída sería segura.

—Si quieres puedo bajar a pedir que te sirvan la comida en la habitación —se ofreció Fanny.

—Me parece bien.

Cuando su fiel cuidadora salió por la puerta, Robert se levantó de la cama y se puso la bata sin atársela. Por fortuna había reservado una habitación con baño y no tuvo que salir al pasillo en busca de uno. De vuelta, iba a sentarse en la butaca a la espera de Fanny y la comida cuando su vista se posó, sorprendida, en las cuartillas desordenadas que había sobre la mesa, que es donde ella las había dejado al verse sorprendida por su ataque de tos. Una dosis de furia se fue extendiendo por sus venas. Apenas permitía a nadie que leyera todos sus intentos por escribir algo de calidad y, por el contrario, aprovechándose de que estaba dormido, aquella atrevida mujer había violado su más preciada intimidad. No podía creerlo. Su indignación crecía. Cuanto más tardara en regresar, mayor sería la explosión de su rabia contenida.

Fanny no necesitó llamar a la puerta para entrar, la dejó entornada. Nada más cerrarla, oyó a su espalda la encolerizada voz de Robert.

–¿Cómo has podido abrir esta carpeta y leer su contenido? ¡Maldita sea! ¿Quién te has creído que eres?

Se dio la vuelta y ahí estaba Robert erguido en medio de la habitación con varias cuartillas en la alzada mano derecha. El brazo entero le temblaba del acaloramiento y cuando lo bajó cerró el puño de forma que las hojas quedaron estrujadas entre los dedos. Fanny no podía suponer que su acción le enfadaría hasta tal extremo, y comenzó a disculparse.

–Perdóname. La encontré por casualidad. Pensé que era un libro. Ten por seguro que si hubiera sospechado que no querías que lo leyera no lo habría hecho. Lo siento.

Aquello no aplacó a Robert. Arrojó los papeles de la mano al suelo y con el otro brazo barrió la mesa de tal forma que todas las cuartillas salieron volando y acabaron todas en el suelo desordenadas. Alguna de ellas incluso ardió en las brasas de la chimenea mientras Fanny gritaba con desesperación. A quien no supiera en verdad lo que allí ocurría le parecería más bien que ella era la autora y él, el canalla que estaba destruyendo su obra.

–Ahora ya sabes quién soy. Un pobre diablo. Un enfermo y un fracasado. Has jugado bien tus cartas y me has desenmascarado –la voz de Robert ya no gritaba, pronunciaba rendida las palabras, herida de muerte.

—Yo no pienso eso de ti. No entiendo nada. No sé por qué estás así. No pretendo desenmascarar a nadie, sólo conocerte y saber en realidad quién eres para mí.

—¡Vete! —gritó Robert de repente ante la mirada de sorpresa de Fanny—. ¿No me has oído? ¿Qué es lo que no entiendes? Esta situación es humillante para mí. Toda mi vida he necesitado que alguien esté a mi lado y eso parece que no cambiará nunca hasta el día en que me ahogue de una maldita vez. Y no contenta con acompañarme como una madre, has comprobado mi falta de talento a mis espaldas. Ya lo sabes todo, no valgo nada, así que déjame solo. —Y se sentó con el semblante derrotado y la mirada oculta de vergüenza.

Fanny observaba inmóvil e incrédula. Parecía en estado de trance. No estaba enojada. Por fin entendía el porqué de la actitud del que aún consideraba su amigo. En cualquier caso, su reacción se le antojaba desproporcionada y sin justificación. Si quería que le dejara solo, lo haría, pero no sin antes decirle lo que pensaba.

—Señor Stevenson, creo que está usted siendo injusto conmigo. Y con usted. No hay nada humillante en ser atendido cuando uno está enfermo y en ningún momento yo he querido hacerlo como una madre, se lo aseguro. No pienso que sea usted menos hombre por ello —tomó aire—. En cuanto a la carpeta que, según usted, he ultrajado leyendo lo que contenía, le diré que tiene usted un don para escribir así como una imaginación para concebir historias que posee toda la madurez que a usted le falta. Siento que no me haya dado tiempo a leer todo lo que ha escrito de su viaje en canoa, porque me sentía tan atrapada como fascinada —hizo otra pausa para ver si él levantaba la cabeza o decía algo, pero parecía no estar ahí, así que acabó—. Si prefiere quedarse solo compadeciéndose, yo no voy a impedírselo. A pesar de todos sus defectos, considero que es usted una gran persona y no me gustaría perderlo. No le pienso pedir perdón por nada ni tampoco quiero que usted lo haga, supongo que en el fondo comprendo sus miedos y sus miserias, cada uno tenemos las nuestras.

Con calma procedió a recoger todas sus cosas. Confiaba en que Robert saliera de su estado catatónico, pidiéndole a continuación que se quedara. Nada ocurrió. Cuando abrió la puerta para marcharse reprimió su deseo de darse la vuelta, pero no pudo hacer lo mismo con unas últimas palabras.

—Si quieres volver a verme, ya sabes dónde encontrarme.

A continuación la puerta se cerró con un sonido sordo de sepulcro. Y el cadáver que quedó dentro permanecía tan hundido y avergonzado que se volvió a meter en la cama tapándose con la sábana como si fuera un sudario.

Aquella misma tarde el tiempo comenzó a mejorar. La temperatura inició un progresivo aumento. La sensación de frío disminuyó de manera notable, ante todo por la desaparición del viento helador que había reinado en París los días anteriores. Con timidez fueron haciendo acto de presencia los rayos del sol, muy caros de ver en aquella época del año. La conjunción de todos estos elementos fue derritiendo la nieve acumulada. La ciudad cambió su aspecto, adaptándose a la nueva situación. Mucha más gente decidió salir de la protección de sus viviendas, el número de carruajes yendo y viniendo aumentó de manera notable, los comercios empezaron a recibir un mayor volumen de clientes, así como los restaurantes y las tabernas. Cada vez había más calvas de nieve en las calles y en los tejados. Al día siguiente todos los restos desaparecerían y todo iría recobrando su habitual apariencia.

El que no cambió ni un ápice durante aquella aciaga tarde fue Robert. Ajeno por completo a los cambios que se operaban fuera de las cuatro paredes de su habitación, permanecía embutido en su cama, aunque despierto. En medio de una absoluta tormenta de sentimientos que le zarandeaban sin piedad. Abochornado. Deprimido. Triste. Aplastado por una sensación de culpa que apenas le permitía respirar. Pero también encolerizado con Fanny y con él mismo. Por momentos dispuesto a no perdonarla, en otros tendente a flagelarse por su comportamiento.

Resentido. Irritado. Analizándose hasta el delirio. Arrepentido por haber ido a París, por mostrar su debilidad ante la mujer que amaba. Por toda su vida.

Y así transcurrieron los minutos, uno tras otro, con una lentitud exasperante. Y así pasaron las horas, una tras otra, eternas. Y la tarde, remisa, fue dando paso a la noche. Y Robert seguía inmóvil con los ojos clavados en el techo, con la mente exhausta de tanto cavilar, cansada de evaluar toda su vida, de resaltar sus bondades y aciertos a la vez que repudiaba sus limitaciones y sus traiciones. Poco a poco comenzó a dar cabezadas, cualquier ruido le sobresaltaba y de forma automática miraba en dirección a la puerta esperando un nuevo golpe sobre ella acompañado por la voz de Fanny. Durante el terco silencio ininterrumpido, Robert se imaginaba debatiéndose entre el deseo de gritar que se fuera y no volviera nunca y el anhelo por salir de su cárcel para unirse a su liberadora. Al fin se rindió al cansancio mental y se quedó dormido.

A la mañana siguiente, los espesos cortinones permanecían abiertos, como Fanny los había dejado el día anterior. La claridad entraba a raudales por las ventanas de la habitación. Era una luz renovadora y animosa que acompañó el desayuno de Robert. Le dolía algo la cabeza, la fiebre había desaparecido y su estado general había mejorado. Tenía un inmenso agujero que tapar en el estómago, fruto de un hambre atroz. Apuró hasta la última gota del zumo de naranja y devoró con fruición las galletas untadas con mantequilla y mermelada así como un pequeño bocadillo de jamón y queso. Mientras bebía a pequeños sorbos el café con leche, observaba al otro lado de la mesa todas las cuartillas que el día anterior había arrojado al suelo y sus entrañas se revolvieron de tal forma que algo le impulsó a recogerlas de inmediato. En ello estaba cuando unos nudillos golpearon la puerta. Era un empleado del hotel que venía a recoger los restos del desayuno, con lo que la mesa quedó limpia y liberada.

Comenzó a disponer los pliegos sueltos sobre la mesa y a la vez los iba ordenando. Su cerebro agradeció una actividad mecánica tras la vorágine de horas antes. Algunas cuartillas estaban numeradas y eso facilitó el trabajo; pero algunos huecos delataban a las que cayeron al fuego, irrecuperables. Y entre todas ellas, las marcadas con números y las que no, las que estaban repletas de notas y las abandonadas a medio llenar, las de textos inmaculados y las llenas de tachaduras, aparecían, retadoras como siempre, las páginas en blanco. Observándole impasibles. Seguras de su victoria ante quien se debatía siempre ante ellas por una vocación atormentadora. Sin embargo, aquella mañana Robert ganó la batalla. Una vez ordenadas todas y cada una de las cuartillas escritas, las apartó y sin asomo de duda colocó ante él varias de las que siempre le torturaban. Hojas vacías, sin trazo alguno, que representaban como ninguna otra cosa en el mundo el reto permanente de su vida. Respiró profundo y comenzó a escribir. Una seguridad desconocida hasta entonces le hizo disfrutar mientras completaba una línea tras otra. Sin miedo. Sin repasar compulsivamente cada hoja, cada párrafo e incluso cada oración. La pluma volaba desinhibida, sin memoria, avanzando con una libertad desconocida. Aquel día las cuartillas vírgenes y Robert aprendieron a convivir; y mientras aquéllas dejaron de mirarle engreídas, él les perdió el miedo, aunque no el respeto.

Cuando abandonó la habitación veintiséis, Fanny tomó conciencia de sus sentimientos hacia Louis. Lo amaba. Sabía que lloraría con amargura si no lo volvía a ver. Deseaba compartir su vida con él. La posibilidad, más que probable, de perderlo para siempre, la acongojaba.

Consiguió ocultar sus angustias a Sammy explicándole que Louis debía descansar solo e irse recuperando poco a poco de su enfermedad. A Belle fue incapaz de engañarla, aunque ésta respetó el silencio y la falta de explicaciones de su madre.

De forma que los días siguientes discurrieron marcados por la rutina habitual. Levantarse temprano para ir de compras, llevar a Sammy a clase y acudir a la Académie Julian. Algún paseo, alguna lectura y las tres comidas diarias en familia. Y cada minuto de cada día: Louis, siempre Louis.

Siempre daba un rodeo con la finalidad de no pasar por su hotel, aunque la duda de si aún se hospedaba en él la reconcomía por dentro. Debía realizar verdaderos esfuerzos para no acudir a la recepción y preguntar al vejestorio que solía atenderla quién ocupaba en la actualidad la habitación veintiséis. Pero siempre superaba la tentación porque en el fondo de su alma no quería albergar dudas. Ella ya había dicho todo lo que tenía que decir y había dejado la puerta abierta a la reconciliación. Ahora la palabra la tenía él y Fanny había tomado la inquebrantable determinación de no influir en lo que él decidiera.

Había días que se levantaba con la intuición de que Louis no le perdonaría nunca por haber quedado desnudo ante ella, con sus miedos y sus infortunios al descubierto. En esos días tan pesimistas, estaba segura de que él no superaría la humillación sufrida. Por contra, había mañanas que despertaba con una euforia sin fundamento alguno, que la llevaba en volandas a pensar que Louis volvería a ella en cuanto estuviera recuperado y que sellarían, con sus miradas y sin necesidad de palabras, un pacto por el que nunca volverían a hablar de lo sucedido. Semejantes estados de ánimo tan opuestos se transmitían a su forma de pintar, de forma que los días negativos imperaba el claroscuro y los optimistas la luz a raudales.

Pasados diez días, incluso Sammy comenzó a dudar y a preguntar con insistencia por Louis. Fanny seguía contestando con evasivas. No sabía cómo explicarles a sus hijos lo sucedido y además seguía albergando esperanzas de no tener que hacerlo, aunque cada vez más exiguas.

Cuando de improviso, ocurrió.

Belle y Sammy se quedaron en casa mientras Fanny iba a dar un paseo después de comer. Era domingo y tenía previsto acercarse hasta la catedral de Notre Dame; así que se arregló, bajó las escaleras y saltó a la calle. Nada más salir, lo vio. Louis estaba apoyado en la pared del edificio de enfrente, más delgado que nunca. La sorpresa la paralizó, como si le hubieran pinchado con un dardo impregnado en curare. Él tampoco se movió, hasta el punto de que Fanny llegó a pensar que era un espejismo recreado por las ganas de verlo. Y así permanecieron los dos por intervalo de unos minutos que parecieron años, cada uno asustado hasta la médula por la reacción que pudiera mostrar el otro. El primero en dar un paso al frente fue Robert; para cuando quiso darse cuenta, Fanny estaba al alcance de sus manos.

—Dijiste que si quería volver a verte, sabía dónde encontrarte —la voz de Robert sonó normal, segura, sin rencor y Fanny casi se deshace en lágrimas al escucharla.

—Has tardado tanto que ya casi no lo recuerdo —la de Fanny reveló desahogo, como si le acabaran de quitar una losa de encima del alma.

—Pensaba que serías tú la que no querrías volver a verme a mí —dijo Robert.

—Me gustaría poder disimular y hacerme la dura, pero nunca en mi vida he podido fingir mis sentimientos —los ojos de Fanny la delataban—. Me moría a todas horas por volver a estar junto a ti.

Robert miró hacia los lados y comprobó que había mucha gente a su alrededor, así que cogió a Fanny de la mano y traspasó con ella la puerta de madera del edificio. Una vez estuvieron dentro a salvo de miradas indiscretas, él acarició su pelo, deslizó su mano por detrás de su cuello y la atrajo hacia él con suavidad, sin notar resistencia alguna. Se besaron desesperados, como si a continuación fuera a acabarse el mundo. Estaban fundidos en un abrazo del que no querían escapar cuando Robert rompió el silencio.

—¿Vamos a mi hotel? —susurró al oído de Fanny.

Ella se separó lo justo para mirar los ojos de Louis y comprobar que destilaban deseo. Hacía mucho tiempo que nadie la miraba así y le gustó. No necesitó contestar. Salieron y recorrieron presurosos el camino hasta el hotel de Robert. Cada uno con el sabor del otro en los labios, dirigiéndose miradas furtivas invisibles para las personas con las que se cruzaban y haciendo ímprobos esfuerzos por no detenerse a beberse el uno al otro en medio de la calle.

161

En cuanto entraron en la habitación, se volvieron a besar frenéticos, devorándose con las manos con desenfreno. Poco a poco fueron desnudándose. Robert acariciaba con sus labios cada centímetro de la piel de Fanny que quedaba al descubierto, y ella sentía una urgencia incontenible por sentirle dentro. Mientras él acariciaba sus pechos y besaba sus pezones, ella rozaba con sus manos su entrepierna. Con insólita premura consiguió desembarazarle de toda su ropa y comenzó a acariciar su sexo. Robert gimió de placer y Fanny le dijo que no podía esperar más. Esto le enardeció del todo. Permanecían aún de pie, Fanny con la espalda contra la pared, por lo que Robert le dio la vuelta y mientras ella apoyaba sus manos y arqueaba su cuerpo, Robert tanteó y la penetró con furia agarrándose a sus caderas. Los jadeos de ambos se acompasaban con cada embestida de cualquiera de los dos. Ya no pudieron parar hasta el final. Cuando Robert pensaba que no podría aguantar mucho más, el cuerpo de Fanny se convulsionó repetidas veces acompañado por gritos ahogados de placer. Robert se detuvo un momento pero ella le acució para que siguiera. Poco después se apartó de su cuerpo para vaciarse fuera.

Se tumbaron en la cama con la respiración acelerada y el corazón fuera del pecho, entrelazados brazos, cuerpos y piernas. Sintiéndose el uno del otro. Deseando que aquel momento no acabase nunca. Y pensando que no tenía ninguna lógica que la última vez que habían estado juntos en aquella habitación hubieran tenido una discusión horrible.

—Me aterraba pensar que no volvería a saber de ti —musitó Fanny.

—Yo tenía miedo de que fueras tú la que no quisieras saber nada de mí. Y no me hubiera extrañado nada. Te he dado motivos de sobra.

—¿Qué has hecho todos estos días? —ella no deseaba que comenzara a martirizarse por su comportamiento. Lo que no esperaba fue su reacción ni intuyó su respuesta.

Robert se levantó de un salto; se puso, veloz, el pantalón y una camisa y recogió la carpeta, mucho más gruesa que días antes, que volvía a ocupar su sitio en la repisa que coronaba la chimenea. La levantó triunfal, con una sonrisa limpia, reconciliada con él mismo, cansada de un rictus serio y torturado.

—¡Escribir! —gritó, como si quisiera que todo Montmartre se enterara—. ¡Sin parar, sin descanso! —volvió a gritar, por si acaso alguien en París no sabía que Robert Louis Stevenson había comenzado a escribir y ya no pararía hasta el día de su muerte. Cogió una silla, la acercó a la cama y se sentó al lado de Fanny—. Y ha sido por ti. No lo dudes ni un momento. A partir de ahora eres la dueña de mi obra presente y futura. Toda será por tu culpa. Has provocado que me remueva por dentro de una manera tan brutal que casi ni me reconozco. —Cogió las frías manos de Fanny y las besó con una alegría desbordada—. Acepto que me cuides. Deseo que lo hagas. Y si te mantienes a mi lado, seguiré inventando historias y personajes. No me daré por vencido nunca hasta que mis libros se lean en todo el mundo. No tengo nada. No soy nada. Pero antes no me veía capacitado para cambiar esa situación. Contigo todo es diferente... —se interrumpió—, ¿qué te pasa?

Fanny se esforzaba para no emocionarse mientras escuchaba a Robert. Al final no había podido contener las lágrimas, que resbalaron por sus mejillas e inundaron sus ojos. Lágrimas de alegría por el hombre que tenía delante. Y por ella, que ya sabía lo que sentía por él y era correspondida. Pero también lágrimas de culpabilidad por ser feliz a pesar de Hervey. Como si le estuviera traicionando, aunque en el fondo de su ser sabía que no lo hacía. Quizá su recuerdo inconsciente había impedido verlo todo con claridad, anegándola en dudas que ahora se desvanecían. Por todo ello, la expresión de su cara era difícil de interpretar y Robert se asustó al verla.

—¿Que qué me pasa?... Que me has complicado la vida. Que yo no vine a Europa a esto. Pero ha ocurrido y soy afortunada. No sé qué va a ser de nosotros, ahora no quiero pensar en ello. Me gusta lo que dices y sólo quiero escucharte.

Robert arrojó la carpeta encima de la mesa y se volvió a tumbar al lado de Fanny. Todo estaba dicho y ahora sólo quedaba abrazarse, soñar, llorar y reír juntos. Y luchar por un ideal, que desde aquel día y para siempre fue compartido por aquellos dos amantes.

Hasta el día en que Robert, a su pesar, tuvo que marchar de París, apenas se separaron. Iban cogidos del brazo a todas partes. Recorrieron la isla de la Cité y admiraron la catedral de Notre-Dame, su simetría, sus gárgolas, así como la iglesia de Sainte Chapelle. Visitaron los puestos de los libreros a orillas del Sena y las librerías del Barrio Latino. Cenaron en las mantequerías de Montparnasse. Acudieron a la Nueva Atenas, cuartel general de los impresionistas, lleno de edificios neoclásicos. Pasearon por los Campos Elíseos hasta el Arco del Triunfo. Se reflejaron en las aguas del Sena desde cada uno de los imponentes puentes que clavaban sus cimientos en su lecho. Se extasiaron con la Ciudad de la Luz, conviniendo que era imposible que hubiera una ciudad más bella.

Fanny aún acudía a la Académie Julian con Belle, consciente de que su afán por el arte sería colmado, a partir de entonces, por la literatura de Louis. Días antes, el corrector más importante de Julian, Tony Robert Fleury, se detuvo en uno de sus cuadros. Fanny esperó, ansiosa, su veredicto. "No está dotada para el dibujo", "la construcción no avanza", "el color marcha solo, pero la forma es pobre", "está usted atascada", fueron frases que cayeron como una losa sobre sus aspiraciones. Pero la gran sorpresa fue que no hicieron mella en su espíritu. De inmediato supo la razón. Su refugio no era ya la pintura. A partir de aquel día su salvavidas fue Louis y la esposa despreciada por el escribano de Oakland encontró, en sus magníficos esfuerzos por considerarse un escritor, la boya que colmó las veleidades artísticas que la obsesionaban. Se sentía amada por un joven con un talento mayor del que ella nunca hubiera sido capaz de desarrollar. Un don natural por encima de cualquiera de sus infructuosos intentos. A medida que leía sus cuentos y se sorprendía con las infinitas historias que su fértil imaginación inventaba, más segura estaba de que Louis derribaría todos los muros que le separaban de la fama.

En un atardecer de febrero, cercana su marcha a Londres, la silueta de Louis danzaba por las calles de París. Sin ningún sentido del ritmo, pero chispeante y alegre. Enarbolaba una hoja de periódico en la mano y en cada esquina se tomaba un respiro y la releía; como si en ese interludio le hubieran insuflado nuevas fuerzas, soltaba una carcajada y volvía a bailar ante las miradas sorprendidas, pero risueñas, de los parisinos. Así llegó al número cinco de la calle Douay y subió sus escaleras de brinco en brinco. Cuando Fanny abrió la puerta, la cogió de la cintura y, sorteando los muebles sin mucho cuidado, comenzó a girar con ella. Un instante después eran Belle y Sammy los que querían unirse al baile. Robert soltó a Fanny y agarró de la misma guisa a su hijo, que se moría de risa mientras bailaba con aquel loco escocés al que cada vez quería más.

–¿Qué demonios os pasa a todos? ¿Os habéis vuelto locos? –decía Belle, intentando hacerse oír por encima del bullicio que había invadido la casa.

Entonces Robert frenó como un resorte, cual muñequito de una caja de música al que se le hubiera agotado la cuerda. Y como si su cuerpo fuera una batuta, todos se frenaron imitándole. Aprovechando el silencio melodramático, alisó la hoja que estrujaba con su mano y leyó con calma y voz afectada.

Del nacimiento del amor. Este ensayo, sensible y perspicaz, tal vez sea el análisis más brillante que se haya escrito sobre este tema. Aconsejamos encarecidamente a los lectores que sigan con cuidado el talento prometedor de un tal Stevenson[11].

–¿Qué significa "encarecidamente"? –preguntó Sammy, provocando las risas de todos.

Robert nunca dejaba de responder al muchacho y, a pesar del momento, no hizo una excepción y le explicó lo que significaba aquel término desconocido para él. Fanny había leído el artículo

---

[11] Crítica publicada en el Corhill en febrero de 1877.

165

de Louis, escrito en los días posteriores a su gran discusión. Sabiéndose el origen del mismo, su interior se iluminó y rio lágrimas de orgullo. Pero desconocía que lo hubiera enviado a ningún sitio. Lo había publicado el Cornhill, nada más y nada menos.

Una semana después, Robert se despidió de Paris llevándose lo que había acudido a buscar: el amor que hasta entonces le había resultado esquivo y que una anciana, años antes, le aseguró encontraría. Por primera vez en su vida albergaba la extraña seguridad de que una parte fundamental de sus otras predicciones se iba a hacer realidad. Se convertiría en escritor. Por otro lado, y aunque lo intentara, no conseguía olvidar el resto de sus funestas palabras y desconocía que el momento en que podían hacerse realidad estaba cada vez más cerca.

CAPÍTULO VIII

Kate cometió dos errores fatales. Antes de su conversación con el carcelero tenía claro dónde iba a ir cuando fuera liberada, si lo era por la noche. Pero el consejo del buen policía le hizo dudar. El frío nocturno y una niebla incipiente fueron testigos de sus titubeos. Al final adoptó la decisión equivocada, sobre todo esa noche, y se dirigió de nuevo hacia Aldgate High Street, donde se había atiborrado de ginebra por la tarde.

El Club Imperial se encontraba en Duke Street. Poco después de la una y media, tres de sus clientes aparecían por su puerta y mientras se despedían observaron a una pareja en la esquina con Church Passage. En los días posteriores declararon a la policía que la mujer vestía una chaqueta negra con grandes botones metálicos, una falda verde oscuro con estampaciones de flores y llevaba un sombrero de paja. Estaba de cara al hombre, con su mano en el pecho de él, aunque no de manera que sugiriese que oponía resistencia. Él fue descrito como de unos 30 años, alto, de constitución media, con tez pálida y mostacho. Llevaba un pañuelo rojizo atado al cuello. Los tres coincidieron en afirmar que aparentaba ser un marinero. Dado que la mujer no parecía en peligro, decidieron marcharse cada uno a su destino.

—Ya te he dicho que te pagaré bien —insistía el hombre.

—No seas pesado. Sigue tu camino y no tardarás en encontrar a otra con la que desahogarte —le contestó Kate un poco harta de la insistencia de aquel tipo. Segundo error.

Al final desistió y la oscuridad se lo tragó enfadado y mascullando insultos.

Muy cerca de ellos el doctor huía agazapado. Lo habitual es que la seguridad en sí mismo le hiciera desplazarse erguido, con la frente alta y sin miedo. Pero no hacía ni una hora que había estado a punto de ser sorprendido y desenmascarado, de forma que su sensación de inmunidad se resquebrajó y el corazón le dio una vuelta de campana. A partir de ahí se comportó como un soldado de guerrillas. Se parapetaba fuera del alcance de la palidez de las farolas, inmóvil unos segundos y auscultando los alrededores con oídos atentos. Pasaba de una esquina a otra como una saeta. Cuando escuchaba pasos de zapatos masculinos se escondía y cuando eran zapatos femeninos ya no salía franco a su encuentro sino que se ocultaba donde poder observar a su posible víctima sin ser visto. Si algo tenía claro, a pesar de todo, es que no iba a regresar a su casa sin aplacar su atroz ansia sanguinaria. De lo contrario, la siguiente señora Davis que le visitara no saldría viva de su consulta.

De repente, el perdido aplomo volvió a acompañarle como si se lo insuflaran por la boca. Fue una sensación física, palpable. Y no tardó en elegir. Todo encajó a la vez. Una ráfaga de niebla, una plaza con escape y una mujer sola. Esperó recostado contra la pared, protegido por el blanquecino aliento nocturno y pensando que la fémina le iba a abordar. En cuanto le sobrepasó, ignorándole, su instinto le hizo abalanzarse sobre ella y sus férreas manos prensaron su cuello impidiendo que asomara por él ningún sonido. La arrastró al interior de la plaza Mitre Square, como arrastran algunas arañas a sus presas a agujeros excavados en la tierra de los que ya nunca salen. El sombrero de paja cayó al suelo por los manotazos que Kate daba al intentar agarrar a su agresor. Poco después, sus brazos cayeron laxos a ambos lados del cuerpo. El doctor lo colocó con suavidad en el suelo. En su primer crimen comprobó, al llegar a su casa, que tenía manchas de sangre. Nadie había reparado en ellas, pero no podía volver a correr ese riesgo, así que ideó un método consistente en seccionar el cuello de sus víctimas una vez ahogadas y tumbadas, con lo que la sangre no le salpicaba a él bombeada por el corazón aún palpitante, derramándose, por el contrario, directa en el suelo. Giró la cabeza hacia su lado izquierdo y cuando iba a degollarla oyó un ruido cercano que le hizo levantar su afilada mirada. Llegó a la conclusión de que era algún gato o alguna rata y se relajó. Cuando volvió a mirar el cuerpo, comprobó con espanto que no estaba muerto. Con un último hálito de vida, Kate había vuelto su cabeza y con ojos empañados de terror observaba a su asesino. El doctor no pudo soportarlo ni un segundo, apretó la parte izquierda de su cara contra el suelo y hendió el cuchillo con fuerza en el cuello cercenando la carótida, la yugular y la laringe. El soplo de vida que aún atesoraba se le escapó a Kate en un suspiro por la herida abierta. El corazón dejó enseguida de latir y los borbotones de pequeñas cascadas de sangre cesaron sustituidas por un plácido y oscuro río ceniciento.

El doctor no podía apartar de su cabeza la mirada de Kate, sabía que le perseguiría siempre si no hacía algo. Así que se enfrentó de nuevo a su rostro y lo hizo pedazos metódicamente con la insensibilidad de un insecto. Dividió el párpado derecho con un corte y a continuación el izquierdo con otro más superficial. Realizó uno más profundo en el puente de la nariz, desde el borde izquierdo del hueso nasal hasta cerca del ángulo de la mandíbula, en el lado derecho de la mejilla. Casi rebanó por completo la punta de la nariz. Seguido se cebó con el labio superior, cortando también las encías hasta los incisivos. Por último destrozó ambas mejillas dejando un par de colgajos de piel y carne. Cuando comprobó que en aquel amasijo de carne no quedaba ni rastro de humanidad, lo apartó de un manotazo hacia el hombro izquierdo.

Desabotonó la chaqueta, arrancó la camisa y cortó la falda; no llevaba ropa interior ni corsé. Se colocó en el lado derecho del cuerpo y, más sereno, dio rienda suelta a su macabra intervención. Realizó un corte desde el esternón hasta el pubis. Dividió las paredes abdominales por el medio, continuó la incisión en dirección horizontal. Bajó hasta el lado derecho de la vagina y el recto. Con posterioridad, extrajo gran parte de los intestinos y los colocó en el hombro derecho. Cortó unos sesenta centímetros del colon y los dispuso entre el cuerpo y el brazo izquierdo. Apuñaló el hígado y realizó un corte vertical en su lóbulo izquierdo. Acuchilló la ingle derecha. Cortó el páncreas. Y, por último, extrajo con esmero el riñón izquierdo. Se recreó en su obra. A continuación, se levantó y, con una incongruente serenidad, se alejó de Mitre Square, abandonando un cadáver que nada tenía que ver con el cuerpo en vida de Kate Eddowes.

La vida en el barrio siguió su curso ajena a aquella carnicería; con borrachos durmiendo en sus calles, busconas recibiendo las embestidas de sus clientes, gritos crispados en las míseras casas y ávidos jugadores perdiendo hasta el alma en apuestas desesperadas. Hasta que un oficial de policía entró en Mitre Square y, tras escupir de su estómago con un asco infinito todos los alimentos que contenía, arrancó de su silbato un grito desgarrador que hizo estremecer el corazón de la noche.

Ver a la gente a nuestro alrededor llevando en la mirada el sello de la indiferencia, sin saber nada de la tierra, ni del hombre ni de la mujer, acudiendo automáticamente a su trabajo y diciendo que son felices o infelices… supongo que por un sentido del deber, pues desde luego no lo hacen por ningún sentido de la felicidad o la infelicidad…[12]

CAPÍTULO IX

Fanny no daba crédito a lo que leía. Era una carta de Sam. Aunque hubiera venido sin firmar, habría sabido quién la enviaba; impregnada de su forma de ser desde la primera línea hasta la última, cubriendo de olvido las desgracias, como si no hubieran existido, aparentando que todo va bien cuando hace tiempo que alrededor la tierra está sembrada de despojos. Sin memoria, como si cuando se marcharon se hubiera fijado la fecha de la vuelta. Y finalizada con un hiriente y cínico "fielmente tuyo".

Lo que la había dejado de piedra, por encima de todo, es que avisaba, con excusas poco creíbles, que no podría enviar dinero al menos durante el mes de marzo. Es cierto que ahora vivían sin estrecheces, al no tener que pagar los costosos tratamientos de Hervey. Pero no era menos cierto, y Sam era consciente de ello, de que vivían al día, sin capacidad alguna de ahorro. ¿Cómo iban a pagar los alimentos? ¿Y el alquiler? No podrían seguir yendo

---

[12]   Carta de RLS a Frances Sitwell en otoño de 1874.

a la Académie Julian. Aunque a Fanny ya no le importara, para Belle supondría una tragedia. De nuevo, oscuros nubarrones se cernían sobre el futuro inmediato de la familia.

Cuando pasó abril y mayo sin recibir dinero, se hizo evidente que Sam jugaba la baza de asfixiar su economía para forzar su vuelta. Fanny tuvo que comerse su orgullo pidiéndole ayuda a Robert, que se hizo cargo de todos los gastos con las asignaciones que le proporcionaba su padre, desconocedor del destino último de su dinero. En junio volvieron a llegar nuevos fondos de Sam.

Robert viajaba mucho. París, Londres, Grez, Edimburgo, Cornualles. Seguía escribiendo. Publicaba artículos y pequeños ensayos en diferentes revistas que se iban acostumbrando de manera gradual a sus colaboraciones.

Durante el mes de octubre, en plena estancia en París, sufrió una conjuntivitis purulenta. Fanny se empeñó en que dejara el hotel para instalarse en su casa y lo consiguió. Ya nunca volvería a hospedarse en hoteles en sus estancias en París. No se esforzaron en ocultarlo, a ninguno le afectaban las habladurías. Compartieron piso y cama. Fue la segunda vez en su vida que Fanny cuidó de él; pasaban los días y no mejoraba, sus ojos se fueron cerrando, uno bizqueaba y con el otro ya no veía apenas. Llegado el mes de noviembre, la enfermedad se hizo crítica, los párpados estaban hinchados y supuraban. El recuerdo de Hervey avivó los temores de Fanny, que velaba al enfermo a todas horas, impotente para que el mal remitiera. Robert insistió en acudir a Londres para que le viera un médico. Se alojaron en casa de su buen amigo y futuro editor de alguna de sus novelas, Sidney Colvin, profesor de la Universidad de Cambridge y compañero sentimental de Frances Sitwell, de quien años atrás Robert estuvo enamorado, como le confesó a Fanny en París.

Ella experimentó en aquellos días el preludio de lo que iba a ser una parte de su vida en el futuro. Viajes por medio mundo para que Robert recuperara la salud perdida.

La enfermedad no era importante y con un tratamiento eficaz mejoró en cuestión de días.

—¿Cómo dices? —exclamó, nerviosa.

—Tranquila, mi padre viene sólo a hablar conmigo —era evidente que la respuesta no la había calmado lo más mínimo—. Ya te dije que le iba a escribir para contarle lo nuestro.

—Pero no imaginaba que fuera capaz de venir aquí —de repente, una intuición fulguró como una estrella fugaz por la imaginación de Fanny—. ¿Tú le pediste que viniera, Louis?

—Por supuesto que no. Una cosa es que no pueda ocultar algo tan importante a mis padres y otra muy diferente que les anime a venir a hablar con nosotros – contestó Robert, molesto.

—¿Por qué tenías que arriesgarte?

—Simplemente sentí la necesidad de hacerlo. No tuve la sensación de estar arriesgándome a nada. Ya sabes que la relación con mis padres no es maravillosa, pero nunca tuve miedo de hablar con ellos y no voy a empezar a tenerlo ahora. No le des vueltas, por favor. Lo hecho, hecho está.

Ella se marchó malhumorada. No soportaba de buen grado la capacidad de Robert para zanjar una discusión; aunque en el fondo lo agradecía, Louis era capaz de apagar un fuego con una frase. Aunque intentara lo mismo, Sam contaba con la desafortunada capacidad de avivarlo con sus palabras.

Thomas no quiso conocer a la americana y se entrevistó con su hijo en un café del centro, cercano a la estación. En contra de la forma habitual de comportarse el uno con el otro, no fueron directos al espinoso asunto que provocaba la reunión. Antes dieron varios rodeos. "¿Cómo está mi madre?", "¿cuándo volverás a Edimburgo?", "¿acabaste el faro que estabas diseñando?", "¿has escrito mucho esta temporada?", "¿qué tal el viaje?", "¿qué tal tus ojos?".

Al final fue Robert el que cogió el toro por los cuernos. Se limitó a repetir lo que ponía en su carta. Cómo la conoció, su situación personal y lo más importante: que la amaba. Thomas ya sabía todo eso, ya conocía el pasado. Venía a investigar el futuro, a hacerse una composición de lugar sobre los planes del aventado de su hijo, a quien sin duda alguna quería, pero que se pasaba la vida dándole disgustos. Por una vez hizo caso a su mujer; conmovido por la sinceridad de Robert, no quería provocar una nueva y acalorada discusión con él y se dedicó a hacer preguntas tangenciales sin reaccionar sulfuroso ante las respuestas. De esta manera, sutil e inusual en Thomas, fue haciéndose una idea de la situación. El escándalo seguiría desarrollándose en París, pues no tenían intención de acudir a Edimburgo, lo cual le tranquilizó. Al margen de ello sacó varias conclusiones. Aquella mujer, de la que no pronunció ni una sola vez su nombre, tenía diez años más que su hijo y estuvo seguro de que éste no tardaría en darse cuenta de ello en cuanto se le cruzara una joven de su edad. Tenía un marido en alguna parte de Estados Unidos, de quien dependía económicamente. Se trataba de un parásito que se aprovechaba de la buena fe de un hombre para perseguir un absurdo sueño. En cuanto éste se percatara y dejara de financiar sus egoístas devaneos, ella volvería como un dócil corderillo, sin dudar un segundo en abandonar a su ingenuo e inmaduro hijo. No obstante, debería estar atento a la demanda, por parte de éste, de más fondos de los habituales. Además, ella tenía dos hijos de los que, estaba seguro, el suyo acabaría cansándose. Las ideas y actitud de Robert desde siempre no habían conseguido que Thomas y Margaret perdieran la fe en que Louis les hiciera abuelos, pero lo que no le imaginaban era capaz de aguantar a los hijos de los demás.

Robert, por su parte, no mostró su apasionamiento natural. Fue muy comedido en sus respuestas para no soliviantar a su padre y, al comprobar que éste no reaccionaba con uno de sus enfados habituales, interpretó, desacertado, que aceptaba su relación, al menos hasta entonces. Como resultado de una palada sobre otra de errores, Thomas dedujo de esa frialdad que la dama extranjera era un capricho pasajero de la voluble sensibilidad de su hijo.

Por primera vez en su vida trataron un tema de vital importancia sin gritos ni maldiciones. La consecuencia positiva fue una afectuosa despedida en el andén de la estación que, de lo contrario, no se hubiera producido. La negativa fue que las deducciones que ambos sacaron fueron en su mayoría equivocadas.

Aunque Thomas no erró en todas.

En marzo del año siguiente comenzó la ofensiva definitiva de Sam Osbourne. De nuevo dejó de enviar dinero, esta vez con una diferencia sustancial: no hubo ningún aviso, ninguna carta anunciando el desastre, aunque fuera fundamentándolo en peregrinas justificaciones. El símbolo era eficaz y fue captado por Fanny.

De cara a justificar su estancia en París, y para no pedir dinero a Thomas cada poco tiempo, Robert consiguió un empleo como secretario particular de uno de sus antiguos profesores de ingeniería náutica. Éste se encontraba en la ciudad por ser miembro provisional del jurado de la Exposición Universal que se celebraba.

Sam mantuvo su postura los meses de abril, mayo y junio. Ni un dólar. Ni una palabra. Por fortuna, Robert Louis Stevenson vio publicada su primera obra, un libro de viajes que relataba su periplo en canoa con Walter Simpson. El mismo que acababa de recorrer cuando conoció a Fanny, y cuyos esbozos previos, que pretendían describirlo, ésta leyó en la habitación número 26 de un hotel de Montmartre. Se tituló *Un viaje interior* y le reportó buenas críticas y veinte libras que ayudaron a pasar aquella temporada. Pero a todas luces, insuficientes.

Cerca de cumplir los treinta años, Robert no era capaz de mantener su ritmo de vida. Mucho menos de sostener a la familia de Fanny.

Por fin Sam dio muestras de seguir entre los vivos. El uno de julio llegó un telegrama suyo ordenándoles que volvieran a Estados Unidos.

Y entonces se desató una catarata de dudas en Fanny. Ante Robert simuló que todo seguía igual. De hecho, no le contó nada sobre el telegrama, mientras en su interior se libró una de las batallas más duras de su existencia: entre Sam y volver a la que en principio debió ser su vida o arrojarse para siempre en los brazos de Louis y de un futuro incierto.

Volvió a ser consciente de su mediocridad como artista. En algún momento llegó a imaginar que tenía el talento suficiente para ganarse la vida como pintora, aunque la evidencia de lo contrario ya había sido asumida tiempo atrás. ¿Qué capacidad tenía, entonces, para aconsejar a Louis? Él le pedía que leyera sus escritos, le preguntaba si le hacían llorar o reír, si le llegaban al corazón, si se aburría con ellos, si las descripciones eran vívidas y los personajes creíbles. Y ella le contestaba, le daba su opinión sincera. Era evidente que influía en él y en su forma de escribir, incluso en el fondo. ¿En verdad mejoraba su obra o sería responsable de su fracaso? De repente aquella posibilidad, que había pasado desapercibida, comenzó a atormentarla.

¿Superarían el escándalo de un divorcio? Louis llevaba tiempo insistiendo en que volviera a Estados Unidos para separarse legalmente de Sam. Pero ella sabía que eso la distanciaría de su familia y, aunque la muerte de Jacob cuatro meses después de la de Hervey debilitó los lazos que la unían a ella, no quería que éstos se rompieran del todo. Por otro lado, perpetuar el concubinato que les unía suponía un escándalo mayor que, aunque creían no les importaba, podría, con el tiempo, acabar con ellos.

¿Confiaba sin fisuras en que Louis permaneciera a su lado? La vida le había enseñado, inoculando dolor en sus venas, que nada era para siempre. Pero ¿y si volvía con la firma de Sam estampada en los papeles del divorcio y Louis ya no estaba esperándola? ¿Y si en cuatro días se cansaba de ella? A ninguno se le escapaba la diferencia de edad, más peligrosa para ella.

Tampoco sabía si sería capaz de soportar la mala salud de Louis. El recuerdo de Hervey le daba fuerzas para cuidarlo, el temor de perderlo era insoportable; no confiaba tanto en ella misma si sus enfermedades se complicaban o se alargaban mucho en el tiempo.

¿Cómo los mantendría? El éxito de que hubiera publicado su primer libro no debía nublar su entendimiento, eso no garantizaba nada. Además, no se estaba vendiendo en exceso, lo cual podría provocar que los editores no quisieran confiar más en él. Ella tendría que trabajar. ¿Y en qué? No había recorrido tan largo camino para acabar fregando suelos o cosiendo dobladillos. El recuerdo de las penurias que pasaron Belle y Sammy en el pasado la inclinaban a no asumir riesgos. Debía protegerlos a toda costa. ¿Estaba haciendo lo correcto para ellos? ¿Era una buena madre?

En el otro lado de la balanza, frente a ese aluvión de preguntas sin respuesta: Louis. ¿Era un contrapeso suficiente? En él admiraba su honestidad con su familia, con sus amigos, con ella, por encima de todo y aunque le acarreara disgustos e infortunio. Envidiaba su vitalidad; a pesar de que la enfermedad lo postraba en la cama, estaba más vivo que cualquiera de los hombres que había conocido hasta entonces. ¿Pero su pasión por la vida y por la escritura no acabaría relegándola a ella? Era generoso, tierno y aventurero. No acababa de sorprenderse del contraste tan magnífico que existía entre su debilidad física y su fuerza interior. Esa vulnerabilidad corporal en el fondo le asustaba y podía ser la perdición de ambos.

¿Qué era, entonces, lo que no tenía tacha alguna y que desde hacía dos años la mantenía atada y rendida ante aquel hombre? Sin duda alguna la genialidad que vislumbraba en él y que sabía acabarían certificando los demás. Unos publicando sus grandes historias y otros leyéndolas y recordándolas.

Si su influencia no acababa antes con ella.

Había algo que caracterizó a Fanny durante todos aquellos años. Que siempre tomaba una decisión, pesara a quien pesase. Y ante aquella trascendental encrucijada también acabó haciéndolo.

Volvía a Estados Unidos. Volvía a Sam.

Sammy tenía diez años y adoraba a Luly, que es como Lamaba a Robert desde su primera visita en París, y ese cariño incondicional, sumado a alguna explicación de Fanny, propició que aceptara la unión entre ellos como algo incomprensible, pero muy deseable. Aunque por otro lado echaba de menos a su padre y eso motivó que cuando recibió la noticia aceptara la decisión con la sorprendente naturalidad de un niño.

Belle tenía veinte años y también apreciaba a Louis, pero odiaba que Fanny tomara determinaciones tan importantes sin consultarle. Ella quería seguir viviendo en París y ni siquiera se enteró por su madre. Al llegar a la Académie Julian, le dijeron que Fanny había estado la tarde anterior para anular sus inscripciones porque volvían a América. Sintió cómo la sangre se agolpaba en sus mejillas. Indignada, rabiosa. Robert había sustituido a Hervey en un lugar de privilegio en el corazón de Fanny y ella se volvía a sentir injustamente relegada a un segundo plano. Semejante convicción motivó un incipiente rechazo hacia Robert. No obstante, cuando llegó a casa pagó con la misma moneda de silencio. Ni una queja. Ni un comentario. Había heredado el arraigado orgullo de su progenitora y el rencor hacia su madre anidó en su corazón por primera vez. Se aferró a la idea de que pronto volvería a sentir la comprensión de su padre.

¿Y Robert? Durante unos segundos pareció catatónico. Luego gritó, lloró, se tiró del pelo como si fuera a arrancárselo y terminó atravesando a Fanny con una mirada suplicante, que ella no pudo mantener y que traicionó. Fanny mintió a Louis. Afirmó que el objetivo del viaje era intentar convencer a Sam para que le concediera el divorcio y que después regresaría, libre, a unirse con él.

Robert decidió creerla por una sola razón: evitar la locura que le hubiera atenazado si la considerara perdida para siempre. Sólo le pidió que se comprometiera a aceptar un ruego.

–Prométeme que, si me necesitas, me llamarás. Tú sólo llámame y acudiré.

Fanny no pudo contestar. Un nudo de arrepentimiento se le formó en la garganta impidiendo la salida de una sola letra. Asintió con la cabeza y se abrazó a Louis para que éste no percibiera su culpable mirada.

El 15 de agosto de 1878 zarpó un barco hacia Nueva York llevando en su corazón parte del de Robert. Cincuenta años más tarde, Sammy escribió cómo vivió la separación. El que menos había sufrido con la noticia, el niño que esperaba, contento y excitado, el inicio del viaje, fue quizá el que más sufrió en el último momento. *Fue brutal. Fue definitivo. Antes de que yo pudiera comprender lo que había ocurrido, Robert Louis Stevenson se alejaba por el interminable muelle, una silueta miserable que se empequeñecía, se empequeñecía... Esperaba con toda mi alma que se volviese. Pero no se volvió. Desapareció entre el gentío. Las palabras no pueden expresar la impresión de abandono, la sensación de pérdida, la muerte que se cernió sobre mi corazón de niño. Pensaba que no volvería a verle*[13].

Una profunda depresión es lo que igualaba a Robert y a Fanny a ambos lados del Atlántico. En poco tiempo ella se dio cuenta del colosal error que había cometido abandonándole. Sam no había cambiado ni una brizna, volvía a tenerla en su poder, derrotada, hundida. Y no hizo nada por salvarla, no la ayudó. Fanny pensaba que lo único que él quería era tenerla en casa, como un bonito objeto decorativo que no necesita ningún cuidado. Las conversaciones con su marido y sus amigos se le antojaban insustanciales, pesadas y aburridas, ¡cómo añoraba las veladas en el hotel Chevillon!, hablando de pintura y de literatura. ¡Cómo echaba de menos los diálogos con Louis!, enriquecedores y creativos. Ahora estaba rodeada de mediocridad. Y sola, nunca se había sentido más sola. Sus pocos amigos le daban la espalda. Incluso Belle, desde su llegada, se ponía siempre del lado de su padre. Sentía que era el purgatorio que debía sufrir en vida para redimirse de su traición. Y al menos lo haría sin queja alguna, con la frente alta.

A más de nueve mil kilómetros, Robert no estaba a gusto al lado de nadie. Irascible, meditabundo, no era buena compañía para los que le rodeaban. Las dudas le corroían, le devoraban por dentro. No quería ni pensar en la posibilidad de que Fanny no regresara; de que una vez de vuelta con el padre de sus hijos decidiera quedarse con él; de que el pérfido Sam no le concediera el

---

[13] *Retrato íntimo de Robert Louis Stevenson*, por Lloyd Osbourne, extraído de *Fanny Stevenson, entre la pasión y la libertad*, por Alexandra Lapierre.

divorcio. Su generosidad le impedía entender que alguien pudiera retener a otra persona contra su voluntad. Pero no sabía que ella ni siquiera se lo había pedido aún. Si hubiera conocido su engaño, habría sido capaz de cualquier cosa. Mas nunca se enteraría.

Así que se dirigió a un pueblo cualquiera de su admirada Francia, donde ni conocía ni era conocido, y se quedó casi un mes. Transcurrido éste, partió en compañía de una burra a recorrer parte de la cadena montañosa de Les Cévennes, situada más al sur. Durante aquel viaje tomó innumerables notas que fueron el origen de su segundo libro de viajes, publicado al año siguiente.

En cuanto Thomas se enteró de lo acontecido, brindó por su buena suerte. Su paciencia y los consejos de Margaret, encaminados a soslayar las discusiones, dieron su fruto y ahora sólo les quedaba esperar a que encontrara una mujer sensata que hiciera renacer en ellos la esperanza de que Robert acabaría regalándoles varios nietos, esta vez de su propia sangre.

A punto de cumplir los veintiún años, Belle se enamoró perdidamente. Y como no podía ser de otra manera, lo hizo de un prometedor pintor, Joe Strong. Lo curioso es que se habían conocido seis años antes, en el ferry que cruzaba la bahía desde Oakland hasta San Francisco; él le hizo un retrato y se lo regaló firmado y ella se ruborizó y le dedicó una embriagadora sonrisa. Aquél fue el preludio de una vida en común, que ninguno de los dos intuyó en aquel instante. Se lo contó a Sam que, como siempre, la apoyó, pero se lo ocultó a Fanny. La mantuvo al margen, no quería que contaminara su relación con sus complicaciones y su falta de ánimo. Tampoco quería pensar que fuera una venganza, aunque se parecía mucho. Sobre todo porque sabía que, cuando su madre se enterara, sufriría.

Poco tiempo después, Joe y Belle se prometieron en secreto.

El calendario fue desgranando los meses. En medio de la ausencia más absoluta de noticias de Fanny, el mes de junio sorprendió a Robert embargado por el pesimismo. Las tentaciones de ir a su encuentro le acuciaban. A cada rato se imaginaba trayéndola de vuelta, pero le aterraba el presentimiento de un rechazo definitivo e inapelable. La incertidumbre lo estaba consumiendo.

Y en ese estado de ánimo se encontraba en Swanston Cottage, la residencia de verano de sus padres, a las afueras de Edimburgo. Estaba siendo un verano lluvioso y el sol apenas había brillado en toda Escocia. Las cuatro chimeneas, que despuntaban sobre el tejado de pizarra, expelían un humo negro que evidenciaba la necesidad de contratar a un deshollinador, pero la persistente lluvia lo hacía inviable.

Dentro, Thomas, Margaret y Robert estaban envueltos en la penumbra titilante del salón, sentados frente al fuego. Los padres compartían el silencio del hijo, ajenos por completo a su origen ni a sus pensamientos.

El carácter de Margaret, optimista, conciliador y contrario a las discusiones, tenía por desgracia una dudosa habilidad para provocarlas y cuando lo hacía, sufría por partida doble. Su hijo llevaba dos días con ellos y su abatimiento y melancolía eran más que evidentes. Su error fue preguntar estando Thomas delante.

—¿Qué te ocurre, Lou?

—Nada, madre —respondió de manera automática, observando sin pestañear, como en estado de trance, el baile de llamas que albergaba la chimenea.

Ella, ajena al terreno que pisaba, dirigió la mirada a su marido para que la ayudara a descubrir qué le pasaba a su hijo. Thomas no recogió el guante y permaneció en silencio.

—No quisiera insistir, pero es evidente que algo te preocupa. Sólo quiero que sepas que estamos a tu lado para ayudarte.

—Ella no escribe.

Estas tres palabras pusieron en guardia al patriarca, hasta ese momento despreocupado de su zozobra y de la inquietud que provocaba en su mujer.

—¿A quién te refieres? —interpeló, aunque tenía la certeza de que conocía la respuesta.

—A Fanny —respondió Robert, sin prever que la tormenta que estaba desencadenando dentro iba a superar a la de fuera.

—Lou, cariño... —comenzó Margaret, de pronto interrumpida. Ahora, que no buscaba la ayuda de Thomas, que no lo necesitaba para intentar socorrer y aliviar a su hijo, éste reaccionó.

—¿No te das cuenta de que te ha abandonado?, ha vuelto a Estados Unidos, con su marido y a su verdadero hogar. Te engañó, hijo. Cuanto antes la olvides, mejor.

—Estás equivocado, padre. Su verdadero marido soy yo. Se marchó para divorciarse y volver conmigo —dijo levantando la cabeza y enfrentando sus semblantes—. La mentira no existe entre nosotros.

La revelación que acababa de escucharse en el hogar de los Stevenson dejó a Thomas y Margaret estupefactos, sin capacidad de reacción inmediata. Levantó un nuevo muro de incomprensión entre Robert y su padre. Y a ella la embargó de tristeza por el sufrimiento que destilaba el tono de voz y la expresión de su hijo. Robert aprovechó el desconcierto para ponerse de pie con la intención de retirarse a su habitación. No le dio tiempo.

—¿Eres consciente del dolor que nos producen tus palabras? No te hemos educado para que rompas familias ni para que persigas mujeres casadas —exclamó Thomas, levantado y conteniendo la voz, que pugnaba por desatarse, como era su costumbre en circunstancias similares.

Robert se volvió y contestó con serenidad.

—En cuanto vuelva, porque estoy convencido de que lo hará —mintió—, me casaré con ella.

Margaret intervino con prontitud para dar tiempo a su marido a que pensara dos veces lo que iba a decir. Sabía a ciencia cierta que luego se arrepentía de su carácter y de las discusiones con su único hijo.

—Antes de hacer una locura, debes pensar en los inconvenientes de esta relación. Esa mujer es mucho mayor que tú, tiene dos hijos, proviene de un país y una cultura diferentes a las nuestras. No quiero que sufras. No te conviene —sus palabras eran dulces, comprensivas, pero no exentas de firmeza.

—Sé que me quieres, madre, pero piensa en tus palabras. — Robert se acercó a ella, que aún permanecía sentada, y se arrodilló a su lado cogiendo una de sus manos con las suyas–. ¿Quién podría, entonces, quererme a mí?, ¿a quién habría de convenir un hombre enfermo?, ¿quién confiaría su futuro a un hombre sin futuro? *Enamorarse es la única aventura ilógica, la única que nos sentimos tentados a considerar sobrenatural en nuestro mundo vulgar y razonable[14]. No amas a otro porque sea rico, o sabio o eminentemente respetable; le amas porque le amas; eso es el amor[15].* Una sociedad no debe sustentarse por uniones sensatas y convenientes, sino por el amor, tanto en Escocia como en Estados Unidos como en cualquier rincón de este mundo.

Thomas aplaudió con intencionada lentitud atrayendo su atención.

—¡Bravo! –exclamó–. ¿Y de qué viviréis? Supongo que confías en que tu padre te mantenga, como siempre.

Robert se levantó y le miró sin un solo pestañeo.

—No quiero discutir contigo, padre. Puedes hacer con tu dinero lo que te plazca, tuyo es. Si estás en lo cierto en cuanto a Fanny y no vuelvo a saber nada de ella, no tendrás que denegármelo, ya no lo necesitaré. Languideceré hasta morir sin remedio –el convencimiento y la verdad que destilaron las palabras de Robert fueron tan concluyentes, tan definitivas, que no hubo réplica posible.

Un ominoso silencio lo envolvió todo. No había salida, ninguna opción era buena. O el escándalo y un matrimonio repudiado o la pérdida de un hijo. La certeza de tan terrible situación hizo enmudecer a Thomas y a Margaret. Robert no podía mitigarles el sufrimiento, atosigado como estaba con el suyo.

Así que se dio la vuelta, hundido por el dolor que había clavado en sus padres, y arrastrando el propio abandonó la estancia.

Mes y medio después, a finales de julio de 1879 una mujer entró en la oficina de correos de Oakland. Esperó su turno absorta. Paciente. Decidida. Convencida de lo que iba a hacer. Hastiada y cansada. Olvidada por su marido y detestada por su hija.

---

[14] *Virginibus Puerisque, "El Dorado"*, por RLS.
[15] *Ethical Studies, "Lay morals"*, por RLS.

—Señora ¿qué desea? —El empleado tuvo que rescatarla de su nube particular. En los últimos tiempos siempre estaba evadida en ella y no percibía lo que ocurría a su alrededor, pero su cuerpo hacía creer a los que la veían que estaba presente. En aquel momento se encuentra en Grez, pintando. El instinto le dice que retire su vista del cuadro y busque. Un hombre muy delgado está sentado en un cercano muro de piedra y con la mirada perdida evoca lugares recónditos acerca de los que escribir. Y entonces él también siente la necesidad de mirar a otro lado. Y sus miradas se quedan prendidas. Él la sonríe, se atusa el bigote. Y ella se inunda de felicidad. Ya puede seguir pintando. Él está junto a su lado para siempre—. Por favor, acérquese y dígame lo que quiere. Hay personas esperando.

Entre el nuevo ruego del trabajador que asomaba por la ventanilla y el murmullo de enfado que comenzaba a formarse detrás de la mujer consiguieron que ésta reaccionara. Tras susurrar al aire una disculpa, dio un par de pasos para ocupar el lugar del cliente anterior. Aun así, necesitó varios segundos para elegir las palabras. El funcionario de correos empezaba a impacientarse y a barruntar que aquella mujer no estaba en su sano juicio. Y quizá tuviera razón.

—Quisiera poner un telegrama al señor Robert Louis Stevenson, en el 17 de Heriot Row de Edimburgo. Apunte, por favor: "Ven a buscarme. No aguanto más. Él no me concede el divorcio".

—¿Quién lo manda?

—No ponga nada…, él lo sabe.

El corazón de Robert, cuyos latidos se habían ido espaciando cada vez más y amenazaban con pararse de pena, se activó, escapó del letargo que lo ralentizaba. Volvió a hacer correr la sangre por sus venas, dio color a la palidez de su rostro, desentumeció sus músculos, le hizo recobrar el vigor perdido en los últimos meses, tras su llegada de Les Cévennes.

Tras paladear las doce palabras del telegrama, uno de sus mensajes se impuso al otro. La noticia de que Sam no quería divorciarse le llenó de desazón. Pero no tenía apenas importancia frente a la urgencia de las dos primeras frases. Ella reclamaba su presencia. ¿Qué importaba lo que dijera Sam? Lo único de verdad trascendente eran sus sentimientos y con esas palabras resonando en su cabeza ya nadie podría detenerlo. Su vida sólo tenía un objetivo: recuperarla.

Pero había un impedimento. El dinero.

No disponía de fondos suficientes para semejante travesía. Descartó pedírselos a su padre, tragándose su orgullo. Sin duda, era un soñador ocioso, aunque no desprovisto de cierto pragmatismo, y lo más rápido era pedirle a su padre las libras necesarias para atravesar medio mundo. Además, a pesar de que constituían adelantos de su herencia como hijo único, confiaba en poder devolverle hasta el último chelín mientras viviera. Fanny había conseguido que creyese en él mismo y estaba convencido de que algún día escribiría un libro que haría correr el dinero, aunque ésta no fuera su motivación. Pero no estaba dispuesto a dar un nuevo disgusto a Thomas, que no se merecía, en modo alguno, tantas decepciones. Era un buen hombre y, a pesar de su carácter estricto y de la influencia de su exacerbada religiosidad, un buen padre. Sin darse cuenta de que era inevitable que sus padres acabaran conociendo su viaje y la motivación del mismo, lo ocultó todo. Pocos meses antes, como si de una premonición se tratara, había escrito que *las mentiras más crueles suelen decirse en silencio*[16].

Así que apeló a la gratitud de aquellos amigos con dinero suficiente para poder ayudarle. Todos le dieron la espalda. Sidney Colvin, William Ernest Henley, Frances Sitwell, Charles Baxter, Edmund William Gosse, Walter Simpson... Uno a uno le negaron su ayuda. Unos, egoístas, porque consideraron que aquel viaje suponía la ruptura con su carrera literaria, en la que confiaban. Otros porque no aprobaban su relación con Fanny.

---

[16] *La verdad de la conversación*, por RLS.

Los menos porque creían con firmeza que su romanticismo le impulsaba a cometer una locura con aquel enamoramiento fuera de toda lógica y toda conveniencia. Y el resto porque temían que su salud se resintiese por un viaje tan largo.

Aquellas decepciones no frenaron su determinación inquebrantable, que acababa de resurgir indómita. Por primera vez, alguien le necesitaba como a la vida misma. Y se sabía dispuesto a todo con tal de no abandonarlo.

Visitó todas y cada una de las editoriales que habían publicado alguno de sus ensayos o artículos, incluida la que editó *Un viaje interior* y estaba a punto de publicar el libro que narraba su viaje en burra por Les Cévennes. Utilizó toda su capacidad de convicción para conseguir adelantos sobre artículos o libros futuros. Pese a que casi todas se negaron, no desfalleció y consiguió convencer a algunas, transmitiéndoles una confianza absoluta con su empuje y seguridad. No rogó ni suplicó. No engañó. Se vendió como escritor con toda el ansia y entusiasmo del mundo y algunos editores se contagiaron del brillo de sus ojos, con la clarividencia suficiente como para apostar por un hombre que prometía, a la vuelta de un viaje incierto, aventuras literarias sin parangón.

De esta forma, el seis de agosto de 1879, Robert Louis Stevenson consiguió un pasaje de segunda clase, que le costó ocho guineas, en el barco de emigrantes conocido como el SS Devonia. Utilizó para ello un apellido falso, aunque muy parecido al suyo: *Stephenson*. Partió desde Greenock al día siguiente, rumbo a Nueva York y rumbo a lo desconocido.

Las discusiones entre Belle y Fanny cada vez eran más frecuentes y trascendentes. La madre quería controlarla todavía, a pesar de la edad de la hija, y ésta no sólo no lo aceptaba sino que cada vez la entendía menos. No comprendía sus neuras, sus depresiones, consideraba que era más inconsciente que valiente. Y siempre se ponía de parte de Sam cuando éstos discutían. El ambiente familiar era terrible y estaba minando su relación.

Fanny fue conocedora del noviazgo de su hija y comenzó a conspirar para romper la pareja, tal y como había hecho en el pasado con algún otro pretendiente. Esta vez no contaba con la madurez de Belle ni con el talento de Joe Strong. Y, por encima de todo, no contaba con el profundo amor que se profesaban.

El propio Strong intentó ganársela mediante ímprobos esfuerzos para convencerla de que amaba a su hija. Fueron baldíos. Ningún hombre sería lo suficientemente bueno para Belle y Strong no iba a ser una excepción. Belle montó en cólera y convenció a Joe de que si quería tener la aprobación de sus padres para casarse con ella, debía hablar con Sam. Así lo hizo. Estuvo con él y le pidió la mano de su hija, obtuvo su consentimiento y el nueve de agosto, dos días después de zarpar Robert, se casó con Belle.

La venganza siguió tejiendo su tela de araña y no le dijeron nada a Fanny, hasta tal punto que Belle pasó la mismísima noche de bodas con su madre en su casa.

Aún tardaría varios meses en enterarse, pero para entonces Robert ya habría llegado y acapararía toda su atención.

En su interior, Robert albergaba el deseo de relacionarse con quienes emigraban a América, y conocer las razones que les impulsaban a ello. Por eso descartó desde el principio adquirir un billete en primera clase. Como también deseaba aprovechar el viaje en barco para acabar algunos trabajos, sacó pasaje en segunda cabina, lo que le garantizaba una mesa en exclusiva para él. Ventaja, junto con muchas otras, de la que no gozaban quienes viajaban en los distintos entrepuentes, que eran los que habían pagado los billetes más baratos. A las pocas horas de embarcar y mientras paseaba por el buque, descubrió con profundo desprecio una placa de bronce fiel exponente de la miseria humana. Establecía una diferencia definitiva entre quienes viajaban en primera y segunda cabina y los que se hacinaban en el entrepuente. Mientras que los primeros eran damas y caballeros, los otros eran varones y hembras. Por descontado, Robert no hizo uso de semejante distinción en toda la travesía y se adaptó a la vida entre los emigrantes con la mayor naturalidad y verosimilitud.

Pronto, Robert llegó a una conclusión sobre la emigración: *nada hay tan agradable de imaginar y tan patético de contemplar*[17]. Hasta aquel momento, pensaba en ella como el viaje emprendido por jóvenes en busca de épica y aventuras. Y esa visión idealizada se desmoronó como un castillo de arena cuando reparó en que lo habitual eran familias de mediana edad y pobres de solemnidad para las que América era su última esperanza.

Siempre había disfrutado de la vida desahogada y resuelta propia de la burguesía. Y a pesar de que era consciente de que no todo el mundo vivía como él, lo cierto es que en tierra apenas se había relacionado con la clase trabajadora, con el mundo fabril y con la miseria de los barrios más desfavorecidos. Todo aquello se le vino encima de golpe y le marcó sobremanera, cambiando su manera de ver el mundo. En el Devonia había muchos escoceses e irlandeses, un puñado de ingleses y escandinavos, así como unos pocos alemanes y un solo ruso. Y todos igualados por un denominador común: el fracaso. Seres incapaces de sobreponerse a la recesión de los 70 y a los reveses que les habían destrozado en sus países de origen y que ahora emprendían ese viaje como si fuera su último cartucho.

Robert también aprendió algo muy valioso entre aquellos desheredados: que nunca hay que perder la fe. Y para su sorpresa, detectó en muchos de ellos un optimismo infundado que les llevaba a cantar y bailar a la menor oportunidad, acompañados de un violín y un acordeón, melodías populares de media Europa.

Convino cierto día con otras personas pasar una noche en cubierta, la falta de ventilación en el interior del barco era insufrible. A la hora convenida, nadie se presentó, por lo que Robert, pertrechado con un par de mantas, buscó un lugar lo más resguardado posible y recibió la llegada del nuevo día en el estado de duermevela que había caracterizado toda la noche. No podía

---

[17] *El emigrante por gusto*, por RLS.

saber que años después disfrutaría de numerosas vigilias en la cubierta de una bella goleta.

Por supuesto, invirtió mucho tiempo en escribir. Y semejante actividad era, sin duda, la que más desconcierto provocaba entre todos aquellos con quienes trabó contacto. Unos demostraban sorpresa, en otros generaba admiración y a algunos incluso les inducía a la carcajada, no por maldad sino por incultura.

Lo peor de toda la singladura fue la alimentación. Una dieta a base de pan con mantequilla, una aguada sopa fría y gachas de avena. Todos los días, sin excepción. Comió muy mal y eso le debilitó, agravando los efectos de la segunda parte de su itinerario por el continente americano.

A medida que el Devonia se acercaba a Nueva York, una corriente de prevención atravesó todos y cada uno de los entrepuentes. Comenzaron a circular una serie de leyendas negras según las cuales en cuanto desembarcaran en tierra firme serían estafados, desvalijados y poco menos que despellejados. Robert había trabado algo parecido a la amistad con un galés apellidado Jones. Un hombre optimista, positivo y, según decía, un gran inventor que iba a propiciar avances vertiginosos en el nuevo mundo, necesitado de gentes como él. Ninguno de los dos era especialmente valiente y se encomendaron el uno al otro para pasar las primeras horas en el traicionero suelo estadounidense.

Diez días después de zarpar, el barco atracó en Castle Green y en el mismo puerto se subieron a una carreta que transportaba equipajes y que les acercó a una posada llamada Reunion House. Sencilla y lo más opuesto, para su tranquilidad, a una guarida de forajidos. En ella pasaron la noche y se libraron de un aguacero intenso e inacabable.

Al día siguiente se separaron y Robert emprendió sin tiempo que perder la segunda etapa de su experiencia como emigrante voluntario, mucho menos agradable que la que acababa de completar.

La pesadilla, que duró doce días, comenzó en la terminal de vapores de Manhattan, donde embarcó de nuevo para atravesar el río Hudson hasta Jersey City, desde donde salía el primer tren que debía tomar. Los mozos de carga estibaban los carros con equipaje con una violencia sólo comparable a su falta de cuidado. En el último momento, Robert impidió que aplastaran a una niña, pero la confusión y el alboroto impidieron que recibiera el agradecimiento de sus padres. Todo el mundo deseaba, cuanto antes y entre empujones desconsiderados, subir al vapor como si fuera el último y a continuación la isla de Manhattan fuera a desaparecer engullida por las aguas. El viento y la lluvia, que no cesaban, escoraban el barco, que avanzaba a duras penas entre el oleaje, abarrotado de emigrantes.

En cuanto llegaron a la otra orilla, la desbandada en dirección al apeadero del ferrocarril fue brutal. Cuando Robert consiguió sentarse en el interior de uno de los vagones, ya se sentía agotado y preso de una excitación desconocida para él, que siempre había viajado rodeado de atenciones.

En el mismo tren llegó a Chicago. Allí tuvo que hacer un transbordo a otra estación, para lo cual tuvo que atravesar la ciudad, aún inmersa en pleno proceso de reconstrucción. Apenas ocho años antes había sido devorada por el fuego, que consumió 17.000 edificios dejando sin hogar a 100.000 personas.

En Chicago, Robert comenzó a sentirse más fatigado que nunca, con algunas décimas de fiebre y preso de una sed imposible de aplacar. Tomó el tren del oeste, atestado, ruidoso, claustrofóbico y maloliente. Cada día, cada hora, cada minuto, eran eternos. El traqueteo continuo sobre los raíles amenazaba con volverle loco. A su alrededor los niños tosían y lloraban, los padres sudaban y nadie soportaba a quien tenía a su lado. La confraternidad que imperó en el barco había desaparecido para convertirse en ásperas púas que parecían mortificar a todo el mundo. A ello se sumaba la imposibilidad de ir a sitio alguno, por lo que todos sufrían una condena que empezaba a mostrar visos de tortura: estar siempre sentados con un persistente dolor que se extendía por todo el cuerpo.

En el estado de Iowa, tras pasar por Burlington, a orillas del Mississippi, Robert se percató de que ya todo el mundo, en cada estación, iba armado.

En la frontera natural que perfila el río Missouri entre Iowa y Nebraska, volvió a cambiar de tren para coger uno de la Union Pacific con destino hacia el estado de Utah. Los pasajeros fueron empaquetados sin miramiento alguno y distribuidos en tres vagones, uno para los chinos, otro para los solteros y el último para las mujeres y los niños. Los veinte restantes se destinaban a ganado, cargas diversas y al exiguo equipaje de los desventurados emigrantes. A cada lado de los vagones se ubicaba una estufa y un retrete. La luz por la noche era tenue y vacilante y los asientos tan incómodos y diminutos que impedían recostarse en ellos. Parecía imposible, pero las condiciones del viaje empeoraban por momentos. En mitad del mes de agosto los rayos del sol incidían como brasas candentes y entre los olores de los animales que se intercambiaban en las numerosas estaciones y el sudor reseco que inundaba el vagón de Robert, el hedor era insoportable.

El desagrado del resto del pasaje hacia los chinos, que nadie se retraía en disimular, le pareció injusto e injustificable. Su vagón era el más aseado, hacían gala de una notable educación, eran callados y respetuosos. Además Robert siempre admiró la milenaria cultura china, al parecer desconocida para el resto.

A medida que avanzaban un kilómetro tras otro, Robert imaginaba la magna gesta de la construcción del ferrocarril para atravesar el ancho continente. Con el espíritu crítico que no le abandonó nunca, pensó en la cantidad de hombres que dieron su vida para que dos compañías, la Union Pacific y la Central Pacific, se enriquecieran hasta límites vergonzosos.

Escribir era casi imposible y apenas pudo redactar alguna carta con la intención de enviarla cuando llegara a su destino. Así y todo, los sufridos compañeros le pusieron el mote de "Shakespeare".

Atravesar el desierto de Wyoming supuso más de cuarenta horas durante las cuales Robert sufrió una fuerte depresión de la que intentó evadirse bebiendo y fumando con dos compañeros de viaje. La noche en que atravesaron Laramie, empezó a sentirse muy enfermo. La fiebre aumentó. A veces parecía que deliraba. Los picores por todo el cuerpo eran terribles, con la única ayuda del tabaco y el alcohol para controlarse. La diarrea le hacía recorrer, apresurado, todo el vagón cada poco tiempo para alcanzar el único excusado y evacuarse del todo, lo que le provocaba una creciente deshidratación. No era el único afectado ni el único enfermo. Las condiciones del vagón llegaron a ser insalubres y así se mantuvieron durante el resto del viaje. De esta forma, sin saberlo, Robert Louis Stevenson contrajo una enfermedad que marcó el resto de su vida.

Era viernes por la tarde. Cercano a acabar el mes de agosto que estaba siendo muy caluroso. Fanny, arrodillada y encogida en el jardín de su casa, protegida su cabeza por un sombrero de paja, se entregaba a la única actividad que la alejaba de su rutinaria y decadente vida. Al margen de Sammy, las flores y plantas del jardín eran lo único que crecía a su alrededor. Lo único que respondía a sus atenciones. Lo único gratificante en su día a día.

De repente una extraña ráfaga de aire estuvo a punto de hacer volar su sombrero. Puso su mano en la cabeza y lo retuvo en su sitio. Como llevaba un par de horas concentrada con la cabeza gacha, levantó la vista al cielo para asegurarse de que no estaba cambiando el tiempo, y pudo contemplar el mismo manto azul que había cubierto California durante todo el día. Se levantó para estirar las piernas, ya que cuando algo la sacaba de su ensimismamiento se daba cuenta del anquilosamiento de su cuerpo y del preludio de un dolor que luego tardaba en desaparecer.

Entonces lo vio.

Apoyado en la verja de madera. Mucho más delgado. Con un pantalón que le quedaba varias tallas grande y una chaqueta bajo el brazo. La camisa también evidenciaba la brutal pérdida de peso. Pálido, con una incongruente sonrisa que se desbordaba sin fin por las comisuras de los labios. La inclemencia del viaje realizado tenía, al fin, su recompensa. Robert había llegado a Oakland derrotado y lo recomendable hubiera sido que se hubiera metido en la cama del hotel durante varios días. Incluso en un hospital. Pero la necesidad de ver a Fanny era tan acuciante que salió a buscarla con un gesto de dolor que desapareció nada más intuirla bajo aquel sombrero que amarilleaba al sol. Y la sonrisa iluminó su demacrado rostro, ahuyentando por momentos el dolor y el cansancio.

A Fanny se le resbalaron de las manos las herramientas que utilizaba. Se llevó una a la boca para silenciar un grito que pugnaba por salir de su interior. Y comenzó a acercarse a Robert con lentitud. Se abrazaron en silencio. No sabían si reír o llorar. Sentimientos contradictorios se agolpaban pidiendo paso, aunque el más poderoso era una felicidad que pensaron no volver a sentir. Ya nada importaba porque se encontraban juntos. Y esta vez para siempre.

Robert era un saco de huesos y Fanny palpó muchos de ellos al recorrer con las manos su debilitado cuerpo, que había perdido nada más y nada menos que ocho kilos. Percibió su habitual olor a tabaco. El sudor del viaje. Ella también estaba más delgada. Robert le quitó el sombrero y el alborotado cabello rizado quedó libre.

—Te has cortado el pelo —observó mientras enredaba sus huesudos dedos en él.

—Has venido, Louis. Has venido —y tras hablar no pudo contener el torrente de lágrimas que acabó nublando su vista. Se acurrucó en él, pegando una mejilla a su pecho, oyendo los latidos de su corazón, humedeciendo su camisa blanca.

Robert fue consciente entonces de que también Fanny había sido atormentada por las dudas. Él no pudo contestar a su telegrama por temor a que cayera en manos de Sam. Pero antes de su partida le aseguró que si llamaba, acudiría. Esa promesa hubiera debido ser suficiente. El miedo al abandono y a la decepción por el olvido del otro había consumido a ambos. Con el último hálito de fuerza la abrazó con toda la firmeza que pudo, intentando transmitirle seguridad. Acarició su espalda. Inspiró con fuerza su aroma, que no había dejado de recordar ni un solo día.

Parecían no dispuestos a soltarse. Él para no dejarla escapar nunca y ella para que quedara claro que ya no podría huir jamás, pues formaba parte de su piel. Si en ese momento les hubieran dicho que iban a ser convertidos en estatuas, no habrían recibido con desagrado la noticia.

No contaban con Sammy. Cuando les vio al salir de la casa, su niñez le impidió respetar la magia de aquel instante y lanzó un grito de alegría incontenible.

—¡Luly! —exclamó, corriendo a su encuentro. Si no llega a ser por Fanny, que reaccionó a tiempo para frenar su ímpetu, habría derribado la fragilidad extrema de un Robert esquelético.

—Por mi bien espero no separarme de ti nunca más, Sammy. De lo contrario, en el próximo reencuentro serías capaz de matarme.

—Vamos dentro. Se te ve muy cansado —dijo Fanny secándose las lágrimas con las manos.

Las características constructivas de la casa le conferían a su interior un frescor muy agradable durante los días de calor. Robert lo agradeció y se dejó caer en una cómoda silla. Superada la euforia inicial y con los nervios más templados, mientras conversaban, madre e hijo pudieron prestar más atención al viajero. Con la perdida de tantos kilos parecía hecho de alambre. El vigor y resistencia que le caracterizaron en Grez le habían abandonado. Parecía un anciano muy cansado. El inmenso recorrido lo había minado la salud sin piedad. Bajo sus ojos, sin el brillo de antaño, grandes ojeras delataban la falta de sueño. Tosía con frecuencia. Un pequeño temblor estremecía sus manos y piernas. Las orejas y el cuello presentaban pequeñas y numerosas pústulas. Y la rojez de las manos y los antebrazos estaba salteada de granos que se rascaba compulsivo.

Un profundo sentimiento de culpabilidad atenazó a Fanny, alojándose en un hueco de su alma, que ya había visitado tiempo atrás y parecía tener un sitio reservado. Cualquiera diría que Robert estaba al borde de la muerte.

—Vete a buscar a Belle —le dijo a Sammy, que mostraba la preocupación impresa en el rostro—, dile que Louis ha venido. ¡Corre!

Mientras duró su intimidad, hablaron sin parar. Sam llegaría al día siguiente. Pasaba las semanas en San Francisco, en casa de su última amante; el sábado y el domingo, aunque no todos, iba a Oakland a estar con ellos. Ella había contratado un abogado para que le consiguiera el divorcio.

Sammy y Belle les interrumpieron.

—¿A qué se debe tu visita? —indagó ella con una frialdad que no se esforzó en disimular—. ¿Te quedarás mucho tiempo?

Robert improvisó una respuesta y justificó su presencia con un libro que estaba escribiendo sobre la inmigración europea en América. Pero Belle bailaba su inquisitiva mirada entre él y Fanny y los indicios le hicieron descubrir la verdad. Su madre no se dio cuenta, tenía su atención volcada en Robert. La ira prendió en Belle y motivó el distanciamiento definitivo de Fanny. El hecho de que no aprobara su relación con Joe e intentara en vano destruirla, mientras esperaba a escondidas la llegada de su amante fue la gota que colmó el vaso. No podría aguantar mucho tiempo bajo el mismo techo. En cuanto pudiera, se fugaría con su marido.

Aunque felices por el reencuentro, Robert estaba derrotado y enfermo; Fanny preocupada y arrepentida; Belle encolerizada. Sammy, a los pies de Robert, una vez superada la sorpresa inicial, era el único que se mostraba radiante y pudo gozar de la situación sin nubes grises a su alrededor.

Y así transcurrieron aquellos meses. Fue imposible ocultar a Sam la presencia de Robert. Cuando Fanny se lo confesó todo, rugió furibundo. Al quedarse solo fue consciente de que no podía pronunciar una sola palabra de queja. Maceró el impacto impasible y miró de frente al dolor que durante años sus infidelidades habían infligido a su mujer, a la que, y ahora lo sabía, nunca había dejado de querer. Ya era tarde. Nunca quiso conocer a Robert, aunque se alojaba en un hotel de la ciudad dolorosamente cercano.

Tampoco fue posible ocultar a Fanny la boda de su hija con Joe Strong. Y en el fondo era un momento que Belle deseaba, porque representaba la culminación de su traición, que hubiera estado incompleta si su madre no la hubiera llegado a conocer. La discusión fue épica. Se sacaron los ojos entre sí, una escupió su rencor y la otra su intolerancia. La contienda acabó con Belle victoriosa y cargada de razones y Fanny hundida por la certeza de que la fractura era tan colosal que perdía a su hija para siempre.

Robert recuperó fuerzas poco a poco. Recubrió con algo más de carne sus huesos. No obstante, a veces se veía obligado a recluirse en la cama, imposibilitado para todo lo que no fuera cerrar los ojos e intentar dormir. Lo peor era la tos. El mal que aún no sabía que padecía provocaba ataques intermitentes que, aunque llevaba años sufriendo, tenían una virulencia extrema y desconocida hasta entonces. Cuando la enfermedad le daba una tregua, escribía, leía a Thoreau, cuyas obras le había proporcionado Fanny, escribía, paseaba por la ciudad, escribía, visitaba a Fanny y jugaba con Sammy, y seguía escribiendo.

Nada más llegar a San Francisco, Robert había escrito a sus padres contándoles todo. Y antes de Navidad un telegrama de Margaret le anunció que Thomas estaba muy enfermo y le rogaba que volviera. Robert no quiso agobiarles con una preocupación más y respondió con otro en el que les mentía explicándoles que quien tenía su salud muy debilitada era Fanny, tanto que no podía abandonarla. No estuvo muy orgulloso de su proceder como hijo y pensó que nunca dejaría de ser la oveja negra de la familia.

Ya no gozaban del anonimato que les proporcionó París. La gente de Oakland comenzaba a murmurar y Robert decidió mudarse a San Francisco a pesar de la oposición de Fanny. Su abogado entendía, no obstante, que Sam no tardaría en conceder el divorcio y la separación iba a ser corta. El dinero se acababa y alquiló un cuarto en el número 608 de Bush Street por cuatro dólares al mes. Desayunaba por diez centavos en una cafetería de Pine Street. Café, un panecillo y mantequilla. Seguía escribiendo sus nuevos libros de viajes, que describían su travesía en barco y su periplo atravesando el continente americano. Comía en Donadieu, varias manzanas al este de Bush Street, por treinta y cinco centavos. Caminaba, remiso, hasta las cuatro y media, hora a la que volvía a su habitación a continuar trabajando. A veces ni cenaba. No sabía cuánto podría aguantar.

En febrero cayó presa de una fiebre pleurítica que le desgarraba los pulmones. Los eccemas no habían desaparecido del todo. Y por si fuera poco, empezaron a dolerle las muelas. Por primera vez en su vida, a los veintinueve años, tosió sangre. Y estaba solo.

Entonces Sam concedió el divorcio. Y Fanny fue en su busca. Cuando lo vio, temió por su vida y volvió con él a Oakland. Fue examinado por el doctor Bramford, que diagnosticó la enfermedad terrible que contrajo en el viaje y que Robert ya intuía: la tuberculosis. Fanny recibió la noticia y revivió de inmediato los meses de sufrimiento de Hervey, a punto de cumplirse cuatro años desde su muerte. No estaba dispuesta a soportar una nueva pérdida. Louis no iba a morir. Todavía no. De nuevo ejerció de enfermera. Se apostó a su lado en la cama y le vigiló cada minuto del día. Siguió a rajatabla la rutina marcada por Bramford, le hizo tomar toda la medicación en su momento justo. Un día en que Robert notó cierta mejoría comenzó a liarse un cigarrillo mientras ella daba una cabezada de puro cansancio. Pero despertó a tiempo de arrancárselo de los dedos, romperlo en mil pedazos y regañarle, furibunda, como al niño que nunca dejó de ser. El doctor ocultó lo peor de todo, y es que, bajo su opinión, a Robert no le quedaba más de un mes de vida. Al cabo de una semana, cuando volvió a visitarle, la mejoría era pequeña pero evidente, y se vio contagiado por la fe de Fanny. Los sudores fueron remitiendo, el malestar general y el cansancio disminuyeron; la tos aún martirizaba al enfermo, pero ya no venía teñida de rojo. Parecía un milagro, porque cuando Robert debiera haber muerto ya, según Bramford, la vida le regalaba una nueva oportunidad. Oportunidad que no desperdiciaría.

Para no correr el riesgo de que Louis le denegara el permiso, Fanny no se lo pidió. Aprovechó un día, en que se encontraba muy recuperado, para dejarlo solo el tiempo que tardó en acudir a la oficina de correos y volver. Envió una carta a Thomas y a Margaret, contándoles cada detalle de lo acontecido en el último mes y asegurando que Louis se acordaba de Thomas todos los días, deseando que estuviera restablecido por completo.

Pasado el peligro y en cuanto Robert se encontró con fuerzas, comenzaron a trabajar. De nuevo los medicamentos y el médico se habían llevado parte de sus fondos y debía acabar todos sus escritos y mandarlos a Londres para que los publicaran y comenzar a pagar las deudas adquiridas antes de su marcha. Robert dictaba, Fanny escribía. Los dos releían. Él corregía y ella daba su opinión y consejos. Ya nunca llegaría un escrito de Robert Louis Stevenson a la imprenta sin que Fanny lo hubiera sometido a su crítica.

Estaba a punto de acabar abril cuando llegó un telegrama.

—Es de tus padres —suspiró Fanny, tendiéndole el sobre a Robert.

Éste apartó a un lado el libro que estaba leyendo y dudó antes de aceptar el papel que le ofrecía. Le dio vueltas a un lado y a otro. El temor a una mala noticia le impedía abrirlo. No había tenido nuevas de Thomas desde el telegrama de Margaret y un mal presentimiento se coló en su cabeza. Se armó de valor y rasgó el pequeño sobre. Leyó su contenido y una lágrima furtiva surcó su mejilla. Fanny se temió lo peor. Louis le ofreció la cuartilla abierta.

—Quiero que la leas tú.

Ella asió el telegrama con manos temblorosas y leyó su contenido. Cuando levantó la vista compartió con Louis la alegría. Se abrazaron. Estaban salvados. A Thomas no le pasaba nada y por el contrario les hacía partícipes de su decisión de otorgarles 250 libras anuales. ¡Aceptaba su matrimonio! Llegó a valorar la posibilidad de desheredar a su hijo, pero cuando leyó la carta de Fanny se estremeció ante su enfermedad. El mero pensamiento de perder a Robert le impidió volver a conciliar el sueño durante varias noches. Adoraba a aquel hijo que tantos quebraderos de cabeza le había dado y le quería de nuevo en Escocia, a su lado.

Un mes después, el diecinueve de mayo de 1880, el ministro presbiteriano W. A. Scott casó en su casa, en el número 521 de Post Street, en San Francisco, a una escuálida espiga de hombre con una mujer pequeña, pero fuerte como un roble.

Casi cuatro años después de conocerse en Grez-sur-Loing, tras recorrer medio mundo y superar no pocas adversidades, Robert y Fanny se convirtieron en marido y mujer.

Pasaron dos noches en el hotel Palace, de San Francisco. El más grande, costoso y lujoso del mundo en aquel tiempo. Siete mil ventanas, techos de cuatro metros y medio de altura, elevadores hidráulicos, iluminado por electricidad y poseedor de una opulencia sin precedentes. Thomas posibilitó semejante dispendio.

Igual que posibilitó que disfrutaran una luna de miel. Fue un capricho de Fanny tolerado por Robert, que consideraba el turismo como *el arte de la decepción*[18], opuesto por completo a su concepción de viajar. *Yo no viajo para ir a alguna parte, sino por ir. Por el hecho de viajar*[19], solía decir. Visitaron la región de Napa Valley, en California. Allí Robert comenzó un diario que acabó convirtiéndose en la novela *Los colonos de Silverado*. Por aquel entonces, las tierras que se habían esquilmado siguiendo el rastro del oro verdeaban por el efecto de numerosos viñedos. Robert, que nunca se había sentido atraído por la épica de los buscadores del dorado metal, alabó, por el contrario, esta industria incipiente. Siempre le gustó el vino, al que llegó a calificar como *poesía embotellada*[20].

Aquellas seis semanas fueron una manera incongruente pero deliciosa de comenzar su matrimonio. Tras ellas recibieron un nuevo telegrama de Thomas y Margaret alentándoles, de nuevo, a retornar a Escocia. La decisión no fue fácil. Como muchas de las anteriores que tuvieron que tomar cada uno por separado. Fanny se debatía entre la gratitud por su generosidad y el miedo a ser repudiada una vez recuperaran a Louis. ¿Tenía sentido que aquellos puritanos escoceses aceptaran a una americana divorciada? ¿Podía fiarse? ¿No sería una estratagema? Y todo lo complicaba el convencimiento de Robert por volver. Había recuperado su nerviosismo habitual, su entusiasmo decidido

---

18 *Los colonos de Silverado*, por RLS.
19 *Viaje en burra por Les Cévennes*, por RLS.
20 *Los colonos de Silverado*, por RLS.

por las cosas. Y contra esa actitud era muy difícil luchar. Era consciente de que en el fondo no había posibilidad de negarse y eso no le gustaba. Pero el riesgo era palpable. La prueba de fuego de su matrimonio. Ser acogida por los padres de Louis.

Con semejante diferencia de parecer, el veintinueve de julio de 1880, Robert, Fanny y Sammy subieron a un confortable ferrocarril Pullman y cruzaron de nuevo el continente desde San Francisco hasta Nueva York, donde embarcaron el siete de agosto en el City of Chester con destino a Liverpool. Dejando atrás a Belle con su marido Joe Strong, que no quisieron seguirles.

Por segunda vez en su vida, Robert Louis Stevenson había hecho un viaje en busca de Fanny. La primera vez, en París, consiguió su amor; la segunda, en Oakland, rescató su persona.

Liverpool se fundó en 1207 como "puerto" y tuvo ese estatus hasta 1880, cuando recibió el título de "ciudad". Durante el siglo XVIII, una de sus principales fuentes de riqueza fue la trata de negros. Desde 1730 a 1770 zarparon unos dos mil buques negreros, que reportaron a los comerciantes de esclavos unos beneficios multimillonarios. A finales del siglo, Liverpool controlaba más del 40% del comercio de esclavos en Europa y el 80% en el Reino Unido. Cuando los Stevenson llegaron a Europa, Liverpool seguía teniendo en el comercio, favorecido por su salida al mar, su principal actividad económica. Por fortuna, ya no se negociaba con carne humana sino con alimentos, madera, tabaco, tejidos, carbón o acero. La sensibilidad de Robert no lo hubiera soportado. En su deambular por el mundo había contemplado muchas injusticias y numerosos casos de racismo con los chinos o con los indios, que le habían hecho dudar del ser humano, pero ver el sufrimiento de personas encadenadas destinadas a ser vendidas hubiera sido insoportable.

Los padres de Robert no pudieron aguantar la espera en Edimburgo, se trasladaron hasta la ciudad portuaria y esperaron su llegada en el señorial hotel Northwestern, testigo de excepción de un encuentro tan deseado por unos como incierto para otros. Todos salieron satisfechos de la primera reunión. Tras las fugaces presentaciones iniciales a la llegada al hotel, intercaladas con sonrisas forzadas, miradas de soslayo, saludos de compromiso y tópicas preguntas, se separaron y quedaron en verse a la hora de cenar.

Fanny quedó gratamente sorprendida con Margaret. Notó que su suegra ponía el máximo empeño en ser agradable. Su conversación con ella se desarrolló con naturalidad, como si fueran viejas conocidas poniéndose al día de los últimos años. Y acabó juzgando que era una persona sincera. Y lo era. Más tensa fue la relación con Thomas, de carácter más áspero y poco dado a la cordialidad, así y todo no se sintió atacada ni percibió hostilidad en sus maneras hacia ella.

Sin duda alguna, a Margaret le gustó Fanny. Su seguridad y empaque, cualidades de las que ella carecía, así como su conversación. Y ante todo, con su visión maternal de las cosas, observó con agrado que era capaz de manejar a Lou con gentileza, pero firme. Logró que su hijo se cambiara para la cena, batalla perdida durante toda su vida. Vigiló para que no bebiera en exceso. Le impidió fumar cada vez que lo intentó. Era evidente que se preocupaba por él. Su conclusión fue que su hijo estaba en buenas manos y eso era más de lo que hubiera soñado.

Robert apreció los intentos iniciales de todos por conseguir que la velada no acabara en tragedia y alternó la conversación general con las atenciones al que ya era su hijastro. El pequeño Sammy empezaba a darse cuenta de que Robert nunca le dejaba de lado. Y esos pequeños detalles cimentaban su especial cariño por él.

Cuando se hizo tarde y convinieron retirarse a sus habitaciones, Thomas se acercó a Fanny cuando nadie se daba cuenta y aprovechó la oportunidad. La sujetó con delicadeza del antebrazo y le susurró al oído.

—Gracias por traerme a mi hijo sano y salvo.

Al separarse de ella, Fanny descubrió en Thomas un gesto que no volvió a ver en toda su vida. Aquel hombre, duro como el granito y estricto como un general, estaba emocionado.

Cualquiera que conociera los precedentes de todos los habitantes del 17 de Heriot Row consideraría como milagrosa la calma que imperaba en aquel hogar. De hecho, las apuestas de quienes eran conocedores de los extremos considerados como escabrosos por la enferma sociedad escocesa, se inclinaban hacia el desastre. Nada más lejos de la realidad.

Fanny se convirtió en la clave de bóveda que sostenía las buenas relaciones entre todos e impedía que se derrumbasen. Thomas y Margaret apreciaban sorprendidos cómo manejaba a su hijo. Relajó, como un bálsamo, las posturas enfrentadas entre Louis y su padre. Y se convirtió en la confidente de Margaret, a la que comenzó a llamar Maggie, como hacía su propio marido.

Pero la salud de Robert no daba tregua y a mediados de octubre partieron a Davos, en el corazón de los Alpes suizos. Aunque el frío era cortante, la ciudad era la más alta de Europa, a mil quinientos metros, ya se sabía que la altitud era beneficiosa para los enfermos de tuberculosis, disminuyendo la mortalidad entre ellos. Esta benéfica relación y el aire limpio permitieron que Robert mejorara. Fanny, sin embargo, sufría vértigos y palpitaciones. Siempre se lo ocultó a Robert. Lo importante era su salud, ella estaba dispuesta a aquellos sacrificios. Volvieron a Davos otros dos inviernos seguidos, en el 81 y el 82.

El resto del año lo pasaban entre Edimburgo, Londres por motivos de trabajo, París por placer y en busca de balnearios y el sol que Fanny adoraba.

En el lluvioso agosto de 1881 recalaron en una casita de Braemar, en las Highlands Escocesas, al sur del río Dee. Durante su estancia pudieron ver en varias ocasiones a la reina Victoria, que pasaba unos días en el castillo de Balmoral, a unos diez kilómetros. Se dedicaba a dar paseos en coche, adoptando el espíritu escocés que ignora el mal tiempo permanente en su territorio. Para Sammy, estar cerca de una reina era como un cuento, a pesar de haber cumplido ya trece años.

Y de una manera casual, en aquel lugar en medio de ninguna parte, se iba a encender la chispa de un definitivo impulso para la carrera literaria de Stevenson, que ya no se detendría hasta su muerte.

Una de las distracciones de Sammy era pintar con su caja de acuarelas, bien bajo la supervisión de Fanny o solo. Cierto día se dispuso a dibujar el mapa de una isla. Al percatarse de ello, Robert evocó su niñez, en la que él mismo hacía algo parecido jugando con su primo Bob y llamando a sus respectivas islas Nosingtonia y Encyclopaedia. Como no desperdiciaba ninguna ocasión para entretener a Sammy, se unió a él y juntos fueron añadiendo detalles y poniendo nombre a los cabos, ensenadas, montes y cuevas. Cuando consideraron que estaba acabada, le pusieron el aventurero nombre de "La isla del tesoro". Robert, el inventor de historias, dejó volar la imaginación y ante la atención y el deleite del muchacho, fue tramando una aventura en torno a aquella isla fantástica. Al poco rato, también Fanny, Thomas y Margaret habían sido embrujados por el relato. Por la noche, Sammy soñó con piratas, goletas batallando en el mar, islas perdidas en la inmensidad del océano y, cómo no, con un sinfín de pesados cofres repletos de plata, piedras preciosas, joyas y miles de brillantes doblones de oro. Mientras tanto, el único que mantenía los ojos abiertos era Robert, que ya había perfilado una lista de capítulos y comenzaba a escribir el primero.

Las dotes de Robert para inventar relatos de ficción eran extraordinarias, pero nunca se había dejado arrastrar por ninguno hasta el punto de escribir una novela. Su producción literaria se limitaba a libros de viajes y artículos ensayísticos de los más diversos temas. Ahora los personajes y lugares de su pluma revelaban una fuerza evidente y fuera de lo común. Jim Hawkins, John Silver el Largo, Black Dog, el capitán Flint, la Isla del Esqueleto, la Colina del Catalejo, las tres cruces rojas, consiguieron que Robert escribiera un capítulo diario hasta un total de quince. Llegado a este punto, sin motivo aparente, la inspiración desapareció de improviso.

En el mes de octubre volvió a Davos y el aire limpio de la montaña le ayudó a recuperar las palabras necesarias para acabar la novela. *La Isla del Tesoro* se publicó por entregas en la revista Young Folks. Para desconsuelo de su autor, no tuvo demasiada repercusión ni sirvió para aumentar las ventas. Tuvo que ser William Ernest Henley, amigo de Robert y en quien se inspiró para el personaje de John Silver el Largo, por tener una pierna amputada, quien convenció a la editorial Cassell & Co para que la publicara en forma de libro en noviembre. Y entonces las críticas fueron elogiosas. Robert cobró un adelanto de cien libras sobre sus derechos de autor y la tirada inicial fue de dos mil ejemplares. El mismísimo primer ministro Gladstone confesó que permaneció despierto hasta las dos de la madrugada, al serle imposible abandonar la lectura.

Nadie sabe dónde acabó aquel mapa que dio origen a una de las mejores novelas de aventuras de todos los tiempos. Fue entregado a la editorial por Robert, junto al manuscrito, y cuando lo reclamó no quedaba ni rastro de él. O al menos eso le dijeron.

Después de tantos hoteles, hospederías y pensiones; tras infinidad de maletas hechas y deshechas; luego de sentirse, en lo más profundo, nómadas en busca de una anhelada y merecida calma; llegó una estabilidad pasajera en el sur del Reino Unido, en la agreste costa de Dorset. Bournemouth era un pueblo de pescadores enclavado entre acantilados de caliza blanca, salpicados de brechas por las que los contrabandistas desembarcaban el fruto de sus turbios negocios en el siglo XVIII. Como en otras ocasiones, el motivo fue prescripción facultativa. Bournemouth basaba su economía en variedad de negocios para recibir a todo tipo de convalecientes. Había otras opciones, pero el hecho de que Sammy llevara un tiempo estudiando interno en un colegio cercano, les ayudó a decantarse por el pueblo pesquero.

Corría el mes de julio de 1884 cuando llegaron. Durante aquel año se alojaron en diferentes hospederías. Los numerosos pinares y brezales que crecían por doquier evocaban a Robert su tierra natal. Pero pocas cosas más eran de su agrado y comenzó a sentirse atrapado y aburrido. Siguió, no obstante, rasgando con su pluma cuartilla tras cuartilla. Fiel a su sempiterna costumbre de levantarse temprano, trabajaba desde primera hora de la mañana hasta el mediodía. Después de comer, leía lo escrito a Fanny, quien lo calibraba y, como siempre, sugería cambios o exponía ideas. Tras ello, paseaban por los senderos que bordeaban una larguísima playa en forma de media luna, orgullosa de atesorar una arena blanca y fina. Ya se había construido un conveniente paseo marítimo; Robert se negaba a deambular por él, al lado de enfermos y turistas. Se identificaba más con los contrabandistas que con la modernidad. Cuatro años antes, tuvo la oportunidad de probar un antecedente del teléfono y no le gustó, aunque, a regañadientes, fue consciente de su importancia.

Antes de acabar el año, Robert y Fanny se enfrentaron a una vieja herida que nunca conseguirían cerrar. Escribieron cartas a su abogado en Edimburgo para que se encargara en persona de prolongar la concesión de la tumba de Hervey en Saint-Germain-en-Laye. No dejaron de insistir hasta que el letrado les aseguró que los restos del niño no serían exhumados para ser enterrados en una fosa común.

Cuando sus padres anunciaron, a primeros del año siguiente, que les regalaban una casa al oeste de Bournemouth, Robert recibió la noticia con un profundo disgusto. Pero para Fanny aquella casa representaba seguridad, por fin un sitio donde sentirse en su propio hogar, donde echar raíces de una vez para siempre. Y una muestra concluyente del particular y definitivo reconocimiento, aderezado de una pizca de arrepentimiento, que le manifestaban sus suegros.

La casa se situaba en Alum Chine, el barrio más alto de Bournemouth, llamado así por ser un lugar donde, en el siglo XVI, se había utilizado el alumbre para tratar el papel y curtir la piel de encuadernar. Nunca se dijeron nada al respecto, pero a Robert le sugirió que al final Thomas aceptaba a su hijo escritor y, como le costaba tanto reconocerlo, le mandaba así un mensaje en clave. La casa era conocida como Sea-View, aunque enseguida la rebautizaron con el nombre de Skerryvore; desde los ventanales de la planta superior se divisaba el paisaje azulado del mar, y en uno de ellos colocaron una réplica del faro, cuya lámpara encendían todas las noches.

En los meses siguientes, Robert estuvo temporadas enfermo, pero fue preso de una actividad constante y tuvo en Fanny a una fiel enfermera, crítica y secretaria. Por primera vez en su vida la estabilidad y la rutina se apoderaban de ellos, mas de nuevo la casualidad cambiaría la suerte de Robert Louis Stevenson y aquellos uniformes días fueron interrumpidos por un encuentro excepcional y terrorífico.

CAPÍTULO X

Londres.
Dos meses y medio después del primer asesinato.

—Pase lo que pase, nunca te vuelvas como yo —los ojos de Mary Jane Kelly eran más expresivos que las palabras que elegía—. Esto no es vida, Lizzie. Huye de aquí cuanto antes o tarde o temprano te corromperás e irás muriendo poco a poco. Tú aún estás a tiempo. Ahorra todo el dinero que puedas y vete a cualquier otro sitio. Este barrio es lo peor del mundo, y cuando te atrapa ya no puedes escapar.

Lizzie Albrook también vivía en Miller´s Court, en el número dos. Al llegar a Londres encontró trabajo como empleada de hogar, sin derecho a habitación. No le importó, era una mujer independiente; aunque, como no tenía dinero suficiente, tuvo que rebuscar en zonas con alquileres baratos, recalando al fin en el mísero suburbio. Pronto trabó contacto con Mary Jane y se granjearon una cierta amistad. Aquel día había acabado sus ocupaciones antes de lo habitual y decidió hacer una visita a su vecina del número trece.

Y la encontró sepultada bajo toneladas de desesperación. No eran infrecuentes aquellos estados de ánimo, pero no recordaba haberla visto así nunca. Todos sus intentos iniciales por animarla fueron infructuosos.

—¿Por qué no te preparas y salimos a dar un paseo? —propuso.

—No debes relacionarte conmigo. No soy una buena compañía. Lo mejor que puedes hacer es marcharte y no volver a verme.

—¡No digas tonterías! ¿Qué demonios te pasa? —Lizzie agarró de los hombros a Mary Jane y la zarandeó con fuerza, como si así pudiera desprender de su cuerpo los malos presagios que la atenazaban. Éstos tenían las garras bien clavadas y la mirada perdida de Mary Jane expresaba con claridad que seguían del todo aferrados a ella.

—Ya no aguanto más, Lizzie. Estoy cansada de todo lo que me rodea. Y sobre todo estoy cansada de mí misma. Ya no recuerdo la niña que fui. No recuerdo dónde se perdió. Si tuviera dinero, volvería a Irlanda. Soy incapaz de ahorrar, soy incapaz de no gastármelo todo en bebida. Podría intentar buscar trabajo como tú, ¿quién me lo va a dar? Así que mi sitio es la noche, donde nadie puede ni quiere leer mis miserias. También estoy asqueada de tantos abrazos distintos. Se me revuelve el estómago cada vez que salgo, pero no puedo evitarlo. Y me voy hundiendo cada vez más y más. Y creo que he llegado al fondo.

Cuando terminó de hablar, Lizzie agradeció el silencio. La honda amargura de su amiga le taladraba el alma y era incapaz de contrarrestarla. Así que la abrazó con fuerza y la arrulló como si ella sí fuera capaz de reconocer a la niña que alguna vez fue. Así estuvieron entrelazadas un mundo, Mary Jane dejándose querer y Lizzie incapaz de soltarla. Tras largos minutos, la primera se despegó y la segunda pudo ver todo su semblante arrasado por lágrimas de gratitud.

—Ahora preferiría quedarme sola. Tranquila, estoy mejor —aclaró con rapidez al ver la alarma en el gesto de Lizzie—, no voy a hacer ninguna locura. Te lo aseguro.

—Mañana por la mañana me han dado libre. ¿Qué te parece si vengo con Julia y nos vamos por ahí las tres? —aunque había formulado una pregunta, su tono de voz dejaba bien patente que no iba a aceptar un no por respuesta.

—De acuerdo. Os esperaré —respondió, condescendiente. Y a continuación no pudo reprimir una pregunta— ¿Por qué haces esto por mí?

Lizzie era una mujer de buen corazón que nunca escatimaba esfuerzos por ayudar a sus semejantes; en el caso de Mary

Jane sabía que no lo hacía por su predisposición natural y su respuesta debía ser creíble, por lo que adoptó la pose de mayor sinceridad que pudo.

—Porque estoy convencida de que tú harías lo mismo por mí.

Cuando se despidieron, tras dedicarse sendas sonrisas de afecto, ninguna de las dos podía intuir que al día siguiente no irían juntas a ningún sitio.

Tras la visita de Lizzie, Mary Jane comenzó a preparar la cena. De vez en cuando, Barnett seguía visitándola. Había vuelto a trabajar y aquella misma mañana le había llevado pescado. Así que se dispuso a cocinarlo con patatas. Joseph era un buen hombre y estaba dispuesto a volver con ella, pero no se decidía a planteárselo.

Llegada la noche, Mary Jane tomó una decisión. La única ventaja de verse en lo más profundo del deterioro físico y moral es que ya no podía caer más. Y que si conseguía blandir una firme determinación para que todo cambiara, sólo podía mejorar. Y Mary Jane decidió intentarlo. No tenía la más mínima idea de si sería capaz, pero debía darse una oportunidad.

Mientras cenaba, hacía ímprobos esfuerzos por recordar Irlanda, a sus padres y amigos. Era incapaz de situarse a sí misma en aquel entorno, y lo intentaba con todas sus fuerzas. Imaginaba las verdes colinas, sus escarpadas costas y los pueblos húmedos, sin poder verse recorriéndolos. Recordaba a sus padres con sus hermanos pequeños, pero ella no estaba. Sus amigos de la infancia jugaban entre ellos, pero no parecían notar su ausencia. Sabía que, cuando comenzara a perdonarse, conseguiría evocar la memoria perdida. Tomar conciencia de ello era el primer paso para salvarse.

Y entonces, en medio de aquel trance, unas palabras, tiempo atrás olvidadas, tomaron su voz y la canción la poseyó sin poder evitarlo.

Escenas de mi niñez aparecen ante mi mirada,
trayendo recuerdos de felices días pasados,
cuando abajo en el prado vagabundeaba durante mi niñez,

Tuvo que pararse de golpe porque se le formó de repente en la garganta un nudo de emoción tan grande que le costó tragar.

nadie queda ya para recibirme en esa vieja casa,
padre y madre han fallecido,
hermana y hermano ahora yacen bajo el barro,

Otra vez las lágrimas en sus ojos y en el alma.

solo una violeta arranqué cuando no era más que un muchacho,
y a menudo cuando estoy triste de corazón, esta flor me ha ale-
grado.

Un nuevo descanso para recordar la voz de su padre cantándola.

Así que mientras me quede viva, in memoriam conservaré
esta pequeña violeta que arranqué de la tumba de mi madre.

Nunca una canción tan triste hubiera podido tener un efecto tan reconfortante en el corazón de una persona. Mary Jane recuperó la fuerza suficiente para terminar de cantarla de un tirón.

Bueno, recuerdo la sonrisa de mi vieja madre,
mientras me recibía cuando volvía del trabajo,
siempre cosiendo en la vieja mecedora,
padre solía sentarse y leer para los niños,
pero ahora todo está silencioso en la vieja casa,
me han dejado todos en el pesar aquí vagabundeando.

Pero mientras me quede vida, in memoriam conservaré
esta pequeña violeta que arranqué de la tumba de mi madre.

Pronunciada la última sílaba, una sonrisa se desbordó por las comisuras de los labios de Mary Jane. Si en ese momento se hubiera mirado al espejo que día tras día devolvía una imagen tristísima, habría observado otra muy diferente. No podía dejar de cantar, repetía cada frase como un mantra. El miedo a olvidarla, como si nunca la hubiera recordado, le inducía a cantarla sin fin. Pasada la medianoche, una vendedora de flores que vivía justo encima se hartó de la canción. A pesar de que su marido impidió que bajara a quejarse, ella golpeó reiteradas veces el suelo para dejar patente su enfado. Mary Jane abrió la puerta de su casa, que daba a la calle, y salió con la intención de gritar que se metiera en sus asuntos y que la dejara tranquila. Sin embargo refrenó su instinto habitual y consiguió no ponerse a gritar como una loca, a pesar de que nunca le había gustado lo más mínimo su vecina.

Comenzaba a llover y hacía frío. A Mary Jane no le importó. Permaneció unos minutos fuera inspirando profundamente y sin dejar de tararear su canción en un murmullo. Sintiendo el júbilo de su primera victoria. Aquella noche iba a quedarse en su casa. No iba a emborracharse ni a seducir a ningún hombre. Y a la mañana siguiente recibiría a Lizzie renovada y le daría las gracias que horas antes no le había dado.

Tan absorta en todos estos pensamientos, cuando entró de nuevo en la casa no se percató de que la puerta no se cerraba bien. Y cuando entró en su habitación olvidó dejar ciega la ventana corriendo sus cortinas.

Horas después, en medio de la noche, una sombra olfateaba una oportunidad diferente. No quería correr riesgos innecesarios y ya no se contentaba con el poco tiempo que le daba la precipitación de los crímenes en medio de la calle. Al llegar a Miller´s Court el sexto sentido que iba desarrollando le puso en alerta. Y en el número trece todo estuvo claro. Miró a través de una de las ventanas y no pudo ver nada, por la otra pudo distinguir un camastro con un único cuerpo sobre él y ropajes femeninos sobre una silla. Con el mayor sigilo posible giró el pomo de la puerta y pudo comprobar, sorprendido, que estaba abierta.

John McCarthy era el casero de Mary Jane. La mañana del nueve de noviembre decidió que ya era hora de cobrar el dinero que ésta le debía. No acostumbraba a ser él mismo quien iba a reclamar las deudas de sus inquilinos, por lo que dio instrucciones a uno de sus empleados, Thomas Bowyer, para que lo hiciera en su nombre.

Bowyer la conocía bien, pero hacía tiempo que no la veía. Nada más llegar, golpeó repetidas veces la puerta. Era conocedor de la vida disoluta y noctámbula que llevaba Mary Jane, por lo que supuso que tardaría en abrir. Se sentó a esperar en un pequeño murete frente a la casa. Al cabo de un rato volvió a llamar acompañando sus golpes con varios gritos impacientes.

–¡Mary Jane Kelly! ¿Me oyes? Soy Thomas Bowyer. ¡Ábreme! Me envía McCarthy.

Le contestó el silencio más absoluto. Quizá no había nadie en casa. Estaba a punto de marcharse por donde había venido cuando dobló la esquina del edificio y pudo comprobar que por la otra fachada había dos ventanas. "A mí no me la pegas, Mary Jane", pensó. Se asomó con cuidado a la primera, pero la estancia estaba desierta. Al mirar a través del cristal de la segunda pudo ver, entre sombras, algo sobre una cama. Un aire de irrealidad le confundió durante un breve lapso de tiempo. Transcurrido el mismo, su cerebro asimiló lo que sus ojos estaban viendo en realidad y un susto mayúsculo le hizo retroceder, tropezándose y cayendo al suelo. Tras proferir un alarido de terror se fue corriendo como si le persiguiera una jauría de lobos hambrienta. Decidió ir a contárselo a McCarthy y, cuando éste lo comprobó con sus propios ojos, fueron juntos a la comisaría de Commercial Street, donde le contaron lo sucedido al oficial de servicio, Walter Beck.

Cuando Beck comprobó que la puerta estaba cerrada, ordenó a los agentes que le acompañaban romperla con un hacha. En la habitación de Mary Jane los únicos rasgos de normalidad eran su ropa doblada con cuidado y colocada sobre una silla, así como las botas situadas delante de la chimenea. El resto era un delirio fantasmagórico insoportable de contemplar. Pese a que el oficial había visto muchos cadáveres, jamás contempló nada como aquello. El aire retenido estaba viciado, el olor era nauseabundo y parecía haberse incrustado para siempre en las paredes y en el escaso mobiliario.

Uno de los agentes recibió el encargo de ir en busca del médico forense que estuviera de guardia. Resultó ser el reputado cirujano de la división, Thomas Bond. Además, Beck hizo llamar al doctor George Bagster Phillips, que sabía había intervenido en varios de los crímenes que venían produciéndose en la zona en los últimos meses. Ambos forenses se conocían, respetaban y no tuvieron problema alguno en trabajar juntos. Es más, casi lo agradecieron.

Bagster Phillips había realizado las autopsias de Annie Chapman y Long Liz y así se lo hizo saber a Bond, pero lo que encontró en el número trece de Miller´s Court superaba con creces lo más dantesco que había visto nunca.

—¿Qué clase de loco ha podido hacer esto? —preguntó Bond.

Aunque se sacaron un par de fotos de la escena del crimen, ambos fueron tomando nota de todo, como era su obligación.

—Las otras dos víctimas que yo vi tenían la cabeza apoyada en la mejilla izquierda —comentó Bagster Phillips— y el cuello seccionado con la misma brutalidad.

—¿Te has dado cuenta de la cantidad de sangre que hay en el lado derecho de la cama? Parece que la degollaron mientras dormía de ese lado y luego la giraron hacia la izquierda de la cama —apuntó Thomas Bond, señalando las sábanas empapadas y un charco de sangre en el suelo.

Con un gesto de asentimiento con la cabeza, su colega mostró estar de acuerdo con él. A la vez señaló la pared del lado derecho de la cama que, al nivel del cuello, mostraba varias salpicaduras de sangre, lo cual avalaba la teoría de Bond. El poderoso influjo que generaba el mutilado cadáver motivó que no se hubiera dado cuenta antes.

—Las únicas partes de su cuerpo que ha respetado son los brazos —indicó de nuevo Bond. El izquierdo aparecía flexionado por el codo y reposando con su mano donde antes estuvo el abdomen y el derecho estaba sobre el colchón, algo separado del cuerpo. Sin un solo corte, ni siquiera una abrasión.

Las piernas, por el contrario, muy separadas, estaban destrozadas, con los muslos vaciados y reducidos a colgajos de piel. El izquierdo formaba un ángulo recto con el tronco y el derecho un ángulo obtuso con el pubis, que fue despojado de la carne

215

hasta el hueso, incluyendo los órganos externos de procreación y parte de la nalga derecha. El izquierdo fue vaciado de piel y carne hasta la rodilla. Si bien la pantorrilla derecha no presentaba daños, la izquierda mostraba un corte hasta los músculos profundos desde la rodilla hasta poco antes del tobillo.

Mientras Bagster Phillips apuntaba que toda la cavidad abdominal había sido privada de sus vísceras, Bond escribía que estaba ante un cadáver sin rostro, con todos sus rasgos hechos trizas en todas direcciones. Imposible de identificar. No quedaba ni rastro de los ojos ni de la nariz, de las mejillas ni de la boca, con los labios cortados hasta la barbilla. Sólo la frente no presentaba corte alguno.

Unos gritos inesperados que venían de la calle recordaron a los dos médicos que existía un mundo fuera de aquella habitación macabra. Tan enfrascados estaban en el análisis de aquellos restos.

Lizzie Albrook había llegado a buscar a Mary Jane. Venía sola, su amiga Julia tenía otros compromisos. En cuanto vio el despliegue policial alrededor de la casa de su amiga, se temió lo peor e intentó pasar a toda costa. Cuando se lo prohibieron, se puso a gritar histérica.

–Tranquilícese, señorita. –Walter Beck poseía una especial facilidad para controlar situaciones de ese tipo y apaciguar a quien se dejaba dominar por ataques de ansiedad–. ¿Quién es usted?

–Soy amiga de Mary Jane Kelly, la mujer que vive aquí. Ayer estuve con ella hasta las ocho de la tarde y quedamos en vernos hoy por la mañana –Lizzie hablaba acelerada, con la mirada extraviada en busca de alguna pista que le diera la clave de lo que estaba pasando–. ¿Puedo verla?

El inspector Beck no daba nunca algo por sentado hasta que no había pruebas concluyentes que lo demostraran. Allí vivía Mary Jane Kelly, pero nadie podía saber a ciencia cierta si los restos humanos eran los suyos. No podía consentir que aquella joven los viera, y se le ocurrió una idea.

–¿Podría decirme qué ropa llevaba su amiga anoche?

Lizzie oyó la pregunta desconcertada y tuvo que hacer un gran esfuerzo para sobreponerse a sus nervios y recordar.

—Una camisa blanca —cerró los ojos para concentrarse mejor—, un corsé marrón, la falda era de color… —dudó un instante—… gris, unas medias muy bonitas de color rojo y blanco y las botas eran de cordones y de color marrón.

Beck hizo un gesto al agente más cercano y éste entendió enseguida lo que quería decirle. Entró en la casa y fue a comprobar si la ropa descrita por Lizzie coincidía con la que estaba doblada encima de la silla. Al salir hizo un gesto de asentimiento con la cabeza. Sin duda, ésta era, para Walter Beck, la parte más dura de su trabajo.

—Lo siento, señorita, pero me temo que su amiga… ha sido asesinada.

Dentro de la habitación, Thomas Bond y George Bagster Phillips volvieron a oír los gritos de Lizzie, ya no eran los chillidos de un manojo de nervios sino los aullidos de un animal herido.

Para entonces, y entre los dos, habían localizado casi todas las partes del cuerpo. El útero y un pecho estaban bajo la cabeza. El otro pecho se encontraba bajo el pie derecho, junto a los intestinos. El hígado estaba depositado entre los pies y el bazo al lado izquierdo. Los trozos de abdomen y muslos extraídos estaban sobre una mesa en el lado izquierdo de la cama.

—¿Ves el corazón por algún lado? —Bagster Phillips llevaba un rato buscándolo. En parte, le daba rabia tener que reconocer ante su colega que no lo encontraba, pero no podía seguir ocultándolo. Lo que no sabía era que a Bond le pasaba lo mismo.

—Parece que el asesino se llevó su trofeo —musitó sin poder evitar que un escalofrío estremeciera todo su cuerpo.

Habían acabado su trabajo. Así se lo hicieron saber al inspector Beck cuando salieron al aire limpio de la calle. Le dijeron que podían llevar el cadáver a la morgue para hacerle la autopsia y desaparecieron como por ensalmo. Nunca en sus vidas lograron olvidar lo que presenciaron en el número trece de Miller's Court. Una escena que se quedó prendida en sus memorias, indeleble. Y que les persiguió durante años en forma de febril pesadilla.

SEGUNDA PARTE

Todos los seres humanos están hechos a base de bien y de mal.[21]

CAPÍTULO XI

Septiembre de 1885. Londres.
Tres años antes del primer asesinato.

Los Clubes de Caballeros surgieron en el Reino Unido durante el siglo XVIII. Eran muy elitistas, aristocráticos y privados, abiertos nada más que a sus miembros, y no aceptaban la presencia de mujeres. Fue a finales del siglo siguiente cuando se popularizaron, llegando a las clases medias y alta, y comenzando su verdadera expansión. En Londres, los primeros se establecieron en el West End, alrededor de Pall Mall y el palacio de St. James. La zona acabó siendo conocida como Clubland y en todo Londres llegaron a abrir sus puertas en torno a los cien.

Nacieron con el objeto de ofrecer a sus socios la posibilidad de jugar por dinero, en una época en la que estaba prohibido hacerlo en establecimientos accesibles al público en general. Poco a poco fueron derivando en centros de reunión donde se gestaba buena parte de la actividad política de la época. De hecho, una de sus finalidades era propiciar, cuando estaban en Londres, los encuentros entre parlamentarios que residían fuera de la urbe.

---

[21] Frase atribuida a Stevenson.

Muchos socios consideraban su club como el lugar en el que disfrutar de su tiempo libre. Se reunían con amigos o colegas de profesión, se relajaban paladeando licores y vinos de todo tipo, participaban en juegos de mesa, podían incluso comer y pasar la noche, pues las instalaciones solían contar con restaurante y habitaciones. Para ingresar en cualquiera de ellos era preciso estar recomendado por varios de sus miembros y solía haber un comité que estudiaba a los candidatos y decidía su aceptación o rechazo. Además, había que satisfacer una cantidad económica nada desdeñable y no al alcance de cualquiera.

No estando de acuerdo con muchas de las normas imperantes en aquel momento, un grupo de intelectuales decidieron formar su propio club en 1868. Lo llamaron El Nuevo Club y la diferencia fundamental con los demás era que los socios podían provenir de cualquier extracción social. Sus fundadores entendían que lo importante para formar parte del club era "qué tipo de persona" se era y no "quién" se era. Pronto acudieron músicos, escritores, científicos o médicos. El aura que rodeó a El Nuevo Club desde su creación motivó un número creciente de integrantes. Tal es así que a los tres años hubo que trasladar su sede, al haberse quedado pequeña. Desde que se ubicó en una casa en el número 15 de Savile Row, le cambiaron el nombre por el de Club Savile. Y a pesar de que en el año 1882 fue precisa una nueva mudanza a otra calle, el club nunca fue conocido de otra manera.

Un par de briosos caballos tiraban de un carruaje por la calle empedrada de Piccadilly. El cochero era un joven inexperto al que le resultaba difícil embridarlos lo suficiente, por lo que el vehículo iba más rápido de lo normal. Cuando volviera, tendría que soportar las risas de los veteranos que siempre gastaban la misma broma a los nuevos, en vez de darles cualquiera de los carruajes tirados por los caballos más viejos y dóciles. Producto de los nervios, no se percató de que acababa de superar el número 107, que era su destino. El único pasajero que iba en el interior se dio cuenta, y golpeó con el puño la pared en la que se recostaba el cochero. Éste tiró de golpe con fuerza de las riendas, acompañando el gesto con el genuino ¡soooo!, y los caballos se frenaron al instante. Mientras recibió el pago por su servicio, no cesó de disculparse.

El cliente retrocedió y, cuando vio una placa de bronce sujeta a la pared con el nombre del Club Savile grabado, abrió la puerta de entrada a la casa y se internó en ella con paso decidido. Llevaba dos días en Londres por motivos de trabajo, y al día siguiente volvería de nuevo a su ciudad, por lo que no disponía de más oportunidades para visitar el único club en el que se sentía a gusto. Enseguida se vio envuelto por el olor a buen tabaco característico del lugar. Añoraba la anterior ubicación, más recogida e íntima, en un caserón añejo lleno de secretos. La sociedad había crecido y la nueva casa, tan grande, era más impersonal; pero aquella embriaguez de aromas orientales, entremezclados con efluvios de todo tipo de picaduras para pipa, seguía siendo la misma.

Mientras andaba, iba desprendiéndose de su abrigo de alpaca y de su peculiar sombrero, redondeado y plano, que sólo él llevaba en todo el país.

–¡Buenas noches, señor Stevenson! –exclamó, al reparar en él, el resuelto muchacho encargado del guardarropa–, ¡cuánto tiempo sin verle!

–Más del que yo hubiera querido… –Robert pretendió llamarle por su nombre, pero fue incapaz de recordarlo.

–Hace un rato que ha llegado el señor James y me ha dicho que en cuanto asomara usted por la puerta le dijera que le está esperando en la biblioteca.

–Muchas gracias… –de nuevo el olvido.

–Alan, señor –apuntó el joven, agradeciendo la intención con una sonrisa. El espíritu de amabilidad era lo habitual en el club, pero no faltaban los engreídos que no se dignaban contestarle y apenas le miraban.

La estancia a la que se le daba el uso de biblioteca era un amplio salón en el primer piso. Con una gran *boiserie* de madera tallada que ocupaba toda una pared, desde el suelo hasta el techo.

Pletórica de ejemplares, pero con suficientes huecos para albergar muchos más antes de tener que colocar otra. Había numerosas sillas tapizadas y varias de ellas estaban ocupadas por hombres con las cabezas inclinadas, concentrados en periódicos, revistas o libros. Un respetuoso silencio facilitaba la lectura. Robert escrutó con su mirada, bajo el dintel de la puerta, en busca de la calva de su buen amigo Henry James. Y acababa de posar su vista en ella, cuando el escritor americano pareció presentir su llegada y dejó de leer. Cerró el libro, se levantó y enfiló hacia Robert.

—Dirijámonos al bar. Aquí no podemos hablar —señaló.

Henry James y Robert Louis Stevenson se conocieron el verano del 79, antes de zarpar este último con destino a Nueva York. Fue en el propio Club Savile, cuando aún se situaba en Savile Row. Comieron en compañía de Andrew Lang y Edmund Gosse, ambos ejercitantes de una curiosa combinación, habitual en la época: escritores a la par que críticos literarios. No se cayeron muy bien, James catalogó a Robert como un "bohemio postizo" y éste al primero como un "coloso insípido". La amistad tardaría en gestarse cinco años, cuando James publicó un ensayo en el que, a pesar de sus diferencias, alababa la novela de piratas, islas y tesoros de Robert. Entablaron correspondencia y, en una de sus misivas, Robert le invitó a visitarle en su casa. En la primavera, James llevó a su hermana Alice a un sanatorio de Bournemouth y a partir de entonces visitó Skerryvore con frecuencia, obsequiándoles más tarde, como muestra indeleble de su presencia, con un espejo de Venecia que Fanny colocó en el llamado *salón azul*, en el que acostumbraba a trabajar Louis, sobre un conjunto de armas de bucanero.

—Yo también me alegro de verte, Henry —respondió Robert con sorna.

—Tenía muchas ganas de estar contigo, he estado muy ocupado con una obra de teatro que ha encallado. Creo que merece la pena, pero no consigo arrancarla de los brazos de arena que se empeñan en sujetarla. Y como en esas tesituras es mejor tomarse un tiempo, iba a visitarte cuando me enteré de que venías a Londres.

James tenía una manera de hablar característica. Desde niño había padecido un tartamudeo atenuado, que consiguió desterrar hablando muy despacio. Odiaba tanto su defecto que era muy curioso observarlo en medio de una acalorada discusión literaria; mientras los demás elevaban la voz y parecían apresurarse por acabar sus argumentos, él seguía manteniendo la calma y se obcecaba en hablar con serenidad, aunque por dentro le hirviera la sangre. Semejante tranquilidad llegaba a sacar de quicio a algunos de sus contertulios que, no siendo conocedores de su problema, lo consideraban un ser arrogante y condescendiente.

Llegaron al bar atravesando una habitación que lucía en una de sus paredes una placa en honor a Charles Darwin, socio insigne, fallecido tres años antes, al que Robert recordaba como si hubiera estado con él aquella misma mañana. Se sirvieron un par de copas de vino de Burdeos y se sentaron en sendas butacas para disfrutar de su conversación. Robert se lio un cigarrillo.

A lo largo de la tarde fueron llegando más personas, la mayor parte de ellas desconocidas, y se generalizó un pequeño alboroto de voces junto con un musical tintineo de las jarras y botellas sobre los vasos y las copas. Sin saber cómo, pues no le conocían, se unió a ellos, tras presentarse, un joven músico inglés que en aquellos momentos sustituía de manera provisional al organista titular de una importante iglesia católica de Londres. Pronto se dieron cuenta de que Edward Fernsby, que es como se llamaba, era un hombre de carácter serio, adusto y estricto. Un fiel exponente de las convicciones morales imperantes en el momento.

Llegada la hora, accedieron a uno de los comedores para cenar. Era una habitación pequeña, de características victorianas. Techos muy altos con molduras de escayola, grandes ventanales adornados con pesados cortinones de terciopelo, paredes revestidas de papel pintado con motivos de aves y mariposas, muchos cuadros de caza y pesca alternados con otros de rostros anónimos, así como suelos de madera tapados por alfombras. Y en cuanto al mobiliario, varias mesas redondas de distintos tamaños con sus correspondientes sillas a juego y un par de bellas vitrinas de madera trabajada con esmero.

En cuanto terminaron, volvieron al bar. Aparecía más despejado, ya que muchos hombres habían ido sólo a pasar un rato y ya habían vuelto a sus casas para cenar solos o en familia.

—Aunque debería retirarme, no me resisto a una última copa, tras ella me iré. — James apreciaba a Robert y desconocía cuándo podría visitarle de nuevo, por lo que se resistía a marchar.

—Yo no tengo prisa —afirmó Robert—, he de aprovechar, en cuanto vuelva a Bournemouth, las rejas y la hiedra taparán de nuevo la puerta y las ventanas, y estaré de nuevo encerrado. ¿Usted se queda también, Fernsby?

—Por supuesto. No tengo familia en Londres y en la pensión no me espera más que una fría habitación. Si no soy un estorbo para ustedes, me quedo.

Sentados en cómodos sofás, continuaron la conversación mantenida en la comida. No trataron temas personales, al estar presente el músico; dialogaban sobre arte, sociedad, política y actualidad, cuando se suscitó un debate que acabaría teniendo una importancia capital en la carrera literaria de Robert, a la vez que supondría el detonante para ponerlo a él y a su familia ante el mayor peligro de sus vidas.

—Espero que me perdone, señor James, si le confieso que no he leído ninguna de las novelas que usted ha escrito. La música me absorbe demasiado tiempo y me queda poco para dedicarlo a la lectura —se excusó Fernsby—, pero *La Isla del Tesoro* me atrapó desde la primera página — terminó, dirigiéndose a su autor.

—Celebro que le gustara.

—No le adule usted en exceso —terció James—, que luego se pone insoportable.

—Por hacerle una pequeña crítica, le diré que habría preferido que el pirata John Silver hubiera acabado ante la justicia, en vez de evadirse llevándose, además, parte del tesoro.

—Estoy seguro de ello, pero yo me fui encariñando con el personaje, así que preferí que saliera indemne de mi pluma y no tener nada que ver con su final.

—Pero es un hombre malvado —insistió Fernsby—, y merecía peor suerte. No puedo concebir cómo se le puede coger aprecio.

Parece enviar un negativo mensaje al lector, en virtud del cual se puede ser un asesino y salirse con la suya.

—No estoy de acuerdo con usted —intervino James—. Ha de tener en cuenta que el libro de Robert es una novela de aventuras, no un ensayo sobre la moralidad. Quienes lo lean no deben sacar una conclusión ética. Por el contrario, constituyendo una absoluta ficción, tiene algunos brillos de realidad. Y al que usted se refiere con indignación, señor Fernsby, es uno de ellos. Los delincuentes, sean del tipo que sean, no siempre son atrapados y ajusticiados. Y además, el final supone una sorpresa mayúscula para el lector, que desea lo contrario y supone que, como en la mayoría de las novelas, el criminal no escapará y el bien vencerá.

Desconocía el organista que la dualidad entre el bien y el mal era un tema que siempre había atraído a Stevenson. Había tocado una fibra sensible, lo que impulsó a Robert a hablar a continuación.

—Es importante pensar que los piratas tenían un código y Silver lo respetaba. En su mundo, que nada tiene que ver con el del joven Hawkins, es un hombre de honor. Y está rodeado de otros piratas mucho más perversos y crueles que él que, sin un pestañeo, hubieran rebanado el cuello del muchacho si él no lo hubiera impedido. Las cosas no son negras o blancas, joven, y los años le enseñarán que el mundo está teñido del color de la ceniza de mi cigarro.

—¿Sostiene usted que John Silver es un buen hombre?

—Yo no he dicho eso —contestó Robert—. No soy un filósofo, pero estoy de acuerdo con Rousseau cuando afirma que el hombre es bueno por naturaleza, y que es imposible que conserve su bondad natural en una sociedad corrupta como la nuestra y mientras las circunstancias le influyen en variadas direcciones. Pongamos un ejemplo. Imagínese a usted mismo naciendo en un suburbio de Portsmouth hace un par de siglos. Su padre le maltrata, no recibe ninguna educación y un día cae en manos de un pirata que le recluta para su goleta. Le enseñan a base de palos a manejar una espada y, a la primera de cambio, abordan un galeón español medio hundido en el mar por el peso de las toneladas de oro que lleva en su panza. Casi sin darse cuenta le obligan a saltar a su cubierta. Está asustado. A su alrededor mueren españoles y piratas. El griterío es ensordecedor. Gente aullando, pidiendo auxilio o clamando de rabia. Las explosiones atronadoras de los trabucos le dejan momentáneamente sordo. Se esconde. A sus pies resbalan regueros de sangre... –llegado este punto, Robert hizo una pausa teatral para conferir más efectismo a su hipótesis–, y entonces un español le descubre, huele su miedo, percibe su parálisis y, confiado, levanta su espada para partirle en dos. Es lento y usted adquiere la aterradora convicción de que con un rápido gesto puede enterrar el puñal en su abdomen. –Robert se inclinó, sentándose lo más adelantado posible para estar muy cerca de Fernsby y le clavó su mirada mientras James sonreía–. ¿Lo haría usted? ¿Hundiría el metal partiendo su corazón? ¿O preferiría morir siendo un hombre intachable?

Con esta historia, Robert hubiera jurado que el músico entendería lo que quería decir y dejaría de insistir. James también. No contaban con la educación religiosa del futuro compositor, al que habían inculcado las diferencias abismales e irreconciliables entre el bien y el mal.

–Pero si el hombre es bueno por naturaleza, ¿cómo llegó el pirata a ser lo que es?, ¿quién fue el primero en corromperse y por qué, si todos a su alrededor eran santos barones? –inquirió, ante el asombro de los dos escritores, que empezaron a intuir que mucho había tardado en sacar a relucir el tema de conversación por el que, a buen seguro, se había unido a ellos con afán belicoso–. ¿Sabe lo que yo pienso? Se lo diré. Creo que Lucifer está presente entre nosotros y nos tienta todos los días. Y los débiles de espíritu se dejan llevar por él. John Silver debe pagar por sus pecados porque está con Satanás en vez de con Dios, nuestro Señor.

El imprevisto tufillo religioso no era del agrado de Robert. Ante todo, él era una persona respetuosa. James se mantenía al margen, ya que la discusión había abandonado el aspecto literario, el único que a él le interesaba.

–Todos los días, a nuestro alrededor, se cometen actos abyectos: asesinatos, guerras, violaciones. Y también hay heroicidades, gestas nobles, gente que se sacrifica por los demás. Según usted –argumentó Robert–, los hombres del primer grupo tienen el corazón negro como la brea, y los del segundo nos conducirán a la salvación. Y lo único que yo sostengo es que el hombre…, que todos los hombres –matizó– son buenos y malos a la vez. Todos somos capaces del mayor acto de amor y de la mayor de las canalladas. Pasamos toda nuestra vida debatiéndonos entre el bien y el mal. Hasta el peor de los seres humanos tiene rasgos de bondad y hasta el mejor tiene algo oscuro que le atormenta. No tiene nada que ver con Dios, sino con la naturaleza humana y con las circunstancias de cada uno. Me tengo por una persona moderada, respetable y enemiga de la violencia; pero tengo la absoluta certeza, señor Fernsby, de que yo hubiera segado sin la más mínima vacilación la vida del tripulante del navío español.

El tono de voz de Robert había sido grave. Se percibía la tensión entre él y Edward Fernsby, que había ido encendiéndose. Lo que comenzó con una alabanza para *La Isla del Tesoro* iba derivando de manera peligrosa en algo personal. Henry James se dio cuenta e intervino para templar los ánimos.

–Caballeros, caballeros, por favor. En parte, los dos tienen razón. Acabemos esta velada tranquilos. Odio irme a casa con el mal sabor de boca de una discusión inacabada. Creo que pueden los dos firmar unas honrosas tablas, conservando ambos el rey intacto.

Quizá, por su reacción, el acalorado músico desconocía el noble arte del ajedrez. De lo que no cabía ninguna duda es que no le importaba lo más mínimo qué circunstancias producían desazón en James. Aquello no podía quedar así, pensó, sólo porque a uno de los contertulios le disgustara la situación. Inspiró con fuerza y escupió con saña su desprecio.

–Me habían hablado de usted, señor Stevenson, y no muy bien. Reconozco que en la cena me tenía confundido, y en cuanto he arañado un poco, he comprobado lo que dicen sus detractores. No es más que un maldito libertino que llena sus obras con ideas perversas.

Fernsby se puso de pie, como si pretendiera dar más notoriedad a sus palabras. No levantó la voz, por lo que los socios que quedaban en el bar no se percataron de nada. James volvió a intervenir, levantándose también, pero en cuanto inició su intento para calmarle, fue interrumpido sin ningún miramiento por un Fernsby que le ignoró porque sólo tenía ojos y oídos para Robert.

–¿No dice usted nada? –exclamó, con un tono ya superior al normal, mientras Robert seguía sentado y le observaba impertérrito–. Ha reconocido encariñarse con un asesino, de quien asegura tiene un código de honor. ¡Honor un pirata! –casi gritó, atrayendo, entonces sí, la atención de los presentes–. Sólo un deshecho moral como usted podría proferir semejante obscenidad. Y no contento con ello, justifica el asesinato. Siempre hay una alternativa, Stevenson –su nombre había quedado ya huérfano del educado "señor"–, Jesús ofreció la otra mejilla, ¿lo sabía?, nos enseñó que la violencia sólo genera violencia. ¡No matarás!, dijo. Con fariseos como usted, el mundo seguirá siendo una cloaca. ¡No debiera serle permitida la entrada a este club! Lo mancha con su presencia. Esparce su hedor con sus ideas salvajes. ¡Es usted el mal hecho hombre! –acabó, esta vez ya, con un pequeño alarido.

El silencio pesaba. Todas las miradas estaban soldadas o en Fernsby, mayestático, enfurecido, enorme; o en Robert, hundido en su sofá, escuálido, con la copa de vino en su mano derecha, un tanto temblorosa, lo cual transmitía una sensación de temor en cierta medida controlado. Los segundos pasaban y Robert no respondía, parecía no estar dispuesto a defenderse. James intentaba, con denodado esfuerzo, intuir los pensamientos de su amigo y a la vez rezaba para que sus palabras, si decidía replicar a los insultos, no echasen lecha al fuego del espíritu inflamado del músico. Al final, reaccionó. Dio un sorbo, lo paladeó y dejó reposar el resto en una mesita. No estaba dispuesto a quedarse callado, aunque permaneció sentado, no quería provocar un enfrentamiento corporal. Siempre fue consciente de su debilidad física, y consideraba a aquel hombre capaz de actuar con violencia.

–Usted también me tenía confundido. Aunque recto, parecía un hombre moderado, con ideas artísticas acordes a su profesión, tolerante. He conocido a hombres como usted. No se engañe, he sido educado en la religión, pero distingo con facilidad a los hombres buenos de los fanáticos. Y el fanatismo también engendra violencia, señor Fernsby, no lo dude usted. Yo he aprendido a vivir con la grandeza humana, y también con sus miserias. Su odio a lo diferente le ofusca, nublándole la vista. Ya ve, con su comportamiento no hace sino darme la razón. Usted también tiene dos personalidades enfrentadas. Una, generosa, musical y que ama lo bello, estoy seguro. Y otra, radical, intransigente y agresiva. La primera afirma una repulsa total de la violencia y la segunda sería capaz de abrirme la cabeza ahora mismo –Robert sabía utilizar las pausas como nadie cuando hablaba, y en este punto calló unos instantes antes de hacer una pregunta que sonó como un reto–. ¿O no? Ahora, usted es el marinero español.

Fernsby apretó los puños, clavándose las uñas en las palmas de las manos. Su cara se fue enrojeciendo hasta tal punto que parecía a punto de estallar, como una olla a presión. Deseaba, en efecto, aplastar al hombre insignificante que osaba desafiarle. Miró a su alrededor. Todos le observaban dispuestos a saltar al menor movimiento. Robert parecía tranquilo, aunque su corazón latía al ritmo del carruaje que le había transportado hasta allí. Después de pensar que, de haber estado solos, no habría dudado en convencer a golpes a Stevenson de que la violencia es un grave pecado, Fernsby se dio la vuelta, enérgico, y salió de la habitación, dejando a su paso una estela de indignación. Robert suspiró aliviado y, con un leve temblor en la mano, apuró el vino de su copa de un trago. El resto de los socios del Club Savile dejaron de prestarle atención, volvieron a sus asuntos. Y Henry James se dejó caer en su butaca como un peso muerto.

–¡Dios Santo, Robert! –exclamó–. ¿Estás loco? Parecía que iba a matarte. ¿Hasta dónde eres capaz de llegar para demostrar que tienes razón?

–No quería demostrar nada. Es que no he podido frenarme. Confío en que tengo virtudes, pero entre ellas no se encuentra por ninguna parte ni una brizna de valentía; lo cual, como sabes, me irrita. Sin embargo, soy una persona sincera y honesta. No me ha importado que me criticara a mí o a mi novela; un escritor debe aprender a escuchar las críticas, salvando las válidas y olvidando las destructivas. La falsedad de ese hombre era tan palpable que parecía tener relieve y no he podido contener un impulso brutal de ponerlo en evidencia. De todas las maneras sabía que, si hubiese intentado algo, tú se lo habrías impedido, ¿no es así? —esto último lo dijo con un guiño de ironía, no pudiendo evitar una, ya distendida, media luna en sus labios, que fue correspondida con otra igual de su amigo.

Las campanas de una iglesia tañeron lejanas a través de la bruma. James sacó su reloj de bolsillo y comprobó que eran las once.

—Me retiro —anunció—. Si vienes conmigo, le puedo decir a mi cochero que te lleve antes a tu alojamiento.

—Muchas gracias, Henry, me voy a quedar un rato más. Me tomaré una última copa y me despediré del Club Savile hasta la próxima.

—¿Serás capaz de no provocar a nadie más esta noche?

—Puedes marchar tranquilo. He consumido mi ración mensual de riesgo y no pienso levantarle la voz ni a un gato.

Los dos escritores se dieron un afectuoso abrazo y se separaron. Robert recapacitó y decidió no beber más, así que eligió un periódico de entre un grupo de ellos y se volvió a sentar en el mismo sofá con la intención de leerlo, sin reparar en una figura que le observaba desde la esquina más cercana del bar. Había estado allí sentado desde que volvieron después de cenar. Callado. Quieto. Atento, pero sin despertar la atención de los demás. Hacía poco que había sido admitido y aún no conocía a casi nadie. Su intención era pasar un rato e intentar trabar amistad con alguien más. Por la cercanía, no pudo evitar escuchar la conversación desde su inicio y captó su interés hasta el final. En ese mismo instante decidió que tenía que hablar con Robert, y prefería hacerlo sin la presencia de nadie más. Esperó y la suerte le sonrió al ver marchar a James. Entonces dudó y permaneció un rato sentado hasta que superó su indecisión. Se levantó y se dirigió hacia Robert, que estaba de espaldas a él y no pudo ver cómo se acercaba. Era un hombre fornido, de anchos hombros y altura superior a la media. Llevaba una pequeña copa que casi desaparecía en una enorme mano muy cuidada que no conocía el trabajo duro. Llevaba un vendaje en la cabeza que le tapaba la frente.

—¿Es usted Robert Louis Stevenson, el escritor? —preguntó colocándose enfrente.

Robert levantó su mirada y al ver a un hombre tan fuerte, se alarmó. Ya no quedaba casi nadie para defenderle en caso de apuro.

—Pues no sé qué decirle, con sinceridad. ¿No le han gustado sus libros, acaso?

El extraño lanzó una carcajada y se explicó.

—Puede estar tranquilo. Sé quién es. Mi pregunta era una manera como cualquier otra para presentarme. No he leído ninguno de sus libros, a no ser que haya publicado algún tratado de medicina.

—No sabe cuánto me tranquiliza saberlo. Estaba a punto de mentirle haciéndome pasar por el jefe de policía.

—Mi nombre es Ethan Ross —dijo, mientras certificaba sus buenas intenciones con un apretón de manos—. ¿Puedo sentarme?

—Por favor —rogó Robert.

—Estaba en aquella mesa del fondo y he presenciado su altercado con ese energúmeno. Debo confesar que me ha impresionado. Lo ha dejado en evidencia.

—Sí, supongo que sí —contestó Robert, como ausente. En el fondo quería olvidar a Edward Fernsby, por lo que cambió de tema de conversación—. ¿Qué le ha pasado en la cabeza?

—Es una historia muy larga, puede que se la cuente más tarde —respondió Ross palpándose el vendaje—. Digamos que he recibido un buen golpe y tengo una herida un poco fea. Por suerte soy médico y la he suturado yo mismo frente al espejo.

—¿Vive usted en Londres?

—Sí, ¿y usted?

—No, en Bournemouth.

—Pensé que vivía en Edimburgo. Es usted escocés, ¿no es así?

—En efecto, pero he dado muchas vueltas por el mundo, y eso sí que sería una larga historia, se lo aseguro.

Estuvieron hablando durante un buen rato. A Robert le cayó bien Ross, le pareció un hombre culto, educado y sensato. Estaba soltero y tenía una consulta médica en una de las calles más populosas de todo Londres. Muy aficionado al deporte, practicaba varios en su época universitaria. De hecho, jugando al rugby le rompieron la nariz. También era aficionado al remo, por lo que Robert le contó su aventura en canoa. Para cuando quisieron darse cuenta estaban solos en el bar. Y ése era el momento que Ethan Ross esperaba para cambiar de conversación por completo. Hasta entonces había estudiado a Robert, sin éste darse cuenta, y llegó a las mismas conclusiones que había sacado mientras escuchaba, atento y sorprendido, su disputa con Fernsby. Stevenson era una persona de fiar, sincero, muy crítico con la sociedad victoriana, con su puritanismo e hipocresía; más cercano, en su agnosticismo, al ateísmo que a la fe. Ross había reafirmado su opinión previa y decidió que Robert iba a ser la segunda persona en toda su vida que iba a escuchar de sus labios su terrorífica historia.

—¿De verdad sería usted capaz de matar a otro ser humano? —interpeló de pronto, sorprendiendo a Robert.

—¿Cómo ha dicho?

—Antes ha comentado que, en una situación de vida o muerte, sería capaz de matar para vivir. Lo que yo quiero saber es si podría hacerlo sin ninguna razón. Elegir a una persona y simplemente… matarla.

De repente Ross cambió. Sin motivo aparente, su expresión de buena persona mudó. Robert sintió un alarmante repelús en su interior.

—Perdóneme, pero no entiendo por qué me pregunta eso.

—¿Lo haría o no lo haría, señor Stevenson? —insistió Ross, transmitiéndole a Robert la sensación de que más le valía contestar.

234

—No.

—¿Y cree usted que es posible llegar a sentir unos deseos irrefrenables de quitarle la vida a un semejante?

—¿Qué diferencia hay? —Robert se debatía entre la curiosidad y un desasosiego creciente.

—¿Me permite que le cuente una historia? —de nuevo la inflexión de su voz estaba cargada de autoridad y Robert asintió con la cabeza con la impresión de que no podía negarse.

—Me gustan las historias —apuntaló.

—Antes me veo en la obligación de imponerle una condición —advirtió, con una seriedad absoluta, que no dejaba resquicio alguno a dudar de la necesidad ineludible de asumirla—. Debe prometerme que nunca en su vida referirá a nadie lo que va a escuchar a partir de ahora. Ni siquiera si en el futuro llegara a ser conocedor de mi muerte.

Robert tuvo una poderosa intuición sobre la trascendencia de aquella promesa y no se equivocaba, pues de su respuesta dependía que sus destinos volvieran a cruzarse. Si hubiera conocido la terrible manera en que lo iban a hacer, no habría aceptado la condición. Cuando estaba a punto de no asumirla, lo pensó con detenimiento ante la expectativa de Ross, y cambió de opinión, cometiendo un gravísimo error.

—Tiene usted mi palabra.

El bar se encontraba envuelto en penumbras. Casi todas las lámparas de gas se habían ido apagando. Ya sólo quedaban encendidas las cercanas a la curiosa pareja de desconocidos que estaban a punto de fundirse por un vínculo que uniría sin remedio sus vidas.

—Verá, me resulta tan difícil recordar cuándo comenzó todo que he llegado a la dolorosa conclusión de que durante toda mi vida me he visto acuciado por una irresistible inclinación hacia el mal —con este preludio, Ethan Ross consiguió atraer del todo la atención de Robert—. Por eso, al escuchar sus comentarios he sentido la necesidad imperiosa de hablar con usted. Los amigos o la familia pueden ayudarnos en otro tipo de situaciones, pero un secreto como el mío hay que compartirlo sólo con quien pueda ser capaz de entenderlo.

Hizo una pequeña pausa que fue aprovechada por Robert.

—Creo que me tomaré una última copa —dijo.

Cuando volvió a sentarse después de servírsela él mismo y de comprobar que los nervios volvían a estremecer su pulso, Ross reanudó su testimonio.

—Supongo que durante mi niñez la tendencia que le comento se podría confundir con las características de un mocoso travieso. Con una diferencia esencial que ha marcado mi vida: que yo no era un diablillo en todo momento. Recuerdo haber escuchado a mi madre hablando con vecinas de Limehouse sobre mí. Diciéndoles que no entendía mis cambios de carácter. Durante semanas era un mozalbete ejemplar, obediente, estudioso, amable y cariñoso. Pero cada cierto tiempo me convertía en un niño distinto, hasta el punto de no reconocerme. Mi madre les decía entonces que durante esos ataques mi mirada le daba miedo. Estas confidencias las oía escondido, ella siempre se cuidó de decir nunca nada semejante delante de mí. No se imagina el dolor que me embargaba cuando escuchaba que le daba miedo a mi propia madre. Ahora lo entiendo, porque me doy miedo a mí mismo —hizo una pausa para tomar un sorbo, en su caso, con pulso sorprendentemente firme—. En la universidad comencé a ser más consciente de mi personalidad... o quizá debiera decir de mis dos personalidades. Por un lado era un joven responsable y estudioso, ya le he comentado que soy médico. La vocación fue la que me condujo a la medicina; pero una vez en ella, su corriente me arrastró con una fuerza que nunca hubiera supuesto. Disfrutaba en las clases, para mí no era un esfuerzo pasar horas enteras estudiando. Anhelaba la hora en que pudiera aplicar todos esos conocimientos en los enfermos para sanarles de sus males. Pero nada de lo que iba aprendiendo era capaz de explicar lo que a mí me pasaba. Un día me asaltaban las ganas de agredir a un profesor, a uno de mis compañeros de clase, o incluso a personas con las que me cruzaba por la calle. Otro día mis impulsos me llevaban a emborracharme sin control, aunque en mi estado normal censuraba a todo el que lo hacía. Y a veces me dejaba seducir por placeres que repudiaba habitualmente.

Para mí hubiera sido una liberación llegar a la conclusión de que soy una persona de honda hipocresía, a quien en el fondo le gusta su parte malvada pero la reprime por la necesidad de ser considerado un buen hombre en esta sociedad de dos caras. Sin embargo, cada vez más se adueñó de mí una pavorosa conciencia de que mis actuaciones eran siempre sinceras. Cuando era el respetable estudiante de medicina y cuando me dejaba llevar por mis instintos.

—Ha dicho que se emborrachaba y que se dejaba atrapar por placeres de todo tipo, ¿alguna vez atacó a alguien?

—Nunca. Cuando mis desenfrenos no conllevaban daño para nadie, me dejaba seducir por ellos. Y siempre logré controlarme si mi otro yo me instaba a causar perjuicios a los demás. De hecho, siempre he pensado que esas aceptaciones parciales de mis bajas pasiones han posibilitado que controlase mis ansias más malignas.

Robert no podía dar crédito a las palabras que salían por la boca de aquel hombre. Llegó a pensar que todo era una broma urdida por Henry James, con la colaboración de Fernsby y del propio Ross, si es que se llamaban así; pero acto seguido, todas sus dudas fueron acalladas por la esencia casi inhumana que destiló su confidente.

—Cuando acabé mis estudios no tardé en abrir mi propio consultorio médico. Y todo iba bien hasta que comencé a sentir ocasionales y turbios instintos con relación a mis propios pacientes. Al comienzo no eran muy fuertes. Se limitaban a pequeñas insinuaciones en mi cerebro. Poco a poco comenzaron a cobrar cierta consistencia y un día, mientras operaba a un hombre, me asaltó el deseo de cortar con el bisturí sus órganos vitales. No fue una loca idea que pudiera haber desechado con un ligero gesto de cabeza, sino un espantoso apetito que surgió de mi interior y que tuve que esforzarme en dominar. Por suerte duró poco y, tal como vino, se fue. Como puede deducir, me asusté mucho. ¿Se lo imagina?, años esforzándome para al final asesinar a mis pacientes. En aquel sobrecogedor momento entendí que Ethan Ross, el médico, era el único dique que impedía que el oscuro

Ethan Ross no actuara descontrolado. De no haber sido así, la sangre de aquel paciente hubiera salpicado mi bata.

Robert tragó saliva con dificultad. El médico se había callado porque un empleado del club se internó en las sombras de la habitación. Robert estaba tan ensimismado con la narración que no se había dado cuenta.

—Perdón. Pensaba que no había nadie y venía a apagar las luces. Cuando se marchen, les agradecería que lo hicieran ustedes. Buenas noches.

No sólo eran los únicos en el bar, sino que era muy probable que nadie volviera en toda la noche. Robert intentó no pensar en ello.

—De inmediato decidí que necesitaba ayuda —prosiguió Ross—. Acudí a un médico que me recomendaron, especializado en psiquiatría. Comencé una serie de sesiones de hipnosis combinadas con una droga, según él, muy potente. Sé lo que está usted pensando y tiene razón. Mis episodios eran ocasionales e imprevistos, de manera que hasta que no pasara un tiempo no podría saber si el tratamiento era eficaz. Durante un tiempo me convencí de que mi terrible problema se había resuelto. Los trances de la hipnosis producían un efecto balsámico reparador. Y la droga hacía su trabajo sin aparentes efectos secundarios. El médico que me trataba, cuyo nombre no voy a desvelar, estaba muy satisfecho con mi evolución y consideraba que en breve podríamos dejar el tratamiento, ya que me creía curado. Durante aquel tiempo fui feliz. Me relacioné con el mundo que me rodeaba sin miedo a ser un peligro. Y pude llevar la vida ordenada que siempre quise.

Llegado a ese punto, Ethan Ross enmudeció. Se inclinó hacia delante, hundiendo la cabeza entre sus poderosas manos. Robert no sabía qué hacer, todo parecía indicar que la historia iba a dar un giro inesperado. Prefirió callar y aguardar, respetuoso, a que Ross se recuperara de su abatimiento. Sin ser capaz de desenterrar el rostro de entre sus manos, continuó la parte más dura de su confesión.

—¡Qué equivocado estaba! El diablo que llevo dentro no había desaparecido. Había permanecido aletargado, para renacer con más fuerza que nunca –entonces fue cuando levantó su rostro y Robert pudo contemplar un semblante desencajado, así como una mirada atemorizada y suplicante–. Hace una semana debía acudir a la universidad, a presenciar una autopsia realizada por un profesor de la facultad de medicina de Edimburgo llamado Joseph Bell. –Robert hubiera querido preguntar por él, pues coincidió con Bell en sus años universitarios, pero era evidente que no era el momento adecuado–. Llegué pronto, como es mi costumbre, para colocarme en el lugar idóneo de cara a contemplar las evoluciones del profesor. Poco a poco fueron llegando los asistentes y, cinco minutos antes de la hora fijada para el comienzo, dos auxiliares colocaron una camilla con el cadáver cubierto por una sábana blanca. Estoy acostumbrado, por mi profesión, a ver cadáveres, y reconozco que es lo que menos me gusta de la misma, por lo que no me acostumbro y siempre noto un nudo en el estómago cuando tengo uno delante. El otro día la sensación fue por entero diferente. Y me di cuenta de que todo sigue igual. El profesor Bell fue puntual. Se presentó. Hizo una serie de consideraciones previas y con un gesto rápido hizo volar la sábana dejando el cadáver al descubierto. La desnudez, el olor de la muerte esparcido por el aleteo del sudario, la palidez de la piel, la irrealidad de la imagen y los signos conocidos que denotaban que aquel pobre hombre todavía respiraba pocas horas antes, me volvieron loco. Y cuando Bell cogió un escalpelo, se acercó al cadáver y separó con él la carne sin vida, un instinto primitivo me impulsó a bajar a su lado para arrebatárselo y clavarlo en su corazón. El fogonazo con el que mi otro yo irrumpió era desconocido hasta ese día. Tanto que tuve la certeza de que si me quedaba allí acabaría obligándome a cumplir su voluntad. Me levanté como un resorte, salí del auditorio, tropezándome con las piernas de las personas que se interponían entre la ansiada puerta de salida y yo. Llegué a caerme una vez y motivé el enfado de los asistentes. Antes de desaparecer de su vista oí a mi espalda la voz enfadada del profesor, que me llamaba sin ser consciente del peligro que le había acechado. Corrí como si me persiguiera el mismísimo diablo. En mi desesperada huida choqué con una atolondrada joven que, sin verme, se cruzó en mi camino. Sus libros salieron por los aires y debió de hacerse mucho daño en la caída, a juzgar por los gritos de dolor. No me detuve porque, de haberlo hecho, habría apretado su blanco y débil cuello con mis manos hasta que hubiera dejado de respirar. Cuando llegué a mi casa, cerré la puerta con llave y, tras abrir la ventana, la lancé con fuerza a la calle, fuera de mi alcance. Al pasar por delante de un espejo me percaté de que tenía la cara manchada de sangre. Me la limpié con una toalla y descubrí una brecha bastante larga en la frente. Recordé que, cuando me caí, golpeé con mi cabeza en el afilado borde de un banco. Lo peor, señor Stevenson, eran mis ojos. Puede creerme si le digo que la mirada que se reflejaba no era la mía. Por más que la estudiaba, no me reconocía en ella. Al final me di cuenta de que lo que estaba viendo eran, ni más ni menos, los ojos del maléfico ser que llevo en mi interior, pugnando por salir.

Cuando Ross dejó de hablar, Robert permanecía paralizado y le pareció que llevaba varios minutos sin respirar siquiera. Aquella historia era espeluznante.

—¿Ha ido al médico que le trata a contárselo?

—Ahora estoy seguro de que nada puede hacerse —contestó con resignación—. Le he visto y no puedo zafarme de él como hui de la universidad. Ayer mismo estuve en la consulta y acordé con el doctor, por estar curado, abandonar el tratamiento. No más hipnosis y no más drogas. Ésta es una lucha entre él y yo. Nadie más.

La frialdad con que Ethan Ross masticó sus últimas palabras erizó de nuevo el vello de Robert. La única campanada de la iglesia le hizo dar un respingo y avisó a ambos de lo tarde que era.

—No sé qué decirle. Me ha dejado sin palabras. En verdad, está siendo una noche que no olvidaré en mucho tiempo. —Robert no podía saber que durante toda su vida tendría muy presentes aquellas horas.

—No se preocupe. El mero hecho de escucharme ha sido reconfortante. Tenga en cuenta que es usted la segunda persona a la que se lo cuento. Lo necesitaba. Un secreto como el mío puede destruir a cualquiera y esta noche ha sido una válvula de escape para mí. Y además –pareció recordar algo y cambió su tono de voz por uno más entusiasta– ya sabe a ciencia cierta que su teoría de que los hombres tienen dos personalidades diferenciadas es cierta.

Acto seguido se levantaron, convirtieron las sombras en completa oscuridad y abandonaron el bar del club Savile. Salieron a la noche londinense callados, pensativos, como los dos desconocidos que eran. Todo estaba ya dicho. Se abrocharon los abrigos, el frescor de septiembre se colaba por todos los resquicios de su ropa. Por casualidad llegaron dos carruajes a la vez. Ninguno preguntó si iban en la misma dirección para compartir uno de ellos. Robert se dispuso a montar en el primero y, justo antes de desaparecer en su interior, no pudo reprimir echar un último vistazo a Ross. Éste parecía estar esperándolo y le dedicó una heladora mirada con la finalidad de recordarle su promesa. El mensaje fue captado al instante y Robert sintió un último estremecimiento mientras le indicaba al cochero su destino con voz trémula.

Ninguno de los dos era consciente de que tres años después de su encuentro, Ethan Ross conmocionaría a todo el país asesinando a cinco mujeres de una manera atroz, pasando a la historia como Jack el Destripador.

¡Qué libros podría haber escrito Dickens si se lo hubieran permitido!
¡Pensemos en un Thackeray libre como Flaubert o Balzac! ¡Qué libros
podría haber escrito yo mismo! Pero nos dan una pequeña caja de
juguetes y nos dicen: "Solo tienes que jugar con éstos".[22]

CAPÍTULO XII

Aquella noche, mientras Robert escondía su cuerpo entre las sábanas, no tenía la más mínima convicción de poder evadirse a través de un sueño reparador. La imagen del hombre enigmático que acababa de conocer no se desprendía de su retina. Por contra, por alguna razón que ni siquiera alcanzaba a intuir, en el fondo no deseaba que eso ocurriera. Cerraba los ojos y poco después se veía impelido a abrirlos, sugestionado por la sensación de una presencia en la habitación. Las sombras que le rodeaban no sólo no despejaban sus dudas sino que acrecentaban su temor, configurando todo tipo de siluetas amenazantes. Tardó poco en levantarse a encender una luz que despejara las tinieblas, disipando su absurdo presentimiento. Antes de volver a acostarse, verificó que la puerta estaba cerrada a cal y canto y que la ventana, a pesar de estar en una segunda planta, no tenía cercanas las fuertes ramas de un árbol centenario o cualquier otro medio de acceder a ella.

---

[22] *Un retrato íntimo*, por RLS.

243

Dio mil vueltas, por completo desvelado y preso de un creciente desasosiego. Al poco de permanecer mirando al techo, enterraba su rostro con la almohada para impedir que la claridad traspasara sus párpados. Cuando intentaba dormirse boca abajo, un persistente dolor en el cuello le impedía mantener la posición durante mucho tiempo.

La historia del atormentado Ethan Ross no dejaba de retumbar en su cerebro, fraguando, sin darse cuenta aún, ideas inconexas. Se había grabado cada palabra, cada silencio, cada insinuación. El color de su voz, sus facciones, sus gestos y sus afiladas miradas. ¿Quién era aquel hombre? ¿Cómo era capaz de vivir con semejante maldición? ¿Por qué había decidido confiar el pulso de su alma a un desconocido? Robert estaba empezando a desquiciarse y a estar atenazado por una áspera angustia. Si se hubiera marchado con Henry, pensaba, ahora estaría dormido con la mayor placidez.

Rendido, se levantó de la cama en varias ocasiones para recorrer la habitación a lo ancho y a lo largo. A veces oía pasos en la brecha que separaba las habitaciones y aguantaba la respiración hasta que pasaban por delante de su puerta, dejándola atrás. Se asomaba a la ventana para comprobar que sólo los gatos habitaban la noche de aquel rincón de Londres. A veces incluso pensaba en salir a la calle, pero la sospecha de que Ross le esperaba tras una esquina ahuyentaba su intención.

Las horas fueron consumiéndose lentas hasta la exasperación. El cansancio fue venciendo a Robert, que lo único que deseaba era abandonarse a la inconsciencia. Y cuando la ciudad empezó a desperezarse, Robert pudo, por fin, descansar mientras Ross le observaba, impávido, en sus sueños.

Como si alguien le hubiera propinado una bofetada, se despertó sobresaltado. Desorientado. No sabía con exactitud dónde se encontraba ni la hora que era. Pero, como si su mente no hubiera cesado de trabajar en estado de vigilia, mientras el cuerpo descansaba, una ocurrencia le asaltó un segundo después de abrir los ojos. Sabía cuál iba a ser el argumento de su próxima novela. La lucidez era tan avasalladora que no entendía cómo no se había dado cuenta la noche anterior. La idea había estado delante de sus narices desde que abandonó el Club Savile. No obstante, a pesar de ser evidente, la había pasado por alto, obsesionado por el personaje que se la había proporcionado.

Se levantó con prisas, impulsado por la revelación que acababa de brotar, notando de inmediato que había perdido el tren de la mañana y debía darse prisa si no quería perder el de la tarde. Procedió a vestirse nervioso. Introdujo todas sus cosas en una pequeña maleta y bajó al galope las escaleras. Abonó el coste de la estancia y se dirigió raudo a la estación, dejando a su espalda, suspendida en el aire, una voz que le advertía que aún no había recibido el cambio. Llegó diez minutos antes de la hora fijada para la salida y respiró aliviado cuando se sentó en uno de los vagones.

Su cerebro trabajaba a un ritmo frenético. Creando personajes y desarrollando el argumento. Lo malo es que no disponía de ninguna hoja de papel para apuntar sus ideas; por otro lado, estaba seguro de no olvidar ninguna. Siempre fue consciente de su habilidad para inventar historias, pero le desconcertaba la soltura con la que ésta iba cogiendo cuerpo.

Cuando llegó a Bournemouth, era casi media noche. Fanny estaba ya acostada y decidió no desvelarla. Le inundaba una inusitada agitación. No podía esperar al día siguiente para comenzar a escribir. De manera que se sentó delante de su escritorio del *salón azul* y comenzó, enfebrecido, su nueva novela. A pesar de seguir el dictado de todo lo que había pensado, le costó encontrar un comienzo que le satisficiera. Estrujó varias cuartillas, tirándolas a continuación, enfadado, al suelo. Le disgustaba comprobar que la facilidad con que se había urdido toda la trama en su cabeza era correspondida, muy a su pesar, por una torpeza inusual al tratar de desarrollarla negro sobre blanco. Después de numerosos y vanos intentos desterrados en el suelo de la habitación, esbozó un inicio que recompensó sus esfuerzos. Consiguió hilvanar una descripción aceptable de un personaje clave, el abogado Utterson, que, junto a su amigo Enfield, iban a comenzar a tirar del hilo de la historia.

Los tres días siguientes rompieron el ritmo ordenado de la vida en la casa de Bournemouth. Robert no cesaba de escribir. Fanny insistía para que hiciera los descansos habituales, a lo que él hacía caso omiso. Ni siquiera paraba para dar alguno de los paseos vespertinos que tanto bien le hacían. Se sumaba a ello el agravante de una recaída que se produjo la mañana siguiente a su regreso de Londres. Tosía con frecuencia, con unas décimas de fiebre. La preocupación de Fanny la indujo, incluso, a convencer a Sammy para que intentara distraer a su padrastro y alejarlo de su trabajo.

—Luly, ¿puedes venir conmigo? —le preguntó, aparentando cierta urgencia con su voz—. Desde que has vuelto apenas hemos hablado.

Robert detuvo su arrebatada actividad, no sin cierto esfuerzo, y levantó la cabeza.

—Muchacho —contestó, algo contrariado—, creo que ya tienes edad suficiente para que te llamemos por tu nombre, que sé que lo estás deseando. Desconozco lo que hará tu madre, pero yo prometo llamarte Lloyd a partir de hoy. Con una condición: que tú me llames a mí Louis. ¿De acuerdo?

—De acuerdo.

—Y ahora que ya hemos zanjado este tema, debo decirte que no atenderé ninguno de vuestros ruegos hasta que acabe la novela que estoy escribiendo —se detuvo un rato, pensativo—. Llama a tu madre y venid los dos.

Lloyd obedeció al instante y poco después apareció con Fanny, que llevaba una tijera de podar en la mano y un gesto de inquietud en su rostro.

—Sentaos —indicó Robert—. Sé que estáis preocupados por mí, quiero que os tranquilicéis y me dejéis trabajar. Este argumento me ha poseído y no podré pensar en otra cosa hasta que lo acabe.

—¿Cómo se te ha ocurrido? ¿Cuándo? —preguntó Fanny, intrigada—. Cuando marchaste, hace cuatro días, estabas trabajando en otra idea.

—Quizá algún día te lo cuente, hoy no puedo decirte nada. —Para desviar la atención de un asunto tan embarazoso, se le ocurrió una idea—. ¿Qué os parece si os leo lo que he escrito hasta ahora? Así descanso un rato, como queréis.

Los dos aceptaron, aunque Fanny lo hizo contrariada, por la patente evasiva de Louis. Éste ordenó las hojas desperdigadas sobre el escritorio y comenzó a leer. Aún no había pasado de la tercera cuartilla y ya disponía de la incondicional atención de su auditorio. El texto era terrorífico, y Fanny iba apuntando en su memoria todos los aspectos que no le gustaban. Consideraba que el estilo y el ritmo poseían la brillantez habitual, pero el argumento adolecía, para su gusto, de errores. En cuanto Louis acabó la lectura, sus dos oyentes comenzaron a hablar atropellándose.

—Es buenísimo…

—Antes de que sigas, debo decirte varias cosas…

—¿Cuándo lo acabarás?...

—Me gusta, pero…

—Estoy deseando saber el final…

Robert había previsto ambas reacciones, el entusiasmo de Lloyd y el oído crítico de Fanny. Y guardaba preparada una respuesta para acallarlos.

—He accedido a vuestras peticiones para tomarme un respiro. Y ya lo he hecho, así que ahora debéis retornar a vuestras ocupaciones y dejarme que prosiga.

—Creo que es importante lo que voy a decirte. Escúchame, por favor —insistió Fanny.

Entonces Robert reaccionó enrabietado. Gritando, les dijo que le dejaran solo, lo único que quería era trasladar al papel todo lo que bullía en su cabeza. Lloyd salió como por ensalmo. Fanny permaneció un poco más en la estancia, clavando en su marido una mirada de censura coronada por las cejas arqueadas. Su fuerte carácter no solía amilanarse ante esos ocasionales arranques de furia de Louis, pero sabía que una discusión acalorada no era buena en su estado. Se refrenó y dio tiempo a que Robert volviera a hablar.

—Por favor —rogó, esta vez con un susurro acompañado de un gesto igualmente suplicante—, no tardaré mucho en acabar.

Fanny se dio la vuelta, cerró la puerta con suavidad y altiva se alejó del *salón azul*.

Robert siguió garrapateando apresuradas palabras mientras oía el golpeteo de las gotas de lluvia azotadas por el viento contra la ventana. Nunca en su vida escribió tantas horas en un día ni lo hizo con un ardor semejante, como embrujado por un sortilegio, como si temiese que de repente todas sus ideas se esfumaran. Sólo descansaba para comer y dormir lo justo, o cuando los accesos de tos le mantenían doblado sobre sí mismo. Su actividad fue tan febril y los temores de Fanny tan grandes, que cuando presionó con la pluma el punto final parecía que llevara semanas escribiendo. Pero la admirable realidad es que tardó sólo tres días. Es probable que fuera la hazaña literaria más grande de todos los tiempos, enfermo como estaba. Aunque en aquel liberador momento no sospechaba que no iba a ser la única.

Con ojos cansados y marcadas ojeras entregó el manuscrito a Fanny.

—Aquí lo tienes. Me voy a dormir.

Fanny comprobó, a su entender, que Louis había persistido en los mismos desaciertos. Y ello la enfadó sobremanera, porque nunca antes había acallado de aquella forma sus críticas. Siempre permitía que fuera leyendo según él iba escribiendo y admitía sus comentarios hasta el punto de modificar aspectos importantes del argumento o de la estructura. A menudo él seguía aseverando que le ayudaba a mejorar su obra y ella lo escuchaba orgullosa. En esta ocasión todo había sido diferente y ello la desconcertaba. Al día siguiente, Robert se dispuso a recibir su veredicto.

—Sé que estás deseando decirme muchas cosas. Suéltalas ya, aunque no estoy muy seguro de querer oírlas.

—Cariño, ante todo quiero decirte que me parece increíble la rapidez con la que has escrito esta novela y sabes… —aunque comenzó conciliadora, enseguida fue interrumpida.

—Por favor, éste no es tu estilo. No te vayas por las ramas. Te conozco bien como para saber que no te gusta. Has permanecido en silencio durante tres días y eso es más de lo que puedes soportar sin perder la cordura. No lo prolongues la espera con rodeos.

—Es excesiva —afirmó, espoleada, Fanny.

—¡Bravo! Veo que he conseguido lo que pretendía.

—Estás loco, Louis. La crítica te crucificará. Y los lectores no aceptarán tanta depravación. Será el final de tu carrera. Mi única esperanza es que nadie acepte publicarla.

—Si nadie lo hace, lo haré yo mismo. Contrataré a una imprenta y pagaré una primera edición, cueste lo que cueste.

La firmeza y serenidad con las que Robert expuso sus intenciones supusieron tamaña sorpresa que su mujer enmudeció en un primer momento, haciéndole ver que, si quería persuadirle, debía variar su estrategia. Tras un tenso silencio, contraatacó.

—La historia tiene unas posibilidades inmensas. Los personajes son creíbles, como siempre. Las descripciones de la ciudad son terribles, ominosas. Pero ¿por qué ser tan explícito cuando el personaje principal se transforma? No alcanzo a comprender la razón que te impulsa a retratar el sexo con tanta crudeza. Si suavizaras esas escenas y la violencia desatada del protagonista, la sociedad lo aceptará.

—Sabes sin el menor género de duda que no tolero la hipocresía de la gente ni su puritanismo farsante. Me criticarán con escarnio, coincidirán en condenarme sin juicio alguno y quemarán mi libro en la hoguera pública, pero lo comprarán a escondidas y lo saborearán con delectación y sin descanso hasta acabarlo. Yo necesitaba escribirlo y ellos necesitan leerlo. Además, tus argumentos sólo buscan preservar mi futuro literario y te lo agradezco. Sabes tan bien como yo que cualquier día de éstos puedo ahogarme en medio de una de mis hemorragias. Aunque esta novela sea vilipendiada hoy, la aclamará mañana otra generación.

—Tú no te vas a morir hasta que yo lo diga. Y no estoy dispuesta a que cometas un error tan grande.

—Solo hablas de conveniencias, aún no te he oído decir si te gusta o no.

—Pues claro que me gusta. Es muy buena. No creo que nadie haya escrito algo así antes. Es una mezcla inaudita de terror y fantasía. Pero quiero que pienses en la posibilidad de hacer cambios, de modificarla lo suficiente para que nadie se vea abocado a adquirirla y leerla a hurtadillas. Si puedes conseguirlo todo, ¿por qué no planteárselo? Nunca has tenido reparos en reescribir capítulos enteros de novelas anteriores. ¿Por qué no en ésta?

—Porque esta historia es diferente, Fanny. No toda es producto de mi imaginación y antes de escribirla era yo quien se encontraba subyugado por ella. Y no me tires más de la lengua, te lo ruego.

—De nuevo esa reticencia a contármelo todo. ¿Por qué me mientes, Louis?

—No tergiverses mis palabras. Ni una sola mentira ha salido de mi boca. ¿Acaso no confías en mí? Lo único que te estoy pidiendo es que respetes mi silencio. Nada más.

Fanny odiaba esta situación, por inusitada. Claro que estaba segura de Louis, pero no aceptaba de buen grado la certeza de que éste guardaba un secreto inaccesible y vedado para ella. Debía respetar su decisión, así que toda su atención se centró de nuevo en el que para ella era el meollo de lo que estaban tratando, que no era otro que conseguir convencer a Robert.

—Si la finalidad última de un artista —retomó— es que los demás admiren su obra, creo que asumes un riesgo muy grande dejándola como está.

—Me gusta como está —sentenció Robert.

—¿De verdad piensas que son necesarias la escena de la violación o la brutalidad de las muertes? Están demasiado detalladas. No dejas nada a la imaginación del lector. No hay rastro alguno de tu habitual sutileza. Recuerda que eres tú quien escribió que "la literatura es el arte de la omisión".

Por primera vez, un argumento pareció debilitar la numantina resistencia de Robert ante el asedio de Fanny. Y cuando ésta se percató, se dispuso a lanzar una nueva andanada de argumentos.

—Es todo muy evidente. ¿Sabes lo que pienso? Que le falta intriga. El lector sabe desde el principio que ambos personajes son el mismo. ¿Y si lo ocultaras? —dejó que Louis meditara sobre ello unos segundos—. Juega con la conmiseración hacia el doctor, sugiere la maldad infinita de su alter ego, implícita, latente y odiosa. Y mantenla hasta el final. La sorpresa será insuperable cuando se desvele que son el mismo personaje.

Robert se levantó y comenzó a dar pasos lentos por la estancia con la cabeza agachada. Fanny nunca dejaba de sorprenderlo. Ella guardó silencio. Aquélla era la reacción habitual de Louis cuando valoraba alguna de sus ideas y por eso ella sabía que había pulsado la tecla adecuada. Si rompía su concentración, podía dar al traste con todos sus avances. Fueron unos minutos eternos, pero tras ellos Robert se detuvo de golpe, enderezó la testuz, se mesó las puntas del bigote y la perilla con los dedos y lanzó una impenetrable mirada a Fanny, que se debatía en un mar de dudas sin saber qué se maquinaba en su cerebro. Estaba a punto de gritar cuando Robert reaccionó, se acercó a ella y la besó en la boca.

—¡Eres endemoniadamente convincente! —explotó, y según salía de la habitación iba dando instrucciones—. No me interrumpas…, llámame sólo cuando las comidas estén listas…, no tardaré mucho…

Había sobrepasado la puerta y seguía hablando. Fanny ya no le escuchaba. Tan sólo suplicaba en silencio que Louis eliminara las escenas escabrosas. Y se hacía una promesa a sí misma en virtud de la cual, si no lo hacía, no cejaría en su empeño y seguiría insistiendo.

De nuevo tres días de aislamiento y esfuerzo. Cuando aún no se había recuperado de la gesta anterior, Robert se confinó de nuevo en el *salón azul* y apenas salió de él en las setenta y dos horas siguientes.

Al comienzo, intentó modificar el texto sobre el existente; lo cual, de haber podido, le hubiera llevado menos tiempo. Enseguida tomó conciencia de la dificultad y optó por relegar el manuscrito y empezar desde el principio. A fin de cuentas, tenía en su cabeza cada párrafo. La historia era la misma. Eran idénticas las posibilidades de contar lo que deseaba, pero le estimulaba el reto de conseguir el engaño de que fueran creíbles dos personajes cuando en realidad sólo había uno. Cuando llegó a las situaciones censuradas por Fanny, tuvo montañas de dudas, decidió hacerle caso también y las eliminó.

Acabó exhausto. Con una honda satisfacción, pero con el físico derrotado. Ni siquiera tuvo fuerzas para buscar a su mujer, así que dejó las puertas del salón abiertas de par en par con la certeza de que, en cuanto Fanny pasara por delante, entraría a buscarle, encontrando en el escritorio el texto definitivo. Arrastrando los pasos, subió las escaleras y desapareció en su habitación.

—Tranquilo, bebe despacio —susurró ella.

—¿Dónde estoy? ¿Qué me pasa? —quiso saber él.

—Has tenido una recaída, ya estás mejor. Descansa, mi amor.

En cuanto la respiración de Louis volvió a acompasarse, Fanny salió de la habitación con lágrimas en los ojos.

Días después, Fanny esperaba mientras el doctor reconocía dentro al enfermo. Cuando la puerta se abrió, el galeno asomó por ella, dedicándole una sonrisa de alivio.

—¿Qué tal está?

—Fuera de peligro, señora Stevenson. Ya le he dicho que permanezca todo el día en cama, porque sigue débil. Y que mañana empiece a levantarse y a retomar poco a poco la rutina diaria. No entiendo cómo ha aguantado vivo. Está visto que Dios ha envuelto una titánica fortaleza con un cuerpo frágil y enfermo.

—Muchas gracias por todo, doctor. Pero Dios no tiene nada que ver en esto. Si me disculpa, voy a acompañar a mi marido.

Robert estaba sentado en la cama con la espalda recostada sobre almohadones y los ojos cerrados. Al abrirlos y descubrir a Fanny, su rostro se iluminó todo lo posible, dadas las circunstancias.

—Parece que por poco no lo cuento —dijo.

Ella se sentó en la cama y tomó su fría mano entre las suyas. Comenzó a frotarla con calma.

—Me has dado un susto de muerte. Y a Sammy. Ha llorado mucho. A veces pienso que te quiere más que yo.

—Estoy seguro de ello —respondió dibujando una sonrisa socarrona—. Deja de llamarle así si no quieres que te odie. Ya tiene diecisiete años.

Durante un buen rato permanecieron así, silentes, sin necesidad de hablar. Escuchando el trino de un jilguero que se colaba por la ventana entreabierta. Dándose fuerzas el uno al otro. Reconstruyéndose según se miraban y se iban acariciando. Robert necesitaba recobrar energías para su cuerpo y Fanny para su alma. El miedo a la ausencia de Louis la había debilitado incluso más que a él la enfermedad. Tanto que en un momento dado no pudo evitar volver a pensar en ello y fue incapaz de contener el llanto.

—Parece que no ha sido Lloyd el único plañidero de la casa —bromeó Robert, mientras intentaba borrar de las mejillas el caudal transparente que se derramaba sobre ellas. El recuerdo de su libro llegó en el momento oportuno para cambiar de tema—. ¿Has leído la novela? La dejé en mi escritorio. Espero que las lágrimas no sean por ella.

—¡Eres incorregible! ¿Cómo puedes hacer chistes cuando has estado a punto de morir? —Fanny sabía que lo hacía por ella, pero no podía evitar enojarse.

—*¿Quién tendría ánimo suficiente para vivir si se entretuviera en la consideración de la muerte?*[23]. Tranquila, que haré lo posible por permanecer aquí cuando tú ya te hayas ido —y lanzó una débil risotada como colofón a su nueva chanza—. ¿La has leído o no?

—Por supuesto. El primer día, mientras dormías.

—¿Y?

Robert estaba atento y ávido por escuchar el veredicto que más le importaba en el mundo. Fanny, todavía enfurruñada, estaba dispuesta a pagarle con silencio sus bromas. Él sabía que acabaría contestando; así que, a pesar de su ansiedad, no suplicó.

—Algún personaje es mejorable y he visto varios errores derivados de mezclar las dos versiones, supongo. Por lo demás, y teniendo en cuenta cómo la has escrito... —le castigó con un silencio teatral, aumentando su angustia—, es perfecta.

---

[23] *Virginibus Puerisque, "AEs triplex"*, por RLS.

—¿Lo dices en serio?

—Por supuesto. Sabes que me tomo muy en serio tu trabajo. En cuanto te recuperes lo suficiente, puliremos los pequeños detalles y la mandaremos a la editorial. Pero no pienso dejarte que te desgastes de nuevo. Aunque sé que delante de tus amigos me llamas a veces "la sargento", a partir de ahora vas a hacer lo que yo te diga, sin rechistar. Acabo de ascender a general. ¡Y basta ya de cháchara! Tengo muchas cosas que hacer, así que duerme un rato. Voy a buscar a… Lloyd —rectificó—, para decirle que ya estás de nuevo haciendo el payaso.

Fanny se dirigió a la puerta y, en el último momento, se giró como si quisiera pillar in fraganti a su marido haciéndole burla a sus espaldas.

—¿Cómo se va a titular? — inquirió.

Robert no necesitó pensarlo. Lo tenía decidido.

—*El extraño caso del doctor Jekyll y Mr. Hyde.*

—Me gusta —recapituló Fanny, tras valorarlo un instante. Y a continuación se marchó, dejando atrás a un ufano Robert Louis Stevenson.

En cuatro semanas la novela estuvo lista para ser enviada al editor de Londres Longman´s, para que éste la publicara por entregas en una de sus revistas. Tras leerla, el olfato del avezado empresario le indujo a imprimirla cuanto antes en forma de libro, con pasta rústica, haciendo coincidir su lanzamiento con las Navidades, fechas más propicias que el resto del año para las ventas. Por desgracia, la obra no llegó a tiempo, y no vio la luz hasta el nueve de enero de 1886. Robert gozaba ya de cierta reputación, pero las ventas no fueron las presagiadas por el editor, que llegó a pensar que había errado el tiro con las tribulaciones de Jekyll y Hyde. Dos semanas después se publicó en el Times una crítica tan entusiasta que llevó a los londinenses en volandas a las librerías. En los primeros seis meses se vendieron unos cuarenta mil ejemplares en Inglaterra. Y ya no dejó de venderse. De la noche a la mañana, Robert estaba encumbrado en lo más alto del Olimpo literario. Había llegado la fama y el dinero. Era conocido y respetado en medio mundo y a sus treinta y cinco años, por fin, podía prescindir de la ayuda económica de su padre.

Una mañana llegó una carta de Henry James. En ella alababa su nueva novela e ironizaba con lo callado que se lo tuvo la última vez que se vieron, estaba seguro de que en aquel momento ya tendría esbozado el argumento. Al término de la misma le preguntaba cuándo pasaría de nuevo por Londres para volver a verse en el Club Savile, él estaba muy atareado para acercarse a Bournemouth. En ese preciso instante Robert se percató de que nunca volvería a pisar el Savile, no quería correr el riesgo de volver a ver a Ethan Ross, a quien, fruto de una paradójica coincidencia, le debía, en última instancia, su nueva vida.

Confío en que pase mucho tiempo antes de que descubras el diablo que hay en la pérdida de un ser querido. Después del amor, es la única gran sorpresa que nos reserva la vida.[24]

CAPÍTULO XIII

Un año después, recién estrenado el mes de mayo, llegó a Skerryvore un telegrama. Era de Margaret. Lo recogió Fanny y mientras lo abría no pudo evitar que la sombra de un mal presagio pasara fugaz por su cabeza. Tras leer las dos líneas, su presentimiento se convirtió en una cruel realidad. ¿Cómo iba a decírselo a Louis? Él se encontraba en el jardín trasero de la casa, llevaba varios días descansando tras su última crisis. Debía contárselo para emprender viaje a Edimburgo cuanto antes. De repente se dio cuenta de que ella tampoco estaba preparada para semejante noticia, no pudo contener las lágrimas y se sentó un momento.

No lo oyó venir. Cuando escuchó su voz, se sobresaltó.

—¿Qué te ocurre? —preguntó Robert con gesto preocupado.

Fanny le miró y no supo qué contestar. Deseaba con todas sus fuerzas evitarle el dolor que ella sentía; sabía que era imposible, se rindió a la evidencia y no buscó ninguna de las frases absurdas que se dicen en momentos como aquel.

---

[24] Carta a Edmund Gosse (el joven con el que coincidió en el barco que le lleva a la isla de Iona en el capítulo III) en septiembre de 1883.

—Es Thomas... —confesó, con la voz rota mientras se enjugaba las lágrimas y alargaba su brazo para ofrecer el papel en el que estaban escritas las palabras que Margaret había dictado.

Robert se acercó, recogió el telegrama y lo leyó, ya intuía su contenido.

Venid cuanto antes a casa.
Thomas se muere.

Una semana más tarde, ya en Edimburgo, Thomas apenas reconocía a nadie y no decía una sola palabra. Tras intentar consolar en vano a una Margaret hundida en lo más profundo de un pozo, Robert quiso, antes de verle, hablar con el doctor que atendía a su padre. Su opinión médica no pudo ser peor. No se podía hacer nada, salvo mitigar su dolor. Era cuestión de días.

—Mi madre dice que está empeñado en fumar —explicó Robert.

—Lo sé. Ya le he dicho a la señora Stevenson que no merece la pena no permitírselo. Conozco a su padre desde hace muchos años. Sé que mi pena no es comparable a la suya y que es muy duro lo que le estoy diciendo, pero no puedo mentirle. Suba a verle cuanto antes —nada más darse la vuelta, recordó algo importante—. Se me olvidaba: no creo que le reconozca. Al menos, sepa que no está sufriendo.

Habían decidido que fuera Robert quien le viera primero mientras Fanny se quedaba con Margaret. Cuando el doctor le dejó solo, el miedo le atenazó. Antes de subir a su habitación, se dirigió a su despacho, en la planta baja.

Todo estaba igual. En sus visitas de los últimos años, Robert no recordaba ningún cambio. Los muebles de siempre, los mismos adornos y el orden característico de su padre con todo colocado en su sitio. Había trabajado hasta pocos días antes y sobre el escritorio aparecían esparcidas unas cuantas cuartillas con diferentes diseños dibujados en ellas. Los trazos no eran tan firmes como Robert los recordaba, pero eran una prueba de que había permanecido lúcido casi hasta el final.

Pudo comprobar que sólo había un objeto que no se encontraba en su lugar acostumbrado. Un marco con una fotografía. Siempre estuvo colocada en una de las baldas de la biblioteca, y ahora se encontraba en una esquina del escritorio. Un Robert Louis de unos quince años le observaba desde la foto con una indescifrable y contenida sonrisa mientras asía con su mano izquierda un libro, escondido en parte, como si no quisiera mostrarlo. A su lado, sentado en una silla, estaba su padre, cruzado de piernas, con un fino bastón de mando en su mano derecha y un sombrero reposando en su rodilla. Robert no recordaba dónde se encontraban en aquel instante, pero sí la expresión con la que su padre también le observaba desde la pálida imagen. Su sempiterno gesto adusto y la mirada severa y exigente con la que le educó toda su vida. La actitud con la que se enfrentaba al fuerte oleaje de un mar embravecido para elevar decenas de metros las luces salvadoras de sus faros, había guiado toda su existencia y había quedado inmortalizada por aquel olvidado fotógrafo que, a buen seguro, también se sintió intimidado por la fuerza de Thomas.

El influjo de aquella fotografía lo retenía varado sin siquiera pestañear cuando notó una mano sobre su hombro. No se giró, siguió clavado en los ojos insondables de su padre.

—En las últimas semanas él también ha pasado horas mirando esa foto —dijo Margaret a su espalda—. Creo que nunca antes había hablado tanto de ti. Olvida lo que ha hecho hace media hora, sin embargo cada día me cuenta detalles que ni yo misma recuerdo. Dudo incluso de que algunos de ellos sean fruto de su imaginación y sus delirios actuales.

Robert sintió encogérsele el corazón. Un caudal de lágrimas estaba presto a manar en el preciso momento en que aflojara un ápice la determinación de retenerlas a toda costa. Y tuvo que hacer un esfuerzo extra.

—Cuéntame algo que tú no conocieras —rogó Robert.

Margaret, sorprendida por la súplica de su hijo, tuvo que pensar un rato. Al cabo del mismo, vio claro lo que debía referirle.

—Hace una semana, más o menos, estaba muy callado mientras desayunábamos. Hacía unos días que me miraba como si no me conociera y me daba miedo decirle cualquier cosa que le perturbara. Así que yo respetaba su silencio con el mío. Sin más ni más, comenzó a hablar. Me dijo que cuando tenías unos doce años le diste un pequeño cuento que habías escrito. Te vio muy ilusionado y lo leyó con interés. Cuando lo acabó fue a buscarte y comenzó a darte consejos para que pudieras mejorarlo. Eras muy joven y reaccionaste enfadándote, creyendo que no le había gustado nada. Le arrebataste las hojas de sus manos, las tiraste y saliste corriendo.

Robert se dio la vuelta y miró a su madre, junto a los ojos vidriosos de Fanny, que permanecían callados. Había retrocedido veinticinco años de golpe. Él también lo había olvidado y tuvo que escarbar en la niebla de su memoria para ver la cara enfadada de su padre cuando lanzó su cuento por los aires.

—Lo recuerdo —susurró, en medio de su ensoñación, confirmando las palabras de Thomas—. ¿Te dijo algo más?

—Me aseguró que la noche anterior lo había estado leyendo. Confieso que un día estuve buscándolo; pero como en el fondo no estaba segura de que existiera, no revolví en exceso.

Robert se debatía entre la certeza de la existencia de aquel cuento y la incredulidad de que su padre lo hubiera conservado durante tantos años. En unos minutos iba a estar con él y necesitaba saber si todo aquello era cierto. Rebuscó entre los papeles del escritorio mientras escuchaba cómo Margaret le advertía que todo aquello ya lo había revisado ella. Los cajones estaban cerrados con llave, pero él sabía dónde guardaba Thomas una copia. Palpó debajo de la mesa y ante la mirada atónita de su madre, que desconocía aquel secreto, su mano apareció con una pequeña llave dorada que entró a la primera en la cerradura de un cajón. Al poco rato, Robert ya los había revisado todos sin encontrar nada. Estaba a punto de abandonar la búsqueda deduciendo que su pobre padre nadaba entre la realidad y la imaginación, cuando le asaltó un fogonazo de clarividencia. Se levantó nervioso y se dirigió a la biblioteca, rebosante de manuales, enciclopedias y libros de todo tipo y condición. Acariciaba sus lomos con la rapidez que otorgaba la ventaja de recordar el color sepia del que buscaba. Y entonces su mirada se detuvo encima de un viejo ejemplar. Con urgencia, lo arrancó de la balda y lo sostuvo un instante entre las manos sin atreverse a abrirlo. Era la novela cuya publicación fue posible por el compromiso que adquirió Thomas con la editorial de comprar todos los ejemplares que no llegaran a venderse. Robert contaba dieciséis años y la tituló *The Rising Pentland*. A esas alturas, la curiosidad había empujado a Fanny y a Margaret a colocarse cada una a un lado de Robert, expectantes. A simple vista, se podía detectar que en la parte central había algo introducido entre dos páginas del libro, lo que motivó que éste se abriera de forma natural por aquéllas. Y ante ellos se mostraron unas cuartillas dobladas por la mitad, amarillentas y desgastadas por el tiempo. Robert las desdobló con sumo cuidado y reconoció como suya, llenando todas ellas, una agolpada e infantil caligrafía. Aquellas hojas no habían estado allí guardadas sin salir durante un cuarto de siglo. Las numerosas arrugas delataban que habían sido leídas en infinidad de ocasiones y el único que sabía dónde estaban era Thomas.

–Así que era cierto… –musitó Margaret, emocionada, mientras Fanny, que no solía ser tan silenciosa, había acudido a abrazarla.

Thomas había adolecido toda su vida de una clamorosa incapacidad para transmitir sus sentimientos al resto del mundo, incluida su familia. Y justo antes de su muerte, Robert acababa de encontrar varias pruebas del amor incondicional, tantas veces ocultado o reprimido, de su padre. De nuevo las lágrimas se apelotonaron pugnando por humedecer sus mejillas y por segunda vez Robert restañó sus lagrimales impidiendo su desahogo.

Era hora de ver a su padre. Buscó con la mirada su pipa preferida y junto a ella recogió el tabaco que estaba al lado. Miró a su madre y ésta dio su aprobación con un ligero gesto de cabeza. Salió del despacho y se dirigió a la habitación de Thomas. Entró sin llamar, sabía que su padre tenía visita. Cuando entró no se fijó en la pareja que le acompañaba, pero él sí fue reconocido al instante. Alguien dijo:

–Mira, es tu muchacho que ha venido a verte.

Thomas movió su cabeza en la dirección de Robert y éste pudo contemplar un gesto inanimado, una mirada perdida que no le reconoció. De pie, como sostenido por su carácter inquebrantable, poseedor de un orgullo invisible que mantenía, al menos, firme su cuerpo. Verlo así era adquirir plena conciencia de la fragilidad del ser humano. A pesar de que Robert no pretendía ser desconsiderado con las visitas, casi sin mirarlos, les invitó a abandonar la habitación.

—Si me disculpan, quisiera estar a solas con mi padre.

Cuando oyó la puerta cerrarse a su espalda, Robert se acercó a Thomas y le dio un abrazo correspondido por una especie de apretón autista. Le ofreció la pipa y el tabaco, y aunque notó una sutil mueca de anhelo al verlo, no reaccionó al estímulo y siguió inamovible. El dolor de ver a su padre así era tan insoportable que a punto estuvo de salir huyendo. Pero tras superar la impresión inicial, llenó la pipa de tabaco, la encendió y, tras dar un par de profundas aspiraciones, se la tendió a su padre. Thomas vaciló un instante y cuando parecía que iba a continuar pétreo como una estatua de granito, estiró el brazo y la agarró con delicadeza. Se la llevó a la comisura de los labios y cerró los ojos, como en un intento de saborearla sin la interferencia del resto de sus sentidos. A Robert le pareció percibir que en ese instante estaba en paz consigo mismo.

Al día siguiente, murió.

El 13 de marzo de 1887, el hombre que se habría enriquecido si hubiera patentado a su nombre el primer dinamómetro o un nuevo equipo portátil de instrumentos hidrográficos, además de perfeccionando las lámparas de muchos faros, fue enterrado en el cementerio de Calton, en la colina del mismo nombre, con el reconocimiento de una sociedad que supo agradecer su altruismo. Edimburgo acogió el mayor funeral por un ciudadano celebrado en toda Escocia en muchos años. El coche fúnebre con su cuerpo recorrió la ciudad para ser despedido con honores de estado. Acudieron personajes ilustres e influyentes, así como un sinfín de vecinos anónimos que se veían beneficiados de las asociaciones de caridad que Thomas había subvencionado durante tantos años, muchos amigos y una amplia representación de su familia. Margaret mantenía la compostura lo mejor que podía, con la inestimable ayuda de Fanny, cuando vio acercarse, después de mucho tiempo, el semblante grave de Cummy. Se fundieron en un abrazo y estuvieron codo con codo durante un buen rato. La antigua enfermera y confidente de Robert iba moviendo la cabeza de un lado a otro escudriñando todos los rostros a su alcance, lo cual no pasó inadvertido para Margaret.

—Buscas a mi hijo, ¿no es así? —le preguntó.

—Incluso en esta situación, no se te escapa nada —respondió Cummy.

—Lou no ha podido venir, está muy enfermo. Ya se encontraba delicado cuando partió de Bournemouth. El viaje y las emociones han hecho el resto. Tiene fiebre y sufre hemorragias —se detuvo, preocupada—. Si le pasara algo…

—Tranquila —atajó Cummy, sin dar tiempo a que la imaginación de Margaret oscureciera aún más sus pensamientos—. Debes estar convencida de que se recuperará. Cuando pasen unos días, iré a hacerle una visita.

—Estoy segura de que se pondrá muy contento de verte.

En efecto, a pesar de todos los intentos de Robert por acudir al entierro, su tío, el doctor Balfour, se lo impidió de forma tan tajante que no admitía réplica ninguna. *Si no quieres ser el siguiente en ser abrazado por un ataúd* —le dijo— *debes quedarte en la cama.* Así fue como, recluido en el cuarto en el que había vivido su infancia y adolescencia, Robert fue el gran ausente en el entierro de Thomas. Y en la compañía de aquellas cuatro paredes amigas que le acompañaron durante tantos años fue donde Robert se dejó llevar, por fin, por sus emociones, y lloró ríos de tristeza.

—Si queréis que Robert mejore, debéis ir a la montaña. Como sabéis por experiencia, en Europa la mejor opción es Davos, en Suiza. Si tanto ociáis aquel lugar, hay otras posibilidades: las montañas de Colorado, en América, o las zonas habitadas del Himalaya, en Asia.

Quien así se expresaba era el tío Balfour, reunido en Edimburgo con su hermana Margaret, Fanny y el propio Robert; pasaban las semanas y éste no mejoraba.

—Si pedís mi opinión —continuó—, yo me decantaría por los Estados Unidos. Los centros hospitalarios americanos gozan de un prestigio mundial en el tratamiento de la tuberculosis. Nada de eso existe aún en Asia.

Fanny escuchaba a aquel hombre, al que apenas conocía, con el corazón dividido. Quedaba fuera de toda duda el hecho de que estaba dispuesta, por Louis, a ir donde hiciera falta y de la manera que fuera requerido. A la cima más alta de la cordillera asiática andando, con Robert a cuestas o a Estados Unidos atravesando el Atlántico en una barca de remos. Aunque la idea de tener que viajar de nuevo, la certeza de volver a cambiar de hogar, de abandonar Bournemouth dejando atrás Skerryvore, el jardín, sus vistas, su aroma y el *salón azul* donde tanto había trabajado Louis, era una auténtica tortura.

Robert, por contra, se sentía feliz ante una nueva aventura. Bournemouth era ya el pasado, la rutina superada; mientras las montañas de Colorado representaban una nueva vida llena de incertidumbre y posibilidades. Su rostro, macilento por la enfermedad, parecía iluminarse con sólo pensarlo.

Para Margaret aquellos planes suponían la soledad, la pérdida anticipada de su hijo y su familia. Por eso guardaba un respetuoso silencio para no influir en la decisión que iba a tomarse.

—Todo parece indicar que la mejor opción es la aventura americana —apuntó Robert con un tono que parecía indicar que no se tomaba en serio la conversación.

Fanny le lanzó una mirada de censura y no pudo callarse.

—¡Dios Santo, Louis!, esto no es un juego. No vamos a recorrer un río inexplorado o a internarnos en el desierto. Estás enfermo. Por eso nos vamos. Para que tu salud mejore, para que podamos tener una vida normal de una vez por todas.

—Lo siento, querida, la idea de morir en Bournemouth no me atrae lo más mínimo. Me aburro, Fanny, me aburro soberanamente. Y cualquier otra opción se me antoja una auténtica liberación. Piénsalo bien; por lo que a mí respecta, lo tengo claro: nos vamos a las montañas Rocosas, en el corazón de los Estados Unidos de América.

Y con esas palabras se levantó, no sin esfuerzo, abandonó la estancia y dejó sentenciado el futuro.

Los preparativos corrieron por cuenta de Fanny. Antes incluso de hablar con Robert para decirle que acataba su voluntad y que le seguiría al fin del mundo, escribió una carta a Lloyd, que había vuelto a Skerryvore tras el entierro de Thomas, para que se fuera preparando para su nuevo destino. Contrató una criada franco-suiza llamada Valentine Roch, que les acompañaría en el viaje.

Y habló con Margaret sin consultar antes su idea con Robert.

—Nos vamos a Estados Unidos. Calculo que para finales de agosto tendremos todo preparado. Y tú te vienes con nosotros, Maggie. Entre las dos cuidaremos a Louis.

La expresión de Margaret rebosaba gratitud. Aquel quiebro que el destino le tenía preparado la había cogido por sorpresa. Ella nunca se habría atrevido a plantearlo, y aceptó la sugerencia de buen grado. Vivir sin Thomas estaba siendo más duro de lo que nunca había intuido, y un océano de separación con Robert hubiera sido una tragedia.

El 22 de agosto de 1887 zarpó del muelle Royal Albert, de Londres, rumbo a Nueva York, un vapor mercante llamado *Ludgate Hill*. En la lista de pasajeros se encontraban Robert, Fanny, Lloyd, Margaret y Valentine, la doncella.

Todos pensaban que tarde o temprano volverían a Europa. Para pasear por Montmartre, para visitar la tumba de Thomas o la de Hervey o para sentir de nuevo el calor del hogar en Skerryvore.

Pero no todos lo iban a conseguir.

Lo importante es moverse; sentir más cercanas las necesidades y difi-cultades de nuestra vida; bajar de este lecho de plumas de la civiliza-ción y encontrar bajo los pies el suelo de granito cubierto de pedernales cortantes.[25]

CAPÍTULO XIV

El jurista y político francés Edouard René Lefebvre de La-boulaye fue un admirador de la vida política de los Estados Uni-dos y de su Constitución de 1787. Durante la guerra de Secesión americana se posicionó a favor de los estados de la Unión por es-tar en contra de la esclavitud y por ser un firme defensor de la uni-dad indivisible de lo que consideraba una gran nación. Defendía a capa y espada los nexos de unión entre ambos países y cuando acabó la contienda fue el precursor de una idea: que Francia ofre-ciera un obsequio a la nación hermana con motivo del centenario de la independencia estadounidense de Gran Bretaña, en 1876.

La idea tuvo éxito y, con cinco años de antelación, en 1871, el escultor Frédéric Auguste Bartholdi efectuó un viaje a Es-tados Unidos para seleccionar el lugar idóneo donde colocar

---

[25] *Viaje en burra por Les Cévennes*, por RLS.

la ofrenda conmemorativa. Llegó a reunirse con el presidente Ulysses S. Grant en Nueva York y ambos coincidieron en que la isla de Bedloe, al sur de Manhattan y junto a la desembocadura del río Hudson, constituía un emplazamiento privilegiado para el monumento que ya había diseñado.

Por mutuo acuerdo entre los dos países, y por puro sentido común, se convino que los americanos construyeran la base de la estatua mientras los franceses fabricaban la propia escultura, para encargarse tras ello de su traslado y posterior montaje.

El objetivo era inaugurarla el mismo día en que se cumplían los cien años de la firma de la declaración de independencia, el 4 de julio de 1876. Fue imposible. Se comenzó tarde y no se tuvieron en cuenta los imprevistos, ni la complejidad inherente a la propia construcción, ni la dificultad en conseguir los fondos necesarios. Al menos, una parte pudo exponerse en septiembre en la Exposición del Centenario de Filadelfia.

La isla de Bedloe había sido una base militar en la que se encontraba el fuerte Wood, antiguo baluarte de artillería, cuyos cimientos en forma de estrella de once puntas sirvieron de pedestal. Para la base se escogió la llamada piedra Kersanton, proveniente de las canteras de Euville, en el departamento francés de Mosa. Se requería un material muy resistente a la erosión y a la salinidad del mar y la roca ígnea de color verde y gris oscuro era perfecta. El 22 de agosto de 1886 se colocó la última piedra y todo quedó preparado para recibir la ofrenda gala.

Mientras tanto, en los talleres Gaget, Gauthier et Cie, de París, se fueron construyendo y ensamblando las partes de la estatua. Para el diseño de la estructura interna, Bartholdi contrató a un ingeniero llamado Gustave Eiffel, que debía crear un esqueleto interno de hierro que posibilitara que la superficie de cobre pudiera anclarse a él y mantenerse en posición vertical. Una vez terminada, estuvo expuesta durante meses hasta que comenzó su necesario desmontaje para transportarla, dado que medía 46 metros y pesaba 225 toneladas. El coloso, desmantelado y en 214 cajas, viajó hasta Rouen en tren y desde allí bajó en barco por el Sena hasta llegar al puerto de Le Havre, desde donde partió rumbo a Nueva York en la fragata francesa llamada *Iserese*. Llegó el 17 de junio de 1886 en medio de una expectación sin precedentes.

Los dos meses siguientes se simultaneó el montaje de la estructura con los trabajos de terminación de la base. Y en dos meses más, las obras concluyeron.

El 28 de octubre de 1886 fue inaugurada en presencia del nuevo presidente estadounidense, Grover Cleveland, ante seiscientos invitados y miles de espectadores extasiados por el grandioso monumento, cuya majestuosidad admirarían a partir de entonces todos los que llegaran por mar a aquella parte de los Estados Unidos.

La Libertad iluminando al mundo, más conocida como *La Estatua de la Libertad*, se orientó hacia el este, donde se encuentra Francia, tres años después del fallecimiento de su principal precursor, Laboulaye. Con diez años de retraso. Nadie en su sano juicio diría que no mereció la pena.

El 7 de septiembre del año siguiente, el *Ludgate Hill* avistó tierra con un Robert eufórico a bordo. ¡Qué diferente al viaje en el Devonia de ocho años antes! No había preocupaciones en el horizonte, las cosas sólo podían mejorar, se decía a todas horas. Las personas que más le importaban viajaban con él, incondicionales. Era un personaje famoso, lo cual facilitó que pudiera relacionarse con el capitán, que le permitió permanecer con él en varias ocasiones en el puente de mando, provocando una, aunque irreal, estimulante sensación de que era él quien gobernaba el barco. La felicidad de no saber lo que le depararía el día siguiente, en contraposición con las tediosas certezas de Bournemouth y una suerte de vuelta a la juventud, hacían que su corazón cantara. Y todo su séquito bebía y se saciaba de la alegría que destilaba.

El *Ludgate Hill* viró a estribor para internarse en la bahía Upper, con casi todo el pasaje situado en las barandillas de la cubierta, expectante. De inmediato, un rumor se generalizó como una corriente eléctrica. Todas las miradas, salvo alguna para la que no era la primera vez, se quedaron subyugadas por la enorme representación de una mujer con una corona de siete agujas y vestida con una túnica, que elevaba en su brazo derecho una imponente antorcha y sostenía con el izquierdo una tablilla.

Robert tenía a su lado a Fanny. Margaret, Lloyd y Valentine estaban a pocos metros. Y todos contemplaban embelesados cómo *La Estatua de la Libertad* crecía y crecía según se acercaban. Cuando pasaron frente a ella, sus 93 metros hicieron que se sintieran como liliputienses cohibidos ante un recién descubierto Gulliver.

A continuación, dejaron a babor la isla de Ellis, que tres años después se convertiría en una especie de aduana de la época. En ella se inspeccionaría a millones de personas, tanto legal como médicamente, y quienes no fueran aceptados por ser criminales, anarquistas o portadores de enfermedades infecciosas, serían deportados y su sueño americano roto en mil pedazos. Robert y su familia no tuvieron que pasar por aquel calvario, pero tampoco habrían tenido problema alguno, pues la expectación por su llegada superó todas sus previsiones. Cuando el barco atracó en uno de los muelles de Nueva York, ya podía verse a numerosos periodistas que escudriñaban el barco en busca de una figura esmirriada, de pelo largo y bigote. Nada más bajar del buque, fue rodeado por editores y fotógrafos. Aquel recibimiento fue inesperado e insufrible. La motivación de Robert nunca fue la fama y aquel efecto colateral era en exceso desagradable. Le perseguían en el hotel, llegando incluso a colarse en su habitación. Le asediaban por la calle. Tenía varias entrevistas apalabradas, que tuvo que triplicar por la presión. Todo el mundo quería hablar con el creador de Jekyll y Hyde. No obstante, fue Fanny la que más sufrió aquella situación mientras comprobaba cómo la efímera fortaleza adquirida en el viaje menguaba día a día. Tantos actos sociales y el estrés derivado de ellos iban minando la salud de Louis hasta el punto de huir sin previo aviso a Rhode Island, donde estuvo en cama varios días.

Antes de escabullirse, varias revistas y periódicos le ofrecieron muchísimo dinero por sus artículos. La mayor de las ofertas fue la del *New York World*, que pretendía un contrato que le vinculara con el escritor durante un año entero, a razón de un artículo por semana. El cebo: 10.000 escandalosos dólares. Robert no aceptó, el esfuerzo de un trabajo a la semana era muy exigente y le dejaba poco tiempo para otros proyectos. Al final aceptó la propuesta de la joven publicación Scribner´s Magazine, que había comenzado su andadura en enero de aquel año y que consistía en un artículo al mes durante un año a cambio de 3.500 dólares. A Robert estas cifras le provocaban pudor y vergüenza, no era ambicioso en lo económico, pero acabó aceptando.

Un nuevo médico, que atendió a Robert en Rhode Island, le recomendó una clínica para tuberculosos al norte del estado, en las montañas de Adirondack. Las referencias fueron muy buenas y convencieron a la familia, que no tenía ninguna gana de emprender un nuevo viaje hasta Colorado. A finales de octubre se instalaron en una cabaña de troncos situada en Saranac Lake, a unos 500 kilómetros de Nueva York.

Pronto, las temperaturas bajaron a niveles casi imposibles, rozando los 40 grados bajo cero. El frío de Davos parecía el clima mediterráneo comparado con aquel fiero ambiente polar. El viento cortaba y mordía como si todos aquellos visitantes no fueran bien recibidos en unas tierras que fueron vírgenes hasta la década de los veinte. Ni siquiera los indios frecuentaban aquellas latitudes. A Robert el frío seco y el aire limpio, el reposo y una dieta controlada por el sanatorio, le sentaban bien. En cambio, a Fanny no le gustaba Saranac lo más mínimo, por lo que aprovechó para visitar a su familia. Margaret también huyó de aquel congelador, volvió a Nueva York y visitó Boston con posterioridad. Sólo Lloyd se quedó con su padrastro, con quien seguía manteniendo una química especial e, influenciado por éste, comenzó a escribir un primer borrador de *The Finsbury* que, dos años después y con la ayuda de Robert, vio la luz como *El muerto vivo*. Robert insistió para que Valentine Roch viajara

271

con su madre; ante la negativa inflexible de ésta, la doncella se quedó en Saranac.

Cierto día, especialmente gélido, llegó un paquete muy envuelto, con una pátina de escarcha alrededor. Venía desde Europa. A Robert le pilló escribiendo uno de sus artículos para la Scribner's. En la cama, como casi todas las mañanas, después de desayunar. Se lo entregó Lloyd. Robert, intrigado, lo abrió a todo correr y descubrió en su interior un libro y un sobre a su atención. El libro se titulaba *Estudio en Escarlata* y el autor era su buen amigo Arthur Conan Doyle, que había estampado su firma en la carta que ocultaba el sobre en su interior.

Conan Doyle y Stevenson se habían conocido en la universidad de Edimburgo. Ocho años más joven que Robert, Conan Doyle estudió medicina y coincidieron cuando Robert estaba a punto de licenciarse en derecho. Les unía, aparte de su afición al deporte, a la cerveza y a las mujeres, su amor por las letras, de forma que colaboraron juntos en el periódico de la facultad y cada uno de ellos hubiera apostado su vida a que el otro conseguiría materializar su sueño. Se apreciaban y se respetaban. Formaban un cuadro curioso deambulando por el campus, Robert delgado como un suspiro y Conan Doyle corpulento y recio. La vida los separó tras su período como estudiantes, pero siempre mantuvieron el contacto, a base de visitas ocasionales y muchas cartas.

Robert estaba ansioso por comenzar con el libro. Antes debía leer la epístola de su amigo.

Edimburgo, diciembre de 1887

Mi buen amigo:

He echado de menos estos últimos meses la regular llegada de tus misivas, siempre tan ingeniosas y vitales. Hace unos días que coincidí con Sidney Colvin en el Savile y me facilitó tu actual dirección en América, por lo que, en cuanto he tenido oportunidad, me he sentado a escribirte estas líneas.

Me han dicho que donde te encuentras hace un frío del demonio. Debes consolarte pensando en que llueve poco, no como en nuestra amada Escocia, que parece estar colocada de manera permanente bajo una inmensa nube llena de agua, que no acaba nunca de vaciarse. Deseo que aquel clima te siente bien y te recuperes de tus desagradables achaques. Espero que tanto Fanny como tu madre y tu hijastro se encuentren bien.

Y como sabes que no soy hombre de circunloquios, iré directo al meollo.

Después de la primera novela que publiqué hace tres años y de su mínima repercusión, sabes que parecía estar seco. No se me ocurría nada. Y mi consulta de oftalmología me exigía demasiadas atenciones, por lo que no había vuelto a escribir nada más allá de pequeños cuentos, de los que no estoy, dicho sea de paso, demasiado orgulloso. Pues bien, una noche, tras acabar de releer por segunda vez "Los crímenes de la calle Morgue", de nuestro admirado Edgar Allan Poe, se me impuso una idea basada en su Auguste Dupin. Crear mi propio detective y comenzar una saga de novelas en las que su innata y ejercitada capacidad deductiva fuera capaz de desenmarañar los misterios más intrincados.

Y así lo hice. Se llama Sherlock Holmes y ya ha descubierto a un criminal. No ha sido fácil conseguir que una editorial publicara esta primera novela, pero al final logré convencer a los que rigen el destino de Ward, Lock & Co. Espero que te gusten las ilustraciones, pues están hechas por mi padre. Pero sobre todo, espero que disfrutes con su lectura. Quiero tu opinión sincera, ya lo sabes. Siempre tuve un gran respeto por tu trabajo y mucho más ahora que eres un escritor aclamado en todo el mundo civilizado.

Tengo intención de mudarme a Londres en breves fechas, pero si lo hiciera antes de ver llegar tu respuesta a mi dirección actual, que conoces bien, dejaré las instrucciones pertinentes para que me sea enviada. Así que ponte cómodo, líate uno de tus finos pitillos y dedica algo de tu tiempo al que, espero, sea el primero de una larga lista de casos resueltos por el inefable Holmes.

Tu admirador y amigo

Arthur Conan Doyle

P.D. Te reto a que descubras, antes de que se desvele, quién es el culpable.

Robert siguió al pie de la letra las instrucciones de Conan Doyle. Se preparó a conciencia uno de sus habituales, y más ahora que Fanny no estaba, cigarrillos; se sentó en la cama rodeado de almohadones y se dispuso a leer con el máximo interés la segunda novela de su amigo. Pocas páginas después, Holmes y su compañero de piso, el doctor Watson, estaban enredados en una trama que atrapó a Robert sin poder evitarlo. No era un libro largo y al día siguiente ya estaba acabado. Robert tenía la misma capacidad para leer sin descanso que para escribir de sol a sol. Y para que no se le olvidara ninguna de las ideas que aquel texto le había sugerido, cogió una de sus infinitas cuartillas y la acarició con la punta redondeada de su pluma.

Saranac Lake

Querido Arthur:

Sabes que confío en Fanny tanto como en mí mismo y mi deseo hubiera sido darle a leer tu escrito para a continuación ofrecerte ambos nuestra opinión. Pero ha sido imposible en tanto en cuanto mi esposa se encuentra en Indiana, visitando a su familia, a la que no veía hace tiempo. Así que lamento decirte que tendrás que conformarte, por ahora, con mis modestas aportaciones.

No me voy a andar por las ramas, pues a mí tampoco me gusta que lo hagan los demás cuando estoy en tu situación, así que te confieso sin ambages que me ha gustado la primera aventura de Sherlock Holmes. ¡Mis más sinceras felicitaciones! Es ágil, entretenida, intrigante y sorpresiva. Creo que tu detective es petulante hasta la exasperación, pero la mediocridad que le rodea influye sin duda en su carácter y actúa como un eximente. A la postre, he de decirte que genera una incongruente simpatía por su persona. Puede que no a todos agrade, pero sin duda no dejará indiferente a nadie. Watson es un ser impecable, me gusta.

Pero por encima de todo me ha deslumbrado lo referente a la técnica deductiva que utiliza en sus pesquisas. No sabía que estuvieras tan interesado en ese tipo de temas. Son patentes tus conocimientos médicos.

Llegado a este punto, no puedo evitar hacerte una pregunta. Sé que roza la indiscreción y desde ahora te libero de la obligación de contestarme, pues el escritor debe tener secretos inconfesables, y seguro que nadie lo sabe mejor que yo. Pero no puedo evitar pensar que para el personaje de Sherlock Holmes te has basado en una persona conocida por los dos. No puedo esperar más. ¿Es Joseph Bell el alter ego que has utilizado para conformar la personalidad y la forma de investigar de tu protagonista? Siempre fue un profesor controvertido en la universidad. Igualmente presuntuoso, pero tan eficaz como Holmes. ¿Recuerdas que una vez le hicimos una entrevista para un artículo en el periódico y nos dejó una huella indeleble con su fuerte personalidad, su capacidad de análisis y de observación? Decía que había que saber leer las evidencias y las pistas que están delante de nosotros pudiendo, a continuación, deducir con lógica, muchas cosas, tanto en el ámbito médico como en muchos otros. Incluido el policial. Si la memoria no me engaña, pues no le traté tanto como tú, que fuiste uno de sus alumnos, solía terminar sus deducciones con el consabido "elemental", que también pones en boca de Holmes. Y ambos lo hacen con un poso de descaro, con la misma seguridad de estar por encima del resto de los mortales.

Sin duda, Sherlock Holmes está a la altura de Auguste Dupin y no veo por qué no ha de gozar del mismo respaldo de todos aquellos que puedan comprar nuestros libros para que nosotros podamos dedicarnos a nuestra verdadera pasión.

Mucha suerte, Arthur.

Robert Louis Stevenson

Un par de meses después llegó un telegrama. Conan Doyle revelaba en él su secreto. Quizá no lo habría hecho si no fuera porque el propio Bell y sus toneladas de vanidad se atribuían en cualquier foro el mérito de ser el modelo para un personaje literario. Ni siquiera él, con su insuperable capacidad, podía intuir la fama que llegaría a alcanzar Holmes, eclipsando la suya propia.

Tienes razón y buena memoria, Bell es el inspirador de Sherlock Holmes.

Gracias por tu apoyo.

Arthur Conan Doyle

En Indiana, Fanny se reencontró con una parte de su pasado y constató diversas ausencias, unas más dolorosas que otras.

La casa familiar de los Vandegrift se veía un poco más ajada. Se notaba la falta de un hombre que realizara los trabajos de mantenimiento básicos. Su hermano Jake se había marchado un par de años atrás. Y aunque todo le hacía evocar a su padre, hacía demasiado que de Jacob sólo quedaba eso: el recuerdo. La puerta de la casa seguía abierta a todo el mundo y dentro, sola, marchitándose poco a poco, Esther, su madre. Sus otras cuatro hijas se habían ido a San Francisco, una tras otra. Al pasar por el comedor, Fanny se sentó junto a la contundente mesa de roble. Hasta donde le alcanzaba su recuerdo, la larguísima mesa siempre estuvo allí, como hubiera echado raíces de nuevo. Cerró los ojos e intentó recordar el embriagador olor de los dulces, tartas y pasteles que tantas veces plagaron su superficie, las pequeñas palmadas en la mano que recibía de su madre cuando la pillaba sirviéndose a hurtadillas y las incursiones a escondidas que hacía después su padre para proveerla antes de tiempo de lo que ella había sido incapaz de conseguir por sí sola. Durante muchos años, alrededor de aquel viejo roble se congregaron familiares, amigos, vecinos e incluso algún que otro invitado desconocido que el bondadoso Jacob traía no sólo en el Día de Acción de Gracias. Fanny recordaba el murmullo característico y la algarabía que presidían aquellas reuniones. Ya no quedaba nada y, aunque la melancólica entrada aparecía diáfana como entonces, apenas había visitantes que quisieran franquearla.

Recorrió todas y cada una de las estancias de la casa. Es especial, se detuvo en la habitación que compartió con Jo, su fiel hermana, dos años menor que ella. El dolor por la muerte de George se reprodujo en su corazón.

Una vez hubo depositado su equipaje, salió a recorrer todo el perímetro de la casa y lo primero que le llamó mucho la atención fue la inexistencia de perros que juguetearan, saltando a su alrededor, en medio de una sinfonía de ladridos de bienvenida. A Jacob le gustaban mucho, como a Thomas, y adoptaba a todos los que pasaban por allí y decidían quedarse, a pesar de la oposición de Esther. En la parte de atrás, el jardín se desplomaba en una verde ladera que desembocaba en un arroyo, escoltado por sendas arboledas en cada una de sus riberas. Una vez más, descendió la pendiente correteando, como veinticinco años atrás. Al enredarse con los frondosos álamos y sauces, un detalle la hizo detenerse. La corteza de uno de ellos presentaba dos torpes inscripciones firmadas con una navaja no muy afilada. *Tom* encima, *Betty* debajo. El recuerdo de aquel muchacho que pretendió a su hermana le asaltó con fuerza. Cada una tenía un árbol al que ir con sus admiradores. El suyo estaba al otro lado del cauce. Había un lugar, río arriba, idóneo para vadearlo. Antes de llegar, tropezó con un enorme abedul lleno de marcas, era el de Nellie, la más enamoradiza. Las grandes rocas seguían allí y Fanny rebuscó en su memoria para recordar los pasos exactos que daba siempre, apoyándose en los mismos huecos. Habría distinguido aquel simbólico árbol incluso en medio de la selva amazónica. Poseía como dos troncos siameses, condenados a vivir por toda la eternidad entrelazados desde la tierra hasta el punto en que se dividía en fuertes ramas. Lo escogieron por eso. Al rodearlo, comprobó que los nombres seguían allí. *Sam* y *Fanny*. Pero al leer el suyo, una vigorosa sensación de irrealidad la invadió por entero, como si no fuera ella misma. Una fuerza del pasado la atrajo ante aquel árbol; mientras se dirigía a él dudó incluso de sus emociones, pero una vez allí, el influjo desapareció de golpe. Unos minutos después, volvió a la casa y le dio la espalda a aquel vestigio de un ayer tan lejano y olvidado casi por completo.

Una imperiosa sensación en su fuero interno inducía a Fanny a pensar que nunca más volvería a ver a su familia y, tras estar con su madre unos días, no pudo retornar a Saranac Lake sin visitar a sus hermanas, que vivían en San Francisco. Antes de tomar el tren para acudir a su encuentro, envió un telegrama para comunicarles su intención e informarles de la hora aproximada de su llegada. Atravesar todo Estados Unidos no llevaba más de diez días en los lujosos ferrocarriles Pullman, dotados de confortables coches cama. En los días previos a su salida llegó la contestación, firmada por Cora. Contaban, entusiasmadas, cada minuto que faltaba para volver a ver a su hermana.

El día de su partida de Indiana, dentro del carruaje que la llevaba hasta la estación de tren, de repente notó en la comisura de sus labios un leve sabor salado. Minutos antes sacaba la cabeza por la ventana para despedirse de la menguante silueta de su progenitora. Y a pesar de que afrontaba el adiós con una fría entereza, un par de solitarias lágrimas se habían precipitado por la redondez de su rostro para estallar en el dibujo de su boca, haciéndole ver que se sentía más emocionada de lo que pensaba. Atrás dejaba muchísimos recuerdos, a una madre que había preferido quedarse para morir al lado de su inolvidable Jacob y un árbol cuyas raíces bebían del cristalino río y que tendría para siempre tallado un nuevo nombre al lado del suyo. *Louis.*

El periplo en tren fue interminable y tedioso. El tránsito anterior hasta Indiana había colmado las pocas ganas que tenía Fanny de soledad. Había permanecido al lado de su marido durante casi todos los días de los últimos ocho años y ya no sabía viajar sola. Con Robert siempre había de qué hablar, incluso de qué discutir, adoraba escucharle e incluso sus silencios la acompañaban. Pero el abandono en su compartimiento la pesaba como una losa. Ella también desgranaba, ávida, cada minuto que quedaba para llegar a su destino.

Si hubiera sabido lo que la esperaba al final, los nervios no la habrían dejado ni dormir y una ansiedad insoportable la habría hecho enloquecer.

Hacía un buen rato que un empleado del ferrocarril había pasado para advertir que estaban llegando al final del recorrido. San Francisco era la última estación, más allá sólo había una gran inmensidad de agua, el océano Pacífico. Fanny recogió todas sus pertenencias y esperó, paciente, a que el suave traqueteo del tren fuera ralentizándose. Cuando frenó del todo, no pudo evitar una exclamación de júbilo. ¡Por fin!, creí que nunca llegaría. Si bien un mozo de la estación propuso ayudarla con el equipaje, ella declinó el ofrecimiento. Mientras caminaba por el vagón, en fila india con otros pasajeros, en pos de la salida, se iba preguntando quién estaría fuera esperándola. ¿Cora?, ¿Jo?... Jugaba con desventaja, era imposible que lo adivinara. Quien había ido a recibirla había impedido que sus hermanas advirtieran a Fanny de su presencia.

Al aterrizar en el andén, el bullicio era inmenso. Una multitud yendo y viniendo, buscándose con la mirada. La sensación de desorden era apabullante. Gritos de alegría, reencuentros sellados con fuertes abrazos, con besos. De padres a hijos y entre amantes. Fanny también escudriñaba cada hueco entre personas, a nadie reconocía y nadie salía a su encuentro. El alboroto fue consumiéndose como la cera de una vela. Pequeños grupos iban despejando el estrecho muelle en el que había atracado el Pullman. Descorazonada, Fanny se reconoció en la tristeza de rostros que no habían encontrado a nadie y que se debatían entre marchar, derrotados, o esperar, con impotencia, al siguiente tren.

Y entonces los vio. El apeadero era muy largo y en el extremo más alejado se encontraba una mujer de su misma estatura con un pelo exuberante, rizado, negro, precioso, que nunca olvidaría. Las dos tenían los mismos ojos castaños y éstos se reconocieron entre ellos en un instante. Era Belle. Y justo delante de ella sujetaba a un niño con sus manos apoyadas en los hombros del pequeño. Le cogió de la mano y comenzó a acercarse a su madre temerosa ante la imprevisible reacción de Fanny, que la observaba con la mirada propia de una esfinge. Tras superar la colosal sorpresa inicial, también ésta comenzó a andar para recortar el tiempo que iban a tardar en cruzarse.

—¿Eres tú? —la pregunta retórica de Fanny surgió sin pensar, cuando se detuvieron a un par de metros de distancia, que en cualquier momento, si no cuidaban sus palabras, podían convertirse en miles de kilómetros.

—Así es, madre.

—Ha sido tanto tiempo, Belle —apuntó, evocadora—. ¿Por qué no mandaste ni una sola carta? —el tono no fue de censura, aunque no había sido un buen comienzo, sin duda. Aún flotaba el interrogante en el aire y Fanny ya estaba mordiéndose la lengua por su torpeza.

—Espero que tengamos mucho tiempo para hablar de eso y de muchas cosas más. Démonos un respiro, ¿de acuerdo? —Belle conocía muy bien a su madre y tenía miedo a que todo se incendiara en unos minutos, por lo que se había concienciado para ser lo más conciliadora posible.

—Lo siento. Tienes razón.

La mirada de Fanny se dirigió entonces al mozalbete que tenía delante, que permanecía, educado, en silencio y que no había despegado sus ojos de ella, como si estuviera hipnotizado. Era la viva imagen de su yerno, Joe Strong.

—Saluda a tu abuela, Austin —sugirió con amabilidad Belle.

El niño dio un paso al frente y levantó su mano derecha como señal inequívoca de su pretensión de estrechar la de su recién conocida ascendiente.

—Hola, abuela —dijo, con voz dulce y decidida, sin asomo de timidez.

—Austin… me gusta —valoró Fanny como pensando en voz alta—, es un nombre muy bonito. ¿Cuántos años tienes, muchacho?

—Siete, señora. —Los mismos que hubiera alcanzado Hervey dos días después de morir.

—Preferiría que siguieses llamándome abuela o Fanny. Lo de señora no me gusta demasiado. ¿Quieres darme un abrazo?, yo lo estoy deseando.

Como si en ese mismo instante se hubiera liberado un engranaje que habría mantenido retenido a su nieto, éste se abalanzó a abrazarla. Era alto para su edad y abarcó con fuerza toda la cintura de Fanny, reposando su cabeza bajo su pecho. Ella no se esperaba semejante reacción. Era la prueba evidente de que Belle no le había puesto en su contra y se sintió agradecida con su hija por ello. Desconocía lo que le había contado, pero era palpable que lo que había generado en el niño era cariño hacia ella. Madre e hija se volvieron a observar y, después de tantos años, sucumbieron al influjo del amor que casi siempre sintieron la una por la otra. Fueron años muy duros y difíciles los que las distanciaron, pero sus miradas parecían decirse que querían volver a estar unidas.

Austin parecía haberse quedado soldado al cuerpo de su abuela y, como a ésta no le importaba lo más mínimo, tomó de nuevo la palabra mientras enredaba sus dedos en el sedoso pelo del muchacho.

—¡Menuda sorpresa, hija! ¿Qué demonios haces aquí? Estás muy guapa. ¿Qué tal está Joe?

—Joe está bien. Hace años nos marchamos de Estados Unidos y hemos vivido todo este tiempo en varias islas del archipiélago de Hawai, aunque últimamente nos hemos afincado en la capital de Oahu, Honolulu. Pero Joe quería visitar a su familia, después de estos años, y que conocieran a Austin, así que decidimos venirnos. Una vez aquí, nos enteramos de que las tías vivían en San Francisco y el otro día me confesaron que tú también venías —se detuvo, pensativa—. Quizá sea el destino. El caso es que todo ha sido una gran coincidencia… y estoy feliz de que así haya sido… de verdad —dijo esto último con cautela—. ¿Y mi hermano pequeño? Por Louis no te pregunto, su fama le precede, ha traspasado incluso el Pacífico para llegar hasta Hawai. Conocemos al rey Kalakaua y está del todo prendado por *La isla del Tesoro*. No se podía creer que fuera mi padrastro, así que no cejó hasta que le prometí que haría lo posible por conseguir que lleguen a conocerse.

A esas alturas, Austin ya se había separado de Fanny.

—Yo también soy amigo del rey —afirmó orgulloso, sabedor, según le había referido su madre, de que era un honor poco frecuente en Europa.

A Fanny le recordó a Lloyd cuando tenía su misma edad.

—¡Bueno! Ya tendremos tiempo de contárnoslo todo —atajó Belle—. Fuera de la estación, un coche nos espera. —Ella se adueñó del equipaje. Mientras, abuela y nieto parecían no poder esperar y, cogidos de la mano, iban hablando y descubriéndose.

La última gran decisión estaba a punto de ser tomada. Tal y como se fue desarrollando la cadena de acontecimientos, iba a ser una respuesta natural y coherente. A la vez que arriesgada y transgresora. Pero poseía una característica esencial que la haría muy fácil de asimilar: todos los implicados estarían de acuerdo y eso no siempre había sido así.

La melancolía del tiempo previo en Indiana fue cercenada de raíz y sustituida por reencuentros henchidos de felicidad. Días enteros de conversaciones, risas, confidencias, reconciliaciones, lloros y perdones, descubrimientos, promesas y, al final de la jornada, una casi respirable paz inundándolo todo. Salvo con Joe Strong que, cuando estaba presente, demostraba una frialdad que probaba que sus heridas seguían abiertas.

Fanny se mostraba exultante, recuperó el brillo de sus ojos, que no se cansaban de ver jugar a sus sobrinos, sobre todo a Austin. Belle había imaginado mil veces cómo sería la reacción de su madre al volver a verla, y ni los escenarios más optimistas habrían mejorado la realidad. Había sido necesario un período de alejamiento, de vivir cada una su vida a una gran distancia de la otra, sin interferencias, sin juzgarse entre ellas. Y, por supuesto, un cambio radical en su forma de ser, en sus visiones del mundo y en cómo interactuar con todo lo que les rodeaba. Los años anteriores parecían haber conformado un objetivo concreto en lo que a ellas se refería: moldear su carácter para posibilitar una segunda oportunidad.

—En una semana tenemos previsto volver a Hawai —nunca hubiera sospechado Belle la dentellada de dolor que llegaría a sentir al pronunciar tales palabras, ni el crujido que iban a provocar en el alma de su madre.

Era la primera vez que expresaban en voz alta que iban a separarse de nuevo. Llegaron incluso a pensar que más les hubiera valido no volver a verse. Las dos tenían una vida plena a cada lado del mundo. Y hubieran podido seguir así sin aquel sufrimiento añadido. Habían pasado en un suspiro de suponerse irreconciliables a necesitarse la una a la otra como un delfín necesita el aire de la superficie.

—¿No puedes quedarte unos días más? Yo volveré de nuevo con Louis en menos de un mes — sabía que era un anhelo desesperado, pero tenía que intentarlo.

—Los billetes están comprados y no creo que puedan cambiarse. Recuerda —añadió con un guiño sonriente— que no somos ricos como vosotros, aunque Joe sea el pintor oficial del rey Kalakaua.

—Ahora que te he recuperado, me va a ser muy difícil verte marchar de nuevo.

—Hubo un tiempo en que renegué de ti y me refugié en la engañosa comprensión de mi padre. Ahora sé que siempre estarás ahí y tú también debes pensar lo mismo. No quiero dejarte, pero sin duda me voy mucho más completa de lo que llegué.

—Te quiero mucho, hija mía.

—Yo también a ti.

Los días siguientes la idea comenzó a tomar forma en la tortuosa e inefable cabeza de Fanny y, cuando estuvo bien perfilada, cual si fuera uno de sus esbozos pictóricos en Grez-sur-Loing, se puso en marcha, presa de la máxima excitación.

Una soleada mañana tomó el ferry a Oakland. Belle se marchaba al día siguiente. Sin perder un minuto se dirigió hacia el embarcadero, recordaba a la perfección la estilizada goleta y no tardó en encontrarla. Sus velas de cuchillo estaban recogidas y dos enhiestos mástiles apuntaban directos al cielo, orgullosos. Gozaba de una eslora de casi treinta metros y la madera de su casco lucía recién calafateada y barnizada. Parecía estar esperándola. La cubierta estaba desierta, en el barco adyacente había un hombre al que se dirigió Fanny de inmediato.

—¡Caballero! ¿Podría usted indicarme dónde encontrar al dueño de esta embarcación?

El orondo tripulante se dio la vuelta perezoso y mostró su rubicunda faz, en la que destacaba una franca sonrisa.

—Por supuesto, señora —respondió solícito, con una voz algo adulterada por, al menos, un par de copas—. El granuja propietario de esta joya de los mares es el doctor Merritt. Trabaja en San Francisco; tiene usted suerte, hoy lo encontrará en la taberna *La Perla Negra*.

Ante el gesto interrogante de Fanny, el hombre se dio cuenta de que no tenía la más mínima idea de dónde se ubicaba, por lo que le explicó con todo lujo de detalles el camino para llegar ante su puerta. Mientras seguía sus indicaciones, recordaba que Sam le habló varias veces del tal Merritt. Se conocían del club Bohemian, en San Francisco, del que ambos eran socios. Enseguida comprobaría si lo que le contó de él Sam era cierto. No le costó encontrar la taberna y, nada más llegar, enfiló directa hacia el hombre que estaba al otro lado de la barra.

—Me han informado de que el doctor Merritt se encuentra aquí. Necesito hablar con él. No tengo el placer de conocerlo, por lo que le estaría muy agradecida si me dice quién es.

—¿Va a tomar algo? —preguntó insolente el camarero, que no estaba dispuesto a conceder la información solicitada sin contraprestación alguna, y menos a una mujer.

Fanny no esperaba semejante desfachatez; como no podía ser de otra manera, contestó enfadada y contrariada a partes iguales.

—Si persiste usted en esa actitud, me veré obligada a preguntar a otra persona, pero si me dice quién es y el señor Merritt y yo llegamos a un acuerdo, con toda seguridad podré convencerle para que invite a una ronda a todos los presentes.

El malcarado semblante del hombre vistió una mezcla de estupor, duda y bochorno. Su carácter, en esencia mercantilista, superó rápido el sonrojo de la derrota dialéctica, y señaló con un gesto de cabeza a un hombre que leía sentado a la luz de una ventana.

—¿Es usted el doctor Merritt? —cuestionó Fanny nada más llegar a su altura, queriendo verificar que la claudicación del barman era sincera.

284

—¿Quién lo pregunta? —respondió éste, tras levantar la cabeza en busca de la identidad de la voz femenina que le hablaba.

—Mi nombre es Fanny Stevenson.

—Pues sí, señora Stevenson, soy el doctor Merritt —se levantó y, tras agarrar una silla por su respaldo, ofreció: ¿quiere tomar asiento? —Era un hombre distinguido, delgado y, a todas luces, todo un caballero.

—Gracias.

—¿Y bien?

—Mi ex marido me habló de usted como poseedor de un buen barco y, si no recuerdo mal, me informó de que solía alquilarlo.

—¿Puedo preguntar quién es su ex marido?

—No viene al caso.

—Me temo que no soy yo quien lo ha citado. Sé que no tiene especial trascendencia, pero ha avivado mi, ya de por sí, acusada curiosidad —el doctor disfrutaba teniendo una posición de preeminencia sobre el resto de los mortales, ya fueran pacientes o no. Y de alguna manera había logrado transmitir a Fanny que la conversación dependía de que contestara a su pregunta.

—Se llama Sam Osbourne.

—Lo recuerdo… Hummm…, no sabía que estuviera casado —la sombra de la fama de mujeriego de Sam reptó en el ambiente—. En fin, he de decirle que hace más o menos un año que decidí dejar de alquilar *El Casco*. Por desgracia, los últimos clientes no ponían especial interés en cuidarlo como si fuera suyo, por lo que acumulaba unos cuantos destrozos. Acabo de concluir una reforma minuciosa y ahora brilla en el puerto como la goleta más envidiada por todo el que la ve. Ya sólo la utilizo yo.

La seguridad con la que Merritt pronunció estas palabras, unida a la aparente inmovilidad de su decisión, acobardó un poco a Fanny, que a punto estuvo de desistir en su empeño. Por su carácter, se rehízo con rapidez.

—Estaba muy interesada en alquilársela —afirmó con el mayor empaque del que fue capaz, que era mucho.

—Con todos los respetos, señora Stevenson, no sé si ha entendido bien lo que le he dicho. Ya no alquilo *El Casco*. Lo siento.

—Mi intención no era hacer uso de su goleta sólo durante unos días, sino tomarla prestada durante varios meses seguidos.

Los codiciosos ojos de Merritt se iluminaron en cuanto su cerebro les informó de las intenciones de la enigmática mujer. Su naturaleza coincidía con el retrato que de él había hecho Sam.

—Eso le puede salir muy caro...

—Compruebo con agrado que el alquiler es factible —contemporizó Fanny, que veía, envalentonada, cómo había picado el anzuelo—. Estoy dispuesta a pagarle 650 dólares al mes.

El doctor Merritt no necesitaba para vivir, en modo alguno, los ingresos provenientes de *El Casco*. Pero bien pudiera afirmarse que era la persona en quien Charles Dickens se había basado para recrear a su Mr. Scrooge, si no fuera porque había sido inventado por el genial novelista cuarenta y cinco años antes. Su mente, dotada para la medicina, pero no para las matemáticas, realizaba torpes cálculos de lo que dicha renta podía reportarle en varios meses. Y aunque la oferta de Fanny era muy generosa, no iba a desaprovechar la ocasión para aumentarla todo lo que pudiera.

—Tenga usted en cuenta que es una de las mejores embarcaciones que hay en todo San Francisco. Totalmente equipada, cómoda, rápida y muy mejorada con la última remodelación. ¿Qué le parecen 900 dólares al mes? *El Casco* los vale, no tenga la más mínima duda.

Su nueva situación económica le permitía a Fanny semejante dispendio, pero no estaba dispuesta a asumirlo. Cuando quería algo, la paciencia no era una de sus virtudes, pero en ese caso podía esperar unos días u otras opciones.

—Ni aunque fuera el mejor barco del mundo pagaría tanto dinero. 750 dólares al mes, señor Merritt, es mi última oferta y usted sabe que es más que justa. Lo toma o lo deja. Tiene un día para decidirse. Mañana a esta misma hora volveré para discutir los pormenores del contrato, y si no está buscaré otra embarcación que sirva a mis propósitos —sin esperar un segundo se levantó con decisión y antes de darse la vuelta para marcharse recalcó por última vez—. Recuérdelo bien, 750, ni un dólar más.

Merritt se quedó con la palabra en la boca tras comprobar lo dura negociadora que era la menuda señora Stevenson. Cuando ésta hubo desaparecido de la taberna, dejó al camarero a la expectativa de la reacción del doctor y al poco rato se dio cuenta, desolado, de que éste no tenía ninguna intención de invitar a nadie.

Veinticuatro horas más tarde Fanny esperaba, sola e inquieta, en la misma mesa. Llevaba su plan en secreto y le había sido complicado explicar a una desconcertada Belle que se iba a Oakland horas antes de su partida a Hawai. Mientras hablaba con Merritt el día anterior, tuvo que controlar su tendencia a contarle quién era su marido. Sabía que la mera pronunciación de su nombre allanaba el camino facilitando la consecución de sus objetivos, pero deseaba seguir siendo autosuficiente. No quería acostumbrarse a depender de Louis para todo y estaba dispuesta a conseguir un barco sin su ayuda fuera como fuese.

El doctor Merritt no llegaba y ella no podía esperar mucho. Debía volver a tiempo para despedirse de la familia de su hija. Su corazón bombeaba sangre más acelerado de lo normal. Revoloteaba por su cabeza la sensación de que estaba ideando una auténtica locura, un desatino de incierto final. Pero en el fondo estaba convencida de que era el resultado natural del devenir de sus vidas. No podía ser de otra manera y ella estaba a punto de sellar el pacto que lo hiciera posible.

La puerta de *La Perla Negra* se había abierto en varias ocasiones, tantas como la decepción se había dibujado en el rostro de Fanny. Ya pasaban cuarenta minutos de la hora convenida y semejante retraso no era muy lógico teniendo en cuenta la importancia de lo negociado. A punto estaba de volver por donde había venido cuando la espigada figura del doctor Merritt se recortó sobre el contraluz de la entrada de la taberna. Era palpable su alboroto moviendo, nervioso, la cabeza de un lado a otro, mientras luchaba por acostumbrarse con celeridad a la tenue iluminación que imperaba en el interior en contraposición al resplandeciente día que lucía fuera. Escudriñaba cada rincón del local y al cruzar su mirada con la de Fanny las arrugas de su cara se relajaron de inmediato y, ya más tranquilo, se dirigió hacia ella.

—Disculpe mi imperdonable retraso, señora Stevenson, un imprevisto me ha impedido llegar con el margen de tiempo suficiente para no hacerla esperar.

—Si al final de nuestra reunión llegamos a un acuerdo, daré por bien empleada la demora —Fanny estaba segura de que la presencia de Merritt sólo podía significar una cosa—. ¿Ha tomado una decisión sobre mi oferta?

El recién llegado se hizo de rogar de nuevo. No parecía tener las cosas claras. Permaneció un buen rato en silencio, ajeno al riesgo que corría de ser estrangulado por Fanny, que luchaba con denuedo por permanecer callada e impasible.

—Debo decirle, ante todo, que me ha puesto en una difícil encrucijada. Ya le advertí que no tenía intención de volver a alquilar *El Casco*. Pero hay algo en usted que me impulsa a hacerlo. Su vehemencia es envidiable, tiene aspecto de haber luchado duro y de seguir haciéndolo. Sin duda es una persona de fiar y mentiría si le dijera que 750 dólares al mes no suponen un ventajoso acuerdo —llegado a ese punto, se quedó en silencio, alargando la agonía de una desesperada Fanny para, acto seguido, acabar desvelando su decisión—. Señora Stevenson, puede usted contar con mi goleta durante los próximos meses.

Al escuchar las últimas palabras de Merritt, Fanny no pudo embridar sus emociones. Pegó un brinco sobre la silla, lució una esplendorosa sonrisa, dejó escapar un "bravo" que revelaba su previo desasosiego y envolvió con sus manos la que un sorprendido Merritt tenía extendida sobre la mesa que les separaba.

Los minutos siguientes estuvieron dedicados a establecer las condiciones del alquiler: la forma de pago, la duración del contrato, quién sería el capitán, las obligaciones y derechos de ambas partes..., circunstancias todas ellas que aun a sabiendas de que eran esenciales, a Fanny se le antojaban triviales y menores una vez obtenido el beneplácito de Merritt.

Una vez quedó todo claro y pactado, se emplazaron para verse de nuevo una semana después.

—Informaré a mi abogado de todo lo que hemos convenido para que redacte el contrato —explicó el galeno—. Una vez lo firmemos, calculo que en unas dos o tres semanas *El Casco* estará listo para hacerse a la mar.

—Estoy ansiosa por que llegue ese momento, señor Merritt. Se lo aseguro —concluyó Fanny.

Durante el camino de vuelta a San Francisco, no cesaba de pensar cuál sería la reacción de Louis, aunque ella estaba convencida de que sus planes eran lo que él necesitaba. Disponía de un margen de una semana para convencerle. Antes debía despedirse de Belle, Joe y su cuerido nieto Austin.

La excitación de la negociación con el flamante propietario de *El Casco* había motivado que perdiera por completo la noción del tiempo que, para su asombro, había transcurrido demasiado veloz. Así que cuando llegó a Oakland, la familia de su hija estaba a punto de partir.

—¡Por Dios, madre! ¿Dónde demonios estabas? —el tono de voz de Belle fue como un *déjà vu* y le hizo recordar años de reproches y desencuentros. En cuanto ella misma percibió aquella olvidada sensación, decidió ahuyentarla de raíz.

—Lo siento, cariño —se excusó Fanny para contentar a su hija—. Ahora no te lo puedo contar, he estado organizando los preparativos para darle una sorpresa a Louis y hoy tenía una reunión muy importante que no podía posponer. Se me ha pasado la mañana sin darme cuenta.

Belle observaba a su madre sin pestañear y también experimentó la percepción de haber visto antes aquella combinación gestual.

—Ya casi había olvidado esa expresión —comentó para sí misma en un susurro, arrepintiéndose un segundo después por verbalizar lo que debiera haber quedado en el ámbito de su pensamiento; pero ya era tarde y Fanny adoptaba ahora una actitud inquisitiva—. Me das miedo, ¿estás segura de lo que vas a hacer?

—Nunca he estado más segura de algo. Pero el otro cincuenta por ciento de la decisión le corresponde a Louis y no podría hacer nada sin su aprobación.

—Sea lo que sea lo que estás tramando, espero que no te equivoques —deseó Belle mientras abrazaba a su madre—. Hace mucho que no me imaginaba diciéndote esto: voy a echarte de menos.

Fanny se apretaba con fuerza al cuerpo de Belle y casi sentía el latir de su corazón.

—¿Aprobarías que fuéramos a Hawai a pasar una temporada con vosotros? —le preguntó.

Belle se separó como un resorte, con los ojos como platos, presa del mayor de los asombros.

—¿Estás hablando en serio?

—Aún no me has contestado.

—Por supuesto, me gustaría mucho.

—Pues ya recibirás noticias mías. Ya te he dicho que no te puedo contar más.

Austin pareció haberse aliado con su abuela apareciendo de golpe de no se sabe dónde y librándola del interrogatorio al que iba a ser sometida por Belle.

—¡Hola, abuela!, llevaba un rato buscándote. Ya me he despedido de todo el mundo. Sólo faltabas tú.

—¡Pequeño bribón! —exclamó Fanny, buscándole las cosquillas mientras el niño se retorcía y carcajeaba. Belle asistía serena a la bonita relación que en pocos días habían cimentado ambos.

Era ya tarde y a partir de ese momento todo ocurrió muy deprisa. Para cuando quiso darse cuenta, Fanny observaba cómo un coche se alejaba sobre el camino de tierra llevando dentro sangre de su sangre. No estaba triste. Nada de lo que había acontecido desde su llegada a San Francisco era para estarlo. Su vida se había reconstruido en parte, el mundo era más amable y una paz reconfortante se extendía por sus venas regando cada poro de su piel. Era un prometedor día de finales de mayo, con una luz perfecta y un embriagador olor a mar. Y el terrible pasado sufrido y llorado en infinidad de rincones cercanos quedaba por entero enterrado y olvidado.

Ese mismo día Fanny acudió, sin tiempo que perder, a la oficina de telégrafos para enviar un mensaje urgente a su marido.

Puedo conseguir espléndida goleta por 750 dólares al mes. Para recorrer el Pacífico Sur. Estaría lista para navegar en diez días. Si estás de acuerdo, responde cuanto antes.

La contestación no se hizo esperar. Todas las dudas de Fanny se disiparon en una línea. Ni en diez vidas Robert Louis Stevenson se hubiera negado una sola vez a semejante propuesta.

Alquila el barco de inmediato. En diez días estaremos a tu lado.

TERCERA PARTE

La emoción de una primera experiencia no puede nunca repetirse.
El primer amor, la primera aurora, la primera
isla de los Mares del Sur son recuerdos especiales,
y que rozan un sentimiento virginal.[26]

CAPÍTULO XV

Octubre de 1888. Tahití.

Robert llevaba ya varios meses navegando en la vasta inmensidad del océano Pacífico y aún se quedaba sin aliento ante la rotunda belleza de todo lo que contemplaba. Hasta pasada la imaginaria línea del ecuador no divisó ni el más mínimo pedazo de tierra firme, por completo rodeado de un azul de infinitas tonalidades. Esa aparente monotonía era, sin duda, engañosa; con ansiada frecuencia, grupos de delfines escoltaban el barco a babor y estribor. Asimismo bandadas de imponentes albatros sobrevolaban en lo alto ignorando, orgullosos, su existencia. Por las noches, el inmortal espectáculo de las brillantes estrellas sobre el oscuro tapiz del firmamento le retenía, hasta bien entrada la noche, tumbado en la cubierta, extasiado, tras contemplar, boquia-

---

[26] *En los mares del Sur*, por RLS.

bierto, entre los mástiles y las velas, la infinitud del crepúsculo. Mediante prolongadas siestas conseguía acumular el necesario descanso para, después de haber trasnochado, ser capaz de madrugar lo suficiente y no perderse ni uno de los indescriptibles amaneceres que le regalaba el albor de cada día.

El Casco se deslizaba con una gracilidad digna de los grandes peces cuyas sombras se dibujaban bajo la superficie. Ligero, veloz, manejable. Su estilizada silueta estaba diseñada para hendir el agua como un cuchillo aprovechando la fuerza motriz que imprimía el viento sobre sus dos velas cangrejas. Era un placer permanecer en el exterior de la goleta sintiendo la brisa salada contra el rostro. En el interior, *El Casco* era muy confortable y les proporcionaba una gran comodidad a todos, incluida Margaret, que era la persona de mayor edad. Fanny no habría podido hacer una elección mejor.

La persona designada por el doctor Merritt para pilotar su preciada embarcación fue el fornido capitán Albert Otis. Hombre de pocas palabras y harto inaccesible demostraba, al menos, una gran pericia en todo lo relacionado con su profesión. Llevaba toda la vida en el mar y para él el mundo se caracterizaba por un continuo balanceo, la ausencia de dicho vaivén en los puertos, que es lo más que se internó en tierra nunca, le resultaba insoportable. Prefería el zarandeo terrible de una tormenta a la quietud propia de la costa. Robert suponía que recibió instrucciones concisas de Merritt para no intimar con los clientes y poder manejar con más objetividad cualquier situación que pudiera presentarse. Y aunque la singladura estaba siendo apacible, sin asomo de problemática alguna, así y todo, el capitán Otis no se permitía ninguna licencia y era correcto, pero distante. Robert pensaba con asombro que se parecía mucho al capitán Smollett de *La isla del tesoro*.

El primer destino, a petición de Robert, fueron las islas Marquesas, en la Polinesia Francesa, al sur del ecuador, todavía en plena zona intertropical, a las que arribaron en la segunda mitad del mes de julio. La primera en cuyas bahías recalaron fue Nuku-Hiva. No fue ésta la elegida por ser la más grande de todo el archipiélago. Casi cincuenta años antes un, aún desconocido, Herman Melville se enroló en un ballenero americano llamado Acushnet. Indisciplinado y de carácter voluble, tiempo más tarde decidió abandonar las inclemencias de la vida a bordo y desertó en compañía de otro tripulante en una isla en medio de ninguna parte. Desconocía Melville que se encontraba en Nuku-Hiva y que por aquel entonces pisaban su exótico suelo los *taipi*, una de las tribus con peor fama de canibalismo de todo el Pacífico Sur. Logró permanecer con vida entre ellos durante un mes, transcurrido el cual fue vendido por los nativos a otro ballenero, el Lucy Ann. Éstas y otras andanzas, bien conocidas por Robert, vividas durante casi cuatro años ininterrumpidos, fueron la génesis de la que años después fue su novela más conocida: *Moby-Dick*.

Lo que sí hizo Robert antes de zarpar fue certificar que en el último medio siglo había desaparecido casi en su totalidad cualquier vestigio antropófago, pues no albergaba la más mínima necesidad de revivir las experiencias del escritor americano ni de asumir el riesgo de ser devorado por algún atávico ser desprovisto de alma y de la más mínima compasión por su familia.

El Casco serpenteó con elegancia por el archipiélago durante mes y medio, siendo testigo privilegiado de la exuberancia y frondosidad de sus imponentes paisajes. Escarpados acantilados, virginales playas, picos revestidos del verde oscuro de su vegetación con pendientes imposibles, partes de litoral azotado por un mar embravecido frente a plácidas ensenadas circulares flanqueadas por paredes de piedra.

El contacto con los tatuados habitantes de las Marquesas no se hizo esperar. Ninguno de los pasajeros de *El Casco*, ni siquiera el avezado Otis, conocía aquella parte del mundo ni a sus gentes, cultura o idioma. Mas todo se desarrolló de una manera natural e intuitiva. Los polinesios eran amables, hospitalarios y se mostraban más interesados en relacionarse que los llegados de allende los mares. No era necesario que éstos desembarcasen, porque los nativos salían a su encuentro en sus curiosas y artesanales embarcaciones. Cierto es que la primera vez que varias de ellas se acercaron a la goleta, un incipiente temor cundió a bordo, pero pronto se vio disipado al ser, primero, audibles los amables cánticos que las envolvían y más tarde reconocibles las francas sonrisas de sus ocupantes así como sus límpidos y enternecedores ojos. Una vez algunos de ellos subían a cubierta, Robert era el encargado de enseñar el barco a los hombres, que caracterizados por una viva curiosidad revelaban con sus muecas su asombro. Fanny recibía a las mujeres y, tras las primeras ocasiones, aprendió a intercambiar objetos con ellas a modo de pequeños y apreciados regalos. Margaret se mantuvo al margen al principio, no tenía miedo pero sí prudencia y no albergaba ninguna necesidad de relacionarse con aquellas gentes. Valentine Roch, que había decidido seguir a la familia Stevenson por el mundo, a veces ayudaba a Fanny y otras permanecía con Margaret para que no se sintiera sola cuando algún indígena se acercaba a ella. Lloyd era la curiosidad personificada. También interactuaba con ellos, y sobre todo les observaba. Con sus veinte años ya no era un niño, pero seguía con su misma capacidad de sorpresa, aquel viaje era para él una maravillosa aventura y Nuku-Hiva su particular recreación de la isla del tesoro del capitán Flint. A través de sus gafas, cosidas a su rostro desde hacía varios años, no perdía detalle de nada. El único que mantenía una actitud vigilante, rayana con la desconfianza, era el férreo Albert Otis. Él no formaba parte del viaje iniciático de su pasaje. Por contra, estaba trabajando y permanecía en permanente alerta, a pesar del aspecto poco belicoso de los habitantes de Nuku-Hiva.

Con cada nueva isla que visitaban, el corazón de Robert se debatía entre la posibilidad de quedarse allí para siempre, bajo el influjo de la sospecha de que no podía haber nada más bello en el mundo, y la necesidad imperiosa de seguir su viaje como si le fuera la vida en ello. Al final, siempre prevalecía la segunda opción y el ancla de la goleta no permanecía demasiado en el fondo de cada puerto.

Tras las Marquesas y, mientras en la otra parte del mundo, Mary Ann Nichols, más conocida como Polly, era asesinada con un cruel ensañamiento, se dirigieron más al sur, al archipiélago Tuamotu, un laberinto de islas y atolones de coral descubierto por Magallanes en 1521. Conocido también como el "archipiélago peligroso" por sus imprevisibles corrientes y la escasa fiabilidad de las cartas marinas que lo describían, casi todas sus islas estaban deshabitadas y guardaban el tesoro virginal de la falta de contacto con el ser humano. Sin quererlo, *El Casco* se vio atraído por una anillada barrera de coral inmensa que hechizó a todos sus habitantes con su extraordinaria belleza. El atolón de Fakarava, como era conocido, rodeaba una vasta laguna a la que sólo era posible acceder por dos canales. Otis tenía instrucciones de buscar el del norte y, cuando lo encontró, no dudó en atravesarlo. Una vez en su interior, comenzó a bordearlo siguiendo la línea del atolón en la dirección de las agujas del reloj y de esta forma arribó a Rotoava, su ciudad más importante, donde permanecieron durante dos semanas. Días antes, Annie Chapman había sido descuartizada.

Robert no cabía en sí de gozo. Su enfermedad parecía aletargada y todos los días daba gracias porque así fuera. Estaba subyugado por las templadas y puras aguas cristalinas, por los corales que tapizaban el suelo marino en un acuario tropical de infinidad de peces multicolores. Ya no le sorprendían las palmeras bordeando la blanca y finísima arena de las playas, pero seguía rindiéndose al encanto de las languidecedoras curvas de sus troncos rematados por enormes hojas. Sin duda, habían llegado al edén terrenal. Aunque tampoco se quedaron en él.

El 27 de septiembre, tres días antes de los asesinatos de Long Liz y de Kate Eddowes, *El Casco* llegó a Papeete, la capital de la Polinesia Francesa, situada en la costa noroeste de Tahití. Era el lugar más civilizado a miles de kilómetros a la redonda. El sitio ideal para avituallarse de cara a la larga singladura hasta Honolulu, su siguiente destino, y para efectuar varias reparaciones, no del todo necesarias, pero convenientes, en varias partes de *El Casco*.

Margaret se mostraba radiante ante la perspectiva de permanecer una temporada en tierra firme. Albert Otis, por el contrario, apenas se bajó del barco. Fue, de la pequeña tripulación, el que más tiempo permaneció a bordo, como era habitual.

Lo primero que hizo Robert fue encargar que lo guiaran con premura a la oficina de Correos y Telégrafos de la ciudad. Debía enviar un par de artículos a la Scribner´s Magazine. El día siguiente lo dedicó a escribir varias cartas que llevó a la oficina, esta vez dando un paseo y en compañía de Fanny, que también quería enviar alguna otra. En ellas, Robert indicaba su intención de permanecer en Tahití lo que quedaba de año y que estaba en disposición, por tanto, de recibir la correspondencia hasta entonces en el propio Papeete, aunque realizara pequeños viajes esporádicos a lugares cercanos.

La recién descubierta isla era un escenario de desigualdad protagonizado por algunos potentados y una amplia mayoría pobre. Aquello, como no podía ser de otra forma, no gustó a Robert. Quizá fuera por eso, el caso es que al poco de llegar cayó enfermo y tuvo que postrarse en cama por espacio de dos semanas, tras las cuales comenzó a trabajar en el fin de su novela *El señor de Ballantrae*.

En ello estaba ocupado cuando cierto día llegó un mozalbete con la correspondencia. El muchacho en cuestión le había caído en gracia días antes al ofrecerse, por una limosna, a cualquier cosa que Robert necesitara. No sabía quiénes eran sus padres y por sus rasgos era evidente que era hijo de la unión entre un europeo y una tahitiana. Se le veía muy delgado, pero podía presumir de unos ojos chispeantes de astucia y una sonrisa de inusitada felicidad, dada su precaria situación. El primer día Robert le dio algo de dinero para que se comprase calzado, pues iba descalzo, y tan exiguo gesto fue suficiente para granjearse el agradecimiento eterno del chico.

Las cartas venían atadas con un cordel, tan fuerte que le costó deshacer el nudo. Antes de abrir ninguna, ya que había unas cuantas, Robert comenzó a dar un repaso a cada una de ellas y entre todas decidió comenzar por las relacionadas con su trabajo. Rasgó varios sobres de sus editores habituales así como un par de ellos de la Scribner´s, que le suplicaba que se atuviera a los plazos acordados y mandara un artículo al mes como habían convenido, porque no cumplirlo les ocasionaba graves trastornos. Cuando hubo despachado los aspectos laborales, pudo dar paso a las misivas de sus amigos y entre ellas, sin ninguna razón en particular, decidió comenzar por una que le enviaba Sidney Colvin. Todo habría cambiado si aquél no la hubiera escrito. O si se hubiese extraviado en su periplo por el mundo. Incluso si aquel euronesio de piel tostada por el sol no hubiera hecho correctamente el recado y hubiera perdido todo el paquete al quedarse jugando con alguno de sus amigos. Nada de aquello sucedió y las palabras escritas por Colvin en Londres llegaron a las manos de Robert en Tahití y éste se dispuso a leerlas sin saber que darían un vuelco aterrador a su vida y la de su familia.

Londres, 5 de octubre de 1888

¡Maldita sea, Robert! Has hecho muchas tonterías en tu vida, pero cuando llegó hasta mis oídos la absurda idea de que fletabas un barco para recorrer en él el Pacífico, pensé que te habías vuelto loco de remate. Al parecer, quienes te rodean no tienen mucho más sentido común que tú. Y la que menos, tu mujer. Nunca te he ocultado que Fanny y yo hemos tenido nuestras diferencias, como las ha tenido, dicho sea de paso, con casi todas tus amistades, pero muchas veces he valorado de forma positiva su influencia sobre ti. Dicho esto, creo que su deber ineludible era quitarte de la cabeza esas repentinas ansias viajeras.

Llegado a este punto, Robert no pudo sofocar una espontánea carcajada. Si Colvin supiera que la idea había surgido de la mismísima Fanny…

Cuando se tranquilizó, siguió leyendo con una sonrisa dibujada en el rostro, que no iba a tardar en desaparecer por completo para ser sustituida por un pálido rictus de muerte.

Sin embargo, casi todo lo que cuentas en tu carta parece ser positivo. Tu salud ha mejorado, eres feliz, nunca te has sentido tan libre, estás rodeado de tu familia y prendado de esa lejana, y desconocida para mí, parte del mundo. Mis sentimientos son contradictorios. Me alegro. Pero deseo que vuelvas. Espero que lo hagas pronto. Lo siento, no puedo decirte otra cosa.

Son muy interesantes las anécdotas que cuentas sobre los salvajes habitantes de las islas Marquesas y las Tuamotu. He estado pensando acerca de tu idea de escribir un libro de viajes relatando todas tus experiencias y me parece muy acertada. Es un tipo de literatura que posee lectores incondicionales que, a buen seguro, estarán encantados de poder trasladarse hasta los mares del sur a través de tus cinco sentidos. Al menos sacarás algo de provecho de esta sinrazón. Desde estas líneas me ofrezco a ser tu editor en este proyecto. ¡Ya sé lo que estás pensando, bribón! Que por un lado califico tu viaje como el desvarío de un hombre que ha perdido el juicio y a continuación intento sacar partido del mismo. Es cierto, Robert, nuestra amistad me lleva a lo primero mientras mi marcado sentido mercantilista me conduce a lo segundo. No puedo ser más sincero.

Frances y yo nos encontramos bien de salud, pero a veces pienso que no se recuperará nunca de la muerte de su hijo Bertie. Ya han pasado más de siete años y no parece estar dispuesta a aceptarlo. Gracias por tu interés.

Por lo demás, me temo que mi vida es mucho más anodina que la tuya, por lo que no poseo muchas novedades que contarte. Salvo una, con la que no tengo, por fortuna, ninguna relación más allá de la propia como londinense, y que está poniendo a esta ciudad y a sus habitantes patas arriba.

¡Un asesino siembra las calles de Londres de cadáveres!

Has leído bien, sí. El último día de agosto se cobró su primera víctima. Y ya van ¡cuatro! en un mes. Son mujeres de baja extracción y a todas las ha matado en el odioso distrito de Whitechapel, lo cual opera en nosotros cierto sentimiento tranquilizador.

Parece ser que hace unos días se recibió una carta en la Agencia Central de Noticias que tiene todos los visos de pertenecer al criminal. Venía firmada por un tal "Jack el Destripador" y el sobrenombre ha corrido como la pólvora de forma que toda Inglaterra le conoce ya como tal, después de haber sido publicada tras los dos crímenes del día treinta de septiembre.

Es una locura. Nadie habla de otra cosa. Las mujeres están aterradas y no se atreven a salir solas por la noche. Tengo un amigo en Scotland Yard que me ha dicho en petit comité que aún no tienen ninguna pista. Las primeras planas de los periódicos se reservan todos los días para lo mismo y parece que no hay otras noticias de interés.

Y aún no te he dicho lo más dantesco. La forma en que las mata es de un sadismo inconmensurable. He oído que primero les hace perder el sentido estrangulándolas y, estando vivas aún, las descuartiza. Sí, Robert, mancilla sus cuerpos asestándoles un sinfín de cuchilladas y cortes, y llega incluso a dividir el cuerpo en varios trozos como si de un animal se tratara. Cada vez que lo pienso me dan náuseas. No concibo cómo alguien puede ser capaz de semejante carnicería. A veces pienso que todo es una terrible exageración, una inmensa hipérbole alimentada por periodistas sensacionalistas y amplificada y distorsionada por la morbosidad de la gente. Se dice que el asesino podría ser un médico, por la precisión de las incisiones. De lo que no cabe ninguna duda es de que se trata de un perturbado con una inclinación al mal insuperable. Sólo espero una cosa: que lo atrapen cuanto antes para que esta ciudad vuelva a ser la de siempre, con sus virtudes y sus miserias, pero sin un brutal asesino suelto.

Espero no haberte contagiado el hondo desasosiego que me embarga en estos oscuros días, pero no he podido evitar contártelo. No obstante, tú no tienes nada que temer, pues el cuchillo de El Destripador no puede en modo alguno alcanzarte ni a ti ni a tu familia.

Lo dicho, buen amigo, espero verte pronto.

Hasta entonces, hazme un favor: cuídate.

Sidney Colvin

Nada más terminar de leer aquellas líneas, Robert adquirió conciencia de la rigidez con la que agarraba la carta. Al aflojar la tensión de sus dedos, ésta se quedó un instante pegada a ellos, fruto del sudor frío que humedecía sus manos. No podía dar crédito a lo que Colvin le contaba. Y en un instante, el infausto recuerdo de una noche en el club Savile, tres años atrás, se hizo tan presente y claro como si hubiera sido la mismísima noche anterior. El encuentro con Henry James, la cena acompañados por Edward Fernsby, la discusión tras la misma y, por último, la confesión de aquel desconocido. En especial, esto último saturó su cerebro de imágenes que se intercalaban, como en un caleidoscopio, con lo acontecido pocos días antes en Londres.

Y es que desde el primer momento, una certeza asaltó a Robert con una fuerza desconocida y arrolladora: aquel hombre era Jack el Destripador.

La metamorfosis que se operó en el escocés los días siguientes no pasó desapercibida y fue evidente para todos. Apenas comía, permanecía inusualmente callado y taciturno, cualquier ruido le sobresaltaba y en ningún momento del día lograba la concentración suficiente para escribir más de una frase seguida. Todos se interesaron por él preguntándole qué le ocurría, pero ninguno le sonsacó más allá de un *estoy bien* o un *no os preocupéis por mí*. En una ocasión, Margaret insistió más de la cuenta, sumida como estaba en una honda preocupación, pero fue tan recalcitrante que Robert se puso hecho una furia y, a gritos, cortó la conversación de cuajo, dejando a su madre muy enfadada por la reacción desmedida de su hijo y mucho más intranquila que antes. En circunstancias normales, Robert no hubiera tardado demasiado en disculparse; pero, tan ensimismado en sus pensamientos, cinco minutos después ya lo había olvidado todo. Y aquella circunstancia tampoco pasó desapercibida para Margaret. Fanny era consciente de que algo le ocurría a su marido, y prefería esperar a que Robert se sincerara con ella. Sabía por experiencia que insistir no daba buenos resultados con él, así que decidió armarse de paciencia.

Hasta una calurosa noche de mediados de octubre.

Robert ya había tenido pesadillas algún día previo, pero no como en aquella ocasión. Fanny dormía en la misma habitación del mejor hotel de la ciudad, en otra cama. No abrían las ventanas porque entraba más calor desde la calle y preferían dejar accionados un par de ventiladores que colgaban del techo. Así y todo, el bochorno era tal que les impedía dormir de un tirón y los despertaba a menudo con obstinación.

Fanny llevaba rato en un estado de duermevela en el que no era capaz de dilucidar entre la realidad y el sueño, de forma que percibía sonidos en apariencia atribuidos a Louis, aunque no tan acuciantes como para despertarla del todo. De estampía, los gemidos de Robert crecieron en intensidad acompañados de unos bruscos movimientos que hacían rechinar al colchón. Fruto de todo ello, Fanny se desveló del todo a tiempo de ver cómo él se incorporaba de golpe, con los ojos aún cerrados y profiriendo un grito desgarrador. Antes de que su cerebro diera la orden de levantarse al resto de su cuerpo, ya había llegado a la cama de su marido.

—¡Louis, despierta! —gritó, zarandeándolo. Él seguía atrapado por su onírico delirio y tuvo que insistir.

—¡No, Jack, no! —aulló Robert.

—¡Despierta de una vez! —ordenó Fanny. Tras comprobar que sus esfuerzos resultaban baldíos, acabó por propinarle una sonora bofetada que reverberó en la habitación.

Él abrió los ojos de golpe y, durante los breves segundos que estuvo más dormido que despierto, ella pudo leer en ellos un terror extremo que le provocó un helado escalofrío. A continuación, Robert se desplomó como un fardo. Envuelto en sudor y con el pijama empapado, varios mechones de pelo se le pegoteaban a la cara. Había reaccionado, pero era evidente aún la presencia de un manojo de nervios.

—¡Tranquilízate, por favor! —reiteró Fanny—. Soy yo. No pasa nada. ¿Me oyes? No pasa nada.

—De acuerdo. Te oigo. Estoy bien. Ha sido una pesadilla, nada más.

305

—Me has asustado.

—Pues imagínate yo. Una tribu de caníbales me perseguía y yo sabía que al final del camino me esperaba un acantilado con lava hirviente en el fondo. Ninguna de las dos opciones era tranquilizadora. Al menos, en el sueño corría tan rápido como nunca fui capaz.

Fanny lo conocía tan bien y le había observado tantas veces contando historias, que sabía con total seguridad que la fértil imaginación de Louis estaba urdiendo todo aquel embuste para ocultar la verdadera entidad de lo que llevaba días atribulándole. Y su aguante acababa de agotarse.

—¿Quién es Jack? —interrogó lo más cortante que pudo.

La expresión de Robert supuso la prueba definitiva de que ocultaba algo. La miraba como un chiquillo que comete una falta gravísima suponiéndose al abrigo de la impunidad y es pillado in fraganti. Un silencio sepulcral se puso del lado de Fanny presionando a Robert para que diera cuanto antes una respuesta convincente. No la encontró y optó por ganar tiempo.

—¿Por qué me preguntas eso? —cuestionó, mudando su cara de culpabilidad por otra que expresaba la mayor ingenuidad de la que fue capaz.

—Acabas de gritar su nombre en una pesadilla y, que yo sepa, no conoces a nadie que se llame así que pueda inspirarte el pavor que sentías en el momento en que lo has pronunciado.

—¡Por Dios, Fanny! ¡Yo qué sé! No me acuerdo. ¿A qué viene esto?

—Primero me dices que te persiguen caníbales y ahora que no recuerdas nada, ¿en qué quedamos? Sé que algo grave te pasa y he confiado en que acabaras contándomelo. Pero no es así. De forma que no me dejas otra elección que preguntártelo yo. ¿Qué demonios te pasa, Louis?

De nuevo Robert pareció aquejado de una mudez espontánea, que no le permitía articular palabra. Se levantó de la cama y se quitó la empapada camisa del pijama, que le estaba dejando helado. Fue al baño a secar su cuerpo con una toalla y al volver se puso una camisa limpia. Su mujer seguía en el mismo sitio, con idéntica expresión sulfurada mezcla de censura e intriga. Evaporando cualquier esperanza de que pudiera volver a acostarse sin ver disipados del todo sus interrogantes. Y él lo sabía, por lo que adoptó una pose de derrota al dejarse caer en un pequeño diván situado a los pies de su cama. Habló sin mirar a Fanny.

—No puedo contártelo —y no dijo más.

—¿Qué significa que no puedes contármelo? Estoy aquí, estamos solos y soy tu mujer, ¿quién te lo impide?

—Hice una promesa.

—¿A quién?

—A un hombre.

—¿Cuándo?

—Hace tres años.

—¿Dónde?

—En Londres.

—¿Le conozco?

—No.

—¿Y es esa promesa la que ha hecho que parezcas un alma en pena los últimos días?

—No del todo, ya casi la había olvidado.

—Entonces, ¿qué es lo que te pasa? Me vas a volver loca. A mí me da igual lo que le prometieras a aquel hombre. Yo sólo quiero saber qué te preocupa, qué me escondes. Sabes que nunca he tolerado con gusto que te guardes secretos; es palpable que estás asustado y eso es muchísimo más grave que un secreto. Y sabes también que no voy a parar hasta que me lo expliques.

¿Qué podía hacer Robert? Era un hombre íntegro y su palabra, como la de cualquier hombre de bien, sagrada. Además, a cada instante recordaba la última mirada de aquel monstruo antes de separarse. ¿Cómo olvidarla sabiendo ahora lo que sabía? No podía traicionarle ni a él ni a sí mismo. Por otro lado, si sus suposiciones eran ciertas, podía morir más gente. Y él estaba en disposición de aportar su granito de arena para impedirlo. Era una responsabilidad que lo iba consumiendo un poco más cada día, se había propuesto dejarla reposar por entero sobre sus hombros, sin involucrar a nadie más. No suponía que su pesar era tan visible y no contaba con que Fanny lo descubriera. Pudo quitarse de encima a su madre, pero su mujer era muy diferente. Acorralado como un animal descubierto en el fondo de su madriguera, había optado por hundir su cabeza entre sus manos como si fuera una avestruz ocultando la suya en el suelo, cuando la aterciopelada voz de Fanny inclinó la balanza a su favor.

—No temas, mi amor. Cuéntamelo.

Robert levantó su rostro y comenzó a hablar con calma, como si temiera embalarse y perder la capacidad para, en cualquier momento, refrenar su lengua. Las primeras horas de aquella noche no planteaban ningún inconveniente; según se iba acercando a la escena en que se quedó solo y aquel hombre se presentó, su voz iba estremeciéndose. Fanny lo notó y agarró su mano con fuerza para inocularle una transfusión de ánimo. Consiguió su propósito y él pudo acabar su historia.

—¿Eso es todo?

—Sí.

—Sin duda, un hombre atormentado. Digno de compasión. Y ciertamente turbador. No alcanzo a entender el influjo que puede tener sobre ti tres años después.

—Una de las cartas que escribí cuando llegamos a Tahití fue a Sidney Colvin. Y el mismo día que recibí la contestación de la Scribner´s Magazine, llegó también la de mi buen amigo —entonces se levantó y se dispuso a liarse uno de sus finos cigarrillos, en cuya compañía se sentía más tranquilo y sus palabras brotaban con mayor fluidez. Fanny consideró que era un mal momento para impedírselo—. Contaba en ella cosas terribles. Aquel hombre ha asesinado a cuatro mujeres en Whitechapel.

—¿Cómo has dicho?

—Lo que oyes. Y no sólo las mata sino que se aprovecha de sus conocimientos médicos para despedazar sus cadáveres arrancando de su cuerpo sus corazones aún palpitantes —en los días anteriores, la imaginación de Robert había recreado, a partir del texto de Colvin, escenas muy parecidas a la realidad.

—¿Qué estás diciendo? —inquirió Fanny, asustada por primera vez.

—No me invento nada. No es uno de mis cuentos de terror. Sólo digo lo que me contaba Colvin en su carta.

—¿Me la puedes dejar ver para que yo la lea?

—Imposible, la quemé al día siguiente. No podía arriesgarme a que la encontraras. Y la había leído tantas veces que casi memoricé cada palabra.

—Pero entonces ¿lo han detenido ya?

—No.

—¿Y cómo sabes que es él el asesino? —ella volvía a estar confundida.

—¿Y quién, si no? Si hubieras visto sus ojos tú tampoco albergarías ni la más mínima duda. Tras muchos años reteniendo a su míster Hyde, no pudo más y comenzó a matar y a quién sabe qué terribles cosas más.

En aquel preciso instante, Fanny tuvo una intuición que no se esperaba y sintió un primer reparo en indagar por miedo a la verdad. Su naturaleza se impuso.

—Recuerdo que el día antes de empezar a escribir Jekyll y Hyde estuviste en Londres con Henry. ¿Fue aquél el día en que conociste a ese hombre?

Si bien Robert no sabía cómo iba a reaccionar Fanny ante tantas revelaciones, ya no había marcha atrás y no iba a mentirle. Respondería a todas sus preguntas sin vacilación alguna.

—Sí.

—Es decir… ¿qué fue él quien te inspiró el personaje?

—Así es. Por eso no pude decirte entonces de dónde había salido la idea. ¿Recuerdas que me lo preguntaste?

—Como si hubiera sido ayer. Y también lo enfadada que estuve por ello. Pero aquello ya pasó —el pragmatismo de Fanny afloró— y agua pasada no mueve molino. Lo importante ahora es cerciorarse de si ese hombre es en realidad el asesino.

—¿De veras que no te importa? —la sorpresa de Robert era grande.

—¿Y por qué debería?

—Durante algún tiempo me sentí sucio por todo ello. Con la demoledora convicción de que la novela nacía de algo maligno. Y cuando tuvo tanto éxito llegué a pensar que, sin yo saberlo, había vendido mi alma al diablo. Con el tiempo superé esa impresión, y la carta de Colvin la ha revivido con una fuerza inusitada que me taladra el alma sin compasión.

Fanny no dudó ni un instante, lo abrazó con vitalidad y desesperación. Por fin entendía. ¿Cómo era posible que no detectara nunca que Louis se sentía tan atormentado? Quizá se preocupó siempre en exceso de su cuerpo y olvidó a veces su alma. Se sintió culpable por ello.

—Eres un gran escritor y atesoras una inmensa imaginación y eso es lo único que provoca tus novelas. No hay nada oscuro en ello. ¿Me oyes? Borra esas ideas absurdas de tu cabeza. Todos los escritores se basan en la realidad para sus escritos, ¿en qué, si no? —y con su habitual perspicacia cambió de tema, volviendo a la actualidad de los asesinatos—. En cuanto a lo que Colvin te ha contado, creo que te precipitas. No tienes ninguna prueba de que aquel médico sea el asesino.

—Lo sé, y eso no mitiga en absoluto la convicción de que es así. Aquel hombre era muy fuerte, podría haberme partido en dos de un solo golpe. Era médico. Vivía en Londres. Un instinto asesino sin parangón le perseguía desde niño. Y sus ojos…, te repito que sus ojos son los únicos que se me antojan capaces de contemplar esos asesinatos bestiales sin perder la razón o inducir a su dueño a arrancarlos de sus órbitas.

—En cualquier caso, no debes torturarte. Estás a miles de kilómetros. ¿Qué puedes hacer? Sea o no el asesino, fue una mera coincidencia que os conocieseis en el club Savile. No tiene nada que ver contigo. Olvídalo.

—No puedo. Y créeme si te digo que lo he intentado con todas mis fuerzas. Ya ves, hasta tengo pesadillas con él. No ceso de decirme a mí mismo que tengo una responsabilidad con las mujeres de Londres o con mi conciencia, no lo sé. Pero en cuanto valoro hacer algo y contar mi historia como lo he hecho contigo, me asalta un miedo atroz. Si ese hombre se entera de que he roto mi promesa…, no sé de qué puede ser capaz. Además, te equivocas cuando dices que no tiene nada que ver conmigo

–Robert depositó una asustada mirada en los ojos de Fanny–. Tengo la corazonada de que nuestros destinos están enlazados desde aquella noche. No fue una coincidencia. Si no le hubiera conocido, sería un escritor del montón. Es terrible, pero si por un lado me parecer abominable, por otro me siento en deuda con él.

La voz de Robert rielaba cada vez que mentaba a aquel hombre, cual si fuera un fantasma o el mismísimo diablo, y pudiera, por su condición, vengar su afrenta haciendo uso de sus maléficos poderes. La forma en que había acabado con la frágil vida de sus víctimas no ayudaba a tranquilizarlo.

–Si desvelas su identidad, irán a detenerlo, le investigarán y si es, como piensas, el asesino, lo ajusticiarán. Y no tiene por qué enterarse de quién fue el que puso un dedo acusador sobre su persona. Y si lo hiciera, ¿qué? Entre rejas ya daría igual.

–Ese es otro de los problemas. Llevo todos estos días rememorando cada palabra que pronunció, la inflexión de voz con la que lo hizo, sus gestos. Pero hay algo que no consigo recordar. Su nombre. Sólo lo pronunció una vez y parece estar tan fuera de mi alcance como si no lo hubiera desvelado en ningún momento. Hace ya tanto tiempo, que se me antoja imposible el acordarme. Estoy atrapado en un callejón sin salida, pero atiborrado de dudas, miedos e incapacidades.

–No se hable más –resolvió Fanny–. Creo que ha sido una noche con muchas sorpresas y debemos descansar. Mañana seguro que vemos las cosas bajo un prisma diferente y la solución se nos revela sin querer. Le estás dando demasiadas vueltas a todo esto. Debes descansar. Acostémonos –la mirada de Robert denotaba no estar demasiado de acuerdo. Fanny insistió–. Por favor, Louis.

Se apretaron para caber los dos juntos en la cama de ella, las sábanas de la de él aún estaban húmedas. Se abrazaron y reconfortaron el uno al otro. Se mantuvieron en silencio y despiertos durante mucho tiempo. Al final el cansancio les ganó la batalla y, casi a la vez, se dejaron envolver por la oscuridad del sueño.

Tahití, 22 de octubre de 1888

Querido Arthur:

Podría comenzar esta carta de miles de maneras, pero todas, salvo una, serían un fraude, una distracción absurda del tema que me preocupa y por el que te escribo. Así que en base a nuestra amistad te voy a pedir que me disculpes si obvio cualquier convencionalismo y paso sin más preámbulos al tema en cuestión.

He recibido una carta de Sidney Colvin, buen amigo al que no sé si conoces, en la que me relata los asesinatos que asolan Londres. En la fecha en la que su misiva partió a mi encuentro, las víctimas ascendían a cuatro y espero con todas mis fuerzas que el número no se haya visto incrementado. La hipótesis de que no sepas de lo que te hablo la descarto por completo, Colvin me comunica que es la comidilla en toda la ciudad.

La razón por la que te escribo no es otra que la creencia de que conozco al asesino. Sólo le vi una vez, pero fue suficiente para que ahora sospeche de él. Te lo cuento a ti, ahora que vives en Londres, para que tú, a su vez, se lo refieras a la policía y a quien te ha servido de inspiración, Joseph Bell. Me falta el dato más importante, pues no consigo recordar su nombre. Pero en su defecto, te lo puedo describir: alto y fuerte, nariz rota, de buenos modales, ojos color castaño, pelo negro, mandíbula de púgil, como la tuya y, al menos aquel día, elegante. Es médico. Y hace tres años vivía y tenía una consulta en Londres.

Es muy importante que hables con Bell por dos motivos. Uno por su consabida sagacidad y capacidad detectivesca y otro porque también él le vio una vez. Dile que fue hace algo más de tres años. Un día en que impartió una clase magistral, invitado por la universidad de Londres. Se trataba de hacerle la autopsia a un cadáver. Debes preguntarle si recuerda cómo, nada más separar la carne muerta con un bisturí, un alumno salió corriendo mientras se tropezaba entre el resto de aspirantes a médicos. Era él.

Sé que no es mucho, pero es todo lo que puedo decirte.

A finales de diciembre tenemos previsto zarpar con dirección a las islas Hawai. Irás teniendo noticias puntuales de dónde me encuentro por si quieres ponerte en contacto conmigo.

No me preguntes en qué baso mis conjeturas, pero me conoces lo suficiente como para saber que nunca bromearía con un tema como éste. Tengo razones de peso y lo único que te pido es que, si le localizan, le investiguen.

Quiero terminar con una promesa. O más bien con dos. Voy a hacer los máximos esfuerzos para recordar el nombre de ese mal nacido. Y si lo consigo, serás el primero en saberlo.

Recibe hasta entonces un fuerte abrazo

Robert Louis Stevenson

Sentado en la oficina de Correos y Telégrafos, bajo un agradecido ventilador, Robert releía por quinta vez consecutiva la carta dirigida a Conan Doyle, y tenía que aplacar con gran esfuerzo los colosales arrebatos que le inducían a romperla en mil pedazos cada vez que la concluía. Casi seguro, cuando acabara, sería incapaz de comenzar una sexta lectura.

Su lucha interna había sido encarnizada. En vista de su nula capacidad para tomar una decisión, Fanny aparcó por completo sus consejos garantizándole que aceptaría la determinación que adoptara y que le apoyaría sin condiciones. No podía hacer más. Mientras tanto, Robert zozobraba en medio de un vendaval que azotaba, inclemente, sus principios. Al final, se dejó llevar y comenzó a escribir la carta sin saber siquiera si sería capaz de enviarla.

Tras releerla por sexta vez, se levantó y se acercó con paso dubitativo hasta la ventanilla tras la que se encontraba el empleado que le atendía casi siempre.

–¿Qué desea, señor Stevenson? –preguntó, curioso, atento y algo cohibido por la relevancia del escocés.

Cuando Robert salió al calor de la calle le atenazó una poderosa sensación de vértigo. En vez de romper la cuartilla, la había introducido en un sobre y se la había entregado al empleado dándole instrucciones precisas para el envío.

Un envío de imprevisibles consecuencias que no tardarían en materializarse y que, de haber sido conocidas por Robert, le habrían convencido sin ninguna duda de no mandar nunca aquella carta.

La política es quizás la única profesión para la que no se considera necesaria una preparación.[27]

CAPÍTULO XVI

Noviembre de 1888. Londres.

Ethan Ross apuntaba, con minucioso esmero, sus conclusiones sobre el último paciente. Llevaba ya varios años tratándolo y constituía un auténtico pozo sin fondo en cuanto a patologías de todo tipo. Algunas de las cuales excedían sus conocimientos, lo que le obligaba a derivarlo a otros colegas especializados en ellas. A pesar de lo cual, el enfermo siempre acababa volviendo a su consulta, confesando que nadie le entendía ni sanaba sus males con tanta eficacia como él. Se habría bebido sin rechistar un vaso entero de arsénico si Ross, su médico predilecto, así se lo hubiera indicado. Tal era la confianza incondicional en él. Ross lo sabía y no podía contener una maliciosa sonrisa de satisfacción mientras escribía. Constituía una variante de poder absoluto sobre una persona que quizá su nuevo yo explorara algún día.

Tras sus cinco asesinatos, ya no sufría ni asomo de arrepentimiento. Se sentía un hombre renovado por completo, sin ataduras ni absurdos y represores convencionalismos que frenaran sus instintos. De repente, su vida había adquirido sentido. Él no lo había elegido, pero ya no encontraba ninguna razón

---

[27] *Familiar Studies of Men and Books, "Yoshida-Torajiro"*, por RLS.

315

para oponerse a los oscuros y abyectos dictados del fondo de su alma. Se había convertido en un ser insensible, seguro de sí mismo, arrogante, confiado, carente de escrúpulos y de limitación alguna. Capaz de acometer cualquier empresa y de ejecutar sin una brizna de remordimiento cualquier acción. Un maligno sentimiento de superioridad física y moral sobre sus iguales, ya fueran amigos, colegas, pacientes o empleados, guiaba tanto su comportamiento como sus pensamientos. El único contrasentido parecía ser la forma en que atendía a su clientela. Por la inercia de los últimos años, aún pretendía curarla.

En cuanto acabó de tomar notas, se levantó y, tras abrir la puerta de su despacho de caoba, le indicó a Lucy, su joven secretaria, que diera paso al siguiente paciente. Solícita, ésta se dirigió a la sala de espera, con la desagradable sensación de tener clavada en su cuerpo, a su espalda, la turbia mirada del doctor. En los dos años que llevaba con él nunca había percibido, hasta los últimos días, semejante expresión en sus ojos cuando apuntaba con ellos a sus curvas. El recato y la corrección en el trato habían dado paso a una inesperada y libidinosa forma de comportarse, que esperaba con todas sus fuerzas no se prolongara en el tiempo.

Apenas Ross se había sentado cuando un hombre entró acelerado y cerró tras de sí la puerta, antes incluso de que Lucy pudiera agarrar su manilla siquiera. El doctor reconoció en aquel atado de nervios a su viejo amigo Craig Cunningham. Único hijo y heredero, por tanto, del Howard Cunningham que había levantado un imperio de los negocios de la mano del insaciable devorador imperio británico que llegó a controlar, bajo el yugo de la reina Victoria, casi el veinticinco por ciento de la superficie terrestre. Como siempre, su indumentaria revelaba su posición económica. Confeccionada por los mejores sastres de todo Londres, con las mejores telas de ultramar y las últimas tendencias de la moda llegada de París. Su elevada estatura y un cuerpo atlético constituían la mejor percha para tan cara vestimenta. Era un hombre guapo, educado, cabal y con una formación envidiable. Buen hijo, prometedor heredero y, a pesar de la infinidad de pretendientes que babeaban por el terreno que pisaba, soltero y sin compromiso conocido, por lo que ya había quien dudaba de su inclinación sexual. Nada de todo ello preocupaba lo más mínimo a Craig, que vivía ni más ni menos como quería.

Lo que no casaba con la apariencia habitual del recién llegado era su más que apreciable desasosiego. Su conocido empaque estaba viciado por un evidente estado de alarma desde que asomó bajo el dintel de la puerta.

—¿Qué te ocurre, Cunningham? —indagó Ross, sorprendido y curioso a partes iguales.

—¿A qué te refieres? ¿A mi estado de salud o al motivo de mi nerviosismo? —respondió el aludido, consciente de la imagen que proyectaba.

—Puedes empezar por donde quieras, y no te lo oculto: me interesa tanto una cosa como la otra. Pero te prometo cobrarte sólo por la primera, aunque te aconseje sobre las dos.

—¡Eres el demonio! —sonrió Cunningham.

—No lo sabes bien… —confirmó Ross con una frialdad y una doble intención que su amigo no podía descubrir de ningún modo.

Durante unos instantes, Cunningham estuvo ordenando sus ideas en la cabeza y, cuando terminó de hacerlo, lanzó una sorprendente pregunta.

—¿Has leído todo lo que se publica sobre Jack el Destripador? —Ya ni recordaba el problema de salud que le llevaba a la consulta en esta ocasión.

La sorpresa paralizó a Ross durante un segundo eterno, pudo contener una reacción que hubiera sido, cuando menos, sospechosa. Quizá Craig sabía más de lo que pensaba.

—No estoy muy al tanto. Ni tengo tiempo ni me gusta la prensa sensacionalista. ¿Por qué me lo preguntas? —cuestionó como con descuido, aunque en el fondo estaba tan atento que pretendía no pasar por alto el más mínimo gesto o comentario del que en unos minutos podía dejar de ser su paciente y amigo.

—A estas alturas y tras varios meses desde el primer crimen, las conjeturas sobre quién puede ser el asesino son de lo más variopintas. Hay quien piensa que es un marinero que busca venganza por la enfermedad venérea que alguna de esas prostitutas le contagió. Otras versiones apuntan en la dirección de un carnicero por su destreza con el cuchillo a la hora de descuartizar un cuerpo. Incluso hay malintencionados rumores que pretenden aprovechar la oportunidad para incriminar al nieto de la reina, el príncipe Alberto Víctor, y extender el oprobio por palacio. Mi padre ha tenido la oportunidad de conocer al príncipe y, si bien espera que un carácter tan pusilánime no llegue a reinar nunca, considera muy improbable que tales habladurías tengan una mínima base de realidad.

Ross no tenía ni idea de a dónde pretendía llegar Cunningham. Conseguía aparentar una calma total y le escuchaba como si éste le estuviera refiriendo meros síntomas de su dolencia. Preparado, no obstante, en todo momento, para saltar a su yugular si intuía la más mínima sospecha hacia su persona.

–Pues bien, he de decirte que a mí este feo asunto me ha interesado desde el principio –a medida que hablaba, iba recuperando de manera gradual la tranquilidad inherente a su persona y sus manos, que al comienzo simulaban poseer vida propia gesticulando por su cuenta, ahora parecían estar controladas ya por su dueño–. Leo los periódicos a primera hora de la mañana y cuento con algún confidente entre la policía que me relata de primera mano los mínimos avances realizados hasta ahora. Entre nosotros, Ross, y que no salga de estas cuatro paredes –se inclinó hacia delante en su silla y bajó la voz hasta el susurro propio de las confidencias–, no tienen ninguna pista, están totalmente ciegos. Nuestros convecinos no deben saberlo, no deben perder la confianza en que semejante canalla será arrestado. Si supieran que Scotland Yard, con todos sus medios, anda dando tumbos, el desánimo cundiría entre ellos. Es cierto que han detenido a varios sospechosos, pero la evidencia posterior de su inocencia les ha obligado a soltarlos.

–¿Tú albergas alguna sospecha sobre alguien en particular? –Ross no pudo dominar la paciencia y la pregunta fluyó sin poder controlarla. El corazón dejó de latirle hasta que el visitante respondió.

—Por supuesto que no.

Le sobrevino un ramalazo de tranquilidad y el calor que amenazaba con perlar de sudor la cicatriz de la frente de Ross desapareció como si hubiera entrado una ráfaga de aire fresco por el resquicio de la ventana entreabierta.

—Entonces ¿por qué me cuentas todo esto?

—Porque esta misma tarde, justo antes de venir hacia aquí, me he enterado de algo que puede cambiar el curso de la investigación en redondo.

—¡Diantres, Cunningham! ¡Me tienes en ascuas! ¿De qué se trata?

—¿Conoces a Arthur Conan Doyle, el médico escritor escocés?

—He coincidido alguna vez con él, apenas hemos intercambiado más que un saludo cordial.

—El hecho es que esta mañana me lo han presentado y en el pequeño grupo en el que nos encontrábamos, ha hecho una revelación increíble. Es amigo del famoso escritor Robert Louis Stevenson y hace unos días recibió una carta de éste en la que le aseguraba saber la identidad de Jack el Destripador, al que conoció hace varios años... ¿Te encuentras bien?, estás pálido.

Por la expresión de Ross, se diría que acababa de ver un fantasma. Aquello sí que no lo esperaba. Y sus ojos abiertos como platos le delataban. Parecía montado en una montaña rusa y de nuevo tocaba estar en guardia. Un sudor frío le resbalaba por la espalda. La boca entreabierta parecía a punto de expeler un grito. Su cuerpo entero se envaró de golpe y sus brazos, rígidos, desembocaban en unas manos que agarraban con tal fuerza los laterales del sillón que éstos parecían a punto de reventar convertidos en miles de astillas.

—¿Qué te pasa, amigo mío? —insistió Cunningham, alarmado ante la falta de respuesta de Ross.

—Tranquilo, Craig. Yo soy el médico, estoy en buenas manos —bromeó para destensar el ambiente—. No es la primera vez que me pasa esto, y no tiene mayor importancia aunque sea muy aparente, son pequeños ataques de ansiedad. —Se levantó y se dirigió a un pequeño minibar, alojado al fondo de la estancia, para servirse una copa de *whisky*–. ¿Quieres beber algo?

–No, gracias.

Con la copa en una mano algo temblorosa volvió a sentarse en su sillón e hizo acopio de toda su voluntad para controlar los signos visibles de su azoramiento.

–Continúa, por favor. Poco a poco me iré tranquilizando y estoy muy intrigado con tu relato –instó.

–De acuerdo. ¿Dónde estaba?... Ya sé. En la carta, Stevenson describe al asesino, ¿y puedes creer que me recordó a ti? Es médico, como tú. Alto, fuerte y moreno. ¿Qué te parece? Si no te conociera desde hace tantos años, te habría denunciado. –Ross regó su garganta bebiéndose de un trago lo que quedaba en la copa. Aquello no podía estar pasando. La creencia en una total impunidad desapareció como una gota en el mar y de repente se vio vulnerable y sin defensa alguna.

–¿Y ya lo han detenido? –acertó a preguntar Ross, balbuceante, desconcertado por no estar todavía entre rejas e imaginando la presión de una soga en su cuello.

–Ahí está el nudo gordiano del asunto, mi querido amigo. Stevenson no recuerda el nombre del asesino y por eso no han podido aprehenderlo. Conan Doyle ha entregado la carta del escritor a Scotland Yard y están empezando a visitar a colegas tuyos para investigarlos. Quizá sea sólo cuestión de tiempo y en unos días conozcamos la verdadera identidad de Jack el Destripador. ¿Te lo imaginas?

La mente de Ethan Ross imaginaba eso y muchas cosas más. Funcionaba a pleno rendimiento evaluando los escenarios posibles y las opciones a su alcance. Pero requería estar solo para concentrarse sin interrupciones ni distracciones. Ya había oído suficiente. Solo necesitaba un dato y debía obtenerlo sin llamar la atención.

–¿Tienes algo más que contarme? –preguntó tajante y con tono descortés, ante la mirada sorprendida de Cunningham.

–Creo que no…, ¿te parece poco?, ¿o es que te encuentras tan mal que se te ha agriado el carácter por arte de magia?

Ross se dio cuenta a tiempo de que no debía enfadar a su amigo y se disculpó.

—Lo siento, Cunningham. No me encuentro bien. Creo que voy a anular las citas que me quedan y tendré que atenderte otro día si ni siquiera un buen *whisky* consigue reanimarme. Sólo me queda una duda. ¿Cómo es que Stevenson no ha venido a Londres para acudir él en persona a la policía? —preguntó, insistiendo en el tono de descuido que ya había utilizado, cual si estuviera preguntando por el tiempo que iba a hacer al día siguiente.

Una sombra de duda inexplicable surcó el entendimiento de Cunningham, pero pasó de largo tan rápido que no le dio tiempo a sospecha alguna. Contestó a la pregunta de Ross sin intuir la importancia capital de su respuesta.

—Se encuentra en los mares del sur, viajando en un barco acompañado por su familia, así que le ha sido imposible. La carta la envía desde una isla llamada… —su mente se acartonó y sus esfuerzos por recordar resultaron infructuosos—. No me acuerdo, Ross. Yo ni siquiera la conocía.

Se tendría que enterar por otro medio.

—Discúlpame, Craig, es que no aguanto más. Debo irme a mi casa y descansar. ¿Puedes decirle, por favor, a mi secretaria que lo comunique al resto de pacientes?

—Claro, Ross. No te preocupes y cuídate.

Salió sorprendido. Ethan Ross nunca se había comportado de una manera tan rara. Le dio el mensaje a Lucy y se marchó.

El doctor recompuso su mesa. Incluso en tales circunstancias mantenía su gusto por el orden. Mientras recogía sus cosas, oía a los pacientes despedirse deseando que se recuperase.

—Si no necesita nada más, doctor, ¿puedo marcharme? —le preguntó su secretaria desde el otro lado de la puerta, como sin atreverse a entrar.

—Sí, puede irse. Mañana a primera hora anule las citas de los próximos tres días, por favor. Diga a los pacientes que ya les avisaremos.

—Así lo haré, doctor. —Y sin más dilación, se marchó como todos dejando a Ross en compañía de sus fantasmas.

Unos minutos después estaba tan sumido en sus cavilaciones que no oyó de nuevo el ruido de una llave en la cerradura. Y cuando un rostro asomó por la puerta, se llevó un susto de muerte.

—¿Estás loco, Cunningham?, ¿quieres que me dé un ataque al corazón?, ¿cómo demonios has entrado?

—Me encontré con Lucy en la calle y le pedí que me abriera la puerta para decirte algo que te interesa. He recordado el nombre de la isla. Tahití. Stevenson se encuentra en Tahití.

Un cúmulo de sentimientos se agolpaba en el interior de Ethan Ross pugnando cada uno de ellos por imponerse al resto. El médico saltaba entre todos sin descanso, la rabia le acosaba cada vez que recordaba su reunión con Stevenson en el club Savile. Encorajinado por haber desnudado su alma ante el escritor. Había sido un gravísimo error y se enfadaba consigo mismo por haberlo cometido. En su estado actual ya no recordaba la necesidad que tuvo de hablar con él ni el desahogo que representó. El odio hacia el delator era candente al pensar en la promesa rota. Él puso una condición a cambio de contárselo todo y Stevenson le dio su palabra. Nunca debería haberse fiado del juramento de un renegado escocés. ¡Maldito! Cuando la ira y el desprecio remitían y los momentos de debilidad le sobrevolaban como aves de rapiña, le atenazaba el miedo. El temor a ser descubierto. El pánico a la asfixia lenta en la horca al no haberse partido su cuello en la caída. El horror de morir ahora que empezaba a vivir con plenitud. Y como en un bucle sin fin, cuando se recuperaba de estos sobresaltos, volvía de nuevo a enfervorizarse.

En los breves momentos en que conseguía serenar su ánimo lo suficiente, intentaba analizar con frialdad su situación. ¿Hasta qué punto era Stevenson una amenaza? Si no recordaba nunca su nombre, el peligro era limitado. La policía sólo tenía una descripción y con toda probabilidad habría muchos médicos en Londres que encajaran en ella. Además, en tres años el culpable podría incluso haberse mudado de ciudad. Se cansarían pronto de seguir una pista tan débil y no llegarían siquiera a interrogarle. Por el contrario, si conseguía recordarlo, tendría a la policía pisándole los talones durante un tiempo. A pesar de ello, tampoco existía ninguna prueba definitiva de su culpabilidad salvo la conversación que mantuvieron y lo que su febril imaginación forjó a partir de ella. Y eso jugaba a su favor, porque se necesitaba más para condenar a un hombre por asesinato. Además, sería la palabra de Stevenson contra la suya y él siempre podría negarlo todo. No había testigos, estuvieron solos y nadie estaría en disposición de corroborar la versión de aquel escritor mentiroso.

Las palabras de Cunningham, sin embargo, resonaban en su cabeza como timbales. A cada rato, volvía a reproducir cada una de ellas, *Si no te conociera desde hace tantos años, te habría denunciado*. Su amistad era el dique de contención para que su amigo no dudara de él. La policía no poseía ese vínculo y ello suponía un verdadero problema.

A la mañana siguiente se levantó más tarde de lo habitual, había pasado casi toda la noche en vela. No sabía muy bien qué hacer, su vida era su trabajo. Y aunque hoy no habría pacientes en su clínica, acabó decidiendo acudir a la misma. Se tomó con calma el desayuno, se bañó y estuvo un momento decidiendo qué ropa ponerse. No era una persona en exceso preocupada de su aspecto exterior, pero una de sus manías consistía en tomarse más tiempo del normal en combinar las diferentes prendas dispuestas a lo largo del armario. En cuanto hubo acabado, contempló su imagen en el espejo y tuvo una sensación perturbadora que tardó en identificar. Cuando lo hizo, le dio un vuelco el corazón. ¡Se había vestido igual que el día que mató a Mary Jane Kelly! Leyó en los periódicos que aquella desgraciada se llamaba así.

Faltaba un detalle y no acababa de darse cuenta. Los zapatos negros de cordones, el pantalón a rayas gris, la camisa blanca de altos cuellos, el chaleco color marfil y el chaqué a juego con los zapatos, estaban incompletos. ¡Claro! ¡Cómo podía no haberse dado cuenta! Esa noche también llevaba su bufanda preferida. La que le regalaron dos años atrás en la universidad por impartir un curso de una semana. Llevaba sus dos iniciales, *E.R.*, cosidas sobre una etiqueta en uno de los extremos. Le gustaba porque era muy suave y tenía la medida justa, ni muy larga ni muy corta. Abrió el cajón correspondiente. No la vio encima del resto de prendas. Ahuecó el contenido metiendo sus grandes manos para separar todos los pequeños complementos. Y no la encontró. Rara vez le pasaba semejante circunstancia. El orden que imperaba en su trabajo lo llevaba a rajatabla también en su casa. Y no le gustaba que las cosas no estuvieran en el sitio en el que debían. Así que lenta y concienzudamente se dispuso a buscarla. Escudriñó en los cajones, las baldas y las perchas. Nada. Vació todos los huecos de su armario, separando cada prenda por si estaba entre ellas. La terca bufanda seguía sin aparecer. Recorrió cada centímetro cuadrado de la casa. Todo infructuoso. Estaba en verdad contrariado, mas no quería dejar de buscar porque mientras se enfrascaba en una empresa tan mecánica no le daba tiempo a pensar, impidiendo con ello que aflorara una idea subliminal terrorífica. ¡Se había dejado olvidada la bufanda en el apartamento de su última víctima! Cuando la idea se hizo patente, Ethan Ross cerró los ojos recordando la noche del ocho de noviembre. Reconstruyó la escena. Se vio dejando la bufanda en una silla y el abrigo encima. Se puso la bata para proteger la ropa de eventuales salpicaduras de sangre. Recogió el abrigo al acabar. Lo intentó una y otra vez y no conseguía recrearse en su cabeza con la bufanda al cuello. Probó recordando su llegada a casa y el resultado fue el mismo. Se veía quitándose toda la ropa menos la maldita bufanda. Al final se rindió a la evidencia. Ahora sí que estaba perdido. Si Robert Louis Stevenson recordaba su nombre, nada ni nadie le salvaría. Se encontraba en sus manos, a su merced, dependiendo de su memoria como un derrotado gladiador en la arena depende del movimiento del pulgar del César.

Aún necesitaba un empujón más para tomar una decisión. Salió a la calle. Era un típico día gris de noviembre. Desapacible. A punto de llover. Frío. Características que no invitaban a alegrías, incapaces de transmitir nada positivo. La gente se movía apresurada para llegar a su destino cuanto antes y guarecerse de la tristeza que contagiaba un día semejante. Varios conocidos le saludaron y estuvieron a punto de pararse a departir con él; sumido como estaba en su particular pozo, ni se dio cuenta. En absoluto contraste con los últimos meses, en los que se desplazaba por Londres con la frente alta y marcial, ahora andaba cabizbajo, huidizo, observando cada loseta del suelo escondido bajo su sombrero de copa. A punto estuvo de pasarse de largo el portal de su consulta. Nada más abrir la puerta, Lucy acudió a su encuentro toda alborotada y con ojos empañados.

–Buenos días, doctor. ¡Qué bueno que ha venido! No sabía si ir a buscarle a su casa. He de decirle algo terrible –la joven hablaba atropellada y movía los brazos desmadejados como una marioneta.

–Lucy, tranquilízate, por favor –recomendó Ross, que ya tenía suficiente con sus problemas como para cargar además con una secretaria histérica–. ¿Qué ha pasado que sea tan grave?

–La policía ha estado aquí –sintetizó en cinco palabras que para ella parecían constituir el origen de todos los males.

No puede ser, pensó Ross. *Todavía no.*

–Pasa a mi despacho y cuéntamelo todo –ordenó el médico.

Lucy se sentó en la misma silla que Cunningham el día anterior y comenzó su relato de forma embarullada y entrecortada.

–Cuando he llegado ya había un par de pacientes esperando…, no piense usted que he venido tarde…, incluso era cinco minutos antes de la hora…

–¡Lucy, por favor! ¿Te quieres calmar? –reconvino Ross–. Nunca he tenido queja alguna de tu puntualidad y no voy a empezar a tenerla hoy. Lo que quiero que me cuentes es ese asunto de la policía, puedes ahorrarte todo lo demás.

La ayudante respiró hondo y consiguió templar su lengua y ademanes.

–Pues bien, estaba escribiendo las correspondientes notas de anulación de las citas de estos días, como usted me indicó, cuando llamaron a la puerta. Pensé que sería un nuevo paciente, porque no me acordé de pegar en la puerta una hoja avisando de que la consulta estaba cerrada. Pensé no contestar y esperar a que se marchara para hacerlo, pero en seguida volvieron a insistir y pude escuchar a un hombre que decía: "Abran, somos agentes de la policía". No sé por qué, me puse muy nerviosa. —Ross también se estaba impacientando, pero en ese punto Lucy llegó a lo sustancial—. Eran dos policías, doctor, y preguntaron por usted. Les indiqué que en varios días no vendría a trabajar. Que estaba indispuesto. Me pidieron una foto suya si había alguna por aquí. Les dije que no había ninguna. Entonces me dijeron que cómo era usted. Yo les contesté que era una persona amable, y me interrumpieron para decirme que se referían a cómo es usted físicamente. Estaba muy nerviosa, nunca nadie me había interrogado...

—Cuando te preguntaron eso —volvió a interrumpir Ross—, ¿qué les dijiste?

—¿Pues qué les voy a decir? —Lucy se sonrojó—. Que es usted un hombre guapo, elegante y que es un buen médico.

Ross respiró aliviado. Que Lucy fuera un tanto atolondrada y estuviera como un flan le había beneficiado. Con semejante descripción, los policías no le habrían identificado y pensarían que seguir insistiendo con ella era perder el tiempo.

—¿Qué pasó luego?

—Creo que seguido fue cuando me preguntaron si vino usted a trabajar el viernes de la semana pasada. Les dije que sí, como todos los días. El doctor siempre viene a su consulta a no ser que esté enfermo, les dije. Que si había notado algo raro en su comportamiento los últimos meses. No sabía a qué se referían, yo no he notado nada. Se lo juro, doctor Ross. No les he dicho nada. Luego se han marchado diciendo que volverían la semana que viene y no he podido evitar llorar un poco.

—No pasa nada, Lucy —intentó tranquilizarla—. No hay razón para ponerse nervioso. Será una investigación rutinaria. No tenemos nada que ocultar. ¿Te han preguntado dónde vivo?

—No lo han hecho, pero tampoco se lo hubiera dicho... ¿Qué pasa, doctor? ¿Por qué han venido aquí? ¿De qué le acusan?

—No tengo la más mínima idea, te repito que no hay razón para preocuparse —se levantó e intentó infundir ánimo a su empleada cogiéndola de los hombros mientras la acompañaba a su puesto de trabajo–. ¿Sabes lo que vamos a hacer? Vas a recoger tus cosas y te vas a ir a tu casa. Yo me quedaré aquí por si vuelven.

–¡Ni lo sueñe! Me queda trabajo que hacer, aún no he acabado…

–No te lo estoy sugiriendo, Lucy –el tono de voz de Ross adquirió el timbre más autoritario que pudo–. No voy a permitirte que te quedes aquí en tu estado. Coge tus cosas –masticó las palabras– y no vuelvas hasta mañana. ¿De acuerdo? –Era una pregunta retórica que Lucy no debía responder. Fue capaz de entenderlo, por lo que se puso su abrigo, se ajustó el sombrero y agarró el bolso. Sin mirar atrás, salió por la puerta, sin entender nada de lo que estaba pasando.

Ethan Ross permaneció aún cinco minutos más. Todas las cartas estaban encima de la mesa y boca arriba. No podía quedarse de brazos cruzados. El cerco se estrechaba a su alrededor y empezaba a ahogarle. Había un cabo suelto que le estaba generando muchos problemas y que se llamaba Robert Louis Stevenson. Debía acabar con él.

A esa misma hora, en otro punto de la ciudad, un mendigo se embozaba bajo una bufanda de una calidad evidente que contrastaba con el resto de sus andrajosos ropajes. Acariciaba con insistencia su agradable textura y daba gracias al Dios que le había abandonado por, al menos, haberle permitido encontrar días atrás semejante sobrecuello tirado en medio de la calle. Se percató que tenía cosido un pequeño pedazo de tela con las, casi con toda seguridad, iniciales de su propietario. Por instinto, la arrancó y la arrojó al suelo. Desde entonces, la etiqueta aleteaba por las calles de Londres soplada por el viento y con las iniciales *E.R.* grabadas en ella.

La Policía Metropolitana de Londres fue fundada por Sir Robert Peel, estadista y político del Partido Conservador, en el año 1829. En sus orígenes se emplazó en el número 4 de Whitehall Place, donde había una puerta trasera que comunicaba con la calle Great Scotland Yard. Con el tiempo, el nombre de la calle y el de la policía llegaron a convertirse en sinónimos y aunque en el año 1875 hubo un traslado masivo, ya todo el mundo conocía a la policía del gran Londres como Scotland Yard. De hecho, se decidió llamar New Scotland Yard al edificio de estilo gótico que se convirtió en la nueva sede.

Un carruaje, que tenía orden de su cliente de realizar la carrera lo más veloz posible, se detuvo en frente del citado edificio, que más parecía una catedral, con sus inmensos ventanales coronados por arcos ojivales, sus contrafuertes y arbotantes, sus vidrieras, rosetón y enormes puertas. Era grandioso y albergaba una de las policías más modernas del mundo.

Un hombre corpulento, pero ágil, salió del carruaje de un salto y enfiló directo a la puerta de entrada principal. Parecía conocer el camino. Una vez dentro, se despojó del sombrero y se dirigió a uno de los policías que atendían a la gente que iba llegando. Cuando éste levantó la cabeza, toda su atención se concentró en el espléndido bigote del recién llegado. La distancia oculta entre la nariz y el fino labio superior era grande y ello posibilitaba un mostacho muy ancho en su parte central que iba recortándose poco a poco hasta quedar reducido a un tieso cordoncito de pelos que, ya separados de la cara, quedaban suspendidos en el aire dibujando una curva ascendente. Sin duda, un gran bigote. Su poseedor tomó la palabra antes de que le preguntaran.

—¿Está el general Charles Warren? Necesito hablar con él. Es muy urgente.

—¿Cuál es su nombre? —quiso saber el agente.

—Dígale que quiere verlo Arthur Conan Doyle. Estuve con él hace unos días con relación a los asesinatos de Whitechapel.

—Lo siento, caballero, pero el general Warren dimitió de su cargo el día nueve de noviembre, el mismo día en que mataron a Mary Jane Kelly.

Conan Doyle no daba crédito a lo que oía. El máximo responsable de Scotland Yard acababa de abandonar su cargo en medio de las muertes más sangrientas perpetradas en toda Europa por un asesino en serie.

—¿Y quién ocupa su cargo ahora? –quiso saber.

—El comisionado James Monro es nuestro nuevo jefe.

—Entonces es con el señor Monro con quien quiero hablar –insistió Conan Doyle, que no estaba dispuesto a irse como había venido.

El policía le observó de arriba abajo. Si intentara conseguir que todos los ciudadanos que tenían alguna pista sobre los crímenes de Jack el Destripador pudieran ver al nuevo comisionado antes de pasar por los filtros correspondientes, volvería a patrullar las calles todas las noches del año sin excepción. Aquel hombre estaba loco si pensaba que iba a lograr su propósito.

—Si quiere, puede hablar con uno de los oficiales a cargo de la investigación. Ahora le digo que está usted aquí –explicó el policía impasible.

—Usted no lo entiende –contraatacó Conan Doyle sin darle tiempo a dar un solo paso–. Creo saber quién es el asesino y necesito hablar con el máximo responsable.

—Me temo, caballero, que es usted quien no lo entiende. No tengo ni las competencias ni la graduación necesaria para presentarme en el despacho del comisionado Monro. Así que se lo voy a poner fácil: o habla usted con quien le he dicho o no puedo hacer otra cosa y tendrá usted que marcharse.

Conan Doyle entendía lo que el policía le explicaba, pero no sabía hasta qué punto aquello podía retrasar su objetivo. Tuvo mucha suerte la primera vez consiguiendo hablar con Warren y si él siguiera allí le recibiría sin ningún género de duda. Pero debía asumir que las cosas habían cambiado y tuvo que aceptar a regañadientes el ofrecimiento del policía con un lacónico *de acuerdo*.

—Espere un momento, por favor.

El agente desapareció tras un tabique y al cabo de un rato volvió, seguido por otro hombre.

—¿Quiere acompañarme, señor? –Sin esperar respuesta, retrocedió por donde había venido. Conan Doyle le siguió, una vez superada la sorpresa inicial.

—Siéntese, por favor –indicó, señalando una incómoda silla al otro lado de su mesa de trabajo–. Mi nombre es Moses Wilson. ¿En qué puedo ayudarle?

Era frustrante tener que empezar de nuevo a contar todo lo acontecido hasta el telegrama que había recibido apenas una hora antes. Pero no le quedaba más remedio.

—Soy un buen amigo del escritor Robert Louis Stevenson. ¿Lo conoce?

—Por supuesto que sí. Tengo un hijo de diez años y ya hemos leído juntos un par de veces *La isla del Tesoro*.

Una envidia sana corroyó desde dentro a Conan Doyle, era evidente que aquel hombre no había leído el primer caso de Sherlock Holmes. Y consideró, con un exceso de vanidad, que le vendría bien teniendo en cuenta su profesión. Aprendería mucho.

—Ahora mismo Stevenson se encuentra en Tahití, una isla del Pacífico Sur. Allí se enteró de los asesinatos y está seguro de conocer quién es el asesino. Hace unos días recibí una carta suya en la que me lo explicaba y me ofrecía una descripción física del sospechoso. Vine con ella y fui recibido por el general Warren. Se quedó con la carta y dio orden de investigar a los médicos de Londres que respondan a su retrato.

—Conozco todos los detalles de su historia. Tenga en cuenta que soy uno de los inspectores que lleva la investigación y yo también recibí la orden del general. ¿Tiene algo nuevo que contarme? —Moses Wilson estaba muy ocupado y no le sobraba tiempo para perderlo

—Lo cierto es que sí, inspector —Conan Doyle se refrenó ante la duda de la reacción del policía y éste prestó toda su atención intuyendo lo que iba a escuchar—. En su carta, Stevenson aseguraba no recordar el nombre del médico al que considera el asesino, pero hoy mismo he recibido un telegrama en el que confirma haberse acordado. —Introdujo su mano derecha en el bolsillo de la chaqueta y sacó un papel algo arrugado ofreciéndoselo—. Es éste. Léalo usted mismo.

Wilson lo desdobló y ante él apareció un escueto párrafo:

Ya recuerdo su nombre, Arthur. Se llama Ethan Ross. Créeme, por favor, es el asesino. Díselo a la policía cuanto antes. Que actúen rápido.

—Espere aquí un momento, por favor —advirtió el inspector, y acto seguido salió de la estancia. Los minutos se convirtieron en toda una vida. Alrededor de Conan Doyle había muchas mesas con policías trabajando, tomando declaración, recibiendo denuncias. Incluso había algún detenido sentado en un largo banco corrido. En la tranquilidad de su casa no podía sospechar que la policía tenía tanto trabajo. Lo pensaría para sus próximas novelas. Comenzaba a impacientarse, cuando vio volver a Wilson.

—Si no tiene nada más que decirme, puede usted marcharse a su casa. Tenga la seguridad de que seguiremos la pista que el señor Stevenson nos aporta —lo dijo sin sentarse siquiera y con un ademán indicó a Conan Doyle que se levantara para acompañarle a la salida. Éste no se lo podía creer.

—¿Y esto es todo? ¿Qué van a hacer ahora? ¿No puedo estar presente para informar a mi amigo? —se quejó, enfadado.

—Déjenos hacer nuestro trabajo, caballero. Le agradecemos su colaboración, ahora debe irse. Vuelva usted mañana, pregunte por mí y le informaré en persona de nuestras pesquisas.

El tono de Wilson era amable, pero autoritario. Conan Doyle sabía que no tenía ningún as en la manga, así que hizo lo que le pedía no sin antes advertir que vendría todos los días.

El inspector no podía desvelarle las intrigas en las altas esferas de Scotland Yard. Las desavenencias entre Warren y Monro habían trascendido y Monro no iba a permitir en la investigación una actuación que siguiera una línea comenzada por Warren, por lo que la vía de la denuncia de Stevenson no era bien vista por la dirección actual. Por suerte, Moses Wilson era uno de los pocos incondicionales del general que no habían sido apartados del caso y que estaba dispuesto a arriesgar su puesto tanto por lealtad como por el pálpito de verosimilitud que Warren, poseedor de una gran intuición, tuvo cuando oyó el relato de Conan Doyle. De forma que por su cuenta seguía utilizando un par de agentes para continuar con las visitas a médicos londinenses. El rato que había estado ausente estuvo precisamente hablando con uno de esos agentes que le reveló que cuatro días antes habían estado en la consulta del mismísimo Ethan Ross.

Lucy abrió la puerta y reconoció tras ella a los dos policías que la interrogaron días atrás. Venían acompañados por un tercer hombre. Sin mediar palabra, la apartaron y pasaron al interior.

—Soy el inspector Wilson, de Scotland Yard —se presentó el desconocido—. ¿Está el doctor Ross?

—Lo siento, pero no está aquí —respondió Lucy. Apenas empezó a hablar, ya se sentía intimidada por la desenterradora mirada del nuevo policía. A su vez, Wilson constató la vulnerabilidad de la mujer y se dijo a sí mismo que conseguiría sacarle lo que supiera—. ¿No han visto el cartel que hay en la puerta? El doctor está enfermo desde el día antes de venir ustedes y hasta que no se recupere no se abrirá de nuevo la consulta.

—Lo hemos visto, señorita…

—Puede usted llamarme Lucy.

—¿Y por qué está usted aquí? —indagó Wilson.

—Yo trabajo aquí y aunque el doctor no venga mi obligación es estar para lo que se me pueda necesitar. Y voy mandando las notas de cancelación a los pacientes citados.

—¿Desde cuándo no ve al doctor?

—Desde el mismo día que vinieron ustedes.

—¿Le contó nuestra visita?

—Claro —respondió Lucy con timidez, comenzaba a pisar tierras movedizas y desconocía si se estaba metiendo en un lío.

—¿Y cómo reaccionó él?

Por primera vez, Lucy dudó. Aunque no sabía en qué asunto estaba involucrado el doctor, parecía importante. No quería dar la impresión de estar protegiéndole, pero necesitaba ese trabajo y la posibilidad de perderlo actuaba como un poderoso contrapeso. Aunque sí notó cierta turbación en el doctor Ross, decidió no admitirlo.

—No le dio ninguna importancia. De hecho, me dijo que me fuera a casa y él se quedó por si ellos —dijo señalando a los dos agentes— volvían.

—¿No decía usted que el doctor estaba enfermo? —Wilson había encontrado una fisura en el relato de Lucy—. ¿Por qué vino entonces a la consulta aquel día?

Lucy no tenía respuesta para esa pregunta. A ella también le extrañó, el doctor parecía encontrarse bien de salud.

—No lo sé —los nervios comenzaron a hacer acto de presencia.

Wilson empezaba a creer que aquella mujer sabía más de lo que les contaba.

—¿Estás protegiendo al doctor, Lucy? —el inspector empezó a tutearla, sabía que así la amedrentaría más.

—Claro que no. —Lucy notaba ya la frente húmeda y no era por la temperatura, más bien fresca.

—¿No será que Ross no viene ya porque no quiere encontrarse con nosotros? ¿Le dijiste que volveríamos la semana siguiente? —con cada frase el inspector daba una vuelta de tuerca a su capacidad para desmoronar a Lucy con su mirada de halcón y un tono de voz acuciante.

—Claro que se lo dije. Por eso se quedó después de marcharme.

—Pero el hecho es que desde entonces no sabes nada de él, ¿no es eso? No está enfermo, pero no viene a trabajar. ¿Te manda alguna nota para explicarte cómo se encuentra y qué día prevé volver?

—Ya le he dicho que no.

—No, no me lo has dicho. Y lo cierto es que estoy seguro de que sabes más de lo que cuentas. ¿A que sí? Vamos, Lucy, dinos dónde está el doctor Ross.

La joven no pudo soportar más y hundió el rostro entre sus manos, intentando frenar un sollozo que al final pudo más que ella.

—Buena interpretación, a mí no vas a ablandarme. Sé que nos ocultas algo, Lucy. Seguro que estás liada con el doctor. ¿Qué te ha prometido si la ayudas? —era el momento ideal para asestar el golpe final—. No te fíes de él, Lucy. Es un asesino y al final también te matará a ti como hizo con todas esas mujeres en Whitechapel.

La sorpresa fue excesiva y la secretaria del monstruo desenterró su semblante arrebolado para mirar a Wilson en busca de alguna señal que le indicara si hablaba en serio. A continuación, se puso a gritar descontrolada. El inspector supo en ese momento que o Lucy era la mejor actriz del mundo o no sabía nada de los crímenes si es que Ross resultaba ser el autor, como afirmaba Stevenson. Se dio la vuelta y se dirigió a uno de los agentes con voz inaudible para Lucy.

—Quédate con ella. Creo que es sincera y no sabe nada más, pero no quiero correr riesgos. Nosotros vamos a la casa del doctor.

Se introdujeron en un coche que les esperaba fuera con un agente al volante. En cinco minutos llegaron al domicilio de Ethan Ross. Y esta vez nadie se quedó en el vehículo. Entraron en el edificio intentando llamar la atención lo menos posible. Caminaban con la máxima cautela. Si aquel hombre era Jack el Destripador, debían andarse con cuidado. Vivía en el segundo piso. Mientras subían las escaleras sacaron sus cachiporras. El inmueble era de construcción reciente, muy grande, y los pasillos de cada planta eran más largos de lo normal. La puerta era la del fondo. Los dos agentes acumulaban experiencia suficiente y no era la primera vez que se encontraban en una situación parecida, así y todo siempre tenían la misma sensación nerviosa en la boca del estómago. Y esa tensión les había salvado la vida alguna vez. Al llegar a su destino se miraron entre ellos y con gestos de cabeza confirmaron que estaban preparados. Llamaron a la puerta y esperaron, atentos a cualquier ruido que se escuchara en el interior. Nada. Volvieron a llamar. De nuevo un silencio sepulcral al otro lado. Era evidente que si estaba dentro no tenía ninguna intención de abrir. Así que no tenían elección. Wilson y uno de los agentes se retiraron a cada lado de la puerta y el otro, que era, con diferencia, el más fuerte, se colocó justo enfrente. De nuevo se cruzaron las miradas y, en cuanto todos dieron su conformidad, el del centro asestó una colosal patada al lado de la cerradura. La puerta no cedió del todo, pero con una fulgurante segunda patada acabó estallando y salpicándolo todo de trocitos de madera astillada. Tras el agente entró Wilson mientras el tercer policía se quedaba fuera. El estrépito fue grande, por lo que en seguida aparecieron varias personas en el pasillo.

—¡Somos agentes de Scotland Yard! —gritó el que quedó fuera, conteniendo a los asustados vecinos—. ¡Quédense en sus casas! ¡Entren, por favor, y cierren las puertas!

Wilson y el fornido policía pasaron rápido de una habitación a otra, con el corazón desbocado y con rapidísimos giros de cabeza con los que intentaban controlar cada recoveco del que podía salir un bisturí directo a sus cuellos con la única intención de degollarlos. Segundos más tarde, tenían la certeza de que allí no había nadie. Realizaron un registro sin detenerse en exceso, sin encontrar nada sospechoso. Todo estaba muy ordenado y no había ningún objeto que llamara la atención. No podían saber que horas antes había más ropa en los armarios. Interrogaron a los vecinos del doctor, nadie lo había visto en los últimos días. Era un hombre que trabajaba mucho y permanecía poco tiempo en casa. Iban a tener que buscarle por otros medios, allí no había una sola pista que mereciera la pena.

Los tres policías se fueron como llegaron. Aquello lo hacían por el general Warren. Monro no debía enterarse. Ellos no habían estado allí.

Ethan Ross no llegaría a ver el destrozo en su puerta. Había pasado los días anteriores diseñando un itinerario que, tras atravesar el Atlántico y Estados Unidos de una costa a otra, le llevara a una isla en medio del Pacífico Sur llamada Tahití. A la misma hora en que Wilson salía de su casa, Ross estaba ya en el camarote de un buque en el que había embarcado con un nombre falso, como hiciera el propio Stevenson nueve años atrás.

Le esperaban dos meses de larga travesía para llegar a la otra parte del mundo con una sola idea en la cabeza: matar a Robert Louis Stevenson.

Estaría muy bien que las naciones y las razas se comunicaran sus cualidades; pero en la práctica, cuando se miran unas a otras sólo contemplan sus defectos.[28]

CAPÍTULO XVII

A Robert no le gustó nada Papeete. No llegó a estar un mes completo y pasó el tiempo escribiendo cartas en el Hôtel de la France o convaleciente en una casa situada frente a la cárcel en la que Herman Melville estuvo preso hacía casi medio siglo. Poco antes de que el mes de octubre fuera historia y días después de enviar su primera carta a Conan Doyle, *El Casco* izó su ancla y navegó de nuevo recorriendo la isla con la costa siempre a la vista por estribor. Recalaron en Tautira, lugar paradisíaco al que el escritor llamó *el jardín terrenal* y adjetivó como *celestial*. Se quedaron dos meses y fue allí donde Robert recordó el nombre de aquél a quien conoció en el ya lejano club Savile. Aún no le había confesado a Fanny que había escrito a Conan Doyle y, cuando ésta lo supo, juntos convinieron que ahora no podía echarse atrás y debía comunicarlo. Bajo un cocotero al borde de una playa de arena volcánica acariciada por un mar turquesa, Robert escribió el telegrama que Lloyd se encargó de gestionar para que llegara a su destino, Tautira era una aldea sin oficina de correos.

Y fue un día también en Tautira cuando llegó la esperada contestación de Conan Doyle. En esta ocasión fue Margaret la

---

[28] *Further Memories*, *"Memories of Fontainebleau"*, por RLS.

que la recibió, era la única que estaba en la pequeña casa de bambú que ocupaban en la isla. Cuando Robert llegó a media tarde, la vio encima de una mesa.

—¿Cuándo han traído esta carta, madre? —preguntó mientras rasgaba el sobre con su escuálido dedo índice.

—Esta mañana a última hora, Lou —respondió Margaret, ajena a la trascendencia de la misma.

Fanny se había quedado algo rezagada, así que Robert comenzó su lectura sin poder esperar su llegada para hacerlo juntos.

Londres, 26 de noviembre de 1888

Mi querido amigo.

Te escribo lo antes que puedo para referirte todo lo acontecido desde que recibí tu telegrama con el nombre de Ethan Ross.

Mi primera actuación fue dirigirme, sin tiempo que perder, a la policía. Y el resultado, en primera instancia, fue algo desolador y, a mi entender, infructuoso. Pero en mi descargo te diré que no me fue posible hacer nada más. Un policía algo tosco y distante se quedó con tu telegrama y me prometió hacer las indagaciones pertinentes sin darme opción alguna a intervenir en las mismas.

Los tres días siguientes acudí al ostentoso edificio de Scotland Yard sin resultado alguno, ya que nadie sabía dónde estaba el policía con el que hablé. Por cierto, no te he dicho su nombre: Moses Wilson. A la cuarta ocasión, mi perseverancia tuvo su merecido premio y pude hablar con el inspector, que con su actitud transformó por completo la imagen que de él me forjé en nuestra corta primera reunión.

Me dijo que era su hora de descanso y que prefería salir a tomar un café conmigo. No sé qué es, pero algo me oculta y no sé por qué, pero evita estar conmigo dentro del edificio. En fin, quizá sean imaginaciones mías o coincidencias. El caso es que me confesó que en todo Londres no hay ni rastro de Ethan Ross. Supongo que te has quedado tan sorprendido como yo. Le han buscado en su consulta, en su casa, han hablado con pacientes que corroboran que trabajó hasta el catorce de noviembre, en todos estos días no ha vuelto a su domicilio, han preguntado en algún club del que era socio y nadie le ha visto, tampoco saben nada de él sus colegas de profesión. Es como si se lo hubiera tragado la tierra. Wilson afirma que en muchas ocasiones, cuando alguien desaparece así, acaba apareciendo días después, pero muerto.

En cualquier caso, que se haya esfumado justo ahora parece ser una pura casualidad, pues no podía conocer de ninguna manera las llegadas de tus cartas. La policía fue a verle el mismo día catorce con motivo de tu primer envío y no le encontraron. Quizá estaba metido en algún otro asunto turbio y huyó al verse acorralado.

Entre esto y que hace un par de días una nueva mujer ha aparecido asesinada de una forma similar, el inspector Wilson opina que tus sospechas son infundadas y que Ethan Ross no es el asesino de Whitechapel. O está muerto o era culpable de otro delito y ha huido lejos de Londres.

Y esto es todo lo que te puedo relatar. Me habría gustado poder decirte que Ross está detenido y que se ha comprobado que es quien tú pensabas. Pero al menos puedes estar satisfecho por el deber cumplido y por haber intentado atrapar a ese criminal que sigue causando tanto dolor y pánico en esta increíble ciudad.

Espero verte pronto.

Arthur Conan Doyle

Robert leyó la carta dos veces. Nunca fue un hombre tan pagado de sí mismo como para ser incapaz de reconocer sus equivocaciones. En aquella ocasión los indicios le habían llevado a una certeza tal que le resultaba difícil admitir que Ethan Ross no fuera Jack el Destripador. Tanta duda y angustia para nada. Su sufrimiento a lo largo de más de dos meses había estado basado en un espejismo, en una intuición ridícula, en la brutal influencia que había supuesto en su vida el encuentro casual con

Ross. Al menos, por fin, todo había acabado. Y poco a poco una ansiada sensación de felicidad fue renovando su espíritu. Se vio liberado de la opresión que percibía en su corazón. Salió a la calle a aspirar el aire límpido de Tautira y una sonrisa iluminó su cara de nuevo.

Fanny llegó poco después en compañía de Lloyd y, en cuanto posó su mirada en Louis, se dio cuenta del cambio en él operado. No dijo nada hasta que estuvieron solos y él le alcanzó la carta. Conforme iba leyéndola, la gravedad de su semblante fue desapareciendo. Ella siempre pensó que la imaginación de Louis le estaba jugando una mala pasada, pero verle atormentado la llenaba de pena. Aquella carta de su amigo era una auténtica liberación.

—¿Qué tal estás? —quiso saber, no obstante.

Robert le regaló sus ensoñadores ojos, últimamente ocultos, chispeantes de alegría, y no fue necesario nada más. Se sentaron juntos en el porche, contemplando el exuberante verdor de Tautira. Y se abrazaron. Ajenos a una realidad que estaba a punto de explotarles sin piedad.

El día de Navidad, el capitán Otis saludó con trece salvas de rifle y *El Casco* y todos sus integrantes se despidieron, melancólicos, de Tahití. El siguiente destino era Hawai y Fanny se sentía exultante porque se acercaba el momento de volver a ver a Belle y Austin. Cuando comenzaron su singladura les contó uno a uno el reencuentro inesperado. Sin duda, todos se felicitaron por la noticia, pero en toda lógica fue Lloyd quien más la celebró. Añoraba a su hermana mayor y estuvo pesadísimo durante días recordando a todo el mundo que tenía un sobrino. En más de una ocasión estuvo en un tris de ser lanzado por la borda.

La travesía fue la más borrascosa desde que zarparon de San Francisco. Se vieron obligados a permanecer casi todo el tiempo en las entrañas de la goleta, a resguardo de la inacabable lluvia y del viento racheado que no dejaban de azotar la cubierta, la arboladura y su jarcia. Como marineros ocasionales, estaban muy mal acostumbrados. Y tras disfrutar de una bóveda de cielo azul sin mácula, de idílicas puestas de sol y esplendorosas auroras, así como de una navegación sin sobresaltos, tuvieron que soportar un cielo plomizo con impertinentes nubarrones, varias tormentas, agua por todas partes y un despiadado zarandeo motivado por olas enormes. Los mareos fueron constantes al comienzo, pero acabaron por acostumbrarse. El barco cabeceaba sin cesar hundiendo la proa en el mar para elevarla a continuación de manera casi milagrosa. A pesar de que los camarotes estaban al principio ordenados y con todo sujeto, en pocos días los libros, las maletas y las cajas conteniendo lo más diverso se entremezclaron tras rodar por el suelo, que no paraba de escorarse a un lado y a otro…Por suerte, Albert Otis sabía cómo había que enfrentarse a todo tipo de inclemencias, disponía de una, aunque corta, avezada tripulación y de una joya de embarcación. Por fin consiguieron arribar a Honolulu, en la isla de Oahu. El hecho de tener que modificar el rumbo casi cada milla, navegando *a la capa* y sufriendo el abatimiento permanente a sotavento debido a los fuertes vientos, hizo que llegaran casi quince días después de lo previsto. Las autoridades en Honolulu daban incluso el barco por desaparecido. Ya sólo una persona acudía al puerto cada día a otear el horizonte con la convicción de que acabaría divisando los mástiles de *El Casco*. Belle mantenía la esperanza ante el pánico de la muerte y su fe fue recompensada.

Aquellos siete meses habían sido un revulsivo en sus vidas, poniéndolos a prueba y cambiándolos a todos.

Margaret, a punto de cumplir los sesenta años, era un saco de huesos que superaba en delgadez a su propio hijo. Partió de San Francisco como lo hizo de Edimburgo: triste, ojerosa, viuda; sin embargo, llegó a las antiguas islas Sandwich rejuvenecida. Su perfil era el mismo, pero su actitud no tenía nada que ver. Las dudas sobre la mar desaparecieron pronto y adoraba como el que más permanecer en cubierta respirando hondo, incluso en medio de un aguacero. Nadie sabía de dónde sacaba su inesperada fuerza vital. El primer contacto con los polinesios fue algo estresante y no exento de temor, pero días después era la más hábil de todos negociando con ellos con evidente soltura. Quizá había sido toda su vida un alma aventurera encarcelada en el papel tradicional de madre y esposa.

La educación elitista que recibió Lloyd en Inglaterra había adormecido su vena artística, que fue recuperada con renovados bríos aquellos meses. Escribía, a veces solo y otras con Robert. Pero sobre todo sacaba fotos, muchas de las cuales formarían parte de futuras exposiciones y algún que otro libro. Sus afectados modales recién adquiridos desaparecieron.

Fanny siempre tuvo terror al mar y *El Casco* era demasiado pequeño comparado con los buques de pasajeros en los que había cruzado el Atlántico. Se mareaba incluso sin olas. Fue controlándose hasta el punto de que una tormenta le afectaba con la misma intensidad, ni un ápice más. Siempre había adorado el sol y acabó gustando de andar descalza por cubierta, desafiando su vértigo al navegar veloz de la goleta.

Y qué decir de Robert, que llegó a Las Marquesas sin un solo ataque de tos, ni una hemorragia, ni un simple catarro, en aquella primera fase de la singladura. Incluso se permitía el lujo, imposible en Escocia, de bañarse en el mar. El aire cargado de salitre, la luz y el clima del Pacífico, la visión revitalizadora y permanente del mar, habían actuado como el mejor de los medicamentos. ¿Por qué no habremos decidido esto antes?, se preguntaba. Robert tenía clara una cosa: si su recuperación no era definitiva y al volver a Europa se producía una recaída, no dudaría en volver a embarcarse. Años perdidos buscando la salud se veían recompensados y día a día mejoraba su color y aspecto, aumentaban sus fuerzas y la vida parecía volver a fluir por su escurrido cuerpo.

Quizá quien más había cambiado, y de un tiempo a esta parte se comportaba de manera diferente a como lo había hecho en un principio, era el capitán Albert Otis, que en aquel viaje no pudo mantener su idiosincrasia habitual. Poco después de zarpar no daba un dólar por la expedición. Aquellos lechuguinos no estaban forjados para aguantar la vida en *El Casco* e irían derrumbándose y clamando por una precipitada vuelta a San

Francisco, pensaba. De manera gradual se dio cuenta de que su previsión no se iba a cumplir y que todos ellos tenían más agallas de las que se barruntaba. Desde la abuela, que era la única que le ganaba a las cartas, hasta el nieto; desde aquella mujer sacrificada por su marido hasta éste, que parecía al borde de la muerte y supo esquivarla de alguna manera. Fueron ganándose su respeto y suscitaron en él la mayor simpatía de la que su rudo carácter era capaz.

Tras los abrazos, lloros y risas, preguntas y algunas respuestas del reencuentro en el puerto, Belle los dejó resolviendo sus asuntos y les dio su dirección para que fueran en cuanto pudieran. Ya habían cenado y se encontraban sentados en el jardín de los Strong, bajo la luz de una luna inflamada y de los muchos farolillos dispersos a su alrededor.

—El rey tiene unas ganas irrefrenables de conocerte —le informó Belle a Robert—. No daba crédito cuando le dije que veníais. Admira tus novelas.

—Pues he de confesarte que me da una pereza terrible —confesó Robert.

—¿Por qué dices eso? —dijo Fanny, sorprendida.

—He pasado estos meses como un bárbaro, medio desnudo, sin ningún tipo de etiqueta, libre. Y no me apetece padecer, nada más y nada menos, que la ceremonia de una recepción real.

—No es como te lo imaginas —atajó Belle—. Nosotros llegamos a Honolulu a finales del 82 y fuimos invitados al Gran Baile de la Coronación que se celebró en febrero del año siguiente. Aquél sí que fue un acto multitudinario. ¿Lo recuerdas, Joe? —Éste había permanecido muy callado toda la cena y se encontraba ahora algo alejado con su cuarta copa de *whisky* en la mano—. Todavía me acuerdo del dolor de corazón que sentí al pagar el traje y el vestido que compramos para no parecer un par de indigentes. El mismo día se inauguraba el palacio Iolani. Lo mandó construir el propio rey cinco años antes. Los destellos de la luz eléctrica del salón del trono iluminaban todo Honolulu. Asistieron diplomáticos de muchos países, oficiales de diferentes ejércitos, representantes de otras casas reales y, por descontado, las gentes más importantes de toda la Polinesia.

—Pues sí que me estás animando —bromeó Robert.

—No has dejado que acabe de explicarme. Lo que pretendía decirte es que aquél fue el único acto fastuoso que el rey ha celebrado. Es una persona cercana. A vosotros os recibirá con la sencillez de la cultura hawaiana.

—Cualquiera del resto de islas que hemos visitado, hija, parece tener más intactas sus tradiciones que Oahu.

—Es cierto —corroboró Robert—. Esto es demasiado civilizado. En la ciudad hemos sufrido un embotellamiento, ruido de máquinas de asfaltar y hay edificios casi tan grandes como los de Edimburgo. Menos mal que nos habéis instalado a orillas del mar, no hubiera soportado el caos del centro.

Joe se acercó algo al grupo y se decidió a participar en la conversación justo cuando Austin pasaba corriendo entre carcajadas perseguido por Lloyd, que llevaba un rato jugando con él. Rellenó de nuevo su copa y se sentó en una mecedora.

—El rey cabalga a la vez a lomos de dos caballos. Uno es el de la modernidad y el otro el de su cultura. Tiene ante sí un reto de gran dificultad —Joe tenía la lengua un poco trabada y se alcanzó un nuevo trago ante la preocupada mirada de su mujer—. Antes de su coronación, David estuvo casi un año recorriendo el mundo y fue recibido por numerosos reyes de otros países, como Japón, Siam, Reino Unido o Egipto. Incluso consiguió conocer al mismísimo Papa. Visitó Viena, París, Moscú, Bombay... Y volvió obsesionado por un doble sueño difícil de conseguir: devolver Hawai y sus leyendas a los hawaianos así como modernizar las islas empezando por su capital.

—Al menos lo segundo lo ha conseguido —afirmó Margaret—. Hay muchas farolas con luz eléctrica en la calle. No lo había visto en casi ningún sitio.

—¿Por qué has dicho que quiere devolver el país a sus habitantes? —preguntó, intrigado, Robert.

—En la actualidad los blancos se han hecho con la tierra, pero no son los que la trabajan y para eso vienen los asiáticos. La indolencia del pueblo hawaiano ha provocado su propia margi-nación en el que fue su paraíso.

—Es cierto que hemos visto muchos chinos en la calle —apuntó Fanny.

—Hawai está en el punto de mira de Estados Unidos. Tanto de los potentados, como de los misioneros protestantes, como del propio gobierno. Los millonarios quieren seguir amasando más riquezas, los misioneros están empecinados en cambiar las costumbres de los nativos que les parecen pecaminosas y el propio país es codiciado por el gigante americano. El rey Kalakaua lucha contra todo queriendo extraer de entre toda la paja el grano que le interesa.

—En verdad complicado —pareció pensar en voz alta Robert—. Entonces ¿cómo debemos llamarle?; ¿majestad?, ¿David?, ¿Kala…?, ¿cómo le has llamado, Belle?

La dificultad de Robert para pronunciar el apellido del rey motivó las risas de todos menos la de Joe, que le observaba con gesto beligerante.

—¿Qué os hace tanta gracia? —preguntó con voz aguardentosa.

Belle percibió en los ojos de su marido un brillo que no le gustó.

—Tranquilo, cariño. No tiene importancia.

—¿Y tú qué sabes lo que tiene o no importancia?

Belle decidió ignorarle contestando a Robert.

—Se llama David Kalakaua. Podéis comenzar llamándole "su majestad", pero estoy segura de que él mismo os indicará que no le tratéis así y os indicará cómo podéis llamarle. Joe pasa mucho tiempo en palacio como su pintor oficial y el rey le permite que le tutee.

Entonces ocurrió lo que nadie, ni siquiera Belle, había intuido. Joe cambió de improviso de conversación.

—¿Qué habéis venido a hacer aquí? —preguntó, con la mayor frialdad de la que fue capaz.

Ninguno esperaba esta reacción, este arranque tan repentino de sinceridad. Belle sabía que Joe no aprobaba la llegada de su familia y ellos lo adivinaban en silencio. Pero ninguno había podido predecir que la primera noche se iba a desatar la tensión que en ese preciso instante les embargaba a todos.

—Joe, por favor... —suplicó Belle.

—¿No me vais a contestar? —insistió Joe, ignorándola, con los ojos encallados en Fanny.

—No le hagáis caso —indicó Belle—, cuando bebe un poco no sabe bien lo que dice.

El comentario desagradó sobremanera a Joe, que no tenía ninguna intención de dar marcha atrás, espoleado por el alcohol.

—Desaparecéis durante ocho años y de repente os presentáis aquí. ¿Para qué? ¿Para restregarnos que sois ricos y que Robert es famoso? Hasta ayer no os hemos necesitado y hoy tampoco —concluyó Joe llevándose el vaso a la boca.

—Vosotros tampoco habéis dado señales de vida en todo este tiempo —protestó con cierto recato Fanny.

—Es que yo, señora, no quería saber nada de ustedes —escupió Joe, alargando cada sílaba.

Robert se levantó con la intención de marcharse. Tras mirar a Fanny y detectar una súplica en su rostro, volvió a sentarse, contrariado. Margaret presenciaba con curiosidad la escena. A ella tampoco le importaba nada en absoluto Joe Strong y su familia. Aquella discusión sólo le preocupaba en la medida en que afectaba a Robert y a Fanny. Miró a su hijo y descubrió enfado. Miró a su nuera y detectó tristeza.

—Joe —dijo Fanny—, entiendo que me guardes rencor por cómo me comporté ante vuestra relación. Piensa que de eso ha pasado mucho tiempo y Belle ha sabido perdonarme. Esperaba que tú pudieras hacer lo mismo.

—Yo no le perdonaré nunca y no le pedí que viniera.

—¿Te quieres callar? Fui yo quien les invitó —mintió Belle.

—¿Cómo dices? —Joe estaba sorprendido por primera vez.

—Lo que oyes —se reafirmó Belle.

—Me dijiste que había sido idea de tu madre.

—Te mentí.

Belle adoptó una pose desafiante que incendió aún más a su marido, ya descontrolado. Se levantó y se puso a dar vueltas ante su auditorio, que esperaba nervioso su siguiente reacción.

—¡Caramba, Belle! ¡Nunca dejas de sorprenderme! —exclamó Joe, a punto de ponerse a dar gritos—. Eres más retorcida de lo que pensaba.

—¡Maldita sea! —Robert no pudo refrenarse—. Son madre e hija, ¿no puedes mantenerte al margen y rumiar tu resentimiento en otra parte?

—Está bien, si soy yo el que sobro, ¡me iré! —Y se dio media vuelta. Belle se apresuró a ponerse en su camino.

—No te vayas —le imploró, cogiendo su brazo—. Podemos resolver esto. Ya has dicho lo que querías y mi madre te ha pedido disculpas. Ha cambiado. Danos una oportunidad.

Joe la miró con la misma expresión de desprecio que a Fanny. Y no fue capaz de retener el golpe final.

—Puedes quedarte con ellos. Además tienes que contarles lo de nuestro segundo hijo. ¿O también me has mentido y ya lo saben? —Joe observó las reacciones de los presentes, el gesto de abatimiento de su mujer y tuvo la certeza de que en eso no le había engañado. Dio un tirón a su agarre y se marchó, enfermo de odio.

Dejó tras de sí un expectante silencio. Las palabras de Joe resonaban en todos los que las habían escuchado. Belle mantenía la cabeza gacha, sin atreverse a levantarla. Cuando lo hizo, sus ojos aparecían acuosos, a punto de llorar. Había ensayado sus palabras en un centenar de ocasiones, pero el escenario imaginado distaba mucho del actual. Pretendía haber mantenido aquella conversación a solas con Fanny, ya no era posible.

—Un tiempo después de dar a luz a Austin, volví a quedarme embarazada —la sombra de lo que iba a decir a continuación llegó incluso antes de que lo hiciera—. Un niño precioso, con los ojos azules, con unos rizos largos y rubios. —Fanny se llevó la mano a la boca para ahogar un profundo lamento—. Pero ya no está con nosotros. Murió. —Miró a su madre ya con lágrimas sobre su piel—. No pude decírtelo en San Francisco, no supe cómo. Iba a hacerlo pronto. ¿Tú sí me crees, verdad?

Fanny se acercó a su hija y la abrazó con fuerza. El destino les había reservado la misma crueldad.

—Claro que te creo, mi amor —respondió.

Entre sollozos, Belle le susurró al oído *"lo llamamos Hervey"* y entonces fue Fanny la que no pudo contener un torrente de lágrimas.

Ethan Ross llegó a Tahití una mañana calurosa de algodonosas nubes en el cielo. El viaje había sido largo, y el tener una única y obsesiva idea en la cabeza lo había hecho casi insoportable. Apenas se había relacionado con nadie. Ni en los barcos ni en el ferrocarril. Casi todo el tiempo lo había pasado dentro de sus camarotes o en su coche-cama. Pensando, planeando, odiando. Recordando cómo tras leer, años atrás, *El extraño caso del doctor Jekyll y Mr. Hyde*, la cólera le paralizó. La primera edición era de pocos meses después de su encuentro. No tuvo ninguna duda de que Stevenson se había basado en él para escribir aquella novela corta. Se sentía traicionado y utilizado, pero decidió no hacer nada al respecto. Aquel hombre se había valido de él y de su confianza en que guardara sus secretos para encumbrarse en el firmamento literario. Pero es que ahora pretendía desenmascararle para arruinar su vida. Stevenson era un ingenuo si pensaba que iba a quedarse de brazos cruzados.

Fue de los primeros en bajar del barco. Contrató a uno de los muchos nativos que rivalizaban por ofrecer sus servicios para que lo llevara a él y a su equipaje al hotel más céntrico de Papeete. No podía perder tiempo en buscar el rastro de Stevenson y mientras le atendían en recepción preguntó al empleado del hotel si el escritor se alojaba en alguna de sus habitaciones. Era un joven imberbe que no había oído hablar de Robert y tuvo que buscar en la lista de huéspedes.

—No tenemos a nadie alojado con ese nombre, caballero —respondió diligente.

—Si llegaras a oír hablar de él ¿te acordarás de avisarme? —Ross desplazó, bajo su mano, un par de monedas al lado del avispado chico, que tras verificar que no había moros en la costa, no tardó en adueñarse de ellas.

—Por supuesto —masculló en voz baja.

Ross deshizo el equipaje y lo guardó en el armario de la habitación. No habría invertido ni un minuto en dicha operación si conociera el paradero de Robert. Habría ido a su encuentro para aplastarlo cuanto antes y regresar en el siguiente barco que tuviera como destino el continente americano. Desconocía lo que iba a tardar en encontrarle. Cabía, incluso, la posibilidad de que no estuviera en Papeete. Debía tener paciencia. Estaba cerca, lo presentía.

Durante dos días enteros paseó por la ciudad callejeando atento a todas las caras con las que se cruzaba. Recordaba a la perfección el cuerpo y el rostro de Stevenson. Sabía que en cuanto lo viera, lo reconocería. Había preguntado por él en restaurantes, tiendas, oficinas gubernamentales, pero nadie supo dónde se encontraba. Algunos le conocían. Otros ni siquiera. Comenzaba a desesperar y a comprender las dificultades de su objetivo cuando pasó enfrente del Hôtel de la France. Incansable, traspasó su puerta giratoria central con decisión.

—Buenas tardes —saludó en recepción—. Estoy buscando a un buen amigo que se aloja aquí. Se llama Robert Louis Stevenson y es escritor.

—Lo siento, ya se marchó.

Aunque soñaba con encontrar una respuesta de ese tipo, le pilló tan desprevenido que se quedó unos segundos callado sin saber cómo reaccionar. Los nervios afloraron y tuvo que contar hasta diez para serenarse. Ya disponía de un extremo del que tirar.

—¿Y sabe dónde puedo localizarlo? Es muy importante que lo encuentre, debo darle un mensaje de gran trascendencia.

La recepcionista de ojos claros y largas pestañas revisó unas notas en su cuaderno, y acabó reconociendo no tener ni idea. Ross se dio la vuelta y, mientras estaba pensando su siguiente paso, notó un ligero toque en el hombro.

—Disculpe, señor —quien así se le dirigía era un mozo de hotel, de los que ayudan a los clientes a llevar el equipaje y realizan cualquier tipo de recado—. No he podido evitar oírle preguntar por el señor Stevenson. Yo sé dónde está.

Ross sintió que era su día de suerte.

—Muchas gracias —le dijo—. Tú dirás.

—El señor Stevenson era muy amable conmigo y siempre me daba propina. En realidad todos lo eran.

—¿Todos? —se le escapó a Ross. A continuación enmendó el error—. Pensaba que estaba solo.

—No, está acompañado de su mujer, el hijo de ésta y su propia madre. Ya le digo, un grupo muy agradecido…, pero ya lo sabrá usted si es su amigo.

—Por supuesto. ¿Y dónde se encuentran ahora?

—¿Conoce la isla de la cárcel?

—No, llevo pocos días aquí.

El mozo pensó un instante la mejor manera de explicarle cómo llegar a su destino, al final optó por la solución más fácil.

—La verdad es que está lejos de aquí para ir andando, por lo que será mejor que pida un carro con caballos. Se trata de una casona situada al borde del acantilado, enfrente de la isla de la cárcel. No tiene pérdida. Puede que quien lo lleve no conozca la casa en cuestión, usted dígale que está en el camino viejo de la costa.

—Puedes estar seguro de que cuando esté con mi amigo le diré que fuiste tú quien me guio hasta él.

—Somos varios botones. Dígale al señor Stevenson que ha estado con Hiro y que estoy muy contento de haberle ayudado —dijo, enseñando sus dientes blanquísimos y, sin saber el gran error que estaba cometiendo, volvió a su puesto en el *hall* del hotel. En cuanto Ross salió a la calle de nuevo, ya no recordaba su nombre.

Aunque estaba anocheciendo, aún contaba con un par de horas de luz, por lo que Ross decidió seguir las indicaciones del mozo y tomó un carro algo destartalado tirado por un par de caballos, cansados de viejos que eran. Pronto salieron del casco urbano y, sin transición alguna, se encontró con una isla diferente, virgen en apariencia y deshabitada si no fuera por un estrecho pasillo por el que transitaba justo el carromato, flanqueado por la frondosidad que parecía a punto de cerrarse en cualquier momento sobre él. Poco a poco la espesura fue remitiendo y, pasados un par de kilómetros de continua pendiente, las verdes paredes laterales desaparecieron dando paso a una loma elevada sobre el nivel del mar y tapizada de una hierba alta mecida por la brisa. Continuaron así durante un rato, siempre con el mar a la izquierda, y entonces la vio. Al principio tan lejos que era imposible percibir sus características, pero pronto su silueta quedó dibujada con nitidez sobre el fondo cada vez más anaranjado del cielo. Mandó detener el carromato antes de llegar y preguntó si la isla que se veía a lo lejos era la de la cárcel. Ante la respuesta afirmativa se bajó, no sin antes dar instrucciones para ser esperado.

No tenía una idea preconcebida. Mientras se acercaba, decidió que no haría nada aún. Sólo iba a mirar, comprobar, urdir un plan. Y al día siguiente volvería para ejecutarlo. La casa tenía planta rectangular y dos alturas rematadas por un tejado a dos aguas. El lado que se veía desde el camino era anodino y sin encanto alguno, acaparado por la parte que miraba al mar. Disponía a todo lo largo de un gran porche. Los extremos de las vigas que constituían el artesonado del tejado imitaban la forma de diferentes animales. Cada ventana en la planta superior disponía de su correspondiente balcón con adornadas balaustradas de madera. Todo el conjunto adolecía de falta de vida. Las ventanas cerradas a cal y canto, el porche sin una sola hamaca, ni siquiera una silla. Allí no había nadie. Se asomó a las ventanas de la planta baja. Todo muy ordenado, y al menos los muebles no estaban ocultos bajo telas que tuvieran por objeto protegerlos del polvo. Quizá se habían ausentado unos días.

Volvió sobre sus pasos y cuando llegó de nuevo a Papeete se fue derecho a su hotel. Cenó y se retiró pronto a su habitación deseando que la noche transcurriera lo antes posible. La pasó casi toda en vela, ansioso por encontrarse cara a cara con el escocés.

El día siguiente amaneció con el cielo tomado por unas nubes bajas que amenazaban con una tormenta tropical. Si el plan previsto hubiera sido dar un paseo por la isla, lo habría aplazado sin dudarlo. Sin embargo, su intención era matar a un hombre y eso no podía esperar, ni aunque los dos volcanes de la isla entraran en erupción. Decidió ir andando, esta vez no quería arriesgarse a ser descubierto y era más fácil ocultarse yendo solo. Horas antes había actuado con precipitación, y tuvo la suerte de no encontrar a nadie.

Era temprano aún y las calles de la ciudad comenzaban a desperezarse tras el sueño de la noche. Recordaba bien el camino. Al alcanzar la vereda por el bosque, el tránsito se hizo más pesado, dado que su calzado no era el más idóneo. No se cruzó con nadie, ni en carro, ni andando, ni a caballo. Aquel sendero parecía haber caído en desuso y ser utilizado sólo para llegar a la casa del acantilado.

Iba sumido en sus pensamientos mirando al suelo para no tropezarse y, en una de las ocasiones en las que alzó la vista reconoció el paisaje del día anterior con un brumoso edificio en la distancia. Según se acercaba, todo parecía indicar que el caserón seguía cerrado sin signo alguno de estar habitado. Era su única pista. Ya en la casa, miró a su alrededor y a unos cincuenta metros contempló el lugar idóneo para esconderse y esperar. Una curiosa roca que surgía de la tierra de una forma casi antinatural, no había otra semejante hasta donde alcanzaba la vista. Muy pulida, era suficientemente grande para que Ross quedara oculto tras ella. Se recostó sobre su perfil y esperó.

Pasaron varias horas y las únicas visitas eran las aves que sobrevolaban el acantilado y los únicos sonidos los chillidos de las mismas y algún que otro trueno restallando al otro lado del mar. Parecía increíble que no hubiera llovido todavía.

Y cuando menos lo esperaba, algo se movió a lo lejos en la dirección del sendero. Aunque resultaba imposible que él fuera detectado desde tan lejos, como movido por un resorte ajeno a su voluntad se parapetó tras la roca. Unos minutos después asomó un poco la cabeza y pudo distinguir, ya con claridad, un carruaje con mucha más prestancia que el que le trajo a él el día anterior. En su pescante había una figura gobernado a los dos caballos que tiraban de él, brillantes y lozanos. No podía vislumbrar todavía si se trataba de un hombre o de una mujer.

Un rato después ya lo tenía claro, era un hombre, que por su gran corpulencia no podía ser Stevenson. Ahora la duda era si se detendría en la casa o seguiría su camino. Cuando llegó a su altura, se salió del sendero y pasó ante el amplio porche. Ross no alcanzaba a ver si había alguien dentro, pero después de que el hombre entrara en casa y abriera todas las ventanas de la planta baja, fue evidente que venía solo. Ross sopesó todas las posibilidades y decidió salir de su escondrijo. Debía investigar, seguir tirando del hilo. Justo cuando llegó a la altura de la entrada, el hombre salía por ella distraído.

—¡Maldita sea! ¡Qué susto me ha dado! —exclamó con gesto sobresaltado—. ¿Quién es usted y qué demonios hace aquí? —seguido escupió parte de la picadura de tabaco que estaba masticando.

Era un hombre orondo que rondaba el medio siglo. Con cara de pocos amigos. El ceño fruncido, inalterable, como si el enfado fuera su estado natural. Y una mirada intimidatoria que se clavó en el sorpresivo visitante. No era elegante en el vestir, pero sus ropajes eran de una cierta calidad.

—¿Es usted de Inglaterra? —preguntó Ross ante el reconocible acento del desconocido.

—No pienso contestar a su pregunta si antes no contesta usted a las mías —sin duda era un auténtico cascarrabias y no se fiaba lo más mínimo del desconocido.

—De acuerdo. Tranquilícese —intentó aplacarle Ross—. Mi nombre es Roger Sheridan y estoy buscando al escritor Robert Louis Stevenson. Me habían dicho que se alojaba en esta casa.

El hombre se quedó mirándole en silencio, masticando desconfiado. Volvió a escupir fuera del suelo de madera del porche y se limpió las comisuras de los labios con el dorso de la mano.

—¿Y para qué le quiere?

—Tengo que darle un mensaje muy importante.

El sexto sentido del hombre le decía que le estaban contando una auténtica patraña, pero no era asunto suyo.

—Sí —dijo sin más.

–¿A qué se refiere? –preguntó Ross, confundido.

–¡A que soy inglés, demonios! ¿A qué va a ser? –a continuación bajó del porche, elevado un par de escalones, a la hierba y miró en derredor–. ¿Cómo ha llegado hasta aquí?

Por supuesto, Ross no había previsto que el tipo fuera tan preguntón ni tan observador y, sin haber obtenido aún ninguna información, lo estaba poniendo en un aprieto. Como no podía sacarse de la chistera ningún medio de transporte, no le quedó más remedio que decir la verdad.

–He venido andando, claro.

–¿Desde Papeete?

–Claro, ¿qué tiene esto de importancia? Yo sólo quiero saber...

–¿Cómo es posible que no le haya adelantado si venimos del mismo sitio y yo iba más rápido en el carro? –le interrumpió con una impertinencia que empezaba a malhumorar a Ross, que en esta ocasión fue más rápido en urdir una explicación razonable.

–Como cuando llegué, hace unas horas, la casa estaba cerrada y nadie respondía, decidí seguir el sendero para hacer tiempo, por lo que ahora vengo de allá –dijo señalando la dirección contraria. En ese momento supo que si era convincente podría obtener alguna información de aquel hombre, de lo contrario tendría que cambiar por completo de estrategia. El otro le clavó su mirada y se preguntó si podía fiarse de él. En kilómetros a la redonda no había nadie más.

–No le creo. ¡Lárguese! ¡Ahora!

Se están acabando las oportunidades de mantener una conversación amigable con esta bola de grasa, pensó Ross. La ingenuidad del botones había sido muy conveniente para sus fines, pero aquel hombre se lo estaba poniendo muy difícil.

–No entiendo su actitud –intentó aún tranquilizarle Ross–. Sólo quiero saber cuándo volverá Robert Louis Stevenson. Y a continuación me iré.

–No voy a decirte una mierda –aún le quedaba tabaco en la boca y lo escupió todo, hecho una furia–. No me fío de ti. Así que ya puedes ir marchándote por donde has venido.

—No —ya no había otra opción—, hasta que no me digas lo que quiero saber.

—¿Cómo dices? Entonces te echaré yo después de molerte a palos.

Y acto seguido se dirigió decidido hacia Ross, que le esperaba a varios pasos de distancia. Pensaba que intentaría darle un puñetazo y estaba preparado para esquivarlo, pero no vio venir el fuerte empujón que le propinó con las palmas de las manos. A pesar de su gordura, era fuerte. Ross rodó por el suelo y esperó de nuevo. Cuando su adversario llegó e intentó levantarlo para seguir sacudiéndolo, sacó un cuchillo del interior de la chaqueta, volvió a rodar sobre sí mismo, y con un movimiento circular y veloz de la mano le infligió un tajo en la parte posterior del tobillo seccionando el tendón de Aquiles. El pobre hombre cayó al suelo como un tronco recién talado, en medio de gritos de dolor y de insultos a cada cual más ponzoñoso. Se llevó las manos al tobillo y se las llenó de sangre pegajosa. El dolor era lacerante y no le permitía pensar. Antes de que pudiera darse cuenta de lo que se le venía encima, recibió una cuchillada en la pantorrilla que la atravesó de parte a parte.

—¡Maldito cabrón! ¡Estás loco! —gritaba sin parar—. Más vale que te marches en cuanto puedas o te mataré con mis propias manos.

Sin duda, tenía agallas. Aunque no le iban a servir de mucho.

—Cuando dejes de gritar —le explicó Ross, ya de pie, con la mayor serenidad de la que fue capaz—, debes reconsiderar tus prioridades. Y te aseguro que la principal no es matarme sino contarme todo lo que sepas y rezar para que sea suficiente. ¿Lo entiendes?

—¡Debes de estar sordo, hijo de puta! ¡No te voy a decir nada! ¡Nada! —gritó con la baba resbalándole por la barbilla y escupiendo espuma por la boca.

Ross ya no era Ross, se abalanzó encima de él y a horcajadas comenzó a asestar cuchilladas a una velocidad de vértigo. Quien hubiera presenciado la escena habría apostado a que la víctima estaba ya muerta, pero Ross sabía dónde podía apuñalar sin provocar una muerte inmediata. Al detenerse, el cuerpo que yacía debajo sufría siete heridas muy profundas en los brazos, ocho en las piernas y cortes por toda su anatomía. El dolor era tal que no podía moverse. Con los ojos tan abiertos, parecía no tener párpados. Y la expresión de sorpresa e incredulidad más aterradora que el propio Ross había contemplado en su vida.

—¿Me vas a contestar ahora? —le susurró acercándose todo lo que pudo a su cara.

El hombre movió la cabeza en sentido afirmativo, compulsivo, como si estuviera accionado por un motor interior.

—¿Quién eres?

—Trabajo para el propietario… de esta casa… y he venido para prepararla… para el siguiente inquilino —las explosiones de dolor eran tan intensas que cuando estallaban le impedían hablar.

—¿Es Stevenson quien viene?

—No.

—¿Y qué sabes de Stevenson?

—Estuvo un par de… ¡Dios! ¡Dios! ¡Es insoportable!… un par de semanas o tres y se marchó… hace tiempo.

—¿Y dónde se marchó?

—No me acuerdo.

—No necesito decirte que tienes que acordarte o seguiré rebanándote en lonchas.

—¡No me acuerdo!, ¡no le miento!, ¡por favor! —imploró.

La vida se le iba un poquito por cada brecha. Estaba perdiendo mucha sangre y Ross sabía que no aguantaría mucho consciente. Debía estimular su memoria o todo habría sido en vano. Sus ojos desorbitados le dieron una idea. Se volvió a inclinar sobre aquel bulto sanguinolento y le puso el filo del cuchillo tan cerca del ojo que el cerebro mandó una orden instantánea y éste se cerró.

—Bien, seguro que con los ojos cerrados puedes pensar mejor. Dime dónde se ha ido Stevenson o de lo contrario te arrancaré los párpados y te rajaré los ojos por la mitad.

El hombre temblaba de miedo y por los escalofríos que sufría. Notaba cómo la sangre se le escapaba y parecía ser sustituida por un líquido frío como el hielo. Ya lo único que quería era morir cuanto antes. Intentaba pensar dónde se había dirigido el escritor desde allí, no lo recordaba. No sabía si se lo había dicho a él o a su jefe. Escuchaba a Ross que más le valía acordarse y casi sentía la dentera del corte de su globo ocular. Entonces lo recordó. Abrió los ojos con miedo.

–Tautira. Se han ido a Tautira –dijo, ya con un hilo de voz.

–¿Dónde está eso?

–Más al sur, al otro lado de Taravao. –Ya casi no sentía nada.

Ross ya sabía lo que quería y no iba a dejar el cuerpo allí para que alguien lo encontrara y le siguiera la pista. Ya tenía decidido lo que iba a hacer con él. Lo agarró por las piernas y comenzó a arrastrarlo hacia el acantilado. Notaba la viscosidad de la sangre en sus propias manos. Cuando llegó al borde, lo soltó y lo empujó con los brazos hasta que se precipitó al vacío. Antes de chocar por primera vez aún estaba vivo. Al detenerse en el fondo, todos sus huesos se habían roto. Ross se asomó y comprobó que el cuerpo había quedado bien oculto entre unos arbustos colindantes a las rocas.

Gruesas gotas de lluvia comenzaron a mojarle. Al final la tormenta le iba a alcanzar, ya no le importaba. Es más, prefería volver en medio de un aguacero que lavara la sangre de su cuerpo y el reguero púrpura que había quedado sobre la hierba. Un trueno le hizo reaccionar y emprender el camino de vuelta.

Tres días después de su llegada a Honolulu, Robert y Lloyd fueron recibidos en palacio. Recorrieron el amplísimo paseo que, jalonado de altas palmeras, atravesaba los jardines que circundaban toda la residencia real. Se respiraba un aire de lujo contenido y el edificio era más sobrio que opulento. Subieron los dos tramos de centradas escaleras que les alcanzaban el gran arco, con dos columnas a cada lado, al fondo del cual estaba la puerta principal. Justo en la entrada les esperaba un chambelán que, tras saludarles con afectada ceremonia, les guio por el interior del Halcón Celestial, que es como se traducía su nombre hawaiano. Parecían encontrarse en el interior de una construcción renacentista europea. Magníficos techos artesonados, amplios espacios de perfectas proporciones, columnas sustentando arcos de medio punto, suelos de bruñido mármol, grandes espejos. La elegancia del lugar permanecía envuelta por el silencio, sólo interrumpido por el sonido de los pasos de los tres hombres.

Llegaron a una amplia estancia con una larga mesa de madera en el centro rodeada por numerosas sillas tapizadas con bellas telas estampadas. Al fondo, una gran chimenea decorativa de alabastro tenía frente a ella un espacioso sofá con dos butacas a cada lado. El chambelán les hizo saber, ayudado por una reverencia adornada con un teatral ademán de la mano, que debían esperar allí al monarca. Éste no se hizo esperar. Pocos minutos después la puerta se abrió y un solo hombre la franqueó, cerrándola de nuevo a su paso. Robert y Lloyd esperaban una comitiva, habían recreado en su imaginación al rey acompañado de su séquito y protegido por una guardia pretoriana, por lo que intercambiaron miradas de sorpresa. Reconocieron en él al hombre que aparecía en un gran cuadro del vestíbulo.

El rey David Kalakaua tenía ya cincuenta años, pero mantenía un físico en verdad intimidatorio, cien kilos distribuidos a lo largo de casi dos metros de altura. Iba vestido de blanco por completo, zapatos, traje y camisa, lo cual resaltaba su piel morena. El pelo negro, muy rizado, lucía un corte impecable y el bigote estaba enlazado con frondosas patillas que, al menos, dejaban libre su barbilla. Su mirada era penetrante e inteligente. Parecía un hawaiano más y lo único que revelaba su privilegiada condición era la profusión de joyas con las que se adornaba. Varios anillos dorados en sus dedos, un alfiler de corbata con rubíes engastados, botones de las mangas a juego y la ostentosa cadena que delataba la existencia de un escondido reloj de bolsillo.

Robert y Lloyd formalizaron dos torpes reverencias ante aquel gigante que fue el primero en hablar.

—¿Es cierto que poseo el privilegio de tener ante mí a Robert Louis Stevenson, el creador de *La isla del Tesoro*? —preguntó con una voz acorde a su tamaño y con una perfecta dicción inglesa. Robert y Lloyd aún permanecían con el cuerpo inclinado sin saber muy bien qué hacer–. Por favor, señores, recobren la verticalidad ya si no quieren salir de aquí con un fuerte dolor de espalda.

Se acercó a ellos y les dio sendos apretones de manos, contenidos con el fin de no romper sus huesos.

–Mucho gusto en conocerle, majestad –saludó Robert–. Éste es mi hijastro, Samuel Lloyd Osbourne.

–Lo sé, lo sé. Sentémonos al fondo, por favor. –Y con un indicativo gesto con la mano les instó a que le siguieran.

El rey se acomodó en una de las butacas y dejó el sofá para sus visitantes.

–¿Dónde se hospedan? –preguntó, con aire distraído.

–Mi hijastra Belle y su marido, Joe Strong, nos han alojado en cuatro cómodas casas de madera cercanas a la playa de Waikiki.

–Un sitio precioso y una acertada elección por su parte. El señor Strong tiene talento, sin duda, y su mujer es adorable. Si necesitan, no obstante, cualquier cosa durante su estancia entre nosotros, no duden en pedirla.

Los dos agradecieron a la vez el ofrecimiento que el rey les hacía.

–¿Les gusta Honolulu? –inquirió de nuevo, mientras observaba con detenimiento.

–Digamos que nos ha sorprendido sobremanera –respondió cauteloso Robert–. Desconocíamos el nivel de progreso del que hace gala. Es el lugar más moderno y desarrollado de todos los que hemos visitado desde nuestra salida de San Francisco.

–¿Y a usted, joven? –preguntó, mirando a Lloyd–. ¿Le parecen guapas nuestras mujeres hawaianas?

La pregunta le cogió por sorpresa, pero supo salir con rapidez del aprieto.

–La exótica belleza de las mujeres en todas las islas del Pacífico es extraordinaria, no cabe la menor duda, majestad.

–Ya han utilizado el tratamiento de majestad ambos, lo cual indica que conocen y aceptan mi condición de rey. A partir de ahora pueden dirigirse a mí como señor David Kalakaua –el vaticinio de Belle se veía refrendado por las palabras del monarca–. Como ya sabrá, soy un gran admirador de su obra desde que leí por vez primera las aventuras de John Silver el Largo y del valiente Jim Hawkins. Y no sabe lo preocupado que he estado estos últimos días sabiendo que se encontraban ustedes en la mar con un tiempo tan desfavorable. Espero cada nueva novela suya con fruición y habría sido una tragedia que naufragaran precisamente mientras se dirigían a nuestras costas.

–Muchas gracias por sus halagos y por su preocupación.

–¿En qué está usted trabajando ahora? –indagó David Kalakaua.

–Me paso la vida escribiendo y casi siempre tengo varios proyectos a la vez –explicó Robert–, el más importante ahora es tomar el mayor número de notas posible para un libro de viajes sobre nuestras singladuras por el Pacífico.

–Muy interesante –murmuró el rey, pensativo–. ¿Y apareceré yo en ese libro?

Era evidente que aquel hombre les apreciaba, lo que les infundía tranquilidad, pero conversar con él parecía lleno de preguntas comprometidas.

–Casi seguro, señor, permítame, no obstante, que me guarde el secreto para que le mantenga intrigado hasta el día en que lo lea.

El soberano dejó escapar una sonora risa y se dirigió de nuevo a Lloyd.

–Tiene un padrastro astuto y diplomático –afirmó, mientras Lloyd asentía con la cabeza–. Mis expectativas sobre usted, señor Stevenson, se están viendo cumplidas, lo cual me alegra.

–No sé si las merezco.

–Hágame caso, las merece. No me decepcione ahora, odio la falsa modestia. Soy un hombre de mundo, he viajado mucho y conocido a muchas personas, algunas de ellas muy poderosas e influyentes. Todo ello me ha conferido la capacidad y la intuición para ver más allá de las primeras impresiones y de la superficialidad. Y tras leer mucho de lo que ha escrito, sólo me restaba estar con usted para certificar en persona que es quien necesito. Y en estos pocos minutos ya me he convencido. Ahora sólo falta que se convenza usted también.

Con la última intervención del rey de Hawai la conversación parecía contener una finalidad oculta y tomaba un derrotero imprevisto. Robert se sentía demasiado adulado y expectante. Lloyd flotaba en orgullo ante la alta consideración demostrada hacia su padrastro.

—Con todos los respetos, señor David Kalakaua, no entiendo a qué se refiere.

El monarca se levantó y, apenas con dos zancadas, llegó al lado de la chimenea. Se giró y apoyó su brazo derecho en su pulida superficie. De pie ante ellos, que permanecían sentados, se les antojó más imponente. Tras una pausa, con un gesto adusto quiso transmitir la relevancia que deseaba a sus palabras.

—Nuestra cultura y tradiciones se mueren, señores, cada vez más sometidas al nuevo mundo angloamericano. No me tengo por un rey megalómano, pero a veces pienso que soy el último baluarte de resistencia ante un fin que aún me niego a considerar inevitable. —Llegado este punto, se detuvo un momento para valorar la reacción de sus interlocutores—. Hago todo lo posible por que los *kahunas* puedan seguir practicando su medicina tradicional, he encargado a mis genealogistas reales reconstruir los linajes de los antiguos jefes, conservar los huesos y mantas de plumas de nuestros difuntos ilustres, he creado, incluso, una sociedad secreta llamada *Hale Nuau*, con el fin de conservar las antiguas costumbres de los hawaianos de linaje puro. A pesar de todo nada parece ser suficiente para frenar el avance de la cultura americana y europea.

—Pero es usted mismo el que propugna la modernidad —interrumpió Robert sin entender lo que Kalakaua pretendía explicar.

—No estoy en contra de la civilización, no me malinterprete. Me parece bien que mi pueblo pueda gozar de inventos que le hagan la vida más fácil. Lo que no estoy dispuesto a tolerar es que invadan nuestra forma de vivir —su tono de voz se alzó al pronunciar la última frase y tuvo que hacer un esfuerzo para recuperar la compostura–. En algo más de un siglo desde que James Cook trajo en el *HMS Resolution* a los primeros europeos y a sus enfermedades, hemos sido colonizados poco a poco, sin poder evitarlo. El rey Kamehameha, que reinaba cuando Cook murió, se dio cuenta ya entonces. Convocó a las ocho islas en torno a una campaña de unidad que duró veintiocho años, aunque a la vez alentó el intercambio comercial con los productos desconocidos que traían los extranjeros. Pronto la bandera de Hawai incorporó la "Unión Jack" en una esquina y aquello fue el principio del fin. A la muerte de Kamehameha, la favorita entre sus veintiuna esposas, Kaahumaua, facilitó cambios radicales que iban a favor de los invasores y fue la primera en brindar fuerte protección a los primeros misioneros protestantes llegados de Nueva Inglaterra. Pensó que venían a hacer el bien, pero pronto sus descendientes olvidaron sus principios religiosos y se identificaron con un fin más lucrativo: hacerse ricos con las grandes plantaciones de caña de azúcar y de piña, incluso accediendo a la política para aumentar su riqueza. Cuando los curas católicos trabajaban la tierra y levantaban una iglesia, tanto una como otra seguían siendo propiedad de Hawai. En cambio, cuando un misionero protestante acopiaba dinero, compraba la tierra y construía. Y su descendencia mantenía la propiedad y echaba a los hawaianos. En el Hawai tradicional la tierra era de todos, no se repartía. Nuestras islas estaban segmentadas en *ahupu´a*, cuñas como los trozos de una tarta. Cada grupo tenía derecho de usufructo sobre toda la variedad de ecosistemas de su cuña, desde las montañas de la esquina hasta la parte más ancha constituida por los arrecifes, pasando por la selva tropical y las zonas agrícolas. Los blancos protestantes lograron, a mediados de siglo, instaurar la *mahele*, el reparto de tierras, y éstas pasaron por primera vez a ser compradas y vendidas por dinero. En la actualidad, caballeros, casi cuatro quintas partes de nuestro suelo ya no nos pertenece.

Robert y Lloyd asistían atónitos al relato del rey, que desgranaba su historia reciente con tristeza, pero con cierta esperanza. Siendo conscientes de la gravedad de lo que les refería, no se atrevían a interrumpirle.

—Esta década está siendo determinante y ahora mismo estamos en un momento crucial. Ya hay quien contempla la idea de una federación entre Canadá, Sudáfrica, Australia y Nueva Zelanda, bajo el yugo de Inglaterra, formando el suelo de la raza británica. Para nuestra desgracia, dentro de ese territorio incluyen toda la Polinesia, incluidas las islas Hawai. Los Estados Unidos de América también muestran un gran interés en nuestro archipiélago. Y al mismo tiempo en que nos van invadiendo, luchan con denuedo contra nuestro pasado, pugnan belicosos, si hace falta, por desterrar nuestra forma de vivir, así como intentan imponernos su religión haciéndonos sentir culpables por nuestras costumbres ancestrales. —Se detuvo de nuevo y volvió a sentarse mientras ordenaba sus ideas. Robert pensó que era un buen orador—. ¿Y qué hago yo para impedir la catástrofe?, se preguntarán. Bien, mi intención es constituir un único estado, una Gran Confederación Polinesia que aúne todas las razas hermanas del Pacífico. Huelga decir que cada paso que doy en la consecución de dicha Confederación es observado con la máxima atención por las potencias que dominan el mundo, en redondo opuestas a ella. En diciembre del 86 envié a Samoa una delegación de gobierno para proponerla; excluidas del Tratado de Berlín, las islas samoanas seguían siendo libres, aunque codiciadas por americanos, ingleses y alemanes. El tiempo apremia y los resultados no cristalizan. Necesito internacionalizar el conflicto. Necesito voces influyentes comprometidas con nuestra causa —de nuevo una pausa con la que el rey parecía dar una última oportunidad para que dedujeran adónde quería llegar—. Y ahí es donde entra usted en escena, señor Stevenson —concluyó.

El silencio tras la exposición del rey David Kalakaua fue largo y pesado. El monarca no parpadeaba siquiera para no perderse ni un gesto de la reacción del escritor. Lloyd también clavaba sus ojos en Robert y éste, por su parte, no daba crédito a las últimas diez palabras que había escuchado. Toda la atención estaba puesta en él y no sabía cómo reaccionar ni qué decir, ante lo cual lo más sensato parecía preguntar, con el objeto de ganar tiempo para pensar.

—No alcanzo ni a sospechar qué piensa su majestad que puedo hacer yo por su causa —logró balbucir.

—Tranquilo, no pretendo de usted heroicidad alguna ni empresa tan arriesgada que no pueda ser por usted realizada.

—Entonces, ¿qué espera de mí?

—Ya se lo he dicho. Compromiso, señor Stevenson, compromiso. Ni más ni menos. El resto del mundo debe saber que los derechos de los polinesios se están pisoteando, que nos roban, que no se respeta nuestra identidad, que somos un pueblo soberano que no quiere ser ocupado, pero que no sabe organizarse para impedirlo. Y si consiguiéramos eso, quizá se generaría un movimiento social en países como Inglaterra, Alemania, Francia o Estados Unidos que presionara a sus gobiernos para que no actuaran como lo hacen fuera de su territorio. —Robert escuchaba al rey y se sorprendía del gran contraste entre su posibilismo y su ingenuidad, pero su evidente debilidad frente a las grandes potencias le granjeaba su simpatía—. Y no pretendo que me responda hoy, si es lo que está pensando. Nada más lejos de mi intención. Lo que quiero es que nos conozca, que conviva un tiempo con nosotros, que compruebe con sus propios ojos la forma de actuar de todos aquellos que no llevan sangre hawaiana, y una vez que se haga su composición de lugar, una vez que reúna todas las piezas del puzle y pueda completar la imagen que esconde para usted, tome una decisión. Y si es afín a mis objetivos, volveremos a hablar. Los hawaianos somos un pueblo hospitalario, al que le gusta compartir, pero demasiado lánguido para defenderse de la vileza y codicia de algunos hombres blancos.

—Cuente con ello, señor —no podía decir otra cosa.

—No quiero prolongar su agonía —el rey siempre iba al meollo de los asuntos, sin prolegómeno alguno, se daba cuenta del azoramiento que la sorpresa había provocado en el escocés—, así que no se hable más del tema. Pasemos al comedor. Estoy seguro de que la cena estará lista para servirse.

No esperó a nadie. Se levantó y con parsimonia se dirigió a la puerta por la que había entrado. Lloyd fue el primero en seguirle y, a continuación, con la cabeza trabajando como las turbinas de un barco de vapor, se levantó Robert. Y de esta guisa, en fila india, llegaron a otra estancia que más parecía un pasillo por lo alargada que era. La mesa que la ocupaba era la más grande que Robert había visto en su vida y, nada más reparar en los cubiertos dispuestos, se dio cuenta que aquella noche la recepción real era sólo para ellos, tanto por su parte como por la del rey. Una vez sentados los tres, David Kalakaua en la cabecera y Robert y Lloyd a cada lado, era algo cómico verse comiendo sólo ellos en una mesa tan inacabable.

El soberano de Hawai no volvió a tocar el tema ya tratado. Fue coherente con sus palabras. La conversación versó de literatura, de pintura, de sus familias, de lo que pensaban sobre infinidad de temas, de la vida y de la muerte. David Kalakaua era culto, educado y parecía un hombre honesto y buen gobernante. También era un gran comedor y sobre todo un gran bebedor. Fue capaz de acabar él solo dos botellas de champán. La abundancia de comida que se sirvió en la mesa y su fuerte constitución impidieron la menor vacilación en su voz y en sus ideas.

Aquella noche el rey empezó a ganarse la confianza de Robert Louis Stevenson y éste comenzó a intuirlo mientras una calesa real los devolvía a las casas de madera de la playa de Waikiki.

Tres días después fue el propio David Kalakaua quien les devolvió la visita subiendo a bordo de *El Casco*. El monarca era un afamado conversador; pero cuando un objetivo último guiaba su lengua, no permitía que la conversación se alejara en exceso de aquél. Por eso, durante el tiempo que permaneció en la goleta, aunque permitió devaneos con temas intrascendentes, de una manera u otra siempre reconducía la tertulia hacia su máxima preocupación. Su facilidad para fascinar se ganó el corazón de Fanny, que le observó embelesada durante toda la reunión. Sus sueños y proyectos estaban revestidos de una legitimidad indudable para todo el que no tuviera como finalidad destruirlos, y Fanny se puso de su parte sin una sombra de duda.

La reunión estuvo presidida por una camaradería insólita, teniendo en cuenta la presencia de todo un rey. El capitán Otis, que oficiaba como anfitrión al ser la máxima autoridad en el barco, tocó el acordeón. Belle bailó, Lloyd cantó y Robert leyó sus últimos poemas dedicados a la Polinesia, certificando ante David Kalakaua que no se equivocaba al haberlo elegido.

Olía a libertad, a reconquista y a utopía.

Todos tenían interés en volver a verse, de forma que el segundo domingo de su estancia en Honolulu invitaron al rey a cenar en la mayor de las cabañas de madera en las que se alojaban. El soberano acudió con su hermana, la princesa Lili´uokalani, que se sentó a su derecha y, al lado de ésta, Robert. Margaret se colocó a su izquierda y en los laterales, el resto de la familia y varios amigos de los Strong. David Kalakaua lucía una chaqueta negra con una pajarita del mismo color sobre una camisa de algodón de un blanco reluciente. El pantalón y los zapatos del mismo paño y color que la camisa. De nuevo era visto como un gigante por todos, acrecentado su tamaño aún más por la extrema delgadez de Margaret y Robert. Claveteada de manera improvisada sobre una pared, encima de unas maquetas de barco, con un pequeño doblez para no tapar algunas de ellas, presidía la reunión la bandera de Hawai, con su "Unión Jack" en la esquina superior izquierda.

Al comienzo hubo cierta tensión y algunos embarazosos silencios; poco a poco el ambiente se fue animando, coexistiendo varias conversaciones a la vez. Fiel a su costumbre, también en esta ocasión Kalakaua llevó la conversación al asunto que más le interesaba y llegó a la conclusión de que había logrado convencer casi por completo al famoso escritor ante la envidiosa mirada de Joe Strong, que veía desplazado el favor real hacia un recién llegado que, a la luz de su mezquindad, no había hecho nada para merecerlo. Nadie se dio cuenta.

El resto de la reunión fue distendida. El banquete concluyó y afuera una noche apacible y sosegada soplaba una brisa fresca al interior de la cabaña a través de sus ventanas abiertas de par en par. La princesa susurró con discreción unas palabras al oído de su hermano, éste miró su reloj de bolsillo y se levantó como un resorte diciendo que estaba tan a gusto que no se había dado cuenta de lo tarde que era.

—Discúlpenme —se excusó mientras alisaba las perneras de su pantalón—. Mañana será un día muy atareado con muchas recepciones y compromisos. Así que, sintiéndolo mucho, Lili´uokalani y yo debemos retirarnos. Señores…, señoras… —dijo con sendas inclinaciones de cabeza—. Un verdadero placer.

Todos los demás invitados aprovecharon la ocasión para anunciar su retirada. Durante unos minutos todo fueron saludos, agradecimientos, despedidas y deseos de verse pronto. Poco a poco la cabaña de madera fue quedándose vacía. Cuando no quedó ningún invitado, todos menos Fanny y Belle reconocieron estar muy cansados y se retiraron a sus habitaciones. Por contra, madre e hija decidieron ir a dar un pequeño paseo hasta la playa. En Escocia, en pleno mes de febrero, hacía frío, llovía casi todos los días y el cielo estaba encapotado a todas horas. En Hawai, sin embargo, los vientos alisios soplaban de noroeste a suroeste garantizando, al menos cerca de la costa, temperaturas que en Europa serían veraniegas.

Se sentaron en el tronco casi horizontal de una palmera, al borde de la playa, contemplando el tembloroso reflejo de la luna en la superficie del océano. Fanny pensó que era el lugar perfecto para hablar con su hija y, como siempre, fue directa al grano. Nunca había sido mujer de circunloquios.

—¿Eres feliz? —preguntó a bocajarro.

Belle la miró, primero con sorpresa y luego con la respuesta escrita en su rostro, visible a pesar de las sombras de la noche.

—Claro —musitó, girando la cabeza.

—No eres la misma de San Francisco. Allí estabas radiante. Estos días, salvo el de nuestra llegada, en el puerto, no he vuelto a ver aquella luz en tus ojos ni la sonrisa en tu boca. Dime qué te pasa. A mí no puedes engañarme.

—No es nada, madre —siguió negando Belle.

—¿Es Joe?

Belle se enrocó en el mutismo esperando, en vano, que su madre dejara de insistir. Minutos después Fanny volvió a rasgar el silencio con su voz.

—La otra noche os oí pelearos. No era por algo importante, aunque por cómo os tratabais lo parecía.

—También papá y tú discutisteis muchas veces —contestó Belle a la defensiva.

—Y aquélla era la prueba de que teníamos muchos problemas. No estoy orgullosa de ello, pero sucedió así. No quisiera que a ti te pasara lo mismo. Ante todo, y mírame a los ojos, por favor, no quiero discutir contigo. Si quieres hablar, hablemos. Si no, me iré a dormir y volveré a preocuparme por ti en cuanto te vuelva a ver triste. Soy tu madre, no lo olvides.

Belle sabía que Fanny hablaba en serio y que no pararía hasta conocer qué le ocurría o hasta que cambiara del todo de humor, circunstancia ésta que veía poco probable, así que modificó su actitud.

—A veces pienso que estoy condenada a volver a vivir tu vida —comenzó a confesar—. A cometer tus mismos errores. A sufrir tus mismas desgracias. No sólo es Joe, también soy yo, como hace años también fuiste tú.

—No te siente mal lo que voy a decirte, Belle, pero Sam y yo no tenemos nada que ver en vuestro matrimonio.

—¿Y ahora qué vas a decirme?, ¿que ya me lo advertiste?, ¿que ya sabías que nuestra relación no tenía futuro?

—No voy a decírtelo porque ni lo pienso ahora ni lo pensé entonces. No era por Joe. Era yo la que no podía aprobar a ninguno de tus pretendientes. En todos veía a Sam y a ti sufriendo a su lado. Puede que te trasladara mis fantasmas, pero no te eché una maldición.

—Todo fue bien los primeros años. Austin fue un regalo del cielo que nos unió más todavía —continuó Belle tras un silencio—. Joe trabajaba mucho en la corte pintando cuadro tras cuadro. Pasaba muchas horas fuera de casa, pero nos iba bien. Cuando… nos dejó Hervey…, Joe tuvo una crisis nerviosa. No aceptó su muerte y creo que no se ha resignado todavía. Quizá esté mal decirlo, pero siempre pensé que era su favorito y hoy es el día que apenas juega con Austin. Le ignora y eso me parte el corazón. Es como si le odiara por seguir aquí mientras su hermano… se fue para siempre. Empezó a beber. A jugar. Y pronto las facturas dejaron de pagarse y las deudas se amontonaron. A veces incluso fuma opio. El caso es que el rey David Kalakaua sigue confiando en él y en su arte. Ante él Joe es otro, serio y responsable. Cuando vuelve a casa… sé que ha estado con otra.

—Ninguna mujer debiera tolerar eso —afirmó Fanny.

—Yo no lo hago, así que le pago con la misma moneda.

Fanny se sobresaltó con la declaración de su hija.

—¿Qué quieres decir? —preguntó.

—Lo que te imaginas.

—¿Él lo sabe?

—Supongo. No lo sé. Nunca he hecho grandes esfuerzos por ocultárselo. El caso es que nuestra relación es un barco que tiene ya demasiadas vías de agua y que se hundirá sin remedio tarde o temprano. Por eso montó el numerito vuestra primera noche aquí. No os odia a vosotros, supone que estáis aquí para poneros de mi parte, que habéis venido a apoyarme. No tolera vuestra presencia y eso le hace estar más irascible.

—¿Te ha pegado alguna vez?

—No me ha puesto la mano encima ni una vez en su vida.

Fanny sintió la primera brisa de alivio entre tanta tormenta.

—¿Papá te pegó alguna vez a ti?

—Nunca, Belle. Nunca. No se lo hubiera permitido.

—Todo sería más fácil si no estuviera Austin; no se da cuenta de nada, es muy joven aún. Supongo que si sigo con Joe es por él. ¡Le quiero tanto!

A continuación se levantó, inspiró con fuerza y echó un último vistazo al horizonte.

—Me vuelvo a casa, ¿vienes? —preguntó.

—No, me quedo un rato más. Esto es precioso.

—Hasta mañana, madre.

Cuando su hija había dado una docena de pasos, Fanny no pudo retener una última pregunta.

—¡Belle! Cuando murió tu hermano, ¿pensaste alguna vez que yo deseaba que hubieras sido tú?

—Puedes estar tranquila. Nunca pensé tal cosa.

La forma más rápida y cómoda de llegar a Tautira era por mar. La difícil orografía del terreno y el hecho de que un barco no descansa y navega incluso de noche fueron determinantes a la hora de tomar la decisión.

Ethan Ross esperaba encontrar un lugar parecido a Papeete, por lo que se llevó una sorpresa al comprobar que era una aldea no demasiado grande, aunque con casas bastante desperdigadas. Su primer pensamiento fue que allí iba a ser mucho más fácil localizar a Stevenson y se felicitó por ello. El deseo de encontrarse frente a frente le quemaba por dentro y amenazaba con volverle loco si el momento se demoraba en exceso.

No podía estar más equivocado. Las gentes de Tautira le dieron mucha información de la estancia del escritor entre ellos. Le contaron que poseía un velero llamado *El Casco*, con el que se desplazaba por todo el Pacífico. Averiguó con quién viajaba con exactitud, pues que le acompañaba su familia lo sabía por Cunningham y por el mozo del hotel. Y lo más importante: supo que ya no estaba allí desde el día de Navidad. Sin embargo, no encontró una sola alma que conociese dónde demonios se había dirigido desde allí. Y sin ese dato clave, todo lo demás se le antojaba insuficiente. Le llevaba una ventaja de más de un mes. Demasiado tiempo si no conseguía olfatear una sola pista sobre su nuevo destino.

Comprobó que la expectación generada a su paso era grande. Stevenson parecía tener una gran capacidad para hacerse notar entre aquellas personas. Y por eso le causaba un tremendo enojo que nadie supiera dónde estaba ahora. ¡Ni uno solo de los habitantes de Tautira había sentido la necesidad de preguntar a aquel hombre famoso qué iba a hacer cuando les abandonase! ¡Cómo podían ser tan estúpidos! Cada día que Ross pasaba entre ellos se le hacía más difícil contemplar sus rostros amables, sonrientes, dispuestos a ayudarle en lo que necesitara pero sin capacidad alguna de hacerlo en lo fundamental. A veces sentía un irrefrenable deseo de quemar todo el poblado con aquellos salvajes dentro. Cualquier castigo que imaginaba le parecía insuficiente.

Después de varios días ya no disponía de más puertas a las que llamar. Ni más nativos a los que preguntar. Conoció a varios europeos entre ellos, que tampoco sabían nada. Y empezó a cundir en él el desánimo. Ross comenzó a roer la idea de que había sido un completo idiota cuando pensó que podía encontrar al maldito escocés esperándole plácidamente en la isla. Como si Tahití fuera no más grande que el centro de Londres y el Pacífico algo más amplio que un lago. ¡Qué ingenuo había sido! Se había lanzado a una persecución por el mundo sin valorar bien las posibilidades de éxito. Había recorrido miles de kilómetros para acabar su búsqueda a las primeras de cambio. ¿Qué podía hacer ahora? En tales circunstancias no tenía ninguna probabilidad de encontrarlo, salvo una casualidad fortuita y muy improbable. ¿Debía rendirse?, ¿volver a Inglaterra?, ¿comenzar una nueva vida en otro lugar?, ¿olvidar a Stevenson?, ¿o perseguirle de nuevo por cualquier parte del mundo, por lejana que fuera, en cuanto oyera una noticia de su paradero? Al menos de una cosa estaba seguro: sus deseos de matarlo crecían día a día aguijoneados por la frustración de haber perdido su rastro.

Al final, decidió volver a Papeete. Puede que antes de ir a otro lugar, Stevenson hubiera vuelto a la ciudad por alguna razón. Era una posibilidad que debía explorar. Volvería al Hôtel de la France a hablar con aquel joven botones por si tenía nuevas noticias que ofrecerle. Además ahora podía detenerse en el puerto y buscar su goleta entre los barcos en él atracados.

Una mañana de primeros de febrero zarpó rumbo a la capital de Tahití. Lo hizo a bordo de la única embarcación cuyo propietario había accedido a llevarlo. Ya estaba a punto de emprender el camino por tierra cuando apareció un polinesio desaliñado que se ofreció por una módica cantidad de dinero. En cuanto Ross vio el lamentable estado de conservación en el que se encontraba su nave, a punto estuvo de darse media vuelta; como la alternativa era muy poco seductora, se encomendó al divino para no ser devorado por la primera ola con una mínima capacidad destructiva y subió a bordo.

Al llegar a Papeete, y para no perder tiempo alojándose en ningún sitio, le dijo al tahitiano que le esperara en el puerto ya que quizá tendría que llevarle a alguna otra parte de la isla. Nunca se hubiera atrevido a perder de vista la costa en semejante cascarón.

Revisó todas y cada una de las embarcaciones que descansaban en el puerto. Incluso, antes de atracar él mismo, todas las que fondeaban en la pequeña bahía. Encontró varias goletas, ninguna de ellas se llamaba *El Casco*. Mal comienzo, pensó. Desalentado y nervioso, se dirigió al Hôtel de la France. Después de escoger varias calles equivocadas, tras doblar una esquina apareció el cartel con el nombre a lo largo de la fachada de un edificio de piedra labrada. Entró y buscó con la mirada al joven mozo del hotel. Estaba ayudando a una señora muy mayor, cargando con su equipaje. Debería esperar a que volviera a bajar después de acompañar a la viejecita hasta su habitación. Se acomodó en un asiento que rodeaba una columna del vestíbulo y no perdió de vista las escaleras. Minutos después ahí estaba el botones. Ross fue directo hacia él.

–¿Te acuerdas de mí? –le dijo, adivinando la respuesta en su mirada desconcertada.

–Me temo que no, caballero. Lo siento.

–Hace unos días pasé por aquí para preguntar por el escritor Robert Louis Stevenson…

–¡Ahora me acuerdo! –interrumpió el joven–. ¿Lo encontró usted?

–Lo cierto es que no. Para cuando llegué donde me dijiste ya se había marchado.

–¡Qué mala suerte!

–Pasaba de nuevo por si sabías algo de él.

–Lo siento, no he vuelto a ver al señor Stevenson desde que se fue del hotel –el joven acababa de asestar un nuevo golpe desmoralizador en el ánimo de Ross, que se dio la vuelta sin decir una sola palabra más ante la confusión del botones, que se encogió de hombros mientras le veía alejarse.

Salió a la calle con un incipiente dolor de cabeza. A su alrededor todo parecía moverse ralentizado, como a cámara lenta. Y su cerebro parecía no percibir los sonidos que le envolvían. Era una sensación de irrealidad perturbadora, y a la vez de una abstracción tal que la clarividencia fue absoluta. De repente las dudas se disiparon y tomó una decisión. Volver a Inglaterra.

Preguntó dónde se encontraba la oficina para comprar el billete de barco y sin perder un minuto se dirigió a ella. Sin pensar en las consecuencias de su vuelta, sin recordar el cerco policial que se cernió sobre él antes de su marcha. Tomó la decisión de aplazar su venganza con la sencilla convicción de que el futuro le ofrecería una nueva oportunidad para ejecutarla.

Se puso a la cola y momentos después fue su turno. Agachó la cabeza para ponerla al nivel de la ventanilla, que le quedaba un poco baja.

—¿Qué desea? —escuchó decir al empleado.

—¿Cuándo zarpa el siguiente barco para Inglaterra?

—Déjeme ver…, dentro de dos días. ¿Desea un billete?

—Sí, por favor —asintió.

Y entonces lo vio. En una mesa al lado del empleado había un periódico y, si no estaba contemplando un espejismo producto de su obsesión, en el titular de la primera página aparecía el nombre de Robert Louis Stevenson.

—¿Me escucha usted? —preguntó por segunda vez el empleado—. ¿Desea viajar en primera clase?

—¿Podría dejarme un momento aquel periódico? —pidió Ross, preso de una excitación galopante.

El empleado estaba desconcertado; no tenía inconveniente alguno, siempre y cuando aquel hombre le permitiera atender a los siguientes clientes.

—Aquí tiene. Tenga la amabilidad de hacerse a un lado, por favor.

—Por supuesto —contestó Ross como un autómata dado que ya estaba leyendo la noticia al completo.

El corazón amenazaba con salírsele del pecho. A medida que iba devorando línea tras línea, no podía dar crédito a su buena suerte.

Días antes, Stevenson había enviado una carta al redactor jefe del Times de Londres que venía transcrita en su totalidad. En ella defendía el derecho de las islas de la Polinesia a formar una confederación de países aliados y exigía al resto del mundo el respeto a dicho proyecto y la no injerencia en el mismo. En concreto hacía referencia a la posibilidad de que Hawai se aliara con Samoa, un pequeño archipiélago a tres mil setecientos kilómetros de distancia. La carta era pasional, incendiaria y el artículo continuaba relatando las reacciones suscitadas en medio mundo. Una única fotografía ilustraba la noticia. Stevenson al lado de un gigante que el pie de foto identificaba como su majestad David Kalakaua, rey de Hawai. Ya sabía dónde estaba el escocés.

Ethan Ross volvió a la ventanilla haciendo caso omiso de las quejas de un hombre al que había arrebatado su turno.

—¿Ya se ha decidido? —preguntó el empleado.

—Quiero un pasaje en el primer barco que tenga como destino Honolulu —exigió.

Al parecer, la venganza no iba a esperar mucho tiempo.

Un amigo violento o un enemigo enfurecido son siempre aborrecidos o sumisamente adorados; la indiferencia es imposible.[29]

CAPÍTULO XVIII

El capitán Albert Otis fue invitado en varias ocasiones a dejar *El Casco* en manos de la tripulación mientras él disfrutaba de unas horas de asueto en la playa Waikiki. Fiel a su costumbre, rechazó todas ellas y permaneció a bordo de la goleta casi todo el tiempo. Era el responsable máximo de la nave del doctor Merritt y además era en ella donde más a gusto se sentía. De vez en cuando visitaba alguna de las tabernas del pueblo, más escasas que en la vieja Europa, pero acababa volviendo al barco enseguida.

El día en que hizo acto de presencia el rey de Hawai fue intenso. Nunca en su vida hubiera pensado que iba a conocer a un rey. Y mucho menos tocar el acordeón para él y tener la posibilidad de hablarle. Aquel viaje estaba superando sus pobres expectativas del comienzo. El velero apenas había sufrido averías de importancia, la tripulación había realizado su trabajo con seriedad y los clientes se habían ido convirtiendo en algo muy parecido a unos amigos, derribando uno a uno todos los muros que él acostumbraba a levantar a su alrededor. Y qué decir de los paisajes y de los polinesios. Estaba siendo como descubrir un mundo paralelo al suyo, desconocido y sorprendente.

---

[29] Carta a James Barrie en abril de 1893.

Si alguien le hubiera dicho el día de la partida que iba a sentir pena de retornar seis o siete meses después, le habría tachado de auténtico botarate. Pero lo cierto es que se acababa el tiempo pactado por contrato y una sensación de vacío iba surgiendo de su interior. Además, todo parecía indicar que Stevenson y su familia no iban a volver con él. Tras permanecer un tiempo en Honolulu, tenían intención de negociar un nuevo flete por otro barco y seguir recorriendo los mares del sur, llegando incluso hasta Australia. Si pudiera hablar con Merritt, intentaría convencerle para que prorrogase el alquiler y así poder continuar aquel loco viaje que le estaba afectando como ningún otro antes.

Así que, aquella mañana de finales de febrero, el capitán Otis se encontraba en cubierta, tumbado al sol en una desvencijada tumbona de madera. Con los ojos cerrados, en un estado de duermevela que le impidió contemplar, entre el bullicio del puerto, a un hombre que parecía haberse convertido en una estatua al contemplar a popa el nombre de *El Casco*.

Ethan Ross acababa de llegar a Honolulu hacía pocas horas. Tras dejar el equipaje a buen recaudo, se lanzó a escrutar todos los barcos de los alrededores, preso de una gran excitación. Sabía el tipo de embarcación que buscaba, por lo que no prestaba atención a nada que no fuera un velero con sus alas dispuestas sobre la línea de crujía, en vez de montadas en vergas transversales. Cada vez que detectaba tales características su corazón empezaba a galopar, pero cuando leía su nombre la decepción atemperaba de nuevo su ritmo.

Hasta que lo encontró. Sorprendido, permaneció unos segundos en estado catatónico sin poder despegar su mirada de la sucesión de letras que formaban *El Casco*. Rígido, sin pestañear, con la mente en blanco. No era la primera vez desde su llegada a Tahití que se preguntaba ¿y ahora qué? Su agitación interior le llevaba a ejecutar sus acciones sin tener decidido con antelación lo que iba a hacer a continuación. Cuando salió de su estupor se dio cuenta de que no podía quedarse tan cerca de la goleta, puesto que corría el riesgo de ser reconocido si Stevenson andaba cerca. Retrocedió y buscó un escondrijo desde el que poder observar sin ser visto mientras calculaba su siguiente paso. Se guareció en una fina brecha entre dos edificios situados al fondo del muelle. La cubierta estaba elevada en un plano superior al dique, por lo que Ross no podía verla en su totalidad y Otis quedaba fuera de su alcance. En apariencia *El Casco* estaba vacío. Contribuía a acrecentar dicha sensación la actividad que se desarrollaba en los barcos aledaños que acababan de llegar al puerto. La necesidad de disponer de una visión perfecta del velero le sugirió una idea. Salió del cobijo que le proporcionaba el exiguo cantón, se separó de él unos metros y miró de frente los edificios. En comparación con muchos puertos europeos, más antiguos, las construcciones del de Honolulu eran casi nuevas, con tres y cuatro alturas y un aspecto exterior muy cuidado. Buscaba un lugar para hospedarse desde el que pudiera ver a la perfección todo lo que pasaba en el barco de Stevenson. Comenzó a retroceder y pronto se dio de bruces con una posada en apariencia modesta, perfecta para sus fines. Quizá estaba algo alejada, por lo que decidió agotar todas las posibilidades. Retrocedió sobre sus pasos y se dirigió en la dirección contraria. Cuando hubo verificado que no había lugar alguno en el que pasar el tiempo necesario para acometer sus fines, decidió que la posada Pukalani era su mejor opción. Al volver a pasar a la altura de *El Casco*, siempre pegado a los edificios, lanzó una última mirada y el corazón le dio un vuelco. Había un hombre en la cubierta, inclinado y apoyado en el borde de la amurada y por un instante, aunque apenas lo había visto, pensó que era Stevenson. Por instinto se dio la vuelta para no ser asimismo reconocido y cuando se atrevió a mirar de nuevo, de soslayo, Otis había desaparecido. Se dijo a sí mismo que debía volver a recoger su equipaje y hospedarse en la pensión cuanto antes. Desanduvo sus propios pasos con la cabeza agachada para dificultar su identificación si se encontraba con el escritor. Rumiando la curiosa paradoja por la que días antes pensaba que era imposible dar con él y ahora percibía la inconsistente sensación de que podía aparecer por cualquier lado.

Él solo no podía con todos los bultos y maletas, por lo que tuvo que aceptar la ayuda ofertada por un muchacho de los muchos que hormigueaban entre los recién llegados a la isla.

A la vuelta ya se había tranquilizado bastante, así que no tuvo tanto cuidado en preservar su rostro de las miradas ajenas. Iba tan concentrado en sus pensamientos que no vio a un joven espigado que, ayudado por las gafas que calzaba, observaba a su alrededor para tomar la mejor fotografía posible que retratara el bullicio imperante en el puerto.

Días antes, aquel joven había hecho un descubrimiento fantástico paseando por las calles de Honolulu: una tienda de Kodak que exhibía un gran cartel en la calle con el siguiente eslogan: "Usted apriete el botón, nosotros hacemos el resto". Su gran afición a la fotografía motivó que no dudara en entrar y lo que encontró dentro rebasó con creces sus expectativas. Kodak había sacado al mercado la primera cámara de fotos popular y la comercializaba con el nombre de Kodak 100 Vista. Era como una caja rectangular, pequeña y manejable, a diferencia de las anteriores. Lo más sorprendente era su funcionamiento. La cámara se vendía ya cargada con un carrete circular de un papel tratado con productos químicos listo para tomar cien fotos. Una vez usada, se devolvía a la tienda, que extraía el carrete, revelaba las imágenes y las entregaba junto con la cámara, preparada con un nuevo carrete. El cartel también especificaba su precio: veinticinco dólares. Al día siguiente, el joven salió de la tienda con su flamante Kodak 100 Vista envuelta en una caja. Lo único que debía hacer era tirar de una cuerda situada en la parte superior delantera de la cámara, girar una llave y, como decía el anuncio, apretar el botón.

Estaba ansioso por terminar el carrete y comprobar el resultado. Así que repitió los pasos necesarios, encuadró con la mayor precisión de la que fue capaz, teniendo en cuenta que carecía de visor, y disparó justo cuando Ross pasaba por delante. Ninguno de ellos reparó en el otro. Ethan Ross continuó su camino dejando atrás al joven, que se dio media vuelta y pretendió sacar una nueva foto. Cuando se dispuso a girar la llave, ésta no obedeció, por lo que supo que el rollo se había acabado. Sonrió y se dirigió a la tienda de fotografía de Kodak sin perder un minuto.

Ross entró en el vestíbulo de la posada. Sencillo y limpio. Le dio una moneda al chico que le había acompañado y esperó con paciencia en recepción a que apareciera alguien para atenderle. No tardó en llegar una retaca hawaiana con una cara aniñada preciosa y una sonrisa dispuesta para agradar.

—¿Qué desea, caballero? —se interesó.

—Quiero una habitación —contestó Ross con tono neutro, temeroso de que no hubiera ninguna libre.

—Por supuesto —respondió la recepcionista, echando la vista a la pared que tenía a su espalda con un enjambre de pequeñas baldas, cada una de ellas con un número asignado y algunas con llaves colgando.

—Es importante que tenga alguna ventana desde la que se vea el puerto — especificó Ross.

Entonces la empleada de la pensión se dio la vuelta contrariada y explicó lo que él se temía por su expresión.

—Lo siento, las habitaciones que dan al mar son las más apreciadas, por lo que están todas ocupadas.

Ross enmudeció. Su buena suerte parecía haber acabado. Debía pensar algo y rápido. La mujer esperaba, discreta, a que el cliente tomara la decisión de marcharse o de aceptar cualquier otra de sus habitaciones. Al comprobar que no se inclinaba por ninguna opción, intervino.

—El resto de nuestras habitaciones son también muy acogedoras, señor. Incluso algo más grandes y confortables, para compensar la falta de vistas.

—¿Cuántos días quedan para que se libre una de las que dan al puerto? —preguntó Ross, al que no le apetecía aún tener que matar a alguno de sus ocupantes.

La recepcionista consultó sus notas.

—Dentro de dos días se marcha el hombre de la 36, en el último piso.

—No se hable más —contestó veloz Ross—. Me instalaré en cualquiera de sus habitaciones y, en cuanto la 36 quede vacía, me mudaré. ¿De acuerdo?

—Por mí no hay inconveniente, si es lo que usted desea — contestó sorprendida.

—Sí, es lo que quiero.

—¿Cuántos días se va a quedar?

—No lo sé.

—Lo siento, es que tengo que anotar algo –insistió.

En el fondo, a Ross le daba lo mismo mentir; en cuanto ejecutara su objetivo, se marcharía de inmediato.

—Ponga un mes entonces.

La solícita empleada de la posada apuntó el nombre de Roger Sheridan en el registro y le dio la llave de la habitación 31. Cuando Ross se dirigía a las escaleras, la recepcionista aún le seguía con la mirada, le parecía un hombre muy raro. De repente Ross se giró y le clavó, como un cuchillo, su gélida mirada.

—Asegúrese bien de que nadie alquila la habitación 36 o la consideraré como la única responsable. Es muy importante, ¿entiende lo que le digo?

—Claro –respondió la hawaiana con un escalofrío estremeciendo su cuerpo. Se introdujo de nuevo por la puerta por la que había aparecido como si necesitara ponerse fuera del alcance de la amenaza implícita en aquella mirada.

Ethan Ross llegó a la conclusión de que si quería ver con detalle el barco y todo lo que en él acontecía, la posada quedaba algo alejada. Así que buscó una tienda y adquirió un catalejo. Fue la única vez que se internó en la ciudad. Sólo salía de vez en cuando a la calle, lo justo para comprobar que no había en la goleta actividad alguna que delatase próxima su partida, lo cual habría precipitado sus planes.

Dos días después de su llegada, se levantó temprano para controlar cuándo se marchaba el ocupante de la habitación 36. No era la única persona pendiente. La recepcionista del primer día supervisó en persona su salida, la limpieza posterior y el consiguiente cambio de habitación de aquel hombre misterioso que se pasaba todo el día sin salir. No tenía ningún interés en saber qué habría pasado si se le hubiera asignado la habitación por error a algún otro huésped.

Desde el último piso de la posada, la vista panorámica del puerto y de la bahía que precedía al océano Pacífico era inmejorable. Podía contemplar los barcos, sus tripulaciones, el incesante flujo de personas con o sin equipaje de un lado a otro. Tanto alboroto es algo que podía venirle bien a Ross en un momento dado. Pero sobre todo, desde las dos ventanas de la habitación, se tenía el control de todo lo que pasaba en la cubierta de *El Casco* y de cuantos estaban en ella. Si Ross deseaba incluso ver la expresión de sus rostros o lo que llevaban en las manos, no tenía más que mirar a través del catalejo. Con él incluso podía ver algunos movimientos tras los ojos de buey del velero.

Pasaron cuatro días y Ross no salía de la habitación. Pedía que le llevaran las tres comidas diarias y daba buena cuenta de ellas con la mesa colocada justo enfrente de una de las ventanas. El resto del mobiliario eran un par de sillas que apostó en cada ventana, la cama grande, dos mesillas de noche, el aparador y el armario. Un pequeño baño le permitía no tener que salir para asearse o hacer sus necesidades. Se había convertido en un vigilante permanente. Ahora que había localizado a su presa, no la iba a dejar escapar.

Sin embargo su presa no daba señales de vida. En los cuatro días no la había visto ni una sola vez. Era evidente, en contra de su deducción inicial, que no dormía en la goleta. De haberlo sabido, habría ido a buscarle por Honolulu, pero ahora prefería esperar. Quizá en unos días más cambiara de estrategia si seguía sin pasar nada. Ya conocía a la perfección a los seis miembros de la tripulación. El cocinero era chino, el más bajo de todos. Y estaba seguro de quién era el capitán por cómo se comportaba y por cómo le trataban los otros. Era el más alto y fuerte. Esos dos eran los que más tiempo pasaban en el barco. Los otros cuatro se pasaban el día vagando por Honolulu, aunque siempre volvían para las comidas. Tres de ellos parecían escandinavos, por sus largas cabelleras muy rubias y sus ojos azules que lograba distinguir con la ayuda del catalejo. Por lo demás, no había mucho que vigilar. La falta de actividad era notable y al menos era evidente, para su tranquilidad, que nadie estaba preparando el barco para una inminente salida. La tripulación esperaba y él también lo haría. Lo que hiciera falta. Se estaba demostrando a sí mismo un fuerte autocontrol; las ansias de derramar la sangre del escritor que le había traicionado eran muy grandes. No podía dar un paso en falso, debía actuar con cabeza, con frialdad, aunque por dentro el fuego de la venganza estuviera consumiendo todo el oxígeno.

Al menos, todo lo que rodeaba a *El Casco* hervía de movimiento y servía de entretenimiento a Ross en sus horas muertas. Cada día llegaba algún nuevo barco a la bahía, algunos se quedaban fondeados fuera del puerto y otros atracaban en él. También a diario había naves que abandonaban la isla o, al menos, Honolulu. Nunca hasta entonces se había detenido a observar los cientos de diferencias que existían entre unas y otras. En el muelle había personas confusas que acababan de llegar, operarios que abastecían de mercancías o de alimentos las entrañas flotantes, algún que otro ladronzuelo que aprovechaba el caos para arrancar bolsos de los brazos de despistadas mujeres o carteras de las chaquetas de confiados hombres y marineros ociosos en busca de un nuevo trabajo. A medida que avanzaba cada día el bullicio iba remitiendo y llegaba la oscuridad de la noche acompañada de una calma reparadora. Salvo algún borrachín, el muelle aparecía desierto, recuperándose del alboroto sufrido. Todo el mundo dormía excepto Ross que, desde su ventana, parecía hipnotizado mirando los numerosos puntos de luz de la bahía. Cuando se acostaba, su último pensamiento era siempre el mismo: el deseo de ver al día siguiente a Robert Louis Stevenson en la cubierta de su goleta. No sabía lo cerca que estaba de ese momento.

Lloyd observaba las imágenes que el mismo dependiente que le vendió la cámara acababa de sacar de un sobre. Lo hacía con la boca abierta. Las ventajas de la Kodak eran más que evidentes, pero en su fuero interno Lloyd pensaba que la calidad obtenida por un artilugio tan rudimentario no podía ser alta.

Contento y deslumbrado por igual, comprobaba lo equivocado que estaba. La riqueza y el contraste de grises obtenido por aquella raquítica máquina fotográfica eran sobresalientes. No llegó a ver las cien fotos, no era necesario. Prefería mantener intacta su capacidad de asombro para ver el resto con su familia. Abonó los diez dólares que costaba el revelado y se puso en bandolera un bolso con la cámara en su interior, cargada con un nuevo carrete.

Cuando llegó a las cabañas tuvo que invertir casi media hora en buscarlos a todos para congregarlos en torno a una mesa. Belle y Fanny pintaban en el bosque, Margaret daba un paseo por la playa y Robert leía en el porche más soleado de todas las casas. Joe estaba en palacio, así que las vería a su vuelta, Lloyd no podía esperar.

–Están casi todas torcidas… –rio Margaret.

Eso es porque aún no tengo práctica suficiente –se justificó Lloyd–. Tened en cuenta que esta cámara se sujeta con las manos, sin trípode, y no tiene un visor para comprobar el encuadre exacto. A medida que la vaya utilizando, aprenderé a encuadrar mejor y a sacarlas horizontales.

–No seas tan crítica, madre –intervino Robert–. Con franqueza, yo estoy sorprendido del resultado. Son buenas –afirmó mirando a su ufano hijastro–. Es una pena que no tuvieras la cámara el día que fuimos a palacio.

–Mira esto, Louis –dijo Fanny–. No me digas que no es guapo –mostraba una foto de Austin, dormido en una hamaca, mientras por debajo de la mesa asía la mano de Belle.

–¿Y ésta? –apuntó Margaret con otra en la que miraba a la cámara riendo como un loco–. Sale muy bien, con la naturalidad propia de los niños. Yo, por el contrario, poso lo mejor que puedo y aun así parezco un pajarraco.

Poco a poco las instantáneas se fueron desperdigando por la mesa y, ante el riesgo de que acabaran dobladas, Lloyd las fue recogiendo y obligó, a partir de ese momento, a que se vieran pasándoselas de uno a otro sin avanzar a la siguiente hasta que todos hubieran examinado bien la anterior. De esta manera menos anárquica fueron pasando una a una todas las fotografías en el mismo orden en que Lloyd las había tomado. Sin moverse de la mesa pudieron ver la playa de Waikiki, edificios emblemáticos de la ciudad, el puerto, el rey en su última reunión con Robert, paisajes desconocidos que Lloyd había encontrado y escenas de toda la familia en diversas circunstancias.

–¿Pero no se acaban nunca? –preguntó Margaret, en un momento dado, fruto de la sorpresa.

–¡Madre! ¡Por favor! –amonestó Robert, pensando que el comentario era de puro cansancio.

–Ya quedan pocas –tranquilizó Lloyd.

–¡Qué pena!, a mí me están gustando mucho, hermanito –le animó Belle, dedicándole una sonrisa.

–A mí también –aclaró Margaret–. Lo que quería decir es que son muchas. No sabía que con ese pequeño trasto se pudieran sacar tantas fotos. –Y acto seguido, provocando las risas de todos, le dio un ligero pescozón a Robert, como si aún fuese un niño pequeño, por haberla reprendido sin razón. La transformación que aquel viaje había operado en aquella mujer era brutal. Había recuperado las ganas de vivir, nada más y nada menos. O quizá es que se daba cuenta de que, por primera vez en su vida, vivía de verdad, con intensidad. Aun así, casi dos años después de su muerte, seguía echando de menos a Thomas y a veces se lo imaginaba viajando con ellos en *El Casco*.

–Ésta es la última –concluyó de repente Lloyd. Era una foto en el puerto, con mucha gente alrededor, algo torcida.

–Confusa, pero retrata muy bien el caos que me transmitió el muelle a nuestra llegada –valoró Robert tras observarla con detenimiento.

–Son muy bonitas, Lloyd –dijo Fanny.

–Estoy de acuerdo –asintió Margaret.

–Podría estar toda la tarde viendo fotos –afirmó Belle–. La fotografía tiene lazos tan fuertes con la pintura… –de repente se interrumpió al darle la impresión de que en el sobre que tenía su hermano entre las manos aún quedaba una imagen– . Pero te queda una por enseñarnos, ¿no? –le preguntó.

—No la he sacado porque igual la rompo. El carrete de papel se ha acabado y sólo se ha revelado una parte. No me gusta.

—Así y todo, déjame verla —pidió Belle.

Lloyd se la alcanzó y de esta forma se invirtió el orden en el que se habían visto todas las anteriores. La foto fue pasando con rapidez de mano en mano, sin interés para nadie. Una borrosa línea vertical la dividía en dos mitades. La de la derecha estaba en blanco y era la parte de la escena que se había perdido para siempre. Y la izquierda mostraba a dos personas en primer plano. El último en mirarla fue Robert. En un primer momento lo hizo distraído, viendo el poco interés que había suscitado con antelación, pero algo familiar le impulsó a fijarse con más detenimiento. Y entonces lo reconoció. Con la misma seguridad con la que lo habría hecho si hubiera hablado con él el día anterior, supo que aquel hombre que aparecía en la foto era Ethan Ross.

—¿Qué te ocurre, Louis? —Fanny fue la primera en darse cuenta del súbito cambio que se había operado en él. Años cuidándole habían depurado en ella una capacidad extraordinaria para detectar la más mínima tos o para anticipar la llegada de la fiebre.

—No es nada —respondió, antes de que el resto se diera cuenta—, sólo necesito un poco de aire.

Robert se levantó con celeridad y se dirigió a la salida.

—Te llevas la foto —advirtió Lloyd.

—Si no te importa, me gustaría conservarla —respondió Robert sin mirar atrás.

Lloyd se limitó a encogerse de hombros sin entender el interés que podía suscitar para su padrastro aquella foto incompleta. Por supuesto, Fanny no le había creído, y cuando salió a la calle vio que Robert se dirigía a la playa. Le gritó que la esperara, él no hizo caso, así que fue tras él. Contempló cómo se paró de golpe y apoyó todo su cuerpo en el tronco de un árbol. Al llegar a su lado comprobó, asustada, que el color de su cara se había ausentado dando paso a una palidez exagerada, como si hubiera visto un fantasma. Le temblaban las manos, una de las cuales estrujaba la foto de Lloyd. Fanny no relacionaba una cosa con otra y lo único que torturaba su entendimiento era la idea de que Louis se moría.

—Dime qué te pasa, por favor —suplicó mientras le acariciaba el rostro, helado—. ¿No puedes respirar bien? —Robert no reaccionaba y mantenía la vista perdida en el infinito—. ¡Maldita sea, Louis! ¡Reacciona! —exclamó Fanny.

Robert la miró, simuló tranquilizarse un poco y sólo entonces ella se dio cuenta de que estaba muerto de miedo. Robert extendió el brazo y aligeró la presión sobre la foto. Parecía estar ofreciéndosela.

—Es él —dijo.

—¿Qué quieres decir?

Ella le arrebató la foto y observó los dos rostros principales que aparecían en ella. No reconocía a nadie y seguía sin entender nada.

—¿Conoces a alguna de estas personas? —preguntó.

—El de la derecha… es… Ethan Ross —a Robert le supuso un verdadero esfuerzo pronunciar ese nombre.

Un espantoso estremecimiento removió a Fanny por centro, su mente no podía aceptar que aquello estuviese pasando de verdad.

—No puede ser, seguro que te equivocas. ¿Le has mirado bien?

—Por supuesto. No tengo ninguna duda.

—Puede que sea una persona que se parezca a él como una gota de agua a otra. Una vez leí que todos tenemos en algún lugar un doble idéntico a cada uno de nosotros.

—Es él —se empecinó Robert.

Fanny se dio cuenta de que iba a ser imposible convencer a Louis de que quien salía en la foto de Lloyd no era Ethan Ross. Así que optó por cambiar de argumento.

—¿Y qué si lo fuera? —lanzó a bocajarro.

—¿Cómo dices? —casi gritó Robert—. ¡Ese hombre es un loco y un asesino! Y ahora está aquí, entre nosotros. ¿No te das cuenta?

Fanny no pudo evitar pensar que su marido le ocultaba algo y no era momento de priorizar el evitar un posible enfado al hecho de no saber la verdad.

—¿Llegó alguna nueva carta de la que no me hayas hablado después de la de Conan Doyle? —interrogó.

—Por supuesto que no —afirmó, rotundo, Robert.

—Entonces no te entiendo. En su carta nos explicaba que después de desaparecer Ross hubo un nuevo asesinato, por lo que la policía descartó que fuera el culpable.

—La policía puede equivocarse.

—Igual más tarde apareció su cadáver, como suponían.

—Arthur me lo hubiera comunicado.

—Igual no se ha enterado. El cuerpo sin vida de un médico en Londres quizá no trascendió a los periódicos. ¿Cómo podría haberlo sabido?

—¡Pero es que no está muerto, maldita sea! —explotó Robert, cansado de los intentos de Fanny por tranquilizarle—. ¿No me has oído acaso? El hombre de la foto es Ethan Ross, ¡es Ethan Ross! Arthur dijo que había desaparecido, que se lo había tragado la tierra. ¿No te acuerdas? Y ahora está aquí… para buscarme.

—¡Eso es una locura! ¿Cómo iba a saber que estás aquí?

—No tengo ni la más remota idea. ¿Qué otra explicación se te ocurre para justificar su presencia? —desafió Robert.

Fanny enmudeció. Si aceptaba la premisa de que aquel hombre era Ross, no tenía ninguna tesis con la que responder. Era una coincidencia demencial. Por eso aunque su mente racional se empeñaba en negarla, pero no podía convencer a Louis de que su hipótesis sobre la identidad de aquel hombre estaba errada. Se encontraba en un callejón sin salida y no se le ocurría una manera de tranquilizarlo que no fuera dándole un golpe en la cabeza.

—¿Te has convencido ya? Desconozco si Ross es el mismísimo diablo, pero de alguna manera sabe que estoy aquí y que soy una amenaza para él. Y ha venido a ajustar cuentas. ¡Nunca debí mandar aquellas cartas! —Robert se echó las manos a la cabeza y se tiró de los pelos, por completo arrepentido de su torpeza.

—Si de verdad piensas eso, puedes pedir ayuda al rey Kalakaua. Puedes contárselo todo y rogarle que te proteja.

Robert se detuvo un instante a recapacitar sobre la propuesta, que pronto le pareció una auténtica locura.

—¿Y me voy a pasar el resto de mi vida aquí, bajo el amparo del rey? ¿Viviendo con miedo y mirando a todas horas a mi alrededor? ¿Y cuando el rey no esté? No tiene sentido, Fanny.

—Puedes enseñarle la foto de Ross y que levanten hasta la última piedra de la isla hasta que lo encuentren. El rey te lo debe.

—El rey no me debe nada, Fanny. Nada de lo que he hecho ha sido por él. Lo he hecho por convicción y tú lo sabes.

—De acuerdo, de acuerdo. Aun así, estoy segura de que David Kalakaua estará dispuesto a darte todo su apoyo. Te aprecia, Louis. Y además su obligación es proteger a su pueblo de un asesino despiadado. Ésta es una isla tranquila. Llena de intrigas políticas, pero donde todavía los hawaianos no se matan entre ellos.

—Ese hombre no odia a los hawaianos. Ross viene a por mí, nada más que a por mí. —Robert lanzó a su mujer una repentina mirada llena de decisión—. Así que soy yo quien debe irse.

—¿Qué estás diciendo? —preguntó ella, alarmada—. ¿A dónde te vas a ir tú solo?

—No me refiero a irme yo solo. Nos iremos todos. Cuanto antes. Sin darle tiempo a que me encuentre.

—Nos seguirá y esta pesadilla no acabará nunca.

—Si no hablamos con nadie de esto, si sólo tú y yo sabemos nuestro próximo destino, no dejaremos rastro alguno. No habrá ninguna pista para que nos siga. ¿No te das cuenta? Estamos en medio del océano Pacífico, que ocupa una tercera parte de la superficie terrestre. Y podemos ir a cualquier sitio. No podrá encontrarme. Nunca. Con el dinero que tenemos podemos vivir el resto de nuestra vida y nadie volverá a saber nada de mí.

—Pero no podrás seguir escribiendo —se lamentó Fanny—. ¿Podrás soportarlo?

Robert sonrió. Después de lo que acababa de decir, después de plantear la posibilidad de ir a morir a algún desconocido punto de la geografía mundial renunciando a todo, Fanny seguía pensando sólo en él, olvidada de sí misma.

—Nunca dejaré de escribir, mi amor. Ni un solo día desde aquella lejana habitación de un hotel en París. La única diferencia es que mis palabras ya sólo las leerás tú y no se verán publicadas nunca. Ha hecho falta que un asesino me persiga para que te des cuenta de que no escribo por fama ni por dinero. Que no escribo ni siquiera por mí. Sólo lo hago por ti y para ti. Y eso lo seguiré haciendo hasta que me muera.

Fanny lloró. Seguiría a Louis al último rincón del mundo sin dudarlo un solo segundo.

—Vayámonos, entonces —le dijo.

Un joven al que no recordaba haber visto antes subió a *El Casco* en un momento en que el capitán estaba en cubierta. Ross les espió con el catalejo. El hombre recibió al joven con una sonrisa en los labios y le estrechó la mano. En cuanto el desconocido empezó a hablar, el gesto del capitán se ensombreció y escuchó atento hasta que acabó. Entonces el visitante le dio algo que llevaba en la mano y el capitán entró en la goleta. Un rato después volvió a salir, devolvió al joven lo que parecía ser un trozo de papel y ambos bajaron juntos perdiéndose entre la muchedumbre. Mientras esto ocurría, un par de hombres de la tripulación salieron también al exterior y se colocaron lo más cerca posible del muelle en actitud vigilante. Por casualidad, ya que a aquella distancia no podían verle en una esquina de la ventana, uno de ellos miró a lo alto y sus ojos parecieron atravesar el mismísimo centro del catalejo. Ross dio un respingo de la impresión y se ocultó tras la pared. Cuando volvió a asomarse, hablaban entre ellos.

Algo ocurría. Después de una semana, aquella fulgurante visita había roto la rutina y movilizaba a una, hasta ahora, apática tripulación. Sabía que su estrategia, basada en la paciencia, era la correcta, pero a veces su instinto asesino le martirizaba. Por momentos creía que no iba a resistirse a la necesidad de matar. Y si no fuera porque tenía que pasar desapercibido y evitar cualquier investigación a su alrededor, ya habría estrangulado a la pequeña hawaiana que le atendía desde el primer día. No soportaba su mirada servil y su gesto temeroso. Si su intuición no le engañaba, todo se iba a desencadenar pronto, acabaría lo que había venido a hacer y aquella recepcionista salvaría su vida una vez se hubiera marchado. O no..., ya lo decidiría...

Aquella noche, el capitán volvió solo. Y el día siguiente, todo el mundo en el velero pareció tener una ocupación. En efecto, algo estaba pasando, y el miserable Stevenson seguía sin asomar su enjuta figura. Ross ardía, cada vez más, en deseos de encontrarse con él.

Pronto fue evidente que estaban preparando la goleta para zarpar. Se revisó toda la embarcación y se puso a punto. El capitán volvió a pasar varias horas fuera, resolviendo temas burocráticos con toda probabilidad. Y cuando Ross vio subir a bordo muchas cajas con lo que suponía era comida, estuvo seguro. Entonces le asaltó una duda terrible. Pensó en la posibilidad de que Stevenson no partiera en *El Casco*. Siempre había supuesto que el escocés permanecería en Honolulu un tiempo y a continuación seguiría su periplo por el Pacífico. ¿Y si decidía quedarse y enviaba el barco de vuelta a Inglaterra? Igual esa era la noticia que el joven había ido a dar al capitán, y de ahí el gesto serio de éste.

Su plan consistía en esperar a que Stevenson apareciera e ir a por él en cuanto la situación fuera propicia. Incluso tenía decidido que si llegaba con el tiempo justo para partir, le atacaría sin esperar a nada, aunque antes tuviera que matar a su familia y a toda la tripulación. Y aunque eso supusiera su detención o incluso su muerte. Ya nada le importaba salvo acabar con el escritor.

Si el barco zarpaba sin él, volvía a quedarse sin pistas y esa posibilidad le aterrorizaba, ahora que presentía tan cerca el final. Decidió esperar al último momento y, si acababa siendo evidente que Stevenson no viajaría en la goleta, utilizaría cualquier argucia para hablar con el capitán y sonsacarle el paradero de quien se había convertido en su única obsesión. Si fuera necesario, lo torturaría hasta que se lo dijera.

Ocurrió un atardecer. Todo se precipitó de repente. Sin apenas tiempo para pensar, sólo para seguir el instinto y dejarse guiar por los presentimientos. Ethan Ross tuvo mucha suerte. Justo cuando se había alejado de la ventana para tumbarse un rato, escuchó el sonido característico de un carruaje tirado por caballos. Y pudo oírlo por la falta de actividad derivada de la hora que era. El ruido habitual que le acompañaba durante el día desaparecía a medida que la tarde avanzaba y a esa hora el silencio predominaba. Se levantó y echó un vistazo. Los caballos pararon unos metros después de *El Casco* y la figura de un hombre embozado bajo una bufanda y un aparatoso sombrero salió del interior del vehículo. Ross estaba a punto de volver a tumbarse cuando vio que el desconocido no se dirigía al barco siguiente sino que retrocedía hacia el velero. De inmediato bajó la mano para agarrar el catalejo y se encontró palpando la mesa. Bajó la vista sorprendido y no estaba en ella. Recorrió toda la habitación con la vista y no lo encontró. El hombre cada vez estaba más cerca de desaparecer. Nervioso, consiguió recordar que, justo antes de tumbarse, había ido al baño. Abrió la puerta y allí estaba el catalejo. Lo recogió y volvió corriendo a la ventana. Miró a través de él justo antes de que el hombre se internara en la goleta. Antes de hacerlo se detuvo el tiempo suficiente para que Ross pudiera enfocar su cara. El hombre miró a un lado y a otro como si buscara a alguien y, justo antes de volver a ocultarse, se desprendió de la bufanda lo suficiente para que Ross viera su rostro. Era Robert Louis Stevenson. Después de tres años y medio volvían a encontrarse. El cuerpo de Ross se puso tenso como las cuerdas de un violín.

Debía actuar con rapidez pero, incluso en un momento así, consiguió embridar sus impulsos y no salir corriendo, apaciguándolos lo suficiente para poder pensar con claridad. Estaba seguro de que en *El Casco* sólo estaba el capitán, el resto de la tripulación se había marchado y aún faltaba en torno a una hora para su regreso habitual antes de la cena. Se dio cuenta de que tenía dos opciones. O esperaba a que el capitán se marchara, dejando solo a Stevenson, lo cual era muy improbable, o entraba en ese preciso instante. Debía tener en cuenta entonces la fortaleza del capitán. Podía ser un enemigo peligroso. Eran de una altura y corpulencia parecidas. Por otro lado no podía demorarse mucho, ya que si la tripulación volvía estando él dentro del barco, estaba perdido. No tardó en decidirse. Ya había mostrado suficiente cautela, ya había tomado todas las precauciones posibles. Ahora era la oportunidad de actuar, era su oportunidad. Y no estaba dispuesto a dejar que se evaporase.

Cambió el catalejo por el cuchillo. Lo escondió, envuelto en su vaina, dentro de la chaqueta. Se enfundó en ella y salió de la habitación con paso decidido, sin temblarle el pulso lo más mínimo. Al pasar por el vestíbulo, la recepcionista le contempló, sorprendida de verlo fuera de la habitación. Le asustaba ese hombre, y a la vez poseía un magnetismo especial que la atraía. Le saludó. Ross ni se dio cuenta.

Cuando salió a la calle, el cielo se veía teñido de rojo y le recordó los incendios que se declararon en Londres la noche que mató a su primera víctima. Le pareció que tenía sentido y aquel bello tapizado lo revistió todo de una cierta lógica y le confirió una mayor determinación.

Se encaminó directo a la goleta. Sin atender a nada más. Con su afilada mirada clavada en *El Casco*. Había pocas personas en el muelle, ninguna reparó en él. El cochero había abandonado su puesto y paseaba, de lo que dedujo que su cliente iba a permanecer un buen rato en el barco; si Stevenson le hubiera dicho que iba a volver enseguida, seguiría en su sitio para no perder tiempo. Ross sabía que nada de esto tenía importancia en el fondo, sin embargo necesitaba tener la mente ocupada en algo.

Llegó a la pasarela de madera por la que se alcanzaba la cubierta desde el muelle. Fue el único segundo de vacilación. Se detuvo y respiró hondo. Lanzó una felina última mirada por si veía llegar a algún miembro de la tripulación y se agarró a la áspera soga que hacía las veces de barandilla. Una vez en cubierta ya no debía detenerse. Cualquier vacilación podía representar la diferencia entre el éxito y el fracaso. Antes de salir de la habitación de la posada, había verificado que Stevenson y el capitán habían descendido a los camarotes. Todavía permanecían en ellos. Anduvo hasta el situado en la cubierta con el mayor sigilo del que fue capaz para que sus pisadas no fueran detectadas. Traspasó la estrecha puerta y pudo oír voces que venían de abajo. Eso le tranquilizó, puesto que si no dejaban de hablar tendría una referencia constante de dónde se encontraban. Se acercó a las escaleras y comenzó a bajar por ellas. Con lentitud. Esperaba un par de segundos entre cada peldaño para comprobar que las voces no se callaban. Justo en el último escalón, la madera crujió, Stevenson y el capitán no parecieron oír su quejido o, al menos, no le dieron importancia. Ross siguió su camino, deslizándose con suavidad. Ya podía comprender algunas de las palabras que oía, le daba igual, lo importante es que seguían procediendo del mismo lugar. La goleta cabeceaba con ligereza y producía los habituales ruidos en un barco de madera, por eso los conversadores no habían reparado en el chasquido de la escalera.

Había llegado ya a la puerta del camarote. La voz del capitán parecía la más cercana. Mejor, era su primer objetivo. Miró a su alrededor y eligió un pequeño candelabro de hierro que había en una mesa, lo balanceó por un instante para acostumbrarse a su peso y decidió cuál era el mejor sitio por el que agarrarlo. No esperó más, sabía lo que debía hacer. Rápido como el viento penetró en el camarote. Stevenson estaba enfrente y fue el primero en verlo; el capitán, de espaldas, comenzó a darse la vuelta, Ross se abalanzó sobre él descargándole un golpe brutal en la cabeza. El crujido que provocó fue espeluznante, como si su cráneo se hubiera partido por la mitad. Cayó de costado como un peso sin voluntad. El candelabro se manchó de sangre. Ross lo dejó caer al lado del cuerpo. Había sido más fácil de lo previsto.

Robert no podía ni gritar, paralizado por el terror, como si tuviera delante una manada de leones a punto de despedazarle. Al final, no iba a ser la tuberculosis la que le arrebatara el último hálito de vida. Ross saboreaba su victoria. La paladeaba viendo la esencia del pánico en los ojos del escritor. De repente su ansia asesina se aplacó de forma imprevista un instante y deseó tomarse su tiempo viendo sufrir a Stevenson, cuya frente comenzaba a perlarse de sudor. Durante unos segundos eternos ninguno dijo una sola palabra, Robert porque no hubiera sido capaz y Ross porque no deseaba que ese momento de triunfo acabara nunca.

–Vamos fuera –acabó ordenando Ross, consciente de que disponía de un tiempo limitado. Se acercó a Robert y lo levantó con brusquedad cogiéndole de las solapas de su chaqueta. Zarandeándole con suma facilidad lo sacó del camarote. Fuera, lo arrojó con violencia contra una silla en la que cayó tras golpear con su espalda en la dura pared de madera.

El área central era la más amplia de toda la goleta. Ross apoyó sus poderosos brazos en los laterales de la silla y enfrentó su cara a la de Robert con un gesto que no era humano.

–¿Por qué lo hiciste? –preguntó.

A Robert le faltaba el aire, como si aquel salvaje se lo estaría aspirando. Tenía los ojos desmesuradamente abiertos y no podía pensar con claridad. No pudo articular palabra y eso encabritó a Ross.

–¡Que por qué demonios lo hiciste, canalla! –gritó, meneando la silla con ferocidad–. ¡Dímelo!

Robert reaccionó con el alarido y la sacudida; no podía contestar porque no entendía a qué se refería Ross.

–¿Por qué hice qué? –balbuceó.

–Traicionarme, ¿qué, si no?

Así que, de alguna manera, pensó Robert, Ross era conocedor de que había faltado a la promesa dada en el club Savile. Aquel loco parecía saberlo todo.

–¿Qué más da ya? ¿Importa acaso?

–Vas a morir por ello –afirmó de nuevo Ross provocando un nuevo estremecimiento en su víctima–, ¿no quieres tratar de explicarte antes? Me diste tu palabra, ¿lo recuerdas? De lo contrario no te hubiera contado mi historia. Confié en ti.

—¿Cómo iba a saber entonces la trascendencia de mi promesa? —argumentó Robert, muy nervioso—. Nunca le hablé de ti a nadie, ni siquiera a mi mujer. Guardé tu secreto durante años. Y seguiría haciéndolo si no hubieras matado a nadie.

—Eso nunca lo sabremos, me temo.

—Yo sí lo sé, aunque a ti te dé igual y no pueda demostrarlo.

—Las promesas están para cumplirse. Eso es lo único importante.

—Tú eres un asesino y no puedes entender que entre mantener una promesa intrascendente dada a un desconocido e intentar salvar vidas, me decantara por lo segundo.

—Tú fuiste mi confesor, maldito, y me vendiste.

—Yo no soy ningún confesor. Si querías confesarte, haber ido a una iglesia —Robert seguía teniendo un miedo horrible, pero si iba a morir dijera lo que dijese, empezaba a darle todo igual.

Ross lo percibió y entonces sacó el cuchillo de su chaqueta y lo colocó en una balda muy alejada de Stevenson. A éste le pareció enorme. Pensó que nunca había visto uno tan grande en toda su vida y que con él no tardaría en estar muerto una vez Ross se lo clavara en el pecho. Rogó en silencio que, al menos, todo acabara pronto.

—Cuando leí tu libro sobre Jekyll y Hyde supe que te habías basado en mí para escribirlo. Me enfurecí, pero a fin de cuentas nadie podía relacionar lo que sólo tú y yo sabíamos. Además, en aquella época aún invertía todo mi esfuerzo en contener a mi verdadero yo.

—No creas que no me he arrepentido muchas veces de haberlo escrito.

—Sin embargo —continuó Ross como si no hubiera oído a Robert—, cuando supe que habías escrito a un amigo tuyo para describirme y delatarme, firmaste tu sentencia de muerte.

—Cuando no te encontraron por Londres pensé que habías muerto. Además, después de darle tu nombre a Conan Doyle me enteré de que había habido un asesinato más… —Robert enmudeció al notar que la expresión de Ross cambiaba y una cólera inmensa se arrebolaba en su cara.

–¿Cómo has dicho? –explotó, como un volcán en erupción.

–Que llegué a pensar que no eras el asesino… –tartamudeó Robert, asustado y ajeno al error que había cometido.

–¡No me refiero a eso! ¿Has dicho que diste mi nombre?

Entonces fue cuando Robert entendió lo que pasaba. Ross sabía de su primera carta a Conan Doyle, pero cuando llegó la segunda ya se había ido y desconocía que la policía ya tenía su nombre.

–Sí. Cuando lo recordé escribí un nuevo telegrama a mi amigo. Cuando fueron a arrestarte no te encontraron en todo Londres, me dijo.

Ross daba vueltas de un lado a otro como una fiera enjaulada. Esa revelación lo cambiaba todo. Aquel hijo de mala madre había arruinado su vida. Ya no podía volver a Londres. En cuanto apareciera, y más con Stevenson asesinado, sería arrestado y condenado a muerte. Un repetido ¡Ya no puedo volver! retumbaba en su cabeza con la fuerza de cien tambores. Fue en pos del cuchillo, lo arrancó de la vaina, arrojó ésta con furia al suelo y se dirigió hacia Robert. Éste supo que iba a morir.

–¡Maldito hijo de puta! –gritó Ross a unos centímetros del rostro de Robert. ¡Abre los ojos! ¡Quiero que veas cómo te mato! ¡Abre los ojos! ¡Ábrelos! –pero Robert invertía todas sus fuerzas en mantenerlos cerrados. Ross le puso la mano en la cara. Una mano cuidada, pero fuerte. Con los dedos intentaba separarle los párpados. Robert movía la cabeza como un poseso. Oía cómo gritaba y sentía el impacto de espumarajos en la piel. Imaginaba el gran cuchillo en la otra mano de Ross y dudaba si sería capaz de mantener los ojos cerrados en cuanto notara la hoja atravesando su cuerpo. Era nauseabundo. De repente notó cómo Ross se separó de él y a continuación el caos. Entreabrió los ojos. Aquel loco estaba rompiendo todo lo que tenía a su alcance. Lo lanzaba contra las paredes haciéndolo añicos, fuera de sí por completo. Parecía increíble que nadie oyera nada fuera. Lo cierto es que no había nadie tan cerca. Ni siquiera el cochero que, falto de escrúpulos y de valor, había huido al escuchar los primeros gritos.

Ross acabó jadeando, se colocó enfrente de Stevenson, a un par de metros. No tenía el cuchillo en las manos, también lo había arrojado a algún lugar, fruto del paroxismo de rabia sufrido. Los dos hombres se miraron cara a cara.

—¿Qué voy a hacer contigo? —susurró Ross—. Y lo peor de todo es que toda la culpa es mía. Si me hubiera marchado aquella noche del Savile... Ahora tú eres un escritor de fama mundial, rico, y yo un maldito desgraciado al que le has arrebatado todo. No tienes ni la más mínima idea de cómo te odio.

Entonces Robert no pudo mantener la serenidad. Más le hubiera valido seguir con los ojos cerrados. Lo que vio a espaldas de Ross le hizo tener una leve esperanza y ésta se trasladó de su corazón a su rostro sin que pudiera impedirlo. Fue como lanzar una señal. Ross se giró a tiempo de ver el candelabro dibujando un arco en el aire. Tuvo el tiempo y el espacio justo para apartarse aunque le alcanzó en la pierna provocándole un dolor lacerante. Albert Otis estaba aún conmocionado por el golpe recibido en la cabeza. Le habían despertado los gritos y los golpes. Pero aún no tenía los reflejos suficientes para enfrentarse a Ross. Éste se abalanzó sobre él como cuando efectuaba un placaje jugando al rugby. Rodaron por el suelo golpeándose con todos los restos de lo que acababa de destruir Ross. Se lanzaban puñetazos, codazos, rodillazos e incluso mordiscos. Una lucha encarnizada entre dos hombres muy fuertes. Robert lo presenciaba todo sin poder hacer nada. Volvía a estar paralizado de miedo. De repente y sin saber cómo, Otis quedó tumbado frente a él. Ross estaba a su espalda, agarrado como una garrapata, sujetándole con sus piernas y con un brazo alrededor de su cuello, apretando ayudado con el otro, como si se tratara de una pitón. Otis intentaba aliviar la presión con sus manos, pero cada vez era mayor y sus fuerzas disminuían con rapidez. Siempre deseó morir en un barco, pero no así. En sus últimos momentos de vida clavó su mirada en Robert, suplicándole que hiciera algo para salvarle. Éste no podía mover un músculo, con todo su ser corroído por un pánico devastador.

Hacía unos segundos que Otis había dejado de resistirse cuando Ross decidió soltar su cuello. Se levantó, buscó su cuchillo; cuando lo encontró, se agachó sobre Otis y, con ayuda de las dos manos, se lo clavó en el corazón sin apartar la vista de Stevenson. A continuación limpió la sangre en la ropa del capitán y se acercó a Robert.

—No voy a matarte —le escupió—. Me has arruinado la vida y ahora yo voy a hacer lo mismo con la tuya. Quiero que tengas esta misma cara de terror siempre. Estaré vigilándote, no tengo otra cosa que hacer. Cada vez que entres en una habitación no sabrás si estoy dentro esperándote, cuando mires hacia delante no sabrás si estoy detrás acechándote, si muere alguien a tu alrededor no sabrás si he sido yo. —Se tomó un descanso, aún jadeaba del esfuerzo de su lucha con Otis—. Quiero que sufras hasta que me supliques que te mate.

—Hazlo ahora —rogó Robert con esfuerzo.

Ross sonrió con un gesto de satisfacción escalofriante.

—Aún no, Stevenson, aún no.

Seguido se dio la vuelta y desapareció.

En el mundo no hay lugar para los cobardes. Todos tenemos que estar dispuestos de alguna manera a esforzarnos, a sufrir, a morir.[30]

CAPÍTULO XIX

Minutos después, Robert se evade del horror que le rodea. Si no hubiera podido hacerlo, habría perdido la razón. Su cuerpo no le obedece y necesita trasladar su mente lejos del corazón de *El Casco*. Y para dejarse llevar en volandas por la imaginación, como el soñador apasionado que es, sí está dotado, incluso en tan tortuosas circunstancias.

La curvatura de las paredes de la goleta va enderezándose, el tremendo revoltijo que hay en el suelo se recompone a la vez que se transforma en otros objetos, el cadáver de Otis desaparece y de pronto Robert se ve en el centro del inconfundible bar del club Savile. Con la sensación corpórea de que puede palparlo todo, pero con la convicción de ser invisible para los demás. Excepto para una ominosa sombra apostada en una esquina. Entonces oye voces y entre ellas reconoce la suya. Mira en dirección a la entrada y distingue a Henry James y Edward Fernsby seguidos por él mismo, que vuelven tras la cena. Los ve sentarse y comenzar a hablar. Detecta la animadversión del músico y rememora su conversación con él hasta su ejemplo en el galeón español. Y entonces el decorado a su alrededor vuelve a cambiar y se contempla a sí

---

[30] *Vailima Papers, "Address to Samoan students"*, por RLS.

mismo, mucho más joven, en la cubierta del navío español. Lleno de miedo, como lo ha estado él en la realidad hace bien poco. Un hombre avanza defendiéndose encarnizadamente de los ataques de los piratas. Salpicado de sangre y gritando odio. Cada vez está más cerca y es inevitable que acabe posando su mirada enloquecida sobre él. Nada más hacerlo, también él deja de ser visible. Se acerca y ya nadie le ataca, ni siquiera le rozan. Cuando llega a su lado su cara se transforma por arte de magia y deja de ser quien era para convertirse en Ethan Ross, vestido como aquella noche en el club Savile. Aún lleva la, ahora incongruente, espada en la mano. Y la alza con un único objetivo. Y entonces Robert sabe, con la certeza que le confiere lo que acaba de vivir, que su afirmación de años antes estaba equivocada. Después de todo, es incapaz de aprovechar el flanco que Ross deja desprotegido y salvar su vida. Matar no es tan fácil, ni siquiera en esa situación. Al menos no para él. En él el mal no es tan poderoso. Un silbido rasga el aire y la espada se clava en su cuerpo. Nota la frialdad del acero y el tajo liberador que no ha accedido a infligirle Ross en *El Casco*. Se deja llevar por una paz envolvente que lo inunda todo mientras le aleja de Ross, cuyo rostro muda de una rotunda expresión de victoria a otra de insondable vacío.

—¡Dios mío! —exclamó un miembro de la tripulación—. ¿Qué diablos ha pasado aquí?

Mientras el que llegó el primero se dirigía a Robert, otro se acercó, entre tropiezos, al cuerpo tendido de Otis. Los demás observaban la escena sin capacidad de reacción, incrédulos.

—¿Qué le ocurre, señor Stevenson? —preguntó cogiéndole de los hombros. Viendo que no reaccionaba le zarandeó un poco, pero se quedó congelado como él cuando oyó a su compañero.

—El capitán está muerto —todas las miradas se volvieron hacia él—. Le han dado una puñalada muy profunda en el pecho.

El silencio fue total. No duró mucho; en cuanto todos acabaron de procesar en sus mentes lo ocurrido, comenzaron a hablar interrumpiéndose los unos a los otros, como si hubieran estado amordazados y les hubiesen liberado a todos a la vez. Uno de ellos empezó, de manera absurda y mecánica, a recoger todo lo que había tirado por el suelo colocándolo en la única mesa que aún se tenía en pie. Uno a uno, todos fueron venciendo su repugnancia y se acercaron en algún momento a inspeccionar el cadáver de Otis. Verificaban que estaba muerto y que todo aquello no era una broma macabra mientras dejaban suspendidas en el aire frases inacabadas.

—Hay que ir a la policía…

—Vayamos a perseguir al asesino…

—¿Quién ha podido hacer esto?...

—El capitán era un buen hombre…

Robert acababa de ser relegado a un segundo plano, aunque el que se había preocupado en un principio por él aún seguía arrodillado a su lado. A pesar de que al comienzo no le oyeron por los nervios y al estar todos hablando a la vez, no dejó de repetir lo mismo y al final volvió a concitar su atención.

—Sáquenme de aquí. Sáquenme de aquí. Sáquenme de aquí —insistía, sin poder moverse aún.

—Tranquilícese, señor. ¿Está usted herido?

—No. Necesito que me lleven a las cabañas de la playa.

Los marineros y el cocinero se miraron entre sí. No lo tenían claro. Ninguno sospechaba de Robert, pero no les parecía bien llevárselo de allí. La policía debía saberlo todo.

—¿Sabe usted lo que ha pasado aquí? ¿Estaba presente?

—Sí.

—¿Sabe quién ha matado al capitán? —continuó el que poco a poco tomaba las riendas de la situación.

—Sí, pero no puedo seguir aquí. Por favor —suplicó.

—Aguante un poco. ¿Podría decirnos dónde se encuentra ahora?

—El hombre que ha hecho todo esto es el que aparecía en la foto que Otis les enseñó a todos ustedes el otro día. No tengo ni la más remota idea de dónde se esconde. Es un verdadero fantasma.

Con su última afirmación Robert, sin querer, excitó el carácter supersticioso de la tripulación, tan común entre los marineros.

—Pregúntale qué quiere decir con eso —dijo uno, sin atreverse a hacerlo él mismo. No hizo falta.

—Ese hombre es el diablo —contestó Robert, con la vista perdida, mirándolos como si no los viera—. Me ha perseguido desde Inglaterra y no sé cómo, pero me ha encontrado. Lo sabe todo. Lo ve todo.

—Se ha vuelto loco —afirmó uno.

—Vamos a la policía cuanto antes —instó otro.

—¡Callaos un momento! —ordenó el líder—. Dejadme pensar. —No todo el mundo es valiente ante cualquier eventualidad y aquellos hombres, que afrontaban las tormentas con fiereza y que habían estado a punto de morir ahogados en alguna ocasión, estaban ahora apocados y empequeñecidos.

—No podemos dejar al señor Stevenson aquí —fue su conclusión.

—¿Qué estás diciendo? —le preguntaron.

—No sabemos cómo actúa la policía en estas islas. ¿Y si le consideran el culpable? ¿Sabéis acaso cuál es la pena por asesinato en Hawai? —les miró uno a uno.

—¿Y si esto nos trae complicaciones a nosotros por protegerle?

—Si todos estamos de acuerdo en no decir nada, es imposible que lo sepan. Haced el favor de mirarle —señaló el líder—, en su estado no sería capaz de ayudar a nadie. La policía no sacaría de él nada en limpio. ¿No lo entendéis? Lo único que conseguiríamos es ponerle en peligro. Nunca me fie de los sabuesos, y mucho menos de los de aquí. ¿Estáis de acuerdo?

Robert tuvo que esperar un buen rato para saber si su valedor conseguía convencer al resto. Tras discutir entre ellos, todos acabaron consensuando una postura común. Uno se encargó de salir a buscar un medio de transporte. Entretanto, otro se internó en la goleta, volvió con una sábana y tapó el cuerpo de Otis. Sólo entonces pudo Robert volver a mirarlo.

—Podéis sacarlo ya —se oyó una voz desde fuera un rato después.

El líder ayudó a Robert a levantarse. Por sí mismo habría sido incapaz. Avanzaron con balbucientes pasos. Al llegar a las escaleras, demasiado estrechas para dos personas, el marinero se colocó detrás de Robert para facilitar su ascenso e impedir que se derrumbara hacia atrás mientras subía. Ya era de noche y había refrescado de manera notable. Le acompañaron hasta una calesa detenida en frente del velero.

—Le acompaño —dijo el líder—, vosotros quedaros aquí y cuando vuelva decidiremos qué hacer.

Cuando Ross salió de *El Casco* no perdió un solo minuto y se dirigió a su pensión. Tuvo mucho cuidado de no cruzarse con nadie. Ni siquiera lo vio la recepcionista. Subió a su habitación, se lavó y se cambió de ropa. A cada rato miraba a través de la ventana. Tiempo más tarde, llegaron los marineros de *El Casco*. Luego nada. No podía saber lo que pasaba dentro, intentaba imaginárselo. En el momento en que vio salir a uno corriendo, buscando algo a un lado y a otro del muelle, intuyó lo que iba a pasar y decidió cuál iba a ser su reacción. Arriesgada, pero la única posible. Un carruaje abierto llegó y se paró enfrente de la goleta. Unos minutos después, Stevenson salió apoyándose en un hombre que le ayudaba y ambos entraron en el vehículo. En cuanto éste se movió, Ross se lanzó escaleras abajo, salió a la calle y corrió en la dirección de la única salida de la zona portuaria. La suerte le sonrió, enseguida se tropezó con un cochero al que paró de inmediato.

—¿Ha visto pasar una calesa en aquella dirección? —señaló resoplando.

—Claro —respondió—, ha pasado frente a mí.

—¡Sígala, rápido! —ordenó Ross mientras escalaba por el pescante.

Durante unos minutos, Ethan Ross se dedicó a increpar al cochero exigiéndole que fuera más rápido, y dudando de si sería capaz de alcanzar a Stevenson. Jugaba a su favor el hecho de que en un tramo bastante largo la carretera era única y, por tanto, tenía la esperanza de no haberle perdido aún. Sacó la cabeza por la ventana y lo vio, aún a lo lejos.

—Ahí está —le gritó al cochero.

—Lo sé —respondió éste.

—Sígale a distancia. No quiero que se den cuenta.

—De acuerdo. Usted paga, usted manda.

Poco después llegaron a un cruce y la calesa tomó la desviación de la derecha. Si no le hubieran alcanzado todavía, Ross habría perdido la pista de nuevo y se la habría tenido que jugar eligiendo una posibilidad a ciegas. Cuando decidió no matar a Stevenson, estaba seguro de lo que hacía sin fisura alguna, necesitaba mantenerlo con vida, pero no era consciente del riesgo que asumía.

Los caballos que tiraban de la calesa comenzaron a frenarse cuando el cochero acortó las riendas. Acababa de ver las luces de las cabañas de madera a las que sus clientes se dirigían. Ross se dio cuenta y le dijo al suyo que parara a un lado del sendero. Se bajó y, tras pedir que esperase, se acercó con la protección que le ofrecía la oscuridad de la noche. Las casas se encontraban en medio de un bosque. Se quedó espiando el tiempo suficiente para ver a Stevenson, ayudado aún por el miembro de la tripulación, entrar en una de ellas.

—Así que aquí es donde te escondes —pensó en un susurro—. Ya te tengo.

Había visto todo lo que necesitaba. Sabía a ciencia cierta que el escocés no iría a ningún sitio aquella noche, así que volvió sobre sus pasos y le dijo al cochero que le llevara de vuelta a Honolulu.

Margaret fue la primera en ver el lamentable estado en que su hijo volvía a casa. No pudo contener un grito que alertó a Fanny, que en ese momento se encontraba en una de las habitaciones. Robert se dejó caer, exánime, en un diván apoyado contra la pared de madera. Tiritaba de frío, helado. Las dos mujeres se acercaron a él. Margaret se sentó a su lado y Fanny se arrodilló a sus pies. Lo acribillaron a preguntas y Robert apenas musitaba incoherencias. Entonces fue cuando Fanny se levantó y, cogiendo del brazo al marinero, al que hasta ese momento había ignorado, lo arrastró al otro lado de la estancia.

—Dígame ahora mismo qué le ha pasado a mi marido —ordenó en voz baja, para que no les oyera Margaret.

—Cuando llegamos al barco para cenar, el señor Stevenson estaba sentado en una silla, muy quieto y en silencio, como hipnotizado. Todo estaba roto y desordenado. Y el capitán Otis… estaba en el suelo… asesinado.

Fanny, en su gesto habitual, se llevó las manos a la boca para ahogar un grito que surgía del corazón mismo de su alma. La sensación de irrealidad era avasalladora. Los peores temores de Louis se hacían realidad.

—¿Les ha podido explicar mi marido lo que ha pasado? —pudo preguntar, una vez repuesta de la gravedad de la noticia.

—Dice que ha sido el hombre de la foto. Casi no ha podido decir nada más. Sólo repetía una y otra vez que le sacáramos de *El Casco.*

—¿Han ido a la policía?

—Lo haremos mañana, hemos decidido entre todos que era prioritario traer a su marido a casa.

—Y el capitán… —Fanny vaciló sin atreverse del todo a formular la pregunta—, ¿cómo ha muerto?

—Tenía un fuerte golpe en la cabeza… —tampoco el marinero estaba acostumbrado a dar noticias semejantes—, pero sin duda lo que le ha matado ha sido una cuchillada en medio del corazón.

Fanny se dio cuenta de que hasta entonces no había tomado en serio a su marido. Viendo lo convencido que estaba, le había seguido la corriente, pero en su interior no había podido dejar de pensar que todo era producto de su fantástica imaginación. Ahora el curtido capitán Otis estaba muerto y Louis… Le echó una mirada en los brazos de su madre y dedujo que era imposible saber cómo estaba Louis.

—Si me perdona, señora —el hombre interrumpió sus pensamientos—, debo irme. Mis compañeros me esperan.

—Claro, claro —respondió ella—. ¿Cómo piensa volver?

—En la misma calesa en la que hemos venido. Me está esperando fuera.

—Aguarde un momento —Fanny volvió hurgando en un monedero y le ofreció un billete que el marinero rechazó.

—Señora, por favor.

Entonces Fanny le cogió una mano con las suyas.

—Muchísimas gracias por traerlo a casa —la voz le temblaba.

El hombre le respondió con una sonrisa forzada por la situación y salió de la casa sin mirar a nadie.

—¿Qué te ha dicho? —quiso saber Margaret.

—Ya hablaremos de eso. Es una larga historia. Lo importante ahora es Louis. Ayúdame a llevarlo hasta su habitación.

Entre las dos lo levantaron e impidieron que se cayera por el camino. Habrían querido lavarle, pero lo cierto es que no parecía estar en condiciones, así que lo metieron en la cama muerto de frío y le colocaron un par de mantas más encima. Minutos después se quedó dormido; aunque si no fuera por el lento movimiento de las sábanas sobre su pecho, parecería estar muerto.

La luz de la aurora del día siguiente sorprendió a Fanny sentada a la cabecera de la cama, inclinada sobre Louis, como si intuyera que iba a despertar. La noche anterior no pudo contener la insistencia de su suegra, que quería saber a toda costa lo que estaba ocurriendo. Cuando estuvo segura de que iba a ser imposible aplazarlo para otro día, decidió ir en busca de sus hijos y de Joe. No deseaba tener que contarlo todo varias veces. Les explicó la relación entre Louis y Ethan Ross, desde su encuentro en Londres hasta aquella mismísima noche, sin ocultar ningún detalle. Lloyd era el único que sabía algo, pero desconocía lo acontecido en las últimas horas y muchos otros detalles. Lo delicado de la situación propició que todos refrenaran su deseo de quejarse; pese a ello, Fanny se dio perfecta cuenta de sus miedos y sus enfados. Sobre todo del de su hija, que volvió a sentir la antigua sensación de que no contaba para nada desde que Louis llegó a sus vidas. Al principio no le importó, luego se sintió desplazada por completo. Un regusto amargo porque de nuevo su madre le ocultaba algo de suma importancia. Lo que no supo prever Fanny es que Joe Strong se iba a dedicar a echar más leña al fuego y no iba a permitir que las brasas se consumieran por sí solas.

Después, puesto que nada podía hacerse, todos se habían ido a sus habitaciones aunque ninguno consiguió dormir demasiado. Y la que menos, Fanny. No pegó ojo en toda la noche. Hacía un mundo de distancia que no era necesario que velara a Louis. Casi le resultó extraño. Su salud había mejorado tanto. Pero parecía tan vulnerable que no se permitió ni una sola cabezada. Cuando Louis abrió los ojos, ella le miraba con total atención.

—¿Qué tal estás? —le preguntó.

Robert tardó unos segundos en reaccionar y cuando recordó lo que había pasado se echó las manos a la cabeza y comenzó a derramar todas las lágrimas que no había podido llorar el día anterior. Parecía haber superado el estado de parálisis y ahora iba a dar rienda suelta a sus emociones.

—Otis ha muerto —confesó en un estallido de arrepentimiento— por salvarme la vida.

—Lo sé, Louis —Fanny reprimió su deseo de pedirle que se tranquilizara. ¿Cómo podría hacerlo después de lo que había vivido? Hay palabras absurdas que no debieran nunca ser pronunciadas, pensó.

—No pude ayudarle.

—¿Qué quieres decir? ¿Cómo vas a ayudarle si estaba muerto?

—Presencié su muerte. Yo estaba delante cuando Ross le estranguló y no hice nada. Me lo suplicó con sus ojos —movió la cabeza frenético a un lado y a otro, como si intentara borrar el recuerdo de la mirada del capitán, hasta que se dio cuenta de que era imposible y que aquella visión le acompañaría el resto de su vida—, fui incapaz de mover un dedo.

Fanny no alcanzaba a imaginar el dolor que traspasaba a su esposo. Si le hubiera creído antes quizá no hubieran llegado a esta situación. El sentimiento de culpa la perseguía a través de los años. Por Sam, por Hervey, por Belle, y ahora por Louis.

—No podías hacer nada —mintió—, ese hombre os hubiera matado a los dos.

—Soy yo quien debió morir anoche, no Otis.

—¡No digas eso, Louis!

—La vida es lo único que me queda. Ross me ha humillado, me ha arrebatado la dignidad, me ha destruido. Nunca hubiera supuesto lo cobarde que soy.

—Yo estoy a tu lado y siempre lo estaré, ¿me oyes?

—No soy digno de ti, lo mejor que puedes hacer es irte. Contrata a un nuevo capitán y hazte a la mar. Llévate a mi madre y a Lloyd. Y déjame aquí. Para morir solo o a manos de Ross, me da igual.

—No sabes lo que dices —insistió Fanny.

Entonces Robert comenzó a toser. Hacía tiempo que no tenía un acceso igual. Se tapó la boca con el extremo de la sábana y se puso de lado en la cama. Parecía que se iba a ahogar y lo más terrible es que no parecía importarle. Al serenarse, tanto él como Fanny miraron el embozo y comprobaron alarmados que había quedado sellado con varias salpicaduras sanguinolentas.

—Si antes no acaba conmigo la tisis —concluyó Robert, abatido.

Horas después, un par de integrantes de la tripulación de *El Casco* se personaron en las oficinas de la policía de Honolulu para denunciar el asesinato de su capitán. Varios agentes les acompañaron de vuelta a la goleta y les interrogaron a todos. Tomaron muchas notas, parecieron muy diligentes durante todo el interrogatorio, aunque en el fondo no tenían un gran interés en detener al asesino de una persona que estaba de paso en la isla. No era la primera vez que moría alguien en un barco atracado en el puerto y siempre subyacía la posibilidad de que le hubiera matado el resto de la tripulación. Para la policía eso era casi como si el crimen se hubiera cometido en medio del océano. No les afectaba. Que lo resolvieran ellos con sus leyes del mar. *El Casco* zarparía en unos días y lo que pasara en su interior hasta entonces no era de su incumbencia. Por esa razón pusieron mucho más énfasis en saber por qué estaba el velero en Honolulu y cuánto tiempo iban a quedarse. Al escuchar el nombre de Robert Louis Stevenson, los agentes mostraron más curiosidad, puesto que eran conocedores de la reciente amistad que el escocés había entablado con su rey. Tras hacer las pesquisas justas entre las gentes habituales del puerto y verificar que nadie había visto ni oído nada sospechoso, se acercaron a las cabañas de la playa de Waikiki. Al final la tripulación convino no revelar la presencia de Robert. Así que fue una visita de rutina. Fanny estuvo con ellos y respondió a sus preguntas. Sí, lo sabía porque un marinero vino la noche anterior a comunicárselo. No, nadie en *El Casco* odiaba al capitán. No, desde que llegaron y se alojaron en las cabañas apenas habían vuelto a la goleta. Y no tenían decidida la fecha de la partida. Se negó a permitir que vieran a Louis con la excusa de que estaba muy enfermo y éstos no insistieron al no sospechar de éste en absoluto. Así que con la promesa de volver a verlo de nuevo cuando se recuperara, los agentes se marcharon como habían venido, sin excesivas pretensiones.

El capitán Albert Otis fue enterrado con todos los honores y lujos que el dinero podía facilitar. Fue Margaret la que más se involucró en la resolución de todos los trámites. Los primeros crematorios habían empezado a funcionar pocos años antes y aún no había ninguno en Hawai. Nadie dudaba de que Otis hubiera elegido que sus cenizas fueran esparcidas en el mar, pero a cambio tuvo un sentido homenaje en tierra. Aquel hombre había partido de San Francisco con la intención de comportarse como siempre lo hacía, manteniendo las distancias, y había acabado dando su vida por defender la de Robert.

Éste no pudo asistir a la ceremonia. Quizá de haber estado en perfectas condiciones tampoco hubiese soportado estar presente, pero lo cierto es que la excusa que Fanny había dado a los policías acabó convirtiéndose en realidad. Tras sufrir una recaída, no había salido de la cama. La fiebre era alta y tosía con frecuencia. Sin llegar a tener una hemorragia, manchaba los pañuelos cuando la tos era fuerte. Se encontraba en un paraíso terrenal, pero los fantasmas del pasado lo habían alcanzado de nuevo. Y el mayor de todos ellos, incluso por encima de la enfermedad, era Ethan Ross.

Seguro de que Ross era perfecto conocedor de cómo se encontraba y de que no iba a actuar de nuevo hasta que se restableciera, de alguna manera podía intuir que era como si hubieran firmado un armisticio. Sabía que mientras durara todos estaban a salvo. ¿Y después? Su vida ya no le importaba y su única obsesión en la claustrofóbica soledad de su habitación era proteger la de sus seres queridos.

Y Robert no se equivocaba. Su peor enemigo permanecía al acecho constante, como desde que había llegado a Honolulu. Lo único que había cambiado era el lugar desde el que vigilaba. Ahora el anonimato se lo proporcionaba el frondoso bosque que ocupaba varias hectáreas alrededor de las casas de madera. Y su amigo inseparable seguía siendo el catalejo, que le permitía estar tan lejos como para no ser visto y mucho menos, reconocido. Había elegido varios lugares desde los que la visibilidad era más idónea. Cada uno de ellos, además, con una perspectiva diferente que le permitía ver casi todos los ángulos de las casas. Había localizado, incluso, una pequeña chabola, a todas luces abandonada, en la que pasaba horas pensando y donde solía comer. Sólo volvía a la posada a dormir y lo hacía siempre andando para no incurrir en el riesgo de ser reconocido por algún cochero. El recorrido no era tan largo y además necesitaba ejercitarse después de todo el día sin apenas moverse.

Ross observaba la casa en la que había entrado Stevenson la noche que murió Otis. No lo había vuelto a ver desde entonces. El trajín en las cabañas los días siguientes había sido grande. Movimiento constante de gente, los preparativos para el entierro, la visita de la policía un par de veces. Y la reiterada presencia, cada día, de un mismo personaje. Por lo que Ross decidió abordarle. Escogió un lugar apropiado en el sendero que unía el asfalto con las casas y esperó. El hombre de mediana estatura y entrado en carnes había acudido a su cita diaria en una calesa, lo que permitió a Ross verificar, a su vuelta, que iba solo. Comenzó a andar por el sendero y, cuando la calesa estuvo cerca, se decidó a hacer ostentosos gestos para que se detuviese.

—¿Qué desea usted? —preguntó su ocupante, una vez los caballos se frenaron del todo.

—¿Podría indicarme dónde se encuentra la casa en la que vive el escritor Robert Louis Stevenson? —respondió Ross con otra pregunta.

—Por supuesto, vengo de allí. Siga el camino sin desviarse. No tiene pérdida. Hay varias casas. La de Stevenson es la más grande. ¿Desea algo más?

Ross pensó con rapidez. El hombre no le había dado ninguna pista de quién era ni había hecho ningún comentario que le permitiera tirar del hilo una pequeña conversación, así que tenía que decir algo si no quería perder la oportunidad.

—¿Le conoce usted, acaso? —se le ocurrió.

—Sí, tengo ese placer.

No estaba siendo fácil. Se trataba de un hombre parco en palabras. Al menos era amable y aún no había dado la orden de ponerse en marcha, a la expectativa de que Ross restableciera su camino.

—¡Qué suerte tiene usted! Soy un admirador suyo y en cuanto me he enterado de que se encontraba aquí he pensado en venir a conocerlo. ¿Cree que le importunará mi presencia? He oído decir que es un poco quisquilloso —justo después de la última frase, se arrepintió de ella.

El hombre pensó que Ross era algo idiota e intentó evitarle semejante incordio al escritor.

—No le aconsejo que vaya hoy. Se encuentra enfermo y no creo que pueda recibirle. Ha tenido una recaída. Nada importante. En unos días estará en condiciones de recibirle. Si quiere, puede volver a Honolulu conmigo.

—¿El señor Stevenson está enfermo? —la preocupación de Ross era sincera, no quería que muriese antes de tiempo.

—Sí, contrajo hace años la tuberculosis. Soy médico y le estoy atendiendo hasta que se recupere, que como ya le he dicho será pronto. La tisis es una enfermedad grave, por suerte para

413

él parece haber sufrido un agravamiento leve que no tardará en remitir si no me equivoco —hizo una breve pausa para ver cómo reaccionaba su interlocutor. Al comprobar que se había quedado pensativo y como ausente, insistió en su anterior ofrecimiento—. Entonces, ¿se viene usted conmigo?

—No, le agradezco su ofrecimiento; ya que he llegado hasta aquí, me acercaré hasta su casa. Así, al menos, sabré cuál es para otro día. —Y sin más, siguió su camino, dejando al doctor con la palabra en la boca. Éste se puso de pie y le dijo, elevando la voz para que le oyese, que si llegaba a ser recibido no se quedara mucho tiempo con él porque necesitaba mucho reposo.

—Lo sé —masculló para sí mismo.

Cuando el sonido del traqueteo de los caballos se perdió en la distancia, Ross se sentó en un tronco caído que, por el extremo astillado, parecía haber sido abatido por un rayo perdido en una tormenta. La revelación de que Stevenson era tísico lo había conmocionado. La posibilidad de que la enfermedad se le adelantase no le gustaba nada. La vida ya no le pertenecía al escocés, era suya hasta la última gota de sangre. Y sólo él decidiría cuándo arrebatársela del todo. Y la forma no sería tan agradable como morir entre agónicos estertores. Al menos, una cosa estaba clara: durante unos días permanecería convaleciente y seguiría sin salir de casa. Sabría que se había recuperado casi por completo cuando el doctor comenzara a espaciar sus visitas. Aunque suponía un contratiempo tener que permanecer sin actuar hasta entonces.

A la mañana siguiente, el doctor llegó más tarde de lo habitual. Se disculpó con Fanny arguyendo que la demora se debía a complicaciones en el estado de salud de su paciente anterior y entró apresurado en la habitación del enfermo.

—¿Qué tal se encuentra hoy, señor Stevenson? —inquirió tras reconocerlo.

—He estado mejor, se lo aseguro.

—Pero también peor y eso se lo garantizo yo. Éste es su tercer día sin fiebre y su respiración es mucho más acompasada.

Apenas escucho crepitar a sus pulmones y su pulso es estable. Creo con sinceridad que ya puede salir a la calle por el día, evitando las horas a las que la temperatura es menor. Comience a dar pequeños paseos y tome el sol. Aquí luce todos los días, no como en su tierra.

—En eso tiene usted razón.

—Si mañana continúa la mejoría, puedo asegurarle que habrá superado esta crisis. —recogió sus cosas y antes de salir se dio la vuelta—. ¿Me hará caso y comenzará a airearse? —Robert le contestó con un gesto de cabeza afirmativo.

Fanny esperaba fuera y en cuanto vio al doctor se levantó y le interrogó con su mirada.

—Tranquila, se encuentra mejor. Le he dicho que comience a dar pequeños paseos poco a poco. Si no lo hace por sí mismo, oblíguele. El aire limpio y el sol son muy importantes para él. Y mientras esté fuera de su habitación, ventílela bien.

—Siempre lo hago, doctor —contestó, algo molesta por el consejo. Llevaba años cuidando a Louis y sabía lo que debía hacer.

—Por cierto —comentó el médico con aire distraído—, ¿vino ayer al final un hombre preguntando por su esposo?

Fanny se puso en guardia de inmediato.

—No vino nadie. ¿Por qué lo pregunta?

—Me encontré con él en el sendero de vuelta a la ciudad. Me preguntó dónde vivía su marido porque es un gran admirador suyo. Le advertí que estaba enfermo y me ofrecí a llevarle de vuelta, porque iba andando, pero insistió en venir. Supongo que recapacitaría y cambiaría de opinión.

—¿Era hawaiano?

—No, era un hombre blanco, diría que europeo.

—Espere un momento, por favor.

Fanny salió del salón y volvió, nerviosa, con un papel en la mano.

—¿Era este hombre? —preguntó, mostrándoselo.

El doctor observó la fotografía sin interés, veía muchos pacientes al cabo del día y además no tenía la más mínima capacidad fisonomista. Ajeno por completo a la importancia capital del asunto en cuestión, devolvió la foto a Fanny.

—No creo haber visto a ese hombre en mi vida —respondió con sorpresa al detectar el gesto de alivio en el rostro de la mujer. En cualquier caso, él estaba allí para devolver la salud al enfermo y el resto de circunstancias no le interesaban. Casi se arrepentía de haber sacado el tema a colación—. Hasta mañana, señora Stevenson.

Fanny le acompañó hasta la puerta y se despidió. Fue a guardar la fotografía y entró en el dormitorio de Louis.

—Dice el doctor que estás mejorando rápido y que ya puedes comenzar a salir. Tendremos que pensar qué vamos a hacer a partir de ahora.

—Sabes que no voy a hacer nada en absoluto. Ya lo hemos hablado.

Y no sólo habían hablado sobre el tema, lo habían discutido con vehemencia. Disputas muy duras y amargas en las que Robert se empeñaba en quedarse en aquella casa hasta que Ross lo encontrara. Su única pretensión era que los demás se fueran y lo dejaran solo. Aspiración que Fanny no estaba dispuesta a aceptar, por descontado. Y mucho menos a cumplir.

—Está bien —ella iba a optar en esta ocasión por no enfrentarse—. Aquí nos quedaremos contigo y ese asesino tendrá que matarnos a todos.

—En cuanto me recupere, contrataré a un nuevo capitán para que os lleve de vuelta a Estados Unidos en *El Casco*. Sabes que lo haré. Si es preciso, pagaré a varios hombres para que os metan en el barco a la fuerza. No voy a consentir que os quedéis aquí. Nadie puede defenderos de ese hombre.

—¡En mi vida he conocido a nadie más cabezota! —Fanny no había aguantado nada sin enervarse—. ¡Eres amigo del rey! ¿Cómo puedes decir que nadie puede ayudarnos?

—David Kalakaua sólo tiene poder político y, por desgracia, limitado además. Te he dicho mil veces que la policía está controlada, en su mayor parte, por los misioneros. El rey me lo advirtió antes de que enviara mi carta al Times. No quería que desconociera la situación en la que iba a verme después de mandarla. Lo hablamos antes de hacerlo, ¿o no te acuerdas? Por eso no podemos acudir a ella, no tendrían ningún interés en ayudar a alguien que apoya al rey y que ha tomado partido por el derecho a una confederación polinesia.

—Claro que lo recuerdo. Pero el rey tiene una guardia personal y ciudadanos que le respetan y están de su lado. Cualquiera de ellos podría ayudarnos en cuanto David pronunciara una sola palabra.

—¡Es que yo no quiero que lo haga, Fanny! Y tu insistencia me saca de quicio. El rey tiene cosas más importantes que preocuparse de un cadáver.

—La próxima vez que digas algo parecido seré yo misma la que te mate con mis propias manos. —Fanny no soportaba ver así a Louis. Le partía el alma comprobar que había perdido las ganas de vivir, que Ross había logrado arrancar de raíz una vitalidad que Fanny consideró siempre un reducto inexpugnable en el corazón de su marido. Lágrimas de odio, que enjugó con celeridad, resbalaron por sus mejillas–. ¿Vas a salir ahora o no? Hace un día espléndido —dijo para cambiar de tema.

—No tengo ganas.

—Aunque sea sólo al porche.

—Te he dicho que no.

—¡Dios! —exclamó Fanny—. Aquí te quedas entonces.

Dio un portazo y decidió que no podía quedarse dentro de la casa. Necesitaba aire. Ya que Louis no iba a hacer nada, sería ella la que actuaría. Salió a la calle y, aunque el rumor de las olas al morir acariciando la arena la relajaba sobremanera, se dirigió sin pensarlo y en contra de su costumbre en dirección opuesta a la playa. Ross se dio cuenta de que se encaminaba directa hacia él. Debía hacer algo, en unos minutos llegaría a su lado. Resolvió no hacer nada y quedarse tras un árbol. Lo dejó todo al albur de lo que hiciera ella. Puede que tomara una desviación, puede que se diera la vuelta o puede que siguiera hacia él. El tronco tras el que se quedó esperando era muy grueso, por lo que tapaba por completo su cuerpo y Fanny no podía verlo. Pasó un buen rato y había comenzado a pensar que la mujer de Stevenson había cambiado de dirección cuando oyó el crujido de una rama al romperse. Muy, muy cerca. Entre el hecho de que Fanny iba ensimismada en sus pensamientos y que el árbol estaba a varios metros del sendero, ella no lo vio y, sin saberlo, acabó con Ethan Ross a su espalda.

—El destino ha propiciado este encuentro —dijo Ross.

Fanny se giró sobresaltada.

—¡Qué susto me ha dado!... —Y entonces reconoció las facciones que Lloyd había fotografiado por casualidad, la nariz rota, la cicatriz en la frente, los labios finos y la poderosa mandíbula—. ¡Es usted! —exclamó.

Ross se sorprendió por ser identificado tan pronto. Lo achacó a las descripciones que de él habría hecho Stevenson. Se sintió contrariado, su intención era jugar un rato con ella. Aunque había algo que sobresalía por encima de cualquier otra consideración en sus pensamientos: aquella mujer no tenía miedo.

—¿Qué tal está su marido? —preguntó con tono amenazador.

Fanny miró a su alrededor y se cercioró de que, como de costumbre, no había nadie en esa parte del bosque. Estaban completamente solos. No pudo evitar un escalofrío, e hizo verdaderos esfuerzos para que no se notase.

—¿Y a usted qué le importa cómo está Louis? —increpó, reuniendo toda la valentía que pudo.

—Me importa mucho. Aunque no lo crea, estoy muy interesado en que el señor Stevenson se recupere cuanto antes. La tuberculosis es una enfermedad terrible y no me gustaría que acabara con él —la ironía que destilaban sus palabras las convertían en dardos envenenados para Fanny.

—¡Es usted un canalla! ¡Un desalmado! ¡La persona más infame que he conocido!

—Señora, señora —atajó Ross—. No le recomiendo que me insulte. En los últimos tiempos reacciono muy mal. Me da por matar a la gente —la ironía había desaparecido por completo.

Un nuevo estremecimiento sacudió a Fanny y esta vez fue percibido con satisfacción por Ross, que sonrió como una hiena.

—¿Por qué no se va de aquí y nos deja en paz? Louis ya ha sufrido bastante, se lo aseguro.

—No puedo. Su marido me ha arruinado la vida. ¿Dónde quiere que me vaya si ya no puedo volver a Londres? Usted parece sensata. Debería haberle aconsejado que permaneciera callado y no escribiera ninguna carta.

Fanny recordó los días posteriores a la carta de Sidney Colvin y cómo ella misma minimizó los riesgos de que Louis escribiera a Conan Doyle. Así que era en parte responsable de su situación actual. Reaccionó con rapidez sintiendo la misma convicción que entonces de que actuó como debía. Si Ross pretendía que se sintiera culpable, no lo iba a conseguir.

—Louis hizo lo que tenía que hacer. Y si volviera a pasar, estoy segura de que volvería a hacerlo. Y yo estaría de acuerdo con él de nuevo.

Ross pensó que la señora Stevenson tenía mucho más valor y coraje que el gallina de su marido.

—Si supiera lo que le iba a pasar, no lo haría, se lo aseguro. Su marido es un cobarde.

Fanny sintió como si toda la sangre de su cuerpo se diera cita en su cara. No podía consentir que aquel cerdo hablara así de Louis. ¿Qué podía hacer ella?

—¡Mi marido no es un cobarde! —exclamó, furiosa.

—Lo siento por usted, me temo que sí lo es. ¿Le ha contado lo que hizo para ayudar al capitán de su preciosa goleta?

Fanny recordó lo que le contó Louis. Y se dio cuenta de que él mismo se consideraba un cobarde. Incluso ella, en algún momento de esos días, llegó a pensar que Louis podría haber hecho algo más. No pudo evitar inclinar la cabeza un segundo, sólo un segundo, lo suficiente para que Ross se diera cuenta de que no había errado el tiro.

—Veo que sí se lo ha contado. El escocés es muy valiente en la distancia, escribiendo cartas a diestro y siniestro, sin importarle a quién perjudique, pero cara a cara se esconde como una rata y es incapaz de mover un dedo.

Fanny reaccionó sin pensar en los riesgos. La indómita mujer que atravesó Panamá con una hija pequeña, que convivió con los indios, que buscó plata en lugares inhóspitos del oeste americano, estaba enfurecida.

—¡Louis es cien veces más hombre que usted, maldito asesino! —Y se abalanzó hacia él como una hidra.

Ross no podía creérselo, aquella menuda mujer tenía redaños. No dudó un instante. Cuando estuvo a su alcance, la apartó como si fuera un molesto mosquito. Fanny notó como si le hubiera estallado la cara. La bofetada había sido brutal para ella y cayó hacia atrás con tanta fuerza que la espalda pareció clavársele en el suelo. Aturdida. Indefensa. Y, por fin, asustada. No sabía cómo se le había ocurrido enfrentarse a aquella bestia. Ross se acercó, desde el suelo parecía un gigante. Fanny reptó hacia atrás intentando huir. Notaba el sabor herrumbroso de la sangre que manaba de una herida en el interior de su boca. Pensó que iba a morir. Ross se arrodilló a su lado y agarró su fino cuello con su mano apretando lo suficiente para que la mujer tuviera de qué preocuparse y no intentara una nueva locura. Fanny se esforzaba con sus manos por aflojar la presión. Era inútil. Podía respirar, pero sus ojos desorbitados se tornaron vidriosos.

—Si no me sirviera para nada, ahora mismo la mataría —advirtió Ross—. Pero lo cierto es que necesito que cuide al traidor de su marido. Necesito que viva. ¿Lo entiende? —Fanny movió los ojos como si afirmara—. Consiga que Stevenson se recupere, manténgalo con vida para que yo pueda hacerle sufrir como se merece.

A continuación Ross la soltó, se levantó y se limpió el pantalón, manchado de hierba y tierra.

—Dele recuerdos al señor Stevenson —dijo. Y se esfumó.

Fanny rompió a llorar descontrolada.

No sabía cuánto tiempo llevaba tumbada. El sol continuaba su eterno movimiento en el cielo y la templada luz que se colaba entre las copas de los árboles iba barriendo su cuerpo. Estuvo llorando un rato, de miedo, rabia e impotencia, acurrucada en un ovillo auto protector. Segura de que no volvería. Sorprendida consigo misma, no entendía de dónde había surgido el valor suficiente para enfrentarse a Ross. Había sido un acto impulsivo que a punto había estado de costarle la vida. Al fin pudo tranquilizarse lo suficiente como para quedarse boca arriba, estremecida aún por un rítmico hipido que se resistía a abandonarla, que al menos iba disminuyendo su cadencia. Rodeada de vegetación, tras enhebrar su mirada entre las hojas y ramas que la ensombrecían, su vista se varó en un inalcanzable fruto de un árbol del pan. Y, sin poder desprenderse de su verdor, como hechizada por él, comenzó a pensar. En Louis, en su delicada situación, en la amenaza de ese demente cuyo olor aún flotaba en el aire. Intentó racionalizar cuáles eran sus opciones, cómo podían defenderse, y siempre se imponía una posibilidad, por otro lado la única en realidad factible, pero rechazada por Louis una vez tras otra. La opción de huir en *El Casco* ya la habían intentado y Ross se había adelantado matando a Albert Otis. La policía tampoco era una opción y no sólo por lo que les había confesado el rey. Ellos mismos habían podido comprobar el poco celo empleado en descubrir al asesino del capitán. Era una policía recién creada, ante todo de carácter político y poco interesada en proteger y servir a la ciudadanía y mucho menos a unos advenedizos como ellos. Se encontraban solos y no conocían a nadie salvo a una persona. Tomó la decisión. Al fin y al cabo, no era la primera vez ni iba a ser la última en que iría en contra de los dictados de su marido. Y con mucho más motivo si el fin último era protegerlo. La simple intuición de esa víbora serpenteando alrededor de Louis le provocaba náuseas. Haciendo un esfuerzo se quedó sentada y a continuación, más segura de sí misma, se levantó y emprendió el camino de regreso.

Por suerte no se cruzó con nadie. Ni con Margaret ni con sus hijos, Joe estaría en palacio y Austin en la escuela. Entró en la casa, Louis seguía en su habitación. Fue al baño y se miró en uno de sus espejos. El llanto y el miedo habían devastado su rostro dejando escrito su paso por él. El lado donde había recibido

421

el bofetón estaba rojo. Él no debía verla así. Se lavó la cara varias veces y se acicaló lo mejor que pudo, teniendo en cuenta su estado de nervios. Seguido fue al vestidor, al lado de la habitación de Louis. Se quitó el vestido y lo arrojó al suelo.

—¿Eres tú, Fanny? —oyó al otro lado de la pared.

Respondió que sí y siguió vistiéndose. Aunque debía hacerlo con rapidez, nada de lo que se ponía le parecía adecuado. Abría un armario tras otro sin darse cuenta del ruido que provocaba. Robert empezó a preguntarse qué diantres hacía su mujer. Lanzó otra pregunta al aire, que ni siquiera fue contestada. Tras convencerse sobre cuál de sus vestidos era la mejor opción, Fanny se calzó y salió de la estancia justo cuando Robert aparecía por la puerta de su cuarto. Ambos se detuvieron el uno frente al otro. La expresión de haber sido descubierta haciendo algo indebido no pasó desapercibida para él, lo cual hizo que se fijase con más atención y detectó algún rastro que Fanny no había podido borrar de su cara.

—¿Qué te ocurre? —preguntó.

—Nada —contestó ella, pero la inflexión de su voz acabó por delatarla. Apresurada, pasó a su lado y se dirigió a la puerta de la calle.

—¿Dónde vas? —Robert continuó con su interrogatorio.

—A la ciudad.

—¿A qué?

Fanny no sabía qué decir, era consciente de que Robert, aún débil, no podía seguirla, así que no se detuvo.

—Tengo mucha prisa. Luego hablamos —acabó por contestar sin darse la vuelta.

Salió como una exhalación dejando atrás a un sorprendido Robert, que no alcanzaba a suponer qué es lo que le ocultaba su mujer. Entró al vestidor. La ropa de Fanny estaba sobre las sillas, los armarios abiertos, todo desordenado. Estaba claro que tenía mucha prisa, ¿por qué? Reparó en un vestido tirado en el suelo, se acercó a recogerlo y comprobó, alarmado, que estaba roto. Era el que llevaba puesto la última vez que hablaron. Parecía haber sido restregado por el suelo, con restos de hierba, de tierra y alguna ramita enredada en los jirones de la falda. La sorpresa dio paso a la preocupación y decidió que en cuanto volviera no pararía hasta que le explicara lo que estaba pasando.

Ross dudó cuando vio a Fanny salir de la casa. Al final decidió seguirla. Stevenson no iba a ir a ningún sitio solo y sentía una gran curiosidad por saber cuál iba a ser el primer paso de aquella brava mujer tras su encuentro. A cada rato miraba alrededor como si supiera que él la estaba siguiendo, lo cual le obligó a tomar muchas precauciones para no ser descubierto. Cerca del bosque había una pequeña plazuela en la que solía haber varios carruajes a la espera de clientes. Ross esperó a que Fanny subiera a uno y emprendiera la marcha para coger él otro y seguirla. Aquellas casas eran desconocidas para él, que siempre hacía el mismo trayecto en dirección contraria. Después de varios cruces dejó de intentar memorizar la ruta recorrida. Era inútil. No sería capaz de seguirla él solo y eso le inquietaba, no sabía si sería necesario hacerlo en el futuro. Así que intentó relajarse y se limitó a esperar con atención.

El carruaje se detuvo frente a un gran pórtico de piedra que se prolongaba hacia ambos lados mediante un grueso muro rematado por altas verjas de hierro. Aquel vallado era muy largo y circundaba una porción de tierra muy extensa. Era, sin duda, la residencia de alguien muy importante, pensó. Las grandes puertas enrejadas que se anclaban en la piedra estaban abiertas y fueron traspasadas por Fanny en cuanto puso el pie en el suelo. El cochero hizo moverse a los caballos unos metros para dejar la entrada libre y se paró, casi con toda seguridad, a esperar su regreso.

–¿Quién vive ahí? –indagó Ross, una vez su cochero se hubo parado al otro lado de la calle.

–¿No lo sabe usted? –contestó, sorprendido, el hawaiano.

–Si fuera así no se lo preguntaría –replicó Ross, molesto.

–Dentro se encuentra el palacio Iolani, la residencia oficial de nuestro rey, David Kalakaua.

Después de decirle que esperarían también el regreso de la mujer, se dejó caer en el asiento del carruaje. Debiera haberlo previsto. La mujer de Stevenson acudía al rey a pedirle ayuda. Y si éste accedía, podía convertirse en una verdadera complicación. Con toda probabilidad ello provocaría que tuviera que esconderse en la pensión del puerto día y noche, sin arriesgarse a salir. Lo negativo del probable nuevo escenario es que no podría vigilar los movimientos del escritor, pero lo positivo era que *El Casco* seguiría estando a su alcance y no se imaginaba al traidor huyendo de la isla en otro barco que no fuera su esbelta goleta.

Se consumieron los minutos con una lentitud exasperante. El carruaje aguardaba expuesto al sol y dentro hacía mucho calor. Aunque Ross abriera las puertas, no corría una sola gota de brisa. El aire estaba detenido por completo y su frente brillaba del sudor acumulado. A veces sentía el impulso de seguir a Fanny. Sabía que no podía, lo cual le irritaba. Se la imaginaba apareciendo como una heroína con un ejército real a su espalda, dirigiéndose derecha hacia él. Era reconfortante considerar que aquella menuda mujer tenía más valor que el esmirriado de su marido y que éste no podría soportar, sin duda, que a ella le pasara algo.

Dejó de elucubrar sobre los efectos de la visita al palacio real y dedicó el tiempo de espera a pensar en él mismo. Stevenson había enterrado su futuro. Cuando partió de Londres su objetivo era uno: acabar con él. Durante el viaje de dos meses atravesando el planeta siempre tuvo claro que su siguiente paso sería volver a casa, aun a riesgo de ser investigado, aunque su bufanda hubiera quedado tirada entre las vísceras de su última víctima. Seguro que no era el único médico en toda la ciudad cuyo nombre encajara con las iniciales del suyo. Además había comenzado a considerar la posibilidad de que la bufanda se le cayera de camino a casa. Con la agitación de los días previos a su huida quizá se precipitó cuando concluyó que la prenda se había quedado en la escena del crimen. Su mente pudo no pensar con fluidez, ofuscada por el rápido devenir de los acontecimientos. Cuando Stevenson confesó haber desvelado su nombre, la cólera lo atenazó y el mundo tembló bajo sus pies. Ya no podía regresar, y mucho menos después de matar al escocés. Sería arrestado nada más llegar y las pruebas contra él, tan irrefutables que lo llevarían directo al patíbulo. En definitiva, su vida había sido dinamitada. Tendría que comenzar de nuevo en cualquier otra parte. Cada día que pasaba se concienciaba más de ello y pensaba en Australia como un lugar adecuado para reconstruirse. Pero aún no, al menos la confusión y la zozobra actuales desaparecían cuando pensaba que su existencia tenía sentido mientras Stevenson siguiera con vida. No haber concluido su único propósito de los últimos meses había dado lugar a otro: mantenerlo con vida hasta que reuniera el coraje para empezar de nuevo.

Aunque cualquiera habría afirmado, con razón, que Ross miraba sin ver, su cerebro detuvo sus disquisiciones en el preciso instante en que Fanny volvió a aparecer en la calle. Entonces toda su atención se volcó en observarla con minuciosidad. Tuvo oportunidad para ello porque llegaba tan concentrada que, al no ver el carruaje donde lo había dejado, se quedó un tanto descolocada y pensativa. En los segundos que tardó en localizar dónde estaba, Ross tuvo tiempo de leer, en aquella cara que no sabía mentir, un sentimiento absoluto de decepción y derrota. Para su tranquilidad, sea lo que fuera lo que ella había ido a buscar al palacio Iolani, no lo había encontrado.

De vuelta en las cabañas de madera, lo primero que vio Fanny al bajar del carruaje fue a su marido sentado en el porche. Al menos, su inesperada marcha había provocado algo para lo que sus argumentos se habían revelado como del todo ineficaces: que saliera a la calle. No movió un músculo hasta que ella hubo subido las escaleras y notó las vibraciones de sus pasos sobre la madera.

—¿Dónde has estado? —Robert fue directo al grano. Durante la ausencia de su mujer, su preocupación había aumentado imaginando un sinfín de posibilidades.

—Yo también me alegro de verte —respondió ella con un guiño de ironía, y a continuación le dio un beso en la frente—. Al final te has decidido a salir a la calle. En vez de estar aquí a la sombra, estarías mejor al sol.

—Aquí estoy bien, no te preocupes.

—¿Estás solo?

—Sí. ¿Qué has hecho en la ciudad? Me dijiste que a tu regreso hablaríamos.

—¿Qué mosca te ha picado? —objetó Fanny, que no había encontrado ningún pretexto para justificar su salida y, confiada en que Louis no le diera tanta trascendencia, ahora se veía en un verdadero lío—. Me voy dentro a comer algo.

Robert la siguió. A esas alturas sabía que no iba a obtener una respuesta, así que se propuso intentar adivinarla. En su mirada la hallaría.

—¿Has ido a *El Casco*?

—No.

—¿Has ido a la policía?

—Que no.

—¿Has buscado un nuevo capitán?

—¡Ya te he dicho que no voy a marcharme! —Fanny comenzaba a perder los nervios, perseguida en su deambular por el salón—. ¿De verdad piensas que sería capaz de irme y dejarte aquí?

—No sólo lo pienso, sino que lo deseo y conseguiré que lo hagas.

—¡Estás loco!

—¿Dónde has estado? —gritó Robert.

—¡Déjame en paz! —replicó Fanny.

—No voy a parar hasta que me lo digas. Sé que me ocultas algo. Y debe de ser muy importante.

—¿No confías en mí? —contraatacó ella.

—No mezcles una cosa con otra. Claro que confío en ti. Sé que nunca harías nada para perjudicarme. Pero también sé que ahora te callas algo y quiero saber qué es y por qué lo haces.

—¡No puedo creerlo! —exclamó Fanny, fingiendo indignación.

—¡Que me digas qué has hecho, maldita sea! —explotó Robert en forma de grito.

—¡He ido al palacio a hablar con el rey! —las palabras brotaron de su garganta sin poder contenerlas, exentas de una decisión consciente por pronunciarlas. Y justo después de oírse a ella misma, se avergonzó y se arrepintió de su falta de control.

Robert se quedó mirándola con fijeza sin dar crédito a lo que había escuchado. Nunca hubiera supuesto que Fanny le desobedecería en un asunto de semejante trascendencia. Le parecía mentira que hubiera sido capaz de hacerlo; pero, si por el contrario, era una invención, no podía imaginar entonces la gravedad de lo que su mujer ocultaba. Y eso le asustaba aún más.

—¿Es eso cierto? —susurró sin saber si estaba preparado para una nueva negación.

—Sí, lo es. Ya lo has conseguido, ¿estás satisfecho?

Él buscó una silla donde protegerse de una caída si le fallaban las fuerzas.

—Sabías que no aprobaba lo que has hecho —recriminó, con la cabeza gacha, tras sentarse—, y aun así has pasado por encima de mi criterio.

—Lo siento.

—No es suficiente.

—Eres injusto conmigo. Yo también pienso, Louis. Y creo sin ningún género de duda que el rey es nuestro único apoyo y que cuando vuelva nos ayudará.

Robert encontró un imprevisto alivio en las últimas palabras de Fanny y levantó la vista de nuevo.

—¿Cuando vuelva?

—Por desgracia, el rey se marchó de viaje hace un par de días. ¿Te das cuenta?, si hubiéramos acudido a él desde el principio, ahora todo sería diferente.

—¿Cuánto tiempo estará fuera?

—No lo saben, es probable que más de un mes —respondió con pesar.

—¿Y con quién has hablado? ¿Con su hermana?

—La princesa se ha ido con él. No he conseguido hablar con nadie que me prestara un mínimo de atención —también ella se sentó entonces, abatida—. Ha sido frustrante. Supongo que es un viaje muy importante y David ha decidido acompañarse de toda su gente de confianza. El palacio ha quedado en manos de la oposición. En cuanto he dicho quién era yo, me han arrojado su desprecio en plena cara. La carta que escribiste al Times nos ha granjeado enemigos en palacio. Quienes ahora lo controlan estarían encantados con nuestra desaparición. Al menos sabemos que tu implicación ha tenido una gran repercusión.

—¿Es que les has dicho algo? —quiso saber Robert.

—Nada en absoluto. ¿Para qué, si era evidente que no iban a ayudarnos? Hubo una opción cuando me encontré con Joe por casualidad, pero con el odio que nos tiene no quiso echarnos una mano. Desde que llegamos está enfadado con nosotros. El caso es que me dijo que no conocía a nadie del entorno del rey con quien él tuviera relación suficiente como para pedirle un favor. Así que ya lo sabes todo. Te he desobedecido para nada.

Robert había recuperado su lucidez habitual y las dos últimas frases de Fanny quedaron prendidas en su cabeza. Resonando. Repitiéndose. Algo no cuadraba, aunque pareciera sincera. Lo enlazó con lo encontrado en el vestidor, que ya había olvidado.

—¿Por qué lo hiciste? —preguntó.

—Sabes que desde el principio me pareció la única solución.

—¿Y por qué hoy?

Fanny se percató entonces de que la conversación no había acabado, de que Louis había olfateado algo y estaba de nuevo tras la presa. Y lo peor es que no tenía contestación para su última pregunta.

—No lo sé —mintió, dispuesta a no desvelar su último secreto. Robert lo advirtió.

—¿Saliste a pasear y al volver te surgió el deseo irrefrenable de ir a palacio?

Fanny enmudeció.

—¿Qué pasó? —insistió Robert.

De nuevo el silencio como respuesta.

—He visto tu vestido. Está roto. ¿Cómo te lo hiciste?

El detalle de la ropa la pilló desprevenida. Reaccionó, eso era más fácil de justificar.

—Me caí mientras paseaba —respondió casi sin pensar—, me tropecé con una raíz.

—Has tenido suerte de no herirte en las manos o en los brazos —se detuvo un rato para estudiar la reacción de Fanny—. Lo que no acabo de entender es cómo al tropezarte rompiste la tela de la parte posterior del vestido. ¿Te tropezaste hacia atrás, acaso?

De nuevo acorralada, Fanny no sabía qué contestar. Observó a Robert y le suplicó con la mirada que no siguiera preguntando. Le dio la última oportunidad para que desistiera de su empeño de saber la verdad. Él no accedió a sus súplicas y en ese crucial instante decidió formular una nueva pregunta que cambiaría por entero el futuro, aunque ninguno de los dos era consciente de ello.

—¿Qué pasó, Fanny? —insistió Robert a pesar de todo—. Dímelo, por favor.

Fanny se arrodilló a los pies de Robert y le cogió las manos.

—Ross me estaba esperando en el sendero —confesó con la voz trémula y los ojos brillantes—. Me golpeó y caí al suelo. Me repitió lo que te dijo a ti en el barco: que quería hacerte sufrir. Y que te cuidara bien, me dijo que te mantuviera con vida para luego él poder… —no pudo terminar la frase y se refugió en el regazo de Robert.

Éste lo escuchó todo como ausente, como si ella lo hubiera dicho en un idioma desconocido. Extravió sus dedos en su cabello acariciándolo. Intentó tranquilizarla, reconfortarla. Abrazó sus hombros y su espalda. Le susurró ternura. Le rogó que lo perdonara. Y a la vez se imaginó la escena. Recreó en su mente la caída de Fanny tras el golpe. Sus suposiciones eran ya una realidad: Ross no dudaría en atacarla para quebrar su resistencia más de lo que lo había hecho. Un dolor insoportable le taladró. Su alma gritaba con la fuerza de cien hordas salvajes, se rebelaba contra su cobardía, contra su debilidad física, pugnando con rabia por insuflarle el arrojo necesario para hacer lo que debía: proteger a su familia.

Ross había traspasado una línea sagrada y con ello había despertado una fuerza interior que ni siquiera el propio Stevenson sabía que atesoraba.

Ningún hombre sirve de nada hasta que se haya atrevido a todo.[31]

CAPÍTULO XX

−¿Seríais capaces de llevar *El Casco* hasta la isla más cercana situada al este?

Los cinco atribulados hombres se miraron entre sí embargados por la sorpresa. La pregunta que aún flotaba en el aire hacía más patente aún la ausencia del capitán Otis, sin la cual no habría llegado a formularse nunca. Se encontraban reunidos en la misma estancia en la que se había perpetrado el asesinato. Todo había sido ordenado otra vez, los objetos inservibles se habían tirado y el resto se ubicaban de nuevo en su sitio, los muebles se habían reparado de la mejor manera posible y se respiraba cierta calma tras la tempestad. Con el orden todo parecía haber vuelto a la normalidad… Nada más lejos de la realidad. En el suelo, donde la sangre se había secado sobre la madera, ésta presentaba el aspecto de haber sido frotada hasta la extenuación. El barniz había sido eliminado con tal de hacer desaparecer cualquier rastro y nadie se atrevía a pisar encima.

Tras el desconcierto inicial, quien seguía llevando las riendas del reducido grupo tomó la palabra.

−¿A qué distancia se encuentra?

−El lugar exacto al que nos dirigimos está a poco más de cincuenta millas −respondió Lloyd.

---

[31]   Carta a Sidney Colvin en agosto de 1879.

El tripulante fue al camarote del capitán y poco después volvió con varias cartas marinas enrolladas con esmero. Hubo de desplegar varias antes de que la alargada silueta de las islas hawaianas apareciera ante él. Colocó el mapa encima de la mesa y aprisionó sus extremos para que no recobrara su forma cilíndrica. El resto de los presentes se dispusieron alrededor del tablero.

—¿Es ésta? —preguntó señalándola con el dedo índice.

—En efecto.

—¿A qué lugar hay que ir?

—Al norte, a esta península —Lloyd les mostró una protuberancia que sobresalía en la horizontalidad de esa parte de la isla.

Todos calcularon en silencio que la distancia de costa a costa era apenas de unas veinticuatro millas, por lo que lo que les solicitaba el joven no era una empresa complicada. El resto del trayecto era fácil, navegando con tierra a la vista. El líder miró a sus compañeros y éstos le dieron su aprobación con ligeros gestos de cabeza. También le indicaron con sus apremiantes miradas que debía aprovechar la ocasión para sacar a colación el tema que a todos preocupaba.

—Podemos hacerlo —afirmó, provocando una expresión de alivio en Lloyd—. ¿Cuándo será?

—Aún no lo sé, os avisaré con tiempo suficiente. Lo importante es que no salga de aquí nada de lo que hablemos. No podemos confiar en nadie y nadie debe saber una sola palabra. ¿Lo entendéis? El hombre que mató a vuestro capitán nos vigila y desconocemos si está solo o alguien más le ayuda. No os fiéis de nadie, ¿está claro?

—¿Y qué le decimos a la policía? Vienen casi todos los días a preguntar cuándo zarpamos.

—No les digáis nada. Responded simplemente que vosotros os limitáis a esperar nuevas órdenes y que, si quieren saber algo más, vengan a preguntárnoslo a nosotros. Saben dónde pueden encontrarnos.

El resto de la tripulación se impacientaba porque el tema que a todos preocupaba no acababa de salir a la palestra y al final su representante se decidió a plantearlo.

—¿Y luego qué? —inquirió, algo dubitativo.

Lloyd no esperaba la pregunta y no supo qué contestar. No tenía ni la más remota idea.

—Entiéndanos —prosiguió el líder, algo más confiado una vez roto el hielo—, nos enrolamos para seis o siete meses, según nos explicó el capitán, y ya se han cumplido ocho…

Lloyd calibró mal lo que les perturbaba y salió al paso pensando que sus palabras les tranquilizarían.

—Podéis estar seguros de que cobraréis hasta el último dólar por cada día que trabajéis en *El Casco*.

—No es eso lo que nos preocupa. Sabemos que el señor Stevenson es una persona honorable. Y nuestras familias están acostumbradas a que a veces nuestras ausencias se prolonguen más de lo previsto. Es que estar aquí mucho más tiempo nos va a volver locos. No tenemos nada que hacer y desde el otro día… estamos asustados. Por las noches hacemos turnos para vigilar si alguien se acerca al barco.

—Ya os hemos explicado que no estáis en peligro. Quien mató al capitán no tiene nada contra vosotros —argumentó Lloyd.

—Pero es que nuestro sitio está en la mar. Tanto tiempo en puerto nos desequilibra. Y ya llevamos aquí demasiado —se detuvo porque no se atrevía a decir en alto lo que bullía en su cabeza—… Empezamos a creer que este viaje está maldito.

Aquello era más de lo que Lloyd hubiera pensado que era capaz de afrontar. Deseó que a su lado estuviera Robert. Sentía todas las miradas clavadas en él como estiletes, deseosas de recibir una contestación que les apaciguara, pero él no era el interlocutor que podía dársela. Y tampoco sabía cómo rebatir la superstición que había sido confesada.

—Yo no puedo contestaros a eso —balbuceó.

—¿Y quién puede? —continuó el marinero—. No hemos vuelto a ver al señor Stevenson. No ha venido por aquí. Y cuando yo he ido a las casas de la playa, no he podido hablar con él porque está enfermo. Y la señora Stevenson tampoco sabe nada. Estamos teniendo mucha paciencia, pero se nos está acabando. Queremos volver a San Francisco.

Ya estaba todo dicho. En el fondo, la tripulación no quería información, lo que pretendía era regresar a casa y no volver a pisar la cubierta y mucho menos el interior de *El Casco*. Lloyd valoró la gravedad de lo escuchado y temió que el día menos pensado desertaran en cualquiera de los navíos que a diario zarpaban del puerto, lo cual sería un fatal contratiempo para los planes de Robert. Pensó con rapidez. Era primordial aplacarles. Debía ser capaz de encontrar las palabras precisas para que aquellos hombres confiaran en él y aguantaran hasta el día en que decidieran viajar a la otra isla.

—Os entiendo —comenzó con astucia para, en primer lugar, trasladarles su comprensión—. Y voy a adquirir un compromiso con vosotros. Os voy a revelar algo sobre lo que debéis guardar el mayor de los secretos —se inclinó sobre la mesa y bajó el volumen de su voz hasta hacerla casi inaudible, lo que provocó que todos los demás también se vencieran hacia delante y acercaran sus caras en una imagen propia de una conspiración—. La razón por la que os pido que llevéis la goleta a esa isla no es otra que la de llevar a Stevenson y desembarcarlo en ella. Sólo él y yo iremos en ese trayecto, pero yo volveré con vosotros. Hoy mismo hablaré con él y le haré llegar vuestra petición. Tened por seguro que en cuanto llevemos a mi padrastro a esa isla, él os liberará de la obligación de seguir en Honolulu. Habrá que buscar a un nuevo capitán y podréis volver a vuestras casas. Os lo prometo.

Sus palabras fueron convincentes y parecieron satisfacer sus pretensiones, aunque no iba a marcharse de allí sin recabar un compromiso firme por su parte.

—A cambio sólo os pido una cosa —volvió a concitar su atención—. Que me juréis que esperaréis aquí hasta el día en que traslademos a Stevenson. Será pronto.

Los hombres se miraron entre sí de una manera que confirmó las sospechas de Lloyd. Habían contemplado la idea de abandonar *El Casco* y huir de allí en el primer barco que zarpara, sin importar su destino. El corazón de Lloyd latió más deprisa de lo habitual hasta que escuchó la respuesta.

—Tiene usted nuestra palabra de que así será.

Todo se iba a precipitar al día siguiente. El plan urdido por Robert iba a ponerse en marcha. Desde el encuentro de Fanny con Ross apenas salía de la casa para mantener la sensación de que seguía enfermo; sensación reforzada por las pactadas visitas ya innecesarias del doctor, que nunca hacía preguntas. Se dedicaba a pensar en lo que podía ser el último argumento de su vida, con la diferencia de que nunca sería escrito. El día que recordó la historia que le contó David Kalakaua sobre la cercana isla supo que esa era la clave de bóveda bajo la que sustentar una estrategia que garantizara la consecución de todos sus objetivos. Para ello había tenido a Lloyd como su lugarteniente. Él había sido el que había investigado con más precisión todo lo necesario y el que había hablado con quien se requería. Sin él no habría sido posible y le guardaría eterno agradecimiento. Era el único que conocía los detalles más importantes y no fue fácil convencerlo para que asumiera el resultado final. El profundo cariño hacia Robert, profesado por Lloyd desde el primer día en que se conocieron estuvo a punto de mandarlo todo al infierno. Pero se impuso el criterio del primero al dolor del segundo.

Incluso aquella última noche se requirió la participación del joven para juntar en una casa a Margaret, Belle y Joe. Se trataba de conseguir que Fanny y Robert estuvieran solos con el objeto de que éste pudiera confesar a su mujer que su vida, horas después, iba a cambiar de manera radical y que nunca volverían a verse. No iba a ser nada fácil, pero la decisión estaba ya tomada y nada ni nadie sería capaz de hacerle cambiar de opinión, ni siquiera ella.

Lloyd había cumplido lo acordado y Robert reunía el coraje suficiente para hablar con Fanny. En más de una ocasión pensó que no iba a ser capaz, y nunca se hubiera perdonado el no hacerlo. Hacía un rato que ella había ido a su habitación y no acababa de volver, por lo que Robert la reclamó a su lado.

—¡Fanny! —llamó—. ¿Puedes venir un momento? Tengo que contarte algo.

435

—¿No puedes esperar un rato? —se oyó su respuesta.

—Me temo que no, ya no nos queda mucho tiempo.

Ella asomó casi al instante, alterada por la frase de Louis.

—¿Te pasa algo? —preguntó.

—Ahora no, pero necesito que vengas y te sientes a mi lado. Tenemos que hablar. Aunque más bien —rectificó— el que tengo que hablar soy yo y te rogaría que te limites a escucharme. —Sabía que era más fácil que el sol no volviese a salir nunca a que Fanny fuera a quedarse callada después de oír lo que iba a decirle.

Ella frunció el ceño e hizo lo que Louis le pedía, contrariada y tensa a partes iguales.

—Tú dirás.

—Me marcho mañana —apuntó lacónico.

Fanny intentó procesar las tres palabras, no disponía de información suficiente.

—¿Eso es todo lo que tenías que decirme?

—Sabes que no, pero no sé muy bien cómo continuar.

—Pues arranca o sigo con mis cosas —amenazó.

—Mañana me marcho a la isla de Molokai.

Fanny se quedó de piedra. Aguantó la respiración varios segundos manteniendo una leve esperanza de que Louis estuviera gastándole una absurda broma macabra. También pensó que igual estaba confundiendo el nombre de una isla con el de otra. Pero la gravedad del semblante de su marido era lo más contrario a chanza alguna y cada vez tenía más claro por qué le sonaba el nombre de Molokai.

—¿A qué viene esto? ¿Es otra de tus locuras?

—Nunca he estado más cuerdo. Tras mucho pensar, es la única opción. No tengo alternativa.

—¿Molokai no es la isla en la que encierran a los leprosos?

—Sí.

La última esperanza de que Louis no hubiese perdido del todo el juicio se esfumó con su respuesta afirmativa. La noche en que el rey de Hawai cenó con ellos en su casa se habló de aquella isla. La llegada masiva de inmigrantes europeos y asiáticos al archipiélago trajo consigo nuevas patologías para las que el sistema inmunológico de los hawaianos, como el del resto de los polinesios, no estaba preparado. Y ello conllevó numerosas y desconocidas enfermedades como la gripe, la sífilis o la propia lepra. Esta última, les explicó el rey, fue introducida por los chinos que venían a trabajar en los campos de azúcar. Temeroso de que acabara convirtiéndose en una plaga, uno de sus antecesores, cuyo infausto nombre ya no recordaba Fanny, había tomado la inhumana decisión de atrapar a los infectados y desterrarlos en la desierta isla de Molokai, sin médicos ni recursos de ningún tipo, donde acababan muriendo sin remedio entre padecimientos horribles.

Aprovechando que Fanny era incapaz de articular palabra, Robert comenzó a explicarle su plan con más detalle.

–Todo debiera haber acabado en *El Casco*. No sabes cuántas veces he imaginado que Otis no se despertaba y, en su lugar, era yo el que acababa en el suelo con el corazón traspasado por una precisa estocada. No te lo había dicho, pero antes de que se marchara, supliqué a ese hombre que no demorara sus intenciones –hizo una pausa ante el gesto de horror de Fanny–. ¿Lo entiendes ahora? Le pedí…, le rogué que acabara conmigo como acababa de hacer con el capitán. Si hubiera mantenido la boca cerrada, Ross me habría matado y se habría vuelto a Londres encontrándose allí con la justicia. En este asunto no he hecho otra cosa que cometer errores. Uno tras otro. Y como soy yo el culpable de todo, yo tengo que resolverlo.

–Espera un momento –interrumpió Fanny–. Tú no eres el culpable de nada. No tienes la culpa de que ese hombre te eligiera hace años para contarte sus miserias. No eres el responsable de sus asesinatos posteriores. Y lo que hiciste por desenmascararle estuvo bien. Es lo que había que hacer, lo correcto.

–Pero el hecho cierto es que ahora está ahí fuera, al acecho, dispuesto a saltar sobre nosotros. Y nada de lo que le digamos le hará cambiar de opinión. Y ha vuelto a matar. Y no dudará en volver a hacerlo.

–¿Y qué tiene que ver todo eso con Molokai? ¿Qué pretendes yendo a esa isla?

—Que me siga —respondió Robert ante la sorpresa infinita de Fanny.

—¿Cómo dices? —gritó ella.

—Molokai será nuestra tumba. La de los dos.

Fanny se levantó y se puso a dar vueltas por el salón. Ya no tenía ninguna duda, las emociones de los últimos días habían acabado con cualquier vestigio de sensatez que pudiera quedarle. Lo que decía no tenía ni pies ni cabeza. Y si pensaba, por un solo instante, que ella iba a permitir semejante dislate, es que no la conocía en absoluto.

—Piénsalo bien —continuó él—. Es Ross el que está loco y el día que te agredió lo vi todo claro. Antes pensaba que acabaría matándome y luego huyendo. ¿Y si no es así? ¿Qué te garantiza que se irá cuando me mate? ¿Y si deposita su odio en vosotros? ¿Y si luego mata a Belle o a Lloyd? —se calló para que macerara lo suficiente su última pregunta antes de asestar un golpe aún mayor—. ¿Y si va a por Austin? ¿Podrías perdonártelo?

Fanny se detuvo de golpe. Tanto uno como otro estaban tan absortos en la conversación que no repararon en una sombra que cruzó veloz por delante de la ventana quedándose a continuación a escuchar lo que se decía a través de las rendijas de la misma.

—Nunca nadie ha salido de allí. Todo el que es recluido en esa isla lo es para siempre. El rey estableció la pena de muerte para quien osara rescatar a alguien enfermo de la misma. Y nadie está tan loco como para arriesgarse a contravenir semejante precepto. No creo que Ross llegue a saberlo y, en cualquier caso, su odio es tal que no dudará en ir a buscarme. Lo he visto en sus ojos. Y lo que pase después ya no importa. Lo sustancial de verdad en toda esta pesadilla es que vosotros estéis a salvo. Y una vez en Molokai ya no podrá haceros daño.

—Y cuando tú te hayas ido, ¿cómo se enterará Ross de que estás en Molokai?

—Se lo diréis tú y Lloyd.

Fanny se vio al borde de un abismo, teniendo que decidir entre Robert y ella. O entre Robert y Austin. O entre el arrepentimiento eterno y la muerte.

– Sé que no será fácil, pero debes hacerlo.

–¡Que no será fácil! ¿Tú qué sabes? –Fanny se dejó llevar por la indignación y la desesperación que le estaba provocando Robert–. Durante todos estos días no me cuentas nada y de repente te sientas delante de mí y me dices que te vas a marchar para siempre y que he de ser yo la que le confiese tu paradero a quien quiere matarte de una forma cruel. Y si no te mata él, lo hará la lepra. ¡Eres increíble! ¡No puedes estar diciendo todo esto en serio!

–Yo ya estoy muerto, Fanny. Lo sabes, aunque no quieras aceptarlo –sentenció Robert–. Lo más importante en mi vida eres tú y escribir. Y de la misma manera que no puedo tolerar que estés en peligro, si no acabo con esto de una vez por todas, no podré escribir y si no escribo no soy nada, nada en absoluto. ¿No lo entiendes?

–¡Pues iré contigo! –replicó ella de golpe.

–No has escuchado nada de lo que te he dicho. Siempre has sido mucho más fuerte que yo. Sobrevivirás a mi marcha y tarde o temprano te recuperarás, aunque sé que nunca te olvidarás de mí. Aunque ahora te parezca imposible. Sin embargo, si a ti te pasara algo, yo no lo soportaría y languidecería sin remedio. Eres más importante que el aire que respiro. Que vengas no es una opción, te lo aseguro.

A continuación, y aprovechando que Fanny se quedó un instante sin argumentos, se decidió a contarle una antigua historia.

–Hace muchos años me encontré con una anciana en la calle. Estaba en una ciudad de mi querida Escocia. Aunque más bien tendría que decir que me encontró ella a mí. Si no llega a hablarme, yo habría seguido mi camino sin reparar en ella. Pues bien, el caso es que se detuvo ante mí, me cogió la mano y leyó en ella mi futuro. Y he de decirte que todo lo que vaticinó se ha ido cumpliendo punto por punto. Sin excepción.

–¿Y por qué me cuentas eso ahora? –quiso saber Fanny, confusa.

–Porque aquella sabia mujer me reveló algo que nunca he tenido el valor de confesarte –Robert recordaba sus ojos, sus arrugas, sus manos nudosas, como si la hubiera visto unas horas antes–. Me dijo que moriría joven, demasiado joven. Y creo que ha llegado el final del camino, mi amor, y sólo te pido que me dejes afrontarlo con la dignidad y la valentía que no he tenido en otras ocasiones. –Contra su voluntad, sus ojos se anegaron de lágrimas.

La sombra que les escuchaba consideró que ya era suficiente y se desvaneció fundiéndose con la oscuridad de la noche.

Fanny se acercó a su marido y le abrazó susurrándole al oído que aunque hubiera sabido hace años que moriría una semana después lo habría dejado todo por permanecer a su lado cada segundo de esos siete días. En medio de un dolor infinito, con el corazón destrozado, Louis conseguía que se sintiera la mujer más orgullosa del mundo. Su estrategia representaba un acto de valor sublime y aun Robert se exigía más y se consideraba una persona débil. Dispuesto a sacrificarse por todos ellos. No pensaba ni pretendía salvarse a sí mismo, sino servir de cebo para el asesino que suponía un peligro para sus seres queridos.

–¿Lo sabe tu madre?

–No. Sería incapaz de decírselo. Ella quizá tuviera argumentos para hacerme cambiar de opinión y no quiero arriesgarme. Tendrás que decírselo tú…, lo siento.

–Deja de torturarte, ¿vale? Lo haré, no pienses en ello.

–El único que lo sabe casi todo y me ha ayudado a organizarlo es Lloyd.

–¿Cómo? –exclamó Fanny–. Si él te adora.

–Lo sé. Fue muy difícil persuadirlo, tuvo que ceder al no ver en mí resquicio alguno de duda y siendo consciente del peligro que corremos todos.

–A Hervey le hubiera gustado conocerte, Louis.

–Descuida, que si me encuentro con él, le recordaré lo mucho que le quiere su madre.

Tras enredarse de nuevo en un abrazo desesperado, Robert le contó sus planes para el día siguiente y le dio instrucciones precisas. Poco después se fueron a la cama. Sabían que sería imposible dormir, se cogieron de la mano y no se soltaron en toda la noche, besándose entre caricias y susurrándose.

Robert estaba más tranquilo tras hablar con Fanny. Todo estaba discurriendo como lo había imaginado. Lo único que no podía sospechar es que ella albergaba en el fondo de su ser una gran duda. No estaba segura de ser capaz de delatarle cuando Lloyd y ella estuvieran cara a cara con Ross.

A la mañana siguiente un manto de normalidad lo envolvía todo. No había indicio alguno que avisara de la tormenta que iba a desencadenarse. El cielo era la misma bóveda azul de siempre, la actividad en el puerto se fue desperezando al ritmo habitual. En el bosque, el rumor familiar de las ramas mecidas por el viento aderezaba sus olores, que se mezclaban con incursiones ocasionales del salitre del mar, omnipresente. Ethan Ross desplegó su rutina diaria y ya estaba vigilando las casas cuando oyó acercarse los ruidos característicos de un carruaje. Según sus cálculos, seguro que se trataba del doctor que, en días alternos, seguía tratando a su pieza más preciada. Stevenson debía de haber sufrido una recaída, pensó, pues de lo contrario su colega habría dejado ya de visitarle. No obstante, se sentía tranquilo, puesto que si la salud del escritor estuviera agravándose, el médico le visitaría más a menudo. Estaba seguro de que en unos días dejaría de acudir y él podría comenzar a atormentar al escocés. Tenía muchos planes y estaba ávido por ejecutarlos.

El grueso galeno fue recibido en la puerta por Fanny que, tras saludar y permitirle el paso, se acercó a otra de las casas, llamando y entrando en ella. Al cabo de un rato salió acompañada por Lloyd. Ross se sorprendió cuando éste intercambió unas breves palabras con el cochero, tras las cuales el hawaiano abandonó su puesto habitual y los tres juntos entraron en la casa. Aquello le desconcertó lo suficiente como para prestar más atención de la normal. Transcurrieron unos minutos y la puerta de la cabaña volvió a abrirse. Ross acopló el catalejo sobre su ojo derecho para ver la escena con más cercanía. El joven hijastro del escocés y el cochero, ambos delgados, llevaban un bonito baúl de madera repujada de metal y cuero. Por los gestos de esfuerzo de ambos, parecía muy pesado. Era lógico que Lloyd hubiera pedido su ayuda al cochero, él solo habría sido incapaz de transportarlo. No sólo por el peso, también por el tamaño. Se acercaron al carruaje y Fanny, que iba a su lado, se adelantó para abrirles las puertas. Entonces miró de golpe hacia la casa como si la llamaran y tras comentarles algo, se separó de ellos. Seguro que el doctor, pensó Ross, quería hablar con ella antes de marchar. Los dos hombres, a duras penas, subieron el baúl al interior del vehículo y salieron a continuación resoplando. Ross dejó el catalejo apoyado en un árbol. No había de qué preocuparse.

Minutos después, Fanny salió con el doctor. Como en cada una de sus visitas, se despidieron con cortesía y el hombre subió al carruaje. El precioso baúl, pensó Ross, sería un regalo por su atención constante al enfermo. Él también recibía alguno que otro de sus pacientes londinenses. Ya no volvería a recibir ninguno más.

Fanny se quedó en el porche observando cómo se alejaba el carruaje. Tuvo que ser Lloyd el que la cogiera de los hombros para que entrara de nuevo en la casa. Ross ya no contemplaba la escena con el catalejo. Y por la distancia no pudo apreciar el rostro de inmenso dolor de la mujer.

El resto del día transcurrió con la cotidianidad con la que había comenzado. Con el deambular de todos los miembros de la familia Stevenson de casa en casa. Con sus paseos y quehaceres habituales, con Stevenson recluido y la única inusual presencia de Joe Strong, que pasaba casi todos los días en palacio.

Mediado el día, Lloyd pasó, en dirección a Honolulu, muy cerca de donde estaba apostado Ross. Lo hacía a menudo y en esta ocasión el asesino no vio necesidad alguna de seguir sus pasos. Las horas continuaron su curso sin sobresaltos, el sol describió, imperceptible, su parábola en el cielo y acabó desapareciendo en el horizonte. Llegó el momento en que Ross volvía cada día a la pensión y así lo hizo. Con sumo cuidado, eso sí, de no cruzarse con el hijastro de Stevenson a su vuelta de Honolulu. Las casas permanecían tranquilas y sólo se veía a Strong en el porche de una de ellas.

Ethan Ross había memorizado cada tronco y cada curva del sendero de tal forma que podría haberlo recorrido con los ojos vendados. La claridad de la luna llegaba al suelo muy debilitada por los árboles del bosque y se hizo mucho más presente cuando éste se acabó. Tras varios cruces llegó a la parte iluminada de la ciudad y siguió el camino de todos los días en dirección al puerto. En el muelle se cruzó con un par de borrachos que le pidieron algo de dinero para una última copa y se alejaron gruñendo ante su negativa. Alcanzó la altura de la posada y se introdujo en el vestíbulo sin llamar la atención. En el mostrador de recepción no estaba la mujer habitual. Subió las escaleras, sacó la llave y la deslizó dentro de la cerradura. Cerró la puerta tras él y sin pensar, como hacía cada vez que entraba a la habitación, se acercó a la ventana y miró a través del cristal. *El Casco* ya no estaba.

–¿Se encuentra usted bien? –preguntó el médico, horas antes, sintiéndose extraño al hablarle a un baúl. Éste le contestó que sí–. ¿Le falta aire? –insistió, inquieto. Le pareció que el baúl respondía esta vez con una negativa.

El cochero, desde fuera, pareció reconocer la voz del cliente que llevaba, hablando solo, y barruntó que quizá no estaba en sus cabales. A él eso le traía sin cuidado con tal de que le pagara al llegar a su destino, que no era otro que el puerto.

El doctor le había indicado a Robert que no aprobaba la insensatez de salir de casa acurrucado en un cofre, que el esfuerzo podía pasarle factura. Podría incluso morir si le sobrevenía un ataque de tos durante el trayecto. Ante esta eventualidad, Robert le dio permiso para abrirlo si le escuchaba ahogarse. Sólo en ese caso. Ante la cabezonería de su paciente, no le quedó más remedio que claudicar advirtiéndole, no obstante, que no se responsabilizaba de lo que pudiera pasarle. No entendía qué juego absurdo se traía el escritor desde que le rogó que siguiera visitándole aunque ya no era necesario, pero le pagaba bien y decidió no hacer preguntas. Siempre pensó que los europeos eran gentes muy raras, y aquel escocés famoso se llevaba la palma.

Cuando llegaron al muelle principal, donde estaban fondeados los barcos más grandes, el doctor golpeó la pared donde se apoyaba el cochero.

—Pasa lo más cerca que puedas de los barcos —ordenó—. Y despacio —el cochero volvió a pensar en el escaso criterio de su cliente. ¡Cómo pensaba que podía ir rápido entre tanta gente!

El médico sacó el trozo de papel donde había apuntado el nombre de la goleta y con paciencia escrutó cada uno de los cascos en busca del apelativo. Para su sorpresa llegó al final del muelle y no lo encontró. Empezó a pensar que era la diana de alguna broma impertinente y comenzó a enfadarse.

—Aquí no hay ningún barco que se llame *El Casco* —gritó para hacerse oír entre el bullicio que había en aquel lugar.

—¡Eso es imposible! —exclamó Robert algo nervioso. Sudaba con profusión y empezaba a sentir los amagos de dolorosos calambres—. ¡Busque bien, demonios!

El cochero giró en una explanada pensada para dicha maniobra y el médico volvió a escudriñar los cuerpos de los navíos que iban apareciendo ante él. Entonces lo vio. Estaba muy claro.

No entendía cómo no lo había detectado en la primera pasada. Quizá algún otro carruaje se interpuso entre ellos. Ordenó al cochero que se parara e informó al imprudente e invisible compañero de viaje que se quedaba un rato solo. Salió a la calle y subió por la pasarela de *El Casco*. Justo en el momento en que pisó la lustrosa cubierta, un marinero salió del interior del barco.

—Traigo un baúl para ustedes —se apresuró a decir antes de que el hombre que tenía enfrente supusiese que era un ladrón. No tenía cara de buenos amigos. Todo lo contrario, de estar o muy enfadado o tremendamente preocupado.

El tripulante llamó a sus compañeros y tres de ellos siguieron al doctor, que ya bajaba por la pasarela. No veía el momento de que aquel enredo acabase y pudiera recobrar la normalidad de su vida.

Entre los tres hombres levantaron el baúl y lo sacaron en volandas. Dentro, Robert daba gracias porque el viaje estaba a punto de concluir y en unos minutos saldría de aquel remedo de vientre materno en el que estaba mucho más apretado de lo que intuyó, teniendo en cuenta su delgadez y natural flexibilidad. Al menos eso impedía que fuera golpeándose.

Una vez a salvo de miradas indiscretas en el interior del velero, liberaron las bisagras y los goznes. En cuanto se levantó la tapa del baúl, Robert se materializó ante todos como un Houdini fracasado. Lo primero que hizo fue mirar a su alrededor y comprobar que estaba en su camarote, como le indicó a Lloyd en repetidas ocasiones y éste, a su vez, a la tripulación. No quería encontrarse, nada más llegar, en la misma estancia en la que había contemplado la muerte lenta del capitán Otis, no estaba preparado. Tenía el pelo mojado, la ropa sudada y un aspecto de lo más estrafalario sentado en aquel cofre. Por lo demás, parecía encontrarse bien. El doctor le hizo un examen rápido, le formuló varias preguntas y se marchó lo más rápido que pudo.

—Preparen el barco de inmediato —indicó, ya sentado en su cama—. Ténganlo a punto para zarpar en cuanto llegue Lloyd.

Nada más quedarse solo, respiró profundo varias veces. La espera hasta la llegada de su hijastro iba a ser muy tensa. El miedo a que Ross volviese a aparecer frustrando de nuevo sus planes era claustrofóbico. Había extremado las precauciones, sin cometer el error de ir a pecho descubierto como la primera vez. En el fondo albergaba el presentimiento de que todo saldría como lo tenía previsto.

Fue como si el cielo cediese bajo sus pies y una sensación de vértigo se adueñó de la boca del estómago. ¡Era imposible! Dominaba por entero la situación, vigilaba todos sus pasos, se adelantaba. Hasta ese momento había tenido una sensación de control absoluto sobre sus actos e incluso sobre sus vidas. Pero lo cierto es que donde había estado día tras día *El Casco*, ahora había un hueco libre dispuesto a dar cobijo al primer barco que llegara al día siguiente.

Al desconcertado cerebro de Ethan Ross llegaban en tropel numerosas ideas inconexas entre sí. Los interrogantes se agolpaban sin tiempo para ser atendidos. Era imposible que hubieran contratado a un nuevo capitán. ¿Hasta dónde eran capaces entonces los marineros de dirigir la goleta? El único que podía haber zarpado en ella era el hijastro de Stevenson. ¿Y por qué? ¿Por qué se quedaban todos los demás? Quizá habían ido a buscar ayuda. ¿Dónde?, no conocían a nadie en esa parte del mundo, ¿o sí? También era factible que la tripulación hubiera decidido abandonarlos en Honolulu. ¿Robando el barco? Podían haber huido enrolándose en cualquier otro. ¿Y Stevenson? Hacía un par de días que no lo veía, ni siquiera asomarse al porche. La terrorífica idea de que había logrado huir le paralizó. ¿Pero cómo iba a hacerlo? Estaba enfermo de tuberculosis, el propio médico que le atendía se lo había confesado. Y el mero hecho de que siguiera visitándole era la prueba irrefutable de que aún no se había repuesto.

El galope de sus pensamientos se detuvo. Algo no cuadraba. Unas palabras volvieron a reproducirse de manera automática, ajenas a su voluntad. *Ha tenido una recaída. Nada importante. En unos días estará en condiciones de recibirle. Nada importante... Nada importante...* ¿Y si en realidad el condenado escritor ya no estaba convaleciente? Por lo que él sabía de la enfermedad, aunque no era su especialidad, la tisis, si no empeora, mejora. Y sin embargo el doctor seguía yendo con la misma cadencia. Si su diagnóstico era acertado y, como dijo, había tenido una leve recaída, ¿por qué seguía visitándole? Y si, por el contrario, había empeorado, ¿por qué no se hacía acompañar por otro médico que fuera más experto? Él lo había hecho en ocasiones cuando comprobaba que un tratamiento prescrito por él no acababa de dar el resultado previsto.

Una intuición comenzó a tomar forma con rapidez. Puede que Stevenson se hubiera recuperado ya del agravamiento momentáneo de su enfermedad. Y que quisiera que él siguiera pensando todo lo contrario. Quizá incluso todo era un engaño desde el principio y el escocés ni siquiera era un tísico. La pieza clave, entonces, era su colega. Con sus apariciones constantes mantenía en él la creencia de que el enfermo seguía requiriendo sus cuidados. Ross se dio cuenta de que los días anteriores había estado más despreocupado al considerar que el escritor no estaba en situación física de huir. Ahora, lo que no admitía ninguna duda era que *El Casco* había desaparecido. Y entonces, la pregunta definitiva era: ¿iba Stevenson en él?

Podía haberse trasladado por la noche y haber llegado al barco mientras él dormía. En el fondo sabía que esa hipótesis era poco probable. Ross jugaba su siniestra partida con el as en la manga de que sus rivales desconocían dónde se encontraba ni cómo les vigilaba, ni siquiera si tenía algún tipo de ayuda. Con su aparición en *El Casco* y su encuentro con Fanny en el bosque estaba seguro de haberles contagiado la turbadora idea de que estaban día y noche vigilados. ¿Qué podían hacer en esa situación? Stevenson no se habría arriesgado a huir de la casa ni siquiera por la noche... a no ser que lo hiciera escondido.

Escondido.

Ross se sentó de golpe en la silla pegada a la ventana. Por fin se había dado cuenta. Evocó a los dos hombres portando un baúl con un esfuerzo quizá excesivo. Ahora recordaba que supuso que había cosas en su interior. Pero no eran objetos. Era

447

un cuerpo. El de una sabandija escuálida, enroscada en sí misma, cuyo peso, aunque escaso, unido al propio del mueble de madera suponía una carga notable para dos hombres.

Un desgarrador grito surgió de su negro interior. Se sentía loco de furia. Aquel maldito se había escapado delante de sus narices. Le había engañado como a un niño. Le había hecho creer que estaba rendido, enfermo, derrotado. Pero sobre todo estaba encolerizado consigo mismo. Se había comportado como un necio. Le había dado una segunda oportunidad y sobre todo le había concedido algo precioso: tiempo. Para pensar. Para inventar. Para ridiculizarle. De nuevo le inundaba la sensación de estar en el filo de la navaja, de estar jugando con fuego a la vez que suponía, erróneamente para su oprobio, que era inmune al corte de la primera y al calor del segundo.

La consecuencia de todo ello se impuso con una claridad cegadora. No iba a arriesgarse más. La próxima vez que tuviera a Stevenson delante suyo lo mataría sin dudarlo. Es lo que tuvo que hacer en el interior de *El Casco*, cuando el propio escritor se lo suplicó.

Su problema crucial es que no sabía a ciencia cierta dónde estaba. Todas sus suposiciones podían ser simples devaneos. Por suerte, había una persona que podía poner luz a sus dudas. Y esa persona era la mujer de Stevenson.

Rápido, sin una brizna de vacilación, se levantó derribando la silla. Observó a su alrededor buscando algo con la mirada. Ya no era el catalejo lo que necesitaba.

Mientras cerraba la puerta de su habitación, tras salir al pasillo, un par de personas se encontraban en él cuchicheando. Habían oído el alarido animal. Al depositar en ellas la afilada mirada que habría dado pavor incluso a su propia madre, un temor irracional les hizo regresar de inmediato a sus habitaciones. No volverían a asomarse en toda la noche, ni siquiera aunque se declarara un incendio.

Fanny no había digerido aún lo que estaba pasando, sin tiempo material para ello. Los últimos trece años de su vida no iban a tener continuidad. El hombre que había sido el motor de su existencia ya no estaba. Como si hubiera muerto, como si la hubiera abandonado. Ni la pesadilla más cruel podía superar la desesperación que sentía. No ayudaba saber que Louis se había sacrificado por todos ellos, aunque quizá con el tiempo aquello representara un alivio. Ella estaba también dispuesta a entregar su vida por él; aunque su sacrificio no serviría de nada, pues a quien en el fondo quería Ross ver muerto era a Louis.

Todavía no había podido decirle nada a Margaret. Durante el día, ésta había pasado varias veces a ver a su hijo, y siempre había puesto la excusa de que dormía. ¿Cómo iba a ser capaz de confesarle que le había permitido suicidarse? Margaret la odiaría por ello. Enloquecería de dolor. No lo superaría, ahora que había remontado tras la muerte de Thomas.

Fanny empezaba a intuir que Louis había tenido en cuenta sólo el salvarles la vida. Nada más. Sin considerar si serían capaces de vivir sin él. Sin preguntar, porque de sobra conocía la respuesta, si podrían mantener la cordura y seguir viviendo sin más, como si nada hubiera pasado. El instinto de supervivencia es tan fuerte que obnubila la mente hasta el punto de relegar cualquier otra consideración. Louis lo sabía y por eso no desveló sus intenciones hasta el último instante, para que Fanny no tuviera tiempo de pensar en nada que no fuera salvaguardar la vida de sus hijos o de su nieto, aun a costa de perder la mitad más importante de su ser.

Suponía que el desalmado de Ross llegaría en cualquier momento. Confiaba en que habrían conseguido engañarle, pero con toda seguridad no por mucho tiempo. Así que dejó la puerta abierta. Cuanto antes se enfrentara a él, mejor. Si supiera dónde se hallaba, ella misma acudiría a su encuentro. Una voz interrumpió sus pensamientos.

—Debería tener más cuidado —dijo Ross, plantado en la entrada— y cerrar la puerta de la casa, señora Stevenson. Sobre todo por la noche. Nunca sabe uno qué tipo de loco puede andar merodeando por los alrededores.

Fanny dio un respingo involuntario a pesar de estar alerta, como cuando es inminente una explosión y, aun sabiéndolo, no se puede evitar dar un salto cuando se produce el estallido.

—Esperaba su llegada —respondió ella—. Me alegro de que haya sido usted tan rápido.

Fanny recordaba las instrucciones de Louis. Debía limitarse a dar a Ross la información convenida. Sin retarle, sin que se enfadara, sin entrar en su juego diabólico. Era el momento más delicado de la tela de araña tejida por su marido para atrapar al asesino. No debía correr riesgo alguno. *Si le conozco lo suficiente, sé que no te hará daño si sabe que se arriesga a no encontrarme*, le había dicho Louis horas antes.

—¿Dónde está Stevenson? —preguntó el recién llegado.

—No lo sé —afirmó Fanny con la mayor serenidad del mundo, para su propia sorpresa.

Así que estaba en lo cierto. Ha huido, pensó Ross.

—¿De verdad piensa que voy a creerme que no sabe dónde se encuentra su marido?

—Me temo que no tiene usted elección. Mi hijo Lloyd es el único que sabe dónde se encuentra. De hecho, está con él en este preciso instante.

Aquella mujer no dejaba de sorprenderlo, por lo que le provocaba la sensación más parecida al concepto de escrúpulos que él era capaz de sentir. Por un lado era un instrumento magnífico para taladrar el corazón de Stevenson, pero por otro le infundía el respeto suficiente como para tener la certeza de que cuando pudiera hundir su cuchillo en su pecho le asaltarían las dudas que sabía no aparecerían con su marido. Ross estaba seguro de que decía la verdad; por si acaso, entró en todas las habitaciones para certificar que no había nadie más en la casa.

—Dígame dónde está y a usted no le pasará nada —insistió.

—Mi esposo no ha huido. Es importante que lo entienda. Ha ido con Lloyd a un lugar en el que esperará su llegada.

—¿Cómo dice? —aquello sí que era una sorpresa.

—Louis sólo quiere protegernos. Él piensa que todo esto es una cuestión entre usted y él. Quiere mantenernos al margen. Cuando vuelva mi hijo, lo primero que hará será verificar que todos estamos bien y entonces usted sabrá dónde está mi marido. Si algo nos ha pasado, no volverá a verlo nunca.

Para Ross todo aquello parecía una farsa de tamaña envergadura que no daba crédito a lo que oía. ¿Pensaban que iba a tragarse de nuevo el anzuelo? Decidió poner a prueba de nuevo el autocontrol de la mujer.

—¿Qué me impide matarla en este momento? —preguntó con el tono más amenazador del que fue capaz.

Fanny contó hasta diez antes de hablar para impedir que su voz temblara como una hoja. Una gota de sudor recorría su espalda como si estuviera afilada.

—Louis estaba seguro de que mi vida corría peligro con él aquí. Así que pensó que la mejor manera de protegerme era marchándose. También pensó en el peligro de este encuentro. Y por eso no me dijo dónde iba a irse. Ya se lo he dicho, si me mata nunca lo encontrará. Piénselo bien. ¿Qué desea con más fuerza? ¿Acabar con él o conmigo?

La pregunta estaba hecha. Y danzaba en el aire un baile pavoroso. Fanny decidió mantener la mirada de Ross. Louis le recomendó que fuera sumisa, dócil. Fue lo único en lo que se equivocó. Si en ese momento hubiera demostrado debilidad, habría perdido el respeto del asesino y éste habría empezado a degollarla para sonsacarle el paradero de su marido. No obstante, Ross aún no estaba convencido de su sinceridad y necesitaba hacerlo antes de decidir dejarla con vida a la espera del retorno de su hijo.

—¿Y qué me impedirá volver aquí después de haber matado a su marido? ¿No ha pensado en eso el escritor? —preguntó.

—No tengo la más mínima idea —contestó Fanny, que no esperaba esa pregunta.

Y algo debió percibir Ross en la respuesta.

—No la creo —dijo—. Usted sabe dónde se esconde la rata de su marido.

Fanny no iba a responder a la provocación. Ya lo hizo una vez y salió despedida por los aires. Debía seguir al pie de la letra la estrategia acordada.

—Le repito que no lo sé. Sólo lo sabe mi hijo.

Ethan Ross sacó su cuchillo y el resplandor de su filo hipnotizó a Fanny. Era como se lo había descrito Louis entre sollozos.

El arma que había hendido el corazón del capitán Otis después de muerto. No iba a oponer resistencia, tampoco iba a dar a Ross la satisfacción de salir corriendo ni de suplicar clemencia. Que fuera lo que tuviera que ser. Después de todo, quizá la apuesta de Louis había sido equivocada. Fugaz pasó por su cabeza la idea de que era ella la que se iba a sacrificar por él, no estaba dispuesta a nombrar la isla aunque fuese torturada. La dicha de ese pensamiento fue enturbiada a continuación por el recuerdo de que Louis se dirigía en ese mismo momento a una colonia de leprosos.

Ross se acercó muy despacio hasta donde se encontraba Fanny.

—Va usted a morir, señora Stevenson —la amenazó colocando la punta del cuchillo en su pecho—, y sólo hay una cosa que puede salvarla. Que me diga ahora mismo hacia dónde se dirige su marido. Le juro que no tendrá otra oportunidad. Créame. Soy un asesino, pero le estoy diciendo la verdad.

Fanny reunió todas las migajas de valor que le quedaban y con ellas fue capaz de mantener alta la cabeza y prepararse para morir.

—No sé dónde está mi marido y ahora haga lo que tenga que hacer. Cuanto antes. Pero recuérdelo: no volverá a verlo.

Ross intentó leer en cada gesto, en la inflexión de la voz y sobre todo en los ojos de Fanny y llegó a la conclusión de que decía la verdad. Ella había logrado engañarlo. Pensó que, si la mataba, Stevenson se esfumaría en medio del mar. Bajó su cuchillo y se retiró desbordando frustración a raudales.

—¡Maldita sea! ¡Maldita sea! —De nuevo Stevenson le deparaba una situación imprevista. Lo había subestimado, y como resultado se encontraba otra vez vulnerable, sin elección posible. Sentía cómo sus mejillas se encendían y no soportaba verse observado por Fanny en ese estado de debilidad—. No piensen que va a ser tan fácil engañarme otra vez —escupió—. Tenemos un trato, señora Stevenson, y en cuanto vea regresar a su hijo vendré a por la información que me debe.

Sin más dilación salió a todo correr dejando a Fanny al borde del desmayo. Sin saber si volverían a verse.

Emprendió el camino de regreso ajeno al hecho de que la noche aún le deparaba una colosal conmoción que iba a hacerle olvidar lo acontecido hasta entonces.

La misma sombra que había escuchado el día anterior la conversación del matrimonio Stevenson merodeaba alrededor de su casa desde que vio llegar a Ross. Había permanecido todo el día vigilante. Se apostó al lado de la misma ventana en la que había descubierto grietas tan grandes como para oír todo lo que se decía dentro. Y una vez Ross se hubo marchado, esperó un rato prudencial y se lanzó a perseguirlo. Además de la ventaja inicial que había adquirido, Ross andaba muy rápido, por lo que la sombra tuvo que aplicarse de verdad para alcanzarlo. El camino no tenía pérdida, era el que se dirigía a la ciudad. Como la noche anterior, la luz de la luna iluminaba lo justo como para tener la referencia de Ross delante de él. De repente dejó de ver la silueta oscura en movimiento. La sombra aligeró el paso incluso más, pero tras varias decenas de metros fue evidente que Ross ya no estaba en el sendero. La sombra se detuvo jadeante y recostó su espalda en un tronco para descansar. No lo vio venir. Sin saber de dónde salió y sin hacer ruido alguno, Ross se abalanzó sobre él. El empujón fue tremendo. Ross cayó con toda su corpulencia sobre su perseguidor. Éste quedó boca abajo sin aire y sin posibilidad de moverse. Ross colocó el cuchillo en la nuca del hombre y apretó lo suficiente para que notara la punta a punto de traspasarle.

—¿Quién eres? —preguntó en voz baja, acercando su boca al oído del hombre.

—Me llamo Joe Strong —respondió la sombra atragantándose con las palabras—. Tengo información para usted. Sé dónde puede encontrar a Robert Louis Stevenson.

—¿Y cómo sabes tú eso?

—Se lo oí al propio Stevenson. Por favor, no me mate —el corazón se le había acelerado y creía notar la sangre resbalando por su cuello.

Ross reconocía ya el olor del miedo y el tal Strong se mostraba muy asustado. Éste no había previsto que su encuentro podía desarrollarse así. Ross le dio la vuelta y reconoció al yerno de Fanny. El cuchillo oprimía ahora el cuello.

—Eres tú —murmuró, sorprendido—. ¿Por qué quieres contármelo?

—Tengo mis motivos, pero sobre todo quiero proteger a mi familia. Tengo un hijo pequeño y no soportaría que le pasase algo. Todo esto no tiene nada que ver con nosotros.

—¿Y dónde ha ido Stevenson entonces?

—Se dirige a la isla de Molokai.

—¿Y dónde está esa isla?

—Es la más cercana hacia el este.

—¿Lo sabe su mujer? —Ross quería saber si Fanny le había engañado, en cuyo caso volvería a la casa y no precisamente a hablar.

—No, ella no lo sabe —respondió Strong. No apreciaba en absoluto a su suegra. Siempre recordaría que intentó por todos los medios impedir su matrimonio, no lo consideró lo suficientemente bueno para su hija y eso es algo que no se olvida. Pero era la madre de Belle y sabía que ella sufriría si le pasaba algo. Así que mintió. Y Ross respiró, engañado de nuevo, pensando que había sido capaz de entrever la verdad en el rostro de Fanny.

—¿Y qué pretende Stevenson yendo a Molokai? —esa cuestión le obsesionaba desde su conversación con su mujer.

—Robert sabe que usted le seguirá a cualquier sitio. Ha elegido Molokai porque en la isla hay una leprosería —Strong no pudo distinguir en Ross la cara de sorpresa que su noticia había provocado—. Su plan es que una vez en ella no pueda salir de allí. No le importa morir, pero pretende que usted se quede atrapado en una isla en la que los únicos habitantes están enfermos de lepra. Y acabe contrayendo la enfermedad.

La mente de Ross trabajaba a toda velocidad tan concentrado que aflojó algo, incluso, la presión de su cuchillo. Lo cual tranquilizó al pérfido Strong, que interpretó que se estaba ganando la confianza del asesino. Aquello tenía sentido. Era una idea brillante. No obstante, llegó a la conclusión de que, al menos, adolecía de dos errores importantes. El primero, que la lepra se contagia a lo largo de los años, por lo que manteniendo unas reglas básicas, la enfermedad no le daba el mismo miedo que a cualquier otra persona que no tuviera conocimientos médicos. Conseguiría no infectarse. Era evidente que Stevenson no conocía ese extremo. Y el segundo, que no veía mayor impedimento en que quien lo llevara a Molokai esperara el tiempo necesario para matar al escritor o volviera días después a recogerle. El castigo de pena de muerte para quien sacara alguna persona de la isla era algo que Strong no tenía intención de contar a no ser que fuera necesario. Y a Ross no se le ocurrió seguir por ese camino. En el fondo estaba de acuerdo con Stevenson en una cosa: lo seguiría al mismísimo infierno con tal de acabar con él, aunque ello supusiera su perdición. Ya se preocuparía por cómo salir de Molokai a su debido tiempo.

—¿Y qué ganas tú en todo esto? —aún tenía dudas sobre las verdaderas intenciones de Strong.

—Ya se lo he dicho, proteger a mi familia.

—Has dicho que tenías tus razones, ¡quiero saberlas! —exigió. Ross aún albergaba la duda de que todo fuera un tremendo engaño urdido a la perfección, en el que Strong era otro peón más. Se inclinó sobre él y apretó el cuchillo hasta el límite a partir del cual una línea pardusca se habría dibujado en el pálido cuello de Joe.

—¡Le odio! —gritó aterrorizado.

Ross no esperaba esa respuesta, pero no aflojó. El sarmiento de nervios que tenía debajo creía estar a punto de morir y eso le hacía parecer muy sincero.

—¿Por qué?

—Desde que ha llegado todo son problemas —farfulló amontonando las palabras en su garganta para hacerlas salir lo más rápido posible y convencer a su atacante—. Hace años le arrebató su madre a mi mujer, no se han preocupado de nosotros nunca y ahora que están aquí traen el peligro con ellos, me miran por encima del hombro, se creen superiores a nosotros y Stevenson ha conseguido embaucar al rey con su incesante palabrería. A mí me costó muchísimo tiempo ganarme su confianza y ahora ni siquiera ha contado conmigo en el viaje que está realizando —lo escupió todo sin parar y al acabar rompió a llorar hipando como un niño, envuelto en súplicas para que le perdonara la vida.

Ahora entendía Ross por qué no había logrado su propósito en palacio la mujer de Stevenson. El rey no estaba en Honolulu. Por otro lado, Strong le había tranquilizado. No mentía. La envidia y el rencor eran los motores de su odio y eso siempre ha tenido mucho sentido en el corazón del ser humano.

—¿Qué voy a hacer contigo? —susurró. Joe ni le oyó, inmerso en sus humedecidos ruegos.

Ross pensó varias posibilidades. Al final decidió dejarlo allí mismo con vida. Una persona como Strong podría serle útil en el futuro. Se inclinó de nuevo sobre él y Joe, que no se atrevía a abrir los ojos, notó su aliento sobre la cara.

—Te voy a dejar vivir —anunció—. Recuerda bien una cosa: si sigues ayudándome, nada os pasará ni a ti ni a tu mujer o tu hijo. Sigue alimentando tu odio y yo intentaré acabar con quien lo produce. De lo contrario, volveré a por vosotros.

A ciegas, Strong dejó de sentir el peso del cuerpo de Ross y sintió el infinito desahogo de tener el cuello libre. Se lo palpó, tembloroso, y no notó nada viscoso ni húmedo. Tenía los ojos inundados. Tardó mucho en abrirlos.

Durante el camino de vuelta a la posada, Ross se sentía poderoso. Meses atrás, en lo que ya parecía una vida por entero ajena, los pacientes morían a veces y él no podía hacer nada por ellos. Ahora, por el contrario, era él quien decidía sobre la vida y la muerte. Era él quien había preservado la vida de la cucaracha que, a buen seguro, seguía gimiendo tirado en el sendero y era él quien iba a arrebatar de cuajo y de una vez por todas la de Stevenson.

*La repulsión de lo horrible es, sin duda,
mi mayor debilidad.*[32]

CAPÍTULO XXI

Los hawaianos llamaban a la lepra *mai hookaawale*. O lo
que es lo mismo, *la enfermedad que separa.*

En 1865, durante el reinado de Kamehameha V, se aprobó
una ley para evitar que la enfermedad se diseminara, favorecida
por el clima, por todos los rincones de las islas, y se le encomendó al Consejo de Salud la ejecución de la ley. Había ya más de
dos mil personas infectadas. Una de sus primeras medidas, que
ya suponía una segregación, fue proyectar un hospital separado.
El lugar elegido en primera instancia fue el valle de Palolo, en
la isla de Oahu; cuando se conoció la noticia por los habitantes
más cercanos, fue tan grande el rechazo que se abandonó el proyecto. Se eligió entonces una ubicación más conforme al sentir
de la sociedad no afectada, en Kalihi, cerca de Honolulu, separado de las casas más cercanas lo suficiente, y se estableció allí
el primer hospital. Su función era el internamiento, examen y
diagnosis de los sospechosos de haber contraído la enfermedad.
Pronto se sintió la necesidad de un establecimiento más amplio
y permanente para acoger a los enfermos cuando la virulencia de
su mal empezaba a adueñarse de sus cuerpos con una crueldad
excesiva. Y, sobre todo, aislado.

---

[32]   Carta de RLS a Fanny

Fue entonces cuando el Consejo de Salud dirigió su mirada a la isla de Molokai, y más en concreto a la pequeña península situada en el norte. Ésta medía unos tres kilómetros de anchura y se internaba en el Pacífico Norte más o menos la misma distancia. Constituía, en toda su extensión, una planicie que contrastaba con los encumbrados riscos que la bordeaban, de unos seiscientos cincuenta metros de altura casi verticales. Quien había sugerido aquel lugar no había podido elegir un sitio más adecuado. Era una auténtica cárcel con el mar por un lado y una muralla de despeñaderos insuperables por otro. Quien permanecía allí más de una semana se daba cuenta de que el mar batía la costa casi siempre con tanta fuerza que parecía capaz del ciclópeo esfuerzo de desplazar la isla entera más al sur. Días de calma suponían una tregua poco frecuente. Desde el punto de vista sanitario, por otro lado, la península estaba siempre mecida por los saludables vientos alisios del nordeste. En definitiva, aquel lugar era el idóneo para situar la leprosería.

En los inicios se había escogido, como ubicación exacta, el valle de Waikalo, conectado con la península por el lado oriental y no accesible desde otras direcciones. La tierra era rica y fértil y la colonia podía llegar a autoabastecerse. Pero era un valle demasiado profundo, lo que le caracterizaba con una humedad insoportable, en absoluto compatible con la enfermedad. Se cambió de opinión y se desplazó el proyecto a terrenos del área oriental y central de la península. Comenzaron a construirse en Kalawao las instalaciones que dieron en llamarse Asilo de Molokai.

Al principio las cosas fueron todo lo bien que se podía prever, aunque poco a poco comenzaron a torcerse. El aislamiento, la dureza de los síntomas de la lepra y la falta de aliciente vital propiciaron que los enfermos comenzasen a desarrollar un carácter salvaje y descontrolado. La bebida, la violencia y las conductas obscenas se impusieron. Aquella pobre gente se veía abandonada, sin salida, desahuciada. Ya no tenía nada más que perder. Las autoridades hicieron todo lo posible por reconducir la situación, se invirtió el dinero suficiente para la construcción de un hospital y diversas mejoras, pero nada surtió el efecto deseado y mantener un buen orden los primeros años fue casi imposible.

En 1873 llegó a Honolulu un misionero belga. Consciente de la pésima moral que imperaba en Molokai, solicitó en persona a sus superiores ser enviado para combatirla. Tenía treinta y tres años y el corazón henchido de ideales y de fe.

Al margen de sus funciones como sacerdote católico, pronto se dio cuenta de que en la isla se necesitaban muchas cosas más fuera del ámbito de la fe. Con firme determinación, paso a paso, se convirtió en un revulsivo para todas ellas. No fue fácil. Emprendió muchos proyectos, construyó con sus propias manos, sirvió de enlace y apaciguador entre las autoridades y los enfermos, sacó al gestor que llevaba dentro y consiguió infundir a los leprosos un beneficioso estado de ánimo, combinación realista de esperanza y aceptación de su situación.

Aquel hombre bueno fue conocido como el padre Damián.

Los dos volcanes que existen en Molokai conformaron su silueta actual hace un millón y medio de años. Sus repetidas erupciones provocaron que la parte septentrional de la isla se hundiera dando lugar a una línea de majestuosos acantilados, los más grandes del mundo. Mientras *El Casco* bordeaba su costa, Robert no podía apartar su mirada de semejante grandiosidad. La amplitud de los escarpados precipicios de algunas islas británicas permanecía intacta en su memoria, pero quedaba eclipsada por las dimensiones de los que tenía delante, tanto en altura como en longitud, esta última apreciable a simple vista por la rectitud de su perfil. El rey Kalakaua le contó que en algún lugar de la costa había una espléndida catarata de novecientos metros de altura, la más alta y bella de todo el archipiélago hawaiano. Sólo se podía ver desde el mar y a lo largo del tiempo la paciencia de su flujo había logrado roer una ranura en el exuberante verdor del acantilado por el que se precipitaba. Se encontraba más allá de su destino y Robert no llegaría a admirarla nunca. Lo que sí veía a lo lejos era la forma de lengua de la península a la que se dirigían.

459

En un mar calmado, la pequeña singladura se desarrolló sin contratiempos. Robert ya había hablado con los marineros. A su vuelta Lloyd debía contratar un capitán con un único objetivo: devolver la goleta a su propietario y los tripulantes a sus hogares respectivos. Todos veían satisfechas sus demandas y se palpaba su desahogo.

Lloyd permaneció casi todo el tiempo en silencio. Reconcomiéndose por dentro. En permanente arrepentimiento por lo que estaba facilitando con su ayuda. Conteniendo un feroz impulso a elevar con su voz la orden de dar media vuelta, de volver a Honolulu, sin pensar en las consecuencias y aunque ello ocasionara la ruptura de los vínculos que le unían a Robert. Estaba siendo el colaborador imprescindible para que aquel hombre que le contó su primer cuento de piratas se inmolara en una inhóspita isla. ¿Lograría perdonarse alguna vez? Estaba seguro de que no.

Robert le observaba y reconocía la batalla que se estaba librando en su interior. Nada podía hacer por él; por su parte recibía los aguijonazos de la incertidumbre a cada instante. Todas las dudas de los días anteriores parecían multiplicarse sin fin. ¿Reaccionaría Ross como había previsto? ¿Su conocimiento de la naturaleza humana le había llevado a tomar la decisión correcta? El plan urdido para mantenerlos a salvo cuando Lloyd volviese, ¿funcionaría? ¿Cuánto tardaría Ross en llegar a Molokai? Y, por encima de todo, ¿decidiría acudir a su encuentro como él suponía? Millas atrás había empezado a obsesionarse con la idea de que quizás saciara su sed de venganza con los que se habían quedado en Honolulu. Le asaltaba la espeluznante idea de que quizá se hartaba de seguirlo por el mundo y se marchaba en dirección contraria. ¿Y si se enteraba de que en Molokai había una leprosería y decidía no arriesgarse a contagiarse? La decisión estaba tomada y no iba a corregir ahora su rumbo con un intempestivo golpe de timón, pero no dejaba de pensar en la aterradora idea de que, si Ross no llegaba, nunca se enteraría de lo que había pasado. Moriría de lepra sin saber si su familia seguía con vida y si su sacrificio había servido para algo.

La colonia de leprosos se encontraba al otro lado de la península y *El Casco* empezó a rodearla, con su agilidad habitual. Al bordear su punto más saliente apareció ante él una gran bahía diferenciada de cualquier otra por tres moles rocosas, que surgían del océano, imponentes. Eran la confirmación de que habían llegado a su destino, según las informaciones recabadas por Lloyd los días anteriores. Los acantilados, superada la península, se veían incluso más altos y se sucedían en la distancia, plagados de infinidad de brechas verticales provocadas por la erosión. El espectáculo era grandioso. La goleta se dirigió a una playa en el fondo de la bahía y su ancla reposó en el lecho arenoso a unas decenas de metros de distancia. Por fortuna, el mar estaba tranquilo.

Había llegado la hora. La tripulación bajó un bote al agua. Robert recogió las cosas imprescindibles y las introdujo en una mochila. Se despidió de los marineros y del cocinero, uno por uno. Lloyd bajó por la escalera de cuerda en primer lugar y, una vez en el bote, ayudó a mantenerlo lo más firme que pudo para facilitar el descenso de su padrastro. No aceptaron la ayuda de ningún marinero. Remaron los dos, al mismo ritmo, callados y pensativos, sentían la brisa marina acariciándoles e intentaban concentrarse en el sonido de los remos al cortar el agua para ahuyentar ideas más dolorosas.

La diminuta quilla del bote encalló en la playa con su crujido característico. La arena era negra, de origen volcánico. Lloyd saltó al agua y con un par de fuertes tirones afianzó el bote en la orilla. Robert fue tras él, notando la tibieza del mar en el que se había bañado a menudo. Dieron unos pasos hacia el interior hasta que Robert se detuvo.

—Debes volver ya —dijo en voz baja.

Lloyd llevaba días preparándose para ese momento, llorando a escondidas. No había sido suficiente, su memoria recordaba su anterior y única gran despedida, cuando abandonaron Europa rumbo a Nueva York, once años antes. En aquella ocasión él no había tenido nada que ver, la decisión había sido de su madre. Aunque la pena fue inmensa, no tenía de qué arrepentirse. Ahora sabía que el fantasma de sus acciones lo perseguiría siempre. Además, entonces intuyó que no volvería a verlo, mientras que ahora lo sabía a ciencia cierta. Lo abandonaba en aquella negra playa para que muriese en el interior de la isla.

—No puedo hacerlo —respondió, decaído y vacilante.

—No tienes elección y lo sabes. Te queda aún una misión que cumplir, la más peligrosa. Y tu madre te necesita más que yo —le abrazó fingiendo una serenidad que distaba mucho de sentir, y cuando quiso separarse ya no pudo. Lloyd se había amarrado a él con los lazos irrenunciables de toda una vida, con una fuerza tal que amenazaba con dejar sin resuello el delgado andamiaje corporal de Robert. Éste respetó su aflicción y correspondió con emoción, pero al final tuvo que romper la soldadura que los unía—. Déjame marchar…, por favor.

Lloyd se separó y mostró un rostro desolado por la honda tristeza que le atormentaba. Clavó la mirada en Robert con la intención de grabar en su recuerdo sus facciones para el resto de su vida.

—Nunca te olvidaré —afirmó, y sin dar opción a respuesta alguna, se giró dirigiéndose al bote. Cuando comenzó a remar, Robert ya había emprendido el camino hacia la leprosería. No se dio la vuelta ni una sola vez.

Ya en cubierta, Lloyd dirigió una última mirada a la playa y ya no había ni rastro de aquél a quien consideraba su verdadero padre. Sólo las huellas efímeras de sus livianas pisadas. No se daba cuenta de lo que murmuraban en silencio sus labios. *Luly… Luly… Luly.*

Ethan Ross tardó dos días en encontrar a alguien que se prestara a llevarle a Molokai. Nadie quería oír ni hablar de acercarse a la isla donde confinaban a los leprosos. Cuando empezaba a perder los nervios, le presentaron a un hombre que aseguró conocer, a su vez, a alguien que aceptaría el encargo. Por desgracia estaba de viaje y no volvería hasta el día siguiente. El hawaiano le juró que, cuando su amigo regresaba a puerto, lo primero que hacía era dejarse caer en la taberna en la que se encontraban. Así que al día siguiente, temprano, Ross ya ocupaba una de sus mesas, de frente a la puerta de entrada para ver quién la atravesaba.

Pasaron las horas y nadie se ajustaba ni por asomo a la descripción que le habían dado. Empezaba a pensar que el hawaiano habría pospuesto su llegada cuando las bisagras de la puerta rechinaron por enésima vez y entró en la cantina un nativo de mediana estatura, delgado, calvo y con toda la piel a la vista tatuada. Era inconfundible, tenía que ser él. El camarero demostró conocerlo bien y, antes de que el recién llegado alcanzara la barra, ya había colocado una botella y un vaso sobre ella para él. Sin decir ni media palabra, éste agarró ambas cosas y se sentó al fondo de la taberna.

Impaciente, Ross no esperó más tiempo, así que se levantó y se acercó.

—Quiero que me lleve a Molokai —susurró mientras se sentaba a horcajadas en una silla, con los brazos reposando en el respaldo.

El hawaiano observó inexpresivo, miró a su alrededor para verificar si alguien había oído al extranjero y permaneció en silencio. Llenó la mitad del vaso y se lo bebió de un trago.

Ross no pudo evitar fijarse en las formas geométricas que le cubrían sus fibrosos brazos, el cráneo y las mejillas. En cuanto los misioneros alcanzaron el poder suficiente, lograron que se prohibieran los tatuajes y pocos se atrevían a contravenir esa norma. Aquel hombre no sólo se había tatuado como sus antepasados, sino que hacía ostentación de ello con su camisa sin mangas y sus pantalones cortos. No los ocultaba en absoluto. O ya había sufrido el castigo correspondiente por su osadía o tenía una cierta posición que le protegía. Por su aspecto, Ross supuso que la primera opción era la acertada y que debería tener cuidado con aquel hawaiano orgulloso. No se equivocaba, era un descendiente de una tribu muy antigua y beligerante y no respetaba las leyes en general y menos las de los extranjeros. Por eso era de los pocos que se atrevían a ir a la península.

—¿Quién es usted y para qué quiere ir a Molokai? —preguntó, también en voz baja.

—Eso no importa. Lo único que importa es si está usted dispuesto a llevarme y cuándo.

El hombre no estaba acostumbrado a que nadie se comportara así con él. Cuando preguntaba, la gente respondía. Sabían de lo que era capaz y sus fieros ojos eran tremendamente intimidatorios. Pero el extranjero era capaz de mantenerle la mirada sin amilanarse. El respeto, casi desde el primer momento, fue mutuo.

—¿Dónde quiere ir en realidad? ¿Al norte o al sur? —preguntó, aun sabiendo la respuesta. Nadie acudía a él para ir al sur de Molokai. No obstante, quería saber cómo lo planteaba Ross. Y éste no le defraudó. Lo dijo sin rodeo alguno.

—A la leprosería.

—¿Sabe usted que está prohibido?

—Sí.

—Le saldrá muy caro.

—El dinero no es un problema.

—De acuerdo. Partiremos mañana mismo.

—Necesito también que me espere para traerme de vuelta.

El hawaiano levantó la vista desde su vaso hasta cruzarse de nuevo con la mirada de Ross. Una sonrisa sardónica deformó su rostro y sus tatuajes, confiriéndole un aspecto amenazador. Por primera vez en los últimos meses, Ross se sintió amedrentado y la sensación le repugnó.

—Todo el que entra en la península, se queda allí para siempre. Nadie sale vivo. Llevarle es una cosa y sacarle otra muy distinta.

—Yo no voy para quedarme. Se lo aseguro. Y si no lo hace usted, buscaré a otro — Ross intentó ser lo más convincente que pudo.

—¿Sabe que ayudar a alguien a escapar de Kalawao está castigado con la muerte?

Maldita sea, pensó Ross. La sorpresa se reflejó en su cara y el hawaiano se dio cuenta. La alimaña de Stevenson no dejaba de sorprenderle. Pero lo único que podía frenar el deseo devorador de su odio era que el escocés del demonio se muriera antes de tuberculosis. Espoleado, decidió retar al temible hombre tatuado. Él también le temería si supiera lo que era capaz de hacer.

—¿Significa eso que no se atreve a traerme de vuelta? —preguntó.

—Lo que significa es que le va a salir mucho más caro —respondió el hawaiano—. Cien dólares llevarle y otros trescientos ir a recogerle.

La suma era en verdad elevada, aunque no tanto como para no estar al alcance de Ross.

—De acuerdo —respondió—. ¿Me esperará hasta que vuelva o irá a recogerme varios días después?

—No le llevaré a la parte este de la península. Es más arriesgado. Le dejaré en la parte oeste e irá andando. El oleaje es casi siempre muy fuerte en Molokai, así que no me quedaré allí, ni lo sueñe. Nadie lo hará. Volveré días después.

—¿Y qué distancia hay hasta la leprosería? —cuestionó Ross, inquieto.

—No se preocupe. No tardará más de una hora – respondió, tranquilizándolo.

Ross se levantó de la silla.

—¿A qué hora y dónde? —inquirió.

—No se marche aún. Tomemos una copa para sellar el trato.

—No bebo —respondió Ross, cortante—. El hawaiano volvió a sonreír.

—Aquí a las nueve de la mañana.

—Aquí estaré.

Robert llegó a la leprosería por el mismo sendero que, a lo largo de los últimos años, recorrieron miles de enfermos. Era capaz de palpar la desesperación que se respiraba, como si fueran señales dejadas a los lados del camino. Saber que por allí habían pasado tantas personas sin futuro, apartadas de sus familias y abocadas a una muerte lenta y terrible, oprimía su corazón. Y pensar que ahora era él quien transitaba esos parajes lo dejaba sin aire en los pulmones. Recordó cuando, en compañía de sus padres, hizo un viaje por Europa y pasaron tres días en Venecia. Aún no había cumplido trece años y visitaron el Puente de los Suspiros, por el que pasaban los recién condenados en el Palacio Ducal a los calabozos de la antigua prisión de la Inquisición. Allí eran ajusticiados, en el mejor de los casos, o torturados y encerrados de por vida si tenían peor suerte. La desbordante imaginación del impresionado muchacho escuchó los ecos de sus lamentos, el ruido de las cadenas arrastradas por el suelo y sus gritos de clemencia, mientras miraban por última vez la laguna veneciana a través de las rendijas de las únicas dos ventanas de piedra labrada. Aquellos lugares gritaban y sangraban y ahora era el propio Robert el que atravesaba uno de ellos.

La vegetación fue desapareciendo y, casi sin darse cuenta, se vio en un claro enorme. En el medio, a unos cien metros, en un extenso terreno tras una valla de madera que, al parecer, rodeaba todo su perímetro, había un grupo de sencillos barracones revestidos de cal.

Había llegado a la leprosería de Molokai.

Tras unos instantes de vacilación reanudó sus pasos. Las pequeñas naves se disponían alrededor del terreno. Entre el cercado y ellas se habían plantado palmeras cada pocos metros, algunas de las cuales ya superaban la altura de los barracones. Al fondo se veía despuntar la torre cuadrada de una iglesia. Sin duda, el edificio más alto de todos y con toda probabilidad, el más grande también. Fue el primero que hizo levantar el padre Damián.

La puerta principal del vallado estaba abierta y en el momento en que Robert la traspasó se sintió inmerso en un mundo de horror. La zona central del lazareto era un gran espacio abierto tapizado de hierba y apenas entró en él, Robert comenzó a conocer a los contrahechos habitantes de la península. En cuanto lo veían, todos los leprosos se le acercaban, uno a uno, con calma, tan sorprendidos como si contemplaran un unicornio. La mayoría vestían ropajes blancos, algo sucios. Todos, incluidas las mujeres, tenían el pelo muy corto, rasurado de cualquier manera. Muchos de los efectos de la enfermedad estaban ocultos por vendajes, pero otros eran expuestos con excesiva naturalidad. En unos minutos, Robert se vio rodeado de pieles revestidas de horrendos sarpullidos, de bultos como los de la peste bubónica y de lechosos ojos blanquecinos. Había quien sólo tenía muñones donde antes hubo manos y a la mayoría les faltaba algún dedo o, al menos, alguna falange. Otros no tenían nariz, cejas u orejas. Y casi todos presentaban, en alguna parte de sus fantasmagóricos cuerpos, oquedades en la carne. El espectáculo era dantesco y al plasmarse ante él de golpe en vez de hacerlo poco a poco, pudiendo acostumbrarse a cada visión antes de pasar a la siguiente, no pudo eludir un sentimiento de infinita repugnancia por esa pobre gente.

No podía retroceder, los leprosos estaban por todos los lados. El murmullo de sorpresa por su llegada se alzó lo suficiente como para que fuera audible en el interior de las casas. De una de ellas salieron un par de monjas con gesto de curiosidad y cuando vieron el numeroso grupo congregado en círculo se dirigieron hacia él decididas, con la intención de conocer la razón que lo motivaba. Al alcanzar a los primeros enfermos dieron varios gritos y éstos conformaron un pequeño pasillo por el que pudieron avanzar hasta llegar a Robert, paralizado en el medio de semejante multitud. Las religiosas revelaron en sus caras la sorpresa que el resto de demacrados semblantes no podían expresar. Una vez superada, consiguieron, a base de más gritos y aspavientos con los brazos, que la muchedumbre se disolviese, retornando cada miembro de la misma a sus ocupaciones rutinarias.

—¿Quién es usted? —preguntó una de ellas cuando todo volvió a la normalidad.

—Mi nombre es Robert Louis Stevenson.

Las dos mujeres se miraron entre sí sin entender nada. Nunca habían oído hablar del escritor. El gobierno hawaiano las había contratado en 1883. Provenían de Syracuse, en Nueva York y eran de la orden de las Franciscanas. Tras permanecer en el hospital de Kakaako, cercano a Honolulu, durante cinco años, llevaban pocos meses en Molokai. El tiempo suficiente, no obstante, para saber que a la península sólo llegaban enfermos de lepra. Y el hombre que tenían delante, aunque con aspecto enfermizo, no parecía estar infectado. A pesar de ello, debían asegurarse.

—¿Está usted enfermo de lepra? —preguntó la otra religiosa ante el silencio del recién llegado.

—No, no lo estoy —Robert no sabía muy bien qué decir ni qué hacer.

—Entonces ¿qué es lo que hace aquí?, ¿de dónde ha salido? —insistió la monja.

Robert se quedó pensativo, con la mente en blanco. En vista de ello, la primera mujer que había hablado tomó de nuevo la palabra.

—Señor Stevenson, podríamos estar todo lo que resta de día haciéndole preguntas y, con la locuacidad que le caracteriza, seguir sin saber nada. ¿Por qué no se decide y nos cuenta cómo ha llegado hasta aquí y por qué ha venido?

A pesar de la intervención de las monjas, Robert aún notaba miradas sobre él. Se había corrido la voz de su llegada y quien más quien menos salía a la calle a ver cómo era el enigmático visitante, lo cual provocaba que se sintiera intimidado.

—¿Podríamos hablar en un sitio más discreto, hermanas? Es una larga historia —aventuró.

—Claro —dijo una—, síganos.

Mientras atravesaban la leprosería en dirección a la iglesia, Robert iba ordenando sus ideas y decidiendo lo que iba a contarles. El templo era sencillo, con una torre cuadrada en su frente y un tejado a dos aguas sobre una nave rectangular. La entrada era un arco apuntado coronado por un crucifijo de piedra. Como en casi todas las iglesias, la temperatura dentro era más fresca. Había varios enfermos rezando, tan devotos y concentrados que no se dieron cuenta de su paso. Entraron en una pequeña sacristía.

—Usted dirá, caballero.

—Hacía mucho tiempo que no estaba en una iglesia, ¿saben? Soy escocés y mi padre me inculcó una educación religiosa. Era calvinista. Después yo me aparté de su camino —afirmó con melancolía.

Una de las monjas le interrumpió con una ironía que parecía consustancial a su persona.

—Supongo que cuando ha dicho que era una larga historia, no estaba pensando en contarnos su vida, ¿verdad? No sé si tenemos tanto tiempo.

—Tiene usted razón. Lo siento —se disculpó Robert—. Seré breve, la mayor parte de las razones que me han traído hasta aquí no pueden ni deben ser desveladas. Vengo huyendo de un hombre. No sé lo que tardará en llegar, pero cuando lo haga no debo estar aquí. Sería peligroso para todos. No se alarmen, por favor —apuntó cuando detectó la preocupación de las mujeres—, sólo necesito dormir aquí hoy, y mañana me iré. ¿Conocen algún sitio cerca, donde esperar su llegada?

—¿Y quién es ese hombre? ¿Y por qué le persigue? ¿Sabe usted, señor Stevenson, dónde se encuentra y lo que implica estar aquí?

—No tengo ninguna duda, pero ya les he dicho que es mejor que no sepan nada, hermanas. Digamos que es un enemigo y un hombre peligroso. Sin embargo, no deben temer nada. Viene sólo a por mí.

En ese preciso instante Robert fue consciente de que había atraído a un asesino desalmado a aquella isla en la que había muchas personas inocentes e indefensas. Nunca pensó en ellas, eran una razón añadida para no fallar cuando llegara el momento.

—¿Y por qué ha venido aquí? —también la religiosa se había dado cuenta.

—Para proteger a mi familia.

—No entiendo nada de lo que dice —dijo una, enfadada—. Éste es un lugar en el que cuidamos de los cuerpos y de las almas de nuestros enfermos. Y no me parece adecuado dar cobijo a una persona que trae tras de sí desconocidos peligros para nuestra comunidad. Me temo que deberá seguir su camino. Aquí no hay sitio para usted.

La otra mujer la miró sorprendida; aunque contraria en apariencia a lo que acababa de decir su compañera, no se atrevió a pronunciar una sola palabra. Dedicó a Robert la misma mirada de censura.

—Si no puedo dormir aquí, ¿dónde puedo dirigirme?

—Lo siento, pero en la península…

No llegó a terminar la frase. Un hombre alto y corpulento entró cojeando en la sacristía. Llevaba una sotana negra con un crucifijo colgado del cuello resbalando por su pecho a cada paso. Calzaba unas pequeñas gafas con montura redonda, tenía una barba muy descuidada y signos evidentes de la lepra en manos y cara. Si bien no había perdido aún ninguna parte de su cuerpo, tenía numerosos bultos y la piel muy cuarteada.

—¿Y qué pretende que haga ahora este hombre, hermana Smith? —preguntó.

—¡Padre Damián! —exclamó la monja sobresaltada y con la desagradable sensación de haber sido pillada en falta—. ¿Qué hace usted levantado?

—Estaba rezando tras el púlpito y no me han visto al entrar. Luego me coloqué tras la puerta y he oído la conversación. No ha contestado a mi pregunta, hermana.

La franciscana, azorada, no sabía qué responder. No tenía excusa posible. Y aunque sabía que había cometido un error, nunca en su vida le había gustado reconocerlos.

—Déjenme a solas con el señor Stevenson —ordenó el padre Damián mientras se sentaba con un rictus de dolor en el semblante.

Las hermanas hicieron una reverencia y salieron aceleradas.

—Son mujeres piadosas, no se engañe —afirmó el sacerdote—…, quien esté libre de pecado, que tire la primera piedra, ¿no le parece?

—Estoy de acuerdo —contestó Robert.

—Mi nombre es José de Veuster. Como ha podido comprobar, me conocen como el padre Damián.

—Encantado, padre, no sabe cuánto. Mi nombre es Robert Louis Stevenson. Y no sea demasiado duro con la señora Smith. Entiendo bien su reacción. Trataba de protegerlos a todos.

—No se preocupe por ella —respondió el padre, frotándose los ojos tras quitarse las gafas—. Para estar aquí se requiere mucho valor y las mujeres que ha conocido, y una tercera que creo está ahora en el hospital, tienen para dar y regalar. Siéntese, por favor. No necesito decirle que puede usted quedarse el tiempo que haga falta.

Robert se sentía aliviado por el cambio de rumbo que había tomado su situación, pero no podía dejar de mirar las taras del sacerdote.

—A mí me pasó lo mismo cuando llegué aquí. La lepra tiene esa cualidad. Genera asco por un lado e hipnotiza por otro.

—Lo siento —se disculpó Robert, avergonzado.

—No se preocupe. No tiene importancia. Y volviendo a la razón de su presencia entre nosotros, esté tranquilo, no pienso hacerle ninguna pregunta sobre el hombre que le persigue, pero si quiere confesarse…, ya sabe…, soy sacerdote.

—Si me dice dónde hay alguna cabaña o, al menos, una cueva, me iré mañana mismo —afirmó Robert, obviando el ofrecimiento.

—En toda la isla no hay nada fuera de estas instalaciones. Es lo que estaba a punto de decirle la hermana Smith a mi llegada. ¿Cómo se le ha ocurrido venir hasta aquí huyendo? ¿Se ha parado a pensar que puede ser una señal divina?

—Con todos los respetos, padre, no, no lo he pensado. Creo que Dios no tiene nada que ver con esto.

—Yo opino todo lo contrario, como puede suponer. Y quizá tenga ocasión de convencerle.

Una sensación extraña daba vueltas y vueltas en la cabeza de Robert sin poder identificarla con exactitud. No se le había ocurrido pensar que en la leprosería habría personas sanas. El rey no le había dado tantos detalles. ¿Cuánto podían vivir allí sin contagiarse y morir? El agobio que sintió a su llegada fue tan grande que por un momento llegó a pensar que ya estaba infectado.

—Pero usted está… —no se atrevió a decirlo.

—Sí, no se preocupe. Estoy enfermo también. Al final contraje la lepra hace cuatro años.

–¿Al final? –insistió Robert.

–No le entiendo. ¿Qué quiere decir con exactitud?

–¿Cuánto tiempo lleva usted aquí?

–Calcúlelo usted mismo. Llegué en el año 1873.

La cara de asombro de Robert le hizo gracia al padre Damián.

–¿Qué le ocurre, señor Stevenson?

–Yo pensaba…, es decir… yo creía… que esta enfermedad se contagiaba con facilidad y que en poco tiempo las personas desarrollaban sus efectos y morían, y usted lleva aquí ya… ¡dieciséis años!

El sacerdote lanzó varias risotadas ante la estupefacción de Robert. ¿Cómo era posible mantener el sentido del humor en su estado? ¿En un sitio tan delirante? Robert creía que era un lujo que nadie allí se podía permitir; pero ahí estaba el padre, delante de él, riéndose con ganas.

–Yo tampoco entiendo nada. Así que hay un hombre que le persigue y, en vez de huir a cualquier otro lugar, a usted se le ocurre venir a Molokai en la creencia de que la lepra es fulminante. Es usted un hombre muy extraño, ¿lo sabe? –Robert se había quedado sin palabras, así que el padre Damián se levantó de la silla–. Sígame. Le enseñaré dónde puede quedarse a dormir.

Salieron a la calle. Fuera había varios leprosos curioseando. El padre les dijo que volvieran a sus quehaceres y le obedecieron de inmediato. Cojeaba de forma ostensible, pese a que antes de salir de la iglesia cogió un bastón en el que se apoyaba. Llegaron a uno de los barracones y entraron en él. Era alargado y tan ancho como para que cupiesen un par de hileras de camas con las cabeceras pegadas a la pared y entre ellas un pasillo. Al fondo había varios armarios.

–Éste es el edificio que está incompleto y en el que vamos acomodando a los enfermos según van llegando –explicó el padre–. Como ve, hay varias camas hechas. Son las que están ocupadas. Daré instrucciones para que traigan mantas y sábanas. Puede elegir cualquiera de las otras.

Robert no sabía cómo plantearlo, lo cierto es que no se sentía capaz de dormir en aquella nave en compañía de media docena de leprosos. Sintió un escalofrío muy desagradable.

—No tema usted nada —prosiguió el padre Damián como si leyera en el interior de su cabeza—, los leprosos somos inofensivos y ya sabe usted que no se contagiará por dormir en la misma habitación. No sé cuánto se quedará entre nosotros; si es lo suficiente, aprenderá a ver más allá de nuestro deformado envoltorio corporal. El alma, señor Stevenson. En lugares como éste, más que en ningún otro, el alma se abre camino con fuerza inusitada dejando todo lo demás en segundo término. Y ahora, si me lo permite, tengo obligaciones que atender —se giró y se dispuso a marcharse, pero aún dijo algo más—. La cena se sirve a las ocho. En cuanto salga a la calle, a esa hora encontrará el comedor siguiendo a todo el mundo. No falte.

Robert se sentó en el colchón más alejado a las camas ocupadas. Se quitó la mochila y la dejó en el suelo, a su lado. Se tumbó y pudo ocupar la mente en contar las vigas de madera que sustentaban el techo. Se preguntó qué podría hacer por la noche, a oscuras, y se estremeció. Por un momento, había olvidado a Ethan Ross.

Al abrir los ojos al día siguiente, pasó varios segundos sin saber dónde se encontraba. La luz se colaba a raudales por las ventanas a pesar de las cortinas. Silencio. Al fin, recordó. Miró a su izquierda y sus compañeros de habitación ya no estaban. Debía de ser muy tarde. Por la noche, pasó mucho tiempo hasta que se tranquilizó. Sin ningún motivo razonable, porque todo el mundo fue amable con él. El hecho de permanecer despierto casi toda la noche le había pasado factura y se quedó dormido justo antes del amanecer.

Ross...

Debía levantarse lo antes posible.

En cuanto se incorporó, se sobresaltó. Hasta entonces no había reparado en una pequeña figura sentada en el suelo, a los pies de la cama. Era una niña. La virulencia de la lepra se había cebado con su cara y era difícil establecer una edad a partir de ella. Su tamaño indicaba que debía de tener unos nueve años. Durante la cena, Robert vio a varias personas muy jóvenes, pero no tanto. La muchacha le miraba sin parpadear. De repente se levantó, extendió la mano y dejó un pequeño paquetito sobre la cama. Dedicó al extraño una mueca imposible y salió corriendo. Robert dedujo que la niña le había sonreído. Separó los bordes de la envoltura y descubrió varias galletas. Se sintió mal consigo mismo, debía superar su rechazo.

Se levantó y preparó su mochila. No debía separarse de ella en ningún momento. Fue a desayunar y se encontró con la hermana Smith. Aquella áspera mujer no sabía pedir disculpas, pero su talante hacia él había dado un giro de ciento ochenta grados. Robert le preguntó por el padre Damián, que había pasado muy mala noche y estaba descansando, quizá se levantara por la tarde. Antes de marchar, la religiosa le dijo, con una expresión extraordinaria de pena, que la enfermedad lo estaba devorando y que no le quedaba mucho tiempo.

Robert se dirigió a continuación a la playa en la que se despidió de Lloyd. Pensaba que lo más razonable era que Ross desembarcara en Molokai por el mismo lugar. Debía impedir por todos los medios que llegara a la leprosería. Debía enfrentarse a él antes. Eligió un lugar idóneo desde el que controlar toda la costa y, por ende, la llegada de cualquier embarcación, mientras permanecía convenientemente oculto.

Estaba preparado para morir. Siempre pensó que no viviría muchos años, y no sólo por la predicción de la adivinadora de Dunoon. Teniendo en cuenta su precaria salud, podía considerar sin atisbo de duda que había gozado de una vida plena. Consiguió hacer realidad el sueño de su vida, ser escritor, que su obra se leyese por medio mundo. Lo hizo de la mano de una gran mujer, que le quiso con locura. Y no dejó de viajar nunca, su otra gran pasión. Quizá su mayor pesar fue no haber tenido ningún hijo con Fanny. Y aunque aquella isla era un lugar de una belleza difícil de igualar, de lo más recóndito de su ser surgía una gran melancolía porque no iba a ser enterrado en su Escocia natal.

Mientras oteaba el horizonte se dio cuenta de que el cielo se iba llenando de pequeñas nubes que se desplazaban con pereza. Y recordó uno de los entretenimientos preferidos de su infancia. Se imaginó a Cummy a su lado y jugó con ella a descubrir los parecidos más sorprendentes. Se detuvo a meditar en la relación con sus padres. Sobre todo con Thomas, con el que siempre chocó. No fue el mejor hijo del mundo, pero ya no podía hacer nada. Al menos, siempre intentó ser sincero, aunque no siempre lo consiguió. Los años de universidad fueron muy confusos y estudiar derecho el mayor error de su vida. Al menos, la ingeniería náutica tenía aspectos que le gustaban y sentía que debía intentarlo por su padre. Ya ni siquiera recordaba por qué había comenzado los estudios en leyes. Si hubiera contado con el valor suficiente para dedicarse por entero a escribir, nunca habría empezado semejante carrera tan opuesta a su forma de entender la vida. Por el contrario siempre lo consideró la manera en que el destino le acercó a Fanny y, desde ese punto de vista, se dio cuenta de que daba por buenas todas su equivocaciones. A veces pensaba incluso que su verdadera vida comenzó en Grez-sur-Loing. Y a partir del recuerdo de su llegada al hotel Chevillon: Fanny, siempre Fanny. No entendía su existencia sin ella y a menudo se había preguntado qué habría sido de él si no la hubiera conocido. Y en aquella isla en medio del océano, mientras esperaba la llegada de su asesino, volvió a hacerlo. Se imaginó el mundo sin ella y sólo encontró un vacío sin sentido.

Una embarcación apareció por el este, a la que no dio ninguna importancia. El mal llegaría por el oeste. Y Robert se repitió que estaba preparado para recibirlo.

Pasó todo el día en el mismo lugar. A veces daba pequeños paseos, y siempre volvía al mismo sitio. No necesitó ir a la leprosería, llevó consigo comida y bebida suficiente. Cuando se hizo de noche, decidió regresar. El padre Damián no se había levantado en todo el día. Y los leprosos le parecieron algo más humanos.

A la mañana siguiente, Robert no sabía aún que había llegado el día en que Ross iba a matarle. A la misma hora, en Honolulu, éste ya esperaba al hawaiano en la puerta de la taberna.

Robert echó de menos a la pequeña niña de las galletas. A veces un mínimo gesto tiene una gran importancia. Repitió la rutina del día anterior y salió del barracón con la mochila a la espalda.

El padre Damián se encontraba en el comedor, desayunando como uno más.

—¿Qué tal se encuentra, padre? —se interesó.

—Muy mal, hijo, muy mal —reconoció el sacerdote, y al ver el gesto de preocupación de Robert, continuó—. Ya sabes, los curas no podemos mentir, ni siquiera para no disgustar a los que nos rodean. Discúlpame por tutearte, es que no suelo tratar de usted a nadie después del primer día. Salvo a las hermanas, claro. Espero no te moleste.

—En absoluto.

—¿Ha llegado el hombre al que esperas?

—Aún no.

—¿De verdad quieres que venga?

—Necesito —Robert remarcó con énfasis la palabra— que venga.

—Entonces no se hable más y que así sea —concluyó el padre.

Desayunaron juntos y hablaron de muchas cosas. Se podía decir que lo único que no producía dolor al sacerdote era hablar. Nadie de los que los veían podía intuir que era Robert el que estaba más cerca de la muerte. Las pruebas de cariño hacia el padre Damián eran constantes. Estar a su lado era como ser transparente, todo el mundo tenía palabras de ánimo para el padre y estaban pendientes de él cada minuto. A Robert ya no le prestaban atención.

—Ya he hecho el esfuerzo de hoy. Me voy a acostar —al levantarse, las piernas no le sostuvieron y a punto estuvo de desplomarse. Varios leprosos se dieron cuenta y reaccionaron de inmediato; al estar a su lado, fue Robert el que pudo ayudarle. Se acercó lo justo para que el padre pudiera apoyarse en su hombro para no caer. Seguido, Robert le pasó el brazo por la cintura y con sus limitadas fuerzas le ayudó a mantenerse de pie—. ¿Me harías el favor de acompañarme? —preguntó.

–Por supuesto.

El padre Damián se apoyó en su bastón y en Robert y comenzó a andar tras agradecer a los leprosos su atención con un gesto de cabeza. Durante el corto trayecto, Robert rozó su piel, áspera, bulbosa, pero piel al fin y al cabo. No sintió asco. Se cruzaron con la hermana Smith, que parecía poseer el don de la ubicuidad.

–¿Necesita que le ayude, padre? –preguntó.

–Tranquila, hermana. Con Robert es suficiente. Siga con sus tareas.

Antes de separarse, ella le lanzó a Robert una mirada de agradecimiento.

Llegaron a los aposentos del sacerdote. Una exigua habitación con un camastro, una mesa, una silla y un armario por todo mobiliario. Robert le ayudó a desvestirse y a meterse en la cama. El estado de deterioro del padre era mucho mayor de lo que intuía. Sólo tenía diez años más que él y parecía un anciano. Robert iba a dar la vida por proteger a su familia. Aquel hombre había entregado la suya dieciséis años para cuidar a unos completos desconocidos. A punto de cerrar la puerta de la habitación, oyó que el padre le llamaba.

–Robert –dijo con un hilo de voz.

–Diga, padre.

–Espero que encuentres la paz, hijo, y dejes de atormentarte –a continuación cerró los ojos y el único signo de vida fue el subir y bajar de su pecho bajo las sábanas.

Robert cerró la puerta con sumo cuidado para no hacer ningún ruido y emprendió su camino hacia la playa.

La embarcación del hawaiano de los tatuajes era pequeña y pudo aproximarse hasta la primera cala de la península. Antes del viaje estuvo a punto de irse todo al garete. El polinesio exigió el monto total por sus servicios y Ross accedió a pagar sólo los cien dólares de ese día, comprometiéndose a satisfacer los trescientos restantes el día en que fuera rescatado de Molokai. El hawaiano sabía que era un trato justo, pero fingió sentirse ofendido y amenazó con echarse atrás. Ross conocía la importancia de mantener el acuerdo y fue diplomático. Argumentó que no era desconfianza sino la posibilidad de que al hawaiano le pasase algo esos días intermedios y no pudiera cumplir su parte del trato. A la vez se mostró inflexible, sacó los cien dólares y el olor de los billetes acabó de convencer al hombre tatuado.

Ross saltó al agua y alcanzó la orilla de tres zancadas. Se dio la vuelta y observó al hawaiano maniobrando con la barcaza.

–¡Dentro de siete días volveré a buscarle! –gritó haciendo un gesto de despedida con el brazo.

Ross no sabía cómo se iban a desarrollar los acontecimientos. La duda más importante era cuánto tiempo iba a tardar en encontrar a Robert, puesto que, en cuanto lo hiciera, lo mataría. No quería correr riesgos, así que se dio siete días de plazo. No obstante, el polinesio le advirtió que si una semana más tarde las condiciones del mar eran imposibles, iría el primer día en que mejorasen.

Ross estaba ya harto de playas, de palmeras y de islas. Nunca había salido de Londres ni había tenido ningún interés por hacerlo. No le gustaba viajar y era inmune a la belleza del lugar donde se encontraba. Sabía que debía atravesar aquella península de parte a parte y lo hizo con la vista clavada en el suelo, prescindiendo del paisaje. No quería, además, que su cabeza se entretuviera en otra cosa distinta a su objetivo. Así que recorrió aquellos kilómetros ansioso por encontrarse de nuevo con Stevenson y regodeándose por anticipado del placer que iba a sentir en el momento final.

Aquel trecho no lo hacía nadie, por lo que no existía sendero alguno. Por el contrario, sí una gran cantidad de bajos matorrales de ramitas muy tiesas que dificultaban el andar y rozaban las piernas de Ross a cada paso. Aunque tardó algo más de lo que calculó el hawaiano, consiguió enlazar con el camino de la playa. Apenas a quinientos metros a la izquierda se encontraba Robert, pero Ross se orientó con precisión y se encaminó en dirección contraria, separándose de su víctima, que seguía observando la costa en busca de un barco.

Al poco rato Ross oyó voces acercándose y se internó en la vegetación a un lado del sendero, quedándose muy quieto. Entre los intersticios de las ramas pudo distinguir a tres o cuatro personas vestidas de blanco. En dos de ellos reconoció con claridad varias mutilaciones y sintió una gran repulsión. Eran leprosos. Iba bien encaminado. Cuando sus voces desaparecieron, retornó al camino. Poco después llegó al claro y contempló el Asilo de Molokai. Por instinto retrocedió varios pasos para ocultarse de nuevo entre la espesura. No se fiaba de Stevenson, seguro de que le tendía alguna trampa. Debía actuar con inteligencia y con mucho cuidado. No iba a entrar a preguntar sin más.

Llevaba consigo su inseparable catalejo. Con su ayuda, pudo ver con más detalle las casas rectangulares que rodeaban todo el terreno de la leprosería. A medida que iba moviéndolo, veía enfermos yendo de un sitio a otro. Algo más alejada, contempló la torre de la iglesia. No se le ocurría qué hacer hasta que vio a una mujer con el hábito típico de las monjas. Era posible que los leprosos no supieran dónde se encontraba Stevenson, pero seguro que una de las religiosas que regentaban la leprosería conocía su paradero. La siguió por donde fue hasta que se introdujo en el más pequeño de los edificios del lateral izquierdo. No se lo pensó dos veces. Memorizó el barracón en el que se metió y bordeó la zona boscosa en dirección al mismo. Cuando le parecía que alguien miraba en su dirección, se escondía raudo. Así avanzó metro a metro hasta que se situó frente al edificio en el que estaba la monja, a unos cincuenta pasos. Esperó el momento más propicio y corrió como si le persiguiera el diablo. Saltó la valla sin dificultad y pegó su espalda a la pared de la casa. Ahora debía actuar con rapidez. Gateando, comenzó a rodearla y, cuando llegó debajo de una ventana, se levantó poco a poco para mirar con mucho cuidado a través de ella. La monja seguía allí, sola. Respiró hondo y dobló la última esquina. Antes de que nadie pudiera verlo, ya estaba en la misma estancia que la hermana Smith. Al cerrar la puerta, ésta se dio la vuelta y de inmediato supo quién era.

—¡Es usted! —exclamó.

—Veo que ha hablado con Stevenson —confirmó Ross—. ¿Dónde está ahora? —mientras hablaba se acercaba decidido.

—No lo sé.

—No la creo.

—Llegó hace dos días y ayer no lo vi hasta la noche. Desayuna y luego se marcha todo el día. ¿Por qué quiere estar con él?

—Eso no es de su incumbencia —Ross estaba ya al lado de la monja—, ¿Stevenson duerme aquí?

La hermana Smith vaciló por primera vez. No quería responder. Stevenson le parecía un buen hombre y estaba claro que quien se encontraba ante ella no era trigo limpio.

—Se lo pregunto por segunda vez, ¿Stevenson duerme en la leprosería? —en vista de la reticencia de la monja, Ross decidió dar una vuelta de tuerca. No disponía de mucho tiempo ni debía arriesgarse a que llegara alguien. Empujó a la hermana Smith contra la pared, le tapó la boca con su enorme mano izquierda y con la derecha asomó el largo cuchillo para que lo viera—. No tengo nada contra usted, así que dígame lo que necesito y me iré, ¿duerme aquí Stevenson?

La hermana asintió con la cabeza en reiteradas ocasiones, con los ojos muy abiertos. Sin aparente esfuerzo, aquel hombre le causaba un daño horroroso con la mano. Estaba segura de que, de proponérselo, sería capaz de arrancarle la mandíbula.

—Muy bien, eso está mejor. Una última cosa. ¿Se puede ver su barracón desde alguna de estas ventanas?

La monja volvió a asentir, frenética.

—Escúcheme bien —advirtió Ross—. Ahora voy a soltarla y me dirá usted con exactitud dónde duerme Stevenson. Si grita o intenta escapar, no tenga ninguna duda de que le cortaré el cuello. Ya lo he hecho en varias ocasiones, ¿lo ha entendido?

De nuevo el convulsivo movimiento de cabeza. Ross aflojó la presión y la soltó. La hermana acompasó la respiración e hizo un gesto hacia una de las ventanas como pidiendo permiso para acercarse a ella. Comenzó a andar con Ross pegado a su cuerpo como un sello. Separó un poco la cortina.

—Es aquella casa —señaló—, la que tiene un pequeño porche.

Y aprovechando que Ross daba la sensación de no estar pendiente de ella mientras estudiaba el lugar exacto del barracón, intentó alcanzar la puerta corriendo. Ross la atrapó en un segundo y la empujó con violencia. La hermana cayó desplegando las telas de su hábito como si fueran alas. Se golpeó la cabeza contra el suelo con un ruido sordo. Ross le dio la vuelta y se sentó sobre ella. Ya tenía el cuchillo en la mano y lo elevó para clavarlo con fuerza, pero se percató de que la mujer estaba inconsciente. Le tomó el pulso, estaba viva. Se detuvo el tiempo justo para recapacitar y pensar que si la apuñalaba podía dejar manchas de sangre que le delataran. Se levantó y buscó algo con lo que amordazarla. No había cuerdas, así que cogió una sábana y la hizo jirones con el cuchillo. Le ató las piernas, las manos a la espalda y le tapó la boca. La cogió en brazos y la metió en un armario bastante amplio junto con los restos de la sábana. Daba la casualidad de que tenía una pequeña llave, le dio un par de vueltas, se aseguró de que estaba cerrado y se la guardó en el bolsillo. Abrió con cautela la puerta y no vio a nadie fuera. Anochecía. Salió veloz y volvió a esconderse entre la vegetación. Desde allí podía ver el barracón de Stevenson. Poco a poco fue desplazándose en su dirección.

En ese preciso instante, Robert pasaba los últimos momentos antes de regresar al Asilo de Molokai. El sol estaba a punto de ocultarse y, en cuanto lo hiciera, daría por concluido su tiempo de vigilancia. Terminaba una jornada más y ni rastro de Ethan Ross. Por algún extraño presentimiento, había pasado las horas más tranquilo, con la inefable sensación de que su familia estaba a salvo. Estaba convencido de que al día siguiente vería aproximándose a la playa a un barco y, saliendo de sus entrañas, a Ross. Aún perduraba una tenue luz diurna cuando Robert decidió volver a la leprosería.

A su llegada estaban ya encendidos los faroles y la colonia presentaba su calma habitual. Le pareció que llevaba allí mucho más tiempo. Se dirigió a su pabellón. Estaba vacío e iluminado, así que se tumbó en la cama. Un rato después oyó abrirse la puerta, que se cerró a continuación. Supuso que era alguno de sus compañeros de cuarto, por lo que ni se movió. Entonces oyó el arrastrar de una silla y un ruido como si ésta golpeara contra la puerta. No tenía ningún sentido. Se incorporó y a pocos metros de distancia, entre sombras, reconoció a Ross. La silla estaba recostada bajo el pomo de la puerta, impidiendo su apertura desde fuera.

Se había preparado a conciencia para este momento, pero la sorpresa inicial provocó un primer ataque de pánico incontrolable que se reflejó de una manera tan clara que Ross sonrió al percibirlo. Robert se dijo que no debía darle más satisfacciones y que debía tranquilizarse de inmediato. Intentó acompasar su respiración para que sus pulsaciones no se desbocaran.

Al menos, Ross estaba allí. Su plan había tenido éxito y su familia estaba a salvo. Repitió sin parar esa idea, en silencio, y comenzó a serenarse. Se obligó a ser valiente por una vez en su vida, debía intentar ganar la batalla final aunque todo estaba en su contra. Y entonces le dio un vuelco el corazón al pensar en la mochila. Durante unos instantes en los que le faltó el aire, estuvo convencido de que se la había dejado olvidada en algún punto del camino y pensó que todo había acabado. Pero no se hundió, algo había cambiado en él desde su último encuentro, y tuvo la sangre fría de controlar sus gestos y de dominar sus pupilas para que no le delataran. Con la mayor suavidad de la que fue capaz movió la cabeza lo suficiente para poder echar un vistazo a su alrededor. La mochila se encontraba a su lado, encima de la cama.

—Has venido —dijo.

—A matarte.

—Deberías haberlo hecho en *El Casco*. Ya no te tengo miedo.

Ross sonrió de nuevo.

—Un hombre como tú siempre tendrá miedo de un hombre como yo. ¿O no te acuerdas del capitán? No moviste un músculo.

—Aquel día tenía miedo a morir, pero te repito que ya no lo tengo. ¿No te das cuenta? Te he atraído hasta aquí para que me mates, pero tú no podrás salir nunca de esta isla.

Ross saboreaba una victoria incluso más dulce de lo que imaginó nunca. Sintió pena por Stevenson, pero se le pasó enseguida.

—Pobre desgraciado, has caído en tu propia trampa. Me ha traído un hawaiano que ha quedado en recogerme al otro lado de la península dentro de una semana.

Robert perdió el color.

—Eso es imposible —dijo.

—Morirás con esa duda, porque no tengo intención de dejarte vivir para que lo veas. Hoy no. Cuando salga de aquí, estarás muerto.

—Nadie se atrevería a arriesgar su vida de esa manera, ¿por qué habría de hacerlo?

—Por dinero, idiota. Todo el mundo tiene un precio. Y por trescientos dólares yo podré volver a Honolulu y buscar a tu mujer y a tu madre —Ross clavó sus ojos en Robert y pudo ver una aterradora mezcla de incredulidad y desesperación.

—¡Estás mintiendo! —exclamó Robert—. Eres un maldito embustero y un asesino —se puso en pie con las manos a la espalda—. Y ya no vas a matar a nadie más si yo puedo impedirlo.

Ross se mostraba exultante. Stevenson iba a morir pensando que todo su plan no había servido de nada, pensando que tras su muerte él iba a acabar con la vida de sus seres más queridos. Era patético. Y además en el último momento tenía un ridículo ataque de valentía. Aquel espantapájaros osaba amenazarle. No iba a esperar más. Sacó el cuchillo y se acercó con teatral lentitud a Robert. Quería que aquel momento durara.

—Vas a morir —dijo.

—Todos moriremos algún día —replicó Robert, sorprendido de la firmeza de su voz.

—Sí, pero tú lo harás ahora mismo.

Robert estaba tan quieto como una estatua y Ross pensó que volvía a paralizarse, como en la goleta. Se confió en exceso y ése fue su error. Siguió avanzando, con pasos muy cortitos, embriagado por la victoria total que tanto le había costado alcanzar, paladeando cada segundo con sumo placer. Y fue entonces, en el último instante, cuando intuyó que algo no iba bien, Stevenson parecía no tener miedo de verdad.

Espera un poco más. Debe estar más cerca.

De repente, a Ross le entraron las prisas y a un paso de distancia tensó su brazo y se dispuso a atravesar el delgado cuerpo de Stevenson; pero éste, con un centelleante movimiento que había practicado hasta la extenuación, se llevó a la boca una pequeña cerbatana que con el mayor sigilo había sacado de la mochila y sopló con toda la fuerza que pudo, como años atrás le enseñó Darwin en una taberna inglesa. El polvo que salió de su interior fue la última imagen que Ross vio en toda su vida. Buena parte se introdujo en sus ojos. El escozor era insoportable. Lanzó una estocada desesperada, que Robert esquivó por milímetros. Ross no pudo hacer más. Soltó el cuchillo y comenzó a frotarse los ojos. Cuanto más se frotaba, más le dolía. Comenzó a gritar como un loco. La mezcla de vidrio molido, pimienta y pólvora que Robert había triturado era implacable. Destrozaba sus ojos. Con toda seguridad a esas alturas Ethan Ross ya estaba ciego; así y todo, no podía dejar de restregarse con los dedos, incrustándose todas las virutas de vidrio. Intentaba abrir los ojos, lo cual le resultaba imposible. Robert se había retirado a un rincón, fuera de su alcance, esperando el momento de abalanzarse sobre él. Entonces vio cómo los dedos de Ross estaban manchados de sangre. Se le rasgaban los ojos, los párpados, incluso las cejas y las mejillas, que también habían recibido el impacto del polvo. Comenzó a andar a oscuras, había dejado de frotarse, aunque seguía siendo incapaz de abrir los ojos. Llevaba los brazos delante, moviéndolos a todos los lados para no chocarse con nada. Aunque el dolor era insoportable, había dejado de gritar. Ahora era él quien estaba aterrado e indefenso. Tropezó y cayó al suelo golpeándose la cabeza. Robert se dio cuenta de que se había quedado conmocionado, recogió el cuchillo del suelo y se acercó a él con la única intención de matarle. Pero quería que supiera que iba a morir, como lo supo Otis.

–¿Me oyes? –le dijo–. Tengo tu cuchillo en las manos y te lo voy a clavar en el corazón, ¡maldito! –gritó.

Y entonces Ethan Ross hizo algo inverosímil: comenzó a suplicar.

—¡No me mates! ¡No me mates, por favor!

Robert no podía creerlo. Se habían cambiado las tornas. Ahora era Ross quien lloriqueaba como un niño asustado y él quien disponía de su vida a su antojo. Agarró el cuchillo con ambas manos y se preparó para arrebatársela. Tensó sus brazos todo lo que pudo, no sabía si iba a tener la fuerza suficiente para hundir el cuchillo hasta el fondo. Pero se dio cuenta de que no era capaz ni siquiera de clavárselo. Le temblaban las manos de rabia. Miraba a Ross en el suelo y deseaba que el techo se derrumbase aplastando cada parte de su cuerpo, descoyuntando todos sus huesos, deseaba con todas sus fuerzas verle morir envuelto en sufrimientos inconcebibles. Entonces recordó las palabras del padre Damián y supo que si lo mataba nunca dejaría de atormentarse. Se dio la vuelta, caminó tambaleándose, retiró la silla de la puerta y salió a la calle.

Un grupo de leprosos había oído los gritos y se habían acercado a la casa. Tras salir Robert, entraron y cuando vieron a Ross en el suelo fueron a ayudarle sin saber lo que había pasado. Éste ya se había recuperado del golpe y cuando notó las manos a su alrededor tocó por instinto a los que le rodeaban. En medio del pánico por la ceguera sobrevenida, palpó un rostro sin nariz y un muñón deformado hasta el delirio. Sintió náuseas y el vómito estuvo a punto de ahogarlo.

Durante catorce años no he conocido
un solo día efectivo de salud.
He escrito con hemorragias,
he escrito enfermo, entre estertores de tos,
he escrito con la cabeza dando tumbos.[33]

CAPÍTULO XXII

En el Asilo de Molokai cualquier circunstancia que rompía la monótona rutina corría como la pólvora y, de alguna manera, lo acontecido llegó con rapidez a oídos de las dos hermanas franciscanas. Cada una estaba en un lugar distinto, pero ambas llegaron a la vez al barracón en el que Ethan Ross gritaba de dolor y de pánico. Con la ayuda de varios enfermos consiguieron llevarle al hospital. Sus ojos estaban destrozados y, mientras intentaban curarle las heridas, suplicaba que no le hicieran más daño. Cuando acabaron, un aparatoso vendaje le cubría media cara y, en compañía de la oscuridad que no le abandonaría nunca más, se acurrucó como un ovillo en la cama, tiritando.

Una de las monjas se quedó en el hospital y la otra volvió a la casita que las tres compartían. Cuando llegó, oyó ruidos y gruñidos dentro de un armario. La llave no estaba y aquello explicaba que la hermana Smith no hubiera aparecido en ningún

---

[33] Carta a Sidney Colvin en 1893.

momento. Temiendo por el estado en que se encontraba, intentó romper la puerta ella misma y, al no conseguirlo, fue en busca de uno de los hawaianos más fuertes de la leprosería. Éste consiguió vencer la resistencia de las puertas y tras ellas encontraron a la hermana Smith atada, sudando y asustada todavía.

En medio de la confusión provocada por el descubrimiento de Ross, nadie reparó en Robert. Se escurrió con sigilo hacia la entrada del asilo y dejó atrás sus luces para llegar a la playa. Cuando alcanzó su arena, se clavó en ella de rodillas y lloró. Hacía mucho que retenía el llanto y ya no intentó contenerlo por más tiempo. Dejó que fluyera liberador, descongestionando la abrumadora tensión que había acumulado en los últimos días. No sabía si la historia del hawaiano que iba a sacar a Ross de allí era cierta, pero al menos sabía que no había asesinado a su familia, Ross no se lo habría ocultado antes de matarlo. No podía creerlo, todo había acabado. Perdió la noción del tiempo, y cuando se levantó se sintió un hombre nuevo.

Tres días después, una de las hermanas encontró al padre Damián muerto en su cama. La noticia recorrió cada rincón del Asilo de Molokai como un vendaval que se llevaba la esperanza de la isla. Los enfermos se sintieron morir un poco con él. Después de no poder ir al entierro de Thomas ni de Otis, Robert acudió al del padre y comprobó el inmenso dolor que motivaba su ausencia. Aquello no le hizo creer en Dios, pero sí en la obra que en su nombre desarrollaban gentes como el padre Damián.

En toda la semana, Robert no había querido ver a Ross. Pero al amanecer del séptimo día de su llegada, entró en el hospital por primera y última vez. Ross se había convertido en una especie de autista. No comía, apenas dormía, no hablaba con nadie y no se atrevía a levantarse de la cama. Robert le susurró algo al oído y se marchó sin esperar una respuesta. Acababa de certificar su victoria definitiva e implacable contándole que iba en busca del hawaiano y que le iba a pagar con su propio dinero, que habían encontrado entre sus ropas. La sombra en que se había convertido el asesino ni se movió.

Ross vivió en Molokai casi tanto como el padre Damián. Enfermo de lepra los dos últimos años. Pero lo que le mató fue el odio, la locura y la ira, que lo devoraron más que la propia enfermedad. Durante aquellos años recordó hasta el delirio la humillación de haber suplicado a Stevenson, pero nunca fue capaz de acumular el suficiente valor para quitarse la vida, aunque lo deseaba con toda su alma.

El hombre tatuado no tenía ningún escrúpulo. Como había dicho Ross, todo hombre tiene su precio y el hawaiano no estaba dispuesto a renunciar a los trescientos dólares aunque no se los pagara quien se los había ofrecido. No hizo preguntas y llevó a Robert hasta Honolulu.

El Casco ya no estaba en el puerto, pero lo que no sabía era quién había zarpado en él. Devorado por la ansiedad, tomó un carruaje y le indicó al cochero que le llevara a la playa de Waikiki. Al llegar, no vio a nadie. Descendió y le dijo al cochero que esperase. Las casas parecían vacías. Aún no había dado ni cinco pasos en dirección a la suya cuando la puerta se abrió. Se detuvo. Era Fanny. La posibilidad de un milagro la retuvo anclada a Oahu con el alma sumergida en un mar de fatalismo. Parecía hundida, sin brillo, ajada. En cuanto lo vio, el rostro sombrío se iluminó como un faro, irguió su cuerpo y esbozó una sonrisa a punto de estallar en lágrimas, deseando que ese instante se congelara, eterno. Robert reconoció entonces su fuerza, su orgullo; siempre sería el puerto en el que reponerse de todas las tormentas.

Sus miradas se abrazaron.

Robert había vuelto a casa.

EPÍLOGO

Esta es mi primera novela.

Escribirla fue una experiencia apasionante.

Conviví con Robert, Fanny, Ross y el resto de personajes todo un año, durante el cual formaron parte de mi día a día y del de mi familia. Crecí, sufrí, lloré, viajé, odié, amé con ellos. Me erigí en el destino de sus vidas, respetando, eso sí, lo fundamental de las mismas. Es por eso, paciente lector, porque en esta historia se mezcla ficción con realidad, por lo que no quiero despedirme de ti sin aclarar con la mayor brevedad posible algunos de los extremos relacionados con este asunto.

Lo primero de todo dar las gracias a quienes han cimentado la parte real. A Alexandra Lapierre, por haber escrito una espléndida biografía cuyo título resume a la perfección quién fue la mujer de Robert: *Fanny Stevenson. Entre la pasión y la libertad*. A Nicholas Rankin, por su libro de viajes *Robert Louis Stevenson. De Escocia a los Mares del Sur*. A Fernando Savater, por su recopilación de artículos *Poe y Stevenson, dos amores literarios*. A Irene Adler, por su blog *Los crímenes de Whitechapel*. Ellos han constituido la base bibliográfica fundamental sin olvidar, por supuesto, la gran biblioteca que constituye Internet, con sus luces y sus sombras, entre la que merece una mención muy especial la página *robert-louis-stevenson.org*, que contiene una exhaustiva información de la vida del autor complementada con una amplia documentación fotográfica que justifica el aforismo "una imagen vale más que mil palabras", aunque esté mal que lo diga un escritor.

En cuanto a la escena inicial de la adivinadora, se basa en una vivencia personal del autor contada por él en su ensayo *Una retrospectiva*. He modificado el lugar y el momento, pero respetando la esencia de lo que relata Stevenson.

Muchos han sido los que han estudiado la figura de Jack el Destripador; muchas las hipótesis sobre su identidad, desde un humilde carnicero hasta un miembro de la realeza. A pesar de las múltiples y tan diversas teorías, nadie hasta ahora ha logrado probar quién fue en realidad, constituyendo aún uno de los misterios policiales más enigmáticos y conocidos. Ethan Ross es producto de mi imaginación y el hecho de que llegara a conocer al escritor también. No albergo ninguna pretensión de presentar una conjetura más sobre el Destripador; pero no es menos cierto que, al menos, mi historia es plausible.

En la misma línea, he de decir que los cinco asesinatos que aparecen en estas páginas son los llamados "canónicos". O, dicho de otra manera, aquéllos que todos los estudios aceptan fueron perpetrados por el mismo asesino. Al margen de ellos, hubo otras víctimas, algunas anteriores, otras posteriores, de las que se desconoce la autoría y que justifican parte de la trama.

El encuentro con Darwin es ficticio, aunque pudo darse en la realidad ya que el naturalista frecuentó los balnearios de Malvern. Lo que sí está documentado en cartas es la discusión que Robert tuvo con Thomas a su vuelta de la localidad inglesa. Me pareció que Charles Darwin podría haber sido un detonante perfecto para la misma.

El lugar en que se conocieron Robert y Fanny está sujeto a la controversia. Hay biógrafos que aseguran fue en Barbizon, colonia de artistas al otro lado del bosque de Fontainebleau, y otros que sostienen fue en Grez. Si mi objetivo hubiera sido elaborar una biografía en toda regla, éste habría sido sin duda un aspecto crucial que habría tenido que estudiar con mucho celo y detenimiento. Para lo que yo quería contar, sin embargo, no tiene mayor relevancia y me decanté, como en muchas otras cosas, por la versión de Alexandra Lapierre.

Hay una licencia de cierta importancia que debo aclarar. Antes de llegar a San Francisco, la primera parada de Stevenson al ir en busca de Fanny a Estados Unidos fue Monterrey. Allí ocurrió algo entre ellos que no alcanzo a comprender. Parece que a ella le volvieron a asaltar las dudas sobre su relación rechazándolo en primera instancia, lo que provocó el derrumbe del autor. En cualquier caso, decidí no incluir esa parte de sus vidas por dos motivos: porque, como ya he dicho, no acabo de entender las motivaciones de Fanny y, desde el punto de vista novelístico, porque habría alargado en exceso esa parte de la historia.

Tan importante es agradecer como pedir perdón. No puedo, por tanto, sustraerme a la obligación de disculparme con Joe Strong. Sólo puedo decir que la trama fue condicionando la necesaria aparición de un malvado más. Strong se encontraba en el momento y el lugar adecuado para serlo.

Desde que supe de la existencia de Molokai, así como de la leprosería, me pareció un lugar magnífico para acabar la novela. Para ello era necesaria una nueva licencia. Lo cierto es que nunca estuvo prohibida la salida de la isla, nunca hubo ninguna pena, mucho menos de muerte, por escapar de allí. Es cierto que el gobierno hawaiano creó un gueto en la árida península del norte, mas no llegó al extremo citado.

Robert Louis Stevenson no llegó a conocer al padre Damián. El 21 de mayo de 1889 visitó el lazareto de Molokai en contra de la opinión de su mujer, que lo consideraba una "locura morbosa", según Lapierre. Hacía poco más de un mes que el hoy santo (canonizado el 11 de octubre de 2009) había fallecido. No seré yo quien describa lo que vio allí. Que sea el propio Stevenson, a través de una carta enviada a Sidney Colvin en junio del mismo año:

"He visto cosas que no pueden decirse, y he oído historias que no pueden ser repetidas; y sin embargo, nunca he admirado tanto a mi pobre raza, ni amado tanto la vida, por extraño que esto pueda parecer, como en la leprosería. (…) Del difunto Damián, de quien he oído de todo, de sus debilidades y tal vez de cosas peores, no pienso más que bien. Era un campesino de Europa: sucio, fanático, mentiroso, ladino, sin prudencia; *pero soberbio de generosidad, soberbio de una pureza fundamental, soberbio de bondad. Si alguien lograba convencerle de que se había equivocado (eso podía suponer horas de injurias y de insultos), deshacía lo que había hecho y no por ello amaba menos a su adversario. Un hombre con toda la miseria, con todas las debilidades de la humanidad; pero, por esa miseria misma, un santo y un héroe".*

Llegado a este punto es inevitable referir una casualidad casi novelesca en la que de nuevo la ficción y la realidad parece fundirse en un único universo. Seis meses después de la visita a Molokai se abandonó el proyecto de erigir en Honolulu un monumento para honrar al religioso. La razón no fue otra que la publicación de una carta firmada por un reverendo presbiteriano en la que desacreditaba sin piedad al padre Damián. Por aquel entonces, Robert ya se encontraba en Samoa. En cuanto conoció aquel texto, para él infame, no pudo controlarse. Escribió otra durísima carta abierta que tuvo una repercusión mundial. Con una retahíla inacabable de argumentos destrozó al reverendo que había osado alzar su voz contra quien él consideraba un buen hombre. Aunque parezca increíble, quien fue objeto de la ira desatada del escritor se apellidaba ¡Hyde! Sin duda, una curiosa coincidencia.

Robert Louis Stevenson murió el 3 de diciembre de 1894 de un derrame cerebral. En Villa Vailima, como él mismo llamó a la casa que se hizo construir en Samoa. Ante Fanny, que desesperada no pudo hacer nada por él. A pesar del esfuerzo de Lloyd, que a lomos de la yegua más rápida fue en busca de un médico.

Cuando habían ganado todas las batallas a la tuberculosis. En el paraíso que buscaron y encontraron.

Antes de su muerte, los samoanos le llamaban Tusitala, "el contador de historias", y tras ella siguieron haciéndolo.

Su tumba se encuentra frente al Pacífico, en la cima del monte Vaea. En ella se pueden leer las palabras que el propio autor escribió para su epitafio:

> "Bajo el inmenso y estrellado cielo,
> cavad mi fosa y dejadme yacer.
> Alegre he vivido y alegre muero,
> pero al caer quiero haceros un ruego.
> Que pongáis sobre mi tumba este verso:
> Aquí yace donde quiso yacer;
> de vuelta del mar está el marinero,
> de vuelta del monte está el cazador".

Casi veinte años después, y tras un nuevo matrimonio, las cenizas de Fanny fueron depositadas al lado del hombre al que no dejó nunca de amar.

AGRADECIMIENTOS

Se dice que "de bien nacido es ser agradecido". Sin duda alguna, el refranero español es tan extenso como sabio; no seré yo quien le lleve la contraria. Así que me pongo manos a la obra. Espero que no se me olvide nadie, es el único riesgo que corro.

Gracias a las personas que tuvieron la infinita paciencia de leerse esta novela capítulo a capítulo, dándome su valiosa opinión y multitud de consejos cuando más falta hacía, a medida que tomaba forma. A Juan Carlos Bañares, culpable de la importancia capital de Fanny. A Alberto Adán, por sus intuiciones. A Esteban Valcárcel, por no pasarme una coma. A José Manuel Martín, a quien debo algunas ideas del argumento. A Javier Cosano, cuyos comentarios cada viernes me ayudaron. A David Fernández, por seguir estando ahí. A Lucía García, que tras cada capítulo afirmaba que seguía gustándole. A Begoña Fernández, por no haber sido muy dura. A Juan Romero, que es el único que habría matado a más gente. A Mari Nieves Fernández, Begoña Sánchez, Luis María García, Javier Justa, Begoña Álvarez, Mari Jose García, Javier Cerrón, María Jesús Palacio, Mercedes Fernández, Lortxu Erdozain, Iratxe Erdozain y Abdón Gómez.

Gracias a quienes, aun no leyendo la novela íntegra, manifestaron interés por ella. Espero que ahora la acaben. A Iñaki López, Izaskun Ochoa, Iñaki Santillana, Juncal Ventureira, Ingeborg Ceregido, José Miguel Fernández, Javier López, José Manuel García.

Las palabras de aliento son muy importantes para todos, mucho más para un autor novel. Con ellas mitigaba la inseguridad con la que comenzaba cada nueva página.

A Rodolfo Núñez, por sus ilustraciones, por convertir en imágenes mis palabras, por su ilusión, tan grande como la mía.

497

A Ramón Alcaraz, por sus inestimables consejos y correcciones. Dice Stephen King que "El corrector siempre tiene razón" y que "... escribir es humano y corregir, divino". Suscribo ambas afirmaciones.

A José Manuel Aparicio, porque contestó a la pregunta que le formulé cuando acabé la novela: ¿y ahora qué? Desde entonces, no ha dejado de asesorarme sobre el proceloso mundo editorial.

A mis padres, que también la leyeron, porque nada habría sido posible sin ellos.

A mi hija Eva, mi lectora más joven, que, a caballo entre los diecisiete y los dieciocho años, ha sido capaz de acabarla y decirme que le ha gustado, creo que con sinceridad.

Y, por último, a Loli, mi mujer, mi Fanny particular. Crítica feroz y, a la vez, apoyo incondicional. Es quien más sufre mis ausencias durante el tiempo que dedico a escribir.

Portugalete, 5 de marzo de 2015

www.ingramcontent.com/pod-product-compliance
Lightning Source LLC
Chambersburg PA
CBHW020824030726
47496CB00001B/76